Nos plus belles étincelles

Jamie McGuire

Nos plus belles étincelles

Traduit de l'anglais (États-Unis)
par Agnès Girard

Michel LAFON POCHE

Titre original : All the Little Lights

Ce livre a été publié en accord avec Montlake Romance,
www.apub.com, un département de Amazon.com

118, avenue Achille-Peretti – CS 70024
92521 Neuilly-sur-Seine Cedex
www.michel-lafon.com
Loi n° 48-956 du 17 juillet 1949 sur les publications
destinées à la jeunesse.

Pour Eden McGuire,
la personne la plus forte que je connaisse.

Prologue

Elliott

Le vieux chêne dans lequel j'étais perché surplombait tout le quartier de Juniper Street. Pourquoi cet arbre en particulier, alors qu'il y en avait une bonne dizaine d'autres ? Parce que ses racines étaient entourées d'une clôture blanche, une clôture juste assez haute pour tenir lieu de marchepied et me permettre d'atteindre la branche la plus basse. Le contact avec l'écorce, puis avec les branches, m'avait mis les mains, les genoux et les tibias en sang, mais je m'en fichais. Sentir la piqûre du vent sur mes blessures me rappelait que j'avais livré un combat et que j'en étais sorti vainqueur. Le sang, en revanche, m'ennuyait. Pas parce que j'étais une petite nature, mais parce que je devais attendre qu'il sèche pour ne pas risquer d'en mettre partout sur mon nouvel appareil photo.

J'étais calé contre le tronc depuis dix bonnes minutes, assis sur une branche plus vieille que moi, à cinq ou six mètres de hauteur, quand mes plaies ont cessé de suinter. J'ai souri. J'allais enfin pouvoir manipuler correctement mon appareil. Il n'était pas neuf, mais ma tante venait de me l'offrir pour mes onze ans. Elle me l'avait donné en avance parce que, en général, je ne la voyais que deux semaines après mon anniversaire, à Thanksgiving, et elle détestait m'offrir mes cadeaux en retard. Tante Leigh détestait beaucoup de choses, sauf oncle John et moi.

J'ai plaqué mon œil contre le viseur, et laissé errer mon regard sur les hectares d'herbe et de blé, sur les collines aux arrondis délicats. Derrière les maisons de Juniper Street, où vivait ma tante, courait une sorte de chemin. Deux bandes de terre avec de l'herbe au milieu, voilà ce qui séparait les jardins de nos voisins d'une immensité de blé et de colza. C'était un paysage un peu monotone mais au coucher du soleil, quand les tons orange, roses et violets éclaboussaient le ciel, il n'y avait pas plus bel endroit.

Oak Creek n'était pas la cruelle déception décrite par ma mère, mais c'était un peu la ville des « avant, il y avait ». À Oak Creek, avant, il y avait un centre commercial ; avant, il y avait un bazar ; avant, il y avait une salle de jeux d'arcade, des courts de tennis, un terrain d'athlétisme. Aujourd'hui, il y a surtout des bâtiments désaffectés et des vitrines condamnées. On n'y allait que tous les deux ans pour Noël, mais papa et maman se disputaient de plus en plus, et ma mère ne voulait plus que j'assiste à ça. Les vacances avaient commencé depuis à peine quelques jours quand maman m'avait déposé chez John et Leigh, après une dispute avec papa qui avait duré toute la nuit. J'ai remarqué qu'elle gardait ses lunettes de soleil, même à l'intérieur. C'est comme ça que j'ai compris qu'on ne faisait pas que passer, que j'étais là pour tout l'été. La quantité de vêtements que j'ai trouvée dans mes bagages un peu plus tard a confirmé mes doutes.

Le ciel commençait juste à changer de couleur, et j'ai pris quelques photos, en vérifiant bien mes réglages. Ma tante Leigh n'était pas la plus chaleureuse des femmes – les effusions, ce n'était pas son truc –, mais elle avait eu suffisamment pitié de moi pour m'acheter un appareil photo digne de ce nom. Peut-être était-ce dans l'espoir que je passe le plus de temps possible à l'extérieur, mais ça n'a pas d'importance. Mes copains demandaient des PlayStation et des iPhone, qui apparaissaient comme par magie. Moi, il était rare que j'obtienne ce que je demandais, alors cet appareil, c'était plus qu'un cadeau : ça voulait dire que quelqu'un m'avait écouté.

Le bruit d'une porte qui s'ouvre m'a détourné du coucher de soleil, et j'ai vu un père et sa fille avancer dans le jardin, tout en discutant tranquillement. L'homme portait un petit paquet, enveloppé dans une couverture. La fille reniflait, ses joues étaient mouillées. Je suis resté immobile, retenant mon souffle. J'avais peur qu'ils me voient, je ne voulais pas interrompre ce qu'ils s'apprêtaient à faire. Et puis j'ai remarqué le trou, creusé au pied du chêne, et le petit tas de terre ocre, juste à côté.

– Fais attention, a dit la fille.

Elle était un peu blonde, un peu brune, et ses yeux, brillants.

L'homme a posé ce qu'il portait dans le trou, et la fille s'est mise à sangloter.

– Je suis désolé, ma princesse. Goober était un bon chien.

J'ai serré les lèvres. Ce n'était pas le moment d'avoir un fou rire, mais je trouvais quand même drôle d'assister aux funérailles d'un truc nommé Goober.

Une femme a laissé claquer la porte derrière elle, s'est essuyé les mains sur le torchon qui pendait à sa taille. Elle avait les cheveux bruns, très bouclés à cause de l'humidité, et était très pâle.

– Me voilà, elle a dit, un peu essoufflée. Oh. Vous avez déjà…

Elle s'est tournée vers la fille.

– Je suis désolée, ma chérie…

Puis elle a regardé Goober, dont la patte avait glissé hors de la couverture, et ça l'a mise dans un état pas possible.

– … mais je ne peux pas… je ne peux pas rester.

– Mavis, a dit l'homme en lui tendant la main.

La lèvre de Mavis a tremblé.

– Pardon…

Et elle est retournée précipitamment dans la maison.

La fille a regardé son père.

– C'est pas grave, papa.

Il l'a prise par les épaules, l'a serrée contre lui.

– Elle a toujours eu du mal avec les enterrements. Ça l'anéantit.

La fille a essuyé ses larmes.

– Et Gooby a été son bébé avant moi, c'est normal.

– Bon… rendons-lui hommage une dernière fois. Merci, Goober, d'avoir été si gentil avec notre princesse. Merci d'être resté sous la table pour manger ses légumes…

Elle a levé les yeux vers son père qui l'a regardée avant de continuer :

– Merci d'être allé chercher la balle pendant toutes ces années, d'avoir été fidèle et…

– Merci pour tes câlins, le soir, et pour tes léchouilles. Merci d'être resté couché sur mes pieds pendant que je faisais mes devoirs, et de m'avoir fait la fête tous les jours quand je rentrais de l'école.

Elle a essuyé ses larmes encore une fois. Le père a hoché la tête, il a pris la pelle posée contre la barrière et a commencé à reboucher le trou.

Une main devant la bouche, la fille a étouffé ses sanglots. Quand son père a eu terminé, ils sont restés un moment sans rien dire, puis elle lui a demandé si elle pouvait être seule. Il a hoché la tête et est retourné dans la maison.

Elle s'est assise juste à côté du tas de terre, restant là à ne rien faire qu'arracher des brins d'herbe. Elle était triste. J'aurais voulu la regarder à travers mon viseur et capturer ce moment, mais elle aurait entendu le déclencheur et je serais passé pour un sale voyeur, alors je n'ai pas bougé et je l'ai laissée avec son chagrin.

Elle a reniflé.

– Merci de m'avoir protégée.

J'ai froncé les sourcils, en me demandant de quoi Goober avait pu la protéger, et si elle avait encore besoin de protection. Elle devait avoir mon âge, et je la trouvais plus jolie que toutes les filles de mon école. Je me suis demandé ce qui avait pu arriver à son chien, et depuis quand elle vivait dans l'immense demeure qui s'élevait au-dessus du jardin, projetant son ombre de l'autre côté de la rue, sur les autres maisons, quand le soleil descendait vers l'horizon. J'aurais aimé savoir si elle restait là parce qu'elle se sentait plus en sécurité auprès d'un chien mort qu'à l'intérieur de sa maison.

Le soleil a disparu et la nuit s'est installée, les criquets chantaient, le vent sifflait dans les feuilles du vieux chêne. Mon estomac commençait à gargouiller. Ma tante allait me gronder parce que j'étais en retard pour le dîner, mais la fille était toujours assise à côté de son compagnon, et cela faisait déjà plus d'une heure que j'avais décidé de ne pas la déranger.

La porte s'est ouverte, un flot de lumière jaune s'est échappé dans le jardin.

– Catherine ? Tu devrais rentrer, maintenant, ma chérie. Ton dîner refroidit, a dit Mavis. Tu reviendras demain matin.

Catherine a obéi. Elle s'est levée et a marché vers la maison, se retournant juste un instant vers la tombe avant de rentrer. Je me suis demandé ce qu'elle cherchait – peut-être était-ce juste une façon de se rappeler que c'était vrai, que Goober était mort. Ou alors elle lui disait au revoir une dernière fois.

Je suis redescendu lentement, et j'ai fait attention à sauter à l'extérieur de la clôture, bien à l'écart de la tombe toute fraîche. Le bruit de mes pas sur les graviers a réveillé quelques chiens dans le quartier, mais le chemin du retour dans l'obscurité n'a pas posé de problèmes. Jusqu'à ce que j'arrive à la maison.

Ma tante Leigh se tenait sur le seuil, bras croisés. Elle avait l'air inquiet. Mais dès qu'elle m'a vu, c'est de la colère qui a brillé dans ses yeux. Elle était en robe de chambre, une façon comme une autre de me rappeler qu'il était très tard. Une mèche grise s'était échappée de l'épaisse tresse brune qu'elle ramenait sur son épaule.

– Je suis… désolé ?

Je n'avais rien d'autre à proposer. Elle a ouvert la moustiquaire. Je suis entré, elle m'a suivi.

– Tu as raté le dîner, ton assiette est dans le micro-ondes. Mange, puis tu me raconteras où tu étais encore fourré.

– D'accord.

J'ai filé direct à la cuisine et j'ai ouvert le micro-ondes. En voyant l'assiette recouverte de papier d'alu, je me suis mis à saliver.

– Retire le pap…

C'était déjà fait, j'avais remis l'assiette dans le four, et appuyé sur 2.

J'ai regardé tourner l'assiette. Le steak s'est mis à grésiller, la sauce sur la purée, à bouillonner.

– Pas tout de suite, a lancé Leigh quand j'ai tendu la main pour ouvrir la porte.

Mon estomac a gargouillé.

– Pourquoi rentres-tu à cette heure-ci, si tu as si faim que ça ?

– J'étais coincé dans un arbre, ai-je répondu en sortant mon assiette dès que le four s'est mis à sonner.

– Coincé dans un *arbre* ?

Ma tante m'a tendu une fourchette quand je suis passé devant elle, et m'a suivi pour s'asseoir à table avec moi.

J'ai enfourné une première bouchée et poussé un soupir de satisfaction. J'en ai encore avalé deux avant que tante Leigh ne puisse me poser une autre question. Ma mère était bonne cuisinière, mais plus je grandissais, plus j'avais faim. Quel que soit le nombre de repas par jour, quelles que soient les quantités avalées chaque fois, je n'étais jamais rassasié. Mon estomac en demandait toujours plus, et toujours plus vite.

En me voyant me vautrer par-dessus mon assiette pour raccourcir la distance entre celle-ci et ma bouche, ma tante a fait la grimace.

– Tu peux m'expliquer ? a-t-elle demandé.

Et comme je continuais à manger, elle a posé une main sur mon bras.

– Elliott, ne me fais pas poser la question deux fois.

J'ai hoché la tête en mâchant encore plus vite, et puis j'ai avalé.

– Dans le jardin de la grande maison, un peu plus loin dans la rue, il y a un chêne. Je suis monté dedans.

– Et ?

– Et alors, pendant que j'attendais là-haut de pouvoir prendre une belle photo avec mon appareil, les gens sont sortis.

– Les Calhoun ? Ils t'ont vu ?

J'ai secoué la tête, et j'ai avalé une nouvelle bouchée vite fait.

– Tu sais que c'est le patron de John, n'est-ce pas ?

Je me suis arrêté de mâcher.

– Non.

– De tous les arbres, il a fallu que tu choisisses celui-là.

– Ils avaient l'air gentils. Et tristes.

– Pourquoi ?

Pour le moment au moins, elle oubliait de se mettre en colère.

– Ils enterraient quelque chose au fond de leur jardin. Je crois que leur chien est mort.

– Oh ! Les pauvres, a dit tante Leigh en essayant d'avoir l'air compatissant.

Elle n'avait ni enfant, ni chien, et, visiblement, ne s'en portait pas plus mal. Il y a eu un silence, puis elle s'est gratté la tête, nerveuse tout à coup.

– Ta mère a appelé aujourd'hui.

J'ai répondu d'un hochement de tête, en continuant de manger. Tante Leigh m'a laissé finir, attendant patiemment que je pense à utiliser une serviette.

– Qu'est-ce qu'elle voulait ?

– Les choses s'améliorent un peu avec ton père. Elle semblait contente.

J'ai détourné les yeux et serré les dents.

– Elle est toujours contente, au début. Est-ce que son œil va mieux, au moins ?

– Elliott…

Je me suis levé, j'ai pris mon assiette et ma fourchette pour aller les poser dans l'évier.

– Tu lui as dit ?

Oncle John se tenait dans le couloir et se grattait le ventre, qu'il avait plutôt rond. Il portait le pyjama bleu marine que tante Leigh lui avait offert à Noël dernier. Elle a hoché la tête. Il m'a regardé, a vu mon expression de dégoût.

– Mouais. Nous non plus, ça ne nous plaît pas beaucoup.

Tante Leigh a croisé les bras.

– Arrête un peu…

– Pour maman ? ai-je dit. C'est des conneries.

Tante Leigh a froncé les sourcils.

– Elliott…

– C'est normal qu'on ne soit pas d'accord pour qu'elle retourne avec quelqu'un qui la frappe.

– C'est ton père.

– Et alors ? a demandé oncle John.

Tante Leigh a soupiré, s'est massé le front.

– Elle n'aimerait pas que l'on parle de ça avec Elliott. Si on veut qu'il continue à venir chez nous…

– Vous voulez que je revienne ?

J'étais étonné.

Tante Leigh s'est renfrognée, refusant de me laisser y croire. L'émotion la mettait hors d'elle. Peut-être parce qu'elle avait du mal à la contrôler et qu'à cause de ça elle se sentait faible. En tout cas, elle n'aimait pas parler de ce qui éveillait en elle autre chose que de la colère.

Oncle John a souri.

– Elle se cache dans la chambre pendant une heure quand tu t'en vas.

– John…

J'ai souri, mais pas très longtemps. Mes éraflures douloureuses m'ont rappelé ce que j'avais vu.

– Vous pensez qu'elle est sympa, cette fille ?

– La petite Calhoun ? a demandé tante Leigh. Pourquoi ?

– Je sais pas. J'ai vu des trucs un peu bizarres, quand j'étais coincé dans l'arbre.

– Tu étais coincé dans un arbre ? s'est étonné oncle John.

D'un geste, tante Leigh lui a fait signe de se taire, puis elle s'est approchée de moi.

– Qu'as-tu vu ?

– Je sais pas trop. Ses parents avaient l'air gentils.

– On peut dire ça. Mavis était une petite fille gâtée, à l'école. Sa famille possédait la moitié de la ville, avec la fonderie de zinc, mais la fonderie a fermé et, un par un, ils sont tous morts du cancer. Tu sais que cette fichue fonderie a contaminé la nappe phréatique, ici ? Il y a eu un énorme procès contre la famille. Tout ce qui leur reste, c'est cette maison. Autrefois, on l'appelait le Domaine Van Meter. Après la mort des parents de Mavis et son mariage avec le fils Calhoun, le nom a changé. Les Van Meter sont détestés dans la région.

– C'est triste.

– Triste ? Les Van Meter ont empoisonné la ville ! La moitié de la population lutte contre le cancer ou contre une complication de la maladie. Si tu veux mon avis, ils n'ont eu que ce qu'ils méritaient, surtout quand on regarde la façon dont ils traitaient tout le monde.

– Mavis a été méchante avec toi ?

– Non, mais elle l'a été avec ta maman et avec John.

J'ai froncé les sourcils.

– Et son mari est ton patron ?

– C'est un type bien, lui, m'a répondu mon oncle. Tout le monde l'apprécie.

– Et la fille ?

Oncle John a eu un sourire entendu, j'ai secoué la tête.

– Laisse tomber.

Il m'a fait un clin d'œil.

– Elle est jolie, hein ?

– Bof.

Je suis allé ouvrir la porte de l'escalier qui menait au sous-sol et je suis descendu. Tante Leigh avait demandé un million de fois qu'on arrange la pièce avec de nouveaux meubles et un tapis, mais je n'y passais pas assez de temps pour que cela vaille vraiment la peine. Tout ce qui m'intéressait, c'était mon appareil photo. Oncle John m'avait donné son vieil ordinateur portable pour que je m'entraîne à retoucher mes clichés. J'ai chargé ceux que j'avais pris, mais je n'arrivais pas à me concentrer, je ne pensais qu'à cette fille étrange et à son étrange famille.

– Elliott ?

J'ai redressé la tête brusquement et j'ai jeté un coup d'œil en direction de la petite pendule posée à côté de l'écran. Je l'ai prise pour la regarder de plus près. Deux heures s'étaient écoulées sans que je m'en aperçoive.

– Elliott, a répété tante Leigh. Ta maman au téléphone.

– Dis-lui que je la rappelle dans une minute !

Tante Leigh est descendue, son portable à la main.

– Elle dit que si tu veux un portable, tu dois d'abord lui parler avec le mien.

J'ai soupiré et je me suis levé pour aller prendre le téléphone. Je l'ai mis sur haut-parleur, l'ai posé sur le bureau, puis j'ai repris mon travail.

– Elliott ? a dit maman.

– Salut.

– Je, hum… j'ai parlé à ton père. Il est revenu. Il voulait nous dire qu'il est désolé.

– Alors pourquoi il le dit pas ? ai-je grommelé.

– Quoi ?

– Rien.

– Tu n'as rien à dire à propos de son retour ?

Je me suis redressé sur ma chaise et j'ai croisé les bras.

– À quoi ça sert ? C'est pas comme si mon avis t'intéressait.

– Mais si, Elliott, il m'intéresse. C'est pour ça que j'appelle.

– Comment va ton œil ?

– Elliott, soupira tante Leigh en faisant un pas en avant.

Maman a mis un moment avant de me répondre.

– Ça va mieux. Il a promis que…

– Il promet toujours tout. Mais tenir ses promesses quand il pète un câble, c'est un autre problème.

Maman a soupiré.

– Je sais. Mais je dois essayer.

– Et pourquoi ce serait pas à lui d'essayer, pour une fois ?

– Je lui ai demandé. Il n'a plus beaucoup d'options, et il le sait. Il fait des efforts, Elliott.

– C'est pas difficile de ne pas lever la main sur une fille. Et si on n'y arrive pas, on ne l'approche pas, c'est tout. Dis-lui ça.

– Tu as raison. Je sais que tu as raison. Je lui dirai. Je t'aime.

J'ai serré les dents. Elle savait que je l'aimais aussi, mais je n'étais pas d'accord pour que papa revienne à la maison pour autant.

– Moi aussi, je t'aime.

Elle a eu un petit rire, et puis la tristesse a plombé ses paroles.

– Tout va bien se passer, Elliott. Je te le promets.

J'ai plissé le nez.

– Il ne faut pas faire ça. Il ne faut pas faire une promesse si on n'est pas sûr de la tenir.

– On ne peut pas toujours tout contrôler.

– Mais les promesses ne sont pas toujours pleines de bonnes intentions, maman.

Elle a soupiré.

– Je me demande parfois qui élève qui, dans notre famille. Un jour, tu comprendras, Elliott. Je te rappelle demain, d'accord ?

J'ai regardé tante Leigh. Elle se tenait au pied de l'escalier, et sa déception était visible malgré la pénombre.

– D'accord, ai-je répondu en baissant les épaules.

Essayer de faire entendre raison à ma mère était peine perdue, mais j'avais l'impression d'être le méchant dans l'histoire, et cela m'épuisait. J'ai raccroché et tendu le téléphone à ma tante.

– Me regarde pas comme ça.

Elle a pointé son index sur son nez, puis autour de son visage.

– Tu crois que la tête que je fais, c'est pour toi ? Crois-le ou pas, Elliott, je pense que tu as raison.

J'ai attendu le *mais*. Il n'est pas venu.

– Merci, tante Leigh.

– Elliott ?

– Oui ?

– Si tu penses que cette fille a besoin d'aide, il faut me le dire, d'accord ?

Je l'ai regardée un moment, puis j'ai hoché la tête.

– Je vais ouvrir l'œil.

Chapitre 1

Catherine

Neuf fenêtres, deux portes, un porche qui court tout autour et deux balcons – voilà à quoi ressemblait la façade de notre imposante maison de style victorien, sur Juniper Street. La peinture bleue écaillée et les fenêtres obscurcies par la poussière évoquaient de manière assez poignante le siècle d'étés caniculaires et d'hivers sibériens qu'elle avait enduré.

Mon œil a cligné quand j'ai senti le picotement, sur ma joue, et l'instant d'après ma peau a pris feu sous ma paume. J'avais écrasé l'insecte noir qui rampait sur mon visage. Il s'était arrêté là pour goûter la sueur qui perlait à la lisière de mes cheveux. Papa disait toujours que je ne ferais pas de mal à une mouche, mais à force de regarder la maison qui me regardait, je me comportais bizarrement. La peur était une bête sauvage et persuasive.

La chaleur faisait chanter les cigales. J'ai fermé les yeux, essayé de ne plus les entendre. Je détestais les cris, les bourdonnements d'insectes, le bruit de la terre qui sèche sous la haute température. Une légère brise a balayé le jardin, soulevant les cheveux sur mon front. J'étais debout, immobile, mon sac de classe bleu marine premier prix posé à mes pieds, les épaules endolories de l'avoir porté depuis le collège. Il ne fallait pas que je tarde trop.

J'essayais d'être courageuse, de me convaincre de rentrer respirer l'air épais et poussiéreux et gravir les marches qui grinceraient sous mes pas, mais des coups réguliers, venant du jardin, derrière la maison, m'ont fourni une excuse pour ne pas franchir la double porte en bois.

J'ai suivi le bruit – un truc dur tapant sur quelque chose de plus dur encore, une hache sur du bois, un marteau sur de l'os. Du coin de la maison, j'ai vu un garçon à la peau cuivrée qui cognait de son poing ensanglanté le tronc de notre vieux chêne. L'arbre faisait cinq fois la largeur de son agresseur.

Le feuillage un peu clairsemé ne le protégeait pas du soleil, mais le garçon restait là, avec son T-shirt un peu trop court trempé de sueur. Soit il était idiot, soit il était très concentré. En tout cas, quand ses yeux ont décidé de se poser sur moi, je n'ai pas pu détourner le regard.

Une main en visière, j'ai réussi à distinguer ses lunettes toutes rondes, ses pommettes très marquées et ses cheveux noirs longs jusqu'aux épaules. Il s'est penché pour ramasser un appareil photo, renonçant apparemment à se faire mal. En se redressant, il a passé une large lanière par-dessus sa tête. L'appareil s'est balancé sur son torse quand il l'a lâché pour glisser une main dans ses cheveux.

– Salut, m'a-t-il lancé.

Le soleil s'est reflété sur son appareil dentaire.

Pas tout à fait la profondeur que j'attendais venant d'un garçon qui cogne sur les arbres.

J'étais en tongs, et l'herbe chatouillait mes pieds quand j'ai fait quelques pas en me demandant qui il était, et ce qu'il faisait dans notre jardin. Une petite voix me hurlait de partir en courant, mais j'avançais encore. J'avais tenu tête à des menaces bien plus effrayantes.

Ma curiosité prenait presque toujours le pas sur ma raison ; mon père disait que ce trait de caractère me vaudrait un sort similaire à celui du malheureux félin dont il me racontait l'histoire pour me mettre en garde. En l'occurrence, ma curiosité me poussait en avant. Le garçon, lui, ne bougeait pas, et ne disait rien. Il attendait patiemment que le mystère l'emporte sur mon instinct de survie.

– Catherine ! a appelé mon père.

Le garçon n'a pas bougé d'un iota. Il a plissé les yeux à cause du soleil, et m'a regardée tranquillement me figer en entendant mon prénom.

J'ai reculé, ramassé mon sac, et j'ai couru vers l'avant de la maison.

– Il y a un garçon, ai-je haleté. Dans notre jardin !

Papa portait une chemise blanche, un pantalon de costume, et il avait desserré son nœud de cravate. Comme d'habitude. Ses cheveux bruns tenaient en place grâce à du gel et son regard fatigué mais doux s'est posé sur moi comme si j'avais fait quelque chose d'extraordinaire. Si endurer jusqu'au bout le supplice que constituait une année au collège entrait dans cette catégorie, il avait raison.

Il s'est penché, faisant mine de jeter un œil vers le fond du jardin.

– Un garçon, tu dis ? Du collège ?

– Non, mais je l'ai déjà vu dans le quartier. Il tond les pelouses.

– Oh. C'est le neveu de John et Leigh Youngblood. Leigh m'a dit qu'il passait ses étés avec eux. Tu ne lui as jamais parlé ?

J'ai secoué la tête.

– Qu'est-ce qu'il fait dans notre jardin ?

Papa a haussé les épaules.

– Il casse tout ?

– Non.

– Alors je me fiche de savoir ce qu'il fait dans notre jardin, Catherine. Ce que j'aimerais savoir, c'est pourquoi ça te pose problème, à toi ?

– Parce qu'on le connaît pas. Et qu'il est chez nous.

Papa a encore regardé vers le fond du jardin.

– Il est mignon ?

J'ai fait une grimace dégoûtée.

– Arrête ! Les papas sont pas censés poser ce genre de question. Et non.

Il a regardé le courrier, avec un sourire satisfait mais pas convaincu.

– C'était juste pour savoir.

Je me suis retournée pour regarder au bout de la bande de terrain qui séparait notre jardin du terrain des Fenton. À la mort de la veuve Fenton, ses enfants avaient fait raser la maison. Maman avait trouvé ça bien, parce que cette maison sentait déjà très mauvais de l'extérieur, alors qu'est-ce que ça devait être à l'intérieur, comme si quelque chose était mort au cœur de cette baraque.

– Je me disais que, peut-être, on pourrait aller faire un tour avec la Buick, ce week-end, a dit papa.

– Si tu veux, ai-je répondu, en me demandant où il voulait en venir.

Il a ouvert la porte moustiquaire, puis la porte de la maison, et il m'a fait signe d'entrer.

– Je pensais que ça te ferait plaisir. La conduite accompagnée, c'est pour bientôt, non ?

– Donc tu veux dire que *je* ferais un tour avec la Buick ?

– Pourquoi pas ?

Je suis entrée, j'ai laissé tomber à terre mon sac plein de cahiers et autres fournitures de l'année scolaire.

– Je vois pas trop à quoi ça me servira. C'est pas comme si j'avais une voiture.

– Tu pourras conduire la Buick.

J'ai regardé par la fenêtre, pour voir si le garçon s'était attaqué à d'autres arbres.

– Mais c'est toi qui la conduis.

Il a fait la moue, déjà agacé par cette conversation.

– Quand je ne la conduis pas. Il faut que tu apprennes à conduire, Catherine. Tu auras bien une voiture un jour.

– D'accord, d'accord. Je voulais juste dire qu'il n'y a pas urgence. On n'est pas obligés de faire ça ce week-end. Si jamais… t'es occupé.

Il m'a embrassé les cheveux.

– Je ne suis jamais trop occupé pour toi, ma princesse. Qu'est-ce que tu dirais de ranger la cuisine et de commencer le dîner avant le retour de maman ?

– Pourquoi t'es rentré plus tôt ?

Il m'a ébouriffé les cheveux.

– Tu en poses, des questions, aujourd'hui. C'était comment, ce dernier jour de cours ? J'imagine que tu n'as pas de devoirs. Des projets avec Minka et Owen ?

J'ai secoué la tête.

– Mme Vowel nous a demandé de lire au moins cinq livres cet été. Minka fait ses bagages et Owen part en colo sciences et jeux.

– Ah oui, c'est vrai, j'avais oublié que les parents de Minka ont une maison de campagne à Red River. Mais tu pourras voir Owen à son retour.

– Oui.

Je ne savais pas quoi dire d'autre. M'asseoir devant l'immense écran plat chez Owen et le regarder s'exciter sur le dernier jeu vidéo, ce n'était pas tout à fait l'idée que je me faisais d'un été réussi.

Minka et Owen étaient mes seuls amis depuis l'école primaire, depuis l'époque où l'on nous avait collé l'étiquette « bizarre » sur le front. Les cheveux poil de carotte et les taches de rousseur de Minka lui avaient valu pas mal de soucis, mais son entrée dans l'équipe des pom-pom girls, au collège, lui avait offert un peu de répit. Owen passait l'essentiel de son temps devant la télé à jouer à la Xbox et à chasser sa frange de devant ses yeux, mais sa vraie passion restait Minka. Il serait son meilleur ami à jamais, et on faisait tous comme s'il n'était pas amoureux d'elle.

– Et ça ne posera pas de problème, n'est-ce pas ? a dit papa.

– Mmmh ?

– Les bouquins.

Je suis revenue sur Terre.

– Oh. Non.

– Tu ferais mieux de le ramasser, a dit papa en regardant mon sac. Si maman se prend les pieds dedans, gare à toi.

– Tout dépend de son humeur, ai-je répondu à mi-voix en ramassant mon sac.

Papa essayait toujours de me protéger de maman.

J'ai regardé dans l'escalier. Par la fenêtre du fond, le soleil inondait le couloir, la poussière volait devant le faisceau de lumière et me donnait envie de retenir mon souffle. Ça sentait le renfermé et le moisi, comme d'habitude, mais la chaleur ne faisait qu'empirer les choses. Une goutte de sueur a roulé dans ma nuque, aussitôt absorbée par le col de mon T-shirt en coton.

Les marches ont grincé sous mes pas quand je suis montée dans ma chambre. J'ai posé mon sac sur mon grand lit.

– La clim est en panne ? ai-je demandé en redescendant.

– Non, on l'arrête juste quand il n'y a personne, pour faire des économies.

– L'air est trop chaud, j'arrive pas à respirer !

– Je viens de la remettre. Il devrait bientôt faire plus frais.

Il a regardé la pendule accrochée au mur.

– Ta mère devrait être là dans une heure. On ferait bien de s'y mettre.

J'ai pris une pomme dans le saladier posé sur la table et j'ai croqué dedans pendant que papa remontait ses manches et faisait couler l'eau dans l'évier pour se laver les mains. J'ai eu l'impression que sa journée avait été plus dure que d'habitude.

– Ça va, papa ?

– Ouais.

– Qu'est-ce qu'on mange pour le dîner ?

Ma question avait été à moitié étouffée par la pomme.

– À toi de me le dire.

Devant ma tête, il a rigolé.

– Ma spécialité. Chili au poulet.

– Il fait trop chaud pour un chili.

– D'accord. Tacos au porc, alors ?

– Oublie pas le maïs, ai-je dit en jetant mon trognon de pomme pour aller prendre sa place devant l'évier.

J'ai rempli le bac d'eau chaude, mis du liquide vaisselle et, pendant que ça moussait, j'ai fait le tour de toutes les pièces du bas pour ramasser la vaisselle sale. Depuis le bureau du fond, j'en ai profité pour jeter un œil dans le jardin. Le garçon était assis à côté du chêne et regardait le champ, derrière notre maison, à travers le viseur de son appareil photo. Puis il a baissé son appareil et s'est retourné. En me voyant, il l'a pointé dans ma direction et a fait une photo, avant de me regarder encore. J'ai reculé, sans savoir si j'étais gênée ou flippée.

Je suis retournée dans la cuisine avec la vaisselle sale, j'ai tout mis dans l'évier et frotté. L'eau éclaboussait mon T-shirt. Pendant ce temps, papa a fait la marinade pour les côtes de porc et a mis le tout au four.

– Il fait trop chaud pour un chili dans une cocotte, mais allumer le four, ça te gêne pas, a-t-il dit en rigolant.

Il avait noué le tablier de maman autour de sa taille. Le tissu jaune à fleurs roses était assorti au papier peint damassé défraîchi qui recouvrait tous les murs du bas.

– T'es drôlement élégant, papa.

Il a ignoré ma petite pique et a ouvert le frigo en annonçant théâtralement :

– J'ai acheté un gâteau.

Le frigo s'est mis à ronronner, habitué à lutter pour produire du froid chaque fois qu'on ouvrait sa porte. Comme la maison et tout ce qu'elle contenait, le frigo avait deux fois mon âge. Il était cabossé, mais papa disait que ça renforçait son côté vintage. Il était couvert de magnets d'endroits où j'étais allée, et de restes d'autocollants posés par maman quand elle était petite. Ce frigo me rappelait notre famille : malgré les apparences, les pièces qui le composaient fonctionnaient ensemble, et ne renonçaient jamais.

– Un gâteau ?

– Pour fêter ton dernier jour au collège.

– Ça mérite d'être fêté, oui. Trois mois entiers sans Presley et ses clones.

Papa a froncé les sourcils.

– La petite Brubaker continue à te harceler ?

– Presley me déteste, papa, ai-je dit en nettoyant une assiette. Elle m'a toujours détestée.

– Oh, je me souviens d'une époque où vous étiez copines.

– Tout le monde est ami avec tout le monde, à la maternelle, ai-je grommelé.

– Qu'est-ce qui s'est passé, alors ?

Je l'ai regardé. L'idée de passer en revue les étapes ayant abouti à la décision de Presley de me pourrir la vie me gavait carrément.

– Quand est-ce que tu as acheté le gâteau ?

Papa a cillé et est devenu un peu nerveux.

– Quoi, chérie ?

– Tu avais un jour de congé ?

Il affichait son plus beau sourire factice, le genre qui n'arrive pas jusqu'à ses yeux. Il essayait de me protéger d'un truc qu'à son avis mon petit cœur de quinze ans à peine aurait du mal à encaisser.

J'ai senti mon cœur, justement, se serrer.

– Ils t'ont licencié !

– Ça devait arriver, ma puce. Le prix du pétrole dégringole depuis des mois, je n'étais qu'un parmi soixante-douze autres, rien que dans mon service. Et demain, ils en vireront d'autres.

J'ai regardé l'assiette que j'avais entre les mains, à moitié plongée dans l'eau sale.

– Tu n'es pas qu'un parmi soixante-douze autres.

– On va s'en sortir, ma princesse, je te le promets.

J'ai rincé l'assiette et regardé la pendule, comprenant pourquoi papa était si inquiet devant l'heure qui tournait. Maman allait bientôt rentrer, et il faudrait qu'il le lui dise. Papa essayait toujours de me protéger d'elle, et même si je faisais pareil pour lui, je ne voyais pas comment j'allais réussir à adoucir la colère de maman, cette fois.

Tout ça alors qu'on commençait juste à s'habituer au rire de maman enfin revenu, aux dîners animés où chacun discutait de sa journée plutôt que des factures impayées.

J'ai posé l'assiette sur l'égouttoir.

– Je te crois. Tu vas retrouver quelque chose.

Sa grande main s'est posée doucement sur mon épaule.

– Bien sûr que je vais trouver. Finis la vaisselle et essuie le plan de travail, et puis tu sortiras les poubelles, d'accord ?

J'ai hoché la tête et je me suis lovée contre lui quand il s'est baissé pour m'embrasser sur la joue.

– Tes cheveux ont poussé. C'est joli.

J'ai tiré une mèche auburn près de mon visage.

– Un petit peu, oui.

– Tu vas les laisser pousser, finalement ? a demandé papa d'un ton plein d'espoir.

– Je sais. Tu les préfères longs.

– Je l'admets. Mais tu les portes comme tu veux. Ce sont tes cheveux.

Le temps passait, je me suis activée un peu, tout en me demandant pourquoi papa tenait à ce que maman rentre et trouve une maison propre et le dîner prêt.

Pourquoi faire en sorte qu'elle soit de bonne humeur, si c'est pour lui annoncer une mauvaise nouvelle ?

Ces derniers mois, maman était inquiète pour le travail de papa. Autrefois paradis des retraités, notre petite ville se détériorait lentement – trop de gens et pas assez d'emplois. La grande raffinerie de pétrole, dans la ville d'à côté, avait été rachetée et fusionnée à une autre entreprise, et la plupart des bureaux avaient déjà été délocalisés au Texas.

– Est-ce qu'on va devoir déménager ? ai-je demandé en rangeant les derniers plats.

Cette perspective allumait une petite étincelle d'espoir dans mon cœur.

Papa a souri tristement.

– Il faut de l'argent pour déménager. Cette vieille maison est dans la famille de maman depuis 1917. Je ne suis pas sûr qu'elle me pardonnerait, si on la vendait.

– C'est pas grave si on la vend. Elle est trop grande pour nous, de toute façon.

– Catherine ?

– Oui ?

– Ne parle jamais de vendre la maison à maman, d'accord ? Tu ne ferais que la contrarier davantage.

J'ai hoché la tête en essuyant le plan de travail. On a terminé de ranger la maison en silence. Papa semblait perdu dans ses pensées, cherchant probablement comment il allait pouvoir annoncer la nouvelle. Je l'ai laissé tranquille en voyant à quel point il était nerveux. Les crises de maman, ses coups de gueule qui partaient dans tous les sens, il avait fini par savoir les calmer comme personne. Je l'avais entendu dire une fois qu'il y travaillait depuis le lycée.

Quand j'étais petite, avant d'aller me coucher, au moins une fois par semaine, papa me racontait comment il était tombé amoureux d'elle. Ils avaient quinze ans lorsqu'il l'avait invitée dès la semaine de la rentrée et l'avait défendue contre ceux qui la harcelaient à cause du scandale de la fonderie familiale. Chaque fois que la mère de quelqu'un tombait malade, chaque fois qu'un cancer était diagnostiqué dans la ville, c'était la faute des Van Meter. Papa disait que mon grand-père était un homme cruel, cruauté qu'il exerçait sur maman, au point que sa mort avait été un véritable soulagement. Je devais à tout prix éviter de lui en parler et faire preuve de patience face à ce que papa appelait ses crises. Je faisais de mon mieux pour ignorer ses accès de colère et les remarques méchantes qu'elle lui faisait. Les mauvais traitements dont elle avait été victime se lisaient encore dans son regard, vingt ans après la mort de grand-père.

Dans l'allée, les graviers ont crissé sous les pneus de la Lexus de maman, me ramenant brusquement au présent. J'étais sortie pour vider les poubelles, j'avais un sac dans chaque main. Elle a ouvert sa portière, mais elle était penchée côté passager pour ramasser quelque chose.

J'ai mis les sacs dans la grande poubelle près du garage et je me suis essuyé les mains sur mon short en jean.

– Alors, cette dernière journée de collège ? m'a-t-elle demandé en passant son sac sur son épaule. Ça y est ? Fini le goudron et les plumes ?

Son sourire faisait remonter ses joues roses et rebondies, mais elle titubait presque dans le gravier avec ses talons hauts et avançait avec précaution. Elle avait un petit sac en papier blanc à la main, un sac de la pharmacie qui avait déjà été ouvert.

– Je suis contente que ce soit fini.

– Oooh, c'était tout de même pas si terrible, si ?

Les clés serrées dans l'autre main, elle m'a embrassée sur la joue, et s'est arrêtée pile devant le porche. Son collant avait filé du genou à la cuisse, et une spirale brune dégringolait de son chignon pour se balancer devant son visage.

– Tu… as passé une bonne journée ? ai-je demandé.

Maman travaillait au service drive-in de la First Bank depuis l'âge de dix-neuf ans. Le trajet lui prenait une vingtaine de minutes, et elle appréciait de pouvoir utiliser ce temps pour décompresser, mais le qualificatif le plus positif qu'elle ait jamais eu pour ses deux collègues restait « connasses arrogantes ». Le petit bâtiment qui abritait leur bureau était un peu à l'écart de la banque principale, et dans cet espace réduit où elles travaillaient en permanence, tous les problèmes prenaient des proportions incroyables.

Plus elle travaillait là-bas, plus elle avait besoin de prendre des cachets. Le sachet ouvert, dans sa main, était la preuve que sa journée s'était mal passée. Peut-être avait-elle simplement repensé au fait que sa vie ne correspondait pas à celle dont elle avait rêvé. Maman avait tendance à ne voir que le mauvais côté des choses. Mais elle essayait de changer. Les rayons de notre bibliothèque débordaient de livres comme *Trouver le contentement* et *Gérer sa colère.* Maman pratiquait la méditation et prenait de longs bains en écoutant de la musique apaisante, mais il n'en fallait jamais beaucoup pour que sa colère refasse surface. Sa rage couvait toujours, attendant que quelque chose ou quelqu'un lui fournisse un prétexte pour exploser.

Elle a fait la moue et a soufflé pour repousser la mèche folle. Elle fixait la porte d'entrée.

– Ton père est rentré.

– Oui.

– Pourquoi ?

– Il prépare le dîner.

– Seigneur. Non, pas ça !

Elle s'est ruée sur la porte, a tiré violemment la moustiquaire, l'a laissée claquer derrière elle.

Il y a eu un silence, puis j'ai entendu les cris de panique de maman. J'étais restée dans le jardin, devant la maison. Les hurlements ont gagné en intensité, papa devait essayer de la rassurer, mais ça n'avait pas l'air de fonctionner. « Qu'est-ce qui arrivera si… ? » était la question préférée de maman, alors que papa vivait pour l'instant présent.

J'ai fermé les yeux, retenu mon souffle, priant pour que les deux silhouettes, devant la fenêtre, se rejoignent et que papa serre maman dans ses bras jusqu'à ce qu'elle arrête de pleurer, jusqu'à ce qu'elle n'ait plus peur.

J'ai regardé notre maison, le treillage du porche recouvert de vigne vierge desséchée, sa rambarde qui avait besoin d'une couche de peinture, les lattes du plancher qu'il aurait fallu remplacer. Les moustiquaires, aux fenêtres, étaient couvertes de poussière. Quand la lumière baissait, l'extérieur devenait encore plus menaçant. Notre maison était la plus grande du quartier – de la ville, même. Son ombre était impressionnante. Ma grand-mère et ma mère avaient grandi ici, mais je ne m'y étais jamais sentie chez moi. Il y avait trop de pièces, trop d'espace rempli d'échos et de murmures rageurs.

Dans des moments pareils, j'aurais voulu que la colère reste enfouie, qu'elle ne se déverse pas dans la rue.

Maman allait et venait, papa était debout près de la table, la suppliant de l'écouter. Pendant qu'ils étaient occupés à crier, l'ombre des arbres a avancé sur le jardin, jusqu'à ce que le soleil touche l'horizon. Les criquets se sont mis à striduler, annonçant que la fin du jour n'était pas loin. Mon estomac a gargouillé. J'avais fini par m'asseoir dans notre allée un peu défoncée, sur le béton encore chaud, et je cueillais des brins d'herbe. Le ciel était éclaboussé de rose et de violet, l'arrosage automatique s'est mis en marche dans le jardin, mais à l'intérieur la guerre n'avait pas l'air de vouloir s'arrêter.

Il ne passait dans Juniper Street que des voitures qui cherchaient à éviter les embouteillages de fin de journée. Une fois que tout le monde était chez soi, on redevenait le quartier périphérique calme de la ville.

J'ai entendu un cliquetis derrière moi et je me suis retournée. Le garçon à l'appareil photo se tenait de l'autre côté de la rue. Il a levé une nouvelle fois l'appareil devant son visage, a pris une autre photo dans ma direction.

– Tu pourrais au moins faire comme si tu ne me prenais pas en photo, ai-je grogné.

– Pourquoi je ferais un truc pareil ?

– Parce que prendre des photos d'une inconnue sans sa permission, ça craint.

– Qui a dit ça ?

J'ai regardé autour de moi, offensée par sa question.

– Tout le monde. Tout le monde dit ça.

Il a remis le capuchon sur son objectif, avant de descendre du trottoir.

– Eh ben tout le monde n'a pas vu ce que j'ai vu dans mon viseur, et ça ne craignait pas du tout.

Je l'ai ſusillé du regard en me demandant si c'était un compliment ou pas. Et puis mon expression s'est adoucie.

– Mon père dit que tu es le neveu de Leigh ?

Il a fait oui de la tête, et repoussé ses lunettes sur l'arête de son nez luisant.

J'ai jeté un coup d'œil en direction de la silhouette de mes parents, derrière la fenêtre, puis je me suis retournée vers lui.

– Tu es ici pour l'été ?

Il a encore hoché la tête.

– Tu sais parler ? ai-je demandé, agacée.

Il a souri, amusé.

– Pourquoi t'es en colère, comme ça ?

– Je sais pas, ai-je répondu sèchement.

J'ai fermé les yeux, inspiré un grand coup, puis je l'ai regardé par en dessous.

– T'es jamais en colère, toi ?

– Comme tout le monde, je crois. Pourquoi ils crient ?

Il avait indiqué la maison d'un mouvement de tête.

– Mon… mon père a perdu son boulot, aujourd'hui.

– Il travaille pour la compagnie pétrolière ?

– Il travaillait.

– Mon oncle aussi. Jusqu'à aujourd'hui. Mais faut le dire à personne.

Il avait l'air inquiet, soudain.

– Je suis capable de garder un secret.

Je me suis relevée, j'ai frotté mon short en jean d'un revers de la main. Et comme il ne disait rien, je me suis présentée, à contrecœur.

– Moi, c'est Catherine.

– Je sais. Moi, c'est Elliott. Ça te dirait de m'accompagner chez *Braum*, pour manger une glace ?

Il faisait une demi-tête de plus que moi mais, à première vue, il pesait pareil. Ses bras et ses jambes étaient trop longs, trop maigres, et ses oreilles avaient grandi avant lui. Ses pommettes saillantes donnaient l'impression que ses joues étaient creuses, et ses longs cheveux raides n'arrangeaient pas beaucoup son visage ovale.

Il a traversé l'asphalte craquelé et j'ai poussé le portillon. Depuis le trottoir, j'ai regardé la maison. Elle montait la garde, attendrait que je revienne.

Mes parents se disputaient toujours. Si je rentrais, ils arrêteraient, le temps de transférer l'affrontement dans leur chambre, et j'entendrais la colère étouffée de maman pendant toute la soirée.

– D'accord, ai-je dit en me retournant vers lui. Tu as de l'argent ? Je te rembourserai. Mais aller chercher mon porte-monnaie, là…

Il a eu l'air surpris, puis a hoché la tête en tapotant sa poche de chemise.

– J'ai tout ce qu'il faut. Je tonds la pelouse pour les voisins.

– Je sais.

Il a eu un petit sourire étonné.

– Tu sais ?

J'ai fait oui de la tête, fourré les mains dans les poches de mon short et, pour la première fois, j'ai quitté la maison sans demander la permission.

Elliott marchait à côté de moi, à distance respectable. Les cinquante premiers mètres, il n'a pas dit un mot. Et puis il n'y a plus eu moyen de l'arrêter.

– C'est comment, la vie à Oak Street ? Tu aimes ?

– Pas vraiment.

– Et le collège ? Il est comment ?

– Pour moi, c'est la torture.

Il a hoché la tête, comme si je confirmais ce dont il se doutait.

– Ma mère a grandi ici, et elle dit toujours qu'elle a détesté.

– Pourquoi ?

– La plupart des enfants de la communauté indienne allaient à l'école des premières nations. Oncle John et elle étaient les deux seuls Amérindiens d'Oak Creek, et ils en ont bavé. Les autres étaient très durs avec eux.

– Durs comme quoi ?

– Leur maison a été vandalisée, et la voiture de ma mère, aussi. Mais je sais ça par mon oncle John. Tout ce que m'a dit ma mère, c'est qu'ici les parents sont étroits d'esprit, et que les enfants sont pires. Je sais pas trop comment je dois le prendre.

– Prendre quoi ?

Il a baissé les yeux.

– Le fait qu'elle m'envoie passer mes vacances dans un endroit qu'elle déteste.

– J'ai demandé des bagages pour Noël, il y a deux ans. Papa m'a acheté un ensemble de valises. Je les remplis à la seconde où je rentre du dernier jour de lycée, et je ne remets plus jamais les pieds ici.

– C'est quand ? Ton dernier jour de lycée ?

J'ai soupiré.

– Dans trois ans.

– Tu commences juste, alors ? Moi aussi.

– Mais tu es ici tous les étés ? Tes copains ne te manquent pas ?

– Bof. Mes parents se disputent tout le temps. J'aime bien venir ici, c'est calme.

– Tu viens d'où ?

– D'Oklahoma City. Yukon, plus précisément.

– Ah bon ? On joue contre vous, au foot.

– Ouais, je sais. *Trop cons les Yukon*. J'ai vu les slogans d'Oak Creek, dans les gradins.

J'ai ravalé un sourire. J'avais peint certains de ces slogans sur des bannières avec Minka et Owen, après les cours.

– Tu joues dans l'équipe ?

– Ouais. En remplaçant du remplaçant. Mais je progresse. C'est ce que dit l'entraîneur, en tout cas.

L'enseigne en néon de *Braum* brillait au-dessus de nos têtes, dans un halo de rose et de blanc. Elliott a ouvert la porte, la clim a soufflé sur ma peau.

Mes tongs collaient au sol carrelé de rouge. L'air était saturé de sucre et de gras, des familles occupaient les tables, discutaient de leurs projets pour l'été. Le pasteur de la Première Église du Christ se tenait debout devant une des plus grandes tables, les bras croisés sur sa cravate rouge, et discutait avec ses ouailles des événements prévus par la paroisse et de son inquiétude devant le niveau du lac, de plus en plus bas.

Elliott et moi, on s'est approchés du comptoir. Il m'a fait signe de commander en premier. Anna Sue Gentry était à la caisse ; sa queue-de-cheval blond décoloré a fait des bonds quand elle nous a examinés l'un après l'autre, essayant de deviner quel genre de lien nous unissait.

– Qui est-ce, Catherine ? m'a-t-elle interrogée en haussant un sourcil devant l'appareil photo qui pendait au cou d'Elliott.

Il a répondu à ma place :

– Elliott Youngblood.

Les yeux verts d'Anna Sue ont brillé quand elle a réalisé que le grand garçon à côté de moi n'avait pas peur de lui parler. Elle s'est tournée vers lui.

– Et qui es-tu, Elliott ? Son cousin ?

J'ai fait la grimace en me demandant ce qui avait pu lui permettre d'arriver à cette conclusion.

Elle a haussé les épaules.

– Ben quoi ? Vous avez la même longueur de cheveux. La même coupe atroce. Je me disais que, peut-être, c'était une coutume familiale.

Elliott m'a regardée, pas du tout vexé.

– Les miens sont un peu plus longs, en fait.

– Donc vous n'êtes pas cousins, a conclu Anna Sue. Tu as échangé Minka et Owen contre celui-ci ?

– On est voisins, a dit Elliott en plongeant une main dans la poche de son pantalon en toile kaki.

Il n'était pas impressionné du tout. Anna Sue a plissé le nez.

– Et… tu suis les cours à la maison ?

J'ai soupiré.

– Il passe l'été chez sa tante. On peut commander, s'il te plaît ?

Anna Sue a changé de pied d'appui, une main de chaque côté de la caisse. Son expression aigrie ne m'a pas surprise. Anna Sue était copine avec Presley. Elles se ressemblaient, avaient la même couleur de cheveux, la même coiffure, le même eye-liner noir épais – et elles faisaient la même tête quand elles me voyaient.

Elliott n'a pas eu l'air de remarquer quoi que ce soit. Il a montré le tableau, au-dessus de la tête d'Anna Sue.

– Je vais prendre un sundae banane-caramel.

– Éclats de noix ?

Au ton qu'elle avait employé, j'ai deviné que la question faisait partie du processus de vente. Il a fait oui de la tête et s'est tourné vers moi.

– Catherine ?

– Un sorbet à l'orange, s'il te plaît.

Elle a levé les yeux au ciel.

– Super fun. Autre chose ?

– Non, a dit Elliott.

Anna Sue a soulevé un couvercle transparent et s'est penchée sur le bac à glaces, une cuillère spéciale à la main. Elle a fait une boule d'orange, l'a plantée sur un cône et me l'a tendue, puis elle a préparé le sundae d'Elliott.

– Je croyais qu'on prenait des glaces à emporter, ai-je dit.

Il a haussé les épaules.

– J'ai changé d'avis. Je me suis dit que ce serait pas mal, de passer un petit moment dans la clim.

Anna Sue a posé la commande d'Elliott sur le comptoir en soupirant.

– Sundae banane-caramel.

Elliott a choisi une table près de la vitrine, il m'a passé quelques serviettes en papier et a plongé dans la banane et le caramel comme s'il mourait de faim.

– On aurait peut-être dû commander un plat chaud.

Il a levé la tête, a essuyé une coulure de caramel sur son menton.

– On peut encore.

J'ai regardé ma glace qui dégoulinait.

– J'ai pas dit à mes parents que je partais. Faudrait pas que je tarde à rentrer. En même temps, c'est pas comme s'ils avaient remarqué mon départ…

– Je les ai entendus se disputer. Je suis un peu expert dans ce domaine et, à mon avis, ça va durer toute la nuit, là.

J'ai soupiré.

– Ça va durer jusqu'à ce qu'il retrouve un travail. Maman est un peu… compliquée.

– Mes parents se disputent tout le temps à cause de l'argent. Mon père pense qu'à moins de quarante dollars de l'heure c'est pas la peine qu'il bosse. Comme si c'était pas mieux que rien. Alors il se fait virer tout le temps.

– Qu'est-ce qu'il fait ?

– Il est soudeur. C'est super, parce qu'il est souvent en déplacement.

– Mon père va trouver autre chose. C'est une question de fierté. Maman a juste tendance à tout dramatiser.

Il a souri.

– Quoi ?

– *Maman.* C'est mignon.

Je me suis tassée sur mon siège, les joues en feu.

– Elle n'aime pas que je l'appelle maman. Elle trouve que ça fait bébé.

Il m'a regardée me tortiller avec un sourire en coin.

– J'appelle ma mère maman depuis que je sais parler.

– Désolée. Je sais que c'est bizarre. Maman a toujours été un peu bizarre pour certaines choses.

– Pourquoi tu t'excuses ? Je viens de dire que je trouvais ça mignon.

J'ai changé de position et j'ai glissé ma main libre entre mes genoux. La climatisation était à fond, comme dans la plupart des magasins de la région pendant l'été. En hiver, on retirait les pulls parce qu'il faisait trop chaud à l'intérieur, en été on mettait une veste parce qu'il faisait trop froid.

J'ai passé la langue sur mes lèvres au goût acidulé.

– J'étais pas sûre. Ta remarque pouvait être un peu condescendante.

Elliott allait répondre quand un groupe de filles s'est approché de notre table.

– Han… Catherine s'est trouvé un mec, a dit Presley en posant une main sur sa poitrine d'un geste théâtral. Et dire que, tout ce temps, on croyait que tu nous racontais des bobards comme quoi il était pas d'ici.

Les trois copies conformes de Presley – Tara et Tatum Martin, et Brie Burns – ont gloussé en faisant bouger leurs tresses blond décoloré. Tara et Tatum étaient de vraies jumelles, mais elles faisaient tout leur possible pour ressembler à Presley.

– Il doit venir de la campagne, a dit Brie. D'une réserve, peut-être ?

– Il n'y a pas de réserves en Oklahoma, ai-je répondu, consternée par sa bêtise.

– Si, il y en a, a contré Brie.

– Tu confonds avec les terres tribales, a dit Elliott, imperturbable.

Elle l'a regardé d'un air méprisant.

– Moi, c'est Presley.

J'ai détourné les yeux, je ne voulais pas les voir minauder. Mais Elliott n'a pas bougé, n'a pas dit un mot, alors j'ai regardé, pour observer ce qui se passait. Elliott me souriait, ignorant la main tendue de Presley.

Elle a fait la grimace et a croisé les bras.

– C'est vrai ce que dit Brie ? Tu habites à White Eagle ?

Elliott a haussé un sourcil.

– C'est le siège de la tribu ponca.

– Et alors ?

Il a soupiré, l'air fatigué.

– Je suis cherokee.

– Donc t'es indien. Et White Eagle, c'est pour les Indiens, non ?

– Rentre chez toi, Presley, ai-je supplié, craignant qu'elle l'insulte carrément.

Ses yeux ont brillé d'excitation.

– Houlà, Kit-Cat. On monte sur ses grands chevaux ?

Je l'ai fixée d'un regard furieux.

– Je m'appelle Catherine.

Presley a entraîné ses acolytes jusqu'à une table, de l'autre côté de la salle, en continuant à se moquer de nous.

– Je suis vraiment désolée, ai-je murmuré. Elles font ça parce que tu es avec moi.

– Parce que je suis avec toi ?

– Elles me détestent.

Il a pris une cuillerée de glace, l'air tranquille.

– On se demande pourquoi.

J'ai cherché ce qui, dans mon apparence, rendait les choses aussi évidentes. C'était peut-être pour cela que la ville n'arrêtait pas de nous reprocher, à maman et moi, les erreurs de mes grands-parents. Peut-être que j'avais le look de quelqu'un qu'il fallait haïr.

– Pourquoi t'as l'air aussi gênée ? m'a demandé Elliott.

– Je crois qu'en fait j'espérais que tu ne saurais pas, pour ma famille et la fonderie.

– Ah. Ça. Ma tante m'en a parlé, il y a très longtemps. C'est ce que tu penses ? Qu'elles sont méchantes avec toi à cause de ce que ta famille a provoqué ?

– Qu'est-ce que tu veux que ce soit d'autre ?

– Catherine. Elles sont jalouses de toi.

Dans sa bouche, mon prénom avait résonné comme un petit rire léger. J'ai froncé les sourcils et secoué la tête.

– Jalouses de quoi ? On est fauchés comme les blés.

– Tu t'es regardée ?

J'ai baissé les yeux en rougissant. Papa était le seul à m'avoir jamais fait un compliment sur mon apparence.

– Tu es tout ce qu'elles ne sont pas.

J'ai croisé les bras sur la table et j'ai regardé dehors. Les branches d'un arbre s'agitaient devant le halo de lumière du lampadaire. J'avais envie d'en entendre plus, tout en espérant qu'il parle d'autre chose. C'était un sentiment étrange.

– Ce qu'elles ont dit, ça ne t'a pas énervé ? ai-je finalement demandé.

– Avant, ça m'énervait, si.

– Mais plus maintenant ?

– Mon oncle John dit que si les gens nous énervent, c'est uniquement parce qu'on les laisse faire. Et les laisser nous énerver, c'est leur donner du pouvoir.

– C'est profond.

– Je l'écoute, de temps en temps. Même s'il pense le contraire.

– Et il dit quoi d'autre ?

Il a répondu sans hésiter.

– Que « soit on travaille à s'élever et à contrer l'ignorance par l'éducation, soit on devient vraiment doué pour l'amertume ».

J'ai souri. Elliott avait énoncé les paroles de son oncle avec respect.

– Donc tu choisis de ne pas te laisser blesser par ce que les gens disent de toi ?

– En gros, oui.

Je me suis penchée vers lui.

– Comment tu fais ?

J'étais réellement curieuse de le savoir. Peut-être allait-il me révéler une sorte de secret, de formule magique qui mettrait fin au supplice que Presley et ses amies me faisaient subir en jubilant.

– Attention, hein, il m'arrive de me mettre en colère. Ça me gave quand les gens éprouvent le besoin de me dire que leur ancêtre était une princesse cherokee, ou me demandent si je tiens mon nom de la première chose qu'ont vue mes parents en sortant de leur tipi le jour de ma naissance. Je pourrais péter les plombs quand quelqu'un m'appelle Grand Manitou ou quand j'en vois qui portent une coiffe de plumes en dehors de nos cérémonies. Mais mon oncle dit qu'il faut soit compatir et essayer d'éduquer les gens, soit les laisser mariner dans leur ignorance. En plus, l'ignorance est une tare trop répandue dans le monde pour que je la laisse m'atteindre. Si je faisais ça, je ne ressentirais plus que de la colère, et je ne tiens pas à devenir comme ma mère.

– C'est pour ça que tu cognais notre arbre ?

Il a baissé les yeux. Soit parce qu'il ne voulait pas répondre, soit parce qu'il n'avait pas la réponse.

– Moi, je suis en colère contre beaucoup de choses, ai-je grommelé.

De l'autre côté de la salle, les clones portaient un short en jean déchiré et un chemisier à fleurs. Les imprimés différaient mais le chemisier était le même, venait de la même boutique.

À chaque rentrée, papa essayait de faire en sorte que j'aie les bons vêtements et le bon sac de classe, mais année après année, je perdais mes copines. Maman avait fini par se demander ce qui clochait chez nous, et moi aussi.

En réalité, je détestais Presley parce qu'elle me détestait. Je n'avais pas le courage de dire à maman que je ferais toujours tache. Je n'étais pas assez méchante pour toutes ces filles un peu bêtes, étroites d'esprit. Il m'avait fallu un moment avant de comprendre que je n'en avais pas envie, mais à quinze ans il m'arrivait encore de me demander si me fondre dans la masse ne serait pas mieux que d'être seule. Papa ne pouvait pas éternellement être mon meilleur ami.

J'ai mordu dans mon sorbet. La glace a fondu sur ma langue.

– Arrête, m'a dit Elliott.

– Quoi ?

– De les regarder comme si tu rêvais d'être assise avec elles. Tu vaux mieux que ça.

J'ai souri.

– Tu crois que j'en suis pas consciente ?

Il a ravalé ce qu'il s'apprêtait à dire ensuite.

– Et toi, c'est quoi ton histoire ? ai-je demandé.

– Mes parents sont partis pour six semaines. Ils participent à un séminaire pour couples. Un genre de stage intensif de conseil matrimonial. La tentative de la dernière chance, sans doute.

– Et si la tentative échoue ?

Il a pris sa serviette.

– Je sais pas vraiment. Maman a parlé de revenir ici tous les deux, en dernier recours. Mais c'était il y a un an ou deux, déjà.

– Ils se disputent à propos de quoi ?

– Mon père qui boit. Mon père qui oublie de sortir les poubelles. Ma mère qui n'est jamais contente. Ma mère qui passe trop de temps sur Facebook. Papa dit qu'il boit parce qu'elle l'ignore ; maman dit qu'elle va sur Facebook parce qu'il ne lui parle plus. En gros, ils se disputent pour des conneries, et le ton monte, comme s'ils avaient attendu toute la journée que l'autre le provoque. Maintenant qu'il a – encore – perdu son boulot, c'est pire. Apparemment, d'après le thérapeute, papa a besoin d'être une victime et maman prend du plaisir à l'émasculer. Va savoir ce que ça veut dire…

– Ils t'ont dit tout ça ?

– Pas directement. Disons qu'ils ne sont pas du genre à monter dans leur chambre pour se disputer derrière une porte close.

– Ça craint. Je suis désolée.

– Bof… C'est pas si terrible, finalement.

J'ai changé de position, un peu mal à l'aise.

– On devrait peut-être… heu, on devrait y aller, je crois.

Elliott s'est levé, a attendu que je fasse de même et m'a suivie en direction de la sortie. Comme il était derrière moi, je n'étais pas sûre qu'il ait remarqué Presley et les clones, une main devant la bouche pour dissimuler leurs insultes et leurs gloussements. Quand il s'est arrêté à côté de la poubelle, derrière leur table, j'ai compris que si, il les avait vues.

– Pourquoi vous riez comme ça ? a-t-il demandé.

Je l'ai tiré par la chemise en le suppliant du regard pour qu'il laisse tomber.

Presley a redressé les épaules et le menton, ravie d'avoir été remarquée.

– Kit-Cat est tellement mignonne avec son nouveau petit ami. Ça fait plaisir de voir que tu essaies de ne pas lui faire de peine. J'ai tort ?

Elliott s'est planté devant leur table, et les gloussements se sont tus. Il a soupiré.

– Tu sais pourquoi tu n'assouviras jamais ce besoin de toujours rabaisser les autres pour te sentir meilleure qu'eux, Presley ?

Elle l'a fixé comme un serpent prêt à mordre.

Elliott a continué :

– Parce que c'est un plaisir à court terme. Il ne dure jamais, et tu ne pourras pas t'arrêter parce que c'est le seul plaisir que tu éprouveras jamais dans ta petite vie sinistre et pathétique centrée sur la décoloration de tes cheveux et les manucures. Tes amies ? Elles ne t'aiment pas. Personne ne t'aime, parce que *toi* tu ne t'aimes pas.

Chaque fois que tu t'en prendras à Catherine, maintenant, elle saura. Elle saura pourquoi tu le fais, tes amies le sauront, et toi aussi, tu sauras ce que tu cherches à compenser. Chaque fois que tu insulteras Catherine, ton secret se répandra un peu plus.

Il a regardé les trois clones puis Presley dans les yeux, et il a conclu :

– Je vous souhaite la fin de journée que vous méritez.

Il s'est dirigé vers la porte, l'a ouverte et m'a fait signe de sortir. On a navigué entre les voitures pour traverser le parking, et on a repris le chemin de notre quartier. Les lampadaires étaient allumés, des insectes voletaient tout autour. Le silence soulignait le bruit de nos pas sur le trottoir.

– C'était… fabuleux. Jamais je ne pourrais remettre quelqu'un à sa place comme ça.

– J'habite pas ici, ça facilite les choses. Et puis ce n'était pas complètement de moi.

– Comment ça ?

– C'est tiré du *Club des collés*, la comédie musicale. Ne me dis pas que tu ne regardais pas ça quand t'étais petite.

Je l'ai dévisagé sans comprendre, et puis j'ai éclaté de rire.

– Le film qui est sorti quand on avait huit ans ?

– Je l'ai regardé tous les jours pendant au moins un an et demi.

– Waouh ! Je n'avais pas du tout fait le rapprochement.

– Presley n'a pas compris non plus, heureusement. Ça aurait rendu mon monologue beaucoup moins intimidant.

J'ai ri encore et, cette fois, Elliott a ri aussi.

Et puis il m'a donné un petit coup de coude.

– C'est vrai que tu as un petit ami qui n'est pas d'ici ?

Heureusement qu'il faisait nuit, j'étais rouge comme une tomate.

– Non.

– C'est bon à savoir.

– Je leur ai dit ça une fois, il y a longtemps, en espérant qu'après elles me laisseraient tranquille.

– J'en déduis que ça n'a pas marché ?

J'ai secoué la tête, en repensant à tout ce qu'elles m'avaient fait subir. C'était comme une blessure à peine refermée qui se rouvrait en moi.

Elliott a reniflé, puis s'est gratté le bout du nez du revers écorché de sa main.

– C'est douloureux ? ai-je demandé.

Le moment n'était plus aux rires et aux sourires. Un chien a aboyé à quelques maisons de là, grave et solitaire. Un climatiseur a cliqueté et s'est mis en branle, un moteur a ronflé. Le silence s'est installé entre nous, et la lumière, dans les yeux d'Elliott, a disparu.

– Excuse-moi. Ça ne me regarde pas.

– Pourquoi ? s'est-il étonné.

J'ai haussé les épaules.

– Ça a l'air personnel, tout simplement.

– Je viens de te parler de mes parents et de tous leurs problèmes, mais ma main écorchée, c'est personnel ?

Je ne savais pas quoi répondre.

– Je me suis énervé. Et je me suis défoulé sur votre chêne. Tu vois, y a pas de miracle. Il m'arrive encore de me mettre en colère.

J'ai ralenti le pas.

– À cause de tes parents ?

Il a secoué la tête. Je voyais bien qu'il ne voulait pas m'en dire plus, alors je n'ai pas insisté. Dans notre quartier tranquille, sur cette route marquant les limites de la ville, le monde tel qu'Elliott et moi le connaissions était en train de disparaître, même si nous ne le savions pas encore vraiment.

Des maisons bordaient la rue, comme autant d'îlots de vie et d'activité. Les fenêtres éclairées fendaient l'obscurité entre deux lampadaires. De temps à autre, une ombre passait devant l'une d'elles et je me demandais quel genre d'existence on menait sur cette île, si on aimait les séries du vendredi soir à la télévision, roulé en boule sur le canapé, si on pensait sans arrêt aux factures à payer. Sans doute pas.

Quand on est arrivés devant mon portail, mon île était plongée dans l'obscurité et le silence. J'aurais aimé voir le halo de lumière aux fenêtres, ou la lueur de la télévision allumée.

Elliott a plongé les mains dans ses poches, faisant tinter sa monnaie.

– Ils sont là ?

J'ai regardé en direction du garage. Il y avait la Buick de papa et la Lexus de maman juste derrière.

– On dirait.

– J'espère que je n'ai pas rendu les choses plus difficiles, entre Presley et toi.

D'un geste, je lui ai fait comprendre que ça n'avait pas d'importance.

– Entre elle et moi, ça remonte à très longtemps. Tu es la première personne à me défendre. Je ne suis pas sûre qu'elle sache comment prendre ta réaction.

– Avec un peu de chance, elle la mettra bien au chaud à côté du bâton qu'elle a dans le cul.

J'ai éclaté de rire et, visiblement, ça a fait très plaisir à Elliott.

– Tu as un numéro de portable ?

– Non.

– *Non ?* Vraiment ? Ou tu ne veux juste pas me le donner ?

J'ai secoué la tête, en riant encore un coup.

– Vraiment. Qui m'appellerait, de toute façon ?

– Ben… moi.

– Oh.

J'ai levé le loquet du portillon et j'ai poussé le battant. Il s'est refermé derrière moi, je me suis retournée pour faire face à Elliott. Il regardait la maison sans crainte, comme n'importe quelle autre maison. Son courage a réchauffé quelque chose de profondément enfoui en moi.

– On est pratiquement voisins, alors… je suis sûr qu'on va se revoir.

– Oui, d'accord. Enfin… c'est probable, ai-je dit en hochant la tête.

– Qu'est-ce que tu fais, demain ? Tu as un boulot ?

– Non. Maman veut que je participe aux travaux ménagers, pendant l'été.

– Je peux passer ? Je ferai semblant de ne pas prendre de photos de toi.

– Bien sûr. Sauf si mes parents me font un plan pas cool.

Il s'est redressé un peu, j'ai même eu l'impression qu'il bombait le torse. Et il a reculé de quelques pas.

– D'accord. À demain, alors.

Il est parti en direction de chez lui, j'ai fait pareil. Sur le porche, les craquements du plancher déformé m'ont paru suffisamment bruyants pour attirer l'attention de mes parents, mais la maison est restée plongée dans l'obscurité. J'ai ouvert la porte en maudissant les gonds qui grinçaient. Une fois à l'intérieur, j'ai attendu. Pas de conversation étouffée, ni de bruit de pas. Pas de colère refoulée venant d'en haut. Pas de murmures.

Chaque pas semblait claironner mon retour tandis que je gravissais l'escalier menant à l'étage. Je restais au centre des marches, pour ne pas frotter contre le papier peint. Maman tenait à ce que l'on fasse très attention à la maison, comme si c'était un membre de la famille à part entière. J'ai longé le corridor, m'arrêtant quand une latte a grincé devant la chambre de mes parents. Puis, comme rien ne bougeait, j'ai continué jusqu'à ma chambre.

Les rayures horizontales du papier peint avaient beau être rose pâle et beiges, elles me donnaient l'impression d'être en cage. J'ai retiré mes chaussures et, sans allumer la lumière, suis allée jusqu'à la fenêtre. La peinture blanche des montants était écaillée, il y en avait par terre, au pied du mur.

Dehors, dans la rue, Elliott apparaissait et disparaissait au gré des lampadaires. En longeant le terrain des Fenton, il a regardé son téléphone. Je me suis demandé s'il allait rentrer dans une maison silencieuse, si sa tante avait laissé toutes les lumières allumées, si elle se disputait avec son mari, s'ils étaient en train de se réconcilier, ou si elle attendait Elliott.

Sur ma commode, j'ai regardé la boîte à bijoux que m'avait offerte papa pour mes quatre ans. Je l'ai ouverte, et la ballerine s'est mise à tournoyer devant un petit miroir ovale collé sur de la feutrine rose pâle. Les détails de son visage s'étaient effacés, il ne restait que deux points noirs pour les yeux. Son tutu était froissé. Le ressort sur lequel elle était fixée était tordu et elle penchait un peu trop sur le côté quand elle faisait ses pirouettes, mais la mélodie lente, obsédante, sonnait encore parfaitement.

Le papier peint se décollait ici et là, un peu comme la peinture. Il y avait une tache marron au plafond qui grandissait un peu plus chaque année. Mon lit métallique blanc grinçait au moindre mouvement et les portes du placard ne coulissaient plus aussi bien qu'avant, mais ma chambre, c'était mon univers, un endroit où l'obscurité n'avait pas sa place. Le statut de paria de ma famille et la colère de maman étaient loin, très loin quand je me trouvais entre ces quatre murs, et je n'avais jamais senti cela ailleurs avant de m'asseoir à une table collante, en face d'un garçon à la peau cuivrée dont les grands yeux marron me regardaient sans pitié ni mépris.

Je suis restée devant la fenêtre, même si je ne voyais plus Elliott. Il était différent – pas juste bizarre – mais il m'avait trouvée. Et en cet instant, ne plus me sentir perdue m'a fait du bien.

Chapitre 2

Catherine

– Catherine !

Je suis descendue d'un pas léger. Papa m'attendait au pied de l'escalier en souriant.

– Tu as l'air bien guillerette, aujourd'hui. Une raison en particulier ?

Je me suis arrêtée sur l'avant-dernière marche.

– C'est l'été ?

– Non. Ton sourire « c'est l'été », je l'ai déjà vu. Celui-ci est différent.

J'ai haussé les épaules en prenant une tranche de bacon bien croustillant sur la serviette en papier qu'il avait dans la main. Ma seule réponse a été une série de cric-croc qui a fait rire mon père.

– J'ai un entretien cet après-midi, à quatorze heures, mais je pensais qu'on aurait pu aller faire du vélo autour du lac, avant.

J'ai pris un autre morceau de bacon, sans arrêter de mâcher.

– J'ai des projets, en fait.

Papa a haussé un sourcil.

– Avec Elliott.

Entre ses sourcils, les deux plis se sont creusés un peu plus.

– Elliott.

Il avait dit ça comme s'il cherchait dans sa mémoire. J'ai souri.

– Le neveu de Leigh. Le garçon bizarre qui était dans notre jardin.

– Celui qui cognait sur l'arbre ?

Je l'ai regardé sans comprendre. Papa a fini par venir à mon secours.

– J'avoue, je l'avais vu.

– Mais… tu m'as juste demandé s'il abîmait notre jardin.

– Je ne voulais pas t'inquiéter, ma princesse. Je ne suis pas certain d'être ravi à l'idée que tu te promènes avec un garçon qui s'attaque aux arbres.

– On ne sait pas ce qui se passe chez lui, papa.

– Je ne voudrais pas non plus que ma fille soit mêlée à quoi que ce soit…

J'ai secoué la tête.

– Peut-être que son oncle et sa tante disent la même chose de notre famille, aujourd'hui. Je suis quasiment sûre que tout le quartier a entendu, hier soir.

– Désolé. Je ne me suis pas rendu compte.

– C'était surtout elle, ai-je grommelé.

– C'était nous deux.

– Il a rabattu le caquet de Presley, hier soir.

– Le garçon de l'arbre ? Attends. Tu veux dire quoi, par hier soir ?

J'ai dégluti.

– On est allés chez *Braum*... après le retour de maman.

– Oh ! Je vois. Et il s'est bien comporté ? Je veux dire... il n'a pas essayé de frapper Presley, ou un truc dans ce genre ?

J'ai rigolé.

– Mais non, papa !

– Je suis désolé de ne pas être venu te dire bonsoir. Nous nous sommes couchés très tard.

On a toqué à notre porte. Trois fois, d'abord, puis deux.

– C'est lui ? a demandé papa.

– Je sais pas. On s'est pas donné d'heure précise.

J'ai regardé papa aller ouvrir. Il s'est redressé un peu avant de tourner la poignée. Elliott est apparu. Il devait sortir de sous la douche, ses cheveux étaient encore mouillés et brillaient. Il tenait son appareil photo des deux mains, malgré la courroie passée autour de son cou.

– Bonjour monsieur... heu...

– Calhoun, a dit papa en prenant la main d'Elliott pour la secouer fermement, avant de se tourner vers moi. Je croyais que vous vous étiez vus hier soir. Et tu ne lui as même pas demandé son nom de famille ? a-t-il ajouté à l'intention d'Elliott.

Elliott a eu un sourire timide.

– C'est parce que j'étais un peu nerveux à l'idée de vous rencontrer.

Le regard de papa s'est adouci, j'ai senti qu'il se détendait.

– Tu savais que son prénom, c'est Princesse ?

– Papa !

Il m'a fait un clin d'œil.

– Soyez rentrés pour le dîner.

– Bien, monsieur, a dit Elliott en s'écartant.

J'ai fait un petit bisou à papa et je suis sortie. On est descendus jusqu'à la barrière.

– Il fait déjà une de ces chaleurs, a dit Elliott en s'essuyant le front. J'ai l'impression que cet été va être carrément dur.

– Tu es venu tôt. Qu'est-ce que tu veux ?

Il m'a donné un petit coup de coude.

– Traîner avec toi.

– Et l'appareil, c'est pour quoi ?

– Je me disais qu'on pourrait aller à la rivière, aujourd'hui.

– Pour… ?

Il a brandi son appareil photo.

– Pour prendre des photos.

– De la rivière ?

Il a souri.

– Tu verras bien.

On est partis vers le nord, en direction de chez *Braum*, mais on a tourné dans la rue d'avant. La terre ocre rouge et les graviers ont bientôt remplacé l'asphalte, et on a encore marché un bon kilomètre avant d'arriver au bord de Deep Creek. La rivière n'était pas très large et, en dehors d'une partie qui devait faire trois mètres, je pouvais la franchir d'un bond en prenant mon élan. On a remonté la berge jusqu'à un endroit où le fond pierreux était visible sous l'eau.

Elliott n'a plus dit un mot, et s'est mis à bricoler son appareil. Il a pris une photo, a vérifié les réglages, en a pris d'autres. Je l'ai regardé faire pendant une heure, et puis je me suis promenée toute seule, en attendant qu'il soit satisfait.

– Superbe, a-t-il simplement dit tout à coup. Allez, on y va !

– Où ça ?

– Au parc.

On a rebroussé chemin, en nous arrêtant chez *Braum* pour demander de l'eau fraîche. J'ai appuyé un pouce sur mon épaule. Il a laissé une trace blanche, puis le rouge est revenu.

– Coup de soleil ? a demandé Elliott.

– J'en prends toujours, en juin. Je brûle une fois, et c'est bon pour le reste de l'été.

– Ça, c'est un truc que je ne connais pas !

J'ai regardé sa peau cuivrée avec envie. Elle semblait douce et agréable à toucher, et ces pensées m'ont mise mal à l'aise parce qu'elles étaient nouvelles pour moi.

– Tu devrais toujours avoir de la crème solaire sur toi. Ça va faire mal.

– Mais non. Ça va aller. Tu verras.

– Je verrai quoi ?

Je l'ai bousculé un peu.

– Je voulais juste dire que ça ne fait pas mal.

Il a retenu un sourire, m'a poussée à son tour. J'ai perdu l'équilibre contre le grillage et ma chemisette s'est accrochée à un morceau de fil de fer qui dépassait. J'ai poussé un cri, Elliott a tendu les mains vers le tissu au moment où il se déchirait.

– Attention !

– Je suis coincée !

J'étais pliée en deux, les mains agrippées au grillage pour ne pas tomber et agrandir la déchirure.

– Laisse-moi faire, a dit Elliott en retirant délicatement le tissu du grillage. J'y suis presque. Je suis désolé, c'était idiot de ma part.

Ma chemisette décrochée, il m'a aidée à me redresser. J'ai regardé l'accroc et j'ai rigolé.

– C'est pas grave. Je suis super maladroite.

– Je le sais, pourtant, qu'il ne faut pas bousculer une fille.

– Tu ne m'as pas fait mal.

– Je sais, mais… C'est juste que mon père s'énerve de temps en temps et pète les plombs. Je ne sais pas quand ça a commencé. Peut-être qu'il a toujours été comme ça. Mais je ne veux pas devenir comme lui.

– Maman pète les plombs, elle aussi.

– Elle frappe ton père ?

J'ai secoué la tête.

– Non.

Il a serré les dents, et a tourné pour aller au parc, en me faisant signe de le suivre. Il n'a plus rien dit pendant un moment, jusqu'à ce que l'on entende des cris et des rires d'enfants, au loin.

Beatle Park n'était pas très bien entretenu, mais des tas d'humains en petit format y jouaient quand même. Je me suis dit qu'Elliott allait avoir du mal à faire des photos sans qu'un mioche baveux ou morveux entre dans le champ, mais un tas de fûts rouillés et une balançoire à bascule toute cassée sur lesquels personne ne jouait ont attiré son attention. Au bout d'une heure, les mamans et les nounous ont commencé à réunir les enfants et à les canaliser en direction des monospaces. C'était l'heure du déjeuner. En quelques minutes, il n'y a plus eu que nous deux dans le parc.

Elliott m'a proposé une balançoire, je me suis installée et ai rigolé quand il s'est mis à me pousser. Puis il a repris son appareil et je me suis caché le visage.

– Non !

– C'est pire, quand tu essaies de te cacher.

– Mais je n'aime pas ça. Arrête, s'il te plaît.

Elliott a laissé retomber l'appareil devant lui en secouant la tête.

– C'est bizarre, quand même.

– Ben oui, ça doit être ça. Je suis bizarre.

– Non… c'est juste que… C'est comme si le soleil couchant regrettait d'être aussi beau.

J'ai continué à me balancer en essayant de ne pas sourire. Une fois de plus, je ne savais pas s'il me faisait un compliment ou si c'était juste sa façon de voir le monde.

– C'est quand, ton anniversaire ?

J'ai froncé les sourcils, prise de court.

– En février, pourquoi ?

Il a rigolé.

– Le combien, en février ?
– Le 2 février. Et toi ?
– 16 novembre. Je suis Scorpion. Et toi, tu es…
Il a levé la tête, pour réfléchir.
– Oh ! T'es Verseau. Un signe d'air. Très mystérieux.
Un rire nerveux est sorti de ma gorge.
– J'aimerais bien savoir ce que ça veut dire.
– Ça veut dire qu'on ne devrait surtout pas passer du temps ensemble, d'après ma mère. Elle s'intéresse beaucoup à ce genre de trucs.
– L'astrologie ?
– Oui.
Il semblait mal à l'aise, soudain, de m'avoir confié ce détail.
– Les Cherokees croient en l'astrologie ? C'est peut-être une question idiote, désolée.
Il a secoué la tête.
– Non. C'est juste une distraction.
Elliott s'est assis à côté de moi sur l'autre balançoire, il a pris son élan et s'est balancé, attrapant au passage la chaîne de mon siège, pour m'entraîner. À mon tour, j'ai poussé sur mes jambes pour prendre de l'élan et, très vite, on est montés si haut que toute la structure basculait quand on arrivait au sommet. J'ai tendu mes orteils en direction du ciel, et j'ai retrouvé le même sentiment d'euphorie que lorsque j'étais petite.
Et puis nos balançoires ont ralenti, et j'ai regardé Elliott, qui me regardait. Il m'a tendu la main, mais j'ai hésité.

– Cherche pas midi à quatorze heures. Prends-la, c'est tout.

J'ai glissé mes doigts entre les siens. On avait les paumes moites et glissantes, c'était pas franchement agréable, mais c'était la première fois que je prenais la main d'un garçon, et j'ai ressenti un frisson d'excitation ridicule dont j'ai aussitôt décidé de ne pas parler. Je ne trouvais pas Elliott mignon, ni drôle, mais il était gentil. Ses yeux semblaient tout voir, et pourtant il voulait passer du temps avec moi.

– C'est comment chez ton oncle et ta tante ? ai-je demandé. Tu t'y plais ?

Il m'a regardée en plissant les yeux à cause du soleil.

– En gros, ça va. Ma tante est… elle a un passif assez lourd.

– Par exemple ?

– Ils n'en parlent pas avec moi, mais d'après ce que j'ai entendu les autres années, les Youngblood ne l'ont pas tout de suite acceptée dans la famille. Mon oncle a juste continué à l'aimer jusqu'à ce qu'ils s'y fassent.

– Parce qu'elle est…

J'ai balbutié et ça l'a fait rire.

– C'est bon, tu peux le dire, tu sais. Mes grands-parents aussi ont eu du mal. Ma tante Leigh est blanche.

J'ai retenu mon rire.

– Et toi ? C'est vrai que tu vas partir dès que tu auras fini le lycée ?

J'ai hoché la tête, tout en dessinant des cercles dans la poussière du bout de ma sandale.

– J'aime bien Oak Creek, mais je ne veux pas rester ici toute ma vie. Pas une seconde de plus que nécessaire, en tout cas.

– Moi je veux voyager, avec mon appareil. Prendre des photos de la Terre et du ciel, et de tout ce qu'il y a entre les deux. Tu pourrais venir avec moi.

Cette fois j'ai ri.

– Et je ferais quoi ?

Il a haussé les épaules.

– Tu ferais ce qu'il y a entre les deux.

J'ai repensé à ce qu'avait dit papa. Je voulais lui prouver qu'il avait tort.

– Je ne suis pas certaine de vouloir voyager à travers le monde avec quelqu'un qui frappe les arbres, ai-je dit avec un petit sourire en coin.

– Oh, ça…

Je lui ai donné un petit coup de coude.

– Oui, ça. Qu'est-ce qui t'a pris ?

– La philosophie de mon oncle John sur la colère avait dû m'échapper, ce jour-là.

– Tout le monde se met en colère de temps en temps. Se défouler sur un arbre, ce n'est pas plus mal. Mais la prochaine fois, mets des gants de boxe, peut-être.

Il a rigolé doucement.

– Ma tante a parlé d'installer un punching-ball dans le garage.

– C'est bien, pour évacuer la pression, je trouve.

– Qu'est-ce que tu vas faire, alors, si tu ne voyages pas dans le monde avec moi ?

– Je ne sais pas trop. Il ne reste que trois ans, et je me dis que je devrais avoir au moins un projet mais, en même temps, à quinze ans ce serait fou de savoir ce qu'on veut faire. Pfff… ça me stresse.

– T'as qu'à me tenir la main, en attendant.

– Catherine ?

J'ai levé la tête. En voyant Owen, j'ai lâché la main d'Elliott et je me suis levée.

– Tiens, salut.

Owen s'est approché et s'est essuyé le front parce qu'il transpirait.

– C'est ton père qui m'a dit que tu étais peut-être par là.

Son regard naviguait entre Elliott et moi.

– Je te présente Elliott. Il habite un peu plus loin dans la rue.

Elliott s'est levé et lui a tendu la main. Owen n'a pas bougé. Il fixait d'un air inquiet cet inconnu grand et basané.

– Owen… ai-je murmuré.

Il a cligné des yeux, a serré la main d'Elliott et s'est tourné vers moi.

– Heu… désolé. Je… En fait, je pars en colo, demain. Ça te dit de passer à la maison ce soir ?

– Ben… je… on avait un peu prévu de…

J'ai regardé Elliott, l'expression d'Owen s'est assombrie.

– Mais je pars demain.

Je me suis vue manger du pop-corn pendant des heures tandis qu'Owen descendrait d'innombrables mercenaires de l'espace.

– Je sais… Tu pourrais venir avec nous !

– Ma mère voudra jamais que je sorte ce soir. Elle veut que je rentre tôt.

– Je suis vraiment désolée, Owen.

Il m'a regardée d'un air bougon et a fait demi-tour.

– C'est ça. Ben à plus, alors. Dans deux semaines.

– Oui, d'accord. Super. Amuse-toi bien à ta colo sciences et jeux.

D'un mouvement de tête, il a chassé ses cheveux blonds de ses yeux, puis il a fourré les poings dans ses poches et il est parti. Il habitait à l'opposé de chez moi, dans un quartier beaucoup plus joli. Sa maison était nichée au fond d'une impasse boisée. J'avais passé un bon tiers de mon enfance là-bas, affalée sur un pouf poire, devant la télé. J'aurais aimé passer un peu de temps avec Owen avant qu'il parte, mais Elliott était un garçon à plusieurs facettes, et je n'avais que les quelques semaines des vacances d'été pour les découvrir.

– C'était qui ? m'a demandé Elliott.

Pour la première fois, le petit sourire détaché qu'il affichait en permanence avait disparu.

– Owen. C'est un copain de classe. Un des deux seuls. Il est amoureux de mon amie Minka. On traîne tous les trois ensemble depuis le CP. C'est un dingue de jeux vidéo, et il aime bien que Minka et moi on le regarde jouer. Jouer à deux, c'est pas trop son truc, il trouve qu'on met trop de temps à se décider.

– Un des trois, a dit Elliott avec un nouveau sourire.

– Pardon ?

– Owen est un de tes trois amis.

– C'est sympa de dire ça.

J'ai regardé ma montre pour qu'il ne voie pas que je rougissais. Et je me suis aperçue que le temps avait filé. Le soleil avait tourné, nos ombres s'allongeaient. On avait passé deux heures à Beatle Park.

– C'est l'heure de manger. Tu veux venir à la maison pour un sandwich ?

Elliott m'a suivie en direction de Juniper Street. On a marché sans dire grand-chose et il n'a pas cherché à me prendre la main, mais je sentais un picotement à l'endroit de ma paume qui avait touché la sienne. Je me suis arrêtée en poussant le portillon. La voiture de maman était garée derrière la Buick, et je les ai entendus se disputer.

– Je me ferai un sandwich à la maison, a dit Elliott. Mais si tu préfères, je peux entrer avec toi. C'est comme tu veux.

– Je suis désolée.

– Ce n'est pas ta faute.

Il a ramené une mèche de cheveux derrière son oreille, et puis il a pris la décision pour moi. Il a refermé le portillon entre nous et s'est éloigné en direction de chez sa tante.

J'ai monté les marches du porche au ralenti. En entendant qu'ils baissaient le ton, j'ai fait la grimace.

– C'est moi ! ai-je lancé en entrant.

Ils étaient dans la salle à manger, papa assis à table, les doigts entrelacés devant lui.

– T'as pas eu le boulot ?

Il était blême, de larges auréoles de transpiration marquaient sa chemise aux aisselles. Il a tenté un petit sourire.

– Il y avait cent postulants pour ce boulot, tous plus jeunes et plus intelligents que ton vieux père.

– Ça, ça m'étonnerait.

Je suis allée dans la cuisine, j'ai rempli deux verres d'eau glacée et j'en ai posé un devant lui.

– Merci ma princesse.

Il a bu une grande gorgée. Maman a levé les yeux au ciel et a croisé les bras.

– Écoute, ça pourrait marcher. On a toute cette place, et…

– J'ai dit non, chérie, l'a interrompue papa d'un ton ferme. Il n'y a jamais de touristes, ici, et pour cause. Il n'y a rien à voir à part des boutiques fermées et le *Pizza Hut*. Les gens qui s'arrêtent ici, c'est des gars de la raffinerie ou des routiers qui quittent l'autoroute pour la nuit. Une maison d'hôtes, ça ne les intéresse pas.

– Il n'y a qu'un hôtel, a répliqué maman. Et il affiche complet presque tous les soirs.

– Pas tous les soirs, non, a dit papa en se tapotant le front avec une serviette en papier. Et en admettant qu'on récupère le trop-plein, ça ne suffirait pas à nous faire vivre.

– Papa ? Ça va ?

– Ça va, Catherine, ne t'inquiète pas. Il fait juste trop chaud, aujourd'hui.

– Bois encore un peu, ai-je insisté en poussant son verre.

– Tu sais que j'ai toujours eu envie de ça pour la maison, a insisté maman en se tordant les mains.

– Il faut de l'argent pour démarrer une affaire. Et je n'aime pas tellement l'idée d'héberger des inconnus dans la maison en présence de Catherine.

– Tu viens de dire qu'on n'aurait personne.

– Parce que c'est vrai, Mavis. Si cette maison était à San Francisco, ou dans les environs d'un lieu touristique renommé, on aurait du monde. Mais on est en plein milieu de l'Oklahoma, et il n'y a rien à voir à moins de deux heures de route.

– Il y a deux lacs, a précisé maman.

– Les gens qui vont au lac n'y passent que la journée, ou alors ils campent. On n'est pas au bord de Table Rock Lake, avec Branson à dix minutes. Ce n'est pas pareil.

– Ça pourrait, si on faisait de la pub. Si on obtenait de la ville qu'elle travaille avec nous.

– Pour faire quoi, exactement ? Se lancer dans ce genre d'aventure quand on n'arrive déjà pas à payer les factures courantes, c'est irresponsable.

Papa m'a regardée, comme s'il regrettait ce qu'il venait de dire.

– Je pourrais travailler, ai-je lâché.

– Elle pourrait travailler pour moi dans la maison d'hôtes Villa Juniper, a dit maman.

Papa a poussé un soupir exaspéré.

– Non, chérie. Tu ne pourrais pas la payer, alors à quoi bon ? Regarde-moi. Tu sais que ce n'est pas une bonne idée. Tu le sais.

– J'appellerai la banque demain matin. Sally nous fera un prêt. J'en suis sûre.

Papa a tapé du poing sur la table.

– Bon sang, Mavis ! J'ai dit non ! Les narines de maman ont frémi.

– C'est à cause de toi qu'on en est là ! Si tu avais fait ton boulot comme il faut, ils ne t'auraient pas viré !

– Maman… ai-je supplié.

Elle m'a ignorée.

– C'est ta faute ! On n'a plus un sou, alors que tu étais censé subvenir à nos besoins ! Tu avais promis ! Et maintenant, tu restes à la maison toute la journée et il n'y a plus que mon salaire ! On va devoir vendre la maison. Et on va aller où ? Comment j'ai fait pour épouser un incapable pareil ?

– Maman, ça suffit ! ai-je hurlé.

Les mains tremblantes, elle a examiné ses ongles, puis s'est recoiffée, avant de tourner les talons pour monter à l'étage en reniflant.

Papa m'a regardée, à la fois gêné et désolé.

– Elle ne le pensait pas, ma princesse.

– Elle ne le pense jamais, ai-je grommelé en m'asseyant en face de lui.

Il a eu un tout petit sourire.

– Elle est un peu stressée, c'est tout.

J'ai tendu la main par-dessus la table et j'ai pris la sienne, froide et moite.

– Et toi, non ?

Il m'a fait un clin d'œil.

– Tu me connais. Tomber, c'est facile. Se remettre sur pied, c'est plus compliqué. Mais je vais trouver une solution, ne t'inquiète pas.

Il s'est massé l'épaule.

– Je ne suis pas inquiète. Je vais aller voir chez *Braum*, peut-être qu'ils embauchent.

– Ne t'emballe pas. On verra le mois prochain. Peut-être.

– Ça ne me dérange vraiment pas, tu sais.

– Qu'est-ce que tu as mangé pour le déjeuner ?

J'ai baissé la tête, papa m'a fait les gros yeux.

– File te préparer quelque chose à la cuisine. Je vais monter pour essayer de calmer ta mère.

Il s'est levé avec difficulté et a manqué de perdre l'équilibre. J'ai couru pour le soutenir.

– Papa ! Tu as attrapé une insolation ou quoi ?

– Je vais prendre mon verre, je crois.

Je l'ai regardé monter les marches au ralenti, et l'ai trouvé vieux, fatigué. Une fille, ça ne veut pas voir son père autrement qu'invincible.

J'ai attendu qu'il soit arrivé à l'étage, puis je suis allée à la cuisine. Dans le frigo, il ne restait qu'un bout de fromage et de la mayonnaise. Je les ai sortis et j'ai cherché du pain. Il n'y en avait plus.

Dans un placard, j'ai trouvé une boîte de crackers alors j'en ai tartiné quelques-uns avec de la mayonnaise et j'ai découpé le fromage en autant de petits carrés que possible. Maman s'inquiétait tellement qu'elle avait oublié de faire les courses. Allait-on pouvoir les faire encore longtemps ?

La chaise de papa a craqué quand je me suis assise à sa place. J'ai pris le premier cracker et j'ai mordu dedans. Papa et maman ne se disputaient pas – elle ne pleurait même pas, alors que d'habitude, quand elle était stressée à ce point, c'étaient les grandes eaux. Du coup, je me suis demandé ce qui se passait là-haut, et pourquoi elle n'était pas au bureau.

Le lustre a vibré, au-dessus de ma tête, et les tuyaux se sont mis à gémir. J'ai poussé un soupir de soulagement, papa devait lui faire couler un bain pour la calmer.

J'ai fini mon déjeuner, lavé mon assiette, et je suis sortie m'installer sur la balancelle, sur le porche. Elliott y était déjà, avec deux énormes brownies dans de la Cellophane et deux Coca.

– Dessert ?

Je me suis assise à côté de lui, détendue et heureuse. J'ai ouvert mon brownie et j'ai mordu dedans.

– Mmmh… ta tante ?

Il a souri.

– À l'église, elle raconte aux dames du groupe de bénévoles que c'est sa recette.

– Et c'est pas vrai ? Elle nous en a déjà fait, pourtant. Les brownies de Leigh sont connus dans tout le quartier.

– C'est celle de ma mère. Mais tante Leigh est très gentille avec moi, alors je la balance pas.

J'ai souri.

– Je ne dirai rien.

Il a poussé sur ses pieds pour nous balancer.

– Je sais. C'est ce que j'aime, chez toi.

– C'est-à-dire ?

– Est-ce que tu as dit à quelqu'un que mon oncle avait perdu son boulot ?

– Bien sûr que non.

Il s'est calé dans la balancelle, les deux mains derrière la tête.

– Ben voilà. Tu sais garder un secret.

Chapitre 3

Elliott

Je suis retourné chez Catherine le lendemain, et le jour d'après, et chaque jour, ensuite, pendant deux semaines. On allait manger une glace, faire un tour à la rivière, au parc… ou nulle part en particulier. On se promenait juste. De cette manière, si ses parents se disputaient, elle n'était pas là pour les voir. Je ne pouvais pas faire grand-chose d'autre pour améliorer la situation, mais ça lui allait.

Catherine devait être sur la balancelle du porche, comme tous les après-midi, à attendre que je m'aventure dans son quartier. J'avais tondu des pelouses toute la matinée, essayant de terminer avant que les gros nuages sombres qui pointaient leur nez en direction du sud-ouest n'arrivent à Oak Creek.

Chaque fois que j'étais rentré boire, j'avais trouvé mon oncle John scotché à la télé, regardant le bulletin météo, attentif aux changements de pression et aux prévisions de coups de vent. Le tonnerre grondait depuis une bonne heure, de plus en plus fort. Après ma dernière pelouse, je suis rentré en courant, j'ai pris une douche et je suis reparti en attrapant mon appareil photo au passage, faisant de mon mieux pour ne pas avoir l'air de me dépêcher en arrivant chez Catherine.

Sa chemisette fine, sans manches, collait à sa peau moite. Elle tirait sur les franges de son short en jean avec ce qui restait de ses ongles rongés. La lourdeur de l'air devenait insupportable, et quand j'ai senti la fraîcheur arriver en même temps que le ciel s'assombrissait, j'ai soupiré d'aise. Les feuilles se sont mises à frémir. Une brise annonciatrice d'orage a balayé la chaleur qui ondoyait au-dessus de l'asphalte quelques instants plus tôt.

M. Calhoun est sorti de la maison, l'air pressé, en nouant sa cravate.

– J'ai deux entretiens, ma princesse. À ce soir.

Il est descendu d'un pas léger, pour remonter et venir l'embrasser sur la joue avant de me regarder d'un drôle d'air. Puis il a couru vers la Buick et a reculé plein pot.

La balancelle a rebondi et les chaînes ont tremblé quand je me suis assis à côté de Catherine. J'ai poussé du bout des pieds, on s'est balancés de façon un peu bancale. Catherine ne disait rien. Ses longs doigts fins ont attiré mon attention. J'aurais aimé lui tenir la main, mais je voulais que ça vienne d'elle, cette fois. Les chaînes de la balancelle grinçaient doucement, en rythme. J'ai penché la tête en arrière et j'ai regardé les toiles d'araignées au plafond. J'ai remarqué aussi tous les insectes morts dans la lampe qui éclairait le porche.

– Tu as ton appareil ? a demandé Catherine.

J'ai posé une main sur mon sac.

– Bien sûr.

– Tu as pris des centaines de photos d'herbe, de la rivière, des balançoires, du toboggan, des arbres et de la voie de chemin de fer. On a parlé de tes parents un peu, et des miens beaucoup. De Presley et des clones, de foot, de l'université où on rêverait d'aller, et de l'endroit où l'on aimerait être dans cinq ans. On fait quoi, aujourd'hui ?

J'ai souri.

– Toi.

– Moi ?

– Il va pleuvoir. Je me suis dit qu'on pourrait rester ici.

– Chez moi ?

Je me suis levé et je lui ai tendu la main. *C'était bien la peine d'attendre qu'elle se décide, tiens...*

– Viens avec moi.

– Tu veux faire une séance photo ? Je... j'aime pas tellement qu'on me prenne en photo.

Elle n'a pas pris ma main, alors je l'ai fourrée dans ma poche en essayant de ne pas mourir de honte.

– Pas de photo aujourd'hui. Je voulais te montrer quelque chose.

– Quoi ?

– La chose la plus belle que j'aie jamais photographiée.

Catherine m'a suivi dans la rue, jusqu'à la maison de mon oncle et ma tante. C'était la première fois depuis plusieurs semaines qu'on allait quelque part sans être trempés de sueur.

Chez ma tante Leigh, ça sentait la peinture fraîche et le désodorisant bon marché. Les traces d'aspirateur sur la moquette racontaient l'histoire d'une ménagère bien occupée et sans enfants. La frise façon pochoir feuilles de lierre sur motif écossais arrivait tout droit des années 1990, mais tante Leigh était fière de sa maison et passait plusieurs heures par jour à en faire un endroit impeccable.

Catherine a tendu la main vers un tableau, sur le mur. Une Indienne avec de longs cheveux noirs décorés d'une plume. Elle s'est arrêtée juste avant de toucher la toile.

– C'est ce que tu voulais me montrer ?

– C'est très beau, mais ce n'est pas pour ça que je t'ai amenée ici.

– Elle est si… élégante. Si perdue. Pas juste belle… mais belle à en pleurer.

J'ai souri en la regardant fixer le portrait, impressionnée.

– C'est ma mère.

– Ta *mère* ? Elle est magnifique.

– C'est ma tante qui l'a peinte.

Catherine s'est tournée vers des assiettes peintes un peu dans le même style. Des paysages et des portraits sur lesquels on n'aurait pas été surpris de voir le vent faire bouger les herbes folles ou soulever une mèche noire sur une peau soyeuse et cuivrée.

– Waouh. Toutes ?

J'ai hoché la tête.

La télévision fixée sur le mur était allumée, le présentateur du journal parlant à une pièce vide jusqu'à notre arrivée.

– Leigh est au bureau ? a demandé Catherine.

– Elle laisse toujours la télé allumée quand elle sort. Elle dit que, comme ça, les cambrioleurs croient qu'il y a quelqu'un.

– Quels cambrioleurs ?

J'ai haussé les épaules.

– J'en sais rien. Les cambrioleurs en général, probablement.

On est passés devant la télé pour gagner un couloir mal éclairé au fond duquel se trouvait une porte avec une poignée en cuivre. Je l'ai ouverte, un courant d'air chargé d'une légère odeur de moisi a soulevé la frange de Catherine.

– Qu'est-ce qu'il y a là en bas ? a-t-elle demandé en se penchant vers l'obscurité.

– Ma chambre.

Un crépitement sonore, sur le toit, nous a interrompus. J'ai regardé dehors. Des grêlons gros comme des petits pois rebondissaient sur la pelouse. Très vite, ils ont augmenté en taille. Une noix de glace a explosé sur le trottoir. Puis, aussi vite qu'elle était arrivée, la grêle s'est arrêtée, et tout a fondu.

Catherine s'est tournée de nouveau vers l'obscurité. Elle semblait tendue.

– Tu dors en bas ?

– Oui. Tu veux voir ?

– Vas-y en premier.

– Poule mouillée.

Je suis descendu, disparaissant dans l'obscurité, tendant la main exactement là où je savais trouver l'interrupteur qui allumerait le plafonnier.

– Elliott ? a appelé Catherine, à mi-chemin.

L'intonation de sa petite voix m'a noué l'estomac. Je voulais une chose : qu'elle se sente en sécurité avec moi.

– Attends, j'allume.

L'ampoule nue a illuminé le sous-sol. Catherine a descendu les dernières marches lentement et a regardé le grand tapis vert élimé posé à même le sol en béton.

– Il est super moche, mais c'est toujours mieux que de marcher sur du froid quand je me lève.

D'un regard, elle a balayé le petit canapé, la console, le bureau avec l'ordinateur et le futon sur lequel je dormais.

– Et ton lit, il est où ?

J'ai montré le futon.

– Il se déplie.

– Il a l'air… trop court.

– Non, il est de la bonne longueur.

J'ai sorti mon appareil du sac, j'ai retiré sa carte mémoire et je suis allé m'asseoir sur la chaise de jardin que mon oncle avait achetée pour le bureau trouvé dans la rue par ma tante. J'ai inséré la carte dans l'ordinateur portable.

– Elliott ?

– Il faut juste que je les transfère.

J'ai cliqué sur la souris plusieurs fois, et puis j'ai entendu, à l'étage au-dessus, comme un bruit de sirène, très aigu.

– Ça serait pas… ?

– L'alerte tornade !

Je me suis levé et je l'ai prise par la main. On est remontés en courant. La sirène venait de la télé, le présentateur météo était planté devant une carte couverte de points rouges et verts. Un état d'alerte absolu tempête/fortes pluies venait d'être lancé pour tout le comté, et ça nous arrivait droit dessus.

Catherine a serré ma main dans la sienne.

– Je ferais mieux de rentrer avant que ça se gâte vraiment.

Le ciel s'assombrissait à toute vitesse.

– Je ne suis pas sûr que ce soit une bonne idée. Tu ferais mieux d'attendre ici que ça passe.

Une petite carte de l'Oklahoma, divisé en comtés, occupait le coin supérieur droit de l'écran et clignotait comme un sapin de Noël. Juste en dessous défilaient des noms de villes.

Le présentateur a montré notre comté, en disant des choses comme « alerte inondation » et « mise à l'abri immédiate ».

On a regardé par la fenêtre. Une force invisible courbait les arbres et emportait les feuilles. Les éclairs ont illuminé le ciel, projetant nos ombres entre les deux gros fauteuils en cuir marron. Le tonnerre a fait vibrer tout Oak Creek, et la grêle a recommencé à tomber, puis la pluie, tellement forte que les gouttières ont débordé. La rue s'est transformée en rivière d'eau boueuse. Très vite, les canaux d'évacuation se sont engorgés et les bouches d'égout ont déversé le trop-plein dans la rue.

À la télé, le présentateur météo suppliait les gens de ne pas prendre leur voiture sous ces pluies torrentielles. Le vent sifflait dans le moindre interstice, les fenêtres tapaient contre leurs montants.

– Mon père est sorti. Il doit être en voiture, là. Est-ce que je peux utiliser ton téléphone ?

Je lui ai tendu mon portable, elle a composé le numéro. Son visage s'est assombri quand elle a entendu le répondeur.

– Papa ? C'est Catherine. J'appelle avec le téléphone d'Elliott. Je suis chez lui, en sécurité. Appelle-moi quand tu as ce message, que je sache que tout va bien. Le numéro d'Elliott, c'est…

Elle m'a regardé, j'ai donné mon numéro à mi-voix, et elle l'a répété.

– Appelle-moi, d'accord ? Je suis inquiète. Bisous.

Elle m'a rendu le téléphone, je l'ai fourré dans ma poche.

– Ça va aller, ai-je dit en la serrant dans mes bras.

Elle a agrippé mon T-shirt et a posé la joue contre mon épaule. J'ai eu l'impression d'être un superhéros.

Quand elle a levé la tête, j'ai regardé ses lèvres. Celle du bas était plus charnue que celle du haut. L'espace d'une demi-seconde j'ai imaginé ce que ça devait faire de l'embrasser, et puis je me suis penché.

Catherine a fermé les yeux, j'ai fait pareil, mais juste au moment où mes lèvres allaient toucher les siennes, elle a murmuré :

– Elliott ?

Je me suis figé.

– Oui ?

Même les yeux fermés, j'ai vu l'éclair illuminer la maison, immédiatement suivi d'un coup de tonnerre. Catherine a refermé ses bras autour de moi et m'a serré fort.

Je l'ai tenue comme ça jusqu'à ce qu'elle se détende, et me lâche avec un petit rire. Elle avait les joues toutes rouges.

– Désolée.

– De quoi ?

– Que… tu doives être là avec moi.

J'ai souri.

– Et où voudrais-tu que je sois ?

La pluie alternait avec la grêle, le vent couchait les arbres. Un craquement sinistre m'a fait sursauter. Quand le premier arbre est tombé, Catherine a poussé un cri.

– C'est bientôt fini, ai-je dit en la reprenant dans mes bras.

Jamais je n'avais été aussi content qu'un orage éclate.

– On devrait aller au sous-sol, peut-être, non ?

– Si tu te sens plus rassurée en bas, oui.

Catherine a regardé la porte de ma chambre, et s'est écartée.

– Peut-être pas.

J'ai rigolé.

– Qu'est-ce qu'il y a de drôle ? a-t-elle demandé.

– Je pensais exactement le contraire.

– Ne crois pas que je…

Elle a glissé un bras sous le mien, a posé la tête contre mon bras.

– Je vais le dire, ça sera plus simple. Je suis bien avec toi, a-t-elle murmuré.

J'ai penché la tête sur le côté, pour avoir ses cheveux contre ma joue. Elle sentait le shampoing et la sueur. La sueur propre. Et là, tout de suite, c'était le parfum que je préférais au monde.

– Moi aussi, je suis bien avec toi, ai-je dit sans bouger. Tu corresponds exactement à ce que j'imaginais.

– Qu'est-ce que tu veux dire ?

La grêle a recommencé de plus belle, claquant sur les fenêtres du salon. Une vitre s'est fendue, j'ai tendu une main devant Catherine et on a reculé. Un flash de lumière intense est tombé de l'autre côté de la rue et un énorme bruit a secoué toute la maison.

– Elliott ?

Sa voix tremblait.

– Je suis là, il ne t'arrivera rien.

On a regardé les arbres malmenés par le vent.

– Mais tu aimerais bien être dehors, je me trompe ? Pour prendre des photos ?

– J'ai pas le bon appareil pour ça. Un jour, peut-être.

– Tu devrais travailler pour *National Geographic*, ou un truc de ce genre.

– C'est mon intention, oui. Le monde est vaste, et il y a tellement à voir.

Je l'ai regardée avant d'ajouter :

– Tu as changé d'avis, au fait ? Tu fais tes valises dès la fin du lycée, de toute façon. Pourquoi tu ne viendrais pas avec moi ?

La première fois que je lui avais demandé ça, on venait de se rencontrer. Un large sourire a éclairé son visage.

– Tu me poses encore la question ?

– Je la poserai autant de fois qu'il faudra.

– Tu sais, maintenant qu'on se connaît mieux, parcourir le monde avec toi me semble plus sain que rester à la maison.

– Alors ? T'es partante ?

– Je suis partante.

– Promis ?

Elle a hoché la tête, et je n'ai pas pu faire autrement que sourire comme un benêt.

Dehors, la grêle s'est arrêtée brusquement, et le vent s'est calmé un peu. Le sourire de Catherine a disparu avec la tempête.

– Qu'est-ce qu'il y a ?

– Il vaudrait mieux que je rentre.

– Ah. Oui, bien sûr. Je te raccompagne.

Elle a posé les mains sur mes épaules et s'est hissée sur la pointe des pieds juste assez longtemps pour déposer un baiser au coin de mes lèvres. Elle a fait tellement vite que j'ai à peine eu le temps d'en profiter, mais ce n'était pas grave. Je me sentais capable de gravir des montagnes, faire le tour du monde en courant et traverser l'océan à la nage, parce que si Catherine Calhoun était capable de m'embrasser, tout était possible.

Le soleil perçait à nouveau derrière les nuages noirs en route pour la ville voisine. Les riverains sont sortis pour constater les dégâts. Malgré quelques vitres cassées, des bardeaux arrachés, des lignes électriques à terre et des arbres tombés, la plupart des maisons étaient intactes. Juniper Street était couverte de feuilles et bordée de deux torrents d'eau boueuse qui se ruaient en direction du collecteur d'eaux pluviales, en bas de la rue.

Catherine a vu l'allée vide, devant chez elle, en même temps que moi. J'ai ouvert le portillon et je l'ai suivie jusqu'à la balancelle trempée, sur le porche.

– Je vais attendre leur retour avec toi.

– Merci.

Elle a tendu la main et glissé ses doigts entre les miens. J'ai donné un petit coup de pied pour lancer la balancelle et j'ai prié pour que le plus beau jour de ma vie passe très, très lentement.

Chapitre 4

Catherine

Le reste de l'été, les journées caniculaires se sont succédé, rythmées par le claquement des pistolets à clous des réparateurs perchés sur les toits du quartier. Elliott et moi avons passé beaucoup de temps à rigoler à l'ombre et à photographier les berges de la rivière, mais il ne m'a plus jamais proposé d'aller chez sa tante. Chaque jour, je ravalais mon envie de lui demander qu'il me montre enfin la photo dont il m'avait parlé. Mon orgueil était plus fort que ma curiosité.

On a regardé le feu d'artifice du 4 Juillet tous les deux installés dans des fauteuils de camping, derrière les terrains de base-ball. Après ça, tous les jours, on s'est fait des sandwichs et on a pique-niqué ensemble en parlant de tout et de rien, comme si cet été ne devait jamais se terminer.

Le dernier samedi de juillet, j'ai eu l'impression qu'on n'avait plus rien à se dire. Elliott était venu me chercher tous les matins à neuf heures, attendant fidèlement sur la balancelle, mais depuis une semaine il était un peu renfermé.

– Ton copain est encore sur le porche, a dit papa en ajustant sa cravate.

– C'est pas *mon* copain.

Papa a sorti un mouchoir et s'est essuyé le front. Le chômage lui avait fichu un coup. Il avait perdu du poids et ne dormait pas très bien.

– Ah bon ? Et Owen, qu'est-ce que tu en as fait ?

– Je suis passée chez lui plusieurs fois. Mais je préfère être dehors que le regarder jouer à ses jeux vidéo.

– Tu veux dire dehors avec Elliott, a dit papa avec un sourire en coin.

– Tu as petit-déjeuné ?

Il a secoué la tête.

– Pas le temps.

– Tu dois prendre soin de toi, papa…

Je l'ai aidé à ajuster sa cravate, avant de lui tapoter l'épaule. Il m'a embrassée sur le front.

– Je vais bien, ma princesse. Arrête de te faire du souci. Tu devrais y aller. Il ne faut pas que tu sois en retard pour ton rendez-vous à la rivière. Ou au parc. C'est où, aujourd'hui ?

– Au parc. Et c'est pas un rendez-vous.

– Il te plaît ?

– Pas comme tu penses.

Papa a souri.

– Tu as failli m'avoir. Mais lui, il ne peut pas me tromper, tu sais. Les papas, ça sait voir les choses.

– Ou les imaginer, ai-je dit en ouvrant la porte.

– Bisou, ma puce. Je t'aime, tu sais.

– Bisou. Et je t'aime encore plus fort.

Je suis sortie et j'ai souri en voyant Elliott qui se balançait. Il portait sa chemise à rayures, son short en toile avec plein de poches et, comme toujours, il avait son appareil autour du cou.

Il s'est levé.

– Tu es prête ? Je me disais qu'on aurait pu passer chez *Braum* pour petit-déjeuner.

– D'accord.

Ce restaurant était devenu l'un de nos endroits favoris. On s'est installés à la table qui était presque devenue la nôtre. Elliott ne disait pas grand-chose, comme tous les jours depuis une semaine. Il répondait aux questions, hochait la tête quand c'était nécessaire, mais il avait l'air à des années-lumière de là.

Ensuite, on a marché en ville, sans but précis. Depuis le début, en fait, marcher était notre excuse pour discuter, pour passer du temps ensemble.

Quand on est revenus à la maison pour se faire des sandwichs, le soleil était haut dans le ciel. Pique-niquer pour le déjeuner était devenu notre rituel, chacun à son tour on choisissait un endroit. Là, c'était à Elliott de choisir, et il a opté pour le parc, à l'ombre de notre arbre préféré.

En silence, on a étendu la couverture en patchwork que maman avait faite. Elliott a déballé son poulet-fromage en le regardant comme s'il lui avait fait du mal – ou alors *je* lui avais fait du mal ? Pourtant, je ne voyais pas un seul moment de cet été passé ensemble qui ait été autrement que parfait.

– C'est pas bon ? ai-je demandé au bout d'un moment.

J'avais déjà avalé la moitié du mien, Elliott n'avait mangé qu'une bouchée.

– Non, a dit Elliott en le posant. C'est pas bon du tout.

– Qu'est-ce qu'il a ? Trop de mayonnaise ?

Il a hésité, puis m'a souri, mais comme s'il se forçait.

– C'est pas le sandwich, Catherine. C'est tout, sauf le sandwich… et être assis ici avec toi.

– Oh…

C'est tout ce que j'ai réussi à dire. Sa dernière phrase m'avait mis la tête à l'envers.

– Je pars demain.

– Mais tu reviendras, non ?

– Oui. Mais je ne sais pas quand. À Noël, peut-être. Ou l'été prochain.

J'ai baissé la tête sur mon sandwich et je l'ai posé. Je n'avais plus faim.

– Tu dois me promettre, ai-je dit. Tu dois me promettre que tu reviendras.

– Je te le promets. Ça ne sera peut-être pas avant l'été prochain, mais je reviendrai.

J'ai éprouvé à cet instant précis un sentiment de vide et de désespoir semblable à celui que j'avais éprouvé à la mort de mon chien. La comparaison pouvait sembler idiote, mais Goober avait passé toutes les nuits au pied de mon lit. Quel que soit l'état de maman, il avait su quand grogner et quand agiter la queue.

– À quoi tu penses ? m'a demandé Elliott.

J'ai secoué la tête.

– Laisse tomber, c'est stupide.

– Non, dis-moi.

– J'avais un chien. Un bâtard que papa avait ramené de la fourrière, un jour, sans prévenir. Au départ il était pour maman, pour lui remonter un peu le moral, mais il s'est attaché à moi. Maman était jalouse, mais je ne sais pas vraiment si c'était de lui ou de moi. Il est mort.

– Ta mère souffre de dépression ?

J'ai haussé les épaules.

– Ils ne parlent jamais de ça devant moi. Je sais juste qu'elle n'a pas eu une enfance facile. Elle dit qu'elle est contente que ses parents soient morts avant ma naissance. Qu'ils étaient cruels.

– Pfff… Si un jour j'ai des mômes, je ferai tout pour qu'ils aient une enfance normale. Une qu'ils regrettent une fois grands, qui ne leur laisse que des bons souvenirs. Pas une enfance dont ils doivent se sortir, ou se remettre.

Il s'est tu un moment, puis il m'a regardée.

– Tu vas me manquer.

– Toi aussi, tu vas me manquer. Mais… pas très longtemps, parce que tu vas revenir.

– Oui. Promis.

J'ai fait semblant d'être contente et j'ai bu une gorgée de soda. Après ça, toutes nos conversations étaient forcées, tous nos sourires, contraints. Je voulais profiter à fond de ma dernière journée avec Elliott, mais savoir que bientôt il faudrait qu'on se dise au revoir m'en empêchait.

– Tu veux venir m'aider à faire mes bagages ? a-t-il demandé avec une grimace.

– Pas vraiment, mais je veux te voir le plus longtemps possible avant ton départ, alors oui.

On a ramassé nos affaires. Au loin, on a entendu des sirènes. Elliott m'a aidée à me relever. Une autre sirène arrivait depuis l'autre côté de la ville – celle des pompiers, peut-être – et elle semblait venir dans notre direction.

Elliott a roulé la couverture de maman, l'a glissée sous son bras. J'ai jeté les restes de notre repas. Il m'a tendu la main, je l'ai prise sans hésitation. D'une certaine façon, savoir qu'il partait avait effacé tous mes doutes et questions.

En arrivant dans Juniper Street, Elliott a serré ma main un peu plus fort.

– On dépose la couverture et on va faire mes bagages, d'accord ?

J'ai acquiescé, en balançant nos mains enlacées. Notre voisine d'en face était dehors avec son bébé dans les bras. Je lui ai fait un signe de la main mais elle n'a pas répondu.

Elliott a ralenti le pas, son expression a changé, interloquée d'abord, puis inquiète. J'ai regardé en direction de ma maison. Une voiture de police et une ambulance étaient garées devant notre maison, gyrophares bleu et rouge allumés. J'ai lâché la main d'Elliott et je me suis mise à courir. Paniquée, j'ai failli arracher le portillon, je n'arrivais pas à actionner le loquet. Elliott l'a ouvert pour moi et je me suis ruée en avant. J'arrivais sur le porche quand la porte d'entrée s'est ouverte. Un ambulancier est sorti à reculons, portant une civière avec papa dessus. Il était pâle, avait les yeux fermés et un masque à oxygène sur le visage.

– Qu'est-ce… qu'est-ce qui s'est passé ? ai-je hurlé en les suivant.

– Dégagez le passage, s'il vous plaît, a dit un autre ambulancier pendant qu'ils chargeaient papa à l'arrière du véhicule.

– Papa ? Papa !

Il ne m'a pas répondu, et les portes de l'ambulance se sont refermées devant moi.

J'ai couru une nouvelle fois vers la maison. Un policier en venait.

– Qu'est-ce qui s'est passé ?

– Tu es Catherine ?

J'ai fait oui de la tête. Je sentais les mains d'Elliott sur mes épaules. Le policier a fait une moue bizarre.

– Apparemment, ton papa a fait une crise cardiaque. Ta maman est rentrée et l'a trouvé par terre. Elle est à l'intérieur. Tu devrais… tu devrais essayer de lui parler. Elle n'a pas dit grand-chose depuis qu'on est arrivés. Elle devrait peut-être envisager une hospitalisation. Le choc…

Dans la maison, j'ai appelé.

– Maman ? Maman !

Elle ne m'a pas répondu. J'ai regardé dans la salle à manger, dans la cuisinc, et j'ai couru jusqu'au séjour. Maman était assise par terre, et fixait le tapis.

Je me suis agenouillée devant elle.

– Maman ?

Elle est restée prostrée, ne m'a pas regardée, n'a même pas fait un geste pour montrer qu'elle m'avait entendue.

– Ça va aller, ai-je dit en posant une main sur son genou. Il va s'en sortir. On devrait aller à l'hôpital, pour être avec lui.

Pas de réponse. Je l'ai secouée doucement.

– Maman ?

Toujours rien.

Je me suis relevée, j'ai posé une main sur mon front, et puis j'ai couru dehors, pour rattraper l'officier de police. Il était un peu gros et transpirait à grosses gouttes.

– Officier… heu…

J'ai lu son badge.

– … Sanchez. Maman… ma mère, elle n'est pas bien.

– Elle ne t'a pas parlé ?

– Je crois que vous avez raison. Elle devrait aller à l'hôpital aussi.

L'officier a hoché la tête avec un air triste.

– J'espérais qu'à toi elle parlerait.

Il a appuyé sur le bouton de la radio accrochée à son épaule.

– Quatre cent soixante-dix-neuf à central.

Une femme a répondu.

– Reçu, quatre cent soixante-dix-neuf, à vous.

– J'emmène Mme Calhoun et sa fille aux urgences. Il est possible que Mme Calhoun ait besoin d'une prise en charge à notre arrivée. Vous prévenez l'hôpital ?

– Reçu, quatre cent soixante-dix-neuf.

J'ai cherché Elliott du regard, mais il était parti. Sanchez est retourné dans la maison. Maman était toujours au même endroit, et fixait toujours le sol.

– Madame Calhoun ? a demandé l'officier d'une voix douce, en s'accroupissant devant elle. C'est encore moi, officier Sanchez. Je vais vous emmener à l'hôpital avec votre fille, pour que vous soyez auprès de votre mari.

Maman a secoué la tête en murmurant un truc que je n'ai pas compris.

– Est-ce que vous pouvez vous lever, madame Calhoun ?

Comme maman ne répondait pas, il l'a soulevée. Je me suis mise de l'autre côté pour la soutenir un peu. Ensemble, on a marché jusqu'à la voiture. Je l'ai assise à l'avant, et j'ai bouclé sa ceinture.

Pendant que Sanchez allait se mettre au volant, j'ai cherché autour de moi. Où était Elliott ?

– Mademoiselle Calhoun ? a dit Sanchez.

J'ai ouvert la portière et je suis montée, tout en cherchant Elliott. On a démarré, il n'était nulle part.

Chapitre 5

Elliott

– Maman ? Maman !

Une expression que je n'avais jamais vue a déformé le visage de Catherine. Elle a couru jusqu'à la porte et a disparu à l'intérieur. Je suis resté dehors, à me demander si je devais la suivre. D'instinct, j'avais envie d'être auprès d'elle. J'ai monté une marche du porche, mais un policier a posé une main sur mon torse.

– Tu es de la famille ?

– Non, je suis son ami. L'ami de Catherine.

Il a secoué la tête.

– Tu vas devoir attendre ici, alors.

– Mais…

J'ai voulu repousser sa main, il a appuyé plus fort.

– Je t'ai dit d'attendre ici.

Je l'ai fixé d'un regard mauvais, et il a ri, pas impressionné du tout.

– Tu serais pas le gamin de Kay Youngblood, par hasard ?

– Si, et alors ?

– Elliott ? Elliott !

Ma mère était au coin de la rue, les mains en porte-voix.

J'ai regardé la maison, puis je suis descendu à petites foulées jusqu'à la clôture en métal noir. Le soleil était déjà très bas, mais la sueur perlait à mon front, et la touffeur gênait presque la respiration.

– Qu'est-ce que tu fais ici ? ai-je demandé en refermant les mains sur les barreaux de la clôture.

Maman a regardé la voiture de police, puis l'ambulance, et enfin la maison. Visiblement, ce qu'elle voyait ne lui plaisait pas.

– Qu'est-ce qui se passe ?

– Je crois que c'est le père de Catherine. Ils ne veulent pas me laisser entrer.

– Il faut qu'on y aille. Allez, dépêche-toi.

J'ai secoué la tête, contrarié.

– Je ne peux pas partir. Quelque chose de grave est arrivé. Je dois m'assurer qu'elle va bien.

– Qui ?

– Catherine, ai-je répondu d'un ton impatient.

J'ai fait demi-tour pour retourner d'où je venais, mais maman m'a attrapé par la manche.

– Elliott, tu viens avec moi. Immédiatement.

– Pourquoi ?

– Parce qu'on s'en va.

– Quoi ?! Mais je ne devais rentrer que demain !

– Eh bien il y a eu du changement !

Je me suis dégagé brusquement.

– Je ne partirai pas ! Je ne peux pas la quitter maintenant ! Tu vois bien ce qui se passe !

J'ai montré l'ambulance. Maman s'est mise devant moi, comme si elle allait me sauter dessus.

– Ne t'avise pas de me désobéir. Tu n'es pas si grand que tu le penses, Elliott Youngblood.

Je me suis senti tout petit, effectivement. Il n'y avait pas grand-chose de plus effrayant que ma mère quand on lui manquait de respect.

– Je suis désolé, maman, mais je dois rester.

Elle a écarté les mains, puis les a laissées retomber.

– Mais tu la connais à peine, cette fille.

– C'est mon amie, et je dois m'assurer qu'elle va bien. Où est le problème ?

Maman s'est renfrognée.

– Cette ville est un poison, Elliott. Tu ne peux pas rester. Je t'avais dit qu'il fallait te méfier des gens de ton âge. Surtout des filles. Je n'avais pas prévu que tu tomberais sur Catherine Calhoun.

– *Quoi ?* Mais de quoi tu parles ?

– J'ai appelé Leigh aujourd'hui, pour organiser ton retour. Elle m'a parlé de la fille Calhoun, m'a dit que tu passais tout ton temps avec elle. Tu ne restes pas ici une minute de plus, Elliott. Ni pour elle, ni pour ta tante. Pour personne.

– Mais je veux rester, maman. Je veux aller au lycée ici. Je me suis fait des amis, et…

– Je le savais ! Mais ce n'est pas chez toi, ici !

Maman a poussé un long soupir, et j'ai senti qu'elle allait me balancer un ultimatum, comme elle fait toujours avec papa.

– Écoute-moi bien. Si tu tiens à remettre les pieds ici avant ta majorité, tu as intérêt à ramener tes fesses et à faire tes bagages.

– Si je pars maintenant, elle ne me pardonnera jamais, ai-je répondu d'un ton suppliant.

Maman m'a fixé en plissant les yeux.

– Je le savais. C'est plus qu'une amie, c'est ça ? Mettre cette fille enceinte est la dernière des choses à faire ! Ces gens ne quitteront jamais ce trou perdu ! Tu seras coincé pour toujours avec cette petite traînée !

J'ai serré la mâchoire.

– Ce n'est pas une traînée !

Maman a passé les doigts dans ses cheveux, et elle est restée comme ça, les mains sur la tête. Elle a fait quelques pas, puis elle est revenue vers moi.

– Bon sang, Elliott, c'est pas vrai ! Écoute, je sais que c'est difficile à comprendre aujourd'hui mais, crois-moi, tu me remercieras un jour de t'avoir forcé à quitter cet endroit.

– Mais j'aime cet endroit !

Elle a pointé un doigt vers la rue, en direction de chez John et Leigh.

– Tu rentres. Immédiatement. Sinon tu ne reviendras plus jamais ici.

– Maman, s'il te plaît !

– Immédiatement !

Cette fois, elle avait hurlé. J'ai soupiré, et j'ai regardé en direction de l'agent de police qui avait l'air de trouver notre conversation amusante.

– S’il vous plaît, monsieur, vous lui direz ? Dites à Catherine que j’ai dû partir. Dites-lui que je reviendrai.

– Je te traînerai par les cheveux s’il le faut, a dit maman sans desserrer les dents.

Le policier a haussé un sourcil.

– Tu ferais mieux d’y aller, gamin. Elle n’a pas l’air de plaisanter.

J’ai poussé le portillon et je suis parti en direction de la maison de mon oncle et ma tante. Ma mère a eu du mal à me suivre, elle continuait avec ses remarques, mais dans ma tête ça partait dans tous les sens, et franchement je ne l’entendais plus. J’allais demander à ma tante de m’emmener à l’hôpital, je retrouverais Catherine là-bas. Ma tante m’aiderait à lui expliquer pourquoi j’avais disparu sans prévenir. J’étais super mal. Catherine allait avoir tellement de peine quand elle verrait que je n’étais plus là.

– Qu’est-ce qui s’est passé ? a demandé ma tante depuis le porche.

Je suis passé devant elle sans un mot, je suis entré et j’ai claqué la porte.

Elle s’est tournée vers ma mère.

– Qu’est-ce que tu as fait ?

– Moi ? a rétorqué maman, aussitôt sur la défensive. C’est moi qui le laisse traîner avec la fille Calhoun, peut-être ? Sans surveillance, en plus ?

– Mais ce sont des gamins, Kay… Elliott est un gentil garçon, jamais il ne…

– T’as oublié comment étaient les mecs à cet âge ? a hurlé maman. Tu sais que je ne veux pas qu’il passe ses vacances ici, et tu le laisses aller faire Dieu sait quoi avec cette fille ! Elle veut sans doute qu'il reste. À ton avis, jusqu'où elle est prête à aller pour le garder ici ? Tu te souviens d'Amber Philips ?

– Oui. Paul et elle habitent un peu plus loin dans la rue.

Leigh restait très calme. Les sautes d'humeur de maman, elle les gérait depuis des années, elle avait l'habitude.

– Il allait terminer le lycée, et Amber avait encore deux ans à faire ici. Elle avait peur qu'il en rencontre une autre à la fac. Quel âge a leur fils, aujourd'hui ?

– Coleson est à l'université, Kay. Tu lui avais dit qu'il pouvait rester jusqu'à demain.

– Oui, eh bien je suis ici aujourd'hui, alors il s'en va aujourd'hui.

– Tu peux rester dormir ici, Kay. Un jour de plus, qu'est-ce que ça change ? Il veut lui dire au revoir, c'est normal.

Maman a pointé un doigt accusateur sur ma tante.

– Je te vois venir, hein. Mais c'est *mon* fils, pas le tien !

Et elle s'est tournée dans ma direction pour ajouter :

– On s'en va ! Tu ne passes pas une minute de plus avec cette fille. Il ne manquerait plus que tu la mettes enceinte, tiens ! Tu serais coincé ici pour le restant de tes jours !

– Kay ! a grondé Leigh.

– Tu sais pourtant ce qu'on a enduré ici, John et moi, pendant toute notre enfance. Les insultes, le racisme, le harcèlement ! Et tu voudrais la même chose pour Elliott ?

– Non, mais…

Ma tante a cherché un argument mais n'en a pas trouvé. On était tous les trois dans le salon, je l'ai suppliée du regard. Il fallait qu'elle m'aide.

– Tu vois ? a hurlé maman en pointant le doigt sur moi. Tu vois les regards qu'il te lance ? Comme si tu allais le sauver ! Mais tu n'es pas sa mère, Leigh ! Je te demande de l'aide, et tu essaies de me le prendre !

– Il est heureux ici, a dit Leigh. Essaie de penser une seconde à ce qu'Elliott veut.

– Mais je pense à lui ! Je ne pense même qu'à ça ! Ce n'est pas parce que tu te satisfais de ton existence dans ce bled paumé que je vais laisser mon fils s'y installer, a lancé maman d'un ton méprisant. Elliott, va faire tes bagages.

– Maman…

– Fais tes bagages, bordel, Elliott ! On s'en va !

– Kay, je t'en prie. Attends au moins le retour de John. Et on discutera de tout ça.

Comme je ne bougeais pas, maman s'est ruée dans l'escalier. Leigh m'a regardé, impuissante, les yeux brillants.

– Je suis désolée. Je ne peux pas…

– Je sais. C'est pas grave. Ne pleure pas.

Maman est remontée, ma valise à la main, mes sacs à l'épaule.

– File dans la voiture.

Elle m'a poussé vers la porte. Je me suis retourné.

– Tu pourras prévenir Catherine ? ai-je lancé à ma tante. Tu pourras lui expliquer ce qui s'est passé ?

Leigh a fait oui de la tête.

– Je vais essayer. Prends soin de toi, Elliott.

La porte a claqué derrière nous, ma mère a plaqué une main dans mon dos, m'a poussé jusqu'au pick-up Toyota et a ouvert la portière côté passager.

Je me suis arrêté pour essayer une dernière fois de la raisonner.

– Maman, s'il te plaît. Je pars avec toi, OK, mais laisse-moi lui dire au revoir. Laisse-moi lui expliquer.

– Non. Je refuse que tu moisisses dans ce trou.

– Alors pourquoi m'avoir laissé ici toutes les vacances ? ai-je hurlé.

Elle a crié encore plus fort, en jetant mes affaires à l'arrière.

– Monte dans cette voiture !

Je suis monté, j'ai claqué la portière. Maman s'est dépêchée de monter à son tour. Elle a mis le contact, reculé dans la rue. On est partis sans passer devant la maison des Calhoun, juste au moment où l'ambulance démarrait.

*

* *

Le plafond de ma chambre – chaque fissure, chaque tache d'humidité, chaque chiure de mouche – était gravé dans mon esprit. Quand je ne le fixais pas en me disant que, chaque jour, Catherine devait me détester un peu plus, j'écrivais des lettres, essayant d'expliquer, la suppliant de m'excuser, faisant des promesses que je ne pourrais peut-être pas tenir si maman s'en tenait à ce qu'elle avait dit. Une lettre par jour, et je venais de terminer la dix-septième.

Les voix étouffées de mes parents me parvenaient du salon. Depuis déjà deux heures, ils se disputaient à propos de leurs disputes, cherchaient à démontrer qui avait plus tort que l'autre.

– Mais il t'a crié dessus ! Tu es en train de me dire que c'est pas grave, s'il te crie dessus ? a hurlé papa.

– Je me demande de qui il tient, a rétorqué maman.

– Ah parce que ça va être ma faute, maintenant ? C'est ça ? C'est ma faute ? Mais c'est toi qui l'as envoyé là-bas, que je sache. Et pourquoi, Kay ? Pourquoi à Oak Creek, alors que depuis toujours tu dis que tu veux lui éviter ça ?

– Où voulais-tu que je l'emmène ? C'était toujours mieux que de le laisser ici avec toi qui picoles et ne fous rien de tes journées, non ?

– Recommence pas avec ça, Kay. Putain, je te jure, ça va m'éner…

– Tu nies les faits, peut-être ? Qu'est-ce que tu voulais que je fasse ? Il ne pouvait pas rester ici et nous regarder… te regarder… j'avais pas le choix ! Résultat, maintenant, il est amoureux de cette fille et veut habiter là-bas !

Je n'ai pas entendu la réponse de papa. Il avait baissé le ton. Et puis c'est reparti.

– Et tu ne l'as même pas laissé lui dire au revoir ! Pas étonnant qu'il soit en colère. Moi aussi, je l'aurais eue mauvaise si quelqu'un m'avait fait ce coup-là quand on a commencé à se voir, tous les deux. Tu ne penses donc toujours qu'à toi, Kay ? Est-ce que tu crois que tu pourrais, au moins une fois, tenir compte de ses sentiments ?

– Mais je ne fais que ça ! Tu sais comment j'ai été traitée pendant toute mon enfance, là-bas. Tu sais comment mon frère a été traité. Je ne veux pas qu'il subisse ça. Je ne veux pas qu'il soit coincé dans ce trou. Et arrête de faire comme si tu ne pensais qu'à son bien-être. Tout ce qui t'intéresse, c'est cette putain de guitare et ton prochain pack de bières.

– Y a bien une putain, dans cette pièce, mais c'est pas ma guitare !

– Va te faire foutre !

– Aimer une fille de là-bas, c'est pas prendre perpète, Kay. Ils peuvent se séparer, ou s'installer ailleurs.

– Mais t'écoutes ce que je te dis ? C'est une Calhoun ! Ces gens-là ne s'installent pas ailleurs ! Ils possèdent la ville ! Leigh dit qu'il avait remarqué cette fille depuis plusieurs années, déjà. Mais pour toi, ce serait pas mal, s'il s'en allait, hein ? Fini les responsabilités ! Tu pourrais faire comme si t'avais vingt ans et enfin essayer de devenir une star de la country !

– On était encore au lycée quand la famille Calhoun a tout perdu ou presque. Tu racontes n'importe quoi.

– Va te faire foutre !

Il y a eu un bruit de verre cassé, et mon père a glapi.

– Non mais t'es malade ou quoi ?

Il valait mieux que je reste dans ma chambre. Comme chaque jour quand les hostilités montaient en intensité, télécommandes ou verres à bière valsaient à travers la pièce. Mon apparition ne ferait que transformer le conflit en guerre ouverte. Quelques jours après mon retour à Yukon, j'avais compris qu'en me disputant avec ma mère j'attirais malgré moi l'attention de mon père. Et s'il me reprochait quoi que ce soit, elle me défendait, pour finir par lui reprocher tout et n'importe quoi. La situation n'avait jamais été bien brillante, mais là c'était pire que tout.

Ma chambre avait toujours été un havre de paix, mais je ne m'y sentais plus aussi bien, et je ne comprenais pas pourquoi. Les rideaux bleus pendaient toujours devant la seule fenêtre, derrière laquelle je ne voyais toujours que la peinture écaillée de la maison voisine et son climatiseur rouillé. Maman avait fait du ménage pendant mon absence, les trophées de foot avaient été dépoussiérés et rangés bien droits sur l'étagère, à intervalles réguliers, par ordre chronologique. Mais plutôt que de m'apporter du réconfort, cet univers familier me rappelait désormais que j'étais enfermé dans un endroit sinistre, loin de Catherine et des champs à perte de vue d'Oak Creek. Le parc, la rivière, nos balades sur les chemins, nos conversations à bâtons rompus et les glaces qui fondaient trop vite, tout me manquait.

La porte d'entrée a claqué. Je suis allé voir par la fenêtre. La voiture de maman a reculé dans l'allée, mais c'est papa qui conduisait. Ils continuaient à se disputer. Dès que la voiture a disparu, je me suis rué dehors, j'ai traversé la rue et je suis allé cogner à la porte de Dawson Foster. Il a ouvert presque tout de suite, ses cheveux blonds hirsutes ramenés sur le côté, devant ses yeux marron. Il m'a regardé, étonné.

– Qu'est-ce que tu veux ?

– Je peux t'emprunter ton téléphone ? ai-je demandé, essoufflé.

– Ouais.

Il s'est écarté pour me laisser passer. Je suis entré, l'air climatisé m'a tout de suite rafraîchi. Il y avait des paquets de chips vides sur le canapé, de la poussière partout, sur les meubles et dans les rais de lumière qui filtraient de l'extérieur. D'instinct, j'ai voulu la disperser, et puis j'ai compris que de toute façon j'allais la respirer, et j'ai eu l'impression d'étouffer.

– Je sais, il fait une chaleur dingue, a dit Dawson. Ma mère dit que c'est l'été indien. Ça veut dire quoi ?

J'ai eu un regard furieux, et il a pris son téléphone sur la table basse pour me le tendre. Dans ma tête, je me suis répété le numéro de ma tante Leigh, puis je l'ai composé et j'ai plaqué le portable contre mon oreille, en priant pour qu'elle décroche.

– Allô ?

Rien que dans ce mot, elle avait l'air méfiant.

– Tante Leigh ?

– Elliott ! Ça va ? Tu as repris tes marques ? Comment ça se passe ?

– Pas très bien. Je suis privé de sorties depuis qu'on est rentrés.

Elle a soupiré.

– Et les entraînements de foot, ça recommence quand ?

– Comment va M. Calhoun ?

– Pardon ?

– Le père de Catherine. Il va mieux ?

Il y a eu un silence, puis elle a dit :

– Je suis désolée, Elliott. L'enterrement était la semaine dernière.

– L'enterrement ?

J'ai fermé les yeux, et senti un poids sur ma poitrine. Puis la colère a refait surface.

– Elliott ?

– Je suis là. Est-ce que… est-ce que tu pourrais aller chez les Calhoun ? Expliquer à Catherine pourquoi je suis parti ?

– Elles refusent de voir qui que ce soit, Elliott. J'ai essayé. Je leur ai apporté du ragoût, et des brownies. Elles n'ouvrent même pas la porte.

– Comment va-t-elle ? Est-ce que tu pourrais essayer d'avoir des nouvelles ? ai-je demandé en me massant la nuque.

Dawson me regardait aller et venir, à la fois inquiet et curieux.

– Je ne l'ai pas revue, Elliott. Je crois que personne ne les a vues, elle et sa mère, depuis l'enterrement. En ville, les gens discutent bcaucoup. Mavis a eu un comportement très étrange à la cérémonie et, depuis, elles sont cloîtrées dans la maison.

– Il faut que j'y retourne.

– Mais la saison de foot va commencer, non ?

– Est-ce que tu peux venir me chercher ?

– Elliott… Tu sais bien que non. Même si j'essayais, ta mère ne me laisserait pas faire. Ce n'est pas une bonne idée, je suis désolée.

J'ai hoché la tête, sans savoir quoi répondre.

– Au revoir, mon chéri. Je t'embrasse fort.

– Je t'embrasse aussi.

J'ai raccroché, lancé son téléphone à Dawson.

– Merde, qu'est-ce qu'il se passe ? a-t-il demandé. Quelqu'un est mort ?

– Merci pour le téléphone, Dawson. Excuse-moi, mais je dois y aller avant que mes parents rappliquent.

Je suis reparti en courant. La chaleur m'a pour ainsi dire sauté à la figure, et le temps de retraverser la rue j'étais en sueur. Quelques minutes après avoir réintégré ma chambre, j'ai entendu la voiture.

Son père était mort. Le père de Catherine était mort, et moi j'avais disparu. En plus de l'inquiétude, j'ai senti la panique qui me gagnait. Non seulement elle me détestait sans doute, mais en plus personne ne les avait vues, elle et sa mère.

– Tiens, un revenant, a dit ma mère quand je suis sorti de ma chambre pour traverser le salon, longer le couloir et descendre au garage. Papa y entreposait son banc de muscu et ses poids, et je n'avais pas le droit de quitter la maison. La seule solution pour décompresser un peu, c'était soulever de la fonte jusqu'à épuisement.

– Tout va bien ?

Elle était appuyée contre le chambranle et me regardait faire de l'exercice.

– Non, ai-je répondu en soufflant.
– Qu'est-ce qu'il se passe ?
– Rien.

Déjà, mes muscles me brûlaient. Maman m'a regardé finir une série, en faire une autre. Les plis, sur son front, se creusaient au fur et à mesure. Elle a croisé les bras au milieu des pneus de vélos et des étagères chargées d'objets divers.

– Elliott ?

Je me suis concentré sur mon souffle, essayant de communiquer avec Catherine par la pensée, pour qu'elle sache que je faisais tout ce que je pouvais.

Elliott !

– Quoi ! j'ai hurlé en lâchant le poids que j'avais dans la main.

Ma mère a sursauté, puis elle s'est avancée.

– Qu'est-ce que tu as, enfin ?
– Où est papa ?
– Je l'ai déposé chez Greg. Pourquoi ?
– Il va revenir ?

Ma question a eu l'air de la surprendre.

– Bien sûr, voyons.
– Fais pas comme si vous aviez pas passé la journée à vous prendre la tête. Encore !

Elle a soupiré.

– Pardon. On essaiera de faire moins de bruit la prochaine fois.
– Mais pourquoi ?

Elle a plissé les yeux, m'a fixé un moment.

– Il y a autre chose.

– Non.
– Elliott…
– Le père de Catherine est mort.
– Comment tu sais ça ?
– Je le sais, c'est tout.
– Tu as parlé avec Leigh ? Comment ? J'ai ton téléphone !

Comme je ne répondais pas, elle a pointé un doigt sur le sol.

– Tu fais le mur ?
– C'est pas comme si tu me laissais le choix.
– Je pourrais te dire la même chose.

J'ai levé les yeux au ciel, et j'ai vu sa mâchoire se serrer. Elle détestait que je fasse ça.

– Tu me ramènes ici, tu m'enfermes dans ma chambre, sans rien d'autre à faire qu'à vous écouter papa et toi vous crier dessus toute la journée. C'est ça, ton plan infaillible pour me donner envie de rester ici ?
– Je sais bien que c'est dur, en ce moment…
– C'est pas dur, c'est l'horreur. Je déteste cet endroit.
– Tu n'es rentré que depuis deux semaines !
– Je veux rentrer chez moi !

Maman est devenue toute rouge.

– Mais tu es chez toi ! Tu ne bougeras pas d'ici !
– Pourquoi tu refuses que j'explique à Catherine les raisons de mon départ ? Pourquoi tu pètes un câble dès que je cherche à avoir de ses nouvelles ?
– Pourquoi tu ne peux pas oublier cette fille, à la fin !
– Parce que je tiens à elle ! C'est mon amie, et elle souffre !

Maman s'est passé une main sur le visage, puis a fait demi-tour en direction de la porte. Elle s'est arrêtée juste avant de quitter le garage et m'a regardé par-dessus son épaule.

– Tu ne peux pas sauver le monde entier.

J'ai fait comme j'ai pu pour contenir ma colère.

– Je veux juste la sauver, *elle*.

Maman est partie, j'ai ramassé le poids, je l'ai hissé au-dessus de ma tête, puis j'ai descendu mon bras en arrière, je l'ai remonté, lentement, et j'ai recommencé jusqu'à ce que mon bras tremble. Je ne voulais pas devenir comme mon père, à sortir les poings dès que quelque chose ou quelqu'un me mettait la haine. L'envie de frapper était si naturelle que cela me faisait peur, parfois. Maîtriser ma colère me demandait un effort constant, permanent, surtout maintenant qu'il me fallait trouver un moyen de rejoindre Catherine. Je devais garder la tête froide, et mettre au point un plan sans laisser mes émotions dicter mes actes.

Je me suis laissé tomber à genoux. J'étais essoufflé, mes bras tremblaient, les larmes me brûlaient les yeux, rendant la colère encore plus dure à surmonter. Empêcher les émotions de dicter mes actes pour retrouver la fille que j'aimais allait être aussi difficile que retourner à Oak Creek.

Chapitre 6

Catherine

Les gonds rouillés du portillon ont annoncé mon retour du lycée. Moins de deux semaines s'étaient écoulées depuis mon entrée en terminale, et déjà j'avais mal partout et la tête farcie. J'ai remonté en traînant les pieds l'allée poussiéreuse et défoncée qui menait à notre porche. En passant devant la Buick délabrée qui aurait dû me revenir le jour de mes seize ans, j'ai buté contre un morceau de béton qui dépassait et je suis tombée.

Tomber, c'est facile. Le plus dur, c'est de se relever.

Une bourrasque de vent chaud m'a soufflé de la poussière dans les yeux. Au-dessus de moi, la pancarte s'est balancée en grinçant et j'ai levé les yeux. Pour les gens de l'extérieur, cet endroit était la VILLA JUNIPER – MAISON D'HÔTES, mais malheureusement, pour moi, c'était la maison tout court.

Je me suis relevée, j'ai frotté mes paumes et mes genoux écorchés. Pleurer était inutile, il n'y avait personne pour m'entendre.

J'ai ramassé mon sac à dos avec l'impression qu'il était plein de briques et me suis dépêchée d'entrer avant la bourrasque suivante. Le lycée d'Oak Creek était à l'est de la ville, ma maison, à l'ouest, et le long chemin à pied, sous un soleil de plomb, avait laissé mes épaules douloureuses. Dans un monde parfait, maman aurait été sur le seuil, souriante, avec un verre de thé glacé à la main, mais la porte poussiéreuse était fermée et les lumières, éteintes. Nous vivions dans le monde de maman.

J'ai grogné devant cette porte trop grande, avec son arche démesurée, qui me faisait les gros yeux, se moquait de moi à chacun de mes passages. Mais une fois à l'intérieur, j'ai pris soin de ne pas la faire claquer. Même si j'étais en colère, même si j'en avais assez.

La maison était poussiéreuse, sombre et étouffante, mais c'était toujours mieux que dehors, où le soleil était cruel et les cigales, assourdissantes.

Maman n'était pas à la porte avec un thé glacé et n'était pas non plus à la maison. Je suis restée immobile, pour tenter de deviner qui était là.

Contre le souhait de papa, maman avait utilisé l'essentiel de l'argent versé par l'assurance-vie pour transformer notre maison de sept chambres en un endroit où les voyageurs fatigués pouvaient trouver le repos, pour la nuit ou le week-end. Tout comme papa l'avait prédit, nous n'avions que très rarement de nouveaux hôtes, et les habitués ne suffisaient pas à faire bouillir la marmite. On avait vendu la voiture de maman, mais cela n'avait pas suffi à payer toutes les factures. Même une fois les allocations touchées, en admettant qu'on affiche complet tous les soirs jusqu'à la fin de mes études secondaires, tout serait un jour saisi par la banque, je serais saisie par les services sociaux et maman et ses pensionnaires devraient se trouver un autre toit.

L'odeur de renfermé et la moiteur de l'air m'ont prise à la gorge, j'ai décidé d'ouvrir une fenêtre. L'été nous avait apporté une chaleur insupportable, même pour l'Oklahoma, et l'automne n'avait pas été synonyme de soulagement. Malgré cela, maman rechignait à brancher la climatisation tant que nous n'attendions pas de clients.

Mais techniquement, nous en attendions. Nous ne faisions que ça, même.

J'ai entendu des petits pas courir dans le couloir du haut. Le lustre en cristal a tinté et j'ai souri. Poppy était de retour.

Laissant mon sac de cours à côté de la porte, j'ai couru dans l'escalier. Poppy était au bout du couloir, devant la fenêtre, et regardait dans le jardin.

– Ça te dit d'aller jouer un peu dehors ? ai-je demandé en lui caressant les cheveux.

Elle a secoué la tête sans se retourner.

– Houlà ! Mauvaise journée ?

– Papa veut pas que je sorte tant qu'il n'est pas rentré, a-t-elle gémi. Et il est parti depuis un moment.

– Tu as déjeuné ?

Nouveau mouvement de tête.

– Je suis sûre qu'il te laisserait sortir avec moi une fois que tu auras mangé un sandwich. Confiture et beurre de cacahuète ?

Un grand sourire a illuminé le visage de Poppy. Pour moi, c'était presque une petite sœur. Je m'occupais d'elle depuis la première nuit qu'elle avait passée ici. Son père et elle avaient été nos premiers clients après la mort de papa.

Elle a descendu l'escalier d'un pas malhabile, puis m'a regardée chercher dans les placards le pain, un couteau, la confiture et le beurre de cacahuète. Je l'ai vue sourire encore quand j'ai étalé les ingrédients avant d'y ajouter une banane pour faire bonne mesure.

Quand j'avais l'âge de Poppy, maman ajoutait souvent un petit supplément « bon pour la santé » dans mon sandwich. Aujourd'hui, à cinq mois de mon dix-huitième anniversaire, c'était moi l'adulte. Et ce, depuis la mort de papa. Maman ne me remerciait jamais, ne parlait jamais de tout ce que je faisais pour nous, et je n'attendais rien de tel. Notre vie, désormais, se résumait à tâcher de s'en sortir jusqu'au lendemain. Voir plus loin était trop difficile pour moi, et baisser les bras n'était pas envisageable. L'une d'entre nous au moins devait tenir bon, si on ne voulait pas sombrer toutes les deux.

– Tu as petit-déjeuné ? ai-je demandé pour essayer de savoir quand elle et son père étaient arrivés.

Elle a répondu oui de la tête, tout en mordant dans son sandwich. Une goutte de gelée au raisin s'est ajoutée aux traces qui maculaient déjà son visage.

Je suis allée chercher mon sac de cours et je l'ai posé à l'extrémité de notre grande table, dans la salle à manger, pas loin de l'endroit où Poppy s'était installée. Pendant qu'elle mâchait bruyamment, essuyant son menton collant d'un revers de main, j'ai terminé ma géométrie. Poppy n'était pas malheureuse, mais elle souffrait de solitude, comme moi. Maman n'aimait pas que j'invite des amis, en dehors de Tess, de temps en temps. Et Tess ne parlait que de sa maison, un peu plus loin dans la rue. Elle suivait les cours par correspondance, était un peu bizarre, mais ça faisait quelqu'un à qui parler et elle se fichait de ce qui se passait à la Villa Juniper. De toute façon, je n'avais pas beaucoup de temps pour ce genre de choses. Et ce qui se passait entre nos murs devait rester secret.

Dehors, des rythmes de basse ont fait trembler l'air. J'ai écarté les rideaux pour voir de quoi il s'agissait. La Mini Cooper blanc nacré décapotable de Presley passait lentement devant notre maison, à l'approche du croisement. À l'intérieur, les clones – tous en terminale, comme moi – marquaient le rythme de la tête en riant. Deux ans plus tôt, j'aurais été jalouse, ou triste, mais aujourd'hui je n'éprouvais plus que de l'indifférence. La partie de moi qui aurait rêvé de voiture, de petit ami et de vêtements neufs était morte avec papa. Désirer ce que je ne pouvais pas avoir était devenu trop douloureux, alors j'avais choisi de ne plus avoir envie.

Maman et moi avions des factures à payer, et cela signifiait garder des secrets sur les gens qui fréquentaient notre maison. Si nos voisins avaient su la vérité, ils n'auraient pas voulu que l'on reste. Alors nous étions loyales envers les clients de maman et nous gardions leurs secrets. Pour que tout le monde soit content, que l'on puisse rester ensemble, même seules, j'étais prête à sacrifier les rares amis que j'avais.

Poppy s'est ruée dehors la porte à peine ouverte, a levé les mains et les a plantées sur le sol pour faire la roue. À l'arrivée, assise dans l'herbe grillée par le soleil, elle a éclaté de rire. J'avais la bouche sèche rien qu'en entendant la pelouse crisser sous nos pas. Je n'avais pas le souvenir d'un été aussi chaud que celui de cette année. En cette fin septembre, déjà, les arbres étaient flétris et les pelouses n'étaient plus qu'herbe desséchée, poussière et insectes. La pluie était comme un souvenir que les adultes évoquaient avec nostalgie.

– Papa va bientôt rentrer, a dit Poppy en soupirant.

– Je sais.

– Raconte-moi encore l'histoire de quand tu es née. Celle de ton nom.

J'ai souri, et je me suis assise sur les marches du porche.

– Encore ?

– Encore.

Elle arrachait sans y penser des brins d'herbe jaunie. Je me suis lancée en empruntant un ton très respectueux, celui de papa quand il me racontait cette histoire au moment de me coucher. Tous les soirs, jusqu'à la veille de sa mort, il m'avait raconté l'histoire de Catherine.

– Toute sa vie, maman avait voulu être une princesse. À dix ans, elle rêvait de robes à paniers, de sols en marbre et de tasses en or. Elle en rêvait si fort qu'elle était certaine qu'un jour ce rêve se réaliserait. Et quand elle a rencontré papa, elle était sûre que c'était un prince charmant.

Poppy s'est redressée, a ouvert de grands yeux, portée par cette évocation, puis elle s'est affaissée.

– Mais ça n'en était pas un.

J'ai secoué la tête.

– Non. Mais elle s'est mise à l'aimer encore plus que son rêve.

– Alors ils se sont mariés et ils ont eu un bébé.

– Oui. Et comme une reine, elle voulait transmettre un nom – un titre. *Catherine*, elle trouvait que ça sonnait comme un nom de princesse.

– Catherine Elizabeth Calhoun, a dit Poppy en se redressant de nouveau.

– C'est royal, non ?

– Excusez-moi, a dit une voix grave, dans un coin du jardin.

Poppy s'est levée, a considéré l'intrus d'un regard méfiant.

Debout à côté d'elle, j'ai mis ma main en visière pour me protéger du soleil. D'abord, je n'ai vu que sa silhouette, puis son visage est apparu. J'ai failli ne pas le reconnaître, mais l'appareil photo qu'il portait autour du cou l'a trahi.

Elliott était plus grand, plus musclé. Sa mâchoire carrée lui donnait l'air adulte. Il avait les cheveux plus longs, jusqu'aux omoplates. Il était accoudé à notre clôture défraîchie et affichait un sourire plein d'espoir.

– Rentre, ai-je intimé à Poppy.

Elle a obéi sans rien dire. J'ai regardé Elliott et j'ai tourné les talons.

– Catherine, attends…

– Je n'ai fait que ça, ai-je répliqué sèchement.

Il a fourré les mains dans les poches de son short kaki, et j'ai eu un pincement au cœur. Il semblait à la fois différent et inchangé. Pourtant, l'adolescent dégingandé et maladroit d'il y avait quatre ans à peine n'existait plus. L'appareil dentaire avait disparu, laissant un sourire parfait, éclatant derrière des lèvres de menteur. Son teint était plus pâle, la lumière dans ses yeux, aussi.

J'ai vu sa pomme d'Adam monter et descendre.

– Je… heu… je suis…

Un menteur.

L'appareil photo a oscillé au bout de sa large courroie noire, parce qu'il se dandinait d'un pied sur l'autre. Il était nerveux, coupable, et beau.

Il a essayé encore une fois.

– Je suis…

– Pas le bienvenu, ai-je dit en remontant lentement les marches.

– Je viens d'arriver ! Je vis ici, chez ma tante. Le temps que mes parents divorcent. Papa vit avec sa copine, et maman passe l'essentiel de ses journées au lit.

Il a levé une main et, d'un pouce, il a montré la rue, derrière.

– Je suis juste là, un peu plus loin ? Tu te rappelles où habite ma tante ?

Je n'aimais pas sa façon de parler, il laissait toutes ses phrases en suspens. Si un jour je devais m'intéresser à un garçon, je voulais qu'il parle sur un ton affirmatif. Exclamatif, de temps en temps. Pour ne dire que des choses intéressantes, comme papa autrefois.

J'ai baissé les yeux sur son appareil.

– Va-t'en.

Avec un petit sourire, il a pris l'objet entre ses longs doigts. Le nouvel appareil d'Elliott était vieux, et avait probablement vu plus de choses que lui.

– Catherine, je t'en prie. Laisse-moi m'expliquer.

Je n'ai pas répondu et j'ai ouvert la moustiquaire. Elliott a lâché son appareil, a tendu une main vers moi.

– Je commence les cours demain. J'ai réussi à changer de lycée pour l'année de terminale, t'imagines ? Ce serait… ce serait bien d'avoir au moins une personne à qui parler… ?

– La rentrée est déjà passée.

– Je sais. Il a fallu que je refuse d'aller au lycée à Yukon pour que maman m'autorise finalement à venir ici.

L'accent de désespoir, dans sa voix, m'a attendrie un peu. Papa avait toujours dit que j'aurais du mal à dissimuler mon cœur tendre sous un enrobage croquant.

– C'est vrai, ça craint, me suis-je entendue dire, malgré moi.

– Catherine, a supplié Elliott.

– Et tu sais ce qui craint, aussi ? Être ton amie, ai-je ajouté en lui tournant le dos pour rentrer.

– Catherine ! Depuis quand es-tu aussi impolie ?

J'étais nez à nez avec maman. Enfin, nez à gorge, parce qu'elle était grande. Mais elle avait des courbes confortables dans lesquelles j'avais adoré me nicher, autrefois. Après la mort de papa, elle avait perdu sa rondeur, ses clavicules étaient devenues si saillantes que, lorsqu'elle me serrait dans ses bras, j'avais l'impression d'être embrassée par les branches d'un arbre mort. Aujourd'hui ses joues étaient à nouveau rebondies et sa silhouette, douce, mais elle ne me prenait plus dans ses bras. C'était moi, plutôt, qui la serrais dans les miens.

– Désolée.

Elle avait raison. Jamais elle ne m'avait vue être impolie. Je ne l'étais qu'en dehors de sa présence, pour repousser les importuns. La profession de maman, c'était l'hospitalité, elle ne supportait pas la rudesse. Mais celle-ci était nécessaire pour garder nos secrets.

Elle a posé une main sur mon épaule et a fait un clin d'œil.

– Mais les chiens ne font pas des chats, hein ? Alors je suppose que c'est moi, la coupable.

– Bonjour, madame. Je suis Elliott. Youngblood.

– Moi c'est Mavis, a répondu maman, polie et légère, comme si la moiteur ne l'étouffait pas, elle.

– Je viens de m'installer chez ma tante Leigh, un peu plus loin dans la rue.

– Leigh Patterson Youngblood ?

– C'est ça.

– Eh bien… Tu t'entends comment, avec ta tante ?

– De mieux en mieux, a répondu Elliott avec un sourire en coin.

– Ah. C'est bien. Elle est un peu garce sur les bords, j'en ai peur. Elle est comme ça depuis le lycée.

Elliott a éclaté de rire, et j'ai réalisé à quel point il m'avait manqué. J'ai pleuré intérieurement. C'est ce que je faisais, depuis son départ.

– Seigneur, mais nous en oublions nos bonnes manières ! Veux-tu entrer, Elliott ? Je crois que j'ai du thé glacé, des fruits et des légumes du potager. Du moins ce qu'il en reste après cette sécheresse.

J'ai regardé maman, furieuse.

– Non. Nous avons du travail. Poppy et son père sont ici.

– Ah... Bon, a dit maman en portant une main à sa poitrine, soudain nerveuse. Je suis désolée, Elliott.

– Peut-être une autre fois ? a dit Elliott en la saluant. À demain, princesse Catherine ?

Je me suis raidie.

– Ne m'appelle pas comme ça. Jamais.

J'ai guidé maman à l'intérieur, laissant la porte claquer derrière nous. Maman froissait son tablier entre ses doigts, mal à l'aise. On est montées au premier, puis, au bout du couloir, je l'ai aidée à gravir les cinq dernières marches qui menaient à sa chambre et je l'ai assise devant sa coiffeuse. Depuis la mort de papa, elle n'avait plus jamais réussi à dormir dans leur chambre, alors on avait transformé le petit grenier pour qu'elle puisse s'y installer.

Elle a essayé de se coiffer, a pris un mouchoir en papier pour nettoyer le mascara qui avait coulé sous ses yeux.

– Seigneur, je comprends que tu n'aies pas voulu qu'il entre. Je fais peur à voir.

J'ai pris son peigne et l'ai passé dans ses cheveux.

– Tu travailles trop dur, maman.

Elle s'est détendue, a souri.

– Et toi ? Comment s'est passée ta journée ? Les cours ? Tu as fini tes devoirs ?

Pas étonnant qu'Elliott lui plaise. Tous ces points d'interrogation…

– Tout s'est bien passé, oui. Et j'avais juste de la géométrie.

Elle a fait la grimace, et a imité le ton léger sur lequel j'avais dit cela.

– *Juste de la géométrie.* Et moi qui arrivais à peine à résoudre une simple équation…

– Ce n'est pas vrai.

– C'est uniquement parce que ton papa…

Elle s'est figée et j'ai vu son regard se vider.

J'ai posé le peigne et je l'ai laissée tranquille. Je suis redescendue, j'ai cherché quoi faire. Maman était dans un état second maintenant, je ne la verrais sans doute plus de la soirée. Elle passait ses journées à faire comme si tout allait bien mais, de temps à autre, quand papa arrivait dans la conversation, le choc était trop violent, les souvenirs, trop forts, et elle se retirait. Moi je restais et je faisais le ménage, la cuisine, et la conversation aux rares clients. Je partageais mon temps entre tenir la comptabilité et essayer de maintenir cette maison décrépite en état de marche. Gérer la Villa Juniper, un établissement pourtant modeste, avec peu de passage, aurait facilement occupé deux personnes à plein temps. Certains soirs, j'étais contente qu'elle se replie ainsi sur elle-même, se coupe du monde en me laissant tout faire ; l'activité m'apportait la tranquillité.

La porte a claqué et Poppy a hurlé mon nom depuis l'étage.

– Catherine !

Je suis montée en courant et je l'ai prise dans mes bras. Elle était en sanglots.

– Papa est encore parti !

– Je suis désolée.

Je l'ai bercée doucement contre moi.

Je préférais avoir affaire à Poppy plutôt qu'à son père. Duke était un homme colérique et bruyant, toujours très occupé (mais jamais tranquille) et pas du tout agréable à recevoir. Quand Duke était dans les parages, Poppy ne disait plus rien. Maman ne disait plus rien. Et il ne restait plus que moi pour parler avec lui.

– Je vais rester avec toi jusqu'à son retour.

Elle a hoché la tête et enfoui son visage contre ma poitrine. Je suis restée assise là avec elle, sur le tapis rouge élimé et rêche qui recouvrait les marches, jusqu'à ce qu'il soit l'heure de la coucher. Puis je l'ai mise au lit et l'ai bordée.

Je n'étais pas sûre que Poppy serait encore là le lendemain matin, mais je pouvais faire en sorte qu'elle ait quelque chose de rapide et de bon pour le petit déjeuner, ou que Duke ait son porridge ou son omelette. Je suis descendue dans la cuisine et j'ai tout sorti. De cette façon, maman pourrait faire à manger pendant que je me préparerais pour le lycée.

J'ai lavé et coupé les tomates, les oignons et les champignons, tout mis dans le frigo, et je suis montée me coucher.

Maman avait ses bons et ses mauvais jours. Aujourd'hui était tombé quelque part entre les deux. On avait connu pire. Tenir la maison d'hôtes était trop pour elle. Moi-même je me demandais comment j'y arrivais, mais quand le seul objectif était de tenir jusqu'au lendemain, l'âge ne comptait pas. Le plus important était de savoir ce qu'il fallait faire, point.

J'ai pris une douche, enfilé un débardeur et une culotte – il faisait trop chaud pour mettre quoi que ce soit d'autre – et je me suis mise au lit.

Dans le silence, les pleurs de Poppy ont remonté le long du couloir. Sans bouger, j'ai attendu de voir si elle se calmait ou si les sanglots redoublaient. Les nuits ici étaient difficiles pour elle, et je me demandais ce qui se passait lorsqu'elle était ailleurs, si elle était triste, avait peur, se sentait seule, ou si elle essayait d'oublier tout ce qui se passait dans sa vie entre deux nuits à la Villa Juniper. Du peu qu'elle m'avait raconté, je savais que sa mère n'était plus là. Duke me faisait peur. La vie de Poppy se résumait à passer des heures en voiture avec son père, qui se déplaçait sans arrêt d'une ville à l'autre pour son travail de représentant, et rester seule parfois plusieurs jours d'affilée en attendant qu'il rentre. Les moments qu'elle passait chez nous étaient ses préférés, mais ne représentaient qu'une minuscule fraction de son existence.

Mes pensées ont lentement dérivé vers le lycée, et Poppy est sortie de mon esprit. J'allais devoir faire de gros efforts pour maintenir les gens à distance, et Elliott en particulier. Nous étions les deux seuls élèves à habiter sur Juniper Street. En dehors de Tess et d'un petit qui allait à la maternelle, le quartier était composé de foyers dont les enfants étaient à l'université, et de grands-parents dont les enfants et les petits-enfants habitaient loin. Trouver des excuses pour ignorer ou éviter Elliott allait être difficile.

Peut-être allait-il s'intégrer très vite. Ainsi, il n'aurait plus besoin d'être mon ami. Peut-être finirait-il par me traiter de zarbi et cracherait-il dans mes cheveux, comme certains autres élèves. Peut-être ferait-il tout pour que le détester devienne simple. Tout en sombrant doucement dans le sommeil, j'ai espéré que les choses se passent ainsi. La haine rendait la solitude plus facile.

Chapitre 7

Catherine

Au plafond, des bouts de ficelle blanche étaient noués à la grille métallique et bougeaient sur un rythme silencieux venant de quelque part dans le système de ventilation du lycée. Ils étaient là pour prouver que la climatisation fonctionnait, et elle fonctionnait en effet, mais mal.

Scotty Neal a fait une torsion du buste pour s'étirer, attrapant mon bureau jusqu'à ce que ses vertèbres craquent. Puis il a poussé un soupir monumental et a tiré sur son T-shirt pour essuyer son visage congestionné.

J'ai réuni mes cheveux, désormais mi-longs, et les ai torsadés pour les remonter en chignon. Sur ma nuque, les mèches restantes étaient trempées de sueur et me chatouillaient, et je les ai ramenées vers le haut elles aussi. Les autres élèves remuaient sans arrêt, la surchauffe menaçait.

– M'sieur Mason, a grogné Scotty. Est-ce qu'on pourrait avoir un ventilateur ? De l'eau ? Quelque chose, quoi…

M. Mason s'est épongé le front avec son mouchoir et a repoussé ses lunettes sur son nez pour la dixième fois au moins.

– Bonne idée, Scotty. Pause rafraîchissement. Vous pouvez aller à la fontaine la plus proche. Mais faites-vous discrets dans le couloir pour ne pas déranger les autres cours. Je veux du silence. Je veux une organisation efficace. Et je vous veux à vos places dans cinq minutes.

Scotty a hoché la tête et les chaises ont partout grincé sur le carrelage vert, tout le monde se levant pour sortir, pas du tout en silence, et pas du tout en ordre. Minka est passée à côté de moi, ses cheveux lissés menaçant de friser avec l'humidité. Elle m'a jeté un regard méchant par-dessus son épaule, encore en colère parce que je les avais laissés tomber, Owen et elle, deux ans plus tôt.

M. Mason a levé les yeux au ciel en entendant le bruit, et a secoué la tête. Et puis il m'a vue, élève solitaire restée dans la salle.

– Catherine ?

J'ai haussé un sourcil pour lui faire comprendre que je l'avais entendu.

– Tu n'as pas soif ?

Sans attendre ma réponse, il a fait un geste de la main. Il savait.

– Je vois, c'est le cirque, là-dehors, hein ? Mais vas-y quand même lorsque tout le monde sera revenu, d'accord ?

J'ai fait oui de la tête et me suis mise à griffonner sur mon cahier, en essayant de ne pas penser à l'auréole de transpiration qui se formait sur sa chemise, à l'endroit où ses nichons de mec en surpoids reposaient, comme deux grosses crêpes, sur son bide de buveur de bière.

M. Mason a inspiré, puis s'est retenu. Il avait été sur le point de me poser une question, sans doute pour me demander comment j'allais et si tout se passait bien à la maison. Mais il s'était souvenu. *Bien, pour le mieux, parfait*, c'était toujours ma réponse. Déjà, l'année précédente, je lui avais servi la même chose. Pour une raison qui m'échappait, il abordait le problème tous les vendredis. À Noël, il avait cessé de poser la question.

La moitié des élèves étant revenue, il s'est tourné vers moi, m'a regardée par-dessus ses lunettes.

– Catherine ?

Ne voulant pas faire mon intéressante, je me suis levée et suis sortie dans le couloir, les yeux rivés sur le carrelage. Le volume des rires et des bavardages a augmenté progressivement, puis des pieds sont entrés dans mon champ de vision.

Il y avait du monde devant moi, je me suis mise dans la file. Les clones ont gloussé.

– C'est gentil à toi d'attendre qu'on soit tous passés, a dit Presley.

– Beuh, jamais j'aurais pu boire après elle, a grommelé son amie Anna Sue.

J'ai planté l'ongle de mon pouce dans mon bras.

– Dis-moi, Cathy, tout va bien à la Villa Juniper ? m'a demandé Presley. La dernière fois que je suis passée devant, ça avait l'air fermé.

J'ai soupiré.

– Catherine.

– Pardon ? a-t-elle dit, comme si le simple fait que je réponde la froissait.

Je l'ai regardée.

– Je m'appelle Catherine.

– Ouh… Kit-Cat cherche la bagarre, on dirait.

– Elle a consenti à se mêler à la plèbe, a marmonné Minka.

J'ai serré les dents et le poing.

– J'ai entendu dire qu'elle était hantée, sa maison, a lâché Tatum le regard brillant d'excitation derrière sa frange décolorée.

– C'est vrai, ai-je rétorqué. Et on y boit le sang des vierges. Donc vous n'avez rien à craindre.

Sur quoi j'ai tourné les talons pour regagner la salle de classe et la sécurité que m'offrait la présence de M. Mason. Il n'a même pas remarqué mon retour. Pourtant, le silence régnait, plus personne ne bougeait ni ne parlait. Il faisait presque trop chaud pour respirer.

Scotty a reparu, en s'essuyant le menton d'un revers de la main. Ce geste m'a rappelé Poppy. Serait-elle encore à la maison à mon retour ? Maman allait-elle avoir besoin d'aide ? De nouveaux clients étaient-ils arrivés pendant mon absence ?

– Je peux t'aider ? a demandé M. Mason.

J'ai levé les yeux. Elliott Youngblood se tenait sur le seuil de la salle, un papier dans une main, la bretelle d'un vieux sac de cours rouge délavé dans l'autre. D'autres élèves revenaient de la fontaine, et l'ont bousculé pour entrer, comme si un meuble gênait leur passage. Pas une excuse n'est sortie de leur bouche.

– C'est pour moi ? a demandé M. Mason en montrant le papier qu'Elliott avait à la main.

Elliott s'est avancé, manquant de se cogner la tête dans la planète Saturne en papier qui pendait au plafond.

J'ai cherché des raisons de le détester. Les gens trop grands, trop petits ou trop n'importe quoi souffraient en général d'un fort complexe d'infériorité. Il avait dû devenir très sensible et peu sûr de lui. Bref, infréquentable.

Le bras musclé d'Elliott a tendu le papier à M. Mason. Quand il a reniflé, il a plissé le nez de côté. Ces muscles, ce nez, le fait qu'il soit si différent, ait l'air tellement plus grand et plus âgé, tout cela m'a énervée. Mais surtout, j'étais en colère contre lui parce qu'il m'avait laissée découvrir seule que papa était mort. Je lui avais consacré tout mon été – mon dernier été avec papa – et j'avais eu besoin de lui, mais il m'avait plantée là sans aucune explication.

M. Mason a lu le mot en plissant les yeux, puis il l'a posé devant lui, sur les papiers qui jonchaient son bureau, et s'est tourné vers Elliott.

– Sois le bienvenu, Elliott Youngblood. Serais-tu un descendant de White Eagle ?

En entendant une question aussi idiote, Elliott a haussé un sourcil étonné.

– Non ?

M. Mason lui a indiqué une place libre, au fond, et Elliott a tranquillement remonté ma travée. Quelques rires ont fusé, je me suis retournée. Elliott essayait de se glisser derrière son bureau. Étant plutôt petite, je rentrais sans problème entre le plateau et le siège. Je ne m'étais jamais rendu compte que ces bureaux convenaient mieux à des enfants. Elliott était un homme, un géant, et le côté « taille unique » de ces bureaux ne lui convenait pas.

Les jointures métalliques ont grincé quand il a voulu se caler, et des rires ont fusé de nouveau.

– Ça va, ça va, a dit M. Mason en se levant.

Il a tendu les bras pour demander à la classe de se calmer, révélant des auréoles très marquées. Les élèves ont ri de plus belle.

Au même moment, la conseillère d'orientation est entrée et a balayé la salle du regard jusqu'à ce qu'elle trouve Elliott. Elle a poussé un soupir las.

– Nous en avions discuté, Milo. Elliott a besoin d'une table et d'une chaise. Je pensais que tu avais ce qu'il fallait, ici.

M. Mason a froncé les sourcils, visiblement pas ravi de cette seconde interruption.

– Y a pas de souci, a dit Elliott.

Il avait une voix grave et douce, et semblait très mal à l'aise.

– Je m'en occupe, madame Mason.

M. Mason avait prononcé son nom avec le mépris d'un futur ex-mari.

L'expression préoccupée qu'elle affichait a laissé place à un regard exaspéré. D'après la rumeur, au printemps, les Mason avaient décidé de se séparer à l'essai, mais les choses se passaient visiblement mieux pour madame que pour monsieur.

Mme Mason avait perdu pas loin de vingt kilos, avait légèrement éclairci et laissé pousser ses cheveux châtains, et se maquillait. Sa peau était plus lumineuse, les pattes-d'oie au coin de ses yeux avaient disparu. Elle respirait le bonheur, laissant pratiquement partout derrière elle un chemin d'arcs-en-ciel parfumés à la rose. Mme Mason allait beaucoup mieux sans son mari. Sans sa femme, M. Mason n'était plus grand-chose.

– C'est dans la réserve, je vais sortir tout ça, a-t-il ajouté en guise d'explication.

– C'est pas grave, vous savez, a dit Elliott.

– Fais-moi confiance, a murmuré M. Mason. Quand Mme Mason a décidé quelque chose, il vaut mieux le faire.

– Exactement, a dit Mme Mason, à court de patience. Alors fais-le.

Même quand elle était en colère, le bonheur brillait dans ses yeux. Ses talons ont claqué presque joyeusement sur le carrelage quand elle a quitté la salle.

Nous vivions dans une ville de mille habitants, et deux ans après le licenciement de papa il n'y avait toujours pas beaucoup de travail. Les Mason n'avaient pas d'autre choix que de continuer à travailler ensemble. À moins que l'un d'entre eux n'aille s'installer ailleurs, ils étaient coincés.

Attendre de savoir qui s'en irait en premier allait pimenter un peu l'année scolaire. Je les aimais bien tous les deux, mais de toute évidence l'un d'entre eux allait quitter Oak Creek d'ici peu.

M. Mason a fermé les yeux et s'est massé les tempes. Le silence régnait. Même les élèves savaient qu'il valait mieux ne pas pousser à bout un homme dont le couple partait en vrille.

– Bien. Bien, a-t-il finalement dit en nous regardant. Scotty, prends mes clés et va chercher la table et la chaise que je t'avais demandé d'entreposer dans la réserve à la rentrée. Vas-y avec Elliott.

Scotty s'est levé, a pris les clés et a fait signe à Elliott de le suivre.

– C'est un peu plus loin dans le couloir, a-t-il expliqué pendant qu'Elliott se désencastrait de son bureau.

Les rires s'étaient évaporés, comme nos déodorants. Quand ils ont ouvert la porte, une petite brise s'est engouffrée dans la salle, et les élèves assis près de l'entrée ont poussé un soupir de soulagement involontaire.

Un moment s'est écoulé, puis Elliott et Scotty ont reparu avec une table et une chaise. Elliott portait aussi son sac. Je n'avais pas remarqué qu'il l'avait emporté, et pourtant je remarquais toujours tout.

Avec la chaleur et l'humidité, ses longs cheveux noirs semblaient filasse et ternes. Il a posé la table, a pris un élastique et a attaché sa chevelure en une espèce de chignon, dont la plupart des mèches s'échappaient.

M. Mason a laissé tomber ses mains à plat sur son bureau, froissant les papiers qui s'y trouvaient.

– Il faut qu'ils annulent les cours, ce n'est plus possible. On va tous attraper un coup de chaleur. Vous n'arrivez pas à vous concentrer. *Je* n'arrive pas à me concentrer.

– Mme McKinstry nous a fait cours d'anglais sous le grand chêne, entre le lycée et le bâtiment de l'auditorium, a fait remarquer Elliott.

– Ce n'est pas une mauvaise idée, a répondu M. Mason, qui réfléchissait à voix haute. Mais à cette heure de la journée, il fait probablement plus chaud dehors qu'à l'intérieur.

– Oui, mais au moins il y a un peu d'air, dehors, a haleté Scotty, essoufflé et suant à grosses gouttes.

– Monsieur… a gémi Minka. J'en peux plus…

J'ai levé les yeux sur la grille d'aération, au-dessus de M. Mason. Les bouts de ficelle ne bougeaient plus. La climatisation avait finalement rendu l'âme.

Il m'a vue fixer la grille, l'a regardée à son tour et s'est levé quand il a compris ce que je savais déjà. En plus, sa salle était en plein soleil.

– OK. Tout le monde dehors. La température ne va faire que grimper, ici.

Les élèves ont échangé des regards étonnés, sans bouger.

– Allez ! Dehors, j'ai dit !

On a ramassé nos affaires et suivi M. Mason dans le couloir. Il nous a fait asseoir dans la salle de pause, et il est parti chercher la proviseure, Mme Augustine.

– Je reviens. Mais soit ils annulent le reste des cours pour aujourd'hui, soit on va faire cours chez le marchand de glaces au bout de la rue.

Tout le monde a applaudi cette idée, sauf moi. J'étais occupée à fixer Elliott Youngblood d'un regard mauvais. Il s'était assis à côté de moi.

– Votre Excellence, a dit Elliott.

J'ai vérifié autour de nous que personne ne l'avait entendu. Il était inutile de donner aux autres élèves une raison supplémentaire de se payer ma tête.

– Ne m'appelle pas comme ça.

Il s'est penché vers moi.

– C'est quoi, tes autres cours ? On en a peut-être en commun.

– Non.

– Comment tu le sais ?

– C'est un vœu pieux.

La voix de la secrétaire du lycée, Mme Rosalsky, a retenti *via* le haut-parleur : « À l'attention de tous les élèves, prière de vous lever pour écouter l'annonce de votre proviseure. »

Il y a eu différents bruits, puis on a entendu la voix de Mme Augustine, jeune, haut perchée, qui ressemblait à une voix d'ado : « Chers élèves, bonjour. Comme vous l'avez probablement remarqué, notre climatiseur est défaillant aujourd'hui. Les cours de l'après-midi sont supprimés, de même que ceux de demain. J'espère pouvoir régler le problème d'ici vendredi. Le lycée se chargera de prévenir vos parents de la reprise des cours, *via* le numéro de téléphone figurant dans votre dossier. Les cars de ramassage partiront plus tôt. Pour ceux d'entre vous qui ne conduisent pas, merci de prévenir vos parents ou votre correspondant afin qu'ils viennent vous chercher car l'alerte canicule a été déclenchée aujourd'hui. Bonne fin de journée, profitez bien de ces vacances inopinées ! »

Autour de moi, tout le monde s'est levé en hurlant. Quelques secondes plus tard, les couloirs grouillaient d'élèves surexcités.

J'ai regardé ce que j'avais griffonné sur mon cahier. Un cube en 3D et l'alphabet en caractères gras étaient entourés d'épaisses lianes.

– Pas mal, a dit Elliott. T'es inscrite en arts plastiques ?

J'ai ramassé mes affaires et je me suis levée. J'avais à peine fait deux pas en direction de mon casier quand Elliott m'a appelée.

– Comment tu rentres chez toi ?

J'ai hésité.

– À pied.

– Tu traverses toute la ville ? Avec cette chaleur ? On frôle les quarante degrés, quand même !

– Où veux-tu en venir ? ai-je demandé en lui faisant face.

Il a haussé les épaules.

– J'ai une voiture. C'est une Chrysler pourrie de 1980, mais la clim marche bien quand on la met à fond. Je me disais qu'on pourrait peut-être s'arrêter chez *Braum* au passage et boire une limonade à la cerise avant que je te dépose chez toi.

La clim et une limonade à la cerise… rien que d'y penser, je me suis détendue. Le glacier *Braum* était désormais le seul endroit en ville où l'on pouvait s'asseoir, et rentrer chez moi en voiture, au frais, à l'abri du soleil était plus que tentant mais, une fois devant la maison, il voudrait que je l'invite à entrer, et s'il entrait, il verrait.

– Depuis quand tu as une voiture ?

Il a haussé les épaules.

– Depuis mes seize ans.

– Non.

J'ai tourné les talons et je suis allée vers mon casier. Il avait une voiture depuis presque deux ans. Maintenant tout était clair. Il n'avait pas tenu sa promesse.

Depuis la rentrée, j'avais eu des devoirs tous les jours. Quitter le lycée en y laissant mes affaires n'était pas naturel, et je me suis mise à faire la liste de ce que j'aurais pu oublier. Tous les cinq ou six pas, je me sentais prise de panique. J'ai traversé Main Street et j'ai pris à gauche sur South Avenue, une artère qui traversait tout l'ouest de la ville pour déboucher dans Juniper Street.

Je n'avais pas fait dix mètres sur South Avenue que la chaleur m'a fait regretter d'être partie sans chapeau, sans eau, et sans crème solaire. Et surtout, d'avoir refusé la proposition d'Elliott.

Le soleil tapait fort sur ma tête et mes épaules. Après cinq minutes de marche, la sueur s'est mise à couler dans mon cou et sur mes tempes. J'avais l'impression d'avoir du sable dans la gorge. Je me suis arrêtée dans le jardin de M. Newby pour être à l'ombre un moment, hésitant à me passer sous l'arrosage automatique avant de repartir.

Une berline marron d'un autre âge s'est arrêtée le long du trottoir, et le conducteur s'est penché sur le siège passager pour baisser la vitre. La tête d'Elliott est apparue.

– Une boisson fraîche et la clim, ça te tente toujours pas ?

J'ai quitté l'ombre et repris mon chemin sans répondre. Les gens qui insistaient le faisaient toujours jusqu'au bout. Là, Elliott voulait me ramener à la maison. Ensuite, il voudrait sans doute m'accompagner à l'intérieur ou traîner dehors avec moi.

Le tas de boue a avancé lentement à côté de moi. Elliott ne disait plus rien, mais il avait laissé la vitre ouverte, et le précieux air climatisé s'échappait. Je marchais au bord du trottoir, appréciant en silence les bouffées d'air frais qui venaient de la Chrysler.

Une centaine de mètres plus loin, alors que je m'épongeais le front pour la dixième fois au moins, Elliott a remis ça :

– Bon, on ne s'arrêtera pas chez *Braum*. Je te ramène chez toi, et c'est tout.

J'ai continué, même si j'avais les pieds en feu et la tête qui tournait. Il n'y avait pas un nuage dans le ciel. L'exposition au soleil était violente.

– Catherine, s'il te plaît, laisse-moi te ramener chez toi. Je ne te parlerai pas. Je te dépose et je m'en vais.

Je me suis arrêtée, éblouie par la lumière. Le monde qui m'entourait semblait blanchi par le soleil, le seul mouvement alentour était celui des ondes de chaleur dansant au-dessus de l'asphalte.

– Pas de conversation ? ai-je demandé en mettant une main en visière pour mieux voir son visage.

Ses yeux me le diraient, même s'il ne répondait pas.

– Si c'est ce que tu veux. Si ça peut te convaincre de t'abriter du soleil. C'est dangereux, Catherine. Il te reste presque cinq kilomètres à faire.

J'ai réfléchi un instant. Il avait raison. Marcher sous cette chaleur, c'était idiot. Qu'arriverait-il si je faisais une insolation ? Comment se débrouillerait maman ?

– Pas un mot ?

– Juré.

J'ai fait la grimace.

– Tu ne tiens pas tes promesses.

– Je suis revenu, non ?

Comme je me renfrognais, Elliott m'a fait signe de monter.

– S'il te plaît, Catherine. Laisse-moi te ramener.

Il a arrêté la voiture et a tiré sur la poignée de la portière, qui s'est ouverte.

Je me suis glissée sur le siège recouvert de velours chocolat, j'ai claqué la portière et remonté la vitre. Et puis j'ai fermé les yeux, pour apprécier l'air frais.

– Merci.

Elliott a tenu sa parole et a démarré sans répondre.

Je l'ai regardé, j'ai regardé sa pomme d'Adam qui montait et descendait, ses doigts nerveux sur le volant. Il était tendu. J'ai eu envie de lui dire que je ne mordais pas, que je lui en voulais peut-être encore d'être parti et de m'avoir manqué pendant deux ans, mais qu'il y avait dans le monde des choses bien plus redoutables que mes reproches et moi.

Chapitre 8

Catherine

– Viens là, ma puce !

Althea m'a prise dans ses bras, m'a guidée jusqu'à un tabouret, s'est précipitée vers l'évier et a passé un torchon sous l'eau froide.

Un coude sur la table, j'ai souri. Althea ne venait pas très souvent chez nous, mais elle était toujours aux petits soins pour moi, et là elle n'aurait pas pu choisir meilleur moment pour débarquer.

Elle a replié le torchon et l'a posé sur mon front, le maintenant fermement en place.

– Il fait tellement chaud que je ne peux même plus porter ma perruque. Mais où avais-tu la tête, ma fille ?

J'ai fermé les yeux. La maison sentait toujours le renfermé, il y faisait trop chaud, mais au moins le soleil ne tapait plus sur mon crâne.

– Il fallait bien que je rentre du lycée. Tu crois que maman nous laisserait brancher la clim ?

Althea a soupiré, s'est essuyé les mains sur son tablier et les a plantées sur ses hanches.

– Je croyais qu'elle était déjà branchée, moi. Attends, je vais vérifier.

Elle a traversé la pièce dans le bruissement de sa jupe sur ses larges cuisses, et s'est penchée sur le thermostat en plissant les yeux.

– Elle est branchée sur quinze degrés et il fait au moins trente-huit dans cette pièce. Eh ben… ta mère va devoir appeler quelqu'un…

Elle a ponctué sa remarque d'un claquement de langue contre son palais.

Je me suis levée.

– Je peux m'en occuper.

Elle s'est précipitée sur moi.

– Mon bébé, tu restes assise ! Ce qui n'est pas rouge chez toi est blanc à faire peur.

Elle m'a poussée vers une chaise, puis elle a cherché un verre propre dans le placard, des glaçons dans le congélateur, et a sorti du frigo un pichet de thé glacé.

– Tu restes assise là et tu bois ça. Ta mère ne va pas tarder à rentrer, et elle se chargera d'appeler l'incompétent qui s'occupe du chaud et du froid.

Je lui ai souri. Althea était une de mes clientes préférées.

Elle s'est accoudée à la table.

– Alors, comment s'est passée ta journée ?

– Comme d'habitude. Enfin, presque. Il y a un nouveau, et il m'a ramenée en voiture, aujourd'hui.

– Ah bon ?

Elle avait de la farine sur le visage. Elle avait encore préparé quelque chose. C'était la seule cliente qui aidait maman, avant tout parce qu'elle ne tenait pas en place. Elle préparait un gâteau ou passait le balai en fredonnant toujours le même air joyeux, un vieux cantique qui me rappelait vaguement quelque chose. En dehors d'une mèche brune qui tombait sur son front, ses cheveux étaient ramenés en chignon sur la nuque.

Elle s'éventait avec une assiette en carton, la sueur luisait sur son front et sa poitrine.

– C'est Elliott.

J'espérais qu'elle reconnaîtrait ce nom, mais non.

– Qui est-ce ? Pardonne-moi, mon bébé. Entre le boulot et mes études bibliques, je n'ai plus le temps de rien.

– Je l'ai rencontré il y a deux ans, pendant l'été. C'était mon ami.

Elle a haussé un sourcil.

– *C'était*, ou *c'est* ? Parce qu'il te faut un ami, ma belle. Il t'en faut dix, même. Tu travailles trop. Beaucoup trop pour une fille de ton âge.

– C'était.

– Oh. Qu'est-ce qui s'est passé ?

– Il est parti sans me dire au revoir. Et il n'a pas tenu sa promesse.

– Quelle promesse ?

– Il avait promis qu'il reviendrait.

Althea a souri, elle s'est penchée vers moi et m'a pris les mains.

– Mon bébé… Écoute bien Mlle Althea. Il est revenu. Et à ce que tu me racontes, quand il est arrivé, il a tout de suite rappliqué.

Elle est retournée vers l'évier, a fait couler de l'eau pour les plats qui ne tenaient pas dans le lave-vaisselle.

– J'avais besoin de lui et il est parti. Maintenant que je n'ai plus besoin de lui, il revient. C'est trop tard.

Althea a fait mousser l'eau, puis elle a levé la tête, mais ne s'est pas retournée.

– Peut-être que tu as encore besoin de lui, a-t-elle dit d'une voix grave et douce.

J'entendais le sourire dans ses paroles, comme si elle se remémorait des temps plus faciles.

J'ai bu ce qui restait de mon thé glacé et me suis essuyé la bouche.

– Non.

– Mais tu as besoin de quelqu'un. Ce n'est pas bon, de passer autant de temps toute seule. Il n'y a donc personne, dans ce lycée, qui puisse devenir ton ami ?

Je me suis levée.

– J'ai des devoirs à faire. Et puis je m'occuperai du linge.

Althea a de nouveau fait claquer sa langue.

– Je m'en occuperai, après avoir appelé le réparateur. Seigneur Jésus, il fait presque trop chaud pour respirer !

– Dit-elle en transpirant au-dessus d'un évier d'eau chaude…

Elle m'a lancé un regard par-dessus son épaule, le genre de regard que lance une mère pour dire qu'elle n'est pas dupe. J'adorais. Il m'arrivait d'espérer qu'Althea reste, devienne une pensionnaire au long cours. Avoir quelqu'un qui s'occupe de moi pour changer, j'aurais bien aimé. Ses petits-enfants habitaient Oak Creek, mais quand elle venait les voir, elle s'installait chez nous pour faire plaisir au mari autoritaire de sa fille. C'était la seule cliente agréable de la Villa Juniper.

– On n'a pas cours demain non plus. La clim du lycée est cassée aussi.

– Une sorte d'épidémie, quoi, a grommelé Althea. Tu dois trouver un endroit frais pour te reposer. À l'étage, c'est pire que tout.

J'ai posé mon verre près de l'évier et je suis allée tapoter le thermostat, comme si ça allait changer quelque chose. Rien n'a bougé, la chaleur et la poussière m'étouffaient, alors je suis sortie sur le porche et je me suis assise sur la balancelle.

De temps à autre, une brise légère soufflait à travers le treillage, de chaque côté du porche, apportant un soulagement temporaire à la chaleur accablante. Je me suis balancée doucement en regardant passer les voitures et en écoutant les cris des enfants dans leur jardin, un peu plus loin dans la rue – sans doute ceux qui avaient une piscine hors-sol.

Les chaînes craquaient au rythme lent de mon va-et-vient. J'ai penché la tête en arrière. Le plafond était couvert de toiles d'araignées poussiéreuses. Quelque chose a touché ma peau nue au-dessus de mon genou droit, et j'ai poussé un cri en sursautant.

– Désolé. Je passais par là et je t'ai vue sur le porche. Alors je me suis arrêtée.

– Tu passais par là ? Tu venais d'où ? ai-je demandé en me frottant le genou.

La fille qui se tenait devant moi a fait la grimace.

– Ben, de la rue, andouille. Ça te dit de regarder un film, ce soir ?

– Je sais pas, Tess. On verra.

Tess avait dix-sept ans, comme moi, n'allait pas au lycée, était un peu excentrique et brusque, mais j'aimais bien quand elle venait me voir. Elle passait quand elle s'ennuyait ou quand j'avais besoin d'une amie – possédant pour cela un sixième sens que j'appréciais beaucoup. Elle avait ramené ses cheveux sur le sommet de son crâne, ça faisait une sorte de palmier, et portait des vêtements probablement hérités de son frère, Jacob. Je ne l'avais jamais rencontré, mais elle parlait si souvent de lui que j'avais l'impression de le connaître.

Elle a reniflé, s'est essuyé le nez d'un revers de la main.

– Ça va ?

Elle avait parlé sans me regarder, tournée vers la rue.

– Ça va. Elliott est revenu.

– Ah ouais ? Tu gères ?

– Je lui en veux toujours. Althea dit que je ne devrais pas.

– Althea en a dans la cervelle, mais je dois dire que là je ne suis pas d'accord. Je pense que tu devrais l'éviter.

J'ai soupiré.

– Tu as sans doute raison.

– C'est vrai, quoi. Tout ce que tu sais de lui, c'est qu'il aime les appareils photo, et disparaître sans prévenir.

Ma gorge s'est serrée.

– Avant, il m'aimait, aussi.

Tess a froncé les sourcils.

– Comment tu vas expliquer à Minka et Owen que tu as décidé d'avoir des amis, finalement ?

Je lui ai souri.

– Je t'ai, toi.

Elle m'a renvoyé mon sourire.

– C'est vrai. Donc t'as pas besoin d'Elliott.

J'ai fait la grimace.

– Non. J'ai pas besoin de lui. Et j'ai pas envie de revivre la même chose.

– Je me souviens. T'as à peine tourné la page, et voilà qu'il se repointe. C'est cruel. Bon, faut que j'y aille. Jacob m'attend.

– OK. À plus, alors.

J'ai repris ma rêverie en me balançant, les yeux clos. Le plancher du porche a craqué, et j'ai su même sans regarder que quelqu'un s'était avancé devant moi. Le soleil était masqué.

J'ai ouvert grand les yeux, aussitôt éblouie par la lumière. Elliott était là, un grand gobelet de soda dégoulinant de condensation dans chaque main. Une paille rouge dépassait du couvercle en plastique.

Il m'en a tendu un.

– Limonade à la cerise.

J'ai regardé le gobelet sans le prendre.

– Tu m'avais promis…

Elliott s'est assis à côté de moi en soupirant.

– Je sais. Mais tu l'as dit toi-même… je ne tiens pas mes promesses.

Il m'a tendu le gobelet une nouvelle fois, et je l'ai pris, refermant les lèvres sur la paille. J'ai aspiré et senti le froid, l'acidité du citron vert, le sucre du sirop à la cerise, le pétillement sur ma langue.

– Tu m'as manqué, que tu le croies ou non. J'ai pensé à toi tous les jours. J'ai tout essayé pour revenir. Je suis désolé pour ton…

– Arrête de parler, ai-je dit en fermant les yeux.

Il a attendu un moment, puis il a repris, comme s'il ne pouvait pas s'en empêcher :

– Comment va ta mère ?

– Elle gère, à sa manière.

– Et Presley… n'a pas changé ?

J'ai ri, puis je l'ai regardé.

– Tu viens de passer une journée au lycée. À ton avis ?

– Non ?

– Faut que tu arrêtes de faire ça.

– De faire quoi ?

– De ne parler qu'avec des questions. Cette façon de toujours lever le ton à la fin des phrases, c'est trop bizarre.

– Depuis quand tu n'aimes plus ce qui est bizarre ?

– Depuis que ma vie l'est devenue. Bizarre.

– Tu veux que je fasse attention au ton que j'emploie ? C'est comme si c'était fait.

Elliott semblait avoir passé ces deux dernières années dans une salle de musculation. Son cou était large, sa mâchoire carrée, et les courbes de ses épaules et de ses bras massives. Il bougeait avec plus d'assurance, me regardait dans les yeux trop longtemps et avait dans son sourire le genre de charme qui va de pair avec l'arrogance. Je l'avais aimé dégingandé, maladroit, à la voix douce et à l'obstination silencieuse. Humble. Aujourd'hui, j'avais à côté de moi un garçon qui se savait séduisant et pensait que cela lui vaudrait d'être pardonné.

Mon sourire s'est effacé, j'ai regardé devant moi.

– On a changé, tous les deux, Elliott. Je n'ai plus besoin de toi.

Il a baissé la tête, contrarié mais pas vaincu.

– J'ai l'impression que t'as besoin de personne. J'ai vu Minka et Owen passer, tu ne les as même pas regardés.

– Et alors ?

– Catherine… J'ai quitté tous mes amis, mon équipe de foot, ma mère… Je suis revenu.

– J'ai remarqué.

– Pour toi.

– Arrête.

– Tu ne peux pas m'en vouloir à mort pour toujours.

Je me suis levée, lui ai jeté mon gobelet. Il l'a attrapé, mais le couvercle a sauté, et le liquide rouge a jailli, éclaboussant son visage et son T-shirt.

Malgré moi, j'ai éclaté de rire. Elliott avait fermé les yeux, bouche ouverte, mais, après le choc initial, il a souri.

– C'est bon. Je l'ai mérité.

Ce n'était plus drôle.

– Tu mérites une limonade dans la figure ? Mon père est *mort*, Elliott. Ils ont emporté son corps sur une civière devant mes yeux. Tout le quartier était là. Ma mère a pété les plombs. Tu étais censé être mon ami, et tu… m'as laissée plantée là.

– Je ne voulais pas.

Les larmes m'ont piqué les yeux.

– T'es qu'un lâche.

Il s'est levé. Il faisait une bonne tête et demie de plus que moi.

– Ma mère était venue me chercher. J'ai essayé de lui expliquer. Elle a vu l'ambulance et la voiture de police, et elle a flippé. Elle m'a forcé à partir avec elle. J'avais quinze ans, Catherine, merde !

J'ai levé la tête pour le regarder.

– Et depuis ça ?

– Je voulais t'appeler, mais t'avais pas de téléphone et on m'avait confisqué le mien. J'étais super en colère qu'ils m'aient forcé à partir comme ça. J'ai réussi à appeler ma tante une ou deux fois, pour avoir de tes nouvelles, mais elle a refusé d'aller chez toi. Elle disait que tout était différent, que ta mère ne lui adressait plus la parole de toute façon. Une semaine après que j'ai eu ma voiture, mes parents m'ont rattrapé à mi-chemin entre chez moi et Oak Creek, et mon père a bridé le moteur à soixante kilomètres-heure. J'ai quand même essayé de venir, alors ils m'ont confisqué ma voiture. J'ai demandé à tous mes potes s'ils pouvaient m'emmener. J'ai *tout* essayé pour revenir, Catherine. Je te le jure devant Dieu.

– Ça veut rien dire, pour moi. Dieu n'existe pas, ai-je grommelé.

Il a posé un doigt sous mon menton, l'a délicatement soulevé jusqu'à ce que nos regards se croisent.

– À la seconde où mes parents m'ont annoncé qu'ils divorçaient, j'ai demandé à venir vivre chez ma tante jusqu'à ce que tout soit réglé. Je leur ai dit que je ne voulais pas passer mon année de terminale au milieu de leur guerre, mais on savait tous quelles étaient mes raisons. Il fallait que je te retrouve.

– Pourquoi ? Pourquoi est-ce qu'ils ne voulaient pas qu'on se voie ?

– Le jour où je suis parti, ma tante avait appelé ma mère. Dans la conversation, elle a mentionné le fait qu'on passait beaucoup de temps ensemble, toi et moi. Ma mère déteste Oak Creek, son enfance a été très dure, ici. Elle ne voulait pas que j'aie une raison de rester. Elle espérait que je t'oublierais.

– Mais tu es là. Elle a renoncé ?

– Elle se fout de tout, aujourd'hui. Même d'elle.

J'ai senti ma résolution fléchir et j'ai posé une joue contre son torse. Il a refermé ses bras autour de moi, sa chaleur irradiait à travers son T-shirt.

– Je suis désolé. Je ne voulais pas te laisser ici, comme ça. Je ne voulais pas te laisser du tout.

Comme je ne disais rien, il a essayé de m'entraîner vers la porte.

– Viens à l'intérieur.

Je l'ai repoussé en secouant la tête.

– Tu ne peux pas entrer.

– Pourquoi ?

– Il faut que tu partes.

– Catherine…

J'ai fermé les yeux.

– C'est pas parce que j'étais en colère contre toi que tu me manquais. Tu ne m'as pas manqué. Pas du tout.

– Ah bon ? C'est vrai qu'avec tous les amis que tu avais…

Je l'ai fixé d'un œil mauvais.

– Laisse-moi seule.

– Regarde autour de toi. Tu l'es déjà.

Elliott a tourné les talons. Les mains dans les poches, il est allé jusqu'au portillon, l'a ouvert. Il n'est pas parti à droite, en direction de chez sa tante. Je me suis demandé où il allait, et j'ai essayé de faire comme si je m'en fichais.

Les yeux brillants de larmes, je me suis rassise sur la balancelle, j'ai poussé sur mes jambes et j'ai écouté le grincement des chaînes.

Un poids a soudain fait pencher le siège, et j'ai glissé vers Althea. Je ne l'avais pas entendue sortir.

– Le pauvre, tu l'as fait fuir en beauté.

– Bon débarras.

Chapitre 9

Catherine

M. Mason a tourné le dos au tableau interactif en s'épongeant le front avec son mouchoir. Il faisait toujours aussi chaud, l'humeur des profs n'allait pas en s'améliorant.

– Allez, faites un effort. On est presque en octobre, vous devriez savoir ça. Un volontaire ?

Un pied de la table d'Elliott a raclé le carrelage, on s'est tous retournés pour le regarder.

– Désolé.

– Vous êtes satisfait de la table ? a demandé M. Mason. Mme Mason me demande ce qu'il en est chaque fois que je la croise.

– Ça va, a dit Elliott.

– J'ai entendu dire que vous aviez été pris dans l'équipe comme quarterback. Félicitations.

– Merci.

– De justesse, a précisé Scotty.

Toutes les filles de la classe ont aussitôt tourné vers Elliott des regards brillants.

– C'est l'effet photoélectrique, ai-je dit, histoire de détourner l'attention.

– Oui ! s'est exclamé M. Mason, agréablement surpris. C'est exactement ça. Bravo, Catherine ! Merci.

La porte s'est ouverte, Mme Mason est entrée, toujours aussi pimpante.

– Bonjour, monsieur Mason.

– Madame Mason, a grommelé le prof.

– J'ai besoin de voir Catherine Calhoun, s'il vous plaît.

– Vous auriez pu envoyer votre assistante.

Il y avait de l'espoir dans le regard de M. Mason, comme s'il attendait que sa femme reconnaisse qu'elle avait juste envie de le voir.

– J'étais dans la salle d'à côté.

Elle avait dit ça avec un petit air vengeur. M. Peckham, le prof de sport, donnait un cours sport et santé juste à côté, et la rumeur de leur liaison circulait dans le lycée.

– Catherine, prends tes affaires, tu ne reviendras pas en cours aujourd'hui.

Par-dessus mon épaule, j'ai lancé un regard en direction d'Elliott, sans vraiment savoir pourquoi. Peut-être parce que s'il y avait une chance que quelqu'un se soucie de ce qui m'arrivait, ce serait lui. Il me regardait, avec une expression à la fois étonnée et préoccupée.

J'ai fourré mon cahier, mon livre de cours et mon stylo dans mon sac et je me suis levée en passant la bretelle sur mon épaule.

M. Mason m'a saluée d'un hochement de tête, puis a continué sa leçon, indiquant ses pauvres dessins de photoélectrons au tableau.

J'ai suivi Mme Mason dans le couloir. Ses longues jambes faisaient de petits pas gracieux, l'étroitesse de sa jupe fourreau ne lui permettant pas de grandes enjambées. Elle descendait juste au-dessous du genou, et aurait pu être qualifiée de stricte si elle n'avait pas été aussi moulante, à l'image du chemisier rouge vif dont les trois premiers boutons étaient ouverts. J'ai souri. Sa liberté me plaisait. Un jour, j'aurais aimé être comme elle. En arrivant dans les bureaux, on a eu droit à des regards appuyés de la part de Mme Rosalsky, de quelques assistantes et des élèves qui faisaient là leurs heures de colle.

La porte de Mme Mason était déjà ouverte, un cœur en tricot avec son nom brodé dessus accroché en son centre. Elle l'a refermée derrière moi, m'a souri et m'a fait signe de m'asseoir.

– Catherine. Cela fait un moment que nous ne nous sommes pas vues. Tes notes sont bonnes. Comment ça se passe, à la maison ?

– Ça va.

J'avais du mal à la regarder en face.

Elle a repris, d'un ton chaleureux :

– Catherine. Nous en avons déjà discuté, je crois. Il ne faut pas être gênée, je suis ici pour t'aider.

– Je ne peux pas m'en empêcher.

– Ce n'était pas ta faute.

– Je sais, mais quand même.

Je m'étais assise sur cette chaise trois fois par semaine pendant la première moitié de l'année de seconde, pour exprimer ce que je ressentais face à la mort de mon père. Mme Mason avait donné six mois à maman, et puis quand elle avait senti que maman n'allait pas s'en sortir toute seule, elle avait appelé les services sociaux pour leur demander d'aller lui parler. Cela n'avait fait qu'aggraver la situation et un soir, tard, maman avait fait irruption chez les Mason.

Après ça, j'avais appris à faire semblant. Mes rendez-vous avec Mme Mason étaient passés à une fois par semaine. Une fois par mois en première. Et cette année, je commençais juste à me dire que, peut-être, elle ne voudrait plus me voir.

Elle a attendu, le regard bienveillant. Je me suis demandé comment M. Mason avait pu laisser partir une femme pareille. Dans n'importe quelle autre ville, elle aurait été mariée à un avocat ou un homme d'affaires, et n'aurait conseillé les enfants que par passion pour son travail. Au lieu de quoi elle avait épousé son amour de jeunesse qui s'était transformé en un moustachu bedonnant mal luné qui transpirait trop et respirait l'ennui. J'étais bien placée pour savoir qu'il y avait pire comme quotidien, mais Mme Mason était programmée pour le bonheur, et M. Mason, non.

– Et pour vous, tout va bien ? ai-je demandé.

Elle a eu un petit sourire. Elle avait l'habitude que je change de sujet.

– Catherine, tu sais que je ne peux pas discuter de…

– Je sais. Je me demande juste pourquoi vous êtes partie si la situation n'était pas désespérée. Certains restent alors qu'ils ont vraiment des raisons de partir, non ? Je ne vous juge pas, hein. Je m'interroge juste… à quel moment vous vous êtes dit « ça suffit » ?

Elle m'a regardée un long moment, en se demandant si une réponse franche pouvait m'aider.

– La seule raison que l'on doit avoir pour partir, c'est de ne plus avoir envie de rester. Tu vois ce que je veux dire. Quand tu arrives quelque part et que tu ne te sens pas à ta place – tu es mal à l'aise, tu te sens de trop. L'important est d'être en sécurité, heureux, en bonne santé, et dans bien des cas, toutes ces choses-là sont synonymes. Quand on n'est pas encore adulte, il est important de laisser quelqu'un de confiance s'assurer à ta place que ces conditions sont réunies.

J'ai hoché la tête et levé les yeux vers la pendule. Dans dix minutes, la sonnerie retentirait et je prendrais le chemin d'un endroit qui correspondait en tout point à ce qu'elle venait de décrire.

– Comment ça se passe, à la maison ? a-t-elle répété.

– On n'a pas beaucoup de clients, mais c'est quand même du travail. Et papa me manque toujours.

– Et ta mère, elle continue ses séances ?

J'ai fait non de la tête.

– Elle va mieux.

Mme Mason voyait bien que je mentais.

– Catherine…

– J'ai un nouvel ami.

Son visage s'est un peu éclairé.

– Vraiment ? C'est bien, ça. De qui s'agit-il ?

– D'Elliott Youngblood.

Elle a souri.

– Le nouveau quarterback. Il a l'air très gentil.

– Il habite un peu plus loin dans ma rue. On va chez *Braum* ensemble, des fois.

Elle s'est penchée en avant, les mains croisées.

– Je suis contente pour toi. Je me demande juste… Il est nouveau, ici. Il a l'air…

– Populaire ? Bien intégré ? Tout le contraire de moi ?

– J'allais dire qu'il avait l'air timide.

– Ah. Peut-être. C'est pas comme ça que je le vois. La plupart du temps, j'ai du mal à en placer une tellement il est bavard.

Le joli rire de Mme Mason a résonné dans la pièce. Et puis la cloche a sonné, et elle s'est levée.

– Flûte. J'espérais avoir plus de temps pour discuter avec toi. Ça te va si on se revoit dans un mois ? J'aimerais parler des universités possibles, pour l'an prochain.

– D'accord, ai-je dit en prenant mon sac.

Mme Mason a ouvert la porte, et j'ai vu Mme Rosalsky debout derrière son bureau, en face d'Elliott.

En me voyant, il a eu l'air soulagé.

– Madame Mason, Elliott me disait qu'il voulait parler à Catherine avant de filer à son entraînement de foot.

– Je voulais juste savoir si tu avais besoin que je te ramène.

Mme Mason m'a souri, contente de voir qu'il confirmait mes dires.

– C'est très gentil à toi, Elliott.

Il savait que devant le personnel du lycée je n'oserais pas le rembarrer, alors je l'ai suivi. Il a même pris mon sac pour le porter, et Mme Mason était aux anges.

Mais à peine dehors, sur le parking, je lui ai arraché mes affaires des mains et j'ai pris le chemin de la maison.

– Je me disais, aussi…

J'ai pilé et me suis retournée.

– Quoi ? Tu te disais quoi ?

– Que tu faisais ça pour la galerie. Un merci, ce serait pas mal.

J'ai fait la grimace.

– Pourquoi je te remercierais ?

– Pour t'avoir aidée à faire croire à Mme Mason ce que tu voulais lui faire croire.

J'ai repris mon chemin.

– Tu parles sans savoir.

Elliott a couru pour me rattraper, a tiré doucement sur mon sac pour que je m'arrête.

– Je suis toujours partant pour te ramener, tu sais.

– J'ai accepté parce que je savais que ça calmerait Mme Mason. Dans quelques mois, j'aurai dix-huit ans. En attendant, si en feignant de t'apprécier je la convaincs de ne pas appeler les services sociaux et dénoncer ma mère, alors c'est ce que je ferai.

Il a froncé les sourcils.

– Pourquoi est-ce qu'elle dénoncerait ta mère aux services sociaux ?

J'ai tiré sur mon sac pour qu'il le lâche et j'ai accéléré le pas pour le distancer.

– Tu ne me détestes pas ! a-t-il lancé.

J'ai continué sans me retourner, bataillant entre mes émotions contradictoires et ce que m'avait dit Althea. J'avais des lessives en retard, maman s'en était sans doute occupée pendant mon absence, mais elle serait en colère. Elliott me distrayait de mes objectifs, et je ne pouvais pas me permettre d'être une source de stress supplémentaire pour maman. Quand elle était mécontente, tout le monde l'était. L'atmosphère qui en résultait dans la maison était invivable.

Je suis descendue du trottoir pour traverser la rue, et soudain je me suis retrouvée les quatre fers en l'air, le souffle coupé. Elliott est apparu au-dessus de moi, les yeux écarquillés.

– Catherine ! Merde ! Ça va ?

Quand j'ai réussi à inspirer, je me suis mise à bouger les bras dans tous les sens, essayant de le repousser. Sans se laisser faire, il m'a aidée à me redresser.

– Oui, ça va très bien ! ai-je hurlé en me débattant.

Il a montré la rue.

– Mais t'as failli te faire renverser !

Haletante, j'ai regardé l'endroit qu'il indiquait. En plus des voitures qui sortaient du parking du lycée, la rue était empruntée par les automobilistes qui quittaient l'autoroute pour se rendre en ville. Ces derniers roulaient toujours beaucoup trop vite.

J'ai cligné des yeux, cherchant le courage de m'excuser.

– Merci. Je pensais à autre chose.

– S'il te plaît, laisse-moi te ramener chez toi.

J'ai hoché la tête, encore sous le choc. J'avais failli devenir une crêpe. Que se serait-il passé pour maman et la Villa Juniper s'il m'était arrivé quelque chose ? Il fallait que je fasse un peu plus attention.

*

* *

J'entendais encore le bruit du moteur d'Elliott, et que cela fasse battre mon cœur m'a mise en colère. Je ne voulais pas qu'il me manque. Je ne voulais pas avoir envie de sa présence. Sa gentillesse rendait tout cela trop difficile. Mon sac a échoué sur une chaise du salon avec un bruit sourd, et je suis allée me servir un verre d'eau dans la cuisine.

J'avais cessé de transpirer dans la Chrysler climatisée d'Elliott, mais dans la touffeur de la maison la sueur a perlé de plus belle. J'ai posé mon verre pour m'asperger le visage et je me suis essuyée avec un torchon. Le tissu usé était doux sur ma peau. Je l'ai laissé sur mes yeux un instant, appréciant l'obscurité qu'il procurait, jusqu'à ce que j'entende le bruit d'un pied de tabouret sur le sol.

– C'était qui ? m'a demandé Tess, qui allait toujours droit au but. Il est super bronzé, dis donc.

– C'était Elliott, ai-je répondu en remplissant un second verre d'eau.

– Le garçon qui est parti ?

J'ai soupiré.

– Oui. Et il peut rester où il est. J'ai pas besoin de complications supplémentaires.

– Ça, c'est sûr. Dis-lui que tu l'aimes et commence à chercher des prénoms pour vos futurs enfants. Je plaisante pas. Ça le fera fuir à toute blinde.

J'ai rigolé et j'ai posé le verre devant elle avant de reprendre le mien et de le vider d'un trait. Tess me regardait d'un air dégoûté.

– Pourquoi vous mettez pas la clim ?

– Si tu vois ma mère avant moi, pose-lui la question.

– Alors, il t'a dit quoi ?

– Ça ne te regarde pas.

Tess a posé son verre.

– Je me tire. Il doit faire quarante degrés ici, et tu es d'une humeur de chien. Ah, et tu as un client. Il est arrivé juste avant toi.

– Qui c'est ?

Mais Tess était déjà partie.

Quelques instants plus tard, Duke a hurlé, en haut, dans sa chambre.

– Putain mais c'est pas vrai !

Quelque chose est tombé, je me suis ruée vers l'escalier mais j'ai attendu sur la première marche. Une porte a claqué, des pas ont remonté le couloir, pesants, réguliers. Le plancher a craqué au passage de Duke.

Depuis le haut de l'escalier, il a baissé les yeux sur moi, a descendu une marche en se tenant à la rambarde. Sa chemise blanche était tachée, il avait desserré sa cravate. Sa panse débordait de la ceinture qui tenait son pantalon gris.

– Pas de serviettes ! Combien de fois je vous ai dit qu'il me fallait des serviettes propres ? Je me douche tous les jours ! J'ai besoin d'une putain de serviette tous les jours ! C'est quand même pas compliqué, bordel !

La gorge serrée, je l'ai regardé descendre. La veille, Althea m'avait dit qu'elle s'occuperait de la lessive pour que je puisse aller parler à Elliott. Du coup, en rentrant, j'avais oublié de mettre du linge propre dans les chambres.

– Je suis désolée, Duke. Je vais vous en chercher.

– C'est trop tard ! J'ai dû sortir de la douche et attendre de sécher. Maintenant, je suis en retard. J'en ai ras le bol, il manque toujours quelque chose dans cette turne ! Les serviettes, c'est la base. La base ! Faut vous faire un dessin ?

– Je vais en chercher.

J'allais me diriger vers la buanderie, mais Duke a descendu les dernières marches plus vite et m'a attrapée, plantant ses doigts boudinés dans le gras de mon bras.

– Si ça se reproduit…

Il m'a tirée vers lui. Il n'était pas très grand, faisait presque la même taille que moi, mais son regard un peu fou sur son visage trempé de sueur n'en était pas moins effrayant. Il m'a fixée un moment, les narines frémissantes. Il soufflait comme un taureau.

– T'as intérêt à ce que ça ne se reproduise pas.

J'ai serré le poing.

– Il faudrait me lâcher, d'abord, Duke.

Il a regardé mon poing et m'a lâchée en me poussant sans ménagement. Dans la buanderie, j'ai tout de suite vu la pile de serviettes parfaitement pliées qu'Althea avait posée sur le sèche-linge. J'en ai pris cinq bien épaisses et je suis remontée. J'ai toqué à la porte de Duke. Comme il ne répondait pas, j'ai entrouvert.

– Y a quelqu'un ?

J'ai traversé la chambre, remarqué le lit encore fait de Duke et la valise ouverte, vide, sur le tabouret à côté de la commode. Dans la penderie étaient rangés les costumes que je connaissais trop bien, et la douleur sourde, permanente que je ressentais depuis la mort de papa a refait surface, sous la forme d'un irrépressible chagrin. Il me manquait toujours, mais tant que je n'y pensais pas ça allait, et puis soudain j'y pensais, et la peine m'anéantissait. J'étais devenue experte en larmes rentrées, en chagrin intérieur. De toute façon, laisser couler ses larmes ne servait à rien.

La salle de bains était propre, le rideau de la douche, tiré. Je me suis baissée devant l'étagère en bois, dans le coin, et j'y ai rangé les serviettes propres.

Les anneaux du rideau de douche ont bougé, émettant un cliquetis. Je me suis relevée en fermant les yeux, attendant que la personne se tenant derrière se fasse connaître. Comme il ne se passait rien, je me suis retournée, et j'ai vu que la climatisation était repartie. De l'air soufflait par la grille, et faisait doucement onduler le rideau de douche.

J'ai relâché mon souffle, soulagée, et j'ai quitté la chambre, emportant le reste des serviettes dans la chambre de maman, n'en gardant qu'une pour moi. Nous n'avions pas d'autres clients, mais j'ai quand même vérifié le linge sale avant de redescendre pour faire une machine.

Pendant que le tambour se mettait à tourner, je me suis traitée de tous les noms en silence. Laisser quelqu'un d'autre faire mon travail à ma place était idiot. Je le savais, pourtant. Je ne devais surtout pas me détourner de mes responsabilités pour être avec Elliott. Quand on avait un secret à garder, il fallait rester discret. Mettre Duke en colère au point de le pousser à prendre une chambre ailleurs attirerait l'attention sur la Villa Juniper. Je l'imaginais tout à fait emportant sa valise vert olive minable à l'*Holiday Inn*, dans la ville d'à côté, et faire une scène à la réception en essayant de prendre une chambre avec des papiers qui n'étaient pas à son nom. Nous devions absolument accéder à tous ses désirs, sinon le pire arriverait. Je n'avais pas la moindre idée de ce que cela impliquait, mais je savais qu'après ils nous sépareraient, maman et moi.

J'ai passé l'heure qui a suivi à faire le ménage, et je terminais la préparation d'un gratin de pâtes quand j'ai entendu la porte d'entrée s'ouvrir et se refermer. J'ai écouté les pas, pour savoir si c'était maman ou Duke, et je me suis raidie.

– Alors, y a des serviettes, cette fois ? a-t-il hurlé en montant l'escalier. Chaque fois que je mets un pied dehors dans ce trou perdu, je dégouline de sueur.

– J'ai mis des serviettes propres dans votre chambre !

Il est redescendu aussi sec.

– Tu ne viendrais pas de me crier dessus, jeune fille, par hasard ?

– Non. J'ai parlé sur le même ton que vous.

Il a plissé les yeux, puis a reniflé et s'est penché sur le plat à gratin, derrière moi.

– Qu'est-ce que c'est ?

– Gratin de pâtes. La recette de maman.

– Ah oui, j'ai déjà goûté ce truc.

J'ai réfléchi à la dernière fois qu'on en avait mangé, et au dernier passage de Duke. C'était possible.

– Ce sera prêt dans une heure.

J'ai allumé le four thermostat 6.

– Y a intérêt. Le service est pire que tout dans cette baraque.

– S'il vous faut autre chose, faites-le-moi savoir.

En trois pas, il était face à moi et me toisait. J'ai baissé la tête.

– T'essayerais pas de te débarrasser de moi, par hasard ?

Il a grincé des dents et s'est remis à souffler comme un taureau qui va charger.

J'ai secoué la tête.

– J'essaie juste de me faire pardonner pour les serviettes. Que vous passiez un agréable séjour ici est important pour nous.

En admettant qu'il arrive à prendre une chambre dans un hôtel, avec son comportement et sa façon de mettre son nez partout, on ne le tolérerait pas plus d'une nuit. En plus, j'étais certaine qu'il n'avait pas les moyens de loger ailleurs que chez nous. Et je me serais fait du souci pour Poppy si cela avait été le cas.

Duke s'est assis.

– Un agréable séjour, hein ?

J'ai hoché la tête. Le four a sonné, je l'ai ouvert et j'ai glissé le gratin dedans. Puis je me suis tournée vers

Duke. Ses yeux ronds étaient exorbités par la colère qui semblait l'animer en permanence.

– Autre chose ?

Un tressautement de paupières, mais pas de réponse.

Après un sourire forcé, j'ai pris la direction de la porte d'entrée, accélérant progressivement le pas. En déboulant sur le porche, je suis tombée nez à nez avec Elliott.

– Houlà ! Salut !

Son sourire a rapidement disparu devant mon expression.

– Ça va ?

J'ai jeté un regard derrière moi.

– Qu'est-ce que tu fais ici ?

– Je passais dans le quartier, a-t-il répondu avec un sourire en coin.

Je l'ai écarté de la porte.

– On ferait mieux d'aller ailleurs. Viens.

– Où ça ?

Il avait vu Duke, debout au pied de l'escalier, qui nous fixait d'un regard méfiant.

– N'importe où. S'il te plaît, allez.

– D'accord.

Elliott m'a prise par la main. On a descendu les marches du porche, longé l'allée au revêtement irrégulier, poussé le portillon du jardin en le laissant claquer après notre passage et pris la direction du parc. Plus on s'éloignait de la maison, moins je me sentais oppressée et nouée par la panique.

Tant qu'on a marché, Elliott n'a posé aucune question, et j'ai apprécié ce silence presque autant que sa main qui enserrait la mienne. J'avais beau essayer, je n'arrivais pas à le détester. Quand on est arrivés à la clairière bordée de bouleaux et d'érables, je l'ai entraîné vers le banc le plus à l'écart du chemin. Il y avait une poubelle juste à côté qui ne sentait pas la rose, mais l'ombre y était plus dense.

Assise, je me suis calée contre le dossier et j'ai attendu que mon rythme cardiaque se calme. Mes mains tremblaient. Duke ne venait pas souvent, mais quand il venait c'était horrible.

– Catherine, qu'est-ce qui ne va pas ? a fini par me demander Elliott. On dirait que tu as peur.

– C'est rien. J'étais surprise de te voir à la porte.

– Alors c'était quoi, tout ce ramdam ?

– J'ai oublié de mettre des serviettes propres dans les chambres hier soir. Un des clients a râlé.

Elliott n'était pas convaincu.

– Tu as peur d'avoir des ennuis ?

Je n'ai pas répondu. Il a soupiré.

– T'es pas obligée de me le dire, sauf si quelqu'un te fait souffrir. C'est le cas ?

– Non.

Il hésitait à me croire, je le voyais bien. Et puis il a hoché la tête.

– Je t'ai vue au lycée aujourd'hui. Je t'ai appelée, mais t'as pas répondu.

– Quand ?

– À midi, à la cantine. Tu venais de rendre ton plateau. J'ai voulu te rattraper, mais t'as disparu.

– Oh…

– Comment ça, « oh » ?

– J'ai foncé aux toilettes. Presley et ses clones arrivaient dans ma direction.

– Alors tu t'es cachée ?

– Je préfère.

– À quoi ?

– À la confrontation. Quelle heure est-il ? ai-je demandé en regardant sa montre.

– Presque dix-neuf heures.

Le soleil se couchait déjà.

– Tu devrais pas être à l'entraînement de foot ?

Il a baissé les yeux sur sa tenue, et j'ai réalisé qu'il était en sueur, plein de terre, encore en T-shirt et short bleu marine de l'équipe du lycée.

– Je suis rentré direct. J'avais un mauvais pressentiment, alors je suis passé. Dès que j'ai posé le pied sur ton porche, t'as déboulé en trombe. Et maintenant, on est assis là comme s'il ne s'était rien passé. Je m'inquiète pour toi.

– Pourquoi ?

Il a ouvert de grands yeux.

– Je te l'ai déjà dit. Tu as l'air d'avoir peur de quelque chose, et je sais que tu ne me dis pas tout.

– Peut-être que ça ne te regarde pas.

– Peut-être. Mais je m'inquiète pour toi quand même.

– Je ne t'ai pas demandé de te faire du souci. Je ne veux pas que tu t'inquiètes pour moi. Tu ne peux pas m'aider, de toute façon. T'as suffisamment de problèmes comme ça dans ta vie, non ?

– Arrête.

Je l'ai regardé, étonnée par son calme.

– Arrête quoi ?

– D'essayer de me mettre en colère. Tu n'y arriveras pas.

J'allais répondre, mais j'ai hésité. Il avait raison. Depuis la mort de papa, j'essayais systématiquement de pousser à bout les gens qui m'entouraient. Mais depuis le retour d'Elliott, l'idée qu'il puisse repartir me brisait le cœur.

– Je suis… désolée.

– Je te pardonne.

– Je ferais mieux de rentrer. J'ai un truc au four.

– Juste… j'aimerais que tu restes encore un peu. S'il te plaît ?

J'ai regardé en direction de Juniper Street.

– Catherine…

– Je vais bien, vraiment. Certains jours sont plus durs que d'autres, c'est tout.

Elliott m'a pris la main, a glissé ses doigts entre les miens.

– Moi aussi j'ai des jours plus durs que d'autres, Catherine. Mais je ne pars pas de chez moi en courant parce que j'ai peur de ce qui m'attend à l'intérieur.

Je n'avais pas de réponse à lui donner, alors j'ai retiré ma main et je l'ai laissé seul dans le parc.

Chapitre 10

Elliott

– Ça suffit les conneries, Youngblood ! a râlé Peckham, l'entraîneur, en me relevant.

Je me suis redressé et j'ai fait oui de la tête.

Il a attrapé la grille de mon casque.

– Je sais que t'es connu pour tes échappées, mais si tu pouvais éviter d'être blessé par ta propre équipe avant le début du championnat, ça m'arrangerait !

– Désolé.

C'était ma deuxième collision frontale de la journée. Je m'étais déjà fait remarquer en arrivant en retard à l'entraînement. Peckham m'avait fait courir comme un malade sous cette chaleur, j'avais cru mourir, mais c'était exactement ce qu'il me fallait pour évacuer la colère qui grondait en moi. Quand Catherine occupait mes pensées, je trouvais plus facile de garder le ballon et de courir, alors j'avais pris le ballon et je m'étais jeté en avant.

Les entraîneurs nous ont encore débriefés un moment avant de nous libérer. Les conseillers sportifs ont couru à notre rencontre pour nous donner des bouteilles d'eau. Ensuite, les gars de mon équipe ont tous convergé sur moi, m'ont tapé dans le dos, donné des claques sur les fesses et les épaules. Le temps qu'on arrive aux vestiaires, ils étaient déchaînés, carrément impatients de démarrer la saison, maintenant qu'un quarterback de génie évoluait dans leurs rangs.

– On est super contents de t'avoir, hein, mais pourquoi t'as demandé à venir ici en dernière année, déjà ? m'a demandé Connor Daniels.

Daniels était en dernière année aussi, et ne parlait quasiment que de ses cuites et des filles avec qui il sortait. Il me rappelait beaucoup les mecs avec qui je jouais à Yukon, pour qui le sexe et l'alcool étaient les seuls trucs intéressants dans la vie. Ou alors c'était sa façon de compenser un manque. Dans les deux cas, je le trouvais insupportable.

– T'es réserviste, un truc comme ça ? m'a demandé Scotty Neal.

Je l'avais coiffé au poteau pour la sélection des quarterbacks, et même s'il essayait d'avoir l'air furax, je voyais bien qu'il était soulagé.

– Pour une fille, ai-je répondu fièrement.

Toute l'équipe a rigolé.

– Arrête tes conneries, Youngblood, a dit Connor.

Et puis, comme je ne répondais pas, il a ouvert des yeux comme des soucoupes.

– Naaan. T'es sérieux ? Laquelle ?

– Catherine Calhoun.

Scotty a fait une grimace.

– Catherine ? Putain, c'est quoi ce délire ?

– Elle est plutôt sexy, a dit Connor.

Je l'ai fusillé du regard alors il s'est repris :

– C'est un compliment, hein !

– On habite dans le même quartier, et je viens ici depuis que je suis gamin.

– Merde, a dit Scotty. T'es au courant qu'elle est à l'ouest, quand même ?

– Elle n'est pas à l'ouest. Elle a juste… vécu des trucs pas faciles.

– Il faut que tu saches, quand même. Toute cette famille… c'est carrément problèmes et compagnie. Depuis des générations, hein. Ils ont empoisonné toute la ville, et puis ils ont fait faillite. Le père est mort, la mère est complètement chtarbée. Catherine… Avec ton niveau en foot, tu pourrais décrocher une bourse. Peut-être même passer pro. Tu devrais garder tes distances avec elle.

J'ai fait un pas vers lui.

– Redis ça, pour voir ?

Scotty a levé les mains.

– OK, d'accord. Laisse tomber. Je voulais juste te prévenir.

Le reste de l'équipe les a suivis, Connor et lui, en direction des douches. J'ai attrapé mon sac et j'ai quitté le vestiaire, furieux.

Quelqu'un m'a attrapé par le bras au coin d'un couloir, je me suis dégagé brusquement.

– Holà, tout doux ! a dit Peckham. C'était une bonne séance, aujourd'hui, Elliott.

– Merci, monsieur.

– J'ai entendu ce que te disait Scotty. Il n'a pas tort, tu sais. Cette famille… Fais attention, c'est tout. D'accord ?

Je l'ai regardé en fronçant les sourcils. On faisait la même taille, du coup c'était facile de le fixer et de lui faire comprendre que je ne changerais pas d'avis à propos de Catherine.

– Vous ne la connaissez pas. Moi, je la connais.

– Vous êtes voisins, tu disais ?

J'ai réalisé que j'étais tendu, aussi j'ai relâché mes épaules. À cause de ma taille, il fallait que je fasse attention à mon langage corporel. Ces deux dernières années, je m'étais trop souvent battu parce que j'avais donné l'impression de vouloir en découdre, et je ne tenais surtout pas à ce que mon entraîneur pense que je cherchais à l'intimider.

– Oui. Elle habite un peu plus bas dans ma rue.

Il a hoché la tête, songeur.

– Hum… bonjour, a fait une voix féminine dans la pénombre du couloir.

Mme Mason est apparue, l'air gênée.

– Vous n'allez pas le croire, j'ai laissé mon téléphone et mes clés dans ma voiture. Et j'ai claqué la portière.

M. Peckham a souri, son comportement a changé instantanément.

– Mais je te crois tout à fait.

Elle a gloussé comme une pom-pom girl qui aurait un faible pour le capitaine de l'équipe, et j'ai remonté la bretelle de mon sac sur mon épaule.

– Elliott ? m'a interpellé Mme Mason en posant une main sur mon bras. Tu parlais de Catherine, c'est ça ?

J'ai hoché la tête.

– C'est quelqu'un de bien. Je suis contente que tu voies cela.

– Becca… a soupiré M. Peckham.

– Elle a enfin trouvé un ami, et toi tu t'inquiètes pour ton équipe ?

Le ton était celui du reproche.

– J'ai toujours été son ami.

Mme Mason m'a regardé, perplexe.

– Je passais tous les étés chez ma tante. On est amis depuis pas mal de temps.

– Oh. C'est formidable ! Dans une petite ville comme la nôtre… les gens sont catalogués et ont du mal à se défaire de l'image qu'on leur donne au départ. N'écoute pas ce qu'on raconte. Après le décès de son père, j'ai appris à la connaître. Catherine est adorable.

J'ai souri.

– C'est vrai.

– Youngblood ! a lancé Peckham comme je m'éloignais. Sois à l'heure la prochaine fois, sinon je te fais courir jusqu'à ce que tu gerbes ton déjeuner.

– Oui monsieur ! ai-je répondu sans m'arrêter.

Sur le parking, j'allais monter dans la Chrysler quand mon téléphone a sonné. C'était la sonnerie de mon père. Je me suis mis au volant et j'ai répondu.

– Allô ?

– Salut. Ça boume ? L'équipe de foot, ça donne quoi ?

– Ça devrait être pas mal.

– Dis donc… J'ai besoin que tu me rendes un service.

J'ai levé les yeux au ciel. Heureusement qu'il ne me voyait pas.

– Elliott ?

– Ouais.

– Tu, heu… tu tonds toujours les pelouses ?

– Oui. Mais c'est la fin de la saison, y a plus beaucoup de boulot. Pourquoi ?

J'avais posé la question mais je connaissais déjà la réponse.

– Je voulais venir te voir, pour ton premier match, mais l'essence a beaucoup augmenté. Si tu pouvais m'envoyer de quoi faire le plein…

– J'ai pas d'argent, ai-je menti.

– Comment ça, t'as pas d'argent ? Je sais que tu économises depuis au moins trois étés.

– Ma voiture est tombée en panne, j'ai dû payer les réparations.

– Tu pouvais pas réparer toi-même ?

J'ai serré les dents.

– Je n'ai pas d'argent, papa.

Il a soupiré.

– Je vais pas pouvoir venir te voir jouer, alors.

Je devrais m'en remettre.

– C'est dommage.

– Bordel, Elliott, c'est trop con ! Qu'est-ce qu'elle avait, ta caisse ?

– Un truc que je ne pouvais pas réparer moi-même.

– Tu te fous de moi ?

– Pas du tout.

J'ai regardé les nuages d'insectes qui dansaient dans le faisceau des lampadaires, sur le terrain.

– Parce que je vais venir, hein, petit con. Je vais venir et t'en filer une bonne, tiens.

Je croyais qu'il te fallait de l'argent pour payer l'essence. Si tu avais vraiment envie de me voir, tu pouvais venir avec maman. Peut-être que tu devrais te trouver un boulot plutôt que d'emprunter de l'argent à ton ado de fils.

– Si tu le dis.

Il a soupiré encore.

– Écoute, ne fais pas de conneries, d'accord ? Si ta mère détestait cette ville, c'est qu'il y avait une raison. Les gens d'ici t'accueillent, ils sont sympas avec toi, tout va bien, mais si tu fais une connerie, une seule, il n'y a plus rien qui tienne, tu m'entends ? Ils te pourriront la vie, parce qu'ils se foutent complètement d'un gamin de Peau-Rouge. Ce qui leur plaît, c'est qu'en te côtoyant ils donnent l'impression d'être des gens bien.

– D'accord.

– Allez, à plus. Je te rappellerai.

J'ai raccroché et j'ai agrippé mon volant. Lentement, j'ai inspiré par le nez et soufflé par la bouche, pour évacuer ma haine plutôt qu'exploser. Au bout de quelques minutes, avec un peu de méditation – tante Leigh m'avait appris comment faire – j'ai senti que je me calmais. J'entendais sa voix douce dans ma tête. *Il ne peut pas te toucher, Elliott. Tu contrôles tes émotions. Tu contrôles tes réactions. À tout instant, c'est toi qui décides de ce que tu ressens.*

Mes mains ont cessé de trembler, j'ai serré le volant un peu moins fort. Quand mon rythme cardiaque a ralenti, j'ai mis la clé dans le contact et j'ai démarré.

Je suis allé direct chez les Calhoun et j'ai garé mon tas de boue en face, entre deux lampadaires. Il n'y avait pas de lumière dans la maison, à part dans une chambre, à l'étage. J'ai attendu, espérant qu'elle verrait ma voiture et sortirait, j'avais envie de parler avec elle avant de rentrer. Elle m'avait oublié plus vite que je ne pensais – ou alors elle commençait à m'oublier. Dans les deux cas, j'allais devoir bosser dur pour qu'elle me laisse entrer – au propre comme au figuré. Ce qu'elle me cachait l'effrayait, et elle faisait face seule depuis trop longtemps. Je voulais la protéger, mais je ne savais pas vraiment de quoi.

J'allais redémarrer quand une silhouette est apparue à la seule fenêtre éclairée. C'était Catherine, qui regardait dans la rue en direction de chez ma tante. Elle avait quelque chose dans les mains, semblait triste, et j'ai aussitôt eu envie de la consoler.

Mon téléphone a vibré, un texto de ma tante s'est affiché.

Tu devrais être rentré à cette heure.

Je suis en route, ai-je tapé.

Tu ne peux pas te promener dans toute la ville sans ma permission. Tu n'as pas encore dix-huit ans.

J'essayais juste de me calmer avant de rentrer. Papa a appelé.

Oh. Qu'est-ce qu'il voulait ?

J'ai souri. Elle le connaissait par cœur.

Il a fallu un moment pour que les trois petits points signalent qu'elle écrivait encore.

Ton oncle John fera en sorte que cela ne se reproduise pas. Rentre, on va en discuter.

Ça va. Je me sens mieux.

Rentre quand même.

J'ai enclenché la marche avant et j'ai démarré. Je voyais Catherine, dans le rétroviseur, toujours à sa fenêtre. Je me suis demandé si elle rêvait de liberté, ou si elle était soulagée qu'une vitre la sépare de l'horreur du monde extérieur.

Chapitre 11

Catherine

Une latte du plancher a craqué juste devant ma porte. J'ai aussitôt ouvert les yeux, et j'ai attendu qu'ils s'adaptent à l'obscurité. Une ombre empêchait la lumière de passer sous ma porte. Je suis restée immobile, me demandant qui pouvait se tenir là sans faire de bruit en plein milieu de la nuit.

La poignée a tourné, j'ai entendu le cliquetis du loquet et la porte s'est ouverte lentement. Je n'ai pas bougé. Les pas se sont approchés, une ombre a grandi au-dessus de mon lit.

– Houlàlà, Catherine, qu'est-ce que t'as mauvaise mine !

– Je dormais, ai-je grogné en m'asseyant au bord de mon lit.

Je me suis frotté les yeux pour y voir plus clair, mais j'avais déjà compris que ma cousine Imogen était arrivée, et n'avait pas pu attendre qu'il fasse jour pour me faire un compliment.

– Comment vas-tu ? ai-je demandé en regardant mes pieds nus.

Je n'étais pas tellement d'humeur à faire la causette, mais Imogen ne s'en irait pas tant que je ne lui prêterais pas attention. Mon oncle Toad et elle ne venaient pas souvent, mais ils venaient toujours en octobre.

Elle a poussé un soupir à fendre l'âme, comme savent le faire tous les ados, et elle a laissé tomber ses mains à plat sur ses cuisses.

– Je déteste venir ici. J'ai hâte qu'on s'en aille.

– Déjà ?

– Il fait trop chaud.

– Tu aurais dû venir le mois dernier. Ça s'est rafraîchi, depuis.

– Hé, arrête un peu de te plaindre, bon Dieu ! a dit Imogen en tortillant une mèche de cheveux autour de son doigt. Ta mère nous a dit que t'étais de mauvaise humeur, quand on est arrivés.

J'ai fait de mon mieux pour ne pas lui rétorquer un truc bien senti. Pour supporter Imogen, il fallait beaucoup de patience, et sa façon de débouler en pleine nuit n'aidait pas beaucoup. C'était ma seule cousine, elle venait toujours avec mon oncle Toad et je savais, quand ils étaient là, qu'il faudrait soit supporter ses jérémiades – elle se plaignait sans arrêt –, soit nettoyer derrière son père, qui ne bougeait jamais le petit doigt mais parvenait je ne sais pas comment à laisser un bazar pas possible partout où il allait.

Poppy était bien plus jeune qu'Imogen mais elle était plus mûre, et nettement plus agréable. Entre Poppy et Duke, et Imogen et mon oncle Toad, je ne savais pas trop à quelle paire je préférais avoir affaire.

Elle a tripoté le tissu surpiqué de ma couverture et a fait une grimace.

– Cette maison, ça devient un taudis, vraiment.

– Comment tu trouves ta chambre ? Tu veux que je t'y accompagne ?

– Non.

Elle tapait du bout des pieds sur le plancher.

J'ai tendu une main vers sa jambe, comme si j'allais pouvoir y faire quelque chose.

– S'il te plaît, arrête.

Imogen m'a regardée et a levé les yeux au ciel.

– OK.

Je suis sortie du lit et j'ai fait signe à Imogen de me suivre dans le couloir. Elle avait le pas lourd, on l'entendait dans toute la maison. Je me suis même demandé si elle ne risquait pas de réveiller tout le quartier.

Au bout du couloir, je me suis arrêtée devant la chambre voisine de celle de Duke. Je savais qu'elle avait été faite.

– Là, ai-je dit à voix basse en ouvrant la porte.

Imogen est entrée, avec une moue désapprobatrice.

– C'est la seule qui reste ?

– Oui.

C'était faux, il nous en restait plusieurs, mais celle-ci était tout près de l'escalier qui menait à la chambre de maman, et j'espérais que cela dissuaderait Imogen de naviguer dans le couloir.

Elle a croisé les bras.

– Cette maison craint de plus en plus. Elle était bien, avant. Et toi, tu étais gentille. Maintenant, tu es désagréable. Ta mère est bizarre. Je me demande pourquoi on continue à venir, en fait.

– Moi aussi, je me le demande, ai-je murmuré en tournant les talons pour regagner ma chambre.

J'y étais presque quand j'ai entendu les pas d'Imogen dans le couloir.

– Catherine ?

Je me suis arrêtée, j'ai fait demi-tour. Imogen avait des cernes sous les yeux, j'ai prié pour qu'elle s'endorme à la seconde où elle poserait la tête sur l'oreiller.

– Oui, Imogen ?

Elle m'a tiré la langue en plissant le nez pour faire la grimace la plus terrifiante possible. Sa langue brillait de salive. J'ai reculé et j'ai regardé cette petite peste pourrie gâtée jusqu'à ce qu'elle retourne dans sa chambre et claque la porte derrière elle avec une violence qui m'a fait sursauter.

Quelques instants plus tard, j'ai entendu une autre porte, puis des pieds nus sur le plancher.

– Catherine ? a appelé maman d'un air fatigué. Tout va bien ?

– Oui oui, ai-je marmonné en regagnant ma chambre.

J'ai poussé mon lit jusqu'à ce qu'il soit presque contre la porte. Les pieds en métal avaient rayé le parquet. Cela faisait presque six mois que je n'avais plus eu besoin d'empêcher quelqu'un d'entrer dans ma chambre. La Villa Juniper n'était plus ma maison, et ce n'était pas qu'une maison d'hôtes. Maman en avait fait un sanctuaire pour les gens qui ne trouvaient pas leur place dans le monde extérieur, et moi j'étais coincée à l'intérieur avec eux. Même si je rêvais de liberté, je n'étais pas sûre que ma conscience m'autorise à l'abandonner. Tout cela était difficile à expliquer… à Elliott, à Mme Mason, et à moi-même, aussi. Expliquer, c'était aller au-devant d'autres questions, de toute façon.

J'ai attrapé ma boîte à bijoux et j'ai écouté sa petite musique en espérant qu'elle m'aiderait à me rendormir.

La tête sur l'oreiller, j'ai cherché la meilleure position pour retrouver le sommeil. Quand le plancher a craqué devant ma porte, je me suis baissée pour regarder le rai de lumière, sous le lit. J'ai attendu. Imogen était bavarde, mais n'aimait pas pousser à la confrontation. Là, elle boudait. Donc il pouvait s'agir de mon oncle Toad ou, pire, de Duke.

Tendue, je me suis préparée aux coups de mon oncle sur la porte ou aux menaces de Duke. Mais l'ombre a disparu, et les pas se sont éloignés. J'ai inspiré un grand coup, pour essayer de calmer mon cœur qui battait à tout rompre et faire redescendre l'adrénaline. Il fallait quand même que je me repose un peu avant ma journée de cours.

*

* *

– Ça va ?

Elliott était adossé au casier voisin du mien. Il a remonté le petit sac à dos rouge sur son épaule.

J'ai fourré mon manuel de géométrie entre celui de chimie et celui d'espagnol, presque trop fatiguée pour tenir debout. Faire une phrase menaçait de m'anéantir.

– T'as quelque chose de prévu pour le déjeuner ? J'ai un sandwich confiture/beurre de cacahuète en rab, et un siège qui se rabat presque complètement dans ma voiture, a proposé Elliott.

Je l'ai fusillé du regard.

– Pour faire une sieste, s'est-il empressé d'ajouter.

Il a même un peu rougi, ce qui m'a surprise.

– Pour manger et faire un somme, c'est tout, a-t-il repris. On n'est même pas obligés de parler, si tu préfères. Qu'est-ce que t'en penses ?

J'ai hoché la tête, au bord des larmes.

Elliott m'a fait signe de le suivre, a pris mon sac et s'est calé sur mon pas tout le long du couloir, jusqu'aux doubles portes qui ouvraient sur le parking.

Il les a poussées, s'est effacé pour me laisser passer.

Dehors, la lumière du soleil m'a fait cligner des yeux et j'ai mis une main en visière en priant pour que le mal de tête qui m'accompagnait depuis le matin n'empire pas.

Elliott a déverrouillé la portière et l'a ouverte, attendant que je sois assise pour me montrer où était le levier qui permettait d'incliner le siège. J'étais allongée avant qu'il ne referme la portière.

Il s'est installé de l'autre côté, a sorti d'un sac en papier deux sandwichs emballés dans de la Cellophane et m'en a tendu un.

– Merci, ai-je réussi à dire en tirant maladroitement sur le plastique.

J'ai avalé le sandwich en quatre bouchées et j'ai fermé les yeux sans rien dire de plus, en attendant que le sommeil prenne le dessus.

Quand j'ai senti un léger tapotement sur l'épaule, j'ai cru que quelques minutes à peine s'étaient écoulées.

– Catherine ? Excuse-moi, mais je ne voudrais pas que tu sois en retard.

J'ai battu des paupières et je me suis redressée en me frottant les yeux.

– Hmmm ? Je dors depuis longtemps ?

– Une bonne demi-heure. Tu t'es endormie comme une masse et t'as pas bougé d'un iota.

J'ai attrapé la bretelle de mon sac à dos et je suis descendue de la voiture. En me voyant, plusieurs élèves de la classe ont affiché un regard surpris. Un petit groupe qui passait par là bras dessus, bras dessous a ouvert des yeux comme des soucoupes avant de glousser et de faire des messes basses.

– Oooh, comme c'est mignon ! Ils ont toujours la même coupe de cheveux, a dit Minka en donnant un coup de coude à Owen.

– Ignore-les, a soufflé Elliott.

– C'est ce que je fais.

On a traversé le parking. La double porte du bâtiment principal était peinte en rouge, avec une barre métallique en travers en guise de poignée, qui hurlait pratiquement *N'entrez pas*. Les rumeurs allaient se répandre à toute vitesse. Presley aurait une nouvelle raison de me chahuter, et pourrait aussi s'en prendre à Elliott, maintenant.

Il s'est penché vers moi.

– Je m'inquiète pour toi. Tout va bien ? Tu étais plutôt proche de Minka et Owen, avant, non ?

– Je ne leur parle plus depuis…

Arrivé d'on ne sait où, Connor Daniels a donné une grande tape dans le dos d'Elliott, qui a serré les dents.

– Match, ce soir, Youngblood ! Va falloir tout donner !

Elliott a pointé un doigt sur lui.

– C'est nous les Mudcats !

– Les plus beaux, les plus forts, c'est les Mudcats ! a hurlé Connor en retour.

Elliott a rigolé, puis s'est calmé en voyant ma tête.

– Désolé. Tu me disais qu'Owen et Minka…

– T'es pote avec Connor Daniels ?

Il a haussé un sourcil.

– Ben… ouais, je crois. Il est dans l'équipe.

– Oh.

– Quoi, oh ?

– Rien. Je ne savais pas que…

– Youngblood ! a hurlé un autre membre de l'équipe.

Elliott lui a fait un signe puis s'est retourné vers moi.

– Que quoi ?

– Que tu étais ami avec toute la bande.

– *Toute* la bande ?

– Ben oui quoi, tu vois ce que je veux dire. Il est ami avec Scotty, qui est ami avec Presley. Et puis, tu as piqué le poste de quarterback à Scotty, je me trompe ? Et ils ne t'en veulent pas ?

Il a haussé les épaules.

– Ce qu'ils aiment, c'est gagner, en fait… Et moi, je suis bon. Enfin, je veux dire…

Il a hésité à revenir sur ses propos, et puis finalement, non.

– Ouais, faut reconnaître. Je suis bon. Un des quatre meilleurs quarterbacks de l'État.

– Ouah. C'est… c'est super, Elliott.

Il m'a donné un petit coup de coude.

– T'as pas l'air plus impressionnée que ça.

Le temps qu'on arrive à nos casiers, au moins une demi-douzaine de gars de l'équipe avait hurlé son nom dans les couloirs. Devant le numéro 347, je me suis arrêtée, j'ai tourné le bouton noir pour faire ma combinaison et j'ai tiré.

Comme d'habitude, la porte a coincé et j'ai râlé. Elliott m'a regardée essayer une seconde fois, puis il s'est approché de moi, s'est mis juste derrière. Je sentais sa chaleur malgré sa chemise et la mienne. Sa main a glissé par-dessus mon épaule, s'est posée sur la poignée et il a tiré un coup sec. La porte s'est entrouverte.

– La mienne coince aussi, a-t-il murmuré à mon oreille. Il faut juste insister.

– Et ça, tu sais faire.

J'avais conscience de chacun de mes muscles, chacun de mes mouvements. J'ai sorti mes affaires de mon sac et je les ai posées dans mon casier. Puis j'ai accroché mon sac à l'intérieur de la porte. Il fallait que je me mette sur la pointe des pieds, mais j'y arrivais.

– C'est quoi, ce petit sac rouge ?

– J'y mets mon appareil photo. C'est plus discret.

– Heureusement que je sais garder un secret, ai-je dit en souriant.

Elliott m'a regardée d'un air amusé.

– Tu devrais venir au match.

– Ce soir ? Non.

– Pourquoi ?

J'ai réfléchi un instant, trop gênée pour répondre. Personne ne se mettrait avec moi, je ne saurais pas où m'asseoir. Y avait-il des gradins réservés aux lycéens ? Est-ce que c'était payant ? Je ne connaissais rien de tous ces codes et je m'en voulais d'être aussi poule mouillée. J'avais affronté des trucs bien pires qu'un moment de gêne devant mes pairs.

– S'il te plaît, viens.

Je me suis mordu la lèvre en pesant le pour et le contre. Elliott a attendu, patiemment, comme si la cloche n'allait pas sonner d'un moment à l'autre.

– Je vais y réfléchir, ai-je finalement répondu.

La cloche a sonné, mais Elliott s'en est à peine aperçu.

– C'est vrai ?

J'ai fait oui de la tête, et je l'ai poussé gentiment.

– Tu devrais aller en cours.

Il a reculé, un peu empoté, avec un sourire limite niais.

– Passe devant, je t'en prie.

J'ai pris mes affaires, refermé mon casier, et j'ai posé les yeux un peu plus longuement sur lui avant de partir pour mon cours suivant.

Je n'ai pas regardé M. Simons en allant m'asseoir. Il s'est arrêté de parler pendant quelques secondes, mais ne m'a pas fait de remarque, et je me suis installée en silence, soulagée.

M. Simons enseignait toujours la SVT avec autant d'enthousiasme, mais j'étais ailleurs, tiraillée entre assister au match, comme le faisaient tous les élèves normaux, et rentrer à la maison, ce qui était le plus raisonnable. Je ne savais pas s'il y avait des clients, et dans ma tête se dressait la liste de tout ce que j'avais prévu de faire après les cours. Des choses qui pouvaient, ou ne pouvaient pas attendre.

Lessive.

Nettoyage des salles de bains.

Dîner.

Qu'arriverait-il si j'allais au match et que Poppy se retrouvait toute seule ou, pire, si Imogen était encore là, boudeuse, râleuse parce que je n'étais pas rentrée à l'heure prévue ? Mon oncle Toad voudrait forcément s'en mêler. J'ai fermé les yeux en imaginant sa colère, ou celle du père de Poppy parce que j'étais en retard. Plus j'y pensais, moins j'avais le moral. Le contre pesait plus lourd que le pour. Quand la cloche a sonné, j'ai sursauté.

Je suis retournée à mon casier. Avant que j'aie le temps de l'ouvrir, un bras cuivré s'est glissé par-dessus mon épaule et a tiré sur la poignée. J'ai essayé de ne pas sourire, mais quand j'ai levé les yeux vers Elliott, son sourire à lui n'avait pas bougé. Et il était contagieux.

– Tu as réfléchi ?

– À quelle heure ça commence ?

– Pratiquement tout de suite après les cours. Si tu as besoin de rentrer chez toi vite fait, tu peux prendre ma voiture, a-t-il dit en me tendant ses clés. Mais ramène-la-moi, parce que j'aurai pas le courage de rentrer à pied.

J'ai secoué la tête.

– Je n'ai pas le permis.

Il a plissé le nez.

– T'es sérieuse ?

– Papa n'a pas eu le temps avant de… J'ai jamais appris.

Il a hoché la tête.

– C'est bon à savoir. On pourra s'en occuper. Alors ? Match ?

J'ai baissé les yeux.

– Je suis désolée. Je ne peux pas.

*

* *

M. Mason était penché sur son téléphone. Des auréoles de sueur assombrissaient les aisselles de sa chemise blanche un peu miséreuse. Il s'est essuyé le front avec son mouchoir.

– Seigneur, mais quand est-ce que ça va s'arrêter, cette chaleur ?

– Ça ne s'arrête jamais, en enfer, monsieur Mason, a grommelé Minka.

Les élèves s'installaient progressivement, la cloche a sonné et M. Mason venait de se lever quand Mme Mason est entrée.

Elle a tout de suite remarqué Elliott.

– Je croyais avoir demandé à ce qu'une table soit installée pour M. Youngblood ?

M. Mason a cherché Elliott. Scotty s'était assis à sa place.

– Elle est au fond. Dites donc les deux là, on ne joue pas aux chaises musicales, que je sache. Retournez à vos places.

Elliott a soupiré, puis il s'est extrait de la petite chaise attachée au bureau sous le regard amusé de toute la classe, les Mason et moi mis à part.

M. Mason a regardé sa future ex-femme, attendant un signe de satisfaction. Elle avait été prise par surprise – pour une fois, ce n'était pas la faute de son futur ex-mari. Je l'ai regardé se redresser un peu. Cette petite victoire lui redonnait l'impression d'être un homme, et visiblement ça ne lui était pas arrivé depuis longtemps.

– Qu'est-ce que tu veux, Becca ? a-t-il demandé d'un ton ferme.

– Je… j'aurais voulu voir Catherine.

Je me suis affaissée sur mon siège, sentant déjà vingt paires d'yeux dans mon dos.

M. Mason a parcouru la salle du regard pour s'arrêter sur moi, comme s'il ne savait pas exactement où j'étais assise, et puis il a fait un signe de la tête en direction de la porte.

J'ai rassemblé mes affaires et j'ai suivi Mme Mason jusqu'à son bureau. Elle s'est installée, a croisé les mains devant elle, encore un peu sous le choc d'avoir perdu l'avantage.

– Ça va ? ai-je demandé.

Elle a eu un tout petit rire.

– C'est moi qui pose ce genre de question, plutôt, non ?

Comme je ne répondais pas, elle a cédé :

– Oui, ça va. Sans doute n'ai-je pas beaucoup l'habitude d'avoir tort. Du coup, ça dérape.

– Peut-être que vous n'êtes pas parfaite. Et peut-être que ce n'est pas grave.

Elle a plissé les yeux en me regardant, l'air faussement contrariée.

– Qui est la conseillère, là ?

J'ai souri.

– Tu sais ce que je vais te demander, a-t-elle dit en se calant contre le dossier de sa chaise. Alors je t'écoute.

J'ai haussé les épaules.

– Ça va mieux.

Elle s'est redressée.

– Mieux ?

– Elliott.

– Elliott ?

De toute évidence, elle essayait de cacher l'espoir qu'elle nourrissait, sans y arriver.

J'ai hoché la tête, les yeux baissés.

– D'une certaine manière. J'essaie de ne pas céder.

– Pourquoi ? Parce que tu préfères rester seule ou parce qu'il insiste pour que vous soyez plus qu'amis ?

J'ai fait la moue.

– Non, c'est pas ça. C'est juste que je suis encore en colère.

Elle s'est raidie, un peu comme mon père quand je parlais de Presley.

– Qu'est-ce qu'il t'a fait ?

– Il passait les étés chez sa tante, avant. Et puis il a dû rentrer chez lui. C'était le jour où mon… le jour de…

Elle a hoché la tête, je lui ai été reconnaissante qu'elle ne me demande pas de dire les mots.

– Et ?

– Il avait promis qu'il reviendrait, mais il n'est pas revenu. Ensuite, il a essayé quand il a eu son permis, mais il s'est fait attraper. Maintenant, ses parents vont divorcer, et il est ici.

– Quelle histoire, dis-moi. Donc tu commences à te rendre compte que ce n'était peut-être pas sa faute ? Il a l'air très gentil. Et tu dis qu'il a essayé de revenir ?

J'ai fait oui de la tête en l'imaginant faire le mur en pleine nuit, monter dans sa voiture brinquebalante et foncer sur l'autoroute à soixante kilomètres-heure. J'ai eu du mal à me retenir de sourire.

– Il a essayé… Dites…

– Oui ?

– Quand vous aviez mon âge, est-ce que vous alliez voir les matchs de foot ?

Elle a souri, sous l'effet de ce souvenir.

– Je n'en ratais pas un. M. Mason était dans l'équipe du lycée.

– Vous aviez un petit boulot, en dehors des cours ?

– Oui, mais mon patron tenait compte du fait que j'étais une gamine et me laissait assister aux matchs. C'était le bon temps, Catherine. Ces années-là ne reviennent jamais.

J'ai réfléchi à ce qu'elle venait de dire. Le lycée, ce n'était pas vraiment le bon temps, pour moi, mais je ne pouvais pas y changer grand-chose.

– Tu es déjà allée à un match ? a-t-elle demandé, me ramenant à la réalité.

À la tête que j'ai faite, elle a deviné ma réponse.

– Jamais ? Tu devrais, Catherine, vraiment. On s'y amuse beaucoup. Qu'est-ce qui te retient d'y aller ?

J'ai hésité, mais le bureau de Mme Mason avait toujours été un endroit sûr.

– J'ai du travail à la maison, dans les chambres.

– Et ça ne peut pas attendre ? Tu peux peut-être demander à ta maman ?

J'ai secoué la tête.

– Catherine, es-tu en sécurité chez toi ?

– Oui. Elle ne me frappe pas. Jamais.

– Bien. Je te crois. Si cela devait changer…

– Ça ne changera pas.

– Je ne veux pas que tu aies des ennuis. Je ne peux pas te conseiller de faire quoi que ce soit qui irait contre le souhait de ta mère. Tu dois lui demander la permission de sortir, mais une soirée pour aller voir un match, cela ne me paraît pas déraisonnable. Ça peut même être recommandé, dans certains cas.

Elle a remarqué ma gêne.

– Autre chose ? Allez, tu sais que tu peux me parler. Est-ce que tu veux que je te refasse la liste des dix moments les plus gênants pour moi au lycée ?

J'ai retenu un rire.

– Non. Non, je ne veux pas vous imposer ça.

– D'accord. Alors parle-moi.

Quelques secondes se sont écoulées, et j'ai lâché la vérité :

– Je vais être assise toute seule.

– J'y vais, moi, à ce match. Assieds-toi avec moi.

J'ai fait une grimace.

– OK, je ne suis pas la personne la plus cool qui soit, mais je suis quelqu'un à côté de qui tu peux t'asseoir. Beaucoup d'élèves se mettent à côté de leurs parents.

J'ai eu l'air franchement dubitatif.

– D'accord, certains seulement. Et ils ne restent qu'une seconde. On n'aura qu'à faire ça : tu t'assieds à côté de moi jusqu'à ce que tu te sentes à l'aise. Sur le chemin de retour, on pourra passer prendre une limonade à la cerise, et je peux te déposer chez toi.

– C'est, heu… c'est très gentil à vous, mais Elliott m'a dit qu'il me ramènerait. On est quasiment voisins.

– Parfait ! Alors c'est réglé. Tu vas à ton premier match de foot. Waouh !

Un autre élève aurait levé les yeux au ciel devant sa réaction, mais moi, c'était la première fois depuis la mort de papa que je voyais quelqu'un se réjouir comme ça. J'ai souri, un peu gênée quand même, et puis j'ai regardé la pendule, par-dessus mon épaule.

– Je devrais peut-être…

– Oui, vas-y. On se revoit le mois prochain, si tu es d'accord. Je suis très impressionnée par les progrès que tu fais, Catherine. Je suis heureuse pour toi.

– Merci, ai-je dit en me levant.

La cloche a sonné, alors je suis allée directement à mon casier. J'ai posé la main sur le cadenas et j'ai réfléchi à ma combinaison.

– Deux, quarante-quatre, seize, a soufflé Elliott derrière moi.

J'ai fait la moue.

– Ça te regarde pas.

– Désolé. Je vais l'oublier. Bon, alors, tu viens ?

J'ai soupiré.

– Pourquoi ? Pourquoi est-ce que tu tiens tant à ce que je vienne ?

– J'en ai envie, c'est tout. Je veux que tu nous voies gagner. Je veux que tu sois là quand je sors du terrain. Je veux te voir m'attendre à côté de ma voiture quand je sortirai des vestiaires les cheveux mouillés, encore essoufflé, encore à fond. Je veux que tu fasses partie de tout ça.

– Oh.

La facilité avec laquelle il acceptait ses sentiments m'a bouleversée. Il a rigolé en voyant ma réaction.

– C'est un peu trop ?

– D'accord. Allons-y.

– C'est vrai ?

– Oui. Mais dépêche-toi avant que je change d'avis.

J'ai laissé tous mes bouquins dans mon casier, à part un que j'ai fourré dans mon sac. Et puis j'ai claqué la porte et je me suis retournée.

Elliott me tendait la main, attendant que je la prenne.

J'ai regardé autour de nous.

– Ne fais pas attention aux autres. Regarde-moi, a-t-il dit, la main toujours tendue.

Je l'ai prise et, ensemble, on a remonté le couloir, on a franchi la double porte et on a traversé le parking. Après avoir posé nos sacs de cours dans sa voiture, on a continué en direction du terrain de foot, toujours main dans la main.

Chapitre 12

Catherine

Scotty a lancé le ballon à Elliott, qui a reculé de quelques pas et l'a envoyé à Connor. Un lancer parfait, en spirale. Connor a jailli dans les airs, à une hauteur impressionnante, et a grillé les bras tendus de deux joueurs de l'équipe adverse. Le ballon serré contre lui, il s'est laissé retomber par terre lourdement.

Les arbitres ont sifflé et levé les mains, la foule a bondi en hurlant si fort que j'ai dû mettre mes mains sur mes oreilles.

Mme Mason m'a attrapée par les bras et s'est mise à sauter comme une gamine.

– Ils ont gagné ! Ils ont gagné !

Le tableau d'affichage annonçait 44 / 45. Les Mudcats, trempés de sueur et un peu mal en point, se sont mis en ligne en se tenant par la taille et se sont balancés au rythme de la fanfare du lycée, qui jouait notre hymne.

Tout le monde dans les gradins a fait la même chose, hilare, en hurlant les paroles. Mme Mason chantait à tue-tête. À la fin, le stade tout entier a applaudi.

Les Mudcats ont regagné les vestiaires à petites foulées, leur casque à la main. Tous, sauf Elliott. Il cherchait quelqu'un dans les gradins. Ses équipiers insistaient pour qu'il les suive, mais il les a ignorés.

– C'est toi, qu'il cherche ? m'a demandé Mme Mason.

J'ai secoué la tête.

– Non.

– Catherine ! a hurlé Elliott.

J'ai avancé dans l'escalier, juste à côté de mon siège.

– Catherine Calhoun ! a hurlé Elliott avec une main en porte-voix.

Quelques spectateurs, qui faisaient déjà la queue pour gagner la sortie, ont levé les yeux. Les pom-pom girls se sont retournées, et les jeunes qui se trouvaient entre Elliott et moi se sont tus.

J'ai descendu les gradins en courant et en lui faisant signe, jusqu'à ce qu'il me voie. Son entraîneur, Peckham, l'a pris par le bras et a essayé de l'entraîner vers les vestiaires, mais Elliott n'a pas bougé d'un centimètre. Quand il m'a vue dans la foule, il a agité la main à son tour.

Tous ces gens devaient se demander ce qu'Elliott me trouvait. Mais quand son regard a rencontré le mien, plus rien de tout cela n'a eu d'importance. On aurait pu être assis au bord de la rivière à jouer avec l'herbe en faisant semblant de ne pas avoir envie de nous tenir la main. En cet instant, la douleur et la colère qui m'avaient habitée depuis son départ se sont envolées.

Elliott est parti pour les vestiaires avec son entraîneur, qui lui donnait des tapes sur l'épaule. La foule s'est dispersée, les gradins se sont vidés.

Mme Mason m'a enfin rejointe au bord du terrain et a passé un bras dans le mien.

– C'était un beau match, hein ? Ça valait le coup de prendre ta soirée. Elliott te raccompagne, alors ?

J'ai fait oui de la tête.

– Tu es sûre ?

– Je suis sûre. Je dois l'attendre à sa voiture. J'y ai laissé mon sac de cours, alors…

– Alors c'est parfait. À demain.

Elle a pilé net et m'a laissée passer pour pouvoir prendre à gauche en direction de la petite rue qui longeait l'arrière du stade. Peckham l'attendait au coin, ils sont partis ensemble.

J'ai haussé un sourcil et je me suis dirigée vers le parking. Dans le labyrinthe des voitures, j'ai retrouvé la Chrysler d'Elliott et me suis appuyée contre son aile avant toute rouillée.

Les autres élèves n'ont pas tardé à arriver, tout excités à propos du match, et de la fête qui allait suivre. Les filles faisaient comme si elles n'étaient pas impressionnées par les pitreries des garçons qui cherchaient à attirer leur attention. Ma gorge s'est serrée quand j'ai vu la Mini Cooper blanche de Presley deux voitures plus loin, et que j'ai entendu son petit rire haut perché.

Elle s'est arrêtée en me voyant. Anna Sue, Brie, Tara et Tatum étaient juste derrière elle.

– Oh… Tu attends Elliott ? a-t-elle demandé en posant une main à plat sur sa poitrine. C'est ton copain, alors ?

– Non, ai-je répondu, gênée par le tremblement de ma voix.

Je détestais le fait que la moindre confrontation me mette dans cet état.

– Alors tu l'attends juste comme ça ? Comme un petit chien-chien ? J'y crois pas ! a dit Anna Sue en mettant une main devant sa bouche.

– On est amis, c'est tout.

– T'as pas d'amis, a répliqué Presley avec un rire méchant.

Elliott est arrivé à petites foulées, les cheveux encore mouillés après sa douche. Il a refermé ses bras autour de moi et m'a fait tournoyer. Je me suis agrippée à lui, comme si le lâcher, c'était laisser entrer la douleur et l'obscurité.

Il s'est penché, a posé ses lèvres sur les miennes, si vite que je n'ai pas vraiment eu le temps de réaliser ce qui m'arrivait. Quand je m'en suis rendu compte, c'était fini.

J'ai cligné des yeux, consciente que Presley et ses clones nous regardaient, ébahis.

– On va fêter ça ? a dit Elliott avec un grand sourire.

– Tu vas à la soirée, Elliott ? a demandé Brie en jouant nerveusement avec une mèche de ses cheveux.

Il s'est tourné vers le petit groupe, comme s'il s'apercevait tout juste de sa présence.

– Le truc autour du feu de camp ? Non. Je sors avec ma copine.

Il savait que je serais incapable d'en discuter devant quelqu'un, en particulier devant Presley.

– Ah, vraiment ? s'est étonnée cette dernière, qui avait finalement retrouvé sa voix. Kit-Cat a pourtant dit qu'elle n'était pas ta petite amie.

Il a pris ma main, l'a portée à ses lèvres et y a déposé un petit baiser en me faisant un clin d'œil.

– Elle s'appelle Catherine et… c'est pas encore fait. Mais ma soirée a super bien commencé, et je pense pouvoir la convaincre que c'est une bonne idée.

Presley a levé les yeux au ciel.

– Beuh… Allez, les filles, on y va.

Elle a entraîné ses groupies vers sa voiture.

– Prête ? m'a demandé Elliott en ouvrant sa portière.

Je me suis glissée derrière le volant, puis je suis passée de l'autre côté du siège avant. Elliott s'est installé à son tour, mais avant que je sois trop loin il a posé sa main sur mon genou.

– Reste au milieu, s'il te plaît.

– Au milieu ?

Il a fait oui de la tête, avec un regard plein d'espoir.

J'ai soupiré. Je me sentais à la fois mal à l'aise et parfaitement à ma place. Pour la première fois depuis son départ, j'éprouvais une sensation de sécurité comme si je n'essayais plus de m'en sortir seule.

Il a reculé, s'est dirigé vers la sortie du parking et a mis la gomme jusqu'au stop, puis le long de Main Street. D'autres membres de l'équipe ont klaxonné en passant, certains passagers étaient sortis par les vitres baissées et agitaient leur maillot, ou hurlaient des bêtises.

On est passés devant *Walmart*, où déjà s'étaient retrouvés plusieurs groupes qui chantaient, criaient, faisaient tout leur possible pour se faire remarquer. Quand ils ont vu la Chrysler d'Elliott, les hurlements ont redoublé, les voitures ont klaxonné pour qu'il s'arrête.

– Tu peux me ramener et revenir, ai-je suggéré.

Il a secoué la tête.

– Hors de question.

– Mais il faut que je rentre, en fait.

– Pas de problème. On va passer par le drive-in, et tu seras chez toi à vingt-deux heures. D'accord ?

Le moteur de la Chrysler a vrombi pour atteindre les soixante à l'heure dans la rue qui menait chez *Braum*. Elliott s'est engagé dans l'allée du drive-in, a commandé deux glaces et deux limonades à la cerise, et a avancé jusqu'au guichet de récupération des commandes.

– Merci, ai-je dit. Je te rembourserai.

– Non. Je t'invite.

– Merci de me raccompagner, aussi. Et de m'avoir invitée au match. C'était super.

– Super de me voir jouer ?

J'ai rougi.

– Aussi.

Nos glaces sont arrivées. Elliott a levé la sienne, comme pour trinquer.

– Aux Mudcats !

– Et à leur quarterback, ai-je ajouté en approchant doucement mon cône du sien.

Elliott avait l'air aux anges. Plus de la moitié de sa glace a disparu dans sa bouche. Il avait calé sa limonade entre ses cuisses, et l'a gardée là pendant le trajet du retour. Il conduisait d'une main et tenait sa glace de l'autre.

On a parlé des différentes tactiques de jeu, pourquoi elles fonctionnaient ou pas, de la façon de parler des joueurs, souvent grossière, et quand il s'est arrêté devant chez moi il a poussé un soupir de contentement.

– Le foot va me manquer.

– Tu ne joueras pas, à la fac ?

Il a secoué la tête.

– Non. J'ai besoin d'une bourse, et je ne suis pas bon à ce point.

– Tu as dit que tu faisais partie des meilleurs de l'État.

– Mouais…

– Donc tu es bon, Elliott. Tu pourrais décrocher une bourse. Crois un peu en toi !

Il a haussé les épaules.

– C'est vrai. En fait, je crois que je ne me suis pas autorisé à croire que c'était possible. Peut-être que je vais pouvoir aller à la fac, finalement.

– Bien sûr.

– Tu penses ?

– J'en suis sûre.

– Ma mère et ma tante veulent que j'y aille. Moi… Je sais pas trop. J'en ai un peu ras le bol de l'école. J'ai envie de faire autre chose, de voyager.

– Tu pourrais prendre une année de césure et partir. Ce serait chouette. Sauf que, d'après mon père, la plupart de ceux qui prennent une année de césure ne se réinscrivent jamais à la fac au retour. Et si t'as une bourse, ça peut poser problème.

Il s'est tourné vers moi, nos visages étaient à quelques centimètres l'un de l'autre. Les sièges de la voiture grattaient et sentaient un peu le moisi. S'y ajoutaient l'odeur d'Elliott et celle de son déodorant. Il avait l'air nerveux, et cela me rendait nerveuse.

– Je sais que je peux te faire du bien, a-t-il finalement dit. Je sais… je sais que tu ne me fais pas encore tout à fait confiance, mais…

– Elliott… J'ai perdu les deux personnes auxquelles je tenais le plus le même jour. Mon père est mort, et je me suis retrouvée seule. Avec *elle*. Et toi, tu m'as laissée me noyer. Ce n'est pas qu'une histoire de confiance. Tu m'as brisé le cœur. Même si on arrivait à reprendre les choses là où on les a laissées… La fille que tu connaissais à l'époque… elle n'existe plus.

Il a secoué la tête, ses yeux brillaient.

– Jamais je ne serais parti comme ça si cela n'avait tenu qu'à moi. Ma mère m'a menacé de ne jamais me laisser revenir. Elle a vu à quel point je tenais à toi. Elle avait compris que le seul endroit où j'étais bien, c'était ici. Et elle avait raison.

J'ai froncé les sourcils.

– Mais pourquoi ? Pourquoi tu tiens à moi à ce point ? Tu as tous ces amis, là, dont la plupart ne peuvent pas me voir, d'ailleurs. Tu n'as pas besoin de moi.

Il m'a regardée un long moment. Il y avait de l'admiration et du respect dans ses yeux.

– Je suis tombé amoureux de toi cet été-là, Catherine. Et je n'ai pas cessé de t'aimer depuis.

Il m'a fallu plusieurs secondes pour trouver quoi répondre.

– J'ai changé, Elliott.

– Bien sûr que non. Je le vois, moi.

– C'était il y a très longtemps.

Il a haussé les épaules, comme si cela n'avait pas d'importance.

– On ne se remet jamais vraiment de son premier amour.

Cette fois, je n'ai vraiment rien trouvé à répondre. Et dans ses yeux, j'ai vu poindre le désespoir.

– Tu veux bien me donner une seconde chance quand même ? Catherine, s'il te plaît... Je te promets de ne plus jamais te quitter comme ça. Je te le jure sur ma vie. Je n'ai plus quinze ans. Je prends mes décisions tout seul et je prie pour que tu me pardonnes. Je ne sais pas ce que je ferai si tu ne me pardonnes pas.

J'ai regardé la Villa Juniper. Toutes les fenêtres étaient sombres. La maison dormait.

– Je te crois, ai-je dit en me retournant.

Avant que son sourire ne s'élargisse encore, j'ai ajouté, en guise d'avertissement :

– Mais maman va de plus en plus mal depuis la mort de papa. Je dois l'aider à tenir la maison d'hôtes. Je n'ai quasiment pas de temps libre.

– Je prendrai le temps que tu pourras m'accorder.

J'ai souri à mon tour, brièvement.

– Tu n'entres pas chez moi, et tu ne poses pas de questions.

– Mais pourquoi ? a-t-il demandé, étonné.

– Ça, c'est une question. Je t'aime bien, et j'ai envie d'essayer. Mais je ne peux pas parler de ma mère, et tu ne peux pas entrer à la maison.

Il a glissé ses doigts entre les miens.

– Catherine… est-ce qu'elle te fait du mal ? Est-ce que quelqu'un, dans cette maison, te fait du mal ?

J'ai secoué la tête.

– Non. Elle est juste… très repliée sur elle-même.

– Tu me diras ? Si ça change ?

– Oui.

Alors il s'est redressé, a pris mon visage entre ses mains, et s'est approché en fermant les yeux.

Comme je ne savais pas trop quoi faire, j'ai fermé les yeux aussi. Ses lèvres ont touché les miennes, douces et souples. Il m'a embrassée une fois, s'est écarté, m'a souri et s'est avancé à nouveau, en entrouvrant la bouche, cette fois. J'ai essayé de faire la même chose, en même temps prise de panique et complètement sous le charme. Il a refermé ses bras autour de moi tandis que sa langue se glissait entre mes lèvres pour aller caresser la mienne, chaude et humide. Quand notre baiser a trouvé un rythme, j'ai noué mes bras autour de son cou et je me suis rapprochée, comme pour le supplier de me serrer fort contre lui. Dans quelques instants, je rentrerais chez moi, et je voulais que la sécurité éprouvée dans les bras d'Elliott m'accompagne et m'enveloppe le plus longtemps possible.

Au moment où j'allais manquer d'air, Elliott s'est écarté, a posé son front contre le mien.

– Enfin, a-t-il soupiré d'une voix à peine audible. Je serai sur la balancelle à neuf heures demain matin. J'apporterai du pain aux airelles pour le petit déjeuner.

– Qu'est-ce que c'est ?

– Une recette de mon arrière-grand-mère. Mais je suis presque sûr qu'elle date de plus longtemps que ça. Ma tante m'a promis d'en faire ce soir. C'est super bon. Tu vas adorer.

– J'apporterai le jus d'orange.

Il s'est penché pour m'embrasser encore une fois, sur la joue, puis il a tendu le bras pour m'ouvrir la portière.

Je suis descendue. Il faisait nuit. J'ai soupiré.

– Catherine, je ne peux pas entrer, je sais. Est-ce que je peux au moins te raccompagner jusqu'à la porte ?

– Bonne nuit.

J'ai poussé le portillon de la clôture et j'ai marché sur le ciment craquelé de notre allée. On n'entendait que le bruit des criquets. Arrivée devant l'huis j'ai écouté, mais à l'intérieur tout était calme. La voiture d'Elliott a démarré.

J'ai tourné la poignée et suis entrée. J'ai essayé de ne pas me laisser accabler par le sentiment de pesanteur qui s'est abattu sur moi. La porte de ma chambre, en haut des escaliers, était ouverte. Je la laissais toujours fermée. Quelqu'un m'avait cherchée. D'une main tremblante, j'ai posé mon sac sur une chaise. La table était encore couverte d'assiettes sales, l'évier en était plein. Au pied du plan de travail, il y avait du verre cassé. Vite, j'ai cherché, dans le placard sous l'évier, les gants de caoutchouc épais de maman, puis je suis allée prendre le balai et la pelle. Le verre cassé a fait du bruit en glissant sur le carrelage. Le clair de lune brillait à travers une fenêtre de la salle à manger, et faisait miroiter les plus petits éclats de verre, malgré la poussière abondante.

Dans le séjour a retenti un rot sonore, je me suis figée. J'avais une petite idée de qui il s'agissait, mais j'ai attendu qu'il se fasse connaître.

– Égoïste, a-t-il marmonné.

Je me suis redressée, j'ai vidé la pelle dans la poubelle et j'ai retiré les gants pour les ranger sous l'évier. Sans me presser, j'ai quitté la salle à manger, j'ai traversé l'entrée et j'ai avancé dans la salle de séjour, où mon oncle Toad était assis, dans le fauteuil relax. Sa panse débordait par-dessus sa ceinture, à peine recouverte par un T-shirt trop fin et couvert de taches. Il avait une bouteille de bière à la main, un certain nombre de cadavres à ses pieds. Il avait déjà vomi une fois, ainsi qu'en témoignait une flaque, sur le plancher. Les bouteilles vides avaient été éclaboussées.

Dégoûtée par l'odeur, j'ai mis une main devant ma bouche.

Il a roté encore une fois.

– Attends… !

J'ai couru dans la cuisine chercher le seau, que j'ai posé juste à côté de la flaque de vomi.

Puis, avec un torchon, j'ai essuyé mon oncle.

– Vomis dans le seau, oncle Toad.

– Tu crois que tu… peux aller et venir à ta guise. Espèce d'égoïste… a-t-il lâché en regardant ailleurs, l'air dégoûté.

J'ai tamponné son T-shirt, essuyé la bave qu'il avait au coin des lèvres et le vomi qui avait coulé dans son cou. Il en avait partout, comme s'il avait attendu le dernier haut-le-cœur pour se pencher et vomir par terre.

– Tu devrais monter et prendre une douche, ai-je dit, prise de nausées.

D'un mouvement si rapide que je n'ai rien vu venir, il s'est redressé et m'a attrapée par la chemise, s'arrêtant à quelques centimètres seulement de mon visage. J'ai senti l'acidité de son haleine quand il a parlé.

– Fais donc ton boulot avant de me dire ce que je dois faire, la môme.

– Je suis… Pardon. J'aurais dû rentrer pour aider maman. Maman ? ai-je appelé, tremblante.

Mon oncle a aspiré des restes de son dîner coincés entre ses dents, et il m'a lâchée en se laissant retomber dans le fauteuil.

J'ai reculé d'un pas, puis j'ai laissé tomber le torchon et j'ai couru dans l'escalier pour aller m'enfermer dans ma chambre. Le bois de ma porte était froid contre mon dos, j'ai mis mes mains sur mes yeux et j'ai hoqueté, sans pouvoir me contrôler. Les larmes ont roulé sur mes joues. Quand les choses allaient mieux à l'extérieur, c'était de pire en pire à l'intérieur.

Ma main sentait le vomi, je l'ai tendue devant moi, écœurée, et je suis allée dans la salle de bains. Avec le savon, j'ai frotté jusqu'à ce que ma peau rougisse, et puis j'ai fait pareil pour mon visage.

Un craquement, dans l'escalier, m'a paralysée pendant un moment, et puis l'adrénaline est retombée, j'ai refermé les robinets et je me suis ruée vers mon lit pour le pousser devant la porte. Un nouveau craquement m'a fait reculer jusqu'au mur opposé. J'ai essayé d'arrêter de trembler, tout en fixant la porte. Sans faire de bruit, j'ai attendu dans l'obscurité que Toad passe son chemin ou tente d'entrer dans ma chambre.

Il a monté encore une marche, puis une autre, jusqu'à atteindre enfin le palier. Quand il marchait, mon oncle Toad se dandinait, pour faire avancer les deux cents kilos qu'il se vantait de peser. Il avait une respiration sifflante, et je l'ai entendu roter encore une ou deux fois avant de s'éloigner en direction de sa chambre, au bout du couloir.

Je me suis laissée glisser contre le mur, les genoux remontés contre ma poitrine, puis j'ai fermé les yeux et je me suis laissée tomber sur le côté, sans savoir s'il reviendrait ou si quelqu'un d'autre toquerait à ma porte. Jamais je n'avais eu autant envie de voir maman, mais elle ne voulait pas me voir. La Villa Juniper était une porcherie. Maman était complètement débordée et, comme chaque fois que les choses se compliquaient, avait battu en retraite quelque part, n'était plus là pour personne.

J'aurais voulu l'appeler, mais je n'étais pas sûre qu'elle m'entende. Alors j'ai imaginé qu'Althea était dans la cuisine, préparait de bons petits plats, faisait le ménage et m'accueillait avec un large sourire pour le petit déjeuner. C'était la seule chose qui pouvait me calmer suffisamment longtemps pour que je m'endorme. Ça, et savoir que le lendemain était un samedi, jour de ma leçon de conduite. J'allais passer toute une journée avec Elliott, loin de la maison et de tous ses occupants.

Chapitre 13

Catherine

J'ai d'abord cru que les voix résonnaient dans un rêve dont je n'arrivais pas à me souvenir, mais quand le ton a monté, je me suis assise dans mon lit et je me suis frotté les yeux. On aurait dit les échanges à mi-voix de mes parents quand ils se disputaient. Ils étaient tous là, tous les pensionnaires. En colère pour certains, demandant le silence pour d'autres.

Je me suis levée, et j'ai tâtonné à travers ma chambre jusqu'à la porte. J'ai tourné la poignée sans faire de bruit, pour que personne ne sache que j'étais réveillée. Une fois la porte entrebâillée, j'ai écouté. Tout le monde semblait avoir quelque chose à dire, même Toad et Imogen. Je suis sortie dans le couloir, une sensation de brûlure sur mes pieds nus à cause du plancher froid. Je me suis approchée de la chambre d'où venaient les voix.

– Je refuse d'entendre une chose pareille, disait Althea. J'ai dit non, et c'est non. Nous ne ferons pas cela à cette pauvre chérie. Elle en a déjà suffisamment subi comme ça.

– Ah bon ? a répliqué Duke d'un ton sec. Et vous envisagez de faire quoi quand elle s'en ira et que cette maison partira à vau-l'eau ? Parce qu'elle y va déjà, et à grande vitesse, figurez-vous ! Et nous, qu'est-ce qu'on devient ? Et Poppy ?

– Ce n'est pas à elle de s'occuper de nous, a dit Willow.

– Qu'est-ce que ça peut vous faire, à vous ? Z'êtes pratiquement jamais là, a dit Duke.

– Je suis ici aujourd'hui, et je vote contre, a dit Willow.

– Moi aussi, je vote contre, a dit Althea. Mavis, dis-leur.

– Je... je ne sais pas.

– Tu ne sais pas ? a demandé Althea d'un ton plus dur que d'habitude. Comment peux-tu ne pas savoir ? C'est ta *fille* ! Tu dois mettre un terme à toute cette folie.

– Je... a commencé maman.

La porte s'est ouverte. Maman était là, en robe de chambre, m'empêchant de voir à l'intérieur de la pièce.

– Qu'est-ce que tu fais debout, Catherine ? Va te recoucher. Immédiatement.

Elle m'a claqué la porte au nez, et je n'ai plus entendu que des murmures.

J'ai reculé, et je suis retournée dans ma chambre. La porte refermée, j'ai regardé le trait de lumière qui filtrait par en dessous, en me demandant pourquoi ils parlaient de moi, et à quoi Althea s'opposait avec autant de véhémence. La boîte à musique a produit quelques notes, et j'ai décidé d'agir. J'ai poussé la commode contre la porte, puis j'ai calé mon lit contre la commode pour plus de sûreté. Ensuite, je me suis assise, et j'ai fixé la porte en priant pour que le soleil se lève, jusqu'à ce que mes yeux se ferment tout seuls.

Quand je les ai rouverts, je ne savais plus si j'avais rêvé. Je me suis habillée et je suis descendue. Il n'y avait plus aucune trace des « débordements » de mon oncle Toad. La salle de séjour, la salle à manger et la cuisine étaient impeccables, ça sentait la saucisse et le pain chaud. Maman remuait le contenu d'une poêle en fredonnant.

– Bonjour, m'a-t-elle dit en posant une saucisse sur une feuille de papier absorbant.

– Bonjour.

Je me méfiais un peu. Cela faisait longtemps que maman n'avait pas été d'aussi bonne humeur, et je ne savais pas trop quelle attitude adopter.

– Ton oncle et ta cousine sont partis. J'ai dit à Toad de ne pas revenir avant un moment. Ce qui s'est passé hier soir est inexcusable.

– C'est combien de temps, un moment ?

Maman s'est tournée vers moi avec un air navré.

– Je suis désolée qu'il t'ait dit toutes ces choses. Cela ne se reproduira pas, je te le promets.

Je me suis assise devant l'assiette qu'elle avait posée sur la table.

– Mange. On a des clients, il faut encore que je prépare les petits déjeuners. Donc j'ai beaucoup à faire, et je n'ai pas bien dormi.

Elle a quitté la cuisine sans plus d'explications.

– Ma puce, tu es là ? a dit Althea en sortant de la buanderie.

Elle était en train d'attacher son tablier dans le dos. Puis elle a pris un chiffon et s'est occupée de nettoyer la gazinière.

– Est-ce qu'on t'a réveillée ?

– C'est toi qui as nettoyé derrière mon oncle Toad, ou c'est maman ?

– Ne t'occupe donc pas de ça, va, a-t-elle répondu en se tournant vers la fenêtre. Tu ferais mieux de manger, ton copain est déjà là.

– Oh.

J'ai fourré une saucisse dans ma bouche et j'ai attrapé deux morceaux de pain et ma veste avant de glisser un bras dans la bretelle de mon sac. Elliott était sur le porche quand j'ai ouvert la porte.

– Bonne journée, ma puce ! a lancé Althea.

Chapitre 14

Elliott

J'ai ouvert la portière d'une main et je lui ai tendu du pain aux airelles de l'autre.

– Le petit déjeuner est servi !

– Merci, a-t-elle dit en me montrant son pain tout chaud.

J'ai rigolé.

– On a déjà des tonnes de points communs. Nous deux, c'était écrit.

Catherine a rougi puis est montée côté passager. J'ai refermé la portière et fait le tour de la voiture pour venir me glisser derrière le volant. Elle ne disait rien, et ça m'a rendu nerveux.

– Tout va bien ?

– Ouais. Un peu fatiguée, a-t-elle répondu en regardant par la vitre pendant que je démarrais.

– T'as pas bien dormi ?

– Si. Enfin, je crois.

J'ai posé les yeux sur ses bras, et j'ai remarqué, entre le poignet et le coude, une série de petites marques rouges en demi-lune.

Elle a tiré sur sa manche.

– C’est rien. Un tic nerveux.

– Et qu’est-ce qui t’a rendue nerveuse ?

Elle a haussé les épaules.

– J’arrivais pas à dormir.

– Qu’est-ce que je peux faire ? ai-je demandé, un peu désespéré.

Elle a posé la tête sur le dossier et a fermé les yeux.

– Là, tout de suite, j’ai surtout besoin de faire un somme.

J’ai posé une main sur son genou.

– Dors. Je conduis.

Elle a bâillé.

– J’ai entendu dire qu’Anna Sue donnait une soirée Halloween la semaine prochaine.

– Et ?

– Tu penses y aller ?

– Et toi ?

Elle a ouvert les yeux. Derrière son air épuisé, j’ai vu de la surprise, comme si elle s’attendait à une plaisanterie de ma part.

– Non. Me déguiser en quelqu’un d’autre, ça ne m’a jamais intéressée.

– Même pour une soirée ?

Elle a secoué la tête et fermé les yeux de nouveau.

– Même pour une soirée. Et surtout si Anna Sue Gentry est dans les parages.

– Bon, ben ce sera pop-corn et marathon films d’horreur chez moi, du coup.

Elle a souri, sans ouvrir les yeux.

– C'est parfait.

J'ai senti qu'elle se détendait, puis sa respiration est devenue régulière. J'ai conduit le plus souplement possible, en prenant large dans les virages. Juste avant qu'on arrive au chemin que j'avais en tête, Catherine s'est rapprochée, a glissé un bras sous le mien et posé la joue contre mon épaule. J'ai garé la voiture d'une main et j'ai coupé le contact. On est restés là un moment, pendant qu'elle dormait, en sifflant un peu dans son sommeil. Je sentais mon bras et mes fesses qui s'engourdissaient, mais je n'osais pas bouger.

Le ciel s'est éclairci, une légère brume s'est levée. J'ai joué sur mon téléphone jusqu'à ce qu'il me reste un pour cent de batterie puis, le plus doucement possible, j'ai réussi à brancher le chargeur de voiture, en regardant la fille qui était pelotonnée contre moi. Catherine semblait tellement plus petite que le jour de notre rencontre – plus frêle, plus délicate – et pourtant, elle était forte comme tout. Je n'avais jamais rencontré quelqu'un comme elle, mais je savais que cela tenait en partie au fait que je n'avais jamais aimé personne comme je l'aimais elle, et que cela ne m'arriverait plus. Elle comptait bien plus pour moi qu'elle ne le pensait. J'attendais de pouvoir la rejoindre depuis tellement longtemps, et maintenant qu'on était assis tous les deux ensemble dans le froid et le silence, ça me semblait complètement irréel. J'ai touché ses cheveux, juste pour me rappeler que si, c'était bien réel.

Mon téléphone a sonné, je me suis précipité pour répondre avant qu'il réveille Catherine.

– Allô ? ai-je murmuré.

– Salut, a dit mon père.

J'ai levé les yeux au ciel.

– Salut.

– Écoute, j'ai promis à ton oncle John que je n'appellerais plus pour te demander quoi que ce soit, mais Kimmy a perdu son appart, du coup on squatte chez Rick, mais il a une nouvelle copine et Kimmy et elle s'entendent pas. J'ai toujours pas de boulot, et y a pas vraiment de perspective. Je sais… je sais que ton anniversaire arrive et que ta tante Leigh te donne toujours de l'argent… Si tu pouvais lui demander qu'elle te le donne un peu plus tôt que d'habitude, pour me le prêter, je te jure que je te le rendrai avant Noël, avec des intérêts, et tout.

J'ai froncé les sourcils.

– Tu me demandes l'argent de mon anniversaire que je n'ai pas encore reçu ?

– Mais t'as entendu ce que je viens de dire ou pas ? D'ici une semaine ou deux, on va se retrouver à la rue.

J'ai serré les dents.

– Trouve du boulot, papa. Et cette Kim, là, elle en a pas, de boulot ?

– Ça te regarde pas.

– Si tu m'empruntes de l'argent, si, ça me regarde.

Il est resté silencieux un moment.

– Non, elle a pas de boulot. Alors, tu vas me le prêter, ce fric ?

– Pas question que je demande du fric à Leigh pour te le filer. Elle s'occupe bien de moi. Si tu veux lui emprunter de l'argent, demande-le-lui toi-même.

– J'ai essayé ! Je leur dois déjà cinq cents billets.

– Et tu ne les as pas remboursés, mais tu voudrais que je te prête de l'argent.

Il s'emmêlait dans ses mensonges et ça l'a énervé.

– Je peux tout te rembourser le mois prochain. Il faut juste que je retombe sur mes pattes. Après tout ce que j'ai fait pour toi, mon fils, tu pourrais quand même m'aider, moi, ton père !

– Tu as fait quoi, pour moi ?

J'essayais de murmurer, mais ce n'était pas facile.

– Quoi ? Qu'est-ce que t'insinues, là ? a-t-il grogné, menaçant.

– T'as très bien entendu. C'est maman qui payait toutes tes factures. Tu l'as laissée tomber pour une fille qui ne les paie pas, et maintenant, tu veux emprunter de l'argent à ton fils de dix-sept ans. Tu nous as tabassés comme un malade, elle et moi, tu t'es tiré, t'as jamais travaillé… En ce qui me concerne, ta seule contribution à mon existence est un truc auquel les mecs pensent vingt-quatre heures sur vingt-quatre. Ce qui ne te donne pas droit à grand-chose, papa, et surtout pas à un prêt. Arrête de m'appeler… sauf si c'est pour t'excuser.

– Espèce de petit sal…

J'ai raccroché et j'ai laissé ma tête tomber en arrière. J'ai mis mon téléphone sur vibreur. Quelques secondes plus tard, il a vibré. Du coup, je l'ai carrément éteint.

Catherine m'a serré le bras. Fort.

J'ai regardé par la fenêtre en maudissant mon père à mi-voix. Je tremblais de tous mes membres et je n'arrivais pas à me calmer.

– Je ne savais pas, a-t-elle dit en se collant contre moi. Je suis vraiment désolée.

Je lui ai souri.

– C'est pas grave, t'inquiète. Je suis désolé de t'avoir réveillée.

Elle a regardé autour d'elle, a remarqué mon nouveau blouson aux couleurs du lycée, que j'avais posé sur ses genoux. Elle me l'a tendu d'un air triste.

– Il t'a fait du mal ?

J'ai écarté les cheveux de son visage et posé ma main sur sa joue.

– C'est terminé. Il ne peut plus me faire de mal.

– Est-ce que je peux faire quelque chose ?

J'ai souri.

– Tu t'inquiètes au point de poser la question. Rien que ça, ça me suffit.

Elle a appuyé sa joue contre ma paume.

– Bien sûr que je m'inquiète.

Peu à peu, les tremblements se sont calmés, ma colère est retombée. Catherine n'évoquait pas ses sentiments très souvent, alors je prenais chaque miette qu'elle me laissait comme un énorme cadeau.

– J'ai dormi combien de temps ?

– Un moment. Quand tu te sentiras bien, réveillée et tout, on changera de place.

Elle s'est redressée.

– On n'est pas obligés de faire ça aujourd'hui, tu sais.

J'ai rigolé doucement.

– Si, on doit le faire.

– J'ai fait un rêve génial…

– Ah bon ? J'y étais ?

Elle a secoué la tête, son regard s'est éloigné.

– Hé, pas de souci, ai-je dit en la serrant contre moi. C'est pas grave. Raconte-moi.

– Mon père rentrait à la maison, mais c'était aujourd'hui, pas avant. Il était complètement perdu, et quand il se rendait compte de ce que maman avait fait, il se mettait super en colère. Je l'avais jamais vu comme ça. Il lui disait qu'il allait partir, et il partait, mais il m'emmenait avec lui. Je prenais quelques affaires, et puis on s'en allait dans la Buick. Elle était comme neuve, démarrait du premier coup. Et plus on s'éloignait de la Villa Juniper, plus je me sentais en sécurité. Si seulement… si seulement on avait vraiment fait ça, papa serait en vie aujourd'hui.

– Je ne peux pas le faire revivre, mais je peux t'emmener loin de la Villa Juniper. On peut prendre la voiture et tailler la route.

Elle était contre moi, et regardait le ciel gris à travers le pare-brise.

– Pour aller où ?

– Où tu veux. N'importe où.

– Ça sent la liberté, ça…

– Mais on serait libres. Seulement il faut d'abord que t'apprennes à conduire. Il faut que tu puisses prendre le volant, au cas où. C'est plus sûr.

– Au cas où quoi ?

– Au cas où il m'arriverait quelque chose.

Elle a souri.

– Il ne t'arrivera rien. Tu es, comment dire… invincible.

Je me suis senti un peu plus grand, un peu plus fort rien qu'à l'idée qu'elle pense ça de moi.

– Tu crois ?

Elle a hoché la tête.

– Super. Donc tu ne risques pas de me tuer en conduisant.

J'ai ouvert ma portière et je suis descendu, évitant de justesse une petite tape gentille de la part de Catherine. Dehors, le chemin de terre était mouillé, mais pas boueux. J'ai contourné la voiture et j'ai ouvert sa portière en lui faisant signe de se glisser derrière le volant.

– Bien, ai-je dit une fois installé. Pour commencer, la ceinture.

On a bouclé notre ceinture tous les deux.

– Ensuite, les rétroviseurs. Tu vérifies les trois. Celui du pare-brise et les deux extérieurs, pour être sûre qu'ils sont bien positionnés et que tu vois comme il faut. Ensuite, tu règles ton siège et le volant pour être à l'aise et avoir les bras tendus juste comme il faut.

– On dirait un moniteur d'auto-école, a-t-elle marmonné en réglant les rétroviseurs, avant de chercher la poignée du siège.

Elle a poussé un petit cri quand celui-ci est parti en avant d'un coup. J'ai fait la grimace.

– Il est un peu susceptible. Désolé. Bon, maintenant, tu peux mettre le contact. Il faut tourner la clé vers l'avant. Sur les voitures récentes, t'es pas obligée d'appuyer sur l'accélérateur, mais avec celle-ci il faut appuyer un tout petit peu, jusqu'à ce que la marche avant soit enclenchée. Ne pompe pas comme une malade, ça noierait le moteur. Appuie juste doucement sur la pédale.

– J'appuie beaucoup, là.

– Je vais arranger ça.

Catherine a mis le contact et le moteur a vrombi aussi sec. Elle a eu un mouvement de recul.

J'ai rigolé.

– Maintenant, mets ton clignotant à gauche parce qu'on va faire comme si tu t'insérais dans la circulation. C'est la longue tige à gauche du volant. Vers le bas pour la gauche, vers le haut pour la droite.

Elle a mis le clignotant.

– Maintenant, tu appuies un peu sur le frein, tu mets le levier de vitesses sur marche avant et tu appuies en douceur sur l'accélérateur.

– D'accord. Super stressant.

– Ça va aller.

Je faisais de mon mieux pour avoir l'air rassurant. Catherine a fait exactement ce que je lui avais demandé et a démarré lentement. Je lui ai rappelé d'arrêter le clignotant, et ensuite, les mains à dix heures dix, elle a agrippé le volant comme si sa vie en dépendait et a remonté la Vingt-Neuvième Rue à vingt-cinq à l'heure.

– Hé ben voilà !

– Je conduis ! s'est-elle exclamée.

Pour la première fois depuis l'été de notre rencontre, je l'ai entendue rire, et c'était comme un concert de carillons, une symphonie et une immense victoire à la fois. Elle était heureuse, et tout ce que je voulais, c'était la regarder profiter de ce moment.

Chapitre 15

Catherine

La pluie cinglait contre les vitres rectangulaires de la salle de M. Mason. Les élèves étaient silencieux, penchés sur leur copie. En dehors du bruit de la mine de crayon qui se casse ou de la gomme sur le papier et de la main qui balaie les pelures, on n'entendait que l'explosion des énormes gouttes contre le verre.

La pluie de novembre amenait l'automne, comme chaque année, rafraîchissant enfin les températures, qui devenaient supportables. Les nuages noirs tourbillonnaient dans le ciel et les chenaux débordaient. J'entendais les litres d'eau tomber en cataracte au pied du mur et creuser de miniravins dans la terre.

J'ai entouré la dernière réponse de mon QCM et j'ai posé mon crayon. En général, c'était Minka qui finissait la première, puis moi ou Ava Cartwright. J'ai regardé dans leur direction, curieuse, et constaté non sans surprise qu'elles travaillaient encore. Du coup, inquiète d'avoir raté une question, j'ai repris ma copie, deux pages agrafées, et j'ai relu les questions, dans le désordre parce que c'était comme cela que j'y avais répondu.

– Tu as terminé, Catherine ? m'a demandé M. Mason.

Ava m'a fixée suffisamment longtemps pour que je comprenne que cela la contrariait, puis s'est penchée un peu plus encore sur sa feuille.

J'ai fait oui de la tête.

Il m'a fait signe d'approcher.

– Donne-la-moi, alors.

La sueur perlait à son front, et sa chemise à manches courtes était auréolée de transpiration alors qu'il faisait plutôt frais.

J'ai posé ma copie sur son bureau, il a immédiatement commencé à la corriger.

– Ça va, monsieur Mason ? Vous êtes un peu pâle.

– Oui. Merci, Catherine. J'ai faim, c'est tout. Je n'ai avalé que deux boissons protéinées aujourd'hui. Tu peux retourner t'asseoir.

En regagnant ma place, j'ai croisé le regard d'Elliott. Il me souriait, comme chaque fois qu'il me regardait depuis son premier match avec les Mudcats. C'était aussi la première fois qu'il m'avait embrassée et la première fois qu'il m'avait dit qu'il m'aimait, et depuis il ne ratait jamais une occasion de faire l'un ou l'autre.

Il avait joué ses derniers matchs à l'extérieur, mais ce soir, à dix-neuf heures trente, les Mudcats recevaient les Maroons de Blackwell. Les deux équipes étaient en tête du championnat et Elliott parlait de ce match depuis une semaine, ainsi que des bourses qui pourraient être attribuées en fonction de ses prestations sur le terrain.

Pour la première fois, il pouvait sérieusement envisager de faire des études supérieures, et du coup ses victoires au foot avaient de plus en plus d'importance pour lui. Jouer à domicile, cela voulait dire que l'on pourrait fêter le résultat ensemble, et Elliott était visiblement ravi de cette perspective.

Un par un, les élèves ont rendu leur copie. Elliott a été l'un des derniers, juste avant la sonnerie.

J'ai ramassé mes affaires en prenant mon temps, pendant qu'il faisait de même de son côté. Puis on est allés ensemble jusqu'à mon casier. Comme d'habitude, j'ai bataillé avec la poignée, mais cette fois il m'a laissée m'en sortir toute seule.

– T'as des devoirs ? a-t-il demandé en m'embrassant sur la joue.

– Pour une fois… non.

– Tu crois… tu crois que tu pourrais venir avec moi, après le match ?

J'ai secoué la tête.

– J'aime pas trop les soirées.

– C'est pas une soirée. C'est… heu… un repas, chez ma tante. Ma mère vient, elles vont préparer plein de trucs à manger pour après le match. Que des trucs que j'aime.

– Du pain aux airelles ?

– Oui.

Il avait l'air mal à l'aise.

– Et puis… je me suis dit que peut-être ta mère pouvait venir aussi.

Je l'ai regardé de côté.

– Non. Impossible, désolée.

– T'as pas à t'excuser. Mais j'ai parlé de toi à ma mère, et elle a très hâte de faire ta connaissance… et de rencontrer ta mère.

Je l'ai regardé un moment, le cœur battant.

– Tu lui as déjà dit qu'elle viendrait, c'est ça ? Elliott…

– Non, pas qu'elle viendrait, mais que je poserais la question. Je lui ai aussi dit que ta mère n'allait pas très bien depuis quelque temps.

J'ai fermé les yeux et j'ai soupiré, soulagée.

– Bon. Parfait, on s'en tiendra à ça.

– Catherine…

– Non.

J'ai refermé mon casier.

– Elle passerait peut-être une bonne soirée.

– J'ai dit non.

Il s'est renfrogné, mais quand je me suis dirigée vers la sortie il m'a suivie.

Dehors, la pluie s'était arrêtée. L'odeur de propre laissée par l'orage semblait exciter les élèves, qui ne tenaient déjà pas en place. Cela faisait plusieurs semaines que les Mudcats n'avaient pas joué à domicile, et l'électricité dans l'air était palpable. Dans le hall de l'école avaient été accrochées des bannières invoquant la victoire, les membres de l'équipe portaient leur maillot, les pom-pom girls, leur uniforme, et une marée bleue et blanche allait et venait dans les couloirs.

Du plat de la main, Elliott a essuyé la pluie sur le capot de sa voiture. J'ai passé le doigt sur le numéro sept bleu de son maillot blanc et je l'ai regardé.

– Je suis désolé que tu sois déçu, mais je t'avais prévenu.

– Je sais, a-t-il répondu en m'embrassant sur le front.

La double porte a déversé une nouvelle vague d'élèves. Autour de nous, les moteurs ronflaient, ça klaxonnait un peu partout. Scotty et Connor se la jouaient rallye et faisaient des virages au frein à main au fond du parking.

Presley était garée à quatre places de là.

– Au fait, Elliott, merci pour ton aide, hier soir, a-t-elle lancé en passant, avec un grand sourire.

Elliott a fait une drôle de tête et a plongé ses mains dans ses poches.

Il m'a fallu un moment avant de comprendre ce qu'elle avait dit. Et encore, je n'étais pas tout à fait sûre du sens de ses paroles.

Elliott n'a pas attendu que je lui pose la question.

– Elle… elle m'a envoyé un texto, elle voulait que je l'aide pour le devoir que Mason nous a demandé de faire.

Il a ouvert sa portière, je me suis glissée sur le siège. Je sentais la colère monter lentement, mais sûrement. Que Presley sache sur Elliott quelque chose que j'ignorais me mettait dans un état de fureur complètement irrationnel, je sentais mon corps réagir d'une étrange façon.

Il s'est assis à côté de moi et a sorti son téléphone pour me montrer leur échange. J'y ai à peine jeté un coup d'œil, pour ne pas avoir l'air aussi à cran que je l'étais.

– Regarde. Je lui ai donné les réponses, et *basta*.

J'ai hoché la tête.

– D'accord.

– Tu sais bien que cette fille ne m'intéresse pas, a-t-il ajouté en démarrant. C'est un monstre, Catherine.

Comme je regardais mes ongles sans répondre, il a continué :

– Jamais je pourrais… Et je sais que si elle m'a envoyé un texto, c'est uniquement pour pouvoir me remercier aujourd'hui devant toi.

– Je m'en fous.

– Ne dis pas ça.

– Et tu veux que je dise quoi ?

– Que tu ne t'en fous pas, au contraire.

J'ai regardé dehors pendant qu'Elliott sortait du parking. Près du stade, on a aperçu Peckham debout à côté de son pick-up, avec Mme Mason. Elle faisait des effets de cheveux, avait le sourire jusqu'aux oreilles. Elliott les a klaxonnés, et ils ont immédiatement repris une attitude plus sérieuse. Je me suis demandé pourquoi Mme Mason avait quitté son mari sans envergure si c'était pour se jeter dans les bras d'un type du même acabit. M. Peckham avait divorcé deux fois – sa seconde femme était une ancienne élève, qui avait à peine quatre ans de plus que nous – et Mme Mason faisait comme si elle avait décroché le célibataire le plus désirable de la ville.

On n'a pas échangé un mot de tout le trajet. Il avait recommencé à pleuvoir, et le rythme des essuie-glaces avait quelque chose d'apaisant. Mais plus on approchait de chez moi, plus Elliott semblait nerveux. J'avais l'impression qu'il cherchait quoi dire pour que tout aille mieux. Quand il s'est garé devant la maison, il a coupé le moteur. J'ai pris les devants.

– Je ne voulais pas dire que je m'en foutais. Je voulais juste dire que je n'avais pas envie qu'on se dispute à cause de Presley. Pas besoin d'être très futé pour voir où elle veut en venir.

– On n'est pas obligés de se disputer. On peut parler, simplement.

Sa réponse m'a scotchée. Parler, juste parler ne faisait pas partie des solutions possibles quand mes parents avaient un différend. C'était tout de suite concours de cris, guerre des mots, larmes, supplications, et vieilles blessures rouvertes.

– Il faut que tu ailles à ton match, non ? Cette conversation risque de prendre du temps.

Il a regardé sa montre, a secoué la tête, contrarié.

– T'as raison. Faut que j'y aille.

– Il faut juste que j'aille prévenir, mais si c'est trop long vas-y, ne m'attends pas. J'irai au stade à pied.

– Catherine, il tombe des cordes. Tu vas pas faire tout ce chemin sous la pluie.

J'ai voulu ouvrir ma portière, mais Elliott m'a pris la main, a glissé ses doigts entre les miens.

– Tu pourrais peut-être t'asseoir avec ma famille, pour le match…

J'ai essayé de sourire, mais je crois que sur mon visage c'est plutôt une expression de malaise qui a prévalu.

– Tu seras sur le terrain. Ça serait un peu bizarre, non ?

– Non. Ma tante serait contente.

– Ah. D'accord, ai-je lâché, la gorge serrée. J'y vais, j'en ai pour une minute.

J'ai couru jusqu'à la maison, ne m'arrêtant que pour pousser le portillon. La porte d'entrée s'est ouverte avant que je sois à l'abri du porche.

– Seigneur, ma puce ! Tu n'as pas de parapluie ? m'a demandé Althea en agitant un torchon.

Je me suis retournée. Elliott m'a fait un signe de la main, et j'ai poussé Althea à l'intérieur avant de refermer la porte.

– Comment ça se passe, avec ce garçon ?

– Plutôt bien, en fait.

J'ai passé une main dans mes cheveux trempés, et j'ai regardé autour de moi. Tout semblait encore en ordre. Je savais que c'était grâce à Althea.

– Elliott a un match, ce soir, je vais rentrer un peu tard. Est-ce que maman a besoin de quelque chose ?

– Tu sais quoi ? Si c'est le cas, je m'en occuperai.

– Merci !

– Il faut que je me change, je redescends dans une seconde.

– Et trouve-toi un parapluie ! m'a lancé Althea comme j'arrivais en haut de l'escalier.

Dans ma chambre, j'ai retiré mon sweat pour mettre un pull bleu. Je me suis recoiffée, brossé les dents et j'ai mis du baume à lèvres. Au dernier moment, j'ai attrapé mon parapluie.

Il était impossible de ne pas faire de bruit dans l'escalier, et je savais que maman me ferait une remarque.

– Catherine Elizabeth, a-t-elle lancé depuis la cuisine d'un ton plutôt enjoué.

– Désolée, je suis pressée. Tu as tout ce qu'il faut ?

Elle se tenait devant l'évier, et lavait des pommes de terre. Ses boucles sombres étaient attachées, elle s'est tournée vers moi en souriant.

– Tu rentres quand ?

– Tard.

– Pas trop tard tout de même.

– Tout sera prêt pour demain matin, ne t'inquiète pas. Promis.

Je l'ai embrassée sur la joue et j'ai voulu y aller, mais elle m'a attrapée par la manche. Elle ne souriait plus.

– Catherine. Fais attention, avec ce garçon. Il ne sera pas ici l'an prochain.

– Maman…

– Je ne plaisante pas. Je sais que c'est sympa, tout ce que tu vis en ce moment, mais ne t'attache pas trop à lui. Tu as des responsabilités, ici.

– Tu as raison. Il n'a pas l'intention de rester. Il veut voyager. Avec le *National Geographic*, peut-être. Il m'a demandé si tu…

– Si je quoi ?

– Si tu voulais venir dîner ce soir avec nous chez sa tante.

Elle s'est raidie, une patate dans une main, l'économe de l'autre.

– Impossible. Trop de travail. Nous sommes complets.

– Ah bon ?

Maman n'a pas répondu. Elle s'est acharnée sur une pomme de terre, grattant tout ce qu'elle pouvait. L'eau coulait, et elle grattait de plus en plus vite.

– Maman ?

Elle s'est tournée vers moi, en pointant l'économe dans ma direction.

– Fais attention avec ce garçon, tu m'entends ? Ce n'est pas quelqu'un de sûr. Personne, en dehors d'ici, n'est sûr.

J'ai secoué la tête.

– Je ne lui ai rien dit.

Elle s'est détendue un peu.

– C'est bien. Laisse-moi, maintenant, j'ai à faire.

J'ai gagné la sortie le plus vite possible, ouvrant le parapluie une fois dehors. La Chrysler attendait, ses essuie-glaces allaient et venaient.

Monter et secouer mon parapluie tout en empêchant la pluie de rentrer était une manœuvre délicate, mais j'ai réussi à refermer la portière sans qu'il y en ait partout.

– Tu as posé la question pour ce soir ?

– J'ai posé la question. Elle a du travail.

Elliott a hoché la tête.

– Bon. Ben, on aura essayé, pas vrai ?

– Je ne vais pas pouvoir rester très longtemps, après le match.

– Quoi ? Pourquoi ?

– Elle a un comportement bizarre. Plus que d'habitude. Elle est de très bonne humeur, depuis quelque temps, mais elle m'a dit que la Villa Juniper affichait complet.

– Et ça veut dire quoi ?

– Ça veut dire que je ne dois pas rentrer trop tard… juste au cas où.

– Au cas où quoi ?

Je l'ai regardé, avec l'envie de lui dire la vérité. J'ai opté pour une « certaine » vérité.

– Je ne sais pas. C'est la première fois que cela arrive.

*
* *

Je me suis engagée dans le passage qui longeait les gradins où la mère et la tante d'Elliott étaient installées. Elles m'ont tout de suite reconnue. Leigh a souri.

– Bonsoir Catherine. Tu veux te mettre avec nous ? Elliott nous a dit que peut-être…

– Avec plaisir.

Leigh s'est poussée et m'a fait signe de m'asseoir entre sa belle-sœur et elle. J'ai compris de qui Elliott tenait sa peau cuivrée et ses cheveux noirs qui brillaient même au clair de lune. Et ses adorables pommettes, aussi.

– Catherine, je te présente Kay, la maman d'Elliott. Kay, je te présente Catherine, la petite amie d'Elliott.

– Bonsoir, Catherine. J'ai beaucoup entendu parler de toi, a dit Kay, glaciale.

J'ai souri, en essayant de ne pas me décomposer sous son regard pénétrant.

– Elliott m'a dit que vous aviez organisé un dîner, ce soir. Est-ce que je dois apporter quelque chose ?

– C'est gentil, mais non. Nous avons tout prévu, a répondu Kay en regardant droit devant elle. Nous connaissons ses goûts.

J'ai hoché la tête, et j'ai regardé devant moi aussi. Elliott était sûr que je me sentirais à l'aise à côté de sa mère. Soit c'était une bonne actrice, soit il ignorait à quel point elle était froide avec les inconnus qui lui déplaisaient.

– Est-ce que je dois y aller ? a demandé Kay.

– À la mi-temps, plutôt, il me semble, a répondu Leigh.

– Je vais vérifier.

Kay s'est levée, nous a soigneusement contournées, Leigh et moi, et a descendu les marches jusqu'au terrain. Un peu partout dans les gradins, des gens l'appelaient, et elle leur faisait un petit signe de la main avec un sourire contraint.

– Je ferais peut-être mieux d'aller m'asseoir à côté de Mme Mason…

J'avais réfléchi à voix haute.

– Ne sois pas sotte. Kay a toujours besoin d'un petit moment avant de se détendre, crois-moi. Et puis, revenir à Oak Creek, pour elle, c'est toujours une épreuve.

– Oh…

– Je me souviens, quand John et moi on a commencé à sortir ensemble, Kay était insupportable.

Jusque-là, dans leur famille, personne n'était jamais sorti avec des non-Cherokees. Kay et Wilma, leur mère, n'étaient pas contentes du tout, et il a fallu que John revienne un sacré nombre de fois à la charge pour qu'elles changent d'avis.

– Combien de temps il a fallu ?

– Oh, je sais plus… deux ans, il me semble.

– Deux *ans* !? Mais le père d'Elliott est… ? Non ?

Leigh a eu un petit rire ironique.

– Cherokee. Et allemand. Je crois. Kay ne mentionne jamais le côté allemand, même s'il est plus clair de peau que moi. Eh oui, deux ans ! C'était long, mais cela a fait de John et moi un couple inséparable. Ce n'est pas plus mal, tu sais, d'avoir à se battre pour obtenir les choses. On les apprécie à leur juste valeur, ensuite. En passant, ces deux dernières années Elliott a été puni parce qu'il avait cherché à te rejoindre ; il s'est déjà beaucoup battu.

J'ai serré les lèvres, en essayant de ne pas sourire. Kay est revenue, l'air grognonne.

– Tu avais raison. C'est à la mi-temps.

Quelqu'un d'autre l'a appelée, elle a levé les yeux, a agité une main sans sourire et s'est assise.

– C'était ton idée de le laisser terminer le lycée ici, a dit Leigh.

– Non, c'était son idée. Je me demande pourquoi, a répondu Kay en me regardant d'un air mécontent.

– Elliott nous a demandé d'être gentilles, a soufflé Leigh sur le ton du reproche.

– Il a aussi dit qu'elle était Verseau, a rétorqué Kay avec mépris.

Leigh a secoué la tête en riant.

– Oh non. Tu ne vas pas recommencer avec ça… Tu te souviens que tu avais tenté la même chose avec John et moi ?

– Vous êtes toutes les deux des étrangères, a dit Kay en se forçant à sourire.

Puis elle s'est concentrée sur le terrain. L'orchestre s'est mis à jouer, les pom-pom girls sont entrées sur le terrain et ont formé une haie d'honneur pour les joueurs de l'équipe, qui sont arrivés à petites foulées, en sautant à travers une bannière en papier. Kay a immédiatement repéré Elliott et l'a montré. Un vrai sourire éclairait son visage, cette fois.

– Là ! a-t-elle crié en attrapant Leigh par le bras. Il a l'air tellement grand !

Elliott n'était pas difficile à trouver. Ses cheveux noirs dépassaient de son casque.

Leigh a tapoté le bras de Kay.

– C'est parce qu'il l'est, grand. Tu nous as pondu un géant, chère belle-sœur.

J'ai souri en voyant Elliott scruter la foule, et nous trouver, sa mère, sa tante et moi. Il a levé une main, avec le pouce, l'index et le petit doigt tendus vers le ciel. Kay et Leigh ont répondu en faisant le même geste, mais quand elles ont baissé les bras, il n'a pas bougé. Leigh m'a donné un petit coup de coude.

– C'est à toi, ma belle.

– Oh !

J'ai fait le même signe, et quand j'ai baissé le bras, Elliott a rejoint l'équipe, mais j'ai vu son sourire avant qu'il ne se retourne.

Kay a regardé Leigh.

– Il l'*aime* ?

Leigh lui a tapoté le bras de nouveau.

– Ne fais pas comme si tu le découvrais.

Chapitre 16

Catherine

Les Youngblood étaient assis autour de la table ovale, chez Leigh, et se servaient de tout ce qui leur était proposé, du pain aux airelles au gratin de macaronis au fromage. Leigh et Kay avaient préparé les plats préférés d'Elliott un peu plus tôt dans la journée, et tout était prêt lorsque nous sommes rentrés.

John, l'oncle d'Elliott, était assis en face de moi. Il avait déjà un peu de ventre, qui touchait le bord de la table. Comme Elliott, il avait les cheveux longs, mais les portait attachés. Un lien de cuir s'enroulait autour de sa queue-de-cheval, de haut en bas, et finissait par un nœud. Il avait les tempes grisonnantes. Ses lunettes à monture dorée glissaient sur son nez.

Elliott mangeait comme un ogre, les joues encore rouges d'avoir couru autant.

J'ai tendu la main pour effleurer son œil tuméfié, qui changeait de couleur et enflait de minute en minute.

– C'est douloureux ?

– Demain matin, ça le sera, mais ça valait le coup pour réussir ce touchdown, a-t-il répondu en prenant ma main pour l'embrasser, avant d'engloutir une nouvelle bouchée.

– Ralentis, Elliott, tu vas vomir, a grondé Kay.

– Ce garçon est un ogre, a dit Leigh d'un air presque dégoûté en le regardant manger.

– On devrait peut-être mettre de la glace, non ? ai-je demandé en examinant son œil.

– Ça va, je t'assure.

Il a mâché un peu, avalé ce qu'il avait dans la bouche, et a souri. Puis il s'est penché, m'a embrassée sur la tempe et s'est concentré de nouveau sur le contenu de son assiette.

J'ai réalisé tout à coup que j'étais assise à côté du quarterback le plus populaire du lycée, et qu'il m'embrassait devant toute sa famille.

Elliott s'est essuyé la bouche avec sa serviette.

– Au moins, il a de bonnes manières, a soupiré Kay. Neal disait qu'il y avait une fête ce soir pour les dernières années ? Vous y allez ?

Elliott s'est assombri.

– Mais non, maman. Je te l'ai déjà dit.

– C'est juste que… je ne voudrais pas que tu rates des choses importantes à cause de…

– Maman ! l'a interrompue Elliott d'un ton sec.

Leigh a haussé un sourcil, Elliott a baissé la tête.

– On n'y va pas, c'est tout.

– Bon, a dit John. Et vous allez faire quoi, alors ?

– Je ne sais pas. Regarder un DVD, peut-être ? a répondu Elliott en se tournant vers moi avec un air interrogateur.

– Vas-y, Elliott, à cette fête. Il faut que je rentre de toute façon, pour m'assurer que tout est prêt pour les petits déjeuners, demain matin.

– Elle est encore ouverte, cette maison d'hôtes ? a demandé Kay. J'ai cru que c'était fermé, quand je suis passée devant.

– Oui, elle est ouverte, a dit Elliott. Et Catherine y travaille beaucoup.

– Ah bon ?

– J'aide ma mère pour les lessives, la préparation des repas, le ménage en général, et les courses, un peu.

Kay a eu un petit rire.

– Mais qu'est-ce qui pousse quelqu'un à venir à Oak Creek et prendre une chambre là-bas ? Le tourisme ne s'est pas développé à ce point, quand même.

– La plupart du temps, les gens viennent pour leur travail.

À chaque question, je me sentais un peu plus mal à l'aise. Je n'aimais pas mentir, et parler de la Villa Juniper, c'était dire beaucoup de choses qui n'avaient pas grand rapport avec la vérité.

– Une de nos clientes vient quand elle rend visite à sa famille, ai-je expliqué pour donner un exemple qui soit un peu moins mensonger que les autres.

– C'est bizarre, non ? Pourquoi elle ne dort pas dans sa famille ? a demandé John.

– Ils n'ont pas la place de l'héberger.

– Ici ? De quelle famille s'agit-il ? a demandé Leigh.

J'ai avalé une bouchée, et j'ai mis ma main devant ma bouche pendant que je mâchais, histoire de gagner un peu de temps et trouver une réponse plausible.

– Je ne… je ne suis pas autorisée à divulguer d'informations concernant nos clients.

– Bon réflexe, a dit John.

– Allez, laissez-la manger, un peu, a dit Elliott. Vous aurez tout le temps de l'interroger plus tard.

Je l'ai remercié d'un sourire, et je me suis servi du gratin de macaronis. J'en ai mangé une bouchée et j'ai soupiré d'aise.

– Huummm.

Elliott m'a donné un petit coup de coude.

– Super bon, hein ?

– C'est excellent. Je devrais prendre la recette.

– Tu cuisines ? a demandé Kay.

– Maman… a soupiré Elliott.

– Très bien, très bien…

Kay s'est concentrée sur le contenu de son assiette. John s'est carré sur sa chaise, une main sur sa panse.

– Je suis fier de toi, Elliott. Tu as fait un match sensationnel.

– Merci, a dit Elliott sans lever les yeux de son assiette, enfournant la nourriture le plus rapidement possible.

Au bout de la deuxième assiette, il a ralenti un peu le rythme.

– Tu aurais dû voir la tête de Peckham quand tu n'as pas trouvé de receveur démarqué et que tu as décidé d'y aller tout seul pour le touchdown, ai-je dit.

Elliott et John ont ri.

– C'est dommage que ton père n'ait pas été là, a grommelé Kay.

– Kay… a dit John sur le ton du reproche.

Kay a laissé tomber sa fourchette dans son assiette.

– Je l'avais prévenu une semaine à l'avance, pourtant.

– Maman…

Kay a haussé les épaules.

– D'accord. Donc je n'ai plus le droit de dire quoi que ce soit sur David.

– Maman, c'est un enfoiré égoïste et violent, mais on n'est pas obligés d'en parler. J'ai entendu ça toute ma vie, et maintenant vous divorcez, et je n'habite plus avec vous. Ça suffit.

Kay est restée silencieuse un moment, puis elle s'est levée.

– Maman, je suis désolé… a soupiré Elliott en la regardant quitter la salle à manger.

Une porte a claqué du côté de l'entrée. Il a fermé les yeux.

– Merde. Je suis désolé, a-t-il répété, mais à mon intention cette fois.

J'éprouvais à la fois de la compassion pour Elliott, et du soulagement à l'idée que d'autres familles avaient des problèmes. Mais Elliott, lui, semblait franchement malheureux.

– Arrête, tu n'as pas à être désolé.

Leigh a toqué doucement sur la table, devant son assiette. Il a ouvert les yeux, elle lui a tendu la main. Il l'a prise et l'a serrée.

– Tout va bien, a-t-elle murmuré.
– Elle souffre. J'aurais pas dû dire ça.
– Mais l'adulte, c'est qui, en l'occurrence ?
Elliott a soupiré.
– Je vais ramener Catherine.
On a aidé John et Leigh à débarrasser la table. John a rincé les assiettes, Leigh et moi on les a mises dans le lave-vaisselle. Elliott a nettoyé la table, puis balayé la cuisine et la salle à manger. En moins de dix minutes, on avait tout rangé, et j'ai souri en voyant John et Leigh se prendre dans les bras et s'embrasser.
– Je dois répondre à quelques mails, chérie. Ensuite, je suis partant pour regarder un film au lit. Celui que tu voulais voir en VOD, là.
– C'est vrai ? s'est écriée Leigh, tout excitée.
John a fait oui de la tête et l'a embrassée encore une fois avant de me saluer.
– J'étais ravi de faire ta connaissance, Catherine. À bientôt, j'espère ?
– Tu peux compter là-dessus, a dit Elliott.
John et Leigh étaient exactement ce qu'un couple aurait dû être. Entre eux, c'était soutien, amour et compréhension. Ils étaient du même côté, comme Elliott et moi. Je lui ai souri quand il m'a aidée à mettre ma veste, puis quand il m'a tenu la porte. Sur le porche, j'ai attendu qu'il enfile son blouson et qu'il me prenne la main.
– Tu es prête ?
On a marché ensemble en direction de chez moi. Un vent frisquet faisait tournoyer les feuilles mortes,

un bruit de froissement accompagnait leur chute sur l'asphalte.

– Alors ? Qu'est-ce que t'en as pensé ? a-t-il demandé d'un ton hésitant.

– J'ai passé une bonne soirée.

– Qu'est-ce qui t'a plu, exactement ?

– Heu… Te regarder jouer. Être assise avec Leigh et Kay. Dîner avec ta famille. Te voir engloutir la nourriture préparée par ta mère et ta tante. Et que tu me raccompagnes, maintenant.

Il a levé nos deux mains enlacées.

– Ça, c'est ce que je préfère. Avec le fait de gagner, d'avoir réussi un touchdown, et de t'avoir vue me faire le signe, avant le match.

– Tu parles de ça ? ai-je demandé en faisant le signe « Je t'aime » avec mes doigts.

– Oui. Quand j'étais dans les poussins, ma mère me le faisait avant chaque match. Et puis ma tante s'est mise à le faire aussi, ici. Mais toi, c'est autre chose.

Il s'est tu un instant, pour chercher ses mots.

– Tu le pensais vraiment ?

– Tu me demandes si je t'aime ?

Il a haussé les épaules. Il semblait très vulnérable, tout à coup.

On s'est arrêtés devant le portillon. Elliott l'a ouvert, puis refermé derrière moi. J'ai posé les mains sur la barrière en souriant. Il s'est penché et m'a embrassée sur les lèvres.

– Comment est-ce qu'on le sait ? ai-je demandé.

Il a réfléchi un moment à ma question, mais pas longtemps.

– Catherine, quand je suis près de toi, je sens les battements de ton cœur. Quand on n'est pas ensemble, tout me fait penser à toi. Je le sais parce que rien d'autre n'a d'importance.

J'ai pensé à ce qu'il venait de dire, puis je me suis tournée vers la maison. J'avais des responsabilités, mais étaient-elles plus importantes qu'Elliott ? Pouvais-je tout laisser tomber s'il avait besoin de moi ? Maman avait besoin de moi. Je n'étais pas sûre de pouvoir.

Elliott a vu le trouble dans mon regard.

– T'es pas obligée de répondre. T'es pas obligée de faire quoi que ce soit.

Lentement, j'ai levé une main, petit doigt, index et pouce tendus. Elliott a souri, a fait le même geste et a pris mon visage pour m'embrasser sur les joues. Ses lèvres étaient douces, mais m'ont fait l'effet d'une flamme sur ma peau froide.

– Bonne nuit, a-t-il murmuré.

Il m'a regardée marcher jusqu'au porche. Au moment où je posais la main sur la poignée, la porte d'entrée s'est ouverte en grand.

Une femme tout en noir se tenait dans l'obscurité.

– Willow ?

– Mais où étais-tu ? Ta mère t'attend depuis des heures !

Je me suis retournée. Elliott semblait un peu étonné, mais il m'a fait un signe de la main. J'ai répondu de la même manière, puis je me suis faufilée dans l'entrée et j'ai tiré Willow par le bras pour pouvoir refermer la porte.

– Mais qu'est-ce que tu fais ? a-t-elle demandé en se dégageant d'un coup sec.

– Il ne doit pas te voir.

– Qui ?

– Elliott !

Elle a croisé les bras.

– Oh. C'est ton petit ami ?

J'ai retiré ma veste et l'ai suspendue à une patère, à côté de la porte. Il y avait là les manteaux de presque tout le monde : celui de maman, en fausse fourrure chocolat, le paletot marron d'Althea, le trench-coat de Duke, le duffle-coat rose de Poppy, le blouson de cuir noir de Willow et la parka molletonnée blanche – et sale – de Tess, avec la fausse fourrure tout aplatie autour de la capuche.

– Ta chambre te convient ? ai-je demandé.

– Ça va. C'est ton petit ami, alors ?

Willow se dandinait d'un pied sur l'autre. Elle ne tenait pas en place, c'était une véritable boule d'énergie. Elle ne venait pas très souvent, et ne passait chez nous en général qu'une nuit, en route pour quelque part… mais où ? Maman disait que c'était une sans domicile fixe. Pour avoir subi ses sautes d'humeur, qui la faisaient osciller entre surexcitation et dépression invalidante, j'aurais plutôt opté pour le terme « complètement timbrée ».

Comme je ne répondais pas, elle a ouvert de grands yeux.

– Oh ! Je vois. Bon, ben je retourne dans ma chambre.

– Bonne nuit !

Je suis allée dans la cuisine, et j'ai passé l'éponge sur la table du dîner, pour ramasser les miettes et nettoyer les taches de sauce tomate et de gras. Un bruit d'eau sourd et régulier m'a indiqué que les lave-vaisselle étaient en route ; j'ai été soulagée que maman ait au moins fait ça. J'avais une feuille d'exercices à faire, un devoir à rédiger et le petit déjeuner du samedi à préparer. La matinée serait bien occupée, mais si tout se passait bien je passerais le reste de la journée avec Elliott.

– Salut, m'a dit une petite voix, depuis la cuisine.

J'ai levé les yeux un instant, puis je me suis concentrée sur une tache qui ne voulait pas partir.

– Salut.

– Tu m'en veux ? Je sais que ça fait un moment que je ne suis pas venue, mais mes parents ont recommencé à faire n'importe quoi, et toi, tu étais… occupée.

– Non, Tess. Bien sûr que non. Tu as raison. J'ai été assez occupée, mais j'aurais dû trouver du temps pour mes amis. Je suis désolée.

J'ai ouvert le placard sous l'évier et j'ai cherché le produit pour nettoyer le plan de travail. J'en ai pulvérisé un peu partout et j'ai essuyé avec un chiffon.

Juste au-dessus, il y a eu un bruit de chute. Tess et moi, on a lentement levé la tête.

– C'était quoi, ça ? a demandé Tess sans quitter le plafond des yeux.

Le silence est retombé, mais on a attendu encore un moment.

– Je ne sais pas. Il y a beaucoup de manteaux, dans l'entrée. On est complets.

– J'ai vu Poppy en arrivant. Elle doit faire la folle là-haut.

J'ai rangé le pulvérisateur.

– Je propose qu'on aille voir, qu'est-ce que tu en dis ?

Je suis passée devant elle pour me diriger vers l'escalier. Elle m'a suivie, mais n'était pas rassurée.

– Comment ça ? Tu crois ? Non, ce n'est pas une bonne idée. Tu ne sais pas ce qu'il y a, là-haut.

J'ai agité mon trousseau de clés.

– Mais j'ai de quoi le découvrir.

En haut, il n'y avait qu'une seule porte fermée. J'ai sélectionné la clé correspondante, je l'ai insérée dans la poignée, et j'ai ouvert la porte. Un homme se tenait debout au centre de la pièce, en chemise, caleçon et mi-bas.

– Nom de Dieu ! s'est-il écrié en cherchant à se couvrir.

– Mon Dieu ! Oh mon Dieu, pardon !

– Mais qui êtes-vous ?

– Je… je suis la fille de Mavis. J'ai entendu un bruit sourd. Je ne savais pas que la chambre était occupée. Je suis vraiment désolée, monsieur. Cela ne se reproduira pas.

– Fermez la porte ! Mais c'est quoi, cette maison de fous ?

J'ai claqué la porte et j'ai fermé les yeux en entendant l'homme se ruer sur le verrou.

– Je te l'avais bien dit, a soufflé Tess depuis les dernières marches de l'escalier, d'où elle avait observé la scène.

J'ai enfoui mon visage dans mes mains, pour essayer de me ressaisir, et puis je me suis précipitée dans l'escalier.

– Comment ai-je pu faire une chose pareille !

En bas, dans le registre, j'ai vu le nom « William Heitmeyer », noté par maman. Fallait-il lui proposer de le rembourser et de lui trouver une chambre au *Super 8* ?

– C'était une erreur involontaire, m'a assuré Tess.

– Je n'ai même pas regardé le registre. Je suis partie du principe que ce bruit était bizarre, parce que bizarre, c'est la norme, ici.

– Ne dis pas ça. Il reviendra.

– Ils ne reviennent jamais. Je t'interdis de remonter là-haut. Tu n'approches pas de cette chambre.

Elle a levé les mains.

– Quoi ? Pourquoi tu dis ça ? Tu m'en penses capable ?

Je l'ai fixée d'un regard noir.

– N'y va pas, c'est tout.

– On dirait que cette maison te monte à la tête. C'est pourtant pas comme s'il y avait de la place, là-haut. Tes pensées sont déjà bien occupées, non ?

J'ai essayé de ne pas sourire.

– Tu veux parler d'Elliott ?

Tess s'est assise sur un tabouret, dans la cuisine.

– Elliott, oui. Il est comment ? Je l'ai vu, dans le quartier. Plutôt mignon, hein ?

– Plutôt ?

– C'est un géant.

– Non, ce n'est pas un géant. C'est juste un garçon… grand, et musclé, et avec qui je me sens en sécurité.

– En sécurité, a répété Tess.

– Ce soir, au match, il a marqué le point gagnant. C'était comme dans un film, Tess. Toute l'équipe s'est ruée sur le terrain – tous les supporters, aussi, et ils l'ont porté. Quand ils l'ont enfin reposé sur la pelouse, il m'a cherchée dans la foule.

J'ai posé des couverts propres et un paquet de serviettes sur le plan de travail, et j'ai commencé à les rouler pour le lendemain matin.

Tess me regardait, ensommeillée mais contente d'être là. Elle attendait que je lui raconte la suite.

– Et là…

J'ai mis une main devant ma bouche pour tenter de dissimuler mon sourire ridicule.

– … il a pointé un doigt vers moi et il a fait ce signe, là.

J'ai fait le signe « Je t'aime » pour lui montrer.

– Alors il t'aime ? a demandé Tess avec de grands yeux.

J'ai haussé les épaules.

– C'est ce qu'il dit.

– Et toi ?

– Je crois… que je l'aime aussi. Mais je n'en suis pas sûre.

– Il termine le lycée en mai, Catherine.

– Moi aussi, ai-je dit en roulant la dernière serviette.

– Et ? Tu vas t'en aller ? Tu sais que tu ne peux pas. Tu as promis que tu resterais.

– Je…

… *n'ai pas encore pris de décision.*

– Personne n'a parlé de s'en aller.

– Il veut rester ici ?

– Je ne sais pas. Je ne lui ai pas posé la question. Il ne faut jamais se faire du souci pour une chose que l'on ne maîtrise pas.

Tess s'est levée, les larmes aux yeux.

– Tu es ma seule amie. S'il t'aime et que tu l'aimes, vous allez partir. Vous allez nous laisser. Qu'est-ce qu'on va faire ?

– Calme-toi, je ne vais nulle part.

J'avais peur que le bruit réveille Duke.

– Mais toi, t'as envie de partir ?

Je l'ai regardée. L'espace d'un instant, j'ai envisagé de lui mentir, mais papa m'avait toujours dit qu'il valait mieux être honnête, même si c'était dur, même si ça faisait mal.

– J'ai toujours eu envie de partir. Depuis que je suis petite. Oak Creek, ce n'est pas chez moi.

Les lèvres tremblantes, Tess s'est levée et elle est partie en courant, claquant la porte d'entrée derrière elle. J'ai fermé les yeux, attendant que M. Heitmeyer déboule en se plaignant du bruit.

La cuisine était rangée, propre, alors je suis montée dans ma chambre. J'ai soufflé sur mes doigts, puis je me suis frotté les mains, avant de me décider à sortir mon édredon du placard. Il était sur l'étagère du haut, j'ai sauté pour l'attraper et je l'ai étendu sur mon grand lit.

Le sol carrelé, dans ma salle de bains, m'a paru glacé – j'étais pieds nus – et l'eau, dans la douche, a mis un certain temps à atteindre une température supportable. Un nouvel hiver arrivait, avec son cortège de températures négatives, et j'ai grommelé, me souvenant à quel point, quelques semaines plus tôt à peine, le soleil accablait tous ceux qui osaient braver ses rayons.

L'eau chaude, en montant de la chaufferie, faisait gémir la tuyauterie. Chaque fois, je redoutais que cela réveille quelqu'un, mais jusque-là personne ne s'était plaint.

J'ai repensé à la réaction de Tess, mais je refusais de me sentir coupable. Sous le jet d'eau bien chaude, je me suis mise à rêver de l'été, de l'air tiède dans mes cheveux alors qu'Elliott et moi partions en décapotable pour le golfe du Mexique ou la côte Ouest. À perte de vue, l'autoroute et les palmiers. Il prenait ma main, glissait ses doigts entre les miens. Nous partions pour un endroit où il faisait toujours beau, où l'océan faisait oublier la chaleur.

Mes doigts ont fait mousser le shampoing sur mon crâne pendant que je visualisais cette route, mais plus on avançait, plus le ciel s'assombrissait, plus le vent fraîchissait. Nous étions en Californie, mais Elliott ne souriait plus. Bientôt, il n'y avait plus que nous sur la route, nous frissonnions. Toutes les maisons devant lesquelles nous passions étaient les mêmes – c'était la Villa Juniper. Elliott avait beau accélérer, elles défilaient plus vite mais ne changeaient pas. La nuit tombait, et les lampadaires s'éteignaient l'un après l'autre. Puis la voiture se mettait à hoqueter, et Elliott s'arrêtait sur le bas-côté, en plein milieu d'un endroit désert, sur un viaduc à deux voies qui semblait passer au-dessus de Los Angeles.

Toutes les portes des maisons d'hôtes s'ouvraient en même temps, et maman en sortait, le visage maculé de noir.

Je me suis brusquement redressée dans mon lit, les yeux grands ouverts. Enveloppée dans ma robe de chambre, j'ai essayé de me souvenir du moment où j'étais sortie de la douche pour aller me coucher, mais rien ne me revenait. C'était très troublant, ce trou dans le temps.

Je suis sortie à tâtons dans le couloir. Tout était silencieux, en dehors des craquements inhérents à la maison.

Le plancher était glacé sous mes pieds, alors je suis allée jeter un coup d'œil au thermostat. *Dix degrés ! Oh non. Non, non, non. Mon Dieu, faites qu'il ne soit pas en panne.*

J'ai tourné le bouton et j'ai attendu. Quand la chaudière a démarré et que l'air chaud a commencé à souffler par les grilles de ventilation, j'ai poussé un long soupir de soulagement.

– Ouf !

En bas, le téléphone a sonné, alors je me suis précipitée dans l'escalier et j'ai couru jusqu'au bureau, dans l'entrée.

– Réception.

– Bonjour, ici Bill, chambre six. Je n'ai pas d'eau chaude et il fait un froid de canard. Je dois être parti dans une heure. C'est quoi cet établissement de m… ? Je savais bien que j'aurais dû réserver au *Super 8*.

– Je suis navrée pour le chauffage. Il a été coupé, j'ignore pourquoi. Mais je viens de le remettre. La température ne devrait pas tarder à remonter.

– Et pour l'eau chaude ?

– Je… je ne sais pas exactement. Je vais me renseigner. Toutes nos excuses, vraiment. Le petit déjeuner sera prêt quand vous voudrez.

– Mais je n'aurai pas le temps de petit-déjeuner ! a-t-il hurlé avant de raccrocher.

J'ai reposé le combiné, complètement démoralisée.

– C'était M. Heitmeyer ? a demandé Willow, appuyée contre le chambranle.

– Heu… oui.

– Il vient de te crier dessus, non ?

– Non. Il parle fort, c'est tout.

Elle a hoché la tête et s'est dirigée vers l'escalier. Je lui ai couru après.

– Willow ? Il faut libérer la chambre dans une heure. Maman m'a dit que tu partais aujourd'hui ?

– Elle a dit ça ?

– Oui.

Elle a fait demi-tour et a obliqué vers le salon. J'ai attendu un peu, puis je suis allée jusqu'à la porte qui descendait à la cave et à la chaufferie. Une légère odeur de moisi en remontait, à travers les fentes du bois. J'ai pris la lampe de poche dans le tiroir de la table de l'entrée, et j'ai ouvert. La porte a grincé, me disant tranquillement de faire demi-tour et de m'en aller.

Des toiles d'araignées pendaient du plafond, les murs en ciment étaient tout lézardés et tachés d'humidité, l'escalier était pourri et craquait. J'ai posé un seul pied sur la première marche, et j'ai attendu. La dernière fois que je m'étais aventurée à la cave, quelqu'un m'avait enfermée à l'intérieur, j'y avais passé trois heures, et j'en avais fait des cauchemars pendant un mois. Je suis descendue précautionneusement, marche par marche. Il faisait beaucoup plus froid, en bas, et j'ai serré les pans de ma robe de chambre autour de moi. Les ballons d'eau chaude étaient tous au même endroit, au fond de la pièce, juste après une rangée d'une trentaine de valises de tailles et de formes variées, alignées contre le mur adjacent.

La lumière des veilleuses, déjà faiblarde, n'allait pas jusqu'au fond, alors j'ai allumé la lampe de poche.

Devant les ballons, j'ai vu que les voyants de contrôle étaient allumés. Les thermostats avaient été baissés.

– Mais c'est quoi ce… ?

Quelque chose a craqué derrière moi, je me suis figée, et j'ai attendu. Rien. J'ai remonté les deux premiers thermostats.

Un bruit de pas sur le sol en ciment.

– Qui est là ? ai-je demandé en tournant ma lampe.

J'ai fait un bond et poussé un petit cri, une main devant ma bouche. Maman s'est retournée lentement pour me faire face. Elle était pieds nus, blême et semblait en colère. Ses doigts tripotaient nerveusement un morceau de sa chemise de nuit.

– Mais qu'est-ce que tu fais ici ?

Sur son visage, la colère a disparu et elle a regardé autour d'elle, désorientée.

– Je cherchais quelque chose.

– Tu essayais de réparer les ballons d'eau chaude ?

Je me suis baissée, j'ai éclairé les autres ballons, et j'ai remonté les thermostats suivants.

– Maman, est-ce que c'est toi qui as fait ça ?

Elle me regardait, l'air complètement perdu.

– Et en haut, c'est toi qui as baissé le thermostat du chauffage, aussi ? Nous avons un client, pourquoi tu…

Elle a porté une main à sa poitrine.

– Moi ? Non, je n'ai pas fait ça. C'est du sabotage. Quelqu'un nous en veut, quelqu'un fait tout pour que la Villa Juniper ferme.

L'un après l'autre, les ballons se remettaient en marche, un bourdonnement sourd indiquait leur fonctionnement.

J'ai poussé un soupir d'exaspération.

– Qui, maman ? Qui pourrait vouloir saboter notre établissement déjà au bord de la faillite ?

– Ce n'est pas la maison d'hôtes, qui pose problème. Tu ne le vois donc pas ? C'est ce qu'on essaie de faire ici ! On nous surveille, Catherine. Je crois… je crois que c'est…

– Qui ?

– Je crois que c'est ton père.

Sur mon visage, l'exaspération a cédé la place à la fureur.

– Ne dis pas ça !

– Cela fait plusieurs mois que je le soupçonne.

– Maman, ce n'est pas lui.

– Il vient fouiner, il change des choses, il fait peur à nos clients. Il était contre cette idée de maison d'hôtes. Il n'aime pas les gens que l'on reçoit ici. Il ne veut pas que tu les côtoies.

– Maman…

– Il est parti, Catherine. Il nous a abandonnées, et maintenant il essaie de nous pourrir la vie !

– Arrête, maman ! Il ne nous a pas abandonnées. Il est mort !

Les yeux de maman ont plongé dans les miens. Il y a eu un long silence. Finalement, elle a lâché, d'une voix cassée :

– Tu es tellement cruelle, Catherine.

Puis elle a tourné les talons et elle est remontée, en claquant la porte derrière elle.

Chapitre 17

Catherine

Les cours, c'était le brouillard total. Les profs parlaient et je faisais semblant d'écouter, mais en réalité j'avais l'esprit ailleurs. J'étais rongée d'inquiétude et épuisée par le manque de sommeil. M. Heitmeyer ne reviendrait pas à la Villa Juniper, et quelque part j'aurais voulu que tous nos clients prennent la même décision.

Dehors, le ciel était bas et gris. Je regardais passer les bus scolaires et les voitures. Leurs roues chassaient l'eau sur la chaussée, les rues étaient inondées. Les prévisions météo avaient annoncé de la pluie verglaçante pour midi, et tout le monde était sorti faire des provisions et prendre de l'essence, comme si un pain et un réservoir plein faisaient la différence au moment de basculer entre la vie et la mort.

Pendant les dix dernières minutes avant la pause de midi, j'ai posé la tête sur une main et j'ai cligné des yeux pour éviter de m'endormir. Chaque minute me faisait l'effet d'une heure, et quand la cloche a sonné j'étais trop fatiguée pour bouger.

– Catherine ? Tu peux venir, s'il te plaît ? J'aimerais te parler.

Avec ses cheveux couleur carotte ébouriffés, Mme Faust avait la tête de quelqu'un qui a fait un somme entre deux cours et a oublié de se recoiffer. Les autres élèves étaient déjà tous partis, et moi j'avais du mal à réunir mes affaires. J'ai fait ce qu'elle me demandait et j'ai attendu qu'elle ait terminé de ranger les siennes.

– Je ne t'entends plus. Tu as l'air épuisée. Tout va bien à la maison ? Je sais que tu aides beaucoup ta mère.

– On a eu un problème avec l'eau chaude, très tôt ce matin. Mais je me coucherai tôt ce soir.

Mme Faust a eu l'air contrariée.

– Tu as parlé avec Mme Mason, ces temps-ci ?

J'ai fait oui de la tête.

Elle essayait de voir si je couvrais ma mère. J'avais l'habitude.

– Très bien. Bon appétit, alors. À demain.

Je lui ai souri et je me suis traînée jusqu'à mon casier, où Elliott m'attendait. Il n'était pas seul. Sam Soap, un receveur de l'équipe, et sa petite amie, Madison, attendaient avec lui. Ils avaient la même couleur de cheveux, tous les deux, et les boucles blondes de Madison descendaient presque jusqu'à sa taille. Ni l'un ni l'autre n'avait l'air très à l'aise.

– Comment tu te sens ? m'a demandé Elliott en me serrant contre lui.

– Fatiguée.

– J'ai demandé à Sam et Maddy s'ils voulaient déjeuner avec nous. J'espère que ça te dérange pas.

Le couple me regardait, attendant une réponse, espérant que ce serait la bonne. Sam était l'arrière-petit-fils de James et Edna Soap, le couple à l'origine de la fondation de la ville. James avait démarré dans le pétrole, puis s'était diversifié, et possédait des entreprises dans tous les domaines, de l'épicerie de quartier au Lavomatic. La famille de Sam était riche, mais Sam n'était pas du genre frimeur. Il avait pourtant tous les atouts d'un gamin populaire : grande maison, vêtements de marque et belles qualités d'athlète. Cocapitaine de l'équipe de foot, il sortait avec Madison depuis la sixième. Il briguait le titre de major de la promotion, mais en dehors de Madison Saylor, il n'avait pas beaucoup de centres d'intérêt.

Madison était connue pour son calme permanent, quelques pétages de plombs mis à part. L'année précédente, elle avait été envoyée chez la proviseure pour avoir hurlé des insultes extrêmement vulgaires à Scotty Neal, qui avait répondu un peu vertement à Sam. Le père de Madison était diacre à l'Église chrétienne de Oak Creek, sa mère accompagnait les offices au piano. Madison n'avait pratiquement pas le droit de sortir, ils la protégeaient, faisaient en sorte qu'il ne lui arrive rien de mal, qu'il ne lui arrive rien du tout, en fait.

– Alors ? a demandé Elliott. C'est d'accord ?

J'ai balbutié, en me demandant où il voulait en venir.

– Heu… oui. Oui.

Il m'a prise par la main et on s'est dirigés vers la sortie, derrière Sam et Madison. Sam a poussé la porte et s'est effacé pour laisser passer sa copine. Ils donnaient l'impression de bouger à l'unisson, de communiquer sans avoir à parler.

– On ne prend pas ta Chrysler ? ai-je demandé en constatant qu'on allait vers le 4 × 4 Toyota de Madison.

Déjà, je me sentais mal à l'aise.

– Maddy a proposé de prendre sa voiture, a répondu Elliott.

– Tu montes devant avec moi ? m'a proposé Madison en souriant.

Tout à coup, je me suis vue abandonnée sur le bas-côté quelque part loin de l'école, et j'ai paniqué. C'était complètement irrationnel, je savais qu'Elliott n'aurait jamais permis une chose pareille. Et même si cela arrivait, il ne me laisserait pas rentrer seule à pied. Mais j'étais épuisée, et incapable de dompter mon angoisse.

– En fait, j'avais prévu de manger ici. J'avais oublié, désolée.

– Ne t'inquiète pas, Catherine, je t'invite, a dit Elliott.

– C'est pas une question d'argent.

– C'est une question de quoi, alors ?

J'ai regardé Sam et Madison. Sam montait à l'arrière, Madison attendait à côté de la portière du conducteur, de la patience et de la gentillesse dans le regard.

– Je…

Je ne savais plus quoi faire. Avoir honte de fuir comme une voleuse, ou être dévorée d'angoisse, quelle était la pire solution ?

– Tu nous attends un instant ? a demandé Elliott à Madison.

– Bien sûr, a-t-elle répondu en montant dans la voiture.

Sa voix avait quelque chose du chant d'oiseau, enfantine et douce.

Elliott s'est penché vers moi, a essayé d'entrer dans mon champ de vision. Il m'a prise par les épaules.

– Je te l'ai dit, ai-je soufflé. Je ne peux pas. Owen et Minka voulaient venir à la maison, eux aussi ils étaient curieux. Si je dis non à Madison et Sam, les rumeurs vont repartir de plus belle. C'est plus simple si…

– On va déjeuner, c'est tout. On ne va pas chez toi.

– Je sens que cette histoire va mal se terminer.

– Comment peux-tu dire ça ? Tu mérites d'avoir des amis, Catherine. Maddy a toujours pensé que tu étais sympa. Ses parents la couvent, elle ne risque pas de demander à aller chez toi, tout simplement parce qu'elle n'a pas le droit d'aller chez les autres. Sam est un gars vraiment cool. Il n'est pas shooté aux anabolisants, comme les autres débiles de l'équipe. C'est pour ça que je les ai choisis. Allez… viens, s'il te plaît.

– Tu les as choisis ? Mais à quoi tu joues ? On n'est pas au supermarché des amis, là ! Tu t'ennuies à ce point avec moi, il te faut plus de compagnie ?

– Non, ce n'est pas ça du tout. Je t'ai déjà dit pourquoi. Tu mérites d'avoir des amis.

J'ai poussé un soupir de résignation. Un large sourire s'est dessiné sur le visage d'Elliott. Il est monté à l'arrière, je me suis installée à côté de Madison et j'ai mis ma ceinture. Mon siège a basculé un peu quand Elliott s'y est agrippé pour se pencher en avant et m'embrasser sur la joue.

– Alors, a dit Madison. Vous préférez *Sonic* ou *Braum* ?

– *Sonic*, a répondu Sam.

Madison a reculé, s'est insérée lentement entre les voitures qui gagnaient la sortie du parking. Au stop, elle a mis son clignotant et s'est à peine arrêtée.

– Il faut qu'on s'occupe de tes leçons de conduite, a dit Elliott.

– Tu n'as pas encore ton permis ? a demandé Madison.

Il n'y avait pas la moindre trace d'étonnement dans sa voix. Elle ne me jugeait pas.

J'ai secoué la tête.

– Je devais apprendre sur la Buick de mon père, mais elle n'a pas beaucoup bougé, depuis…

– Oh. Depuis qu'il est mort, a dit Sam.

Heureusement que je ne voyais pas le visage d'Elliott. Je savais que ce déjeuner était pour lui une sorte d'examen de passage. Il avait été invité à plusieurs soirées, et avait refusé parce qu'il ne voulait pas y aller sans moi. C'était adorable, comme attitude, mais je ne pouvais m'empêcher de penser qu'il ratait des trucs.

– Oui, ai-je répondu.

Je ne savais pas quoi dire d'autre.

– Alors, ta maison, a repris Sam. Elle est vraiment hantée ?

– Sam, arrête ! a dit Madison en ravalant un petit rire.

Elle s'est arrêtée au premier des quatre seuls feux de circulation d'Oak Creek.

Sam s'est penché en avant.

– On regarde *Maisons hantées*, le dimanche soir. C'est notre truc. On trouve ça plutôt cool, en fait.

– Non, elle n'est pas hantée, ai-je répondu.

À côté de nous, au feu, s'est arrêtée la Mini Cooper de Presley. J'ai essayé de ne pas regarder, mais du coin de l'œil je percevais l'excitation qui régnait dans la décapotable.

Madison a fait la grimace.

– Elles font toutes une crise d'épilepsie là-dedans ?

Et elle a baissé ma vitre d'un petit coup sur un bouton. L'air froid s'est aussitôt engouffré dans la voiture.

– Qu'est-ce qu'il y a ? leur a lancé Madison.

Je me suis collée au dossier de mon siège, pour bien leur faire comprendre que je n'avais pas l'intention de me mêler de tout ça.

– Mon Dieu, Maddy ! Ta mère est au courant que tu transportes des vagabonds dans ta voiture ? a répondu Presley.

Les clones ont gloussé de plus belle.

Madison a regardé Elliott. Je ne le voyais pas, mais à en juger par la réponse de Maddy il ne devait pas être content.

– Ferme ta gueule de traînée ! a-t-elle hurlé.

Ces mots n'allaient pas du tout avec la douceur et l'aigu de sa voix.

Elliott et Sam ont éclaté de rire. Moi, je suis restée bouche bée, comme Presley et ses amies.

Madison a appuyé une nouvelle fois sur le bouton, et ma vitre s'est fermée.

– Ne fais pas attention à elles. Tatum a un faible pour Elliott, alors elles ont décidé de te pourrir la vie.

– Ravie d'apprendre que rien n'a changé, ai-je marmonné.

– Quoi ? Qu'est-ce que tu veux dire ?

Elliott a répondu à ma place.

– Ça fait des années qu'elles la harcèlent.

– Vraiment ? Je ne savais pas. Tu le savais, toi, Sam ? a demandé Madison en regardant dans le rétroviseur.

– Non, mais je suis pas surpris. Tous les gars de l'équipe les appellent les Brupétasses.

Madison n'a pas compris tout de suite, puis elle a éclaté de rire.

– J'ai pigé. À cause de Brubaker, le nom de famille de Presley, c'est ça ? Un peu moche mais pas mal !

Le feu est passé au vert, elle a démarré. Ensuite, c'était comme si les autres feux avaient décidé de la laisser passer, on n'en a plus eu un seul de rouge. Arrivée devant le *Sonic*, Madison s'est garée à la première borne de commande venue.

– J'ai conduit un peu vite, désolée.

Elle a baissé sa vitre. Une nouvelle fois, l'air froid a mordu mon visage.

– Qu'est-ce que vous voulez ? a-t-elle demandé en se penchant pour appuyer sur le bouton « Commande ».

– Cheeseburger, a dit Elliott.

– Cheeseburger, a dit Sam.

Madison a attendu ma réponse, mais déjà un grésillement dans le haut-parleur indiquait qu'on était en ligne.

– Bienvenue chez *Sonic*. Quelle est votre commande ?

– Deux cheeseburgers, a dit Madison.

– Numéro un ou deux ? a demandé la serveuse, à l'autre bout du fil.

– Moutarde, ont répondu les deux garçons.

– Numéro deux, a dit Madison. Un hot dog chili fromage, et…

Ça avait l'air bon.

– La même chose, ai-je dit.

– Et à boire ?

– Coca vanille, a dit Sam.

– Limonade cerise-vanille, a dit Elliott.

Ça n'avait pas l'air mauvais non plus.

– Pareil.

Madison a passé le reste de la commande, puis elle a refermé sa vitre et s'est frotté les mains, avant de mettre le chauffage à fond.

Les yeux mi-clos, je me suis laissé envelopper par la chaleur pendant qu'Elliott, Sam et Madison discutaient de leur journée, de qui sortait avec qui, et du match à venir. À la maison, maman mettait toujours le chauffage au minimum, et au lycée ce n'était pas beaucoup mieux. L'air chaud qui soufflait par les grilles de ventilation du 4 × 4 me faisait l'effet d'une couverture bien chaude, et je me suis détendue. J'étais vraiment bien.

– Catherine ?

J'ai ouvert les yeux.

– Oui ? Quoi ? Désolée.

– Le match est à Yukon, ce week-end, a expliqué Madison en riant. J'essaie de convaincre mon père de me laisser y aller, mais il n'aime pas que je prenne la voiture seule. Ça te dirait de venir avec moi ?

Maman était de plus en plus bizarre, nos clients aussi. J'avais peur que partir toute une journée la mette vraiment à cran.

– Je ne peux pas, je travaille.

Un silence un peu lourd s'est installé dans la voiture. Jusqu'à ce que Sam relance la conversation, à sa manière :

– C'est comment, de vivre dans cette maison ?

– C'est froid.

– Mais les gens qui vont et viennent, tout ça, ça doit faire drôle, non ? J'aurais du mal, moi, si des inconnus s'installaient dans ma maison.

– Ils… ils ne sont pas installés. Et la plupart de nos clients sont des habitués. Pas des inconnus.

– Ils sont comment ? a demandé Madison.

– Je n'ai pas vraiment le droit de…

– S'il te plaît… On aimerait tellement savoir. J'essaie pas de fouiner, mais t'es quand même un genre d'énigme, pour nous tous.

J'ai regardé Elliott, qui n'avait pas l'air content.

– T'es pas obligée de répondre, Catherine. Je leur avais demandé de ne pas te faire subir d'interrogatoire.

Je les ai regardés, tous les trois, sentant la colère monter en moi.

– Tu as fait quoi ?

– Je voulais juste… Je savais qu'ils se posaient des questions sur toi et ta maison, et que tu ne voudrais pas y répondre, alors je leur ai dit de ne pas… tu vois, quoi… de ne pas te prendre la tête avec ça.

Imaginer Elliott contraint de les mettre en garde à ce sujet avant un truc aussi banal qu'un déjeuner était si humiliant que je ne savais même pas comment réagir. Mais il fallait que je fasse ou que je dise quelque chose. Ils pensaient déjà tous que j'étais une tarée, alors autant ne pas aggraver mon cas en restant muette.

– Ma mère, Mavis, s'occupe d'accueillir les hôtes et de tenir la maison pendant la journée. Il y a Althea, qui vient à Oak Creek pour voir ses petits-enfants ; Duke qui travaille de temps en temps dans la région, et vient parfois avec sa fille, Poppy ; mon oncle et ma cousine, qui nous rendent visite régulièrement ; une fille qui s'appelle Willow. Je crois qu'elle a un an de plus que nous.

– Mais est-ce qu'cllc cst hantée ? a insisté Sam. Franchement, elle a l'air hantée.

– Non.

La Villa Juniper était bourrée de choses qui faisaient flipper, mais c'étaient des choses bien réelles.

Sam a eu l'air perplexe.

– Mais… ton père est mort, dans cette maison, non ?

– Sam ! a grondé Madison.

– Bon, allez, ça suffit, a dit Elliott.

La serveuse a toqué à la vitre, et Madison a sursauté. Elle a baissé sa vitre, a pris l'argent que lui tendaient Sam et Elliott. On est repartis aussitôt. Madison était plutôt à l'aise, conduisant d'une main, mangeant de l'autre. De mon côté, le hot dog dans sa sauce chili couvert de fromage fondu était appétissant, mais je n'avais plus faim.

– Tu devrais manger, m'a dit Madison, la bouche pleine. On n'aura plus beaucoup de temps une fois de retour au lycée.

Elliott m'a tendu le sac de son cheeseburger.

– Tiens, mets-le là-dedans. On ira manger au réfectoire.

J'ai glissé mon hot dog dedans, il a refermé le sac. J'avais gardé ma boisson, je l'ai bue pendant le trajet.

De retour au lycée, je suis descendue de la voiture à la seconde où Madison s'est garée.

Elliott m'a couru après. Je savais qu'il ne me lâcherait pas tant que je n'aurais pas mangé.

– Catherine, je suis désolé.

– T'imagines pas comme c'était humiliant. D'abord, tu persuades des gens de devenir mes amis, ensuite tu contrôles ce qu'ils posent comme questions ?

– Je veux juste que tu sois heureuse.

– Je te l'ai déjà dit, je *ne veux pas* d'amis.

Il a soupiré.

– Arrête… Bien sûr que si, tu en veux. Et tu devrais pouvoir sortir et faire tout ce que fait une lycéenne. Tu devrais aller aux soirées, aux matchs…

– Peut-être que c'est une question d'éducation. Tout le monde n'aime pas forcément faire la fête et aller voir des matchs, et…

– Tu n'aimes pas venir me voir jouer ?

Devant son air étonné, j'ai eu honte.

– Bien sûr que si. Je pense juste que… on est très différents, tous les deux.

– Houlà, houlà… je t'arrête tout de suite ! Je n'aime pas beaucoup le tour que prend cette discussion.

Il s'était tendu, une ligne verticale creusait son front. Ses mains tremblaient, sa bouche était contractée.

– Ce n'est pas ce que je voulais dire. Je ne voulais pas parler de ça…

Prononcer le mot « rupture » m'était impossible. Elliott était mon meilleur ami. Le seul souvenir que j'avais de mon existence avant qu'il n'en fasse partie, c'était celui d'un désespoir profond.

Il s'est détendu, a soupiré.

– D'accord. Bon.

Il m'a pris la main et m'a entraînée vers le réfectoire.

On s'est assis à une table, il a sorti mon repas et a regardé sa montre.

– Tu as six minutes avant la première sonnerie.

Je n'avais toujours pas faim, mais je savais qu'il m'en voudrait si je ne mangeais pas, alors j'ai déballé mon hot dog. Quand la viande, la sauce et le fromage fondu ont atteint mes papilles, je ne l'ai pas regretté. Je n'avais jamais rien mangé d'aussi bon. Papa n'aimait pas beaucoup qu'on aille au fast-food, et après sa mort on n'en avait plus les moyens. L'été, j'allais m'acheter une glace de temps en temps, surtout pour prendre l'air, mais *Sonic* était trop loin, et maintenant il fallait absolument que je trouve le moyen de refaire ça à la maison.

– Huumm… qu'est-ce que c'est bon, ai-je dit entre deux bouchées.

Elliott a souri.

– T'as jamais mangé de hot dog sauce chili au fromage ?

– Non. Mais maintenant, c'est mon plat préféré. Ce mélange de saucisse, chili con carne et fromage, c'est le paradis !

Quelques instants plus tard, j'ai avalé ma dernière bouchée. Je me sentais rassasiée, et euphorique.

– Qu'est-ce qu'il y a ? m'a demandé Elliott. C'est la première fois que je te vois comme ça.

– C'est tout ce gras et ce sel… Et en plus, je n'ai pas à faire la vaisselle !

Le sourire d'Elliott a disparu. Il s'est penché vers moi.

– Écoute, tu travailles trop dur, Catherine. Je pourrais t'aider le week-end, si tu veux. Je ne te jugerai pas, tu sais. Ce que tu ne veux pas que je voie ne changera rien à ce que j'éprouve pour toi.

– Tu… Tu ne peux pas.

Sa mâchoire s'est crispée. Je ne l'avais pas vu en colère depuis qu'on avait quinze ans. En fait, je n'avais jamais rencontré plus calme et plus patient qu'Elliott. Mais refuser qu'il entre chez moi finissait par venir à bout de cette patience.

La sonnerie a retenti, je me suis levée.

– Je ferais mieux d'y aller. M. Simons va me tordre le cou si j'arrive encore en retard à son cours.

Elliott n'a rien dit, mais il faisait la tête.

J'ai couru jusqu'à mon casier, puis jusqu'à mon cours de SVT. La deuxième sonnerie a retenti au moment où je m'asseyais, et j'ai vu M. Simons noter ma présence avant de retourner à son agenda.

– Coucou, a dit Madison en s'asseyant à côté de moi.

En général, c'était la place de Minka, alors entendre une autre voix, plus agréable, venir de ce côté m'a étonnée.

– Je suis vraiment désolée pour ce qui s'est passé, tu sais. Ça nous faisait super plaisir que tu viennes déjeuner avec nous, et l'excitation aidant…

J'ai haussé un sourcil.

– L'excitation ?

– Tu es une personne, j'ai compris. On ne devrait pas te traiter comme le dernier gadget à la mode. Mais tout le monde se pose tellement de questions sur toi, et tu ne dis jamais rien. Alors les spéculations vont bon train. Je te raconte pas les histoires délirantes qui circulent sur toi !

– Sur moi ?

– Ben oui ! Écoute, je te promets que la prochaine fois on fera attention. Elliott espérait que tu viendrais avec moi au match. Sa mère est coincée au boulot, et son oncle et sa tante ne peuvent pas venir, alors…

– Oh…

Je n'avais pas réalisé qu'il n'y aurait personne pour le regarder jouer, alors qu'il allait affronter son ancienne équipe de Yukon. La pression allait être forte, il fallait que quelqu'un soit là pour lui.

– Merde… ai-je dit tout à coup en me frappant le front. Et en plus, ce vendredi, c'est le 16 novembre, non ?

– Oui, pourquoi ?

– C'est l'anniversaire d'Elliott. Je suis trop nulle. Pas étonnant qu'il ait été aussi mal.

– Tu as raison ! Tu dois absolument y aller ! Pas question de dire non.

– T'es assise à ma place, a aboyé Minka.

Madison a levé les yeux, furieuse.

– T'as quoi, cinq ans ? Tu peux pas attendre cinq secondes, que je termine de parler avec mon amie ?

– Ton amie ? a répété Minka en me regardant, pas convaincue.

Madison s'est levée.

– Ça te pose un problème ?

Minka s'est assise et m'a regardée une dernière fois avant de se tasser sur son siège. J'aurais voulu pouvoir en taper cinq à Madison, mais celle-ci s'est contentée d'un sourire reconnaissant. Elle m'a fait un clin d'œil puis est allée s'asseoir à sa place, au fond de la salle.

– Ouvrez vos livres à la page 73, a dit M. Simons. La leçon sera en ligne ce soir et le contrôle aura lieu vendredi. N'oubliez pas le devoir sur l'atrophie musculaire, pour lundi.

En plus du devoir de SVT, j'avais des trucs à faire dans trois autres matières, du travail à la maison, et le match. Je n'étais pas sûre de pouvoir tout faire, mais Elliott avait besoin de moi.

Je me suis retournée en direction de Madison et, dès qu'elle m'a regardée, je lui ai fait le signe « OK » avec les pouces en articulant *Je viendrai*. Elle a applaudi en silence. Avoir des amis tout en laissant la Villa Juniper en dehors de ça n'allait pas être simple, mais pour la première fois j'avais le sentiment que c'était possible.

Chapitre 18

Elliott

Les freins de la Chrysler ont couiné quand je me suis arrêté devant la maison des Calhoun. Catherine était assise à côté de moi, on se tenait la main et elle avait l'air plutôt détendu. La plupart des terminales étaient stressés. Il y avait les dossiers de candidature aux différentes universités, les résultats des évaluations de fin d'études secondaires, et la tenue de cérémonie pour la remise des diplômes, qu'il ne fallait pas trop tarder à commander. Catherine, elle, était prise par quelque chose de beaucoup plus sombre. Je n'avais qu'une idée en tête, l'en sortir, ou alléger son fardeau, rendre les choses plus faciles, mais elle refusait mon aide. Elle gérait ça toute seule depuis trop longtemps, et je n'étais pas sûr qu'elle sache comment se laisser aider.

Mais il fallait que j'essaie.

– Je te préviens, ce week-end, c'est leçon de conduite numéro deux.

Une amorce de sourire s'est dessinée sur ses lèvres.

– C'est vrai ?

– Tu vas bientôt avoir dix-huit ans, et tu n'as pris le volant qu'une fois.

Elle a regardé en direction de la Buick de M. Calhoun. Celle-ci n'avait pas bougé depuis le jour où il avait été emmené à l'hôpital… et n'en était pas revenu. Deux étés de suite, l'herbe avait poussé et séché tout autour, et deux pneus étaient à plat.

– Je ne comprends pas pourquoi tu tiens tant à ce que je conduise, je n'ai pas de voiture.

– C'était plus dans l'optique conduire à tour de rôle, quand on partira voyager tous les deux. On n'a besoin que d'une voiture, pour ça.

– Voyager ?

– Après la remise des diplômes, tu te souviens ? On en a parlé avant ta première leçon de conduite. Je pensais que c'était d'accord… Que c'était gravé dans le marbre.

Ça m'énervait un peu, qu'elle ait posé cette question.

– Je sais, mais tu vas sans doute partir à l'université, et je ne t'ai pas vu avec un appareil depuis longtemps.

J'ai montré l'arrière de la voiture, elle s'est retournée et a vu le sac rouge, sur le siège.

– Tu prends encore des photos ?

– Des tonnes.

– Comme une sorte de paparazzi ninja, alors ? C'est limite flippant.

J'ai souri, un peu jaune.

– J'ai d'autres sujets que toi, en photo.

– Comme quoi ?

– Les entraînements de foot, les gars dans le bus de l'équipe, les feuilles, les arbres, les insectes, ma tante qui fait la cuisine… tout ce qui attire mon œil.

– Donc tu traques d'autres gens que moi. Contente de l'apprendre.

– Tu restes mon sujet de prédilection quand même.

– Tu pourrais peut-être prendre option photo, à la fac. Tu es déjà super bon, mais si tu aimes tant ça, tu devrais.

Mon sourire s'est évanoui. Je n'étais pas encore sûr d'aller à l'université.

– L'entraîneur nous a dit qu'il y aurait des recruteurs, à Yukon. Mais mon ancienne équipe m'en veut à mort d'être parti, alors les gars ne vont pas me faire de cadeau.

– J'ai dit à Maddy que je viendrais avec elle.

J'ai cru qu'elle plaisantait.

– Tu te fous de moi ?

– Non ! Jamais je ne ferais une chose pareille !

Je me suis soudain senti beaucoup plus léger. Catherine ne pouvait rien faire pour moi sur le terrain, j'allais en baver, pas de doute là-dessus. Mais la savoir dans les gradins serait pour moi un réel soutien.

– C'est vrai ? Tu viens avec Maddy ? Tu sais que mon oncle et ma tante ne peuvent pas venir ?

– Maddy me l'a dit.

– Alors tu viens.

– C'est ton anniversaire. Je viens.

Là, j'étais aux anges. J'avais le sourire jusqu'aux oreilles.

– Tu t'en es souvenue ?

– T'es Scorpion ? Je suis Verseau. On n'est absolument pas faits l'un pour l'autre. Je me souviens parfaitement de cet été-là, et surtout de ce passage.

Je l'ai regardée, impressionné, heureux. Puis j'ai pris son visage entre mes mains et je l'ai embrassée délicatement avant de poser mon front contre le sien. Il fallait qu'elle m'aime. C'était obligé. J'ai fermé les yeux.

– Promets-moi quelque chose.

– Quoi ?

– De faire en sorte que cette histoire dure longtemps. Pas comme nos parents. Je ne veux pas être le petit copain du lycée que tu évoqueras avec tes amis quand tu seras adulte. Je veux que ça compte.

– Je te trouve optimiste de penser que j'aurai des amis.

– Tu en auras. Beaucoup. Des gens qui t'adoreront autant que moi.

Elle m'a embrassé, puis elle a ouvert la portière. Je l'ai retenue doucement par le bras avant qu'elle descende. La Chrysler, c'était notre espace à nous, un endroit où les forces extérieures ne pouvaient pas nous atteindre. Je m'y sentais plus en communion avec elle, et assez courageux pour lui dire des choses importantes.

– Je t'aime, Catherine.

Ses yeux ont brillé.

– Je t'aime aussi.

La portière s'est refermée. Je l'ai regardée franchir le portillon, remonter vers la maison, se retourner et me faire un signe avant d'entrer.

Chapitre 19

Catherine

J'ai fait signe à Elliott depuis le porche. Il n'était pas encore seize heures, mais déjà le soleil était bas. Je suis restée longtemps sur le pas de la porte à le regarder. Impossible de rentrer. Je ne voulais pas qu'il s'inquiète encore plus, mais voilà… Je restais plantée sur le seuil, à repousser le moment où il faudrait que je pousse la porte de la Villa Juniper.

Les jours étaient plus courts et il se passait des choses sinistres à la maison, la nuit. Les clients restaient debout plus tard, se promenaient dans les couloirs, souffrant d'insomnie, échangeaient à voix basse sur les solutions qui permettraient de garder l'établissement ouvert, de me garder dans cette maison. Plus le temps passait, plus ils étaient nerveux, inquiets de ce qui allait arriver si je décidais de m'en aller.

J'ai regardé Elliott me faire un signe en retour, attendant que je sois bien à l'abri *à l'intérieur*, parce qu'il ignorait tout de ma réalité. Si je lui disais ce que j'avais vécu et ce que je vivais aujourd'hui, il me croirait. Si je lui disais, il me protégerait, mais je n'étais pas sûre de pouvoir le protéger, lui. La vérité le prendrait au piège, comme elle m'avait prise au piège. Il ne pourrait pas en parler, ne pourrait pas la combattre. Il serait condamné à en être le témoin impuissant. C'était, d'une certaine manière, ce qu'il faisait déjà. Lui dire la vérité ne changerait rien.

J'ai ouvert la porte juste assez pour qu'il redémarre, et j'ai regardé la Chrysler s'éloigner dans la rue. Les larmes m'ont piqué les yeux. J'essayais d'ignorer l'inévitable, en profitant égoïstement des bons moments avec Elliott tant que c'était encore possible. L'année terminée, il s'en irait, me quitterait encore, parce que je ne pouvais pas partir avec lui. Maman n'avait personne d'autre que moi. La première fois, c'était à cause de sa mère, là, ce serait à cause de la mienne.

Dans l'entrée, j'ai vu Poppy, assise par terre, la tête entre les mains.

Je me suis accroupie à côté d'elle.

– Poppy ? Que se passe-t-il ?

Elle m'a regardée, les yeux baignés de larmes.

– J'ai essayé d'aider, aujourd'hui. J'ai essayé, et je crois que j'ai cassé le lave-linge.

J'ai inspiré un grand coup, en essayant de ne pas paniquer.

– Montre-moi.

Poppy s'est levée et m'a emmenée dans la buanderie. Il y avait de l'eau et de la mousse partout. La machine était silencieuse. J'ai fermé le robinet d'eau et regardé dans le tambour. Des serviettes autrefois blanches étaient devenues roses, lavées avec le pull préféré de maman, qui ne se lavait qu'à la main.

– Mince… Bon, commençons par le plus urgent. La serpillère.

Poppy a couru dans un coin, m'a rapporté un seau et la serpillère.

– Poppy…

– Je sais. Je ne dois plus aider.

– On en avait déjà parlé. Quand tu es ici, tu m'attends avant de prendre une initiative.

– Je suis désolée.

– Et à part ça, qu'est-ce que tu as fait de beau ? ai-je demandé en espérant qu'elle me ferait la conversation pendant que je nettoyais.

– Tu vas faire comment, pour réparer ?

– Je… si je resserre le tuyau, ça devrait le faire. Si seulement Elliott…

Je n'ai pas fini ma phrase.

– Elliott qui ?

– C'est un ami.

– C'est le garçon avec l'appareil photo ?

J'ai souri.

– Oui. Celui qui était dans le jardin. J'avais oublié que tu étais ici ce jour-là. Bon, tu n'aurais pas une idée de l'endroit où se trouve la clé à molette ?

J'ai cherché dans les placards de la cuisine et de la buanderie, pour finir par la trouver dans la boîte à outils juste à côté du lave-linge. J'ai tiré la machine, donné deux ou trois tours de clé, puis j'ai remis l'eau, relancé un cycle, et le lave-linge s'est rempli normalement, sans fuir de partout.

Poppy a tapé dans ses mains.

– Tu vois ? Pas besoin d'Elliott !

– Tu as raison. Et tu sais ce qu'on devrait faire, maintenant ?

– Non.

Je l'ai prise dans mes bras et je l'ai serrée contre moi.

– On devrait lire *Alice au pays des merveilles*.

Poppy s'est écartée, et s'est mise à sauter dans tous les sens en tapant dans ses mains.

– C'est vrai ?

– Oui. Et ensuite, il faudra que je fasse mes devoirs.

– Je vais chercher le livre !

Poppy est partie en courant, me laissant seule dans la buanderie.

– Tu n'as pas un devoir à rendre lundi ? a demandé maman depuis la cuisine.

– Heu… si, mais… je voulais te demander un truc, pour vendredi soir. Elliott a un match. À l'extérieur.

Maman n'a pas répondu, alors je l'ai rejointe dans la cuisine. Elle avait l'air en meilleure forme que la nuit où je l'avais trouvée dans la cave. Reposée, le teint plus frais.

– Maman ?

– Oui, j'ai entendu. Tu as dit que tu avais un devoir à rendre lundi.

Elle vidait le lave-vaisselle, et évitait mon regard.

– Je comptais le commencer ce soir, pour pouvoir le terminer à temps.

– Et le reste de tes devoirs ?

– C'est moins long, je devrais m'en sortir.

– Et ton travail ici ?

J'ai hésité, je ne savais pas comment présenter la chose. Et puis je me suis lancée.

– J'aimerais bien sortir, vendredi soir.

Il lui a fallu une bonne minute pour me répondre. Je ne voulais pas mettre maman en colère. Duke était dans les parages, et cela aurait attiré son attention. Il avait déjà essayé de me punir à sa place et je n'aimais pas ça.

– Si tu me dis ce qu'il y a à faire, je peux essayer de tout finir pour jeudi soir. Je peux aussi travailler vendredi matin avant l'école.

Elle a détourné le regard en secouant la tête.

– Maman…

– Écoute-moi, Catherine. Je savais que ce garçon poserait problème dès que tu as parlé de lui. Après son départ, tu as traîné comme une âme en peine pendant deux ans, et maintenant qu'il est de retour, tu retombes entre ses griffes. Mais il se sert de toi. À la seconde où il aura son diplôme, il partira d'ici sans se retourner.

– Ce n'est pas vrai.

– Tu parles sans savoir.

– Je sais qu'il m'a demandé de partir avec lui à la fin de l'année. Il veut voyager, et il veut que je sois avec lui. Il… il m'aime.

Elle m'a tourné le dos, et je l'ai entendue rire, de ce petit rire saccadé qui me faisait peur, parce qu'en général il arrivait juste avant qu'elle se mette en colère. Mais cette fois, elle n'a pas explosé, et j'ai trouvé cela encore plus effrayant.

– Tu ne partiras pas, a-t-elle finalement lâché. Nous en avons parlé.

– Qui en a parlé ?

– Les pensionnaires et moi. L'autre nuit. Nous nous sommes mis d'accord.

– Vous vous êtes mis *d'accord* ? Maman, s'il te plaît, de quoi tu me parles, là ? Les clients n'ont pas à décider pour moi ! *Tu* n'as pas à décider pour moi !

– Tu restes ici.

– Le match a lieu à une heure et demie de route à peine, ai-je supplié.

– J'ai besoin de toi ici. Tu ne peux pas partir.

Tout ce que j'aurais voulu dire était coincé dans ma gorge, retenu par des années de frustration et de solitude. Elle savait ce que j'avais enduré, combien j'étais malheureuse dans cette maison, mais elle s'en fichait. Elle ne pouvait pas compatir, parce que prendre ma défense, c'était accepter de couler avec le navire. J'avais pourtant espéré qu'elle me donnerait ma liberté, me dirait de partir. Mais non.

– Je ne partirai pas après le lycée, maman. J'ai déjà pris ma décision.

Elle s'est retournée, serrant son tablier entre ses mains, les yeux brillants de larmes.

– C'est vrai ?

J'ai fait oui de la tête, et elle m'a prise dans ses bras en sanglotant.

– Merci, Catherine. Je leur avais dit que tu ne nous abandonnerais pas. Je le savais.

– Tu l'avais dit à qui ?

– Tu sais bien… aux clients. Mais pas à ce Bill. Je ne crois pas qu'il reviendra. Althea est la seule à penser que tu devrais partir.

– Bill ?

– Heu… je veux dire… M. Heitmeyer. Il était dans une colère noire quand il est parti. Une bonne douche froide lui aurait fait du bien. Je ne comprends pas pourquoi il s'est plaint, vraiment. Catherine, c'est grâce à toi que cette maison tourne. Tu es le lien qui nous unit. Sans toi, nous ne pourrions pas continuer.

Elle avait posé ses mains sur mes épaules, solennelle.

J'ai laissé ses paroles faire leur chemin, et puis j'ai déclaré :

– Je sors vendredi soir.

Maman a hoché la tête.

– D'accord. Ce n'est que justice. Tu viens de… tu viens de promettre de ne pas partir.

– Je sais ce que j'ai dit. Pas la peine de me le répéter.

Je suis montée dans ma chambre, en ramassant mon sac de cours au passage. À l'étage, au pied de l'escalier qui montait vers la chambre de maman, un truc noir a attiré mon regard. C'était une valise à roulettes avec sa poignée télescopique sortie. J'ai regardé l'étiquette, en priant pour que mon intuition soit fausse.

WILLIAM HEITMEYER
674 OLEANDER BOULEVARD
WILKES-BARRE, PENNSYLVANIA
18769

J'ai reculé, la gorge serrée. Il y avait deux rangées de valises à la cave, toutes avec des noms différents sur leurs étiquettes. Celle de M. Heitmeyer allait rejoindre la pile des affaires abandonnées – c'est ainsi que les appelait maman. Ma tête s'est mise à tourner. Personne n'abandonnait ses affaires comme cela. Je ne croyais plus à cette histoire. Plus depuis le retour d'Elliott.

– Catherine ?

J'ai sursauté.

– Oh, Althea ! Est-ce que tu… heu… est-ce que tu sais ce que ça fait là ? ai-je demandé en montrant la valise.

Althea l'a regardée et m'a souri.

– Non. Tu veux que je pose la question à ta maman quand je la verrai ?

– Non, ce n'est pas la peine. Je la lui poserai moi-même. Merci.

J'ai pris la direction de ma chambre.

– Tout va bien, ma puce ?

– Tout va bien, oui. Dis-moi si tu as besoin de quelque chose.

– Pareil pour toi.

J'entendais le doute dans sa voix, et j'étais sûre que mon comportement lui semblait étrange, mais mieux valait ne pas entraîner Althea dans ce genre d'histoire. Elle était la seule personne sur laquelle je pouvais m'appuyer dans la maison, et je ne voulais pas la mêler à cette affaire de valises.

J'ai jeté mon sac sur mon lit et me suis assise à côté. Cinq minutes se sont écoulées, Poppy n'était toujours pas revenue avec son livre. Ce n'était pas plus mal, j'avais beaucoup à faire. Le conciliabule qui s'était tenu cette nuit me concernait, et le savoir me perturbait. Je me suis demandé si c'était le premier, et s'il y en aurait d'autres.

Tous ces gens étaient décidés à m'empêcher de partir, mais qu'avaient-ils prévu d'autre, exactement, pour mon avenir ?

J'ai ouvert un manuel, sorti un stylo de la poche de mon sac. Mlle Faust voulait une analyse littéraire du personnage de Grendel en cinq cents mots. Cela ne présentait pas de difficulté majeure, mais j'avais aussi le devoir sur l'atrophie musculaire, deux exercices pour M. Mason et de la géométrie à faire. Heureusement, c'était pour lundi. Trop fatiguée pour arriver à me concentrer, j'ai décidé de faire un somme avant de me plonger dans les pouvoirs surnaturels de Grendel et la façon dont sa haine envers les Danois l'avait conduit à sa fin.

On a toqué à ma porte, j'ai ouvert les yeux. Je me sentais presque trop lourde pour bouger.

– Qui est-ce ?

– C'est moi, a répondu maman.

Je me suis redressée.

– La valise, dans le couloir…

– Il y a des filles à la porte, pour toi.

– *Des* filles ? ai-je demandé en insistant sur le pluriel.

– Oui, des filles. Ne les fais pas attendre, ce serait malpoli.

– Tu les as fait entrer ?

– Mais non, allons. Elles sont sur la balancelle.

Poussée par la curiosité, je me suis levée et suis descendue. Je n'aurais pas dû être surprise de voir Presley et ses clones à l'endroit où maman m'avait dit qu'ils seraient.

– Qu'est-ce que vous voulez ?

Presley a donné un petit coup de pied pour faire bouger la balancelle. Par sa présence, elle ternissait le souvenir que j'avais des moments passés là avec Elliott, et cela m'a mise en colère.

– Pourquoi tant de haine, Kit-Cat ? On est juste venues discuter un peu avec toi.

Je n'ai rien dit. Je savais que, tôt ou tard, elle me dirait ce qui l'amenait.

Je n'ai pas eu à attendre longtemps.

– On a entendu dire que tu allais au match, vendredi. C'est vrai ?

– Ça ne te regarde pas.

Elle a gloussé, ses clones l'ont imitée. Anna Sue, Tara, Tatum et Brie étaient toutes emmitouflées dans d'épais manteaux, de petits nuages blancs s'échappaient de leur bouche quand elles riaient. Je me suis aperçue que j'avais froid, avec juste un T-shirt à manches longues.

Anna Sue s'est levée et m'a tourné autour. Je suis restée devant la porte, ne voyant pas très bien où elles voulaient en venir.

– Vous êtes tellement mignons, Elliott et toi, a commencé Anna Sue en tortillant une mèche de ses cheveux. Dis-nous… comment c'est arrivé ?

– C'était son idée, de te faire aller à Yukon, ou celle de Sam et Madison ? a continué Presley.

Quand elle a compris que j'avais opté pour le silence, elle est passée à la vitesse supérieure.

– Tu sais qu'Elliott a raté une soirée de dingue, le week-end dernier. Tatum lui a demandé de venir, mais il a refusé d'y aller sans la pauvre princesse Catherine.

– Ne m'appelle pas comme ça, ai-je lâché d'un ton brusque.

Le sourire méprisant de Presley commençait à franchement m'insupporter.

– Il t'a déjà dit pourquoi il craquait comme ça pour toi ? Il l'a dit aux gars de l'équipe, ils n'arrêtaient pas de le charrier.

– C'est triste, vraiment, a dit Tatum.

J'ai eu l'impression qu'elle était réellement désolée pour Elliott.

– Qu'est-ce que vous voulez ?

– On est juste venues te prévenir, a répondu Presley en se levant. Madison est apparemment toute contente que tu fasses le trajet avec elle demain soir, parce qu'elle en parle à tout le monde. C'était le sujet du jour, après les cours. Je sais que tu n'as pas de téléphone, mais sur le groupe du lycée il n'y en a plus que pour toi et Madison. Et elle m'a traitée de traînée.

– Si tu en venais au fait ? ai-je grogné. Je n'ai pas que ça à faire.

– Le fait, c'est qu'une petite surprise t'attendra à Yukon.

– Une surprise très spéciale, a ajouté Tatum en souriant.

– Alors on a hâte de te voir là-bas, a continué Tara en suivant Presley qui descendait vers le portillon.

– Surtout, ne rate pas ça, a conclu Anna Sue.

– Non mais vous êtes sérieuses, là ?

Les quatre filles se sont retournées. J'étais fatiguée, en retard dans mes devoirs et mon travail à la maison, et elles étaient venues me menacer.

– C'est quoi ces menaces ? Vous parlez d'une bagarre, ou d'un plan à la Carrie ?

Presley a croisé les bras.

– Tu verras bien.

J'ai descendu les marches du porche. Je sentais la maison, derrière moi, qui me protégeait.

– Tu ne me fais pas peur, Presley. Tu ne m'as jamais fait peur. J'assisterai à ce match.

– Super. Parce que ce serait vraiment dommage que tu ne viennes pas.

Le portillon s'est refermé dans un claquement derrière elles. Les clones se sont entassés dans la Mini Cooper de Presley et elles sont parties en riant et en parlant haut et fort, comme des gamines sortant d'un parc d'attractions.

Je suis rentrée à la maison et j'ai couru dans ma chambre. Je me suis laissée tomber sur mon lit, la tête dans l'oreiller. Mais je n'ai pas pleuré. J'ai senti la rage monter en moi, une colère que je n'avais plus éprouvée depuis qu'Elliott était parti sans me dire au revoir.

Quelqu'un a frappé doucement à ma porte. Un grincement m'a indiqué qu'on entrait dans ma chambre.

– Ma puce ? a fait Althea de sa voix agréablement modulée. Est-ce que ces filles t'embêtent ?

– Non, ai-je répondu, le visage toujours enfoui dans mon oreiller.

Elle a posé une main sur mon dos.

– Doux Jésus, mais tu es gelée ! Qu'est-ce qui t'a pris de sortir comme ça, sans manteau ?

– Je sais pas. Je sentais pas le froid.

J'aurais préféré être seule, mais Althea avait toujours été gentille avec moi, je ne voulais pas la vexer.

Elle m'a frotté le dos un moment.

– Qu'est-ce qu'elles voulaient te dire ?

– Que si j'allais au match, elles me feraient quelque chose.

– Elles t'ont menacée ? Elles sont venues ici, dans ta maison, et elles ont menacé ma Catherine ? Non. Elles n'ont pas pu faire une chose pareille.

Je me suis redressée.

– Mais si, c'est ce qu'elles ont fait.

– Et toi, comment as-tu réagi ? Tu sais quoi, ça n'a pas d'importance. Je vais aller voir leurs mères, et je vais…

Devant mon expression, elle s'est arrêtée, et m'a caressé la tête en souriant.

– Tu as raison. Je sais que tu as raison. Tu es capable de régler ça toute seule.

– Althea ?

– Oui, ma puce ?

– Maman m'a dit que l'autre nuit vous aviez eu une réunion avec tous les autres pensionnaires, et que vous aviez parlé de moi.

– Ah ! Elle te l'a dit, hein ? a soupiré Althea, mal à l'aise, soudain.

– Pourquoi vous faisiez une réunion à propos de moi ?

Avec un sourire maternel, elle a caressé ma joue, j'ai senti sa paume toute chaude contre ma peau.

– Il ne faut pas que tu t'inquiètes, d'accord ? On s'occupe de tout.

– Quoi ? Mais vous vous occupez de quoi ?

– De faire tourner cette maison. Nous ne sommes pas très nombreux, mais nous dépendons tous de la Villa Juniper. Nous travaillons ensemble.

– Mais pourquoi vous parliez de moi ?

– Parce que tu fais partie de la maison, ma puce.

– Mais… Maman m'a dit que, d'après toi, il ne fallait pas que je reste.

– En effet. C'est mon avis. Mais les autres n'étaient pas d'accord, ils ont voté contre. Et maintenant, mon devoir est de faire en sorte que tu sois heureuse ici.

– C'est plutôt mon boulot, ça, non ? ai-je dit en souriant.

Les larmes aux yeux, Althea m'a souri et m'a embrassée sur la joue.

– Mon Dieu, mais regarde dans quel état tu me mets !

Elle a plongé une main dans la poche de son tablier, en a tiré un mouchoir et s'est essuyé les yeux. Puis elle a posé une main sur mon genou.

– Va à ce match, ma chérie. Et montre-leur, à ces filles, qu'elles ne t'arrivent pas à la cheville. Elliott est un bon garçon, il s'occupera bien de toi.

– Il dit qu'il m'aime.

– Il t'aime ? Bigre. Comment pourrait-on ne pas t'aimer ?

Je me suis assise et je l'ai regardée maîtriser son émotion. Puis elle s'est redressée, est allée prendre la boîte à musique sur ma commode, l'a remontée et a quitté ma chambre en refermant la porte derrière elle, après un dernier petit signe de la main. Je me suis allongée, j'ai fixé le plafond. Lentement, mes paupières se sont alourdies au son de cet air familier. Je n'ai pas lutté contre le sommeil.

Chapitre 20

Catherine

On n'était parties que depuis trois quarts d'heure, et déjà le soleil se couchait. Le bulletin météo annonçait de la neige mouillée pour la route du retour, mais aux abords d'Oklahoma City des flocons ont commencé à tomber.

– Ne t'inquiète pas, m'a dit Madison. Mon père m'a fait prendre tout l'équipement nécessaire à la survie en milieu polaire.

– C'est vraiment la première fois que tu prends la voiture pour un match à l'extérieur ?

– Oui… En général, j'y vais avec mes parents, mais là, comme tu venais avec moi…

J'ai souri. C'était agréable de se sentir désirée.

– Merci de m'avoir invitée. Je ne savais même pas que j'avais envie d'y aller, à ce match.

Elle a haussé les épaules, sans quitter la route des yeux.

– Tu travailles beaucoup. Tu as plus de responsabilités que la plupart d'entre nous, et je trouve que c'est bien de te le rappeler de temps en temps. Si tu es d'accord, bien sûr. Mais si ça se trouve, tu vas me trouver nulle.

J'ai rigolé.

– Je te trouve pas nulle du tout. Je t'aime bien.

– Super ! Je n'ai pas beaucoup d'amies, tu sais. La plupart du temps, les gens me trouvent… un peu à l'ouest.

– Moi pareil.

Madison était une bouffée d'air frais. Avec elle, je me sentais comme avec Elliott : détendue et normale. Il avait eu raison de nous présenter l'une à l'autre. Du coup, je me suis demandé s'il ne me connaissait pas mieux que je ne me connaissais moi-même.

Une chanson a commencé à la radio, et Madison a monté le son.

– Mmmh… j'adore ce morceau.

J'ai souri et j'ai fermé les yeux. La musique a rempli l'habitacle, s'est coulée en moi. La bonne humeur de Maddy était contagieuse. Elle s'est mise à rire sans raison et, malgré moi, j'ai ri aussi. Au bout de quelques instants, notre fou rire était tel qu'on en pleurait. On essayait de retrouver notre sérieux, ça durait quelques secondes, et ça repartait de plus belle.

– C'était quoi, ça ? ai-je demandé quand on a enfin réussi à se calmer.

– Je sais pas…

La circulation devenait plus dense, on entrait en ville. Madison s'est essuyé les yeux et s'est concentrée sur la route.

– Ça faisait longtemps que j'avais pas ri autant, ai-je remarqué. Depuis que j'étais petite, je crois. Ça fait du bien, et c'est bizarre en même temps.

– Tu veux dire rire au point d'avoir envie de pleurer ?

– Oui, exactement.

– Mais c'est dingue ! Je croyais que j'étais la seule à éprouver ça ! Après, je suis épuisée, presque déprimée.

– Pareil.

Les lèvres de Madison se sont mises à trembler.

– Tu seras encore mon amie si je pleure, là ?

J'ai répondu d'un hochement de tête, et les larmes ont roulé sur ses joues. Elle a ravalé un sanglot, j'ai senti mes yeux se troubler. Je n'avais plus vraiment pleuré depuis des années, et voilà que je lâchais tout devant Madison, que je connaissais à peine. Je m'autorisais à être faible.

Elle m'a regardée.

– C'est bon de pouvoir être zarbi avec quelqu'un d'autre.

J'ai rigolé.

– T'as raison.

– Tu vis avec beaucoup de gens différents, tu ne dois jamais te sentir seule, toi, si ?

– Si, ça m'arrive.

– Moi aussi. Je n'en parle jamais à personne. Ne dis rien à Sam, s'il te plaît. Ça lui ferait de la peine.

Une nouvelle fois, elle était au bord des larmes.

– Pourquoi ?

– Parce que c'est le seul ami que j'aie jamais eu. Et il croit que c'est pour ça que je reste avec lui.

– Et c'est vrai ?

Elle a secoué la tête, m'a regardée en souriant, les yeux encore humides.

– Non. Je l'aime. Depuis mes onze ans. Et tu sais quoi ? Je crois qu'Elliott t'aime, lui aussi.

J'ai baissé les yeux sur mes mains, serrées devant moi.

– C'est ce qu'il dit, oui.

– Il te l'a dit ? Et tu le lui as dit, toi ?

Sa voix avait grimpé d'une octave.

– Ben… oui, ai-je finalement reconnu.

Je m'attendais à ce qu'elle me juge, mais non.

– Alors je peux te le dire… Il parle de toi sans arrêt. En géo, en littérature, à tous les cours. Et avant que tu lui pardonnes, c'était encore pire.

– Oh ! Il t'a parlé de ça ?

– Pas vraiment. Il a juste dit qu'il essayait de s'excuser, et que tu ne pouvais pas lui pardonner. Je lui ai demandé plusieurs fois pourquoi, il n'a jamais voulu me le dire. Mais toi, tu peux, si tu veux.

Elle ne plaisantait qu'à moitié, mais c'était tellement agréable, de discuter à bâtons rompus, comme ça. Je pouvais lui raconter notre histoire sans que cela porte à conséquence.

– Je l'ai rencontré l'été suivant mon année de seconde.

Elle a souri.

– Ça, il me l'a déjà raconté.

– À partir de là, on a passé quasiment tout l'été ensemble. Je savais qu'il devait retourner chez lui après les vacances, mais je n'y pensais pas. Et puis mon père est mort. Elliott a dû partir. On ne l'a pas laissé me dire au revoir, mais je ne le savais pas.

– Aïe ! Donc tu as cru qu'il avait appris la mort de ton père et était parti.

– Oui.

– Il était super mal. C'est pour toi qu'il est venu, tu sais.

– Est-ce que…

J'ai hésité. Je ne savais pas jusqu'à quel point je pouvais me confier. Madison a attendu, patiente, et cela m'a mise à l'aise.

– Est-ce qu'il a dit pourquoi ?

Elle a éclaté de rire.

– Mais pour toi, idiote !

– Non, je sais. Mais pourquoi moi ?

– Tu ne le sais pas ?

J'ai secoué la tête.

– Houlà ! Mais ça, c'est pas à moi de te le dire, hein. Va falloir que tu lui poses la question toi-même.

– Je lui ai demandé. Il refuse de me le dire.

– Naaaan. J'arrive pas à le croire. Il te l'a pas dit. C'est super mignon !

J'ai essayé de ne pas sourire en imaginant les raisons qui poussaient Elliott à m'être si dévoué.

– Bon, ben je crois qu'on est passées par toutes les émotions possibles ce soir, et on est arrivées ! a annoncé Madison en s'engageant dans le parking du lycée.

Elle a mis du temps à trouver une place, il y avait déjà beaucoup de monde. Pour finir, elle s'est garée dans un coin assez sombre.

Je suis descendue, et j'ai senti le froid s'abattre sur moi. En quelques secondes, je grelottais.

– C'est l'endroit idéal pour la surprise de Presley. Je pensais à du sang de porc. Au moins, ce serait chaud.

Madison a fermé son blouson.

– Qu'elle ose, tiens !

– Je préférerais pas.

– T'inquiète. Qu'est-ce que tu veux qu'elle fasse ?

– Je ne sais pas, et c'est bien ce qui m'inquiète.

Madison a enfilé un bonnet et des moufles noires, puis elle a ouvert l'arrière du 4 × 4 et en a tiré deux couvertures. Elle m'a tendu un plaid en polaire bien épais, puis a glissé son bras libre sous le mien.

– Allez, viens. On est venues pour voir nos mecs mettre la pâtée aux Yukon Millers et…

– Salut Maddy ! a lancé Presley, accompagnée de ses clones.

Madison a affiché le même sourire factice.

– Salut les filles !

Mais ça n'a pas amusé Presley, dont la bouche s'est tordue en un rictus de mépris. On a fait en sorte de rester loin derrière elles, pour ne pas avoir à les affronter de nouveau.

On n'avait pas encore passé le guichet d'entrée mais on entendait déjà la foule, dans le stade. C'était assourdissant. Il y avait des bannières YUKON MILLERS accrochées partout, les lumières du stade éclairaient la nuit.

Madison marchait en traînant les pieds, et j'ai pensé à Althea, qui insistait toujours pour que je lève les pieds quand je marchais. J'entendais presque sa voix dans ma tête, et j'ai pilé. Je ne voulais pas qu'ils soient tous ici avec moi. Pas même Althea. Je voulais pouvoir les oublier quand enfin je prenais le large.

Madison m'a tirée par la manche.

– Catherine ?

J'ai cligné des yeux. L'espace de quelques instants, j'avais décroché.

– Ça va ? m'a-t-elle demandé, visiblement inquiète.

– Oui, oui. Ça va.

On est reparties, bras dessus, bras dessous.

À l'entrée, on a montré nos cartes d'étudiantes et la grand-mère qui tenait le guichet nous a tamponné la main en souriant.

– Merci, j'ai dit.

– Bonne défaite, a-t-elle répondu, avec un sourire digne du chat du Cheshire.

Madison en est restée bouche bée.

– J'ai bien entendu ? Elle a dit…

– Oui, elle l'a dit.

On est arrivées au pied des gradins réservés aux visiteurs. Ils étaient déjà à moitié pleins. On a grimpé jusqu'au sixième rang, juste derrière le banc de touche de notre équipe, et on s'est installées.

Les pom-pom girls étaient regroupées en bordure du terrain, devant la fanfare, en tenue. Les musiciens répétaient chacun de son côté, chauffaient leurs instruments.

Madison s'est frotté les mains en soufflant dessus.

– Tu as oublié tes gants dans la voiture ? a-t-elle demandé en voyant mes mains nues.

– Non. Je n'en ai pas. C'est pas grave.

– Mais si, c'est grave ! Il fait moins cinq !

Elle a soulevé ma couverture et m'a forcée à glisser les mains dessous, gardant les siennes par-dessus jusqu'à ce qu'elles se réchauffent un peu.

Le chef de la fanfare a levé un bras, pour attirer l'attention de tous les joueurs, et ils ont attaqué un morceau. Dans les haut-parleurs, on a entendu la voix du maître de cérémonie, qui souhaitait la bienvenue aux spectateurs et les remerciait d'avoir bravé le froid.

Madison et moi on s'est rapprochées pour empêcher l'air glacial de se glisser sous nos couvertures, et on a regardé les Mudcats d'Oak Creek entrer sur le terrain au son de l'hymne de notre lycée.

– Regarde ! Les voilà ! a hurlé Madison en voyant Sam et Elliott.

Ils se tenaient sur la ligne de touche, l'un à côté de l'autre, et écoutaient les conseils de leur entraîneur. Quand Peckham s'est éloigné, Elliott s'est tourné vers les gradins et m'a cherchée. J'ai levé les bras, pouce, index et auriculaire tendus. Il a fait la même chose et, une nouvelle fois, j'ai senti les regards se tourner vers moi.

– C'est la chose la plus mignonne que j'aie jamais vue, m'a dit Madison. Pas étonnant que tu n'aies pas de moufles, tu pourrais pas faire ça !

J'ai baissé la tête, gênée. Mais je ne pouvais pas quitter des yeux le numéro sept, qui sautait et courait pour rester échauffé. Pour la première fois peut-être, je comprenais à quel point je comptais pour lui, et combien il comptait pour moi. Une douce chaleur s'est répandue dans ma poitrine. Je n'étais plus seule.

– Oooh, comme c'est mignon, a dit Presley, quelques rangées plus haut.

Madison s'est retournée en battant des paupières.

– Va mourir, Presley.

– Madison Saylor ! s'est exclamée une femme blonde assise juste à côté de Presley.

Surprise, Madison a eu un petit rire nerveux.

– Madame Brubaker ! Ravie de vous voir. Peut-être que votre fille jouera moins les trolls, en votre présence.

Presley et les clones en sont restés bouche bée. Mme Brubaker n'a pas trouvé ça drôle.

– Ça suffit ! a-t-elle lancé.

Madison s'est retournée vers le terrain.

– Elle est en train d'écrire un texto ? a-t-elle murmuré.

Discrètement, j'ai jeté un coup d'œil dans sa direction.

– Oui.

– À tous les coups elle écrit à mon père. Ils appartiennent à notre paroisse.

– J'en reviens pas. Je te croyais timide.

– Ce n'est pas vrai. Mais jusque-là, je n'avais jamais eu d'amie à défendre. C'est bien à cela que ça sert, les amis, non ?

Je lui ai donné un petit coup d'épaule.

– T'es une super amie.

Elle m'a regardée, radieuse.

– C'est vrai ?

– Oui.

Son téléphone a émis un petit bruit, elle me l'a montré. L'écran affichait une notification de texto.

– Ça valait le coup.

Et elle l'a fourré dans sa poche sans lire le message.

Elliott, Sam, Scotty et Connor se sont avancés au centre du terrain, où se trouvaient les capitaines de l'équipe adverse, pour procéder au tirage à pile ou face pour le choix de l'engagement. Chaque fois qu'Elliott faisait ou disait quelque chose, les supporters d'Oak Creek se manifestaient. Mais il était difficile de faire plus de bruit que les supporters de Yukon.

Le match a commencé. Sam a attrapé le ballon et a couru sur soixante mètres. Madison était en transe. Quand j'ai vu Elliott courir à son tour, un pincement étrange m'a noué l'estomac. Il jouait contre ses anciens équipiers. La pression devait être terrible.

Il a hurlé quelque chose et Sam lui a fait une passe. Il a reculé de trois pas, et a lancé le ballon dans une trajectoire parfaite, à l'intention d'un des receveurs. J'avais un peu de mal à suivre, et ne savais pas vraiment ce qui se passait sur le terrain, et puis soudain la foule a poussé un cri, les arbitres ont levé leur drapeau jaune et un défenseur Yukon a montré Elliott. Mon numéro sept était allongé par terre en étoile.

– Mon Dieu ! Qu'est-ce qui s'est passé ?

– On redoutait un peu ça, a dit Madison.

– Vous redoutiez quoi ?

– Que les anciens équipiers d'Elliott cherchent à le neutraliser. Ils savent qu'il est bon. Et ils lui en veulent à mort d'être parti en dernière année.

J'ai fait la grimace. Je me sentais coupable. Je savais pourquoi il était parti.

Elliott s'est relevé lentement, et la foule a applaudi. Il s'est remis en place en boitillant.

À la mi-temps, on menait, mais pas de beaucoup.

Madison m'a convaincue de faire la queue avec elle pour un chocolat chaud. Je marchais sur place en me tapant dans les mains pour ne pas me refroidir.

– Anna Sue ? a lancé Presley, derrière nous. Il a dit qu'il t'enverrait un texto sur le chemin du retour, c'est ça ?

– On verra bien, a répondu Anna Sue. Il flippe un peu, en ce moment, il a peur qu'elle s'en aperçoive.

– Ne te retourne pas, m'a dit Madison. Elles essayent juste d'attirer notre attention.

– Ça devait arriver. Un mec ne peut pas aimer les glaces à ce point et se passer de toi, a dit Presley. Noix de pécan grillée, c'est ça ?

Madison a plissé les yeux, et s'est retournée lentement. En la voyant, Presley a souri.

– N'oublie pas de me prévenir si tu laisses tomber la soirée pour le retrouver. J'ai pas envie d'attendre une heure, comme la semaine dernière.

Les yeux brillants, Madison a repris sa place et a soufflé lentement.

– Elles mentent.

– À propos de quoi ?

– Sam va chez Braum tous les jours. Noix de pécan grillée, c'est sa glace préférée.

– Pfff… ça veut rien dire. S'il y va tout le temps, c'est normal qu'elle le sache, elle bosse là-bas.

– Le week-end dernier, Sam est arrivé à la soirée avec une heure de retard en disant que ses devoirs lui avaient pris plus de temps que prévu.

– Laisse tomber, c'est impossible. Je vois comment il te regarde.

– Tu as raison. Mais j'ai quand même envie d'arracher une par une les boucles de cette pétasse décolorée.

– Retiens-toi, je t'en prie.

– Je ne lui poserai même pas la question. Sam ne me ferait jamais ça. Il déteste Anna Sue.

C'était enfin à notre tour et on a commandé deux grands chocolats chauds. J'ai payé avec le peu d'argent que j'avais, histoire de compenser pour l'essence, et on a regagné nos places en ignorant les gloussements des clones.

La fanfare d'Oak Creek a joué un morceau du groupe AC/DC. On l'a applaudie, et elle a laissé place à celle, énorme, de Yukon, qui s'est lancée dans un medley de Beyoncé puis dans un T. Rex très émouvant. La foule était en délire. Même les supporters d'Oak Creek se sont levés pour applaudir.

Puis la seconde mi-temps a commencé, et les Mudcats sont repartis pour une heure de jeu dans le froid.

Deux fois, Elliott a fait l'objet de violentes confrontations, et la seconde, il a mis une bonne minute pour arriver à se relever. Mais une fois debout, il semblait plus déterminé encore à gagner. Il a réussi un nouveau touchdown. À une minute de la fin, on menait de douze points, le ballon était aux Millers. Ils se sont mis sur la ligne des vingt mètres.

– Qu'est-ce que ça veut dire, premier et dix ? ai-je demandé à Madison.

Les pom-pom girls n'arrêtaient pas de hurler ça.

– En gros, chaque fois qu'une équipe a le ballon, elle a droit à quatre essais pour avancer de dix mètres. Si elle échoue, l'autre équipe prend le ballon. Tu piges ?

J'ai hoché la tête.

La minute s'écoulait. Les Millers ont essayé encore une fois, sans succès. Au quatrième essai, ils ont perdu le ballon, le vingt-deux des Mudcats s'en est emparé et a couru jusqu'au bout de notre terrain.

Madison et moi on n'en pouvait plus, on sautait dans tous les sens. Les joueurs des deux équipes se sont tapés dans les mains, puis Elliott et ses équipiers sont partis en direction des vestiaires. Sam et Elliott nous ont fait un signe en passant. Elliott boitait, mais il m'a fait comprendre que tout allait bien.

Les gradins se vidaient, on a pris la direction de la sortie. Les bus attendaient déjà les joueurs.

– À ton avis, c'est quoi ? ai-je demandé à Madison.

– De quoi tu me parles ?

– De la surprise de Presley. Tu penses qu'elle va laisser tomber parce que sa mère est ici ?

– Ça m'étonnerait. Sa mère doit se ficher qu'elle soit insupportable. Et c'est pour ça qu'elle l'est, d'ailleurs.

– Pas faux.

Je me suis interrogée quant à ce que Madison penserait de maman, si elle la rencontrait un jour, et puis j'ai rapidement écarté cette idée de mon esprit. Ça ne risquait pas d'arriver.

Elliott a été parmi les premiers à sortir des vestiaires.

– Joyeux anniversaire ! ai-je lancé.

Il m'a prise dans ses bras, m'a embrassée rapidement avant l'arrivée des entraîneurs. Il avait une vilaine écorchure sur son nez enflé, un œil au beurre noir, le menton et les pommettes écorchés aussi. Franchement, il n'avait pas bonne mine, mais il souriait.

– Comment tu te sens ? ai-je demandé.

Sam lui a donné une grande claque sur l'épaule, lui arrachant une grimace.

– On savait qu'ils allaient lui tomber dessus. Mais on était là pour lui sauver la mise.

– Presque tout le temps… a soupiré Elliott.

– Elliott, est-ce que…

Il a souri.

– Je vais bien. Ce n'est rien qu'un match de plus, et on s'est bien éclatés.

– Ça n'avait pas l'air si drôle que ça, a dit Madison. Ton nez est cassé ?

– M. Peckham dit que non. On a gagné. Et apparemment, il y avait plusieurs recruteurs dans le public. Si je m'en sors bien, je pourrais jouer pour une université l'an prochain !

– Je croyais que tu ne voulais pas envisager cette option, l'ai-je taquiné avec un clin d'œil.

Il m'a embrassée sur la joue.

– Je croyais que les Américains d'origine indienne ne payaient pas l'université, a dit Madison.

Elliott a rigolé.

– Dans mes rêves, oui !

– Oh, pardon. Je n'aurais pas dû dire ça. C'était raciste, un peu, non ?

– C'est une idée fausse très répandue. Mais avec une bourse, il se pourrait que j'aie à choisir une fac d'ici peu.

Je l'ai entraîné à l'écart, parce que je ne tenais pas à parler de cela devant Madison et Sam.

– Je ne peux pas aller à l'université, Elliott. On n'a pas les moyens.

Cette nouvelle ne l'a pas affecté plus que ça.

– On trouvera une solution.

– Super match, a dit Presley en passant. Salut, princesse Kit-Cat.

Derrière elle se tenait Tatum, qui a fait un petit signe à Elliott.

Elliott leur a répondu d'un mouvement de tête.

– Elles vous ont encore harcelées ? a-t-il demandé à mi-voix.

– Non, mais elles ont essayé de semer la zizanie entre Madison et Sam.

– Hein ? Quoi ? Qu'est-ce que j'ai fait ? s'est inquiété Sam.

– Rien, a répondu Madison en l'embrassant.

– Qu'est-ce qu'elles ont raconté ?

– Ça n'a pas d'importance, a répondu Madison. Je ne les crois pas.

Sam a froncé les sourcils.

– Arrête. T'en as trop dit ou pas assez. C'est quoi cette histoire ?

Elle s'est dandinée, mal à l'aise.

– Elles disent que tu m'as trompée avec Anna Sue.

Sam et Elliott ont éclaté de rire, ils n'en pouvaient plus.

– J'en déduis que c'est faux, ai-je conclu en souriant.

Quand ils se sont enfin calmés, Sam a eu l'air dégoûté.

– Elles n'ont pas intérêt à répandre cette rumeur au lycée. Beurk ! Ça me fout la gerbe rien que d'y penser.

Madison l'a serré dans ses bras et embrassé sur la joue.

– Je n'y ai pas cru une seconde.

Elliott s'est levé en soupirant.

– Mais si j'étais vous, je continuerais à me méfier. Elles n'en ont sûrement pas terminé.

– On se tient les coudes, a dit Madison en me prenant le bras. Elles ne lui feront rien.

– Madison a deux frères aînés. Elle sait se défendre, si c'est nécessaire, a dit Sam en la prenant par les épaules.

Je me suis tournée vers Elliott.

– Elles ne me font pas peur.

– Catherine, ce n'est pas un nom de princesse. C'est un nom de guerrière.

J'ai souri. J'adorais quand maman me racontait comment ils avaient choisi mon prénom, et j'aimais que papa m'appelle Princesse, mais les choses avaient changé, et aujourd'hui, je préférais la version d'Elliott.

Il m'a embrassée une dernière fois avant de monter dans le bus. Sam l'a suivi, et Madison et moi on s'est dirigées vers le parking. J'ai senti que je marchais sur du verre cassé au moment où elle déverrouillait les portières, et je suis montée le plus vite possible, pour me mettre à l'abri du froid.

Madison a mis le chauffage à fond. On a grelotté un moment en se frottant les mains, pendant qu'elle envoyait un texto à son père. J'ai plaqué mes mains sur les grilles de ventilation, impatiente de sentir un peu de chaud.

– Il ne m'en veut même pas, a-t-elle rigolé.

– Super.

– Je lui dis qu'on se met en route et puis on y va.

Elle a tapé son message, a posé une main sur le levier de vitesses pour passer la marche arrière. Puis elle a actionné quelques boutons, a fait une drôle de tête, est sortie pour aller voir devant la voiture, et a plaqué une main sur sa bouche.

J'ai bondi dehors pour la rejoindre, mais dès que j'ai senti le verre cassé sous mes pieds, j'ai compris. Nos phares avaient été bousillés.

– Ces… ces… ! Je vais les massacrer ! a hurlé Madison.

Les bus étaient encore garés devant le stade. J'ai attrapé nos affaires, claqué les portières et tiré Madison par la manche.

– Faut qu'on attrape le bus avant qu'il parte, sinon, on sera coincées ici ! Grouille !

On a couru comme des folles. À mi-chemin, je n'en pouvais plus, mais le premier bus s'en allait, et je savais que le second ne tarderait pas à suivre.

Il venait de démarrer quand j'ai cogné à la portière comme une malade. Le conducteur a pilé. Madison s'est mise à cogner à son tour.

– Laissez-nous monter !

Elliott est apparu derrière la vitre, a tiré sur le levier et nous a aidées à monter.

M. Peckham était assis à côté de Mme Mason.

– Que se passe-t-il ? a-t-il demandé en se levant.

– On a besoin que vous nous rameniez, a répondu Madison.

– Ce n'est pas possible.

– Quelqu'un a explosé ses phares, il y a du verre cassé de partout, ai-je expliqué.

– Quoi ?!? s'est exclamé Elliott.

Peckham a soupiré.

– Ça doit être quelqu'un de l'autre équipe.

– C'était Presley Brubaker et ses copines. Elles nous avaient dit que si on venait au match, il nous arriverait quelque chose.

– C'est une sérieuse accusation, ça, est intervenue Mme Mason. Appelez vos parents. Assurez-vous qu'ils sont d'accord pour que vous rentriez avec le bus de l'équipe.

– Il nous faut l'autorisation du directeur des sports, Becca. Peut-être même de la proviseure, a ajouté Peckham.

– On ne peut pas les laisser ici. Avec le temps qu'il fait, qui sait si leurs parents pourront arriver avant demain ? Je suis dans le bus, donc je peux les superviser. Je vais envoyer un message à M. Thornton et à Mme Augustine pour leur faire part de la situation.

Peckham a réfléchi un moment, un peu trop longuement au goût d'Elliott.

– Mais à quoi vous réfléchissez, là ? Vous envisagez vraiment de les laisser ici, à deux heures de chez elles, dans le froid qu'il fait ?

– Ça suffit, Youngblood. Il y a un règlement, figure-toi !

Elliott s'est mis devant moi, comme s'il me protégeait de la décision de Peckham.

– Si le règlement impose que vous les laissiez ici, alors le règlement n'est pas correct.

– Tais-toi et laisse-moi réfléchir une minute ! a hurlé Peckham.

Dans le bus, tout le monde s'est tu, et tous les regards se sont tournés vers l'avant.

– Ce ne serait pas la première fois, Brad, a dit Mme Mason. Les pom-pom girls sont dans l'autre bus. Ces filles voyagent tout le temps avec l'équipe.

– Elles ont une autorisation spéciale. Ce n'est pas pareil.

Elliott m'a pris la main.

– Je vous préviens, si vous n'arrivez pas à entrer en contact avec M. Thornton ou la proviseure… si vous n'obtenez pas leur autorisation et que vous décidez de les laisser ici, je reste aussi.

Youngblood, tu seras exclu et tu ne pourras plus jouer. Assieds-toi !

– Pareil de mon côté, a dit Sam. On ne peut pas les laisser ici, et vous le savez.

– Pareil pour moi, a dit Scotty en se levant.

– Et pour moi, a dit un autre joueur.

Et toute l'équipe s'est levée, refusant de nous laisser là.

Peckham s'est passé une main sur le visage.

– C'est ridicule. Bon, très bien. Les filles, vous vous asseyez là, sur la même rangée que Mme Mason et moi. Mme Mason s'installe côté couloir, et tous les garçons, vous reculez d'un siège. Je veux un rang vide entre les filles et vous. Allez ! On se dépêche !

Mme Mason a supervisé les changements de place, et les gars ont obtempéré sans bruit. Puis elle nous a fait signe de nous asseoir à côté d'elle. Avant de partir pour le fond du bus, Elliott s'est arrêté devant M. Peckham.

– C'était la bonne décision.

– Quand tu seras adulte, Elliott, tu découvriras qu'entre le bien et le mal la frontière n'est pas toujours bien définie.

– Elle devrait.

Peckham s'est assis, et a fait signe au chauffeur qu'il pouvait démarrer.

Le portable de Madison a brillé devant le visage de l'entraîneur quand elle lui a montré la réponse de son père.

> Heureusement que le bus était encore là. Remercie M. Peckham, qui a fait ce qu'il fallait pour que tu puisses rentrer saine et sauve.

Peckham a hoché la tête, l'air honteux. Mme Mason lui a donné une petite tape sur le genou en souriant.

Madison a dessiné du bout du doigt sur la buée qui recouvrait la vitre. J'ai installé les couvertures sur nous, parce qu'il y avait de méchants courants d'air, dans ce bus. Entre le ronronnement du moteur et le balancement du bus sur la route, mes paupières n'ont pas tardé à se faire lourdes. J'ai doucement sombré dans le sommeil, avec la certitude que l'équipe était prête à tout pour Elliott, et qu'Elliott était prêt à tout pour moi.

Chapitre 21

Elliott

Avec Sam, j'étais assis deux rangs derrière Catherine et Madison. Il faisait sombre, je ne distinguais que les silhouettes de leurs têtes qui se découpaient au-dessus du siège. Les filles ont discuté un peu, et puis à la façon dont la tête de Catherine s'est mise à dodeliner, avant de se poser lentement sur l'épaule de Madison, j'ai compris qu'elle s'était assoupie.

Je me sentais à la fois frustré, et trompé. C'était sur mon épaule qu'elle aurait dû s'endormir.

– Hé, a dit Sam en me donnant un petit coup de coude. T'as fini de la regarder comme ça ?

Ça m'a fait rire. Je ne pouvais pas le nier. Et Sam savait déjà à quel point j'aimais cette fille. Avec le mauvais temps, le bus allait comme un escargot, et je trouvais de plus en plus difficile d'être près d'elle et de ne pas pouvoir lui parler. Déjà, au lycée, c'était dur. Là, c'était de la torture.

Sur les vitres du bus, la pluie luttait contre le vent. En diffractant la lumière des phares, les gouttes se transformaient en autant de petites taches scintillantes. Entre le bruit régulier des essuie-glaces et le ronronnement du moteur, il était presque impossible de garder les yeux ouverts. D'habitude, au retour d'un match, c'était la foire dans le bus, l'énergie était palpable. Mais là, en dehors de quelques voix qui murmuraient, à l'arrière, il régnait un silence presque flippant.

– Il y a une fête, au barrage, a commencé Sam.

Mais déjà je secouais la tête.

– Allez, Elliott, pourquoi pas ? C'est le meilleur moyen de rendre la monnaie de sa pièce à Presley. Elle espérait que Tatum se retrouverait un peu seule avec toi, pour pouvoir répandre une nouvelle rumeur. Si on débarque avec Madison et Catherine et qu'elle découvre que les filles ont fait le trajet avec nous dans le bus… elle s'en étranglera de rage. Et ses copines, je te raconte même pas.

– Catherine doit rentrer chez elle.

– On pourrait l'aider à faire le mur, non ?

J'ai regardé par la vitre.

– Non, je crois pas. Tu sais pas la galère qu'elle vit.

– Sa mère est super stricte, c'est ça ? Bon, mais tu pourrais quand même aller à la fête. Avec Madison et moi, les Brupétasses ne pourront pas raconter n'importe quoi sur ta conduite.

Comme je secouais une nouvelle fois la tête, il s'est renfrogné.

– Mais pourquoi ? T'es pas allé à une seule soirée depuis le début de la saison.

– Et je n'irai pas. Pas sans elle en tout cas.

– Alors essaie de la convaincre. Un petit pas de côté, ça n'a jamais fait de mal à personne.

– Je ne peux pas, Sam. T'as pas idée du mal que j'ai eu à regagner sa confiance. Je suis arrivé ici sans savoir si elle me pardonnerait ou pas. J'ai passé deux ans loin d'elle, et jusqu'à ce qu'elle m'adresse à nouveau la parole, c'était l'enfer. Là, on se retrouve presque au stade où on en était quand je suis parti, un peu plus loin, même. Je vais pas tout foutre en l'air pour une soirée. Catherine est plus importante que ça.

– Elle est plus importante que le foot, aussi ?

– Oui.

– Que ton appareil photo ?

– Aussi.

– Que la bouffe ?

J'ai rigolé.

– S'il fallait que je choisisse, je mourrais de faim.

– Moi, je suis dingue de Madison, alors je vois ce que tu veux dire, mais… à ce point, quand même…

J'ai secoué la tête.

– Alors tu ne vois rien du tout.

– Ben explique-moi.

– À quoi bon aller à cette soirée si je sais que, sans elle, je ne m'amuserai pas ?

– Mais t'en sais rien. T'as pas vu Scotty sauter par-dessus le feu de camp.

– Il y arrive ?

– La plupart du temps.

On a rigolé.

– Et je vois quand même ce que tu veux dire, tu sais. Madison ne peut pas sortir non plus, et quand je vais à une fête, en général, je passe la soirée à penser à elle et à regretter qu'elle ne soit pas là. Mais elle, elle tient à ce que je sorte. Elle ne veut pas avoir l'impression qu'elle m'empêche de m'amuser. Si Catherine a le même sentiment, vas-y juste pour une heure. Déconne un peu avec les gars de l'équipe et rentre chez toi. Comme ça, tu auras tissé des liens avec eux, et Catherine ne se sentira pas coupable. Maddy sait que jamais je ne ferais quoi que ce soit qui la blesse. C'est ma meilleure amie.

J'ai hoché la tête.

Catherine était tout pour moi. S'il lui arrivait quelque chose alors que je me trouvais à une soirée, si elle venait taper à ma porte et que je n'étais pas chez moi, si une rumeur l'affectait ne serait-ce qu'une seule seconde, je ne me le pardonnerais jamais. Mais tout ça, je ne pouvais pas le dire à Sam.

– Catherine est ma meilleure amie aussi.

Mon téléphone a vibré. Plus on approchait d'Oak Creek, plus l'équipe envoyait de textos à propos de la soirée.

Sam a lu les messages qu'il venait de recevoir aussi.

– Tu vois ? C'est trop la lose, si tu viens pas.

– Je vais en parler à Catherine.

Chapitre 22

Catherine

J'ai ouvert les yeux au moment où les bus arrivaient sur le parking du lycée. Je me suis étirée, et j'ai entendu les gars de l'équipe se réveiller derrière nous. Au moment où Elliott me prenait la main pour descendre du bus, Mme Mason nous a interceptés.

– Catherine, tu me diras si ta mère veut des explications pour ce soir. Je demanderai à M. Thornton de lui faire un mot. Et si cela ne suffit pas, je peux l'appeler.

– Ça devrait aller.

– Tu es sûre ? Écoute, si elle est en colère…

– Je suis sûre. Merci, madame Mason. Bonne nuit.

Elle m'a souri, a souri à Elliott, puis s'est tournée vers M. Peckham, qui approchait.

Elliott m'a entraînée directement vers le parking. La pluie en avait fait un bourbier, il m'a prise dans ses bras pour que je ne me mouille pas les pieds. J'avais l'impression d'être légère comme l'air. Il boitait toujours, mais moins.

On a attendu un moment dans sa voiture que le chauffage se mette en marche. Il a pris mes mains, les a serrées dans les siennes et a soufflé dessus pour les réchauffer.

– Madison m'a dit qu'il y avait une fête, ce soir. Tu voulais y aller ?

Il a haussé les épaules.

– Mouais… mais bon. C'est pas grave si j'y vais pas.

– Donc tu as envie d'y aller.

– Je suis allé à plein de soirées, c'est toujours pareil.

– Mais là, c'est pas pareil. T'es en dernière année, ces fêtes sont pour toi, pour célébrer tes exploits. Tu es la star de l'équipe, c'est grâce à toi qu'elle gagne. Ils t'aiment.

– Je t'aime.

J'ai baissé les yeux, essayant de ne pas rougir.

– Je… je t'ai écrit un truc. C'est débile, mais bon…

Il a ouvert de grands yeux, son sourire s'est élargi.

De la poche intérieure de mon manteau, j'ai sorti une série d'enveloppes et je les lui ai données. Puis j'ai attendu sa réaction.

Il les a lues l'une après l'autre.

– Si tu te sens seul. Si tu as eu une journée pourrie. Si je te manque. Si on s'est disputés. Si on a passé un super moment ensemble. Si on se sépare.

Il a levé la tête.

– Celle-là, je la déchire tout de suite.

– Non, surtout pas ! Elle fait quatre pages.

Il est retourné à la lecture des enveloppes.

– « Maintenant. »

Il l'a ouverte, a déplié la feuille de cahier qu'elle contenait, et l'a lue.

Cher Elliott,
Je n'ai rien d'autre à te donner, alors j'espère que ça ira. J'ai du mal à exprimer mes sentiments. J'ai du mal à m'exprimer en général, à vrai dire. Pour moi, écrire est plus facile.
Elliott, grâce à toi, je me sens aimée et protégée pour la première fois depuis très longtemps. Tu es courageux, les choses horribles que disent les gens te glissent dessus, et les choses que tu me dis me donnent le sentiment que je suis la seule capable de t'émouvoir. Grâce à toi, je me sens belle alors que c'est toi qui es beau. Je me sens forte alors que c'est toi qui es fort. Tu es mon meilleur ami, mais je suis aussi amoureuse de toi, et c'est la plus belle chose qui pouvait m'arriver. Alors merci. Tu ne sauras jamais à quel point ta présence dans ma vie la rend digne d'être vécue.
Je t'aime,
Catherine

Il m'a regardée, rayonnant.

– C'est le plus beau cadeau que j'aie jamais reçu.

– C'est vrai ? J'ai cherché quoi t'offrir, je voulais te fabriquer un truc, mais…

– C'est parfait. Tu es parfaite !

Il s'est penché pour m'embrasser, a déposé deux délicats baisers sur mes lèvres avant de s'écarter.

– Tu es ma meilleure amie toi aussi. Je suis heureux que tu m'aies écrit cela.

J'étais un peu gênée, de m'être révélée de la sorte, d'avoir avoué ma vulnérabilité. Mais j'étais aussi trop curieuse pour retenir ma question.

– Maddy m'a dit… qu'elle savait un truc dont tu ne m'as jamais parlé, mais elle n'a pas voulu dire quoi. C'est en rapport avec ta venue ici.

– Oh, ça…

– Tu as peur de m'en parler ?

– Un peu, oui.

J'ai eu un petit rire.

– Mais tu n'as pas eu peur d'en parler à Maddy. Allez, dis-moi.

Il s'est massé la nuque. Il faisait un peu meilleur dans la voiture, et nous étions parmi les derniers encore sur le parking. Tous les autres étaient trop pressés d'aller à la fête.

– Tu te souviens de la première fois où tu m'as vu ? a-t-il demandé.

– Quand tu cognais sur le tronc d'arbre ?

Il a regardé ses poings pleins de cicatrices.

– Oui. Je ne voudrais pas que tu me prennes pour un gros lourd carrément collant.

Il s'est tu, a mis sa ceinture et a démarré.

– Ce sera plus simple si je te montre.

On est allés jusque chez sa tante. La maison était dans l'obscurité, le garage était vide.

– Où sont-ils ?

– Au restau avec le patron de mon oncle. Ils ne devraient pas tarder.

Je l'ai suivi dans l'escalier qui descendait à sa chambre. L'endroit avait beaucoup changé depuis ma dernière visite. C'était devenu une vraie chambre, avec un grand lit, une commode, un bureau, et des posters sur les murs. Le vieux tapis vert élimé avait été remplacé par un neuf, plus moderne, couleur ocre.

– C'est quoi ? ai-je demandé en montrant une cabine, dans un coin de la pièce.

– Mon oncle m'a installé une cabine de douche, pour que je n'aie plus à monter.

– C'est drôlement sympa.

Elliott a ouvert un tiroir de son bureau, en a sorti une boîte en carton. Il a posé une main sur le couvercle, comme s'il hésitait à l'ouvrir. Puis il a fermé les yeux.

– Ne prends pas peur. Ce n'est pas aussi bizarre que ça en a l'air.

– Heu… d'accord.

– Tu te rappelles, quand je voulais te montrer ce que j'avais photographié de plus beau ?

– Oui.

Il a pris la boîte, l'a portée jusqu'à son lit et l'a ouverte. Il y a plongé les mains, a réuni tout ce qu'elle contenait et a posé sur la courtepointe une pile de photos, toutes en noir et blanc, de tailles différentes. Ensuite, il les a étalées. Elles étaient *toutes* de moi. Je ne regardais pratiquement jamais l'objectif. Certaines avaient été prises cette année, d'autres, deux ans auparavant. Et puis soudain, j'en ai aperçu quelques-unes où j'étais en primaire, et d'autres sur lesquelles je portais une robe qui datait de la sixième.

– Elliott…

– Je sais ce que tu penses. Et c'est vrai, ça fait un peu peur. C'est pour ça que je ne t'en ai jamais parlé.

J'ai montré les clichés les plus anciens.

– Mais où as-tu trouvé ces photos ?

– C'est moi qui les ai prises.

– C'est toi qui as pris ces photos ? On dirait des clichés de pro !

Il a souri en se dandinant d'un pied sur l'autre.

– Merci. C'est ma tante qui m'a offert mon premier appareil, l'année où j'ai pris celle-ci.

C'était celle où je portais la robe.

– Je passais toute la journée à prendre des photos, et le soir je les retravaillais sur le vieil ordi de mon oncle. Vers le milieu de l'été, j'ai décidé de grimper dans cet énorme chêne pour photographier le coucher du soleil. Les propriétaires du jardin dans lequel se trouvait le chêne sont sortis, et je me suis retrouvé coincé. Ils étaient tristes, et je ne voulais pas les déranger. Ils allaient enterrer quelque chose. C'était toi et ton père. Vous enterriez Goober.

– Tu nous regardais ? Tu étais dans le chêne ?

– Mais ce n'était pas prémédité, Catherine, je te le jure.

– Mais… je suis restée dehors longtemps, après ça. Jusqu'à la nuit tombée. Et je ne t'ai pas vu.

– J'ai attendu, a dit Elliott en faisant la grimace. Je ne savais pas quoi faire d'autre.

Je me suis assise à côté des photos, je les ai touchées, l'une après l'autre.

– Je me souviens de t'avoir vu traîner dans le quartier, tondre les pelouses. Tu me regardais, des fois, mais tu ne m'as jamais adressé la parole.

Il a eu un rire un peu nerveux.

– J'étais terrifié.

– Je te faisais peur ?

– Tu étais la fille la plus jolie que j'avais jamais vue. J'ai pris une photo, je l'ai regardée.

– Et ensuite ?

– L'été suivant, a continué Elliott, je t'ai aperçue, assise sur la balancelle, sur le porche. Tu as vu un oisillon tombé du nid dans le jardin, et tu es montée presque au sommet du bouleau pour le remettre à sa place. Il t'a fallu une bonne demi-heure pour redescendre, mais tu y es arrivée. Tu portais une robe rose.

Il a pointé du doigt une photo de moi assise sur les marches du porche, perdue dans mes pensées. Je devais avoir onze ou douze ans et je portais la robe préférée de mon père.

– Celle-ci, c'est la plus belle de toutes. Tout était écrit sur ton visage. La prise de conscience de ce que tu viens de faire, l'émerveillement, la fierté.

Il a ri en secouant la tête avant d'ajouter :

– C'est bon, là, tu peux te moquer de moi, tu sais.

– Non, non, c'est juste… inattendu.

– Et un peu bizarre, aussi, non ?

Il attendait ma réponse comme s'il allait prendre des coups.

– Je ne sais pas. D'un côté, maintenant, j'ai des photos de mon père et moi dont j'ignorais l'existence. Et celle-ci ?

– Tu aidais ton père à remplacer une latte du porche.

– Et là ?

– Vous admiriez le rosier des Fenton. Tu n'arrêtais pas de revenir vers l'énorme rose blanche, mais tu ne l'as jamais coupée.

– Ah, c'est ça ! Cette maison me disait quelque chose. Elle me manque, depuis qu'ils l'ont rasée. Ce n'est plus qu'un tas de gravats, maintenant. Il paraît qu'on va en construire une autre.

– Moi, ce sont les lampadaires qui me manquent. Chaque année il y en a un peu moins qui fonctionnent, dans la rue.

– Moi aussi. Mais du coup, on voit mieux les étoiles.

– Toujours le côté positif des choses, hein, a dit Elliott en souriant.

– Qu'est-ce que tu faisais dans mon jardin, ce jour-là ? ai-je demandé en montrant une photo du vieux chêne. La première fois que je t'ai vu, tu cognais le tronc de notre arbre.

– J'évacuais un peu de tension. Mes parents se disputaient tout le temps. Ma mère détestait Oak Creek et moi je m'y plaisais un peu plus chaque jour. Plus je restais assis au pied de cet arbre, plus j'essayais de me calmer et de relativiser, plus je sentais la colère monter. Et sans vraiment m'en rendre compte, je me suis mis à cogner le tronc. Ça me faisait du bien. Je ne savais pas que tu étais déjà rentrée chez toi. Je m'étais souvent imaginé notre rencontre, mais jamais de cette façon.

– Ça t'arrive souvent ? D'évacuer la tension ?

– Moins qu'avant. Je passais mon poing à travers les portes assez souvent. Ma tante a menacé de ne plus me recevoir si j'en cassais une de plus. Elle m'a appris à canaliser ma colère, à l'évacuer autrement. En faisant de l'exercice, en jouant au foot, en prenant des photos, en bricolant avec mon oncle.

– Pourquoi est-ce que tu te mets en colère ?

Il a secoué la tête, l'air presque fâché.

– Si seulement je savais. Ça vient comme ça. Mais aujourd'hui, j'arrive beaucoup mieux à maîtriser cette rage.

– J'ai du mal à t'imaginer en colère.

– J'essaie de la réprimer comme je peux. Mais ma mère dit que je ressemble trop à mon père. Quand il faut que ça sorte… ça sort.

Cette idée semblait le perturber. Il s'est assis sur le lit, à côté de moi. J'ai regardé les photos, j'avais du mal à y croire. Il avait saisi toutes les expressions possibles de mon visage. La colère, l'ennui, la tristesse, la réflexion – autant de moments de ma vie.

– Crois-moi, à dix-huit ans, je comprends que prendre des photos de quelqu'un sans son consentement, ça craint. Je te les donne avec plaisir. Je ne les ai jamais montrées à quiconque. Mais… à dix ans, tu étais la plus belle chose que j'avais jamais vue. Et j'en suis encore persuadé. C'est pour cela que je suis revenu. Voilà ce que j'ai dit à Madison.

– Parce que tu penses que je suis jolie ?

– Parce que ça fait presque la moitié de ma vie que je t'aime.

Je me suis tournée vers le miroir accroché au mur, derrière son bureau. Mes cheveux avaient poussé d'une trentaine de centimètres depuis qu'Elliott avait pris sa première photo de moi. Je ressemblais à une jeune femme plus qu'à une petite fille. Mes yeux étaient d'un vert ordinaire – j'étais tout ce qu'il y avait de plus banal, on était loin de la beauté spectaculaire dont il parlait.

– Elliott… je ne comprends pas ce que tu vois en moi. Et je ne suis pas la seule.

– Tu penses que c'est pour cela que des filles comme Presley et ses clones, qui manquent totalement d'assurance, te pourrissent la vie ? Parce que tu es ordinaire ? Parce que tu es ennuyeuse ? Quelconque ?

– Mais je *suis* ordinaire, ennuyeuse et quelconque.

Il s'est mis devant le miroir avec moi, m'a forcée à me regarder de nouveau. Il faisait une bonne tête de plus que moi, aurait pu poser le menton sur le haut de mon crâne. Sa peau cuivrée offrait un impressionnant contraste à côté de mon teint pâle, sans parler de ses cheveux noirs et raides comparés à mes ondulations châtain clair.

– Si tu ne le vois pas, alors fais-moi confiance. Tu es belle.

Je me suis regardée de nouveau.

– En primaire ? Vraiment ? On ne voyait que mes dents et mes jambes de sauterelle.

– Non. Moi je voyais des cheveux blonds magnifiques, de jolies mains, et au moins dix vies à venir dans ton regard.

Je me suis tournée vers lui, et j'ai glissé mes mains sous sa chemise.

– J'aurais bien aimé rester blonde comme quand j'étais petite.

Il s'est raidi ; mes mains sur sa peau nue l'avaient pris par surprise.

– Tes… tes cheveux sont parfaits comme ça.

Je sentais son corps chaud, les muscles de son dos se tendre sous la pression de mes mains. Il s'est penché vers moi, a posé ses lèvres douces sur les miennes. J'ai reculé de quelques pas vers le lit, et il s'est figé.

– Qu'est-ce que tu fais ? a-t-il demandé.

– Je m'installe plus confortablement ?

Il a souri.

– Tiens, c'est toi qui parles au mode interrogatif, là.

J'ai pouffé et je l'ai attiré vers moi.

– Tais-toi.

À son tour, il a fait quelques pas, et j'ai senti tout son corps réagir quand j'ai ouvert les lèvres et glissé ma langue entre les siennes. Quand je me suis allongée, il m'a suivie, nous retenant tous les deux d'une main sur le matelas. Son torse était contre ma poitrine. J'ai pris le bas de sa chemise, et je l'ai tiré vers le haut. Il avait le dos presque nu quand la porte d'entrée s'est refermée.

Elliott a fait un bond et s'est relevé.

– Merde, mon oncle et ma tante.

Je me suis assise, rouge comme une tomate.

– Il faut que je rentre, de toute façon. Tu devrais aller à la soirée. Je veux que tu y ailles.

Il a eu l'air découragé.

– T'es sûre ?

– Oui.

– Je vais prendre une douche, et puis je te ramène ? Tu veux un chocolat chaud, ou quelque chose, pendant ce temps ?

– Non, merci.

– Je n'en ai pas pour longtemps.

Il a pris quelques affaires, et a disparu dans la cabine de douche. L'eau n'a pas tardé à couler, des nuages de vapeur se sont échappés par-dessous la porte.

Assise sur le lit, j'ai regardé les photos. Sur la plupart d'entre elles, j'étais assise sur la balancelle, les fenêtres de la maison derrière moi, comme si elles me surveillaient. Je ne souriais jamais. J'étais toujours perdue dans mes pensées, même quand mon père était quelque part dans le cadre.

L'eau s'est arrêtée de couler. Quelques minutes plus tard, Elliott est sorti en sweat à capuche de l'équipe de foot, jean et baskets. Il souriait, sa fossette bien marquée sur sa joue.

– Tu sens bon, ai-je dit en le prenant dans mes bras.

L'odeur du gel douche et de la menthe m'a enveloppée quand il a refermé ses bras autour de moi. Il s'est penché pour m'embrasser, ses cheveux mouillés ont glissé et ont effleuré mon visage. Puis il m'a prise par la main et s'est dirigé vers l'escalier. Juste avant de monter, il s'est arrêté, m'a embrassée une nouvelle fois.

– C'était pour quoi, ça ?

– Il m'a fallu six étés pour trouver le courage de venir te parler. Deux de plus pour revenir près de toi.

Alors c'est fini. Plus question d'en passer un seul à me languir de toi.

J'ai souri.

– Quoi ?

– J'aime bien quand tu renonces au mode interrogatif.

– Allez, viens. Je te ramène avant qu'il ne soit trop tard.

On a marché main dans la main jusque chez moi, en comptant les lampadaires encore en état de marche et ceux qui n'éclairaient plus. Elliott, le nez en l'air, a reconnu qu'on voyait mieux les étoiles quand il faisait plus sombre.

On est passés devant le terrain des Fenton, puis Elliott m'a accompagnée jusqu'à ma porte.

– Amuse-toi, ce soir, d'accord ? ai-je murmuré.

La maison était plongée dans l'obscurité, et je préférais qu'elle y reste tant qu'Elliott était près de moi.

Il a pris une mèche de mes cheveux, l'a enroulée autour de son doigt.

– J'aurais bien aimé que tu viennes avec moi.

Pour la première fois de ma vie, j'avais envie d'aller à une fête. Je serais allée n'importe où si cela m'avait permis de passer ne serait-ce qu'une heure de plus avec Elliott. Mais j'ai ravalé ces pensées, et j'ai secoué la tête.

– Il vaut mieux que je rentre. Joyeux anniversaire !

Je l'ai embrassé sur la joue. Il a pris mon visage entre ses mains et a posé ses lèvres chaudes sur les miennes. Son baiser était un peu différent, plus impatient. Plein de désir. Partager son secret, m'entendre l'accepter avait changé les choses entre nous. Une barrière avait été levée. J'ai laissé sa langue explorer ma bouche, jouer avec la mienne tandis qu'il me plaquait contre lui.

Lentement, il a avancé, m'a poussée doucement contre la porte.

– Il faut que j'y aille, ai-je murmuré entre deux baisers.

J'ai passé une main dans mon dos et j'ai tourné la poignée. La porte s'est ouverte, a grincé. J'ai fait un pas en arrière, Elliott m'a suivie dans l'entrée.

On était sur le pas de la porte, enlacés, à ne plus penser à rien qu'à l'autre, si proche. L'espace d'un instant, j'ai sérieusement envisagé de partir avec lui, de laisser derrière moi cette maison qui m'effrayait, m'usait.

– On peut savoir ce qui se passe, ici, nom de Dieu ? a hurlé Duke en me tirant en arrière par le col de mon manteau.

– Houlà ! On se calme, a dit Elliott en levant les mains.

– Va-t'en, Elliott, ai-je lancé, prise de panique.

– Non…

– Va-t'en, je te dis ! Allez ! ai-je hurlé en le poussant dehors avant de lui claquer la porte au nez.

Il s'est jeté dessus en tapant comme un malade.

– Catherine !

– Fous le camp, espèce de saligaud ! a grogné Duke.

D'un doigt, je l'ai supplié de se taire.

– Pardon. Je suis désolée. Désolée. Chuuuuut !

Puis je me suis tournée vers la porte.

– Elliott ? Ça va. Je vais bien. Rentre chez toi, s'il te plaît. On se verra demain.

– Non, ça ne va pas ! Laisse-moi entrer, Catherine, je lui expliquerai.

Duke m'a attrapée par le bras, je me suis dégagée. Puis j'ai inspiré un grand coup et j'ai fermé le verrou.

– Tu ne peux pas entrer. Ça va, je te le promets. Mais s'il te plaît… va-t'en.

– Je ne peux pas te laisser ici.

J'ai vu la fureur dans le regard de Duke.

– Elliott, je ne veux pas qu'il t'arrive quelque chose. Je te promets qu'on se verra demain, et je te promets que tout ira bien. S'il te plaît, fais-moi confiance.

– Catherine…

Il semblait désespéré. Je suis allée à la fenêtre, j'ai toqué pour qu'il s'approche. Il a plaqué ses mains sur la vitre et cherché Duke des yeux. Mais il restait dans l'ombre.

– Tu dois t'en aller, ai-je dit en me forçant à sourire.

– Viens avec moi. Tu seras en sécurité.

Une larme a roulé sur ma joue.

– Tu dois partir, Elliott, sinon, je ne pourrai plus te revoir.

Sa lèvre inférieure s'est mise à trembler de rage. Une nouvelle fois, il a essayé de regarder derrière moi.

– Je veux que tu ailles directement dans ta chambre et que tu t'enfermes.

– C'est ce que je vais faire. Je te le promets.

– Je viens te chercher demain matin à la première heure.

– D'accord.

Elliott a tourné les talons et a dévalé les marches du porche. Puis il a sauté par-dessus le portillon et a couru en direction de chez sa tante.

J'ai fermé les yeux, et senti d'autres larmes couler. Je les ai essuyées avant de me retourner pour affronter Duke. Il avait le souffle court, et me fixait d'un regard méchant.

– Fais en sorte qu'il ne vienne plus, Catherine. Sinon, je m'occuperai de le faire disparaître.

Luttant contre ma peur, j'ai marché vers lui en pointant un doigt sur sa chemise tachée.

– Vous ne vous approchez pas d'Elliott, c'est compris ? Sinon, je pars. Si vous touchez à un seul cheveu d'Elliott, je pars d'ici et je ne reviendrai jamais !

Ma réaction l'a désarçonné. Il a cligné des yeux, s'est dandiné d'un pied sur l'autre, sans savoir comment réagir.

– La Villa Juniper ne peut pas tourner sans moi, ai-je continué. Alors *vous* faites ce que *je* dis ! Allez vous coucher ! ai-je ordonné en montrant l'étage.

D'une main, il a lissé sa cravate, puis il a reculé, s'est dirigé vers l'escalier. Il est monté lentement, a regagné sa chambre. Quand j'ai entendu sa porte claquer, je suis montée à mon tour, en courant, et je me suis ruée dans ma chambre. J'ai poussé mon lit contre la porte et je me suis assise dessus, pour ajouter du poids.

Mortifiée, glacée de trouille, j'ai plaqué une main sur ma bouche. Jamais je n'avais parlé à Duke sur ce ton. Qu'allait-il se passer, maintenant ? C'était le plus intimidant de nos clients, mais s'il n'arrivait plus à me soumettre par la peur, l'incertitude s'installait pour beaucoup de choses. J'avais peur que quelqu'un d'autre, quelqu'un de plus effrayant encore vienne prendre sa place pour me faire marcher droit.

La commode a raclé le plancher quand je l'ai poussée vers la porte. J'allais remettre mon lit à sa place quand j'ai entendu un bruit étrange.

Tic, toc.

Je me suis figée.

Tic.

Cela venait de ma fenêtre.

Je me suis approchée et j'ai regardé dehors. La silhouette d'Elliott se détachait dans le halo de lumière d'un des derniers lampadaires de la rue. J'ai ouvert les battants.

– Ça va ?

J'ai hoché la tête en essuyant mes larmes.

– Je suis désolée. Ça me rend malade que tu aies vu ça.

– T'inquiète pas pour moi. Je peux t'aider à descendre, si tu veux. Tu n'es pas obligée de rester ici.

– Je suis dans ma chambre. La porte est verrouillée, il ne m'arrivera rien.

– Catherine…

– Tu sais que je ne peux pas.

– Mais je ne savais pas que c'était aussi horrible.

– Ce n'est pas horrible. Je vais bien.

– Écoute, je ne sais pas quel était le problème, mais ça ne peut pas continuer comme ça. Je m'inquiète pour toi.

– Tu dois me faire confiance.

Il a lâché les cailloux qui lui restaient dans la main et s'est massé la nuque.

– J'ai peur d'apprendre un jour qu'il t'est arrivé quelque chose. J'ai peur de ce que tu as dit, que tu ne pourrais plus me voir. C'est quoi, ce choix que tu me laisses ?

– C'est un vrai choix. Tu devrais y aller, maintenant.

– Je ne peux pas.

J'ai senti les larmes me piquer les yeux à nouveau. Vivre dans cette maison devenait chaque jour un peu plus dur. Quelque chose de mauvais grossissait en son sein, et je ne voulais pas qu'Elliott soit happé dans ce flot malsain. Rester près de moi, pour lui c'était risquer d'être malmené – ou pire.

– S'il te plaît… Je vais régler ça.

– Je devrais appeler quelqu'un. Laisse-moi en parler à ma tante, au moins.

– Tu as promis.

– Ce n'est pas juste. Tu n'aurais pas dû me faire promettre des choses pareilles.

– Mais je l'ai fait. Et tu as promis. Et tu ne veux pas tenir ta promesse.

– Catherine, je t'en supplie, laisse-moi monter. Je ne peux pas partir, après ce que j'ai vu.

Comme je ne protestais pas, il a pris son élan et s'est agrippé au treillage, pour monter sur le toit du porche et jusqu'à ma fenêtre. Il a sauté à l'intérieur, puis a repris son souffle, les mains sur les hanches.

J'ai regardé ma porte.

– Tu ne devrais pas être ici ! ai-je murmuré.

C'était la première fois que quelqu'un d'autre qu'un client, Tess ou maman entrait depuis le jour où papa avait été emmené à l'hôpital.

Il a fait quelques pas.

– Bon. La foudre n'est pas tombée. Je ne ferai pas de bruit, a-t-il chuchoté.

Puis il est allé fermer la fenêtre, a regardé autour de lui.

– Quelque chose a changé, dans cette chambre, depuis tes cinq ans ?

– Tu ne devrais pas être ici.

– Mais j'y suis, et si tu ne me fiches pas dehors, j'y reste.

– Ta tante va paniquer. Elle en parlera à ta mère, si ça se trouve.

– J'ai dix-huit ans. Pourquoi ta commode est contre ta porte ?

Je n'ai pas répondu.

– Catherine…

Je voyais bien qu'il était paniqué à l'idée de ne pas pouvoir me protéger de ce qui me faisait peur au point de pousser ma commode contre ma porte.

J'ai fermé les yeux.

– D'accord… D'accord, je vais te le dire, mais tu ne peux pas rester. Je ne veux pas que tu me plaignes. Je ne veux pas de ta pitié. Et tu dois me promettre de ne le dire à personne. Ni à ta tante, ni à personne au lycée. Personne.

– Ce n'est pas de la pitié, Catherine. Je m'inquiète.

– Promets-moi.

– Je ne le dirai à personne.

– Duke n'entre jamais dans ma chambre, mais maman, Willow, Poppy ou ma cousine Imogen viennent parfois. Maman ne veut pas que je fasse des trous dans le mur pour poser un verrou, alors je me sers du lit pour les empêcher d'entrer.

Elliott a secoué la tête, préoccupé.

– Ce n'est pas normal.

– Elles viennent juste pour parler. Mais elles me réveillent en plein milieu de la nuit, et parfois ça me fait un peu peur. Du coup, je m'endors plus facilement si mon lit est contre la porte.

J'ai attendu un instant, et puis j'ai montré la fenêtre.

– Bon, je t'ai expliqué. Maintenant, va à cette fête.

– Catherine, je n'irai pas à cette fête débile. Je reste ici et je te protège.

– Tu ne peux pas rester tout le temps. Et ça fait plus de deux ans que je contrôle la situation. Maintenant, tu sais, mais ça ne change rien. Je ne veux pas qu'on soit deux à rater des occasions juste à cause de cet endroit. Va à cette fête.

– Catherine…

– Vas-y, Elliott. J'assume beaucoup de choses, je ne peux pas assumer cette culpabilité-là aussi.

Elliott s'est décomposé. Il est allé à la fenêtre, s'est glissé dehors en refermant derrière lui. Avant de disparaître, il a plaqué sa main contre la vitre en faisant le signe « Je t'aime ». J'ai répondu de la même manière.

Et j'ai articulé *Joyeux anniversaire*.

Elliott parti, j'ai ouvert un tiroir de ma commode et j'en ai sorti le vieux T-shirt OKLAHOMA UNIVERSITY de mon père. Il était très usé, troué même, à certains endroits, mais grâce à lui je sentais sa présence. Après un épisode aussi traumatisant que celui-ci, j'en avais besoin. Je l'ai roulé en boule et je me suis couchée en le serrant contre moi. Même si l'odeur de mon père avait disparu depuis longtemps, je m'en souvenais, et cela m'aidait à l'imaginer assis au pied de mon lit, attendant que je m'endorme, comme quand j'étais petite. Très vite, je me suis assoupie, mais ce n'était pas papa, cette fois, qui veillait sur moi. C'était Elliott.

Chapitre 23

Elliott

J'ai fermé mon blouson et fourré mes mains dans mes poches. Le feu de camp était deux fois plus haut que moi mais la pluie glacée l'empêchait presque de nous réchauffer. À notre arrivée, tout le monde était déjà bourré en dehors de l'équipe de foot, mais les gars buvaient de la tequila à la bouteille pour se rattraper.

J'ai enfoncé la tête dans mes épaules pour me protéger du vent. Sam sautillait sur place.

– Je vais demander à boire à Scotty. Il a apporté une bouteille de Fireball. Tu en veux ?

J'ai secoué la tête.

– C'est trop l'horreur, ce froid. Je retourne chez Catherine.

– Tu as réussi à entrer chez elle ?

– Ce soir, oui.

– Et sa mère a réagi comment ? Je croyais qu'elle n'autorisait personne à l'intérieur en dehors de la famille et des clients.

J'ai haussé les épaules. Je fixais mes pieds.

– J'ai escaladé le treillage jusqu'à sa fenêtre. Elle m'a laissé entrer suffisamment longtemps pour avoir à me mettre dehors.

– Waouh. Vous avez… ?

– Pas vraiment. C'était un peu comme tu avais dit. Elle culpabilise à l'idée qu'elle m'empêche de participer à tout ça. Elle n'est jamais allée à une soirée. Je sais pas ce qu'elle s'imagine. Quelque chose de très différent de ça, sans doute.

De l'autre côté du feu, un groupe s'était mis à scander quelque chose d'incompréhensible. C'était à qui boirait le plus de bière.

– Salut Elliott, a dit Tatum en se passant une main dans les cheveux. T'es venu, finalement ?

– Je ne reste pas, ai-je répondu sans la regarder, concentré sur les buveurs.

– Tu veux quelque chose à boire ? J'ai apporté du…

– Non merci. Il faut que je parle d'un truc à Scotty.

Et j'ai laissé Sam seul avec Tatum pour aller taper sur l'épaule de Scotty. Il s'est retourné, la bouteille de Fireball déjà à moitié vide à la main. Il titubait, mais il souriait.

– Hé ! Mais c'est le héros du jour ! Joyeux anniversaire ! Tu veux boire un coup ? Tiens !

Il a bu une gorgée, m'a tendu la bouteille.

– Non merci, ça va aller.

Il ne sentait plus le froid et s'était éloigné du feu de camp. J'ai commencé à frissonner, alors j'ai reculé de quelques pas et j'ai heurté Cruz Miller. Il était avec Minka, lui tenait la main.

– Putain, fais gaffe, Youngblood ! a-t-il aboyé.

Il était ivre, mais pas autant que Scotty, qui s'est interposé, comme si on allait se battre.

– Hé, on se calme, les gars. C'est l'anniversaire d'Elliott. Sois pas chiant, Cruz.

– Où est Catherine ? a demandé Minka. Elle n'a pas pu venir ? Il fallait qu'elle récure les toilettes ?

– Ta gueule, Minka.

J'avais été méprisant. Cruz est monté au créneau.

– Qu'est-ce que t'as dit ?

Je faisais plus d'une tête de plus que lui, mais c'était la star de l'équipe de lutte. Il avait le nez et les oreilles aplatis, et la nuque aussi large que la tête.

– Y a un problème, Elliott ? a demandé Sam en se mettant de mon côté.

D'autres lutteurs sont venus entourer Cruz, et Scotty a retrouvé la lucidité nécessaire pour faire signe aux gars de l'équipe, qui se sont approchés.

– Répète un peu, sniffeur de colle, a grogné Cruz.

Je me suis raidi, tous les muscles de mon corps se sont mis en tension. Cela faisait longtemps que l'on n'avait plus insulté mes origines, mais pour des mecs aussi nazes que Cruz, c'était l'insulte la plus facile, et on en arrivait toujours là.

J'ai fermé les yeux, essayant de me calmer, et j'ai entendu la voix de ma tante me conseillant de maîtriser ma colère.

– T'es bourré, Cruz. Je ne me bats pas avec les mecs bourrés.

Il a éclaté de rire.

– Ah d'accord ! Alors tu peux insulter ma copine, mais tu ne veux pas te battre. T'es peut-être balaise, mais t'es une fiotte !

Sam a souri.

– On voit que t'es pas venu à nos derniers matchs, Cruz.

– Et alors ? C'est le roi du monde, maintenant ? Il est même pas foutu de se trouver une nana normale. Elle est carrément chelou, Catherine.

– La ferme ! Je veux plus t'entendre, ai-je fulminé sans desserrer les dents.

– Ah, je vois ! Tu peux insulter ma copine, mais Catherine est hors concours, c'est ça ?

– Catherine ne t'a rien fait. Elle n'a rien fait à personne.

Je sentais que j'étais au bord du pétage de plombs. Sam m'a pris par l'épaule, m'a tiré un peu en arrière. Je ne m'étais pas rendu compte que je m'étais mis en position d'attaque.

– Tu sais pas ce qu'elle a fait, a dit Minka. Mais tu finiras par l'apprendre. Catherine se sert de toi, c'est tout.

– Pour *quoi* ?

– Pour un temps. C'est ce qu'elle a fait avec tous les autres.

– Tous les autres, hein ? Son père est mort, Minka. Elle et sa mère tiennent une maison d'hôtes à bout de bras. Et tu te sens snobée ? Heureusement que tu n'es plus son amie, hein. Parce que question égoïsme…

– Maddy trouve que c'est une super amie, est intervenu Sam. Peut-être que Catherine s'est juste lassée de ta voix de crécelle. En ce qui me concerne, j'aurais pas tenu longtemps.

Minka est restée bouche bée et Cruz a mis un coup de poing à Sam. C'est là que tout a basculé. Là que j'ai pété les plombs. J'ai attrapé Cruz, l'ai jeté à terre et j'ai frappé, frappé. Derrière nous, Minka hurlait. Les footeux et les lutteurs criaient, j'ai senti qu'on me tirait par le blouson, mais tout le reste était flou. Je ne sentais plus la douleur dans mes poings quand ils s'écrasaient sur le visage de Cruz. Mais j'entendais le bruit qu'ils faisaient.

Je ne sais pas combien de temps s'est écoulé avant que mes coéquipiers me détachent de Cruz. Il ne bougeait plus, avait le visage en sang. Minka pleurait et les gars de l'équipe de lutte me regardaient comme si j'étais un monstre.

Les gars m'ont tapé dans le dos comme si je venais de gagner un match à moi tout seul.

– On ferait mieux d'y aller, a dit Sam, hébété.

Scotty essayait de me féliciter, mais je me suis dégagé.

– Lâche-moi ! ai-je hurlé.

– Désolé, mec… je voulais juste…

Je n'ai pas entendu la fin de sa phrase. Sam m'a suivi jusqu'à la Chrysler, on a claqué nos portières en même temps. J'ai agrippé le volant et c'est là que j'ai remarqué mes poings en sang.

– Putain, le con ! Merde, Elliott, ça va ? m'a demandé Sam.

Je tremblais, j'essayais de me calmer.

– Laisse-moi une seconde…

– Je peux conduire, si tu préfères.

J'ai secoué la tête et mis le contact.

– Je te dépose. Il faut que je voie Catherine.

– T'es sûr de vouloir lui montrer tes poings dans cet état ? Elle risque de flipper.

J'ai soupiré.

– Elle apprendra ce qui s'est passé dès lundi au lycée, de toute façon. Autant qu'elle l'apprenne de moi.

J'ai démarré en trombe. Heureusement qu'on était arrivés en dernier. Tout le monde était garé n'importe comment, on aurait été coincés, sinon.

Sam n'a pas dit grand-chose sur le trajet, et c'était aussi bien. Dans ma tête, des voix hurlaient, et une de plus, ça aurait été trop. J'avais peur de la réaction de Catherine, et de celle de ma tante Leigh. En quelques secondes, tous les efforts faits pour contrôler ma colère avaient été réduits à néant.

Avant de refermer sa portière, Sam a tapé doucement sur le toit de la Chrysler.

– Merci de m'avoir sauvé la mise, là-bas. Appelle-moi demain.

J'ai hoché la tête et je suis parti pour Juniper Street.

La lumière était encore allumée dans la chambre de Catherine, et ma nervosité est remontée d'un cran. Je me demandais si elle allait comprendre, être en colère ou prendre peur. J'ai fermé les yeux, ma tête est tombée en arrière. Elle n'avait pas flippé en me voyant cogner contre le tronc d'arbre, mais cela remontait à longtemps. Elle avait vécu tellement de choses difficiles, depuis. Mais il fallait que je le lui dise maintenant. Je ne voulais pas qu'elle l'apprenne par quelqu'un d'autre.

J'ai traversé la rue, longé sa maison du côté du terrain vague des Fenton et j'ai grimpé en m'accrochant au treillage. Les bardeaux de bois étaient rugueux sur mes mains abîmées.

Catherine était en chien de fusil dans son lit, et serrait un truc gris dans ses bras. Elle s'était endormie avec la lumière. Un sentiment de culpabilité m'a étreint, et puis j'ai senti la colère monter à nouveau. J'ai inspiré profondément, et j'ai toqué à sa vitre.

Catherine a bougé, s'est redressée, et a sursauté en me voyant derrière sa fenêtre. Je lui ai fait un petit signe, en me forçant à sourire. Je lui avais fait peur.

Elle a regardé la porte, puis est venue m'ouvrir. Je me suis glissé à l'intérieur et j'ai refermé la fenêtre.

Déjà, elle avait vu mes mains, et s'inquiétait.

– Qu'est-ce qui s'est passé ?

– Je suis allé à la fête.

– C'est douloureux ? Il faut qu'on nettoie ça.

Elle m'a entraîné jusqu'à sa salle de bains, a fait couler de l'eau tiède et a passé mes mains dessous. Un mélange de terre et de sang a coloré le lavabo. Puis elle a sorti une bouteille d'eau oxygénée.

– Prêt ?

J'ai fait oui de la tête, elle a versé le liquide sur mes poings. J'ai serré les dents, inspiré un grand coup. Quand tout a été propre, elle a bandé les blessures avec ce qu'elle avait, et on est retournés dans la chambre.

On s'est assis et on a attendu quelques instants en silence, au cas où l'on aurait réveillé quelqu'un.

– Raconte-moi, a dit Catherine.

– Cruz Miller.

– Oh…

– Je crois qu'il était venu pour se battre. Minka a dit une connerie, je lui ai dit de la fermer, et il l'a défendue.

– C'était à cause de moi… J'en suis sûre.

Elle était effondrée. Je savais qu'elle s'en voudrait.

– Ce n'est pas ta faute, Catherine.

– Tu ne peux même pas t'amuser à une fête le jour de ton anniversaire parce que tu te bats pour me défendre.

– Et je recommencerais s'il le fallait.

– Tu ne devrais pas avoir à faire ça.

Elle s'est levée, s'est mise à marcher de long en large. Et quand elle s'est arrêtée, sa résolution semblait absolue. J'ai paniqué.

– Ne dis pas ça. Je t'interdis de dire quoi que ce soit de ce genre maintenant. Je peux gérer beaucoup de choses, tous les reproches que tu veux, mais pas ça.

Les larmes brillaient dans ses yeux.

– Ce n'est pas juste. Ce qui t'arrive à cause de moi. Tu es la star de l'équipe de foot, tout le monde t'adorerait si je n'étais pas là.

– Ce qui m'intéresse, c'est qu'une seule personne m'adore.

J'ai hésité, et puis je me suis lancé :

– Catherine ? Tu vas en entendre parler lundi au lycée. J'ai un peu pété les plombs. Je ne me souviens pas de tout. Mais Cruz a pris très cher.

– Qu'est-ce que tu veux dire ?

– Quand je suis parti, tout le monde avait peur de moi. Même Sam.

Elle m'a regardé sans rien dire pendant quelques secondes.

– Tu as perdu ton sang-froid ? Comme quand tu passais les poings à travers les portes ? Je croyais que tu ne le faisais plus.

J'ai soupiré.

– Je ne sais pas ce qui s'est passé. J'ai craqué.

Elle est revenue s'asseoir à côté de moi, m'a pris par la main en faisant attention à mes blessures.

– C'est pas grave. Ça va aller.

– Je peux rester ici ?

Elle a fait oui de la tête, s'est allongée. Je me suis étendu à côté d'elle. Elle a posé la tête sur mon torse, a glissé un bras autour de ma taille, m'a serré fort. Le morceau de tissu gris est tombé par terre sans un bruit, mais elle n'a pas réagi. Au bout d'un moment, son souffle est devenu régulier, et j'ai senti son corps se détendre contre le mien.

Chapitre 24

Catherine

Le lundi, après le dernier cours de la journée, j'ai ramassé mes affaires et je suis allée à mon casier. Cruz était absent et Minka ne m'avait pas adressé un regard. J'avais l'impression d'avancer dans un univers parallèle. La semaine d'avant, on ne pouvait pas se déplacer dans le lycée sans que quelqu'un cherche à attirer l'attention d'Elliott. Aujourd'hui, il avait droit aux expressions de curiosité ou de dégoût qui m'étaient en général réservées.

Il m'a raccompagnée à la maison, sans dire grand-chose, mais en serrant ma main dans la sienne. J'ai supposé qu'il était perdu dans ses pensées et n'était pas d'humeur volubile.

– Merci, ai-je dit en descendant de voiture. Tout va bien ?

– Ça va, t'inquiète. Je repasse après l'entraînement.

J'ai fermé la portière. On s'est fait notre signe fétiche et je me suis dépêchée de rentrer, pas tant à cause du vent glacial mais parce que je savais qu'il ne partirait pas avant de m'avoir vue passer la porte, et il ne fallait pas qu'il soit en retard à l'entraînement.

– Catherine ? a appelé maman quand j'ai franchi le seuil.

– Oui, c'est moi !

J'ai retiré mon manteau, mon écharpe, mon bonnet, et j'ai accroché le tout aux patères, à côté de la porte.

Le registre indiquait que nous n'avions personne, alors je suis allée à la cuisine, j'ai posé mon sac sur l'îlot central et j'ai sorti mes affaires. Trois jours s'étaient écoulés depuis l'altercation entre Duke et Elliott, et je n'arrêtais pas d'y penser. J'avais du mal à me concentrer en classe, je n'arrivais pas à noter correctement les cours et j'étais en retard dans mes devoirs. Rien que de voir tout ce que j'avais à faire, je me suis sentie fatiguée.

– Mon frère est sorti avec une fille qui ne plaisait pas à ma mère, autrefois. Ça n'a pas duré très longtemps.

Tess a posé une tasse de chocolat chaud devant moi et a bu une gorgée du sien.

– Qui a dit que maman n'aimait pas Elliott ? Elle t'en a parlé ?

Tess a haussé les épaules.

– Elle a dit que Duke avait battu en retraite devant Elliott. Ça l'embête, mais c'est peut-être mieux, finalement.

J'ai soupiré.

– Merci pour le chocolat chaud, mais j'ai pas envie d'en parler aujourd'hui, Tess.

– Pas aujourd'hui ? Tu dois arrêter tout de suite. Tu vas lui briser le cœur. Tu sais que tu ne partiras pas avec lui, et qu'il ne restera pas.

– Je ne sais *rien du tout*, ai-je rétorqué avant de souffler lentement, pour me calmer.

– C'est pas ta faute. C'est normal de vouloir trouver sa place. Donc c'est logique que tu veuilles les deux – Elliott *et* la Villa Juniper.

– Qui a dit que je voulais les deux ? La maison est un mal nécessaire, dont je n'ai pas besoin. J'ai besoin d'Elliott, et tout allait plutôt bien jusqu'à ce que Duke manque de tout ficher en l'air. Je peux encore y arriver. Je vais trouver un moyen. Je trouve toujours.

– Ça craint, mais tu sais que ce que tu vis est très important, et tu vas devoir arrêter.

– Je ne sais rien. Et toi non plus.

– Je devine ce que tu penses, mais tu te trompes. Tu ne peux pas avoir les deux. Tôt ou tard, tu devras faire un choix.

– Tant qu'il est ici, je peux avoir les deux. Quand il partira, je… je le laisserai partir, mais pour le moment, laisse-moi juste en profiter. Pour une fois, laisse-moi être heureuse.

– Il te rend heureuse ?

– Tu sais bien que oui.

– Donc tu as fait ton choix.

– Je ne sais pas si on peut parler de choix. Tess, s'il te plaît, j'ai beaucoup de trucs à gérer en ce moment, alors… rentre chez toi.

– Le choix, c'est être loyale envers ta mère ou t'enfuir avec un garçon. Pour n'importe qui, la décision serait évidente. J'arrive pas à croire que tu hésites.

Je me suis levée en soupirant, mais Tess m'a attrapée par le bras.

– Je suis passée, vendredi soir. T'étais pas là. Mavis m'a dit que tu étais allée le voir jouer. Tu prends beaucoup de congés, en ce moment.

Je me suis dégagée.

– J'ai quand même le droit d'avoir du temps libre de temps en temps. Ça fait deux ans que je travaille sept jours sur sept, Tess.

– Si tu le dis… Alors, c'était comment, ce match ? Tu t'es amusée ?

– Pas autant que j'aurais voulu.

– Ah bon ? Pourquoi ?

Dehors, le vent soufflait en bourrasques, les fenêtres cognaient contre leur montant, et les courants d'air faisaient onduler les rideaux.

Comme je ne répondais pas, Tess en a tiré ses propres conclusions.

– Il s'est mal conduit avec toi ?

– Elliott ? Non, il préférerait se couper un bras plutôt que de me faire du mal. Il refuse d'aller aux soirées sans moi et il s'est opposé à son entraîneur pour moi. Il m'aime, Tess. Parfois, j'ai même l'impression qu'il m'aime plus que tout.

J'ai vu ses joues s'empourprer.

– L'entraîneur, qu'est-ce qu'il a fait ?

– Rien. Rien du tout. C'est compliqué.

Elle m'a scrutée en plissant les yeux.

– Ces filles, là. Celles qui sont toujours après toi. Elles t'ont ennuyée ? C'est encore à cause de Presley ? Est-ce que c'est d'elle que parlait Althea ? Je l'ai entendue dire à ta mère qu'elles te harcelaient. Mavis a dit qu'elles étaient passées ici.

Chaque phrase la mettait un peu plus hors d'elle.

– Tatum a un faible pour Elliott, alors Presley est encore plus insupportable que d'habitude, c'est tout.

– Au moins, si tu romps, elles te laisseront tranquille.

– Je ne romprai pas… et c'est peu probable.

– Tu penses qu'elles ne te laisseront pas tranquille ?

– Je ne vois pas pourquoi. Elles sont après moi depuis des années, et trouvent ça très drôle. Surtout Presley. Elles ont cassé les phares de la voiture de Madison pour qu'on se retrouve coincées à Yukon. Mais ce n'est pas grave. Dans quelques mois, elles partiront toutes pour la fac.

Ah, tiens, ça me fait penser…

Tess a poussé une pile de lettres devant moi.

– … Althea a dit que tu devais absolument voir ça.

Je les ai parcourues. Elles venaient toutes de différentes universités, situées dans différents États. Il y avait neuf chances sur dix pour que je n'aie pas les moyens d'y aller. Dans certains cas, il s'agissait d'une demande de renseignements sur mes intentions, dans d'autres, de brochures. Sur celles-ci, tous les campus étaient magnifiques, baignés de soleil, parsemés de pelouses bien vertes. Mon cœur s'est serré. Tout ceci était tellement hors de ma portée, ces campus auraient été sur la Lune que ça n'aurait rien changé.

J'ai pensé à Elliott, qui serait peut-être recruté sur ses capacités sportives, s'en irait très loin d'ici, et ressemblerait peut-être à ces étudiants, sur les photos, assis sur les pelouses. Une autre fille l'encouragerait depuis les gradins. Combien de temps encore allais-je réussir à nier qu'il s'en irait ? Je l'avais laissé approcher trop près, et je l'avais mis en danger. Au lycée, après l'avoir adulé, les autres le méprisaient. Le moment venu, je devrais rompre.

Les larmes ont brouillé mon champ de vision, je les ai repoussées.

– Plus vite tu le quitteras, plus ce sera facile. Pour tous les deux.

J'ai regardé Tess.

– J'ai des tonnes de devoirs, et ensuite plein de trucs à faire dans la maison. Rentre chez toi.

Elle a hoché la tête et s'est laissée glisser du tabouret. J'ai ouvert mon livre de géométrie.

Il faisait nuit depuis longtemps quand j'ai terminé tout ce que j'avais à faire. Le soir, la maison devenait plus bruyante. Les canalisations gargouillaient, le frigo vibrait, les murs craquaient. En hiver, le vent soufflait parfois si fort que la porte d'entrée avait du mal à rester fermée.

Le frigo s'est arrêté. Pour une fois, tout était trop silencieux. La porte de service s'est ouverte, fermée, et j'ai eu l'impression que quelqu'un marchait sur place.

– Maman ?

Pas de réponse.

– La chaudière a des ratés, tu veux que j'appelle quelqu'un ?

Duke est apparu dans le couloir, en sueur, essoufflé, la cravate desserrée, un peu de travers. Je me suis raidie, m'attendant à une scène.

– Duke. Je… je ne savais pas que nous avions quelqu'un. Je suis désolée. Que puis-je faire pour vous ?

– Je vais m'occuper de la chaudière. Vaut mieux que tu ne descendes plus à la cave. J'ai entendu dire que tu avais la fâcheuse habitude de t'y retrouver coincée.

– Comme si vous n'étiez pas au courant.

– Qu'est-ce que tu veux dire par là ? a-t-il lâché d'un ton méchant.

– Rien.

J'ai rangé mes affaires. Il faisait allusion au jour où j'avais été enfermée en bas pendant trois heures. J'étais descendue vérifier le thermostat des ballons d'eau chaude et quelqu'un avait fermé la porte derrière moi. Je soupçonnais Duke, mais quand maman avait finalement répondu à mes appels à l'aide, elle avait affirmé que Duke n'était pas là.

La porte de la cave a claqué et les pas lourds de Duke ont fait trembler l'escalier un peu branlant. Il s'est mis à déplacer des choses, à faire un raffut pas possible. Heureusement que j'avais terminé mes devoirs.

J'ai préparé mon sac pour le lendemain, l'ai posé près de la porte d'entrée et suis montée. Épuisée, je me suis pris les pieds dans la moquette élimée. En me rattrapant à la rampe crasseuse, je me suis dit que la maison avait considérablement vieilli en à peine deux ans. Je pouvais assurer la maintenance des veilleuses et réparer les petites fuites de robinets, mais la peinture écaillée, les canalisations percées, les interrupteurs cassés, les courants d'air, c'était trop pour moi. Et de toute façon, maman refusait que je répare quoi que ce soit. Elle ne voulait rien changer, alors tout pourrissait lentement.

Dans ma chambre, je me suis déshabillée pour aller prendre une douche. Les tuyaux ont sifflé, résonné, puis l'eau a enfin jailli. Quelques minutes plus tard, en peignoir, les cheveux mouillés, je me suis arrêtée devant le miroir. La fille qui me regardait n'était plus celle qui s'était tenue là avec Elliott quelques jours plus tôt. Les cernes assombrissaient à nouveau mon visage, mon regard était triste et las. Même consciente de ce qu'il allait advenir de notre relation, j'étais impatiente de le retrouver au lycée. C'était la seule chose dont j'avais hâte, et j'allais rompre pour des raisons que je ne comprenais pas tout à fait.

J'ai passé le peigne dans mes cheveux mouillés, en me demandant comment réagirait mon père en les voyant si longs, ce qu'il penserait d'Elliott, et quelle serait ma vie s'il avait vécu. Sur la commode, ma boîte à musique s'est déclenchée toute seule, jouant une note à la fois. Le petit cube rose était fermé, je ne l'avais pas remonté depuis des jours, mais depuis l'enterrement de papa je faisais comme si le fonctionnement erratique du rouleau à picots, qui produisait cet air lent un peu obsédant, était sa façon à lui de rester en contact avec moi.

J'ai pris la boîte à musique, je me suis mise devant la fenêtre et j'ai actionné la petite manivelle dorée. Puis j'ai ouvert le couvercle et j'ai regardé la danseuse en tutu tournoyer sur cet air qui me réconfortait.

Assise sur le rebord de ma fenêtre, je sentais les courants d'air glacés. L'érable des Fenton, de l'autre côté de leur terrain, me cachait en partie le ciel nocturne, mais je voyais des centaines d'étoiles scintiller à travers les branches.

Les lampadaires de la rue s'éteignaient les uns après les autres sans être réparés, mais les millions d'étoiles, au firmament, étaient là pour l'éternité, témoins mystérieux et silencieux, comme les clients de la Villa Juniper.

Une poignée de graviers a rebondi contre ma vitre, j'ai baissé les yeux. Elliott était en bas, dans la nuit.

J'ai ouvert la fenêtre en souriant.

– Je ne pensais pas que tu viendrais.

– Pourquoi ?

– Parce que l'entraînement est fini depuis des heures.

– Désolé… J'ai été retenu. Je pensais… je me disais que ce serait mieux si je venais, a-t-il chuchoté. Pour la nuit.

J'ai soupiré.

– Elliott… Une nuit, c'était risqué. Deux, c'est osé.

Le vent glacial a plaqué ses cheveux sur son visage. Une seule nuit avec lui, et déjà j'étais impatiente de sentir à nouveau ses bras autour de moi, de retrouver cette sécurité-là. Une nouvelle bourrasque m'a fait frissonner, j'ai rajusté mon peignoir.

– Il fait froid, tu devrais rentrer.

– Juste une seconde, a-t-il dit en prenant quelques pas d'élan.

En quelques instants, il avait couru, sauté, grimpé, et s'était hissé sur le toit, juste au-dessous de ma fenêtre. Je l'ai arrêté juste avant qu'il n'entre.

– On va se faire attraper.

– Mais c'est pour ça que je suis là, non ? Au cas où quelqu'un essayerait d'entrer dans ta chambre sans y être autorisé.

– Si ça arrive, je ne veux pas que tu sois là. Ce serait encore plus difficile à expliquer.

– Tu n'as rien à m'expliquer.

– Quel gâchis ! Ma vie est un foutoir intégral.

– Et maintenant, ton foutoir est mon foutoir.

J'ai posé une main sur sa joue, il est allé au-devant de ma caresse et j'ai eu un pincement au cœur.

– Je sais que tu essaies de m'aider, mais si je tenais vraiment à toi, je ne te laisserais pas te mêler de tout ça. Peut-être... Elliott, je pense que le moment est venu... de rompre. Tu vas partir, de toute façon, et je tiens à ce que tu restes en dehors de cette histoire.

J'avais les tripes à l'envers de lui dire une chose pareille. Mais il ne s'est pas désarçonné.

– Bon sang, Catherine, ne dis pas ça ! Ne dis jamais ça. Tu pars avec moi, tu te souviens ? En plus, ici, c'est moi qui assure la protection.

– Je croyais que j'étais une guerrière...

– Et si tu posais ton armure un moment ?

– Elliott, tu ne sais pas de quoi tu parles. Tu ne sais même pas à quoi tu t'attaques.

– C'est à cause de la bagarre ?

– Non.

– D'accord. D'accord, alors, peut-être…

Il choisissait ses mots avec précaution. Je voyais qu'il était en colère parce que j'avais prononcé le mot « rompre », et sur les nerfs, comme la première fois qu'on avait déjeuné avec Madison et Sam.

– D'accord, je comprends. Si personne ne te fait du mal, je ne dirai rien. Je m'inquiète pour toi, c'est tout. Ne pas savoir ce qui se passe rend les choses plus difficiles.

Une nouvelle bourrasque s'est engouffrée dans ma chambre. J'ai frissonné.

– Bon, allez, c'est ridicule, a-t-il dit en entrant.

Il a refermé la fenêtre et est allé s'asseoir sur mon lit. Puis il a tapoté la place à côté de lui en me regardant avec un sourire adorable.

– Écoute, c'est gentil de t'inquiéter pour moi, ai-je chuchoté en regardant la porte. Mais comme tu vois, tout va bien. Alors s'il te plaît…

Dans le couloir, j'ai entendu des voix étouffées. On s'est figés tous les deux. J'ai reconnu Duke, maman, puis Willow, mais Elliott fronçait les sourcils, perplexe.

– Est-ce que c'est… ?

– Elliott, il faut que tu t'en ailles, ai-je supplié, au bord des larmes. Vraiment. J'essaie de te protéger.

– De quoi ?

J'ai montré la porte.

– Il n'y avait personne, tout à l'heure, et maintenant, il y a quelqu'un. Ils préparent quelque chose. Tu dois partir. Tu n'es pas en sécurité, ici.

Il s'est levé, m'a tendu la main.

– Alors toi non plus. Viens.

– Je ne peux pas ! Je n'ai pas le choix !

Il s'est approché, m'a prise dans ses bras, m'a serrée contre lui. J'ai eu envie de vivre dans ce cocon pour l'éternité.

– Moi je te le donne, le choix, a-t-il murmuré contre mes cheveux.

Il n'avait pas peur, et je ne pouvais pas lui montrer le risque qu'il prenait sans les mettre, lui et la Villa Juniper, en danger.

– Et Mme Mason ? a-t-il repris. Tu ne peux pas lui parler, à elle ?

J'ai secoué la tête, la joue contre son torse. J'aurais donné n'importe quoi pour qu'il reste, alors ce n'était pas facile de lui dire de s'en aller.

– On va trouver une solution. Mais je ne veux plus t'entendre parler de rupture, d'accord ? Regarde-moi. Je n'ai pas besoin que tu me sauves de quoi que ce soit. Est-ce que j'ai l'air d'être en détresse ?

Il a tenté un sourire, mais celui-ci s'est effacé lorsqu'il a vu la tristesse dans mes yeux.

– Tu vas me laisser seule ici, Elliott. Tu finiras par t'en aller, et je ne pourrais pas partir avec toi. Il vaut mieux que…

Dans le couloir, le plancher a craqué. J'ai regardé sous la porte, attendant qu'une ombre vienne obscurcir le rai de lumière. Mais les pas sont passés sans s'arrêter, puis ont pesamment descendu l'escalier. Quelques instants plus tard, la porte de la cave a claqué.

– C'était Duke, j'ai murmuré. Tu ne peux pas risquer de te faire surprendre ici. Pas avec lui. Cela ne ferait qu'aggraver la situation. Il n'entrera pas dans ma chambre, je t'assure. Maman ne le laissera pas faire. Alors s'il te plaît… va-t'en.

– Si tu n'as pas peur qu'il entre, que fait ta commode contre la porte ?

– Ce n'est pas pour lui.

Elliott s'est massé le front.

– Catherine, ça suffit, les non-réponses. Il faut que tu me fasses plus confiance que ça et que tu me dises ce qui se passe. Contre qui est-ce que tu te barricades ?

J'ai hésité, la gorge serrée. Et puis…

– Contre maman.

J'ai vu les épaules d'Elliott s'affaisser.

– Elle te bat ?

– Non. Mais elle me fait peur. C'est de pire en pire. Je ne sais pas comment t'expliquer… et puis… je te jure que même si j'y arrivais, tu ne pourrais rien faire.

– Laisse-moi essayer, au moins.

J'ai réfléchi, en me mordant la lèvre.

– D'accord, ai-je dit au bout d'un moment. Tu peux rester.

Il a poussé un soupir de soulagement.

– Merci.

En bas, la porte de service s'est refermée. Je suis allée à la fenêtre, et j'ai retenu un cri en voyant quelqu'un dehors.

Maman était au milieu du terrain des Fenton, en chemise de nuit, et regardait en direction de la rue. Les enfants Fenton venaient de faire retourner la terre, ils allaient bientôt couler des fondations et bâtir une nouvelle maison. Les pieds nus de maman étaient couverts de boue mais elle ne semblait pas s'en rendre compte.

Elle s'est retournée, a regardé la fenêtre de ma chambre. Je me suis cachée. Au bout de quelques secondes, j'ai jeté un œil dehors. Elle était toujours là, et regardait la maison. Mais cette fois, elle avait penché la tête et fixait la fenêtre d'à côté. Comprendre que c'était maman, et non la maison, qui m'effrayait depuis si longtemps m'a glacé le sang.

Comme toujours, mon premier réflexe était d'ignorer la peur et d'aller la chercher, de la faire rentrer, mais elle semblait en colère et je redoutais trop de rencontrer d'autres personnes dehors.

Je me suis écartée de la fenêtre et j'ai repris ma place dans les bras d'Elliott.

– C'est… c'est ta mère ?

– Elle va rentrer se coucher.

Elliott s'est penché pour la regarder, puis s'est redressé. Il avait l'air aussi flippé que moi.

– Qu'est-ce qu'elle cherche, là dehors ? Tu crois que c'est après moi qu'elle en a ?

J'ai secoué la tête.

– Elle ne sait pas que tu es ici.

Dehors, maman regardait la rue, puis ses pieds, qui disparaissaient dans la boue.

– Qu'est-ce qu'elle fait, alors ?

– Je ne pense pas qu'elle le sache non plus.

– Tu as raison. Elle fait peur.

– T'es pas obligé de rester, tu sais. Mais attends qu'elle soit rentrée pour t'en aller.

Il m'a serrée contre lui.

– Je ne vais nulle part.

Chapitre 25

Elliott

On s'est appliqués à ne pas faire trop de bruit en nous installant pour la nuit. Catherine avait raison, cette maison fichait la pétoche. Il y avait des bruits partout, tout le temps. Les murs, la tuyauterie, le plancher, ça craquait dans tous les coins.

J'ai réfléchi à ce qu'il faudrait faire si quelqu'un entrait dans la chambre. Mais j'avais beau imaginer le pire des scénarios catastrophe, ce n'était jamais plus effrayant que la solution proposée par Catherine. Elle en avait parlé plusieurs fois, déjà, ce qui signifiait qu'elle y avait beaucoup réfléchi. Elle nous trouvait trop différents, pensait que nous serions incapables de surmonter l'horreur de ce qu'elle vivait et que je devais disparaître de son existence pour ne pas courir de risques. Je refusais purement et simplement d'en prendre note, mais le fait est que plus la fin de l'année approchait, plus je redoutais qu'elle rompe.

Malgré tout, Catherine avait enfin accepté de me révéler une infime partie de ce qu'elle vivait et cela me redonnait espoir. En la tenant dans mes bras, je me suis dit qu'elle finirait peut-être par me choisir si je l'aimais suffisamment. Dans le cas contraire, je n'étais pas sûr de pouvoir partir à la fac et la laisser se défendre seule.

Je voulais qu'elle se repose, mais qu'elle me parle aussi. De notre avenir. J'oscillais entre compassion et impatience.

– Elliott ?

Quel soulagement de l'entendre…

– Oui ?

– Je ne veux pas que tu souffres. Ni à cause de moi, ni à cause de qui que ce soit.

– Tu es la seule qui pourrait me faire souffrir.

Elle a enfoui son visage contre mon torse et m'a serré fort.

– Ce que tu as dit, à propos de comment on sait qu'on aime quelqu'un… Qu'est-ce que… qu'est-ce qui se passe si cette personne est la plus importante de toutes, mais que certaines choses, sur lesquelles tu n'as pas de prise, t'empêchent d'être avec elle ?

Elle était au bord des larmes, j'ai essayé de ne pas paniquer.

– La première fois que je t'ai vue, je me suis dit que tu étais la plus belle fille que j'avais jamais rencontrée. Ensuite, tu es devenue la plus attentionnée. Puis la plus triste. Celle qui faisait le plus peur. La plus courageuse. Je t'admire un peu plus chaque jour et je vais te dire, ce qui me fait peur, c'est que je ne te mérite sans doute pas. Mais personne ne t'aimera jamais autant que moi.

Je suis prêt à tout pour te protéger et te rendre heureuse. J'espère juste que cela suffira.

– Je sais. Je sais, tout ça. Et je t'aime pour ça. Quand je suis avec toi, je me sens protégée et heureuse. Mais que se passera-t-il si… si je ne peux pas partir ?

– Je peux peut-être trouver un moyen de t'aider ?

– Comment ?

J'ai senti l'espoir dans sa voix. Elle attendait que je lui montre le chemin de la liberté, mais elle était enchaînée ici par le devoir. Sa mère avait besoin d'elle et je n'étais pas sûr de pouvoir rivaliser. La culpabilité et la peur étaient des bêtes féroces, qui se nourrissaient d'elle depuis trop longtemps.

– Je peux faire tes valises et les mettre dans ma voiture.

Catherine a détourné le regard.

– Écoute, cet endroit va couler, avec ou sans toi. Personne ne te reprocherait d'abandonner le navire. Si ta mère était saine d'esprit, elle ne te le reprocherait pas non plus. Tous ceux qui t'aiment pensent que plus tu seras loin, mieux ce sera. Alors pose-toi juste la question, quand la Villa Juniper disparaîtra – car elle disparaîtra –, est-ce que cela aura valu le coup ? Qu'aurait voulu ton père, pour toi ?

Une larme a roulé sur sa joue. Elle a secoué la tête.

– Mais je ne peux pas la laisser ici, comme ça.

– Alors trouvons une autre solution. Un programme d'aide, les services sociaux… On peut travailler et lui envoyer de l'argent… Mais ta place n'est pas ici,

Catherine. Cette maison n'est pas la tienne. Les clients ne sont pas ta famille.

– Mais elle, si. Elle est ma seule famille.

– Je suis là, moi. Tu n'es pas seule et tu ne le seras plus jamais.

– *Si* je pars avec toi.

J'ai pris délicatement son menton, je l'ai soulevé, nos regards se sont trouvés.

– T'as toujours pas compris, hein ? Tu vas où tu veux. Et moi, je te suivrai. Mais on ne peut pas rester ici. Tu ne peux pas rester, Catherine. Tu n'en as pas envie, je le sais.

Une autre larme a coulé.

– Non. Mais je lui ai déjà dit que je resterais.

– Il arrive que les projets changent.

– J'ai peur de ce qui lui arrivera si je m'en vais.

– Catherine, écoute-moi. C'est elle, l'adulte. Tu n'es pas responsable d'elle. Elle ne peut pas t'enfermer ici. Et puis, si tu pars, elle sera obligée de demander de l'aide. Elle se sert de toi pour empêcher les choses de changer. Mais elle devra aller de l'avant, ou…

– Se noyer.

Elle s'est tournée vers la porte.

– Tu ne peux pas sortir quelqu'un des sables mouvants si tu es toi-même prise dedans.

– Tu as raison. Je sais que tu as raison, mais… c'est difficile à expliquer. À l'idée de partir, je suis à la fois surexcitée et complètement terrifiée. Je ne suis pas sûre de pouvoir l'aider une fois que je serai partie.

– Mais tu ne peux pas l’aider en restant ici, c’est certain.

Elle a hoché la tête, pensive.

Je l’ai serrée dans mes bras, et j’ai ajouté :

– Il reste beaucoup de questions sans réponse, mais je te promets que tu ne chercheras pas toute seule.

Chapitre 26

Catherine

Le mardi matin, les couloirs du lycée étaient particulièrement silencieux. Les élèves semblaient fatigués, et j'ai d'abord cru que c'était à cause du froid et de la grisaille. Mais quelque chose d'autre couvait. Simplement, nous ne le savions pas encore.

Un élève est revenu de chez la proviseure et a déposé un mot sur le bureau de Mlle Winston.

– Tatum ? a appelé celle-ci. Madame la proviseure aimerait te voir.

– Mais… le contrôle…

Mlle Winston n'a pas levé les yeux du petit mot.

– Prends tes affaires, allez.

Par la vitre qui donnait sur le couloir, j'ai vu passer Anna Sue, escortée par un autre élève. Elle avait ses affaires sous le bras.

Tatum s'est immobilisée en voyant son amie. Leurs regards se sont croisés, brièvement, mais Anna Sue ne s'est pas arrêtée.

Tatum a pris son sac et s'est ruée dans le couloir en lui criant de l'attendre.

Dans la salle, il y a eu quelques chuchotements, puis tout le monde s'est remis au contrôle. Mais le sentiment que quelque chose ne tournait pas rond m'a peu à peu envahie. Le silence, partout, était aussi une tension. Les élèves étaient épuisés, inconsciemment prêts pour la terreur qui allait s'abattre sur le lycée.

La sonnerie a retenti, les salles ont déversé des centaines d'adolescents dans les couloirs. Tous avaient deux minutes pour se rendre à leur casier, y déposer cahiers et livres du cours précédent et prendre ceux du cours suivant.

– T'es au courant ? m'a demandé Madison, essoufflée.

– Non, mais il y a de l'électricité dans l'air, je le sens, ai-je répondu en refermant mon casier.

Elliott et Sam sont arrivés, aussi perplexes l'un que l'autre.

– Apparemment, Presley n'est pas venue aujourd'hui, et tous les clones ont été convoqués chez la proviseure, a annoncé Sam.

Mme Mason s'est approchée, a posé une main sur le bras de Madison.

– Madison ? Tu veux bien me suivre, s'il te plaît ?

– Moi ? Pourquoi ?

– Qu'est-ce qui se passe ? a demandé Sam.

– Viens avec moi, Maddy. Ne discute pas, a murmuré Mme Mason.

Elles sont parties toutes les deux en direction du bureau de la proviseure.

On est restés là. Autour de nous, un groupe n'a pas tardé à se former. Tout le monde posait des questions, mais je n'entendais rien.

– Tu crois que c'est à cause de la voiture de Madison ? a demandé Sam. Peut-être qu'elles ont été surprises, et qu'elles veulent lui parler…

– T'as vu la tête de Mme Mason ? a ajouté Elliott. Je sais pas ce qu'il y a, mais c'est grave.

La matinée s'est écoulée. À la fin des cours, je suis allée à mon casier, m'attendant à y trouver Madison racontant à toute vitesse sa visite chez la proviseure. Sam et Elliott m'ont rejointe, on a attendu, mais Madison n'est pas venue.

– Elle est encore dans le bureau, a dit Sam.

C'est à ce moment-là que j'ai remarqué les larmes, les visages sombres, la peur, même, dans certaines expressions.

– Putain mais qu'est-ce qu'il se passe ? a demandé Elliott.

Sam a sorti son téléphone.

– J'envoie un texto au père de Maddy. Il faut qu'il sache…

M. Saylor est passé devant nous sans s'arrêter, posant au passage un regard étrange sur Sam.

– Il va au bureau lui aussi.

Je n'y tenais plus.

– Je vais voir.

– Non, Catherine ! a dit Elliott.

Mais j'avais déjà refermé mon casier et pris la même direction que M. Saylor.

Quand elle nous a vus entrer, Sam, Elliott et moi, Mme Rosalsky a eu l'air paniqué. Elle s'est levée, une main en avant.

– Catherine, tu n'as rien à faire ici. Toi non plus, Elliott. Sam, pareil.

– Où est Maddy ? ai-je demandé. Ça fait deux heures que Mme Mason est venue la chercher, et son père vient d'arriver.

– Catherine, va-t'en. Ils t'appelleront bien assez tôt.

– Mademoiselle Calhoun ?

C'était un homme, qui sortait du bureau de Mme Mason. Madison le suivait, avec son père. Elle était livide.

– Qu'est-ce qui se passe ? a demandé Elliott.

– Je suis le lieutenant Thompson, s'est présenté l'homme en serrant la main d'Elliott, tout en nous regardant tous les trois.

– Ça va ? a demandé Elliott en se tournant vers Madison.

Elle a fait oui de la tête. Elle paraissait toute petite derrière son père.

Le lieutenant Thompson portait un costume sombre pas de première jeunesse, des santiags encore mouillées après un week-end de pluie. Avec sa moustache grise, il avait plus l'air d'un cow-boy que d'un fonctionnaire de police.

– Puisque vous êtes ici tous les deux, je vais vous demander de bien vouloir entrer dans le bureau de Mme Mason.

J'ai regardé Elliott, à la recherche d'une explication dans son expression, mais il était imperturbable. Il a pris ma main et m'a entraînée dans le bureau. En passant, j'ai regardé Madison et j'ai eu l'impression qu'elle voulait nous mettre en garde. Mais de quoi ? Elle a effleuré nos mains, comme pour nous souhaiter bonne chance, et a suivi son père.

Mme Mason était debout derrière son bureau et nous a fait signe de nous asseoir. On a obtempéré, mais sans se lâcher.

Le lieutenant a regardé nos mains enlacées, puis il s'est assis à la place de Mme Mason.

– Bien. Savez-vous pourquoi nous vous avons fait venir ici aujourd'hui ?

On s'est regardés et on a secoué la tête.

– Presley Brubaker n'est pas rentrée chez elle hier soir, a annoncé le lieutenant d'un ton neutre.

J'ai froncé les sourcils, attendant de vraiment comprendre, attendant qu'il nous explique.

– Elle a fait une fugue ? a demandé Elliott.

Les lèvres du lieutenant ont tressauté.

– C'est intéressant que tu poses cette question, Elliott. Personne, jusque-là, n'a semblé croire que c'était possible.

– Qu'est-ce que ça peut être d'autre ?

Le lieutenant s'est assis, aussi calme et pondéré qu'Elliott. Ils se regardaient, on aurait dit une confrontation muette.

– J'aurais besoin de vos dates de naissance respectives. On va commencer par Elliott.

– 16 novembre 1999.

– 2 février 1999.

Thompson a pris un crayon dans le pot de Mme Mason pour noter.

– C'était ce week-end, ton anniversaire ?

Elliott a hoché la tête.

– Catherine, sais-tu où est Presley ? a demandé Mme Mason. As-tu eu des nouvelles d'elle ?

– C'est moi qui pose les questions, madame Mason, a dit le lieutenant, avant de se tourner vers moi pour entendre la réponse. J'essayais d'être aussi détendue qu'Elliott, mais il était évident que Thompson avait déjà tiré des conclusions et qu'il attendait des aveux plutôt que des informations.

– La dernière fois que je l'ai vue c'était après le match, vendredi soir, à Yukon.

– Vous avez eu des mots ?

– Votre question est très orientée, lieutenant, a dit Elliott.

Thompson a eu une moue agacée. Il s'est carré dans le fauteuil de Mme Mason, a posé les pieds sur son bureau.

– Les mômes sont incroyables, aujourd'hui. Tu regardes trop la télévision, Elliott. Vous n'êtes pas d'accord avec moi, madame Mason ?

– Certains, oui. Elliott et Catherine sont deux de nos meilleurs élèves. Leur comportement est exemplaire et leur moyenne générale l'est tout autant.

– Vous avez vu Catherine régulièrement depuis le décès de son père, c'est ça ?

Il avait posé la question à Mme Mason, mais me fixait du regard.

– Je vous prie de m'excuser, lieutenant, mais je suis tenue par le secret professionnel et…

– Bien sûr, bien sûr. Alors, Catherine. Presley et toi vous vous êtes disputées au match, vendredi soir ?

– Non, je ne crois pas.

– Madison n'est pas de cet avis. C'est bien avec elle que tu es allée au match ?

– Oui, mais je n'ai pas parlé à Presley, ai-je assuré. Madison lui a répondu une ou deux fois. Elle lui a dit bonjour, et elle…

Je me suis arrêtée. Je ne voulais surtout pas incriminer Madison, or, si Presley avait disparu, évoquer la moindre hostilité entre elles risquait de la rendre suspecte.

– Elle lui a dit : « Va mourir, Presley. » C'est bien ça ?

J'ai senti le rouge me monter aux joues.

– Oui ? a insisté Thompson.

J'ai hoché la tête. Elliott a eu un petit rire.

– Tu trouves ça drôle ? a demandé Thompson.

– C'est assez rare qu'on ose parler comme ça à Presley, alors oui. C'est plutôt drôle.

Thompson a pointé un doigt sur moi, puis sur Elliott.

– Vous êtes ensemble, tous les deux ?

– Quel est le rapport ? a rétorqué Elliott.

Mais pour la première fois il semblait mal à l'aise, et le lieutenant en a profité.

– Ça te pose un problème, de répondre à cette question ?

– Non. Mais je ne vois pas le rapport avec la disparition de Presley Brubaker, ni avec cet entretien.

Thompson a montré nos mains.

– Réponds à la question.

– Oui.

– Presley a souvent harcelé Catherine, n'est-ce pas ? Et toi… toi tu as souvent défoncé des murs à coups de poing.

– Des portes, a corrigé Elliott.

– Les enfants, je vous rappelle que vous pouvez demander la présence d'un avocat, ou de vos parents, est intervenue Mme Mason.

– Mais pour quoi faire ? a dit Elliott. Il peut nous poser toutes les questions qu'il veut.

– Il y a eu une fête, après le match. Vous y étiez ?

– J'y suis allé avec Sam.

– Pas avec Catherine ?

– Je n'avais pas envie d'y aller, ai-je répondu.

Il nous a regardés longuement avant de continuer.

– Et pourquoi donc ?

– Elliott m'a ramenée chez moi et je me suis couchée.

– Tu es rentrée chez toi ? Le soir de son anniversaire ? Alors qu'il venait de faire gagner son équipe à Yukon ? Bizarre, non ?

– Je ne vais jamais aux soirées.

– Jamais ?

– Jamais.

Thompson a eu un rire dubitatif, puis a retrouvé son sérieux.

– L'un de vous deux a-t-il revu Presley après vendredi soir ?

On a répondu en chœur.

– Non.

– Et hier soir, Youngblood ? Tu pourrais me dire ce que tu as fait après l'entraînement ?

– J'ai marché un peu.

Je me suis tournée vers Elliott. Il avait dit avoir eu des choses à faire avant de venir chez moi. Je n'avais pas pensé à lui demander quoi.

Thompson a plissé les yeux.

– Marché où ?

– Dans mon quartier, en attendant que Catherine soit dans sa chambre.

– Précise.

– J'ai attendu, et quand j'ai vu bouger dans sa chambre, j'ai envoyé des gravillons jusqu'à ce qu'elle vienne à sa fenêtre.

– Tu as envoyé des gravillons ? T'es drôlement romantique, comme mec.

– Je fais de mon mieux, a répondu Elliott avec un petit sourire.

Mme Mason était appuyée contre son armoire, le visage fermé. Elliott ne s'offusquait pas de grand-chose, mais le lieutenant ne le savait pas. Cette attitude pouvait sembler étrange ou, pire, arrogante.

– Et Cathy est venue à la fenêtre ?

– C'est Catherine, a précisé Elliott.

Il avait parlé d'un ton beaucoup trop ferme pour un adolescent s'adressant à un adulte. À un policier qui plus est.

– Toutes mes excuses, a dit Thompson. Continue.

Elliott s'est redressé sur son siège, a toussoté.

– Catherine est venue à la fenêtre et… on a parlé.

– C'est tout ?

– Il est possible que je sois entré dans sa chambre pour lui voler un baiser.

– C'est comme ça que tu t'es écorché les mains ?

– Oui.

– Et les poings, c'est là aussi ?

– C'était vendredi soir, après le match.

– Tiens donc.

– On se sentait encore invincibles, même le match terminé. Je me suis frité avec les lutteurs. Quand la testostérone s'en mêle…

– Je me suis laissé dire que tu t'étais défoulé sur Cruz Miller. C'est vrai ?

– Je me suis un peu emporté, oui.

– C'était à cause de Catherine ?

– On a eu des mots. Mais c'est bon, c'est terminé.

– Quand as-tu quitté Catherine hier soir ?

Elliott a changé de position, mal à l'aise. Dire la vérité, c'était prendre le risque que maman apprenne qu'il avait passé la nuit à la maison.

– Elliott, a insisté le lieutenant. À quelle heure es-tu parti de chez Catherine ?

– Je ne me souviens pas.

– Vous me cachez quelque chose, tous les deux. Je vais vous dire un truc, moi. Si vous ne dites pas la vérité d'emblée, tout ce que vous direz ensuite sera sujet à caution.

Comme on ne disait rien, il a soupiré et s'est tourné vers moi.

– Et toi, as-tu une idée de l'heure qu'il était ?

– Je n'ai pas regardé la pendule. Je suis désolée.

– Dis-moi, Catherine. Il ne serait pas un peu trop possessif à ton goût, Elliott ? Il veut toujours tout contrôler, non ?

– Non.

– Il vient d'arriver à Oak Creek, c'est ça ? Mais vous deux, on dirait que c'est drôlement sérieux, non ?

– Il passait tous ses étés chez sa tante. On se connaît depuis des années.

Avancer sur la corde raide entre mensonge et vérité, j'avais l'habitude, à la maison. Mais là, Thompson avait un objectif, et mes demi-vérités pouvaient faire plus de mal que de bien.

Le menton sur une main, il a tapoté de son index fripé le bureau de Mme Mason. Son alliance captait la lumière du néon. Je fixais sa main, j'y comptais les taches de vieillesse en me demandant si sa femme savait qu'il terrorisait des lycéens pour le plaisir. À la façon dont il fixait Elliott, j'ai compris qu'on en était juste au début.

– Autre chose ? a demandé Elliott. Il faudrait qu'on retourne en cours.

Le lieutenant Thompson n'a pas répondu tout de suite. Puis il s'est levé brusquement.

– Non. Catherine, tu peux retourner en cours.

On s'est levés, toujours main dans la main.

– Elliott, je vais devoir te demander de m'accompagner.

– Quoi ? Pourquoi ?

– J'ai encore quelques questions à te poser. Tu peux refuser, et dans ce cas-là, je reviendrai avec un mandat. Pour t'interroger.

– Un mandat d'arrêt ? Mais pourquoi ?

Elliott m'avait prise contre lui, d'un mouvement protecteur. Chaque muscle de son corps était tendu, comme s'il hésitait entre attaquer et fuir.

Mme Mason s'est avancée pour tenter de calmer le jeu.

– Lieutenant, vous ne le connaissez pas, mais Elliott a très à cœur de protéger Catherine. Elle a perdu son père il y a deux ans, et ils ont eu des moments difficiles, tous les deux. Il tient beaucoup à elle.

Thompson a haussé un sourcil.

– Et Catherine et Presley ont eu des moments difficiles aussi. Le fait qu'il soit très protecteur est établi, donc…

– Non, non, vous déformez la réalité. Jamais Elliott ne…

– Monsieur Youngblood, vous allez venir avec moi au poste de police, d'accord ? Ou bien je vous retrouve ce soir après l'entraînement, avec une jolie paire de bracelets en Inox.

Elliott m'a regardée, a regardé le lieutenant. Il soufflait par le nez, je voyais ses narines frémir. Il fulminait. Je ne l'avais vu qu'une seule fois dans cet état, le jour de notre rencontre.

– Je viens, a-t-il dit simplement.

Le lieutenant a paru satisfait, lui a donné une tape sur l'épaule.

– Parfait. On ne se connaît pas bien, c'est vrai. Mais on va pouvoir faire connaissance.

Il l'a pris par le bras, mais je ne l'ai pas lâché.

– Attendez ! Attendez une seconde !

– Ça va aller, a dit Elliott en m'embrassant sur le front. Appelle ma tante.

Puis il a plongé une main dans sa poche et m'a tendu les clés de sa voiture.

– Je… je ne connais pas son numéro.

– Moi, je l'ai, a dit Mme Mason. Demande un avocat, Elliott. Et ne dis rien tant que tu n'en auras pas vu un.

Elliott a hoché la tête et a quitté le bureau avec le lieutenant. On les a suivis de loin, avec Mme Mason. Depuis l'entrée du lycée, on a regardé Thompson ouvrir la portière de sa voiture bleu marine, puis démarrer et s'en aller.

– Il n'a rien à voir avec cette histoire !

– Viens, retournons dans mon bureau. Il faut appeler Leigh, tout de suite.

J'ai suivi Mme Mason. Dans son bureau, j'ai attendu, assise sur la chaise que je venais de quitter. Mon genou tressautait nerveusement, et j'avais planté l'ongle de mon pouce dans mon avant-bras. Mme Mason a cherché le numéro, puis a pris son téléphone.

– Madame Youngblood ? Bonjour, ici Rebecca Mason. Écoutez, je n'ai pas de très bonnes nouvelles. Presley Brubaker a disparu, et le lieutenant Thompson, de la police d'Oak Creek, a emmené Elliott pour l'interroger. Ils viennent de partir. C'est Elliott qui m'a demandé de vous appeler.

J'entendais Leigh paniquer à l'autre bout du fil, poser question sur question.

– Madame Youngblood… Leigh… Je sais. Je sais que c'est un bon garçon. Mais je pense… je pense que vous devriez appeler un avocat… qu'il se rende auprès d'Elliott le plus vite possible. Oui. Oui. Je suis désolée. Au revoir.

Elle a raccroché et a posé une main devant ses yeux.

– Becca…

C'était M. Mason, qui venait d'entrer. Elle a levé la tête, faisant de son mieux pour rester digne, mais en voyant son mari elle a éclaté en sanglots. Il a contourné le bureau, l'a aidée à se lever et l'a serrée dans ses bras. Ils sont restés comme ça un moment, et puis elle a posé les yeux sur moi et s'est écartée, lissant sa jupe et rajustant son blazer.

– Catherine ? Hum… Leigh est partie pour le poste de police. John doit la rejoindre là-bas. Ils vont appeler un avocat, pour Elliott. Je voudrais que tu retournes en cours, maintenant, et que tu essaies de ne pas t'inquiéter. Si qui que ce soit – *qui que ce soit*, tu m'entends ? – s'en prend à toi à propos de cette histoire, tu viens me voir. C'est compris ?

J'ai hoché la tête.

Elle s'est essuyé les joues du revers de la main.

– Parfait. J'ai rendez-vous avec Tatum, Anna Sue et Brie dans dix minutes. Repasse me voir après le déjeuner, s'il te plaît.

Je l'ai regardée partir d'un pas décidé, déterminée à faire tourner le lycée quoi qu'il arrive.

C'était presque l'heure, je suis allée directement à mon casier, mais la porte était coincée. La sonnerie a retenti, j'ai essayé, essayé encore, en évitant les regards méfiants et les chuchotements autour de moi. Mais j'avais beau faire, mon casier ne s'ouvrait pas. J'ai senti venir les larmes.

– Laisse-moi faire, a dit Sam en tirant un bon coup.

La porte s'est ouverte. J'ai pris les affaires qu'il me fallait, je l'ai refermée, et j'ai remis le cadenas.

– Maddy est rentrée chez elle, m'a dit Sam. Je t'accompagne ? Ce serait mieux, non ?

J'ai jeté un coup d'œil autour de nous. Les regards accusateurs des autres élèves m'ont confirmé que la nouvelle circulait déjà.

– Merci.

Il m'a accompagnée jusqu'à mon cours de littérature, puis m'a fait un signe de la main et a continué jusqu'à son cours à lui. Je me suis assise. Mme McKinstry m'a fixée longuement avant de faire l'appel.

J'ai fermé les yeux. Je tenais les clés d'Elliott serrées dans mon poing. Encore quelques heures et je pourrais aller le voir. Juste quelques heures et…

– Catherine !

Un liquide chaud coulait de ma paume. Les clés d'Elliott m'avaient entaillé la main.

Mme McKinstry a pris un rouleau de papier absorbant, s'est ruée vers moi et m'a forcée à ouvrir la main. Elle a tamponné ma blessure avec une feuille, qui s'est gorgée de rouge.

– Ça va ?

J'ai fait oui de la tête.

– Je suis désolée.

– Désolée ? Mais pourquoi ? De quoi es-tu en train de t'excuser ? Va… Va à l'infirmerie, il faut désinfecter ça.

J'ai pris mes affaires et je suis sortie, soulagée de ne pas avoir à tenir toute une heure avec vingt-cinq paires d'yeux fixés sur moi.

L'infirmerie était juste en face des bureaux, pas loin de mon casier. Je me suis arrêtée devant le numéro 347, incapable de faire un pas de plus. J'ai senti les clés d'Elliott au creux de ma main, dans la compresse de papier. J'ai tourné les talons et j'ai couru vers la sortie.

Chapitre 27

Catherine

Avec mes vieilles Converse noires, je faisais franchement gamine à côté de Leigh et de ses talons aiguilles en peau de serpent. Elle se tenait parfaitement droite, sur l'une des chaises en métal pas vraiment confortables qui meublaient le couloir principal du poste de police d'Oak Creek.

Les murs étaient d'un beige sale, les plinthes assorties, tachées de noir, éclaboussées de café et de Dieu sait quoi d'autre. J'ai compté sept portes le long du couloir, certaines avec un panneau en Plexiglas et un store minable pour empêcher les regards curieux.

Les néons grésillaient au-dessus de nos têtes, nous rappelant que la lumière du soleil n'arrivait pas jusqu'au fond du couloir.

De temps à autre, un officier de police passait en nous jetant un regard méfiant, comme si nous étions là pour faire évader Elliott.

– Je n'ai pas besoin de te dire que conduire la voiture d'Elliott alors que tu n'as pas le permis n'est pas une bonne idée, m'a dit Leigh à voix basse.

Je me suis recroquevillée sur mon siège.

– Je sais. Ça n'arrivera plus.

– Je suis sûre qu'il ne t'en voudra pas, mais la prochaine fois appelle-moi. Je viendrai.

Je ne lui ai pas répondu que son rôle, c'était d'aller directement au poste de police, et pas de faire un détour pour passer me chercher. Leigh n'était pas d'humeur à discuter.

Elle s'est levée.

– John !

– Je suis venu dès que j'ai pu. Il est toujours interrogé ?

Elle a hoché la tête, le menton tremblant.

– Et Kent, il est arrivé ?

– Oui. Il est avec lui depuis une demi-heure environ. Elliott est ici depuis une heure. Je ne sais pas vraiment ce qui se passe, ils n'ont pas voulu que je le voie.

– Tu as appelé Kay ?

– Elle est en route.

John l'a serrée dans ses bras, puis a tendu une main vers moi. Je me suis laissé embrasser à mon tour.

– Ça va aller. Elliott n'a rien à se reprocher.

– Est-ce qu'on l'a retrouvée ? ai-je demandé.

Il a secoué la tête en soupirant, puis s'est assis à ma droite. Leigh était à ma gauche. Prise en sandwich par la famille Youngblood, j'ai éprouvé le même sentiment de sécurité que lorsque Elliott était là. John a sorti son téléphone et a tapé « arrestation » dans le moteur de recherche.

Au bout d'un moment, Leigh s'est penchée en avant pour lui taper sur le genou.

– John…

Elle a fait un geste vers la droite. Les parents de Presley sortaient de l'un des bureaux. Mme Brubaker tapotait ses yeux avec un Kleenex, le père de Presley guidait sa femme, un bras autour de ses épaules. Elle a reniflé et nous a regardés, incrédule.

– Hum… par ici, s'il vous plaît, a dit l'officier qui les accompagnait.

Quelques secondes se sont écoulées avant qu'ils n'acceptent enfin d'avancer.

– Tout va bien se passer, ma chérie, a dit John.

Il parlait à sa femme, mais elle n'avait rien dit, alors j'ai été surprise qu'elle réponde.

– Ne me dis pas que tout va bien se passer. De tous les gamins du lycée, il a fallu que ce soit Elliott qu'on emmène au poste ?

– Leigh…

– Tu sais aussi bien que moi que s'il s'était agi du fils de ma sœur plutôt que de la tienne, il ne serait pas ici.

John regardait droit devant lui, l'air un peu buté.

– Elliott est un bon garçon.

– Exactement. C'est bien pour ça qu'il ne devrait pas être ici.

John s'est tourné vers moi.

– Catherine ? Que s'est-il passé au lycée ?

J'ai inspiré profondément. Je ne pouvais pas leur dire qu'Elliott avait été arrêté à cause de son comportement. Mais quelque part, je me demandais pourquoi Elliott n'avait pas semblé si surpris en apprenant la disparition de Presley. Je savais qu'il ne la portait pas dans son cœur, mais quand même. La disparition d'une élève, ce n'était pas rien.

– Ben…

Je ne voulais pas mentir.

– … le lieutenant l'a interrogé. Ils ne savent pas où il est allé après être parti de chez moi hier soir, je crois que c'est pour ça qu'ils le soupçonnent.

J'aurais voulu dire à Leigh qu'il avait passé la nuit avec moi, mais je ne voulais pas avoir à lui expliquer pourquoi. Il aurait été facile de la laisser imaginer qu'on avait fait ce que faisaient la plupart des adolescents, mais je n'y suis pas parvenue.

– Hier soir ? On était sortis. À notre retour, j'ai cru qu'il était couché.

– Leigh, je ne veux pas t'entendre dire ça, c'est compris. La bonne réponse, c'est Elliott est rentré à la maison.

– Seigneur… a soupiré Leigh. Trois ans qu'on n'était pas sortis en amoureux et paf, juste le soir où on n'est pas là, notre neveu a besoin d'un alibi.

Au bout du couloir, les deux battants de la porte se sont ouverts et Elliott est apparu, en compagnie d'un homme en costume gris. Il avait l'air épuisé et, dans son regard, j'ai vu la tension et la colère accumulées pendant ces trois heures.

Leigh l'a serré contre elle, puis maintenu à bout de bras pour l'examiner.

– Comment tu te sens ? Ils t'ont maltraité ? Kent ? Il va bien ?

Kent a rajusté sa cravate.

– Il n'est pas officiellement suspect, mais il le deviendra s'ils trouvent un corps. Ils sont convaincus qu'il a quelque chose à voir avec la disparition de cette jeune fille. Vous êtes Catherine ? a-t-il ajouté en se tournant vers moi.

– Laissez-la tranquille, est intervenu Elliott, qui tremblait de rage.

– Venez, nous serons mieux dehors.

Elliott m'a aidée à enfiler mon manteau puis a passé un bras autour de mes épaules. Arrivés à la voiture de Leigh, Kent a regardé autour de nous. Dans le froid et la nuit, il dégageait un nuage de vapeur à chaque souffle.

– Bon, a dit John, dites-nous maintenant. Ils retiennent des charges contre lui ?

– Je n'ai rien fait ! a crié Elliott.

– Je sais ! a grogné John en retour. Laisse-moi parler, bon sang !

– Presley est toujours portée disparue, a expliqué Kent. Il semblerait qu'elle ait disparu sans laisser de trace. Sans témoin, sans corps, ils ne peuvent retenir aucune charge.

Je me suis appuyée contre la voiture. Le mot « corps » résonnait dans mon esprit et j'ai imaginé Presley gisant dans un fossé, quelque part, sa peau d'albâtre maculée de terre et de résidus de feuilles mortes.

– Ça va ? m'a demandé Elliott.

– Oui. J'ai juste la tête qui tourne un peu.

– Il faut que je la ramène chez elle.

– Nous aussi on rentre, a dit John.

Kent a joué avec ses clés de voiture dans sa poche, avant de les sortir. Il semblait abattu.

– Excellente idée. Le lieutenant Thompson a décidé d'en découdre. Il est persuadé qu'Elliott et Catherine lui cachent quelque chose. Une intuition, selon lui. Tu parles ! Mais en tant qu'avocat je vous conseille de rentrer avec Elliott et de ne plus le laisser se promener seul dans la nuit. Au cas où quelqu'un d'autre disparaîtrait.

– Quoi ? Tu plaisantes, Kent ? s'est emportée Leigh.

– Pas du tout, je suis très sérieux. Cette histoire ne fait que commencer. Et même si on retrouve la fille, ça pourrait continuer. La rage qu'il a en lui n'aide pas beaucoup, Leigh. Tâche de faire en sorte qu'il se calme un peu.

Leigh s'est tournée vers Elliott, aussi surprise que déçue.

– Elliott, que s'est-il passé dans ce bureau ?

– Je… j'ai essayé. J'ai tout essayé. Mais ils n'arrêtaient pas, et il y avait cet officier qui n'arrêtait pas de pointer son doigt juste sous mon nez. Au bout d'une heure, je lui ai mis un revers.

– Mais c'est pas vrai… Je te…

Devant l'expression d'Elliott, elle s'est tue, et a posé une main sur son épaule.

– C'est pas grave. Ça va aller.

– Pourquoi tu as laissé faire l'officier ? a demandé John à Kent.

– Je lui ai demandé d'arrêter, plusieurs fois, a soupiré l'avocat.

John s'est tourné vers Elliott.
– Tu rentres avec moi ou avec ta tante ?
– Sa voiture est ici, je suis venue avec.
Elliott m'a regardée, étonné.
– C'est vrai ?
– Tu ne devrais pas conduire. Pas après tout ce qui s'est passé ce soir, a dit John.
Elliott a montré la voiture de sa tante.
– On devrait tous tenir, non ?
John a hoché la tête, presque surpris qu'Elliott ne cherche pas à discuter.
– On se retrouve à la maison, alors.
Elliott m'a ouvert la portière, je me suis glissée à l'arrière. Le cuir du siège était froid, mais la chaleur d'Elliott à côté de moi m'a tout de suite fait du bien.
Leigh a claqué sa portière et mis le contact. Un petit attrape-rêves lui servait de porte-clés et se balançait juste au-dessus de son genou.
– Je dépose Catherine.
– Non, a dit Elliott. Il faut que je lui parle, d'abord.
Leigh a poussé un soupir exaspéré.
– Bon. On passe à la maison, alors ?
– Oui. S'il te plaît.
Je comprenais ce qu'il ressentait. Il y avait tant à dire, et l'arrière de la voiture de Leigh n'était pas le lieu idéal pour discuter.
Elliott m'a tenue contre lui pendant tout le trajet. Je sentais sa tension, mais ne pouvais qu'imaginer ce qu'il venait de vivre, toutes les questions, les insinuations.
Leigh s'est garée, on est descendus.

– Vous restez dans la maison, c'est compris ? a-t-elle dit au moment d'entrer.

– Il faut que je raccompagne Catherine chez elle.

Leigh a refermé la porte derrière nous, l'a verrouillée et s'est retournée pour faire face à son neveu. Elle faisait la moitié de sa taille, mais cela ne l'empêchait pas d'en imposer.

– Écoute-moi bien, Elliott Youngblood. Soit c'est moi qui la ramène, soit elle passe la nuit ici, mais dans les deux cas tu ne mets pas un pied dehors. C'est compris ?

– Je n'ai rien fait de mal.

– Je sais. J'essaye juste de te protéger. Ta mère sera là dans quelques heures.

Leigh s'est dirigée vers la cuisine, Elliott m'a prise par la main et on est allés dans sa chambre.

Les ressorts de son lit ont grincé quand je me suis assise. Elliott a déplié une couverture pour me la poser sur les épaules. Je tremblais, je ne m'en étais pas aperçue.

Il s'est agenouillé devant moi et m'a regardée dans les yeux.

– Ce n'est pas moi.

– Je sais.

– Ils… ils m'ont posé les mêmes questions, encore et encore. Pour finir, j'étais complètement perdu, j'ai eu peur d'avoir complètement pété les plombs et de ne pas me souvenir de ce que j'avais fait. Mais je suis certain que je n'ai pas vu Presley. Je ne suis pas passé près de chez elle. Ce n'est pas moi.

Il parlait plus pour se convaincre lui-même que pour m'expliquer la situation.

– Où es-tu allé ? ai-je demandé. Après l'entraînement ?

Il s'est relevé, a haussé les épaules.

– J'ai marché, en pensant à l'année prochaine. Je ne peux pas vivre sans toi, Catherine. Je ne peux pas te laisser seule dans cette maison. Tu refuses de partir, alors je cherchais une solution. Tu répètes sans arrêt que tu m'attires des ennuis, que tu essaies de me protéger. Tu as même essayé de rompre. Il fallait que je fasse un peu le vide, et que je réfléchisse à un moyen de te convaincre de rester avec moi.

– Tu es cité dans une affaire de disparition, Elliott. Ce n'est pas le moment de…

– Si ! Si, c'est le moment ! Assis dans cette pièce toute blanche, j'avais l'impression d'étouffer ! J'avais soif, faim, peur et la seule chose qui m'aidait à tenir, c'était de penser à ta main dans la mienne quand je te raccompagne chez toi et qu'on passe de l'ombre à la lumière. Rien de ce qu'ils disaient ne pouvait changer cela. Personne ne peut nous prendre cela. Sauf toi. Tu m'aimes, je le sais. Et je n'arrive pas à comprendre pourquoi tu ne veux pas me laisser une place auprès de toi.

– Je te l'ai dit.

– Mais ça suffit pas ! Fais-moi confiance, Catherine. Je te jure que tu ne le regretteras pas.

Il s'était remis à genoux. L'inquiétude et le désespoir étaient manifestes sur son visage. J'ai détourné le regard.

– Ce qui se passe chez toi… Est-ce que ça a un rapport avec Presley ?

Bouche bée, j'ai repoussé ses mains de mes genoux.

– Tu penses que j'ai quelque chose à voir avec sa disparition ?

– Non ! Non, jamais je ne penserais une chose pareille !

Je me suis levée, la couverture a glissé de mes épaules.

– Mais tu as quand même posé la question.

J'étais au pied de l'escalier.

– Catherine, ne t'en va pas ! Catherine !

Quand j'ai posé le pied sur la première marche, un énorme craquement a résonné derrière moi. J'ai fait volte-face. Elliott venait de pulvériser la porte de sa salle de bains d'un coup de poing.

Au deuxième coup, je suis montée en courant. J'ai ouvert la porte et suis tombée nez à nez avec Leigh, horrifiée, qui s'est ruée en bas pour empêcher Elliott de tout détruire dans sa chambre.

J'ai couru dehors. Le froid hivernal m'a sauté au visage, mes poumons ont pris feu sous l'effet de l'air glacé. Un flocon a voleté devant moi, dans la lumière de l'un des derniers lampadaires en état de marche. J'ai levé la tête et j'ai vu tomber la neige autour de moi, s'accrocher à mes cheveux, se poser sur mes épaules. Les yeux fermés, j'ai offert mon visage à sa caresse. À sa façon, la neige insonorisait le monde. Y faisait régner un silence ouaté dans lequel j'ai eu envie de me blottir. Elle a crissé sous mes pas quand j'ai pris le chemin de la maison, m'éloignant de la seule personne qui me protégeait des dangers tapis devant la porte de ma chambre. Plus rien n'était sûr. Sans doute plus rien ne le serait-il jamais.

Chapitre 28

Catherine

Mme Mason faisait tourner son crayon entre ses doigts, attendant que je parle. Elle m'avait fait une remarque sur les cernes qui me mangeaient le visage, et affichait la même expression inquiète que le jour où elle avait prévenu les services sociaux à propos de maman.

J'étais assise en face d'elle, engoncée dans mon manteau et mon écharpe.

– Ça va pas super, ai-je fini par lâcher.

– Tu es allée au poste de police, hier soir. Comment ça s'est passé ?

– Ça s'est passé.

Un petit sourire triste s'est dessiné sur ses lèvres.

– Comment va Elliott ?

Je me suis affaissée un peu plus sur ma chaise. Tout révéler sur la Villa Juniper aurait été si facile. Mais pour cela, je devais trahir maman. Althea avait raison. Sans moi, ils ne pourraient pas continuer. *Mais devaient-ils continuer ?*

– Il va bien. Ils ont été assez durs avec lui.

– C'est ce que je redoutais, a soupiré Mme Mason. Tu en penses quoi, toi ?

– Est-ce que je pense qu'il est impliqué dans la disparition de Presley ? Non.

– Il tient à toi. Énormément. Tu ne penses pas qu'il a pu s'énerver en voyant comment elle te traitait ? Je me suis laissé dire qu'elle pouvait être vraiment très blessante. Pourquoi ne m'en as-tu pas parlé, Catherine ? Toutes ces heures que tu as passées, ici, avec moi, et tu n'as pas trouvé le moyen de me dire que Presley Brubaker te harcelait ?

– Elliott ne ferait jamais de mal à Presley. Depuis que je le connais, elle m'en a fait voir de toutes les couleurs. Dans le pire des cas, Elliott l'a remise à sa place un peu vertement. Il s'est battu avec d'autres garçons, mais jamais il ne ferait de mal à une fille. Jamais.

– Je te crois. Y a-t-il autre chose que tu ne m'as jamais dit ?

Comme je ne répondais pas, elle a croisé les mains.

– Catherine, tu es fatiguée, je le vois bien. Tu es tendue, nerveuse. Tu prends la tangente. Laisse-moi t'aider.

Je me suis frotté les yeux. La pendule affichait huit heures quarante-cinq. La journée allait être longue, Elliott allait sûrement vouloir qu'on parle. Ou pas. Peut-être en avait-il assez de ne pas arriver à franchir les murs que je bâtissais autour de moi.

– Catherine…

Je me suis levée.

– Vous ne pouvez pas m'aider. La première heure est presque terminée, il faut que j'y aille.

– Le lieutenant Thompson m'a demandé de lui faire un rapport. Je ne peux pas lui dire de quoi nous avons parlé, évidemment, mais il veut que je lui envoie une évaluation de ton état émotionnel.

– Il… quoi ?

– Quand tu seras partie, je devrai lui dire si je te sens solide, ou pas. Ils envisagent de te convoquer pour un interrogatoire.

– Mais on n'a rien fait ! Ne pas aimer Presley, ce n'est pas un crime, que je sache ! Ils feraient mieux de la chercher plutôt que de s'en prendre à nous !

J'avais hurlé. Mme Mason s'est carrée dans son siège.

– Eh bien ! Jamais je ne t'avais vue aussi franche. C'est très courageux de ta part. Pour être franc, il faut accepter d'être vulnérable. Quel effet cela te fait-il ?

Je n'ai pas répondu tout de suite. Je me sentais plus manipulée qu'autre chose.

– Envoyez ce que vous voulez à Thompson. Je m'en vais.

J'ai attrapé mon sac et ouvert la porte. Mme Rosalsky et la proviseure Augustine m'ont regardée sortir en trombe.

Sur mon casier, j'ai trouvé un petit carré de papier jaune sur lequel était écrit AVOUE en lettres capitales. Je l'ai arraché, froissé et jeté par terre. Mais quand j'ai voulu ouvrir mon casier, la porte a de nouveau fait des siennes. J'étais hors de moi, j'ai tiré, tiré. Je sentais les dizaines de regards posés sur moi. J'ai tiré encore, les larmes aux yeux. Rien.

Un bras est apparu par-dessus mon épaule, a manipulé le cadenas, puis tiré un bon coup. Le casier s'est ouvert, j'ai attrapé le bras d'Elliott à deux mains. J'avais du mal à respirer.

Il a posé sa joue contre la mienne, et sa peau m'a fait l'effet d'un rayon de soleil. Il sentait le savon, le calme. Sa voix m'a réchauffée comme un édredon doux et léger.

– Qu'est-ce qui ne va pas ?

J'ai baissé la tête. Il comptait. J'aurais dû le protéger, de la même façon qu'il me protégeait, mais je n'étais pas assez forte pour rompre. Elliott était mon seul lien avec le monde et sa réalité.

Il a lâché la porte de mon casier, m'a prise dans ses bras.

– Je suis désolé pour hier soir, Catherine. Je te jure que je ne recommencerai pas. J'étais fatigué, furieux et… j'ai perdu le contrôle. Jamais… jamais je ne lèverais la main sur toi. Je ne m'attaque qu'aux portes, apparemment. Et aux arbres. À Cruz Miller de temps en temps. Ma tante dit que j'ai besoin d'un punching-ball dans ma chambre. Je…

J'ai enfoui mon visage contre son torse. J'ai senti ses lèvres sur mes cheveux. Les larmes ont roulé sur mes joues. Je me sentais plus vulnérable que jamais.

– Pardon, pardon, pardon, a-t-il répété. Comment ça s'est passé, chez toi ?

Les couloirs s'étaient vidés, la sonnerie a retenti, mais on n'a pas bougé. Je n'arrivais pas à m'arrêter de pleurer.

– Je suis juste… Je suis fatiguée.

– Ce soir, je reste.

– Je ne veux pas que tu aies des ennuis.

Il a posé son front contre le mien.

– S'il t'arrivait quelque chose… je ne sais pas, je serais capable de tout. Pour te protéger, j'irais jusqu'à me couper une main. Celle avec laquelle je lance le ballon.

Je l'ai serré contre moi.

– Alors il ne nous reste plus qu'à veiller l'un sur l'autre.

*
* *

Le moteur de la Nissan ronronnait doucement. Madison s'était garée devant chez moi et me racontait son entretien avec le lieutenant Thompson.

– Dès que mon père est arrivé, il a changé de ton, mais il était quand même convaincu que je savais quelque chose. Je suis certaine que c'est elle qui a explosé mes phares, mais ça ne veut pas dire que je serais capable de l'enlever, de la tuer ou de lui faire je ne sais quoi ! Thompson était…

– Acharné.

– C'est ça ! Exactement. Il a dit qu'il allait peut-être nous convoquer au poste. Toi, Sam et moi. Mais il fait une fixette sur Elliott. Tu crois que… que c'est parce qu'il est cherokee ?

– Sa tante en est persuadée. Et je pense qu'elle a raison.

– Mais c'est le meilleur d'entre nous ! Elliott est un type génial, tout le monde l'aime, même Scotty Neal, et pourtant Elliott lui a piqué la place de quarterback.

– Plus personne ne l'aime aujourd'hui. On a reçu des mots anonymes toute la journée. Un tas de rumeurs se répandent. Tout le lycée pense que parce qu'on a été interrogés, on est coupables. De quoi, ça reste à définir.

– Certains disent que Presley est morte.

– Tu en penses quoi, toi ?

– Je ne sais pas. Ce serait horrible. Non, j'espère qu'elle va bien. Vraiment.

– Moi aussi.

– Si elle a été enlevée, ce n'est pas par nous, donc c'est par quelqu'un d'autre, qui est toujours dans la nature. Ça me fait flipper, moi. Peut-être que c'est pour ça que tout le monde veut nous coller cette histoire sur le dos. Une fois que tu as un coupable, tu te sens plus en sécurité, d'une certaine manière.

– C'est pas faux. Merci de m'avoir raccompagnée.

– Je t'en prie. Tu vas au match, ce week-end ? Ça risque d'être bizarre, sans Presley, mais faut quand même encourager l'équipe. Certains disent qu'il y aura une veillée, juste avant le coup d'envoi.

– Je ne sais pas. Je ne suis pas sûre que ce soit une bonne idée. Mais Elliott aura besoin de moi.

– On ira ensemble.

– OK.

Je suis descendue de la Nissan. L'herbe gelée a crissé sous mes pas. La neige que le vent n'avait pas emportée s'accumulait dans les aspérités du trottoir. Devant le portillon, j'ai levé les yeux sur la maison.

La Nissan s'est éloignée, j'ai remonté l'allée, espérant trouver Althea, Tess ou Willow de l'autre côté de la porte d'entrée. N'importe qui mais pas Duke, ni maman.

– Coucou ma puce !

J'ai souri et lâché un long soupir.

– Coucou Althea.

– Donne-moi vite ton manteau et viens boire un bon chocolat chaud. Ça devrait te réchauffer. Tu es rentrée à pied ?

J'ai accroché mon manteau à côté de la porte.

– Non.

Je me suis installée dans la cuisine, posant mon sac sur le tabouret d'à côté. Althea a mis devant moi une tasse de chocolat fumant et une poignée de marshmallows.

– Althea, pourquoi tu t'installes ici, quand tu viens à Oak Creek ?

Elle s'est essuyé les mains dans son tablier, puis s'est tournée vers l'évier.

– Oh, c'est à cause de son mari. Il dit que la maison est trop petite. Il n'y a que deux chambres, c'est vrai, mais j'ai proposé de dormir sur le canapé du salon. Quand les enfants étaient plus jeunes, c'était ce que je faisais.

Elle s'est mise à faire la vaisselle, mais je sentais bien qu'elle était mal à l'aise. J'ai levé les yeux en me demandant si Duke n'était pas dans les parages. Tous les clients étaient à cran, en sa présence. À moins que ce soit le contraire. Peut-être venait-il parce qu'ils étaient à cran.

– Il est bon ton chocolat ?

– Super, ai-je répondu en buvant ostensiblement une grande gorgée.

– Et au lycée, tout s'est bien passé ?

– La journée n'en finissait pas. Je n'ai pas bien dormi la nuit dernière, et Mme Mason m'a convoquée en première heure.

– Ah bon ? Elle t'a encore posé des questions ?

– Une fille du lycée a disparu. Elle voulait savoir si je l'avais vue.

– Vraiment ? De qui s'agit-il ?

– De Presley Brubaker.

– Ah, celle-là… Elle a disparu, tu dis ?

J'ai répondu d'un hochement de tête en me réchauffant les mains autour de la tasse.

– Personne n'a rien vu. Un lieutenant est venu au lycée, il pense que, parce que je ne m'entendais pas avec elle, je suis peut-être impliquée.

– Et Mme Mason, elle dit quoi ?

– Elle m'a posé beaucoup de questions, parce que le lieutenant lui a demandé une sorte de rapport.

Althea a eu une moue de dégoût.

– C'est elle qui avait appelé les services sociaux pour ta mère, n'est-ce pas ?

– Elle s'inquiétait, c'est tout.

– Et aujourd'hui, elle s'inquiète aussi ?

– Probablement. Elle se fait du souci pour Elliott. Et moi aussi.

– Ça, c'est rien de le dire. Mais je suis contente que tu lui aies pardonné. Tu es plus gaie quand tout va bien entre vous. Le pardon est un baume pour l'âme.

– Je l'ai repoussé, comme je l'ai fait avec Minka et Owen. Je pensais que ce serait mieux pour lui. Plus sûr.

– Minka et Owen, a pouffé Althea. Ça fait un moment que tu ne m'avais pas parlé de ces deux-là. Ils ne te faisaient pas de bien.

– Et tu penses qu'Elliott m'en fait ?

– J'aime bien te voir sourire, et quand tu passes du temps avec ce garçon ton visage est lumineux.

– Althea… Maman était dehors, l'autre soir. En chemise de nuit. Est-ce que tu sais pourquoi ?

Elle a secoué la tête.

– Le comportement de ta maman est un peu bizarre, depuis quelque temps. Je m'en suis aperçue, oui.

– Mais… Est-ce que tu lui parles ? Est-ce qu'elle t'a dit pourquoi elle avait… changé ?

– Je lui ai parlé à la réunion.

– Quand vous avez discuté de moi ?

– Oui.

– Tu ne laisserais personne me faire du mal, Althea, n'est-ce pas ?

– Ne dis pas de bêtises.

– Même pas maman ?

Althea s'est figée.

– Ta maman ne te ferait jamais de mal. Elle ne ferait pas de mal à une mouche. Elle l'a prouvé maintes fois. Je t'interdis de lui manquer de respect comme ça.

Sans un mot de plus, elle a quitté la cuisine. Je l'ai entendue monter les marches en courant puis une porte a claqué, résonnant dans toute la maison.

J'ai baissé la tête, une main sur les yeux. Je venais de froisser ma seule alliée.

Chapitre 29

Catherine

Madison était agrippée à mon bras. Les Mudcats n'allaient pas tarder à reprendre après le temps mort. Il ne restait plus que quelques secondes dans le dernier quart-temps de la finale du championnat. Les gradins étaient bondés, et les deux équipes, à égalité, 35 à 35. Peckham était en grande conversation avec Elliott, qui écoutait chaque mot de son entraîneur comme si c'était parole d'Évangile.

Enfin, les joueurs ont regagné le terrain. La foule était en délire.

– Ils n'essaient pas le coup de pied au but ! s'est écriée Mme Mason, une main sur la bouche.

– Qu'est-ce que ça veut dire ?

Madison m'a serré le bras en regardant Sam donner un coup de poing dans la protection d'épaule d'Elliott.

– Ça veut dire qu'ils ont quatre secondes pour gagner, sinon on joue les prolongations et les Kingfisher récupèrent le ballon.

J'ai levé les yeux en direction des recruteurs, installés dans la zone réservée à la presse. Certains étaient au téléphone, d'autres prenaient des notes. Elliott était derrière Sam, il a donné ses ordres et Sam lui a lancé le ballon. Les receveurs sont partis en étoile, Elliott a pris son temps avant de faire sa passe.

– Bon Dieu, répartissez-vous ! a hurlé Mme Mason.

Elliott s'est mis à courir avec le ballon en direction de la zone d'en-but, Madison et Mme Mason trépignaient. Elliott a sauté par-dessus un adversaire, puis un autre et, voyant qu'il n'arriverait pas à entrer par la droite, a pivoté et a bondi pour atterrir avec le ballon juste derrière la ligne. Les arbitres ont levé la main, les supporters et le reste de l'équipe ont explosé de joie.

Madison et Mme Mason, qui m'avaient hurlé dans les oreilles jusque-là, m'ont soudain entraînée dans l'escalier, pour courir en direction du terrain. On a franchi la barrière et rejoint l'équipe. Tout le monde sautait, riait, hurlait. Je nageais au milieu d'un véritable océan de bonheur, essayant de rejoindre Elliott qui dépassait tout le monde d'une tête. Comme il me cherchait du regard, j'ai levé une main en faisant notre signe.

Quand il l'a vue, il s'est jeté en avant.

– Catherine !

On s'est rejoints, il m'a soulevée d'un bras et m'a embrassée.

– T'as réussi ! ai-je hurlé. S'ils te donnent pas une bourse, c'est qu'ils n'ont rien compris !

Il m'a regardée, interloqué.

– Quoi ? ai-je demandé en riant.

– Rien. Je ne t'ai jamais vue aussi heureuse. C'est assez… incroyable.

J'ai serré les lèvres, pour ne pas sourire comme une imbécile.

– Je t'aime.

Il a éclaté de rire, et presque aussitôt a enfoui son visage dans mon cou. Je l'ai embrassé sur le front en le serrant contre moi. Sur le terrain, autour de nous, c'était la liesse, la sécurité avait du mal à contenir tout le monde. Déjà, les bus de l'équipe adverse faisaient chauffer leur moteur.

– Youngblood ! a appelé Peckham.

Elliott m'a fait un clin d'œil.

– On se retrouve à ma voiture.

Il m'a embrassée sur la joue une dernière fois avant de me reposer par terre pour rejoindre le reste de l'équipe au milieu du terrain.

La foule m'a ballottée un moment, puis m'a rejetée sur la ligne de touche. Des parents et des élèves distribuaient des bougies blanches sur des bobèches en carton blanc.

En me voyant, Mme Brubaker s'est figée, puis m'a tendu une bougie.

– C'est… c'est une veille, pour Presley.

– Merci, ai-je dit en prenant la bougie.

Elle a essayé de me sourire, mais ses lèvres tremblaient trop. Alors elle s'est tournée vers d'autres élèves, a distribué d'autres bougies.

– Tu me dégoûtes. Comment peux-tu venir ici, en sachant ce que tu sais ?

C'était Tatum, à quelques mètres de là, encore en uniforme de pom-pom girl.

– Ce que je sais… ? ai-je demandé.

– Où elle est ! a crié Tatum.

Autour de nous, les gens se sont retournés.

– Oui, a enchaîné Brie. Où est-elle ? Qu'est-ce que vous lui avez fait, Elliott et toi ?

– Non mais ça va pas, toutes les deux ? ai-je répliqué.

Madison est arrivée, m'a prise par le bras.

– Viens. Tu n'as pas à supporter ça.

– Dehors ! a hurlé Brie en montrant le parking. Elliott n'est pas un héros, c'est un assassin !

– Non, Brie, ce n'est pas la faute d'Elliott, a dit Tatum. C'est elle.

Elle s'est avancée vers moi, les yeux brillants.

– C'est toi !

Un des parents l'a retenue.

– On se calme, les filles. Qu'est-ce qui se passe, ici ?

Brie m'a montrée du doigt.

– Catherine détestait Presley. Et il s'est débarrassé de Presley pour elle.

– C'est vrai ? a demandé une maman.

– Mais non !

Autour de moi, le murmure s'est amplifié. Tout le monde me regardait.

La mère de Tatum a serré sa fille contre elle.

– Tu n'as rien à faire ici.

– Pourquoi ? a demandé Madison. Elle n'a rien fait de mal.

– Elles n'ont rien à faire ici ! a crié quelqu'un. Mettez-les dehors !

– *Dehors !*

– *On veut plus vous voir !*

– *Arrêtez de le féliciter ! Il a fait du mal à Presley !*

– *Assassin !*

– Mon Dieu… a murmuré Madison.

Un peu plus loin, des élèves s'en prenaient à Elliott, le bousculaient. Et il ne se laissait pas faire.

– Fichez-lui la paix ! ai-je hurlé.

– Catherine, Catherine, calme-toi, a dit Madison en m'entraînant vers le parking.

Je voyais la peur dans ses yeux.

Des parents se sont mis à huer Elliott. Son oncle a traversé la foule pour le rejoindre et essayer de désamorcer la situation. Malgré cela, très vite, il s'est trouvé obligé de repousser d'autres pères, a fini par leur hurler au visage pour les tenir éloignés. Elliott restait derrière lui, mais il était bousculé dans tous les sens.

– Arrêtez ! a hurlé Leigh, en bordure de la foule. Arrêtez !

Kay criait sur une autre mère, elle l'a poussée un peu fort, l'autre est tombée.

Ceux qui étaient encore dans les gradins semblaient statufiés devant le chaos qui régnait sur le terrain. Ce n'était pas une guerre – dans une guerre, il y a des camps. Là, c'était du défoulement émotionnel généralisé.

Elliott m'a cherchée et m'a fait signe d'aller vers la sortie. On lui hurlait dessus, on le bousculait. Madison m'a tirée par le bras. En regardant derrière moi, j'ai vu la police qui attrapait Elliott et le poussait avec son oncle à travers la foule en les protégeant des crachats et des divers objets publicitaires qu'on leur jetait. Même les hommes en uniformes devaient hurler et menacer pour avancer. L'évocation de Presley, *via* la distribution des bougies, avait suffi à faire d'Elliott, le héros du jour, un ennemi, un indésirable.

Devant l'entrée du stade, on a retrouvé Elliott et les policiers.

– Je n'y retournerais pas, si j'étais vous, a dit l'un des officiers. Il y a beaucoup de monde, et la tension est palpable.

Kay et Leigh nous ont rejoints à leur tour.

– Ça va ? a demandé Kay à Elliott, qui venait de remarquer que son maillot avait été déchiré.

– Ça va. Ils m'ont attaqué subitement, j'ai rien vu venir.

– On ferait mieux d'y aller, a conseillé Leigh.

– Je ramène Catherine, d'abord.

– Je peux m'en charger, a proposé Madison.

Elliott m'a regardée, inquiet.

– Ça va aller. Vas-y. À plus tard.

Je me suis hissée sur la pointe des pieds et je l'ai embrassé au coin des lèvres.

Leigh et Kay l'ont entraîné vers sa voiture. Il refusait de me quitter des yeux. Puis sa mère lui a dit quelque chose et il s'est retourné.

Madison a regardé la foule, dans le stade. L'éclairage a diminué d'intensité, et bientôt on n'a plus vu que des centaines de petites lumières. Parents et élèves ont entamé un cantique.

– Franchement, je trouve ça malsain, a dit Madison en me prenant le bras. Ils étaient sur le point de lyncher Elliott, et maintenant, ils chantent *Amazing Grace*.

– Je suis d'accord.

– Viens, on y va.

– Tu ne veux pas attendre Sam ?

– Je lui enverrai un texto. On se verra plus tard.

Le 4 × 4 nous attendait, avec ses phares neufs, souvenir de ce que Presley et ses clones nous avaient fait.

– Cette ville est devenue folle, a soupiré Madison en démarrant. Tout le monde l'acclamait, l'applaudissait, et en l'espace de quelques secondes… Heureusement que les flics l'ont sorti de là. Ça aurait pu vraiment mal tourner.

– À croire qu'ils avaient oublié de lui en vouloir, jusqu'à ce que les bougies apparaissent.

– Pauvre Elliott. Ses coéquipiers sont restés là sans rien faire, alors que grâce à lui ils venaient de gagner le match. C'est dégueulasse.

Sa compassion m'a émue. Elliott ne méritait rien de tout ça. Il vivait un des plus beaux moments de son existence, et soudain tout avait changé. À Yukon, c'était une star, tout le monde l'avait regretté après son départ. Aujourd'hui, à cause de moi, il était coincé dans une ville où la plupart des gens le croyaient coupable de meurtre. Pire, ils étaient persuadés de son impunité.

– Je te plains aussi, Catherine. Je sais qu'il n'est pas le seul à être attaqué. Et je sais que tu n'es pour rien dans cette histoire. Si seulement la police la retrouvait, si seulement ils découvraient qui a fait ça…

Madison m'a déposée à la maison puis est repartie en direction du lycée. Je suis restée un moment dans l'entrée, à l'affût de bruits suspects, puis je suis montée dans ma chambre. J'ai refermé la porte, je m'y suis adossée, et j'ai ravalé mes larmes.

Sur ma commode, la boîte à musique a laissé échapper quelques notes. Je l'ai prise et l'ai remontée. La petite musique cristalline m'a apaisée, j'ai senti la peur régresser. Elliott serait bientôt avec moi, loin de la foule en colère, loin des bougies. Un jour, il serait loin d'Oak Creek, à l'abri des regards accusateurs.

J'ai entendu des graviers cogner contre ma fenêtre et j'ai posé la boîte à musique pour aller l'ouvrir. Elliott a grimpé et s'est glissé à l'intérieur. Il avait un sac de sport gris et noir en bandoulière.

– Je suis passé chez ma tante chercher quelques affaires. Est-ce que je peux prendre une douche ? a-t-il demandé à mi-voix, avec un sourire gêné.

– Oui, bien sûr.

Quelques instants plus tard, la tuyauterie s'est mise à gémir. J'ai levé les yeux au plafond en me demandant qui allait l'entendre.

La boîte à musique marchait toujours, la danseuse tournait. Elliott n'avait pas parlé de ce qui venait de se passer. Jusqu'à quel point cela le contrariait-il ? Au fond de moi, j'avais peur qu'un jour il cesse de croire que m'aimer valait le coup.

Moins de dix minutes plus tard, il est sorti de la salle de bains en T-shirt propre et short de basket rouge, avec quelque chose entre les mains. Il est venu jusqu'à mon lit et s'est penché pour attacher à l'un des barreaux, juste au-dessus de mon oreiller, un petit cercle tendu de fil.

– C'est un attrape-rêves. Ma mère l'avait fait pour moi quand j'étais petit. Je me suis dit que ça pourrait t'être utile.

Puis il s'est glissé entre les draps en frissonnant.

– Brrr… Il fait toujours aussi froid, ici ?

J'étais fascinée par les motifs de la toile tissée dans le cercle.

– Maman met toujours le thermostat au minimum pour faire des économies. Elle le monte quand on a de nouveaux clients. Tu l'as depuis que tu es tout petit ?

– Des nouveaux clients ?

– Autres que nos habitués.

Elliott a ouvert le lit et tapoté la place, à côté de lui.

– Depuis que je suis né. Il était attaché dans mon berceau.

J'ai resserré la ceinture de ma robe de chambre.

– Il vaudrait peut-être mieux…

Je suis allée au pied du lit et j'ai empoigné les montants métalliques.

Elliott s'est levé, a ramené ma commode contre la porte, puis m'a aidée à pousser le lit. Le bruit que nous faisions décuplait la panique en moi, j'en perdais toutes mes forces.

Immobile, j'ai écouté, attendu un grincement de porte, un craquement de plancher, n'importe quoi qui aurait signalé du mouvement. Rien.

– C'est bon ? a demandé Elliott, déjà recouché.

Je me suis glissée à ses côtés. Au contact de son corps, les draps se sont réchauffés. Elliott était plus efficace qu'une couverture électrique. J'ai retiré mes grosses chaussettes et me suis demandé si je n'allais pas avoir trop chaud, avec mon jogging en polaire et mon T-shirt thermique à manches longues.

Allongée sur le ventre, j'ai passé un bras sous mon oreiller et me suis tournée vers Elliott. Délicatement, il a pris mon menton, l'a approché jusqu'à ce que nos lèvres se touchent. On s'était embrassés des dizaines de fois avant, mais là sa main a glissé sur ma cuisse, et il a replié mon genou sur sa taille. Je me suis sentie fondre contre lui, une sensation de chaleur s'est diffusée dans ma poitrine, avant de se répandre dans mon corps tout entier.

– Merci, ai-je murmuré. Merci pour tout ce que tu fais. Mais…

– Je sais pourquoi je suis ici, a-t-il dit en retirant sa main, pour la glisser sous son oreiller. Désolé, dors maintenant. Il ne t'arrivera rien, je te le promets.

– Tu ne peux pas promettre une chose pareille. Les choses se produisent, qu'on le veuille ou non. Regarde ce qui est arrivé ce soir.

– Je m'en fiche.

– Comment peux-tu t'en ficher ? Ce qu'ils t'ont fait est horrible.

– Tu as passé deux ans à essayer de t'en sortir, dans cette maison comme au lycée. Je dois pouvoir gérer les quelques semaines qui me restent à aller en cours.

Il a hésité, puis :

– Catherine… comment c'était ? Après la mort de ton père.

J'ai soupiré.

– J'étais très seule. Minka et Owen venaient souvent, au début, mais je ne les laissais jamais entrer. J'ai fini par ne plus leur ouvrir la porte, alors ils ont renoncé et ne sont plus venus. Ils m'en voulaient, ce qui a facilité les choses. Les ignorer était plus dur quand ils étaient juste tristes.

– Pourquoi les as-tu repoussés comme ça ?

– Je ne pouvais laisser entrer personne.

– Je sais que je ne devrais pas te demander pourquoi…

– Alors ne le fais pas.

Il a souri, m'a pris la main.

– Elliott ?

– Oui ?

– Est-ce qu'il t'arrive de penser que ne pas m'aimer serait plus simple ?

– Jamais. Pas une seule fois.

Il s'est calé contre la tête de lit, m'a serrée contre lui et a posé le menton sur le sommet de mon crâne.

– Ça, c'est une chose que je peux te promettre.

*

* *

– Catherine !

Poppy m'appelait d'en bas.

– J'arrive !

Je me suis brossé les cheveux à la hâte et je suis descendue. Les lundis matin, c'était toujours la course, et quand Poppy était là c'était pire.

J'ai souri en la voyant assise seule dans la cuisine. Elle n'avait pas l'air contente, et il ne m'a pas fallu très longtemps pour comprendre pourquoi.

– Pas de petit déjeuner, ce matin ? ai-je demandé en balayant la pièce du regard.

En dehors des reliefs d'un sandwich au jambon et d'une grappe de raisin abandonnés sur un plateau, il n'y avait ni œufs, ni saucisses, pas même un toast sur la table.

Poppy a secoué la tête. Elle n'était pas coiffée, ses boucles partaient dans tous les sens.

– J'ai faim.

C'était la première fois que maman ratait le petit déjeuner depuis que nous avions ouvert la maison d'hôtes.

– Tu as passé une bonne nuit ?

Je connaissais déjà la réponse. Sous les yeux de Poppy, les cernes tiraient sur le violet.

– Il y avait des bruits.

– Quel genre de bruits ?

J'ai sorti une poêle, ouvert le frigo. Maman n'avait pas fait les courses non plus.

– Bon. Pas de bacon, ni d'œufs. Un bagel, ça te dit ?

Poppy a hoché la tête.

– Avec du beurre ou du fromage à tartiner ?

Elle a haussé les épaules.

– On a du fromage à tartiner à la fraise, ai-je dit en le sortant du bac, en bas du frigo. Je suis sûre que tu vas aimer ça.

Je l'ai laissée seule dans la cuisine pour aller voir dans le garde-manger. Les étagères étaient vides, en dehors d'un paquet de Cheerios, de riz précuit, de sauces en boîte, de quelques conserves de légumes et *youpi, des bagels !*.

Dans la cuisine, ma joie a été de courte durée. La liste de courses que j'avais faite était encore sur la porte du frigo, maintenue par un magnet. J'allais devoir aller au supermarché après le lycée et je ne savais même pas s'il y avait de l'argent sur notre compte en banque.

Poppy était recroquevillée sur un tabouret, le menton sur les genoux. Elle fredonnait doucement, j'ai reconnu l'air de ma boîte à musique.

Après un passage au grille-pain, j'ai tartiné un bagel de fromage à la fraise et le lui ai tendu. Elle l'a considéré un instant d'un œil méfiant, puis a mordu dedans à pleines dents. Le fromage fondu lui a fait des moustaches roses.

– Il n'y a que ton père et toi ? ai-je demandé en mettant mon bagel à griller. Il voudra petit-déjeuner aussi ?

– Non. Il est déjà parti.

J'ai tartiné mon bagel et j'ai mordu dedans, tout en regardant Poppy dévorer le sien en un temps record.

– Tu as dîné, hier soir ?

– Je crois.

– Et ces bruits dont tu me parlais, c'était quoi ?

– Mmmh… ?

Elle avait la bouche pleine.

– Tu m'as dit que tu n'avais pas bien dormi à cause des bruits. Je n'ai rien entendu.

– C'était en dessous.

J'ai avalé le reste de mon bagel et sorti un torchon du tiroir, que j'ai passé sous l'eau. Puis j'ai essuyé les moustaches de Poppy. Elle m'a laissée faire, elle avait l'habitude.

– En dessous de quoi ? De ton lit ?

Elle a fait la grimace en tortillant un pan de sa chemise de nuit.

– Ce soir, je regarderai sous ton lit. Deux fois. D'accord ?

Elle a acquiescé puis s'est penchée, a posé la tête contre ma poitrine. Je l'ai serrée dans mes bras.

Quelques instants plus tard, je suis allée dans le salon chercher un livre de coloriage et des crayons de couleur pour l'occuper.

– Regarde, Poppy ! ai-je annoncé, triomphale, en brandissant ce que j'avais trouvé.

– Tu l'as ratée de peu, a répondu Althea en passant l'éponge à l'endroit où nous venions de déjeuner. Cette gamine est un courant d'air.

– Bonjour.

– Bonjour ma puce. Elliott passe te chercher, aujourd'hui ?

– Oui. Enfin, je crois.

Dehors, j'ai entendu le ralenti d'une voiture et le claquement d'une portière. J'ai regardé par la fenêtre. Elliott remontait l'allée à petites foulées.

– Tu diras bonjour à maman de ma part !

J'ai fait un petit signe de la main à Althea. Elle semblait fatiguée et morose, ce qui était inhabituel chez elle.

– Je n'y manquerai pas, ma puce. Bonne journée !

En me voyant, Elliott n'a pas souri, il m'a montré un véhicule de police, garé un peu plus loin dans la rue.

– Il y en a une aussi devant chez ma tante.

– Ils nous… surveillent ? Pourquoi ?

– D'après mon oncle, ils nous soupçonnent.

J'ai suivi Elliott jusqu'à sa voiture. Il faisait bon à l'intérieur mais je me suis mise à trembler.

– Est-ce qu'ils t'ont vu sortir de chez moi ce matin ?

– Non.

– Comment peux-tu en être sûr ?

– Parce que j'ai fait en sorte qu'ils ne me voient pas.

– Je ne comprends pas. Ils nous surveillent, au lieu de chercher qui a enlevé Presley ?

– Je crois. Mme Brubaker a appelé ma tante hier soir en la suppliant de parler si on savait quelque chose.

– Mais tu ne sais rien.

Il a secoué la tête et a démarré. Il avait noué ses cheveux en catogan, cela changeait son visage. Un début de barbe recouvrait sa mâchoire volontaire, il avait les traits tirés.

J'ai regardé dehors. Le brouillard recouvrait les champs. Où était Presley ? Avait-elle fugué ? Avait-elle été enlevée ?

– Et s'ils t'accusent ? ai-je demandé.

– Ils ne peuvent pas. Je n'ai rien fait.

– Des innocents, on en accuse tous les jours.

Arrivés au lycée, Elliott s'est garé au même endroit que d'habitude et a coupé le contact, mais il n'a pas bougé. Il semblait abattu, démoralisé. Je ne l'avais jamais vu comme ça.

– Quand ils t'ont interrogé, au poste de police, est-ce que tu leur as dit que tu avais passé la nuit chez moi ?

– Non.

– Pourquoi ?

– Parce que je ne veux pas qu'ils disent quoi que ce soit à ta mère.

Effectivement. Cela aurait mis un terme définitif à mes nuits de tranquillité.

– À quelle heure es-tu parti ?

Il semblait mal à l'aise, n'arrêtait pas de bouger sur son siège.

– Je me suis endormi. Quand j'ai ouvert les yeux, le jour se levait. Je suis parti juste après l'aube.

– Tu devrais le leur dire.

– Non.

– Bon sang, Elliott, arrête !

Il a eu un petit rire.

– T'inquiète. Ils ne vont pas m'arrêter.

On a marché ensemble jusqu'à mon casier, sous le regard hostile des autres élèves. Madison et Sam se sont arrêtés en nous voyant. Ils formaient comme un rempart entre nous et le reste du lycée.

– Ils t'ont mis les menottes et tout ? a demandé Sam.

Madison lui a donné un coup de coude.

– Arrête, bon Dieu !

– Ben quoi ?

Madison m'a fait la bise.

– Comment ça va, vous deux ?

– Ça va, a répondu Elliott. Les flics vont la retrouver, et on saura bientôt ce qui s'est passé.

– Faut espérer, a dit Sam.

Madison a levé les yeux au ciel.

– Oui, ils vont la retrouver. Catherine, ne les laisse pas te maltraiter, aujourd'hui, d'accord ? Je te préviens, j'en viendrai aux mains s'il le faut.

J'ai souri et ils se sont éloignés. Elliott m'a accompagnée jusqu'en cours d'espagnol.

– T'es sûre que ça va aller ?

– Oui. Pourquoi ?

– J'ai comme un pressentiment.

– Ça va aller, je t'assure.

Après son départ, je me suis installée à ma place. Tous les élèves me fixaient. Même la *señora* Tipton m'a regardée m'asseoir d'un air méfiant. Puis elle s'est recoiffée, a fait l'appel en espagnol, nous a demandé d'ouvrir nos livres à la page 374.

Elle venait de nous donner un exercice à faire, tout le monde était concentré sur sa feuille et le silence régnait, quand j'ai été prise de crampes dans le bas-ventre. Génial. Mes règles. Comme si j'avais besoin de ça.

J'ai hésité parce que je ne voulais pas attirer l'attention, mais j'ai fini par me lever pour m'approcher du bureau de la prof.

– J'ai besoin d'aller à mon casier, ai-je murmuré.

– Pourquoi ?

Elle avait parlé si fort que tout le monde a levé la tête.

– C'est personnel.

J'ai vu dans son regard qu'elle avait compris. D'un geste, elle m'a fait signe d'y aller. J'ai pris le carton plastifié orange sur lequel était écrit LAISSEZ-PASSER/CASIER et je suis sortie. En arrivant dans le couloir, j'ai aperçu Anna Sue et Tatum, debout devant mon casier, qui semblaient mettre beaucoup d'énergie à gratter quelque chose.

Un crissement, celui du métal sur du métal, m'a fait grincer des dents. Anna Sue s'est figée, Tatum s'est retournée.

– Où est-elle ? m'a demandé Anna Sue, hargneuse. Je sais que tu le sais !

Et elle a fait un pas en avant, pointant sur moi le couteau avec lequel elle grattait.

J'ai reculé, apercevant du coin de l'œil son œuvre d'art, gravée sur la porte de mon casier, en grosses lettres, de haut en bas :

AVOUE

Tatum lui a pris le couteau et l'a brandi sous mon nez. Je me suis retrouvée dos au mur.

– Est-ce qu'elle est vivante ? a-t-elle murmuré. Est-ce que ce sauvage t'a dit où il l'avait enfermée, ou est-ce qu'il l'a tuée ? Elle est enterrée quelque part ?

Les néons du lycée se reflétaient sur la lame, à quelques centimètres de mes yeux.

– Je ne sais pas où elle est, ai-je lâché dans un souffle. Elliott ne sait pas non plus. Il a passé la nuit chez moi, ça ne peut pas être lui.

– Si ! C'est lui ! Tout le monde le sait ! a hurlé Anna Sue. On veut juste qu'elle revienne ! Dis-nous où elle est !

J'ai senti la colère monter.

– Ça suffit ! Recule. Je te préviens…

– Quoi ? Tu me menaces ?

Tatum a posé la pointe de la lame sur ma joue. J'ai fermé les yeux et, dans un hurlement, j'ai frappé, de toutes mes forces. Tatum est tombée en arrière, a lâché le couteau. D'un coup de pied, je l'ai envoyé hors de sa portée. Puis j'ai attrapé Tatum, je l'ai plaquée contre les casiers, et j'ai frappé encore. J'ai senti mon poing heurter son visage, mais il n'y avait pas de douleur. J'aurais pu continuer encore longtemps comme ça.

Anna Sue m'a attrapée par les cheveux et m'a tirée en arrière. On a perdu l'équilibre toutes les deux et on s'est écroulées sur le carrelage. J'ai retrouvé mes esprits la première, je me suis mise sur elle et j'ai frappé encore. Elle avait levé les bras pour se protéger le visage.

– Ça suffit ! Laissez-moi tranquille ! Je ne vous ai jamais rien fait, et vous me harcelez depuis le collège ! Mais c'est terminé ! Compris ? C'EST TER-MI-NÉ !

J'avais ponctué chaque mot d'un coup de poing. Ma rage était incontrôlable. Anna Sue a voulu frapper à son tour, mais j'en ai profité pour l'atteindre en plein visage.

– Arrêtez ça immédiatement !

Quelqu'un m'a soulevée, m'a tirée en arrière. J'étais essoufflée, je tremblais. J'ai donné des coups de pied dans tous les sens pour essayer d'atteindre Anna Sue. Du coin de l'œil, j'ai vu Tatum, adossée au mur, terrifiée.

– J'ai dit ça suffit ! a hurlé M. Mason, un bras autour de ma taille.

Mes bras sont retombés, mes jambes se sont dérobées, et un sanglot que je retenais depuis de trop longues années a jailli de ma gorge.

Mme Mason est arrivée, surprise de voir les bras de son mari autour de moi et Anna Sue à terre, la lèvre ensanglantée.

– Mais que se passe-t-il, ici ?

Puis elle a vu le mot gravé sur mon casier et le couteau, par terre. Elle s'est précipitée pour le ramasser.

– À qui est ce couteau ? Anna Sue, as-tu utilisé ce couteau pour écrire sur le casier de Catherine ?

Anna Sue s'est redressée, a essuyé sa lèvre d'un revers de la main.

– Réponds-moi ! a crié Mme Mason.

Comme Anna Sue refusait d'obtempérer, elle s'est tournée vers Tatum.

– Toi, alors. Dis-moi. Je t'écoute.

– On sait que la police enquête sur eux ! On voulait savoir ce qu'ils ont fait de Presley ! a hurlé Tatum, hystérique.

M. Mason m'a lâchée.

– Tu as frappé ces deux filles parce qu'elles ont abîmé ton casier ? Cela ne te ressemble pas, Catherine.

Anna Sue et Tatum me fixaient d'un air plein de haine. J'ai baissé les yeux, vu le sang sur mes poings.

J'ai pensé à ceux d'Elliott le jour de notre rencontre. J'ai redressé la tête.

– J'ai surpris Anna Sue en train de graver ce mot sur mon casier, avec ce couteau, ai-je expliqué à Mme Mason. Elles m'ont demandé où était Presley, puis Tatum a pris le couteau et l'a pointé sur moi. Sur mon visage. Elle m'a fait reculer contre le mur.

M. et Mme Mason se sont regardés, abasourdis, et se sont tournés vers Tatum.

– Tatum, as-tu menacé Catherine avec ce couteau ? a demandé Mme Mason.

Tatum a hésité, son regard a navigué entre M. et Mme Mason, puis s'est fixé sur Anna Sue, et elle a retrouvé un peu d'assurance.

– On fera ce qu'il faudra pour retrouver notre amie.

Mme Mason s'est tournée vers moi, et j'ai vu la peur dans son regard.

– Monsieur Mason, je vais vous demander d'accompagner Anna Sue et Tatum chez la proviseure, puis d'appeler la police. Catherine Calhoun vient d'être menacée avec une arme dans l'enceinte du lycée.

M. Mason a attrapé le bras de Tatum puis celui d'Anna Sue, qu'il a forcée à se relever. Tatum s'est débattue.

– Non mais ça va pas ? C'est elle qui nous a frappées ! *Elle !*

– Juste après avoir été menacée par un couteau que *tu* tenais, a répliqué M. Mason de sa voix grave. Allez, on y va.

J'ai fait la combinaison de mon cadenas et, pour la première fois, la porte a cédé tout de suite. J'ai sorti un protège-slip et un tampon, que j'ai glissés dans la poche de mon manteau.

– Oh ! Voilà pourquoi tu étais dans le couloir pendant les cours, a dit Mme Mason.

Elle a posé une main sur ma joue et a écarté la mèche de cheveux qui barrait mon front.

– Comment tu te sens ?

J'ai hoché la tête. Sur mes joues, les larmes séchaient lentement.

Elle m'a serrée dans ses bras, fort. Je me suis rendu compte que je tremblais encore.

– Tu n'es plus en sécurité en cours.

– Je n'ai rien fait à Presley, Elliott non plus. Je vous le jure, on n'a rien fait.

– Je sais. Viens.

Elle m'a prise par la main.

– On va où ?

Mme Mason a soupiré.

– Tant que les choses ne seront pas rentrées dans l'ordre, tu travailleras dans mon bureau.

Chapitre 30

Catherine

La pluie claquait sur le pare-brise de la Chrysler arrêtée devant la maison. Elliott avait été mutique toute la soirée, après les cours, au supermarché, et maintenant.

– Je peux entrer ? a-t-il finalement demandé sans me regarder.

J'ai posé une main sur sa joue encore mouillée.

– Oui. Il faut que tu te sèches un peu.

– Je t'aide à porter les sacs jusqu'à la porte, ensuite je te retrouve à ta fenêtre.

– D'accord.

En déposant le dernier sac de courses dans la cuisine, j'ai remarqué maman assise sur le canapé du salon, devant la télévision éteinte.

– J'ai fait les courses, ai-je annoncé en ôtant mon manteau. Tu m'aides à tout ranger ?

Pas de réponse.

– Tu as passé une bonne journée ?

J'ai regarni les placards, puis le frigo. Mes vêtements trempés collaient à ma peau, je me suis mise à claquer des dents. J'ai retiré mes bottes et les ai posées dans l'entrée avant d'aller dans le salon.

– Maman ?

Elle n'a pas bougé. Je me suis agenouillée devant elle. Son visage était très pâle, elle était échevelée, ses yeux rougis par la fatigue fixaient le sol. J'ai écarté ses cheveux de son visage, le ventre noué. Je l'avais déjà vue très déprimée une ou deux fois, mais là son comportement devenait de plus en plus déroutant.

– Tout le monde meurt un jour, a-t-elle murmuré, les yeux brillants.

– Papa te manque, c'est ça ?

L'espace d'un instant elle m'a regardée, avant de se détourner. Une larme a roulé sur sa joue.

– Viens, tu dois te coucher.

Je l'ai aidée à se lever, à monter au premier étage, et enfin à gravir les dernières marches qui menaient à sa chambre. Elle s'est assise sur son lit, toujours aussi triste. Je l'ai déshabillée et je lui ai mis sa chemise de nuit préférée.

J'ai ouvert les draps, elle s'est allongée et m'a tourné le dos. Je l'ai embrassée sur la joue, sa peau était froide et moite. Je lui ai pris la main et j'ai remarqué la terre, sous ses ongles.

– Maman, qu'est-ce que tu as fait ?

Elle a retiré sa main.

– Bon. On en parlera demain. Repose-toi.

J'ai fermé la porte et je suis redescendue en essayant de ne pas faire de bruit. En passant, j'ai remonté le thermostat, soulagée lorsque j'ai entendu la chaudière se mettre en marche. Maman ne m'avait même pas demandé pourquoi j'étais trempée ni pourquoi je tremblais.

Je me suis glissée dans ma chambre. Elliott avait déjà poussé la commode contre la porte, en laissant juste l'espace suffisant pour mon passage.

– C'est moi, ai-je murmuré.

Je pensais le trouver dans mon lit mais il était dans la salle de bains et se frictionnait les cheveux, une serviette posée sur ses épaules nues. Il grelottait, lui aussi.

– Qu'est-ce que tu fais ?

Ses lèvres étaient violacées, il claquait des dents.

– J'arrive pas à me réchauffer.

Les anneaux du rideau de douche ont tinté sur la tringle métallique. J'ai ouvert le robinet et me suis mise sous le jet chaud, attirant Elliott vers moi. On a attendu que nos corps frigorifiés cessent de trembler, puis j'ai monté un peu la température de l'eau.

Elliott a baissé les yeux sur moi, enfin capable de se concentrer sur autre chose que le froid. Réalisant que j'étais encore habillée, il m'a retiré mon pull. Il a pris mon visage entre ses paumes et m'a embrassée.

J'ai défait mon jean et bataillé pour l'ôter tant il collait à ma peau. D'un dernier coup de pied, je l'ai envoyé promener. Les mains d'Elliott éveillaient de nouveaux sentiments en moi. Mon épiderme était sensible au moindre mouvement de ses doigts. Son souffle était plus rapide, sa bouche, plus affamée. Il m'a enlacée, m'a serrée contre lui. Mais au moment où ses lèvres ont quitté les miennes pour se promener sur mon cou, j'ai senti que ses baisers s'espaçaient, que ses caresses perdaient de leur intensité.

Il a fermé le robinet, attrapé deux serviettes et m'en a tendu une avant de s'essuyer le visage avec l'autre.

– Qu'est-ce qu'il y a ?

– Tu devrais…

Il a indiqué ma chambre, visiblement gêné.

– J'ai fait quelque chose de mal ?

– Non ! Non. Mais je ne… je n'ai pas ce qu'il faut, a-t-il avoué.

J'ai fermé les yeux, sans comprendre. Et puis…

– *Oh*…

– Oui, voilà. Désolé. Je n'avais pas compris que c'était possible.

Je n'ai pas pu m'empêcher de sourire. Comment aurais-je pu lui en vouloir ? À aucun moment je ne lui avais laissé croire que ça pouvait l'être.

– Je vais…

En indiquant ma chambre, j'ai reculé, puis fermé la porte de la salle de bains derrière moi en étouffant un fou rire. Dans ma commode, j'ai pris une culotte sèche, l'ai enfilée, puis j'ai mis ma chemise de nuit.

Elliott a toqué à la porte.

– Tu pourrais m'apporter mes affaires ?

– Oui.

Dans un coin de ma chambre, sur son sac, il avait posé un T-shirt noir et un short gris. Il a tendu une main dans l'entrebâillement de la porte, je lui ai donné ses vêtements, la main a disparu.

Assise sur mon lit, je me suis brossé les cheveux en écoutant l'air de ma boîte à musique. Elliott est sorti au bout d'un moment, toujours mal à l'aise.

– Faut pas être gêné, tu sais, ai-je dit. Je ne le suis pas.

– C'est juste que… ma tante a abordé le sujet après la première nuit que j'ai passée ici. Je lui ai assuré que ça n'était pas d'actualité, et que ça ne le serait pas avant un moment. Et maintenant, je regrette de ne pas l'avoir écoutée.

– Là, par contre, je suis gênée.

Il a rigolé, s'est assis à côté de moi et a entrepris de dénouer le lien de cuir qui nouait ses cheveux trempés.

– Attends, je vais t'aider.

Il s'est détendu, m'a laissée faire. J'ai retiré le lien – non sans difficulté – et libéré ses cheveux. Puis je les ai démêlés, délicatement, en commençant par les pointes. Il a pris une longue inspiration, les paupières closes, s'est laissé bercer par le glissement rythmé de la brosse.

– C'est la première fois que quelqu'un me brosse les cheveux depuis que je suis petit.

– Ça détend. Tu devrais me laisser le faire plus souvent.

– Autant que tu veux.

Bientôt, la brosse a glissé sans encombre des racines jusqu'aux pointes. Elliott a pris le lien de cuir, l'a noué dans ses cheveux.

– Tu me fais penser au personnage de la Bible. Celui dont la force est dans ses cheveux.

– Tu as lu la Bible ? Tu m'as pourtant dit que tu ne croyais pas en Dieu.

– J’y croyais, avant.

– Qu’est-ce qui t’a fait changer d’avis ?

– Et toi, tu y crois ?

– Je crois en l’existence d’un lien entre chaque être et la Terre, les étoiles, tous les organismes vivants, ma famille, mes ancêtres.

– Moi ?

– Tu fais partie de la famille.

Je me suis penchée et j’ai embrassé sa lèvre fendue, souvenir de Cruz. Il a grimacé.

– Je vais te chercher de la glace.

– Non, ça va. Reste.

– J’en ai pour une seconde.

Dans la cuisine, j’ai sorti une poche de glace du congélateur et je l’ai emballée dans un torchon. Je suis remontée aussi vite que possible, l’oreille aux aguets. J’ai réalisé qu’être sur le qui-vive était devenu comme une seconde nature chez moi. Mais le silence régnait dans la maison. Même le chauffe-eau, en bas, se tenait tranquille.

Dans ma chambre, on a remis la commode et le lit contre la porte.

– Je pourrais venir un jour, quand ta mère n’est pas là, et t’installer un verrou.

– Mais elle s’en apercevrait. Et savoir que j’ai changé quelque chose dans la maison la mettrait dans tous ses états.

– Elle doit comprendre que sa fille adolescente a besoin d’un peu d’intimité. Surtout quand vous avez des clients.

– Elle ne voudra pas.

J'ai posé la poche de glace sur sa lèvre.

– Je suis désolée, Elliott. Tu ne serais pas dans cette situation si tu m'avais évitée.

– Mais réfléchis. Pourquoi sont-ils persuadés que tu en voulais à Presley ? Parce qu'elle était infecte avec toi. Tu peux toujours essayer de me convaincre que tout ça est ta faute, mais tu n'y arriveras pas. Ils peuvent me tabasser tant qu'ils veulent, ça ne sera pas ta faute pour autant. C'est leur choix. Leur haine. Leur peur. Ce n'est pas toi qui les forces à agir.

– Tu crois qu'ils vont encore t'attaquer ?

– J'en sais rien. Mais ça n'a pas d'importance.

– Si, ça en a. Parce que tu as raison. C'est de pire en pire. Tu devrais peut-être travailler dans le bureau de Mme Mason, toi aussi.

– Pas mal, comme idée. Ça me manque, nos retrouvailles dans les couloirs ou au cours de M. Mason.

– Et moi donc ! Ça fait un mois que je travaille dans ce placard. Les vacances de Noël arrivent, et je n'en vois toujours pas le bout.

– Mme Mason s'inquiète pour toi. Moi aussi.

– Je propose qu'on s'inquiète pour toi, un peu.

Dans le couloir, le plancher a craqué.

– Vous avez qui, en ce moment ? a murmuré Elliott.

– Willow était là quand je suis rentrée du lycée. C'est sans doute elle.

– Qui est Willow ?

J'ai soupiré.

– Elle a dix-neuf ans, met beaucoup d'eye-liner noir. Elle est… triste.

– Elle est d'où ?

– Je ne lui parle pas autant qu'aux autres clients. La plupart du temps, elle est trop déprimée pour avoir une conversation normale. Maman dit que c'est une fille qui est partie de chez elle. À son accent, je dirais qu'elle vient de Chicago.

– Et les autres ? Les habitués ?

– Ben…

Parler de nos clients avec qui que ce soit me paraissait étrange.

– Il y a Duke et sa fille, Poppy. Il dit qu'il travaille pour une compagnie pétrolière du Texas, mais ce qu'il fait surtout, c'est hurler. Il est en colère, il fait peur. Poppy est comme une petite souris qui furète un peu partout dans la maison.

– C'est horrible. Pourquoi voyage-t-elle avec lui ?

– Il vient ici pour le travail. Poppy n'a pas de mère.

– Pauvre gamine…

J'ai eu une moue fataliste.

– Qui d'autre ?

– Quand Althea est là, elle m'aide pour la cuisine et le ménage. Elle est toujours de bon conseil. C'est elle qui m'a suggéré de te pardonner.

– C'est quelqu'un de bien, alors, a dit Elliott en souriant.

– Mon oncle Toad et sa fille Imogen viennent de temps en temps, mais pas aussi souvent que les autres.

Après leur dernier séjour, maman a dit à mon oncle de ne pas revenir avant un moment.

– Ton oncle *Toad*[1] ?

– En plus du nom, il en a la tête et la voix…

– C'est le frère – ou le beau-frère – de ton père ou de ta mère ?

– Je n'en sais rien. Je n'ai jamais posé la question.

– Trop bizarre, a dit Elliott en rigolant.

– Tout est comme ça, ici, crois-moi.

Il faisait nuit, la maison était silencieuse en dehors des pas de Willow, de temps à autre. J'ai embrassé la blessure d'Elliott.

– Ça va mieux ?

– Ça va toujours mieux quand tu m'embrasses.

J'ai posé la tête sur sa poitrine et j'ai écouté les battements de son cœur. Il m'a serrée contre lui, sa voix était grave, apaisante.

– Vacances de Noël, puis Nouvel An, et c'est le dernier semestre de lycée. Dans un peu plus d'un mois, tu auras dix-huit ans.

– J'ai du mal à y croire.

– Tu as toujours l'intention de rester ici ?

Jusqu'ici, mes dix-huit ans m'avaient paru lointains. J'avais même eu le sentiment, parfois, qu'ils n'arriveraient jamais. Mais aujourd'hui la date approchait, et je me sentais tellement bien dans les bras d'Elliott… Ma résolution vacillait.

– C'est bien, d'hésiter, a-t-il commenté.

1. En anglais : « crapaud » (NdT).

Je l'ai pincé, il a crié à voix basse. Presque aussitôt, ses doigts ont trouvé l'endroit le plus sensible de mon ventre et l'ont chatouillé. J'ai poussé un glapissement. Horrifiée, j'ai plaqué une main sur ma bouche.

On a rigolé tous les deux, jusqu'à ce que quelqu'un essaye d'entrer dans ma chambre.

– Catherine ? a appelé Willow.

Figée par la peur, j'ai rassemblé tout mon courage pour arriver à lui répondre.

– Je suis couchée, Willow. Qu'est-ce que tu veux ?

La porte a cogné contre la commode.

– Qu'est-ce qui bloque la porte ?

– Ma commode.

– Pourquoi ?

– Parce que je n'ai pas de verrou et que les clients s'imaginent qu'ils peuvent entrer quand ils veulent.

– Laisse-moi entrer ! a-t-elle gémi.

Là encore, il m'a fallu tout le courage du monde pour refuser. Mais accepter aurait été pire.

– Non. Je suis couchée. Va-t'en.

– Catherine !

– J'ai dit va-t'en !

La porte s'est refermée, les pas de Willow se sont éloignés.

– Pfff… ai-je soupiré en reposant ma tête sur le torse d'Elliott. C'était moins une.

– En tout cas, elle est de Chicago, pas de doute là-dessus.

Je n'arrivais pas à quitter ma porte des yeux.

– Tu vas la surveiller toute la nuit ?

– Elliott, si elle entre…

Je n'arrivais pas à lui dire la vérité.

– Vas-y, dis-moi. Je t'écoute.

C'était douloureux. Tout mon être me hurlait de ne pas prononcer ces mots.

– Ils vont essayer de me retenir. Maman. Les clients.

– Pourquoi ?

– Tu poses trop de questions…

Je me sentais mal, très mal.

– Catherine, qu'est-ce qu'il y a ? Que font les clients ?

Je me suis mordu la lèvre, j'ai changé de position.

– Les nouveaux clients… ils ne repartent pas. Parfois, je retrouve leurs valises à la cave, leurs affaires de toilette dans leur salle de bains. On n'a pas très souvent de nouveaux pensionnaires, mais…

Il y a eu un très long silence.

Puis Elliott a demandé :

– Depuis quand ça dure ?

– Ça a commencé peu de temps après l'ouverture.

– Et qu'est-ce qu'ils deviennent, les nouveaux pensionnaires ?

J'ai haussé les épaules, j'avais les larmes aux yeux.

Elliott m'a serrée contre lui. On est restés comme ça sans rien dire un long moment.

– Personne ne vient les chercher ?

– Non.

– Peut-être que c'est autre chose. Peut-être que les habitués leur volent leurs affaires.

– Peut-être.

– Tu n'as jamais vu personne s'en aller ?

– Les clients arrivés seuls, non, je ne les ai jamais vus repartir.

Il a soupiré. Mes paupières étaient de plus en plus lourdes. Bientôt, rester à l'affût des ombres obscurcissant le rai de lumière, sous ma porte, est devenu très difficile. Mes yeux se sont fermés, je me suis sentie sombrer.

Quand j'ai refait surface, Elliott n'était plus là, les moineaux gazouillaient au soleil et il n'y avait plus de vent. Je me suis habillée. Au moment où j'attachais mes cheveux j'ai entendu des bruits d'assiettes et de couverts dans la cuisine, et l'alarme incendie s'est déclenchée.

J'ai couru en bas, pilé net sur le seuil de la cuisine. C'était le chaos, il y avait de la fumée partout, ça sentait le bacon brûlé. Maman était aux fourneaux et ça ne se passait pas très bien.

J'ai ouvert la fenêtre, attrapé un set de table pour faire partir la fumée. Au bout de quelques secondes, l'alarme s'est tue.

– Seigneur, j'ai dû réveiller toute la maison, s'est inquiétée maman.

– Ça va ?

– Je…

Elle a regardé autour d'elle, fait la grimace en voyant un œuf cassé, par terre.

J'ai ramassé ce que je pouvais avec les mains, jeté le tout dans l'évier. Maman était une excellente cuisinière, alors il ne m'a pas fallu longtemps pour comprendre.

– Duke est ici ?

Je n'ai pas attendu sa réponse. Par la fenêtre, j'ai vu la Chrysler, devant la maison.

– Oh ! Faut que j'y aille !

Elliott était sorti pour m'attendre, mais son sourire manquait de vigueur et son regard brillait moins que d'habitude.

Le trajet s'est fait en silence. On savait tous les deux que chaque jour qui commençait serait pire que le précédent. Plus le temps passait sans nouvelles de Presley, plus l'hostilité à notre égard était marquée.

Elliott s'est garé et a soupiré. J'ai serré sa main dans la mienne.

– Plus que trois jours avant les vacances de Noël.

– Je vais être renvoyé, je le sens.

– Laisse-moi demander à Mme Mason, je suis sûre que tu peux venir travailler dans son bureau aussi.

Il a secoué la tête, cachant son angoisse derrière un sourire.

– Non, laisse tomber. J'ai envie de te voir, mais je ne veux pas me cacher.

– Peut-être, mais pendant que je suis à l'abri, tu sers de cible. Tu ne te cacherais pas, tu éviterais la bagarre.

– Éviter la bagarre, ce n'est pas dans mes gènes.

On a remonté le couloir jusqu'à mon casier. Il marchait légèrement devant moi, juste assez pour encaisser les coups d'épaule de la part de ses coéquipiers ou des autres élèves. Les sourires et les mains levées n'étaient plus du tout de mise. Ne restaient que les regards accusateurs et la peur.

Elliott regardait droit devant lui, serrant les dents à chaque bousculade. Il aurait pu tous les frapper, leur casser le nez, les dents, mais il avançait sans rien dire, se répétant juste qu'il ne restait plus que quelques jours avant les vacances de Noël.

Il a attendu que je prenne mes affaires, puis m'a accompagnée jusqu'au bureau de Mme Mason, m'a embrassée sur la joue et s'est dépêché d'arriver à son cours avant la sonnerie. Je me suis demandé si quelqu'un l'arrêterait en route.

– Bonjour Catherine.

Mme Mason était déjà à son bureau et tapait sur son clavier. Devant mon silence, elle a levé les yeux.

– Quelque chose ne va pas ?

J'ai hésité, j'avais vraiment envie de lui parler d'Elliott, mais je ne voulais pas non plus le forcer à venir travailler dans son bureau.

– C'était un peu chaotique, à la maison. Le petit déjeuner a brûlé, il a fallu tout recommencer.

– Tu pensais à autre chose ?

– Ce n'était pas moi. C'était maman. Elle est… triste, à nouveau.

Cela faisait presque quatre semaines que je passais mes journées avec Mme Mason dans cet espace réduit, alors éviter la conversation était difficile. J'avais tenu une semaine puis, pour ne pas éveiller ses soupçons, je m'étais mise à parler. Je ne disais que le strict minimum.

– Il est arrivé quelque chose… ?

– Rien de spécial. Ça lui arrive de temps en temps. Mais plus on approche de la fin de l'année scolaire, plus elle semble perdue dans ses pensées.

– As-tu envoyé des candidatures dans des universités ? Tu es encore dans les temps, tu sais.

J'ai secoué la tête, écartant aussitôt cette idée.

– Tu pourrais facilement obtenir une bourse, Catherine. Je peux t'aider à monter le dossier, si tu veux.

– On en a déjà parlé. Je ne peux pas la laisser.

– Pourquoi ? Aller à l'université quand on a des parents qui ont une entreprise, c'est courant. Tu pourrais partir étudier la gestion hôtelière, et tu reviendrais dans quelques années pour faire de la Villa Juniper un établissement de renom.

J'ai eu un petit rire. Mme Mason a souri.

– C'est si drôle que ça ?

– C'est juste impossible.

– Catherine, es-tu en train de me dire que tu ne peux pas aller à l'université parce que ta mère ne peut pas vivre seule ? Est-ce que cela veut dire que c'est toi qui t'occupes d'elle ?

– Certains jours plus que d'autres.

Mme Mason s'est penchée sur son bureau, l'air triste, découragée.

– S'il te plaît. S'il te plaît, laisse-moi t'aider. Dis-moi quel est le problème chez toi.

J'ai pris mon air renfrogné et je me suis penchée sur mon exercice d'espagnol. Elle a soupiré et s'est remise à taper. On n'entendait plus que le cliquetis des touches de son clavier, et le frottement de ma mine de crayon sur le papier. D'une certaine manière, je me sentais en sécurité dans ce huis clos silencieux. Je n'avais rien d'autre à faire que mes exercices. Cela m'allait très bien.

Juste avant le déjeuner, le store sur la porte du bureau de Mme Mason s'est mis à trembler. On a entendu des cris, des bruits de chaises. Elle s'est levée, est allée jeter un œil, puis a tiré d'un coup sur la corde. Le store s'est relevé.

M. Peckham était juste devant la porte. Il tenait Elliott par un bras d'un côté, et de l'autre un élève que je n'ai pas reconnu parce qu'il avait les deux yeux tuméfiés.

Mme Mason est sortie, je l'ai suivie.

Peckham a poussé l'élève en avant.

– Celui-ci a commencé.

Puis il a poussé Elliott.

– Et celui-là a conclu.

– Qui est-ce ? a demandé Mme Rosalsky en apportant des poches de glace.

Elle a aidé l'élève à s'asseoir et lui a posé les poches sur les yeux.

– Pour une fois, ce n'est pas un des miens, a répondu Peckham. Owen Roe.

J'ai mis une main sur ma bouche.

– Je vais appeler l'infirmière, a dit Mme Rosalsky. Je pense qu'il a le nez cassé.

– Madame la proviseure et son adjoint sont en réunion, a soupiré Mme Mason. Elliott, tu viens avec moi, s'il te plaît. Catherine, tu retournes travailler.

J'ai obtempéré. Elliott a suivi Mme Mason dans le bureau de la proviseure. Il baissait la tête, honteux. Sa main gauche était enflée et je me suis demandé combien de fois elle était entrée en contact avec le visage d'Owen avant que quelqu'un l'arrête. Toute cette rage retenue qui explosait soudain, l'évacuerait-il un jour complètement ?

Je suis allée m'asseoir à côté d'Owen et l'ai aidé à tenir la poche de glace sur son œil gauche.

– Salut.

– Catherine ?

– Oui.

Il a eu un mouvement de recul, j'ai retiré ma main.

– Je voulais juste t'aider.

– Alors que ton petit ami vient de me défoncer l'œil ?

– Tu n'es pas aveugle. Ça va dégonfler. Qu'est-ce que… qu'est-ce qui s'est passé ?

Avais-je vraiment envie de le savoir ?

– Comme si ma santé t'intéressait.

– Elle m'intéresse. Je t'assure. Je sais que nous… que j'ai été distante, depuis quelque temps.

– Distante ? Aux abonnés absents, tu veux dire. Qu'est-ce qu'on t'a fait, Catherine ?

– Rien. Vous ne m'avez rien fait.

– On laisse pas tomber les gens comme ça, pour rien. On était potes depuis toujours !

J'ai soupiré.

– Mon père est mort.

– Je sais. Et on a essayé de te soutenir. On était là pour toi.

– Ce n'est pas ce dont j'avais besoin.

– Alors pourquoi tu l'as pas dit ? À cause de toi, Minka s'est sentie complètement nulle, et moi j'ai eu l'impression d'être une vieille chaussette qu'on balance à la poubelle. Tu souffrais, d'accord. Mais pourquoi ne pas simplement nous dire que tu avais besoin d'air ?

J'ai baissé la tête.
– Tu as raison. C'est ce que j'aurais dû faire.
– Tu nous as claqué la porte au nez, plus d'une fois.
– J'ai été infecte avec vous, qui vouliez juste être mes amis. Mais je n'étais plus moi-même. Et aujourd'hui, je ne suis plus… la fille que tu connaissais. Les choses sont bien pires qu'elles ne l'étaient à l'époque.
– Qu'est-ce que tu veux dire ?
Dans sa voix, la douleur et la colère s'étaient un peu calmées. Je me suis levée.
– Il vaut mieux qu'on en reste là. C'est plus sûr.
– Mais Madison et Sam sont invincibles, alors ils peuvent t'approcher, eux, c'est ça ? a ironisé Owen.
– Maddy et Sam n'ont jamais demandé à entrer, ai-je murmuré.
– Comment ça ? Qu'est-ce qu'il se passe, chez toi ?
Deux infirmiers sont arrivés. Ils se sont présentés à Owen, je me suis écartée.
– Catherine ?
C'était Mme Rosalsky, qui regardait en direction du bureau de Mme Mason. J'ai compris le message et suis retournée faire mes exercices. La sonnerie de fin de cours a retenti, Elliott était toujours dans le bureau de la proviseure.
Il en est sorti une demi-heure plus tard, le regard rivé au sol. Deux surveillants du lycée l'ont escorté vers la sortie. Mme Mason m'a rejointe.
– Il a été renvoyé ?
– Ne me regarde pas comme ça. Il a envoyé un élève à l'hôpital. Nous n'avons pas vraiment eu le choix.

– Qu'est-ce qui s'est passé ?

– Tu sais que je ne peux pas en discuter avec toi.

– Il me le dira de toute façon.

Elle s'est laissée tomber sur son siège.

– En es-tu si sûre ?

J'ai dû faire une drôle de tête, parce qu'elle a soupiré, s'est redressée.

– Owen a dit quelque chose qui n'a pas plu à Elliott. Elliott l'a frappé. Fort. À plusieurs reprises.

– Il a forcément été provoqué.

– Vraiment ? Parce que j'ai entendu parler de la bagarre avec Cruz Miller, à la soirée.

Pour se donner une contenance, elle s'est mise à ranger des papiers. Mais elle était visiblement très affectée par ce qui venait de se passer.

– Vous vous rendez compte de ce qu'il vit depuis un mois ? Depuis qu'on a été amenés ici et interrogés à propos de la disparition de Presley, tout le monde est persuadé qu'on y est pour quelque chose.

Mme Mason a arrêté de remuer des papiers, m'a regardée avec beaucoup de sincérité.

– Mais aujourd'hui, il n'était plus question de légitime défense. En continuant, il est devenu l'agresseur. Ne t'inquiète pas, tu es en sécurité, ici.

– Mais lui, il ne l'est pas.

Elle a réfléchi à ce que je venais de dire.

– Tu penses que j'aurais dû lui dire de venir aussi ? Personne n'est assez stupide pour lui causer des problèmes. Il est presque aussi costaud qu'un joueur pro.

– Heureusement pour lui. Remonter le couloir principal, depuis cette histoire, c'est comme percer la défense adverse, tous les matins, à midi et à la fin des cours.

– Vous vous faites agresser ?

– Madame Mason, s'il vous plaît. Ne le renvoyez pas. Il pourrait perdre toutes les propositions de bourse sur lesquelles il compte.

Elle m'a regardée un moment. C'était la première fois que je lui exposais mes pensées et mes sentiments, et j'ai compris qu'elle allait tenter de s'en servir à son avantage. Sa question suivante m'a confirmé que j'avais vu juste.

– Dis-moi ce qui se passe chez toi, et je verrai ce que je peux faire.

– Vous… vous me faites du chantage ?

– Oui. Raconte-moi ce dont Elliott et toi vous refusez de parler, et il pourra venir en cours demain.

J'en suis restée bouche bée. Autour de moi, la pièce s'est mise à tourner, je me sentais oppressée.

– Ce n'est pas juste. Et plutôt immoral.

– Quelle importance ?

Elle s'est calée dans son fauteuil. Elle était fière d'elle car elle savait qu'elle avait gagné la partie.

– Est-ce que vous pouvez le faire, au moins ? Annuler son renvoi ?

– Je peux convertir ça en heures de colle avec suivi psychologique. Cela devrait calmer les parents d'Owen.

– Mais il risque toujours de perdre sa bourse !

– C'est tout ce que je peux faire. C'est à prendre ou à laisser.

– Heures de colle avec suivi psychologique. C'est vous qui ferez le suivi ?

– Si tu me dis la vérité sur ce qui se passe chez toi.

Je me suis assise, avec le sentiment que ma chaise était une bouée de sauvetage.

– Je te laisse un moment pour y réfléchir ?

Prendre la décision de partir a été plus facile que je ne l'aurais cru. Maintenant que Mme Mason me forçait en termes clairs à choisir entre sauver Elliott et sauver la Villa Juniper, la réponse était évidente. En quelques secondes j'avais fait mon choix. Et dès cet instant, j'ai été certaine d'aimer Elliott, de mériter son amour, certaine que laisser couler la Villa Juniper allait, en fait, permettre de sauver maman. Sans doute me haïrait-elle jusqu'à sa guérison, ou pour toujours, mais c'était la seule chose à faire pour ceux que j'aimais. Althea et Poppy comprendraient, je le savais.

J'ai croisé le regard de Mme Mason. Ma décision était prise mais les mots peinaient à sortir de ma gorge. J'étais sur le point de démolir tout ce que j'avais voulu protéger pendant deux ans, de faire sauter tous les prétextes avancés pour maintenir Elliott et les autres à distance. Ma cage allait exploser. Pour la première fois depuis très longtemps, j'ignorais de quoi demain serait fait.

– Pas besoin, ai-je répondu.

Mme Mason a posé les coudes sur son bureau, comme pour se préparer à ce que j'allais lui raconter.

– Catherine, est-ce que quelqu'un s'occupe de toi à la maison ? a-t-elle demandé d'un ton grave.

Je me suis raclé la gorge. Mon cœur battait tellement fort qu'elle devait l'entendre.

– Non.

Elle a croisé les mains et a attendu, patiemment, que je continue.

Chapitre 31

Catherine

Madison s'est arrêtée devant la maison et Sam s'est penché en avant.

– Waouh, a-t-il lâché en voyant les fenêtres poussiéreuses et la peinture écaillée.

– Merci, Maddy. Je sais que ton père ne veut pas que tu me fréquentes, alors c'est sympa de ta part de me ramener. J'espère que t'auras pas d'ennuis.

Madison s'est retournée pour que je voie bien à quel point les recommandations de son père la dégoûtaient.

– Il fait moins deux, et Elliott n'a même pas le droit de passer te chercher au lycée, alors évidemment que je te ramène.

J'ai souri.

– Merci. Mme Mason m'avait proposé, mais j'ai vu tout ce qu'elle avait encore à faire ce soir…

– Tu veux que je te raccompagne jusqu'à la porte ? À l'intérieur ? a dit Sam en fixant la maison, à la fois impressionné et effrayé.

– Sam, arrête ! a grondé Madison. C'est pas le moment !

– Non, merci. Ça va aller.

J'ai pris mes affaires et je suis descendue de voiture.

Une fois à l'intérieur, je suis montée directement dans ma chambre. Là, j'ai plié mes affaires et j'ai mis tout ce que j'ai pu dans les valises que mon père m'avait achetées des années plus tôt. J'avais rêvé de les utiliser des centaines de fois, mais jamais en imaginant que je quitterais la maison pour m'installer ailleurs dans Oak Street.

Différents scénarios me traversaient l'esprit. La réaction de maman. Mon départ. L'espoir que tout finirait par s'arranger. Mais, quel que soit le tour que prenaient les choses dans mon imagination, je ne regrettais pas un seul instant ma décision d'aider Elliott. Il était bon, comme Althea et papa. J'avais voulu l'exclure de ma vie, mais il s'était battu pour y entrer et y rester. Il était prêt à tout pour ceux qu'il aimait. J'avais la chance d'en faire partie.

En bas, j'ai entendu claquer des portes de placards, puis quelqu'un m'a appelée. Quelqu'un de jeune et d'impatient. Mais ce n'était pas Poppy.

– Salut, ai-je dit en m'installant sur un tabouret.

– T'as une sale tête, m'a répondu Imogen.

Elle a posé une tasse de thé devant moi et a croisé les bras.

J'avais gardé mon manteau. Je me suis réchauffé les mains au-dessus de la tasse, comme si c'était un feu de camp. Imogen, elle, portait son T-shirt préféré, celui avec le signe de la paix. Ses cheveux étaient détachés, ramenés derrière ses oreilles. Adossée au plan de travail, elle me regardait. Presque tous les placards étaient ouverts, elle avait dû farfouiller partout pour trouver les sachets de thé.

M'offrir un thé était sa façon de faire la paix quand son père s'en prenait à moi, en général un ou deux jours après. C'était la première fois que maman interdisait à quelqu'un de revenir et, jusque-là, j'avais espéré qu'elle réussirait à les maintenir à distance.

– Bon alors, tu le bois, ce thé, oui ou non ? m'a lancé Imogen d'un ton agressif.

Le silence lui a répondu, puis un long sifflement s'est fait entendre et, en haut, une porte a claqué.

– C'est Duke ? a demandé Imogen, soudain mal à l'aise.

– Non, juste un courant d'air.

Les rideaux étaient tirés, ils ne laissaient passer qu'un rai de lumière dans la cuisine et la salle à manger. Dehors, il m'a semblé que les nuages s'étaient accumulés au-dessus d'Oak Creek et allaient y rester tout l'hiver. Tolérés mais pas bienvenus, comme les résidents de la Villa Juniper.

– Tu ne m'as toujours pas dit pourquoi tu étais si triste. Qu'est-ce qui s'est passé aujourd'hui ? Ta mère a dit à mon père qu'une fille avait disparu. Tu as eu des nouvelles d'elle aujourd'hui ?

Que mon oncle Toad soit revenu me mettait en colère. Maman n'aurait pas dû l'accepter. Ce signe de faiblesse indiquait que sa dépression s'aggravait. Du bout du doigt, j'ai effleuré le bord ébréché de ma tasse.

– Non.

– Non ? Tu ne sais rien ?

– Je sais juste qu'on ne l'a pas retrouvée. Imogen… où est maman ?

Elle ne tenait pas en place, était de plus en plus mal à l'aise.

– En haut, pourquoi ?

– Tu dois faire en sorte qu'elle descende. J'ai besoin de lui parler.

– De quoi ?

– Je veux parler à maman. Dis-lui de venir.

Imogen m'a fixée d'un air buté, avec un petit sourire en coin.

– Bon, tant pis, ai-je soupiré après avoir bu une gorgée. Je pars. Maintenant.

Elle s'est approchée.

– Quoi ? De quoi tu parles ?

– Elliott a été exclu du lycée, aujourd'hui. Pour que ça ne figure pas dans son dossier de bourse, j'ai dit à Mme Mason ce qui se passait ici.

– Tu lui as dit quoi ? a demandé Imogen d'un ton sourd.

Je regardais droit devant moi, pour ne pas voir la peur dans ses yeux. Parce que je savais qu'il n'y avait que de la peur.

– Que maman est malade et que c'est moi qui m'occupe de tout.

– C'est faux, a sifflé Imogen. Tante Mavis s'occupe bien de toi.

– Plus depuis longtemps.

– Je t'interdis de dire ça ! Je t'interdis ! a-t-elle hurlé à mon oreille.

Je me suis écartée en faisant la grimace.

– Tu dois aller chercher maman. Ils ne vont pas tarder.

– Qui ? s'est-elle écriée.

– Les gens du DSS.

Le visage d'Imogen était tordu par le dégoût.

– C'est quoi, ça ?

– Le département des services sociaux.

Il me semblait que ma poitrine était serrée dans un étau. J'avais fait ce que j'avais promis de ne jamais faire.

Imogen a paru prise de panique. Elle s'est ruée dans l'escalier en gémissant et en appelant maman.

– Mavis ! Mavis !

Quelqu'un a toqué à la porte, j'ai couru dans l'entrée. C'était Elliott, avec une enveloppe et un papier à la main. Il a eu l'air étonné en me voyant.

– Qu'est-ce que tu as fait ? a-t-il demandé.

– Qu'est-ce que tu as fait ? a lancé maman en descendant précipitamment l'escalier pour venir me secouer par l'épaule.

Elliott m'a tirée en arrière et s'est interposé.

– Eh ! On se calme, là.

– On se calme ? *On se calme ?* s'est écriée maman.

J'ai fermé les yeux.

– Elle déteste qu'on dise ça.

– Comment as-tu pu me faire une chose pareille ? m'a lancé maman en écartant Elliott de son passage. Tu as parlé de nous à cette salope de conseillère et maintenant, tu vas faire quoi ? Aller vivre dans un foyer d'accueil délabré avec dix autres ados en crise ? Avec des inconnus ? Pour quoi ? Pour *lui* ?

– Quoi ?

Elliott s'est tourné vers moi. J'ai vu dans son regard la peine qu'il avait en comprenant qu'elle savait, et pas lui.

– Tu as tout raconté à Mme Mason ?

– J'en ai raconté suffisamment.

– Suffisamment pour quoi ? Pour ça ? a-t-il demandé en montrant la lettre.

Un monospace noir s'est arrêté devant la Chrysler, suivi de près par une voiture de police. J'ai tourné les talons et j'ai couru vers l'escalier.

– Tu t'en vas ? m'a lancé Elliott, interloqué. Mais où ? Où est-ce qu'ils t'emmènent ?

– Je ne peux pas te le dire pour le moment.

Dans ma chambre, j'ai attrapé mes deux valises, mon sac de classe, et je suis redescendue aussi vite que j'étais montée. Maman m'a attrapée au passage, au moment où je franchissais le seuil, et m'a arrêtée net.

– Non. Tu ne vas nulle part.

– Maman, il faut que tu te soignes. Il faut fermer la Villa Juniper et…

– Non ! a-t-elle hurlé.

– Si. Tu dois fermer, tout le monde doit s'en aller. Ensuite, je reviendrai. Je resterai avec toi. Mais…

J'ai réalisé qu'elle ne m'écoutait pas. Elle fixait le monospace. Délicatement, je lui ai fait tourner la tête vers moi.

– Maman ? J'ai besoin que tu m'écoutes. Ils vont te demander chez qui tu préfères que je m'installe. Tu dois leur répondre Mme Mason. Rebecca Mason. La conseillère d'éducation. Tu dois leur dire que tu es d'accord pour que je m'installe chez elle.

Un homme et une femme sont descendus du monospace et se sont approchés de la maison.

– Maman ? Mme Mason, tu te rappelleras ?

Il fallait que maman signe les papiers autorisant mon placement chez elle. Sinon, je serais mise en foyer.

– Non !

Maman a essayé de me tirer à l'intérieur tout en refermant la porte. J'ai croisé son regard et j'y ai vu une peur indicible.

– Maman, je reviendrai.

– Quand ? Qu'est-ce… qu'est-ce que je vais faire ? Je vais être toute seule. Qu'est-ce que je vais faire ?

Elle a fondu en larmes.

L'homme et la femme sortis du monospace étaient sur le porche, Elliott se tenait derrière eux, inquiet, ne sachant comment réagir.

– Madame Calhoun, je suis Stephanie Barnes, a dit la femme.

Elle devait avoir moins de trente ans, était bâtie un peu comme maman, mais moins grande. Et elle semblait nerveuse.

– Je suis avec Steven Fry, des services sociaux de l'Oklahoma, et l'officier Culpepper, de la police d'Oak Creek. Nous sommes venus chercher Catherine pour l'installer dans un environnement plus stable pendant que nous mènerons l'enquête sur les révélations qu'elle a faites cet après-midi à la conseillère d'éducation du lycée.

– Où l'emmenez-vous ? a gémi maman en s'accrochant à mon manteau.

La panique et la peur, dans sa voix, m'ont fendu le cœur.

L'officier de police s'est interposé entre nous.

– Madame Calhoun, nous avons un mandat. Je vais vous demander de reculer et de laisser M. Fry et Mlle Barnes faire leur travail.

Je les ai laissés m'arracher de ses bras.

– Maman, fais ce qu'il te dit. N'oublie pas de manger. Il y a du pain, de quoi faire des sandwichs pour Poppy.

– Catherine ! a hurlé maman.

Mlle Barnes et l'officier de police sont restés près d'elle tandis que M. Fry m'entraînait vers le monospace.

– Hé, attendez ! a lancé Elliott.

Devant le portillon, M. Fry s'est arrêté et a tendu un bras pour l'empêcher d'approcher.

– C'est bon, c'est un ami, ai-je dit.

– Vous allez où ? a demandé Elliott, paniqué. Tu quittes Oak Creek ?

– Chez Mme Mason. Je vais habiter chez elle quelque temps.

– Ah bon ? Et c'est… tu es d'accord ?

J'ai haussé les épaules.

– C'était la seule solution.

– Catherine, tu n'as quand même pas fait tout ça pour…

Il a baissé les yeux sur la lettre qu'il avait à la main.

– Si. Et je le referais, s'il le fallait.

M. Fry m'a fait signe de monter dans le monospace, j'ai obtempéré.

Elliott est resté derrière le portillon.

– Est-ce que je peux venir te voir ?

– Oui.

– Chez Mme Mason, tu as dit ?

J'ai répondu d'un hochement de tête.

M. Fry a fermé la portière et il est venu se mettre au volant. Il m'a regardée dans le rétroviseur.

– Tout va bien se passer, Catherine.

Mlle Barnes nous a rejoints. Elle est montée devant, a bouclé sa ceinture et s'est retournée.

– Tu as pris tout ce qu'il te fallait ?

– Oui. Qu'est-ce qui va se passer, pour ma mère ?

– L'officier Culpepper va rester avec elle jusqu'à ce qu'elle se calme. Mets ta ceinture, Catherine, s'il te plaît.

J'ai fait un signe de la main à Elliott, puis le monospace a remonté Juniper Street en direction de l'autre côté de la ville.

Je me suis demandé si un jour je parviendrais à surmonter l'idée que j'avais trahi ma famille. Savoir que mon absence mettait un terme à toute cette noirceur suffirait-il ? Je craignais que maman remplace sa peur par de la haine envers moi, mais je m'inquiétais plus encore pour Althea et Poppy, qui allaient se sentir trahies. J'aurais voulu qu'elles, plus que quiconque, comprennent mon choix.

Mme Mason habitait une très jolie maison traditionnelle, avec un porche qui me rappelait un peu celui de la Villa Juniper. Mais c'était le seul point commun. Malgré le froid, elle dégageait une vraie chaleur, avec ses grandes fenêtres et ses bardeaux verts bordés de blanc. Le jardin était accueillant, bien entretenu. Des guirlandes lumineuses multicolores scintillaient le long des montants du porche et une couronne de Noël était accrochée à la porte.

Avec son toit en pente douce, elle n'avait pas l'air imposant et menaçant de la Villa Juniper, mais d'un foyer chaleureux et confortable.

Mme Mason est sortie nous accueillir, elle portait un gros pull et affichait un sourire qui cachait mal sa nervosité et son soulagement.

Mlle Barnes m'a accompagnée en portant mes affaires.

– Bonjour toi, m'a accueillie Mme Mason en m'effleurant la joue, avant de s'effacer pour nous laisser entrer.

J'ai retiré mes bottes et je les ai laissées sur le plancher avant de poser les pieds sur l'épaisse moquette beige. Mme Mason a pris mon manteau, l'a rangé dans la penderie de l'entrée et nous a escortées jusqu'au salon.

Un sapin de Noël artificiel s'élevait jusqu'au plafond, chargé de décorations rouges et vertes. Des guirlandes lumineuses scintillaient derrière les épines en synthétique, un tapis vert et rouge recouvrait le pied. Il y avait déjà une bonne dizaine de paquets sous le sapin.

– Asseyez-vous, a dit Mme Mason en montrant le canapé.

Il était tellement propre que j'ai hésité.

– Je t'en prie, pas de chichis. Mes neveux grimpent là-dessus tous les dimanches avec les mains pleines de glace. C'est pour cela que j'ai opté pour le revêtement en microfibre.

Mlle Barnes s'est installée, je me suis mise à côté d'elle.

– Comment ça s'est passé ? a demandé Mme Mason en retirant son gros pull.

– Mavis était bouleversée, on l'imagine sans peine, mais ça s'est plutôt mieux passé que prévu, a répondu Mlle Barnes. La chambre est prête ?

– Oui.

– Je sais que tout ceci s'est fait un peu dans la précipitation…

– Mais c'est un peu toujours le cas, non ?

– Vous faites famille d'accueil de façon régulière, madame Mason ? ai-je demandé, étonnée. Je ne savais pas.

– Non. C'est la première fois. Mais Mlle Barnes et moi travaillons souvent ensemble. Et ici, tu dois m'appeler Becca.

Elle a noué ses cheveux châtains en un chignon. Je ne l'avais jamais vue en tenue décontractée. Elle faisait beaucoup plus jeune, en jogging mauve et sweat bleu marine délavé de l'université de l'Oklahoma.

– Ça te convient ? m'a demandé Mlle Barnes en désignant les lieux.

J'ai ouvert de grands yeux, surprise par sa question. Je venais de quitter une immense maison victorienne délabrée et mal chauffée pour un cocon de chaleur et de douceur immaculée.

– Heu… oui. C'est super !

Les deux femmes ont échangé un sourire, puis Mlle Barnes s'est levée.

– Très bien. Je vais vous laisser, alors.

– Merci, a dit Mme Mason en lui serrant la main.

La porte s'est refermée.

– Est-ce que… hem… on est juste toutes les deux ? ai-je demandé.

Becca a mis un instant avant de comprendre.

– Heu… oui. Oui, juste nous. Je te montre ta chambre ?

J'ai pris mes affaires et l'ai suivie dans le couloir.

– Les toilettes sont au fond du couloir. Ma chambre est à droite, la tienne est à gauche. Tu as ta propre salle de bains.

Elle a allumé la lumière. Il y avait un grand lit, une commode en pin et un bureau. Une porte ouverte menait à la salle de bains. Tout semblait propre et neuf. Les murs étaient mauves avec une corniche blanche, la moquette, gris clair. Des voilages encadraient la fenêtre. Ça changeait des épais rideaux occultants sur des tringles en métal noir.

– Vous habitez ici depuis longtemps ?

Elle a regardé la pièce, très fière.

– Sept ans, trois mois et deux jours. Le temps passe vite.

– Et vous avez tout refait ? On dirait que c'est neuf.

Elle a pris une de mes valises, l'a posée sur le couvre-lit mauve et gris.

– Oui, on avait tout refait.

Le reste de sa réponse est restée en suspens. Il y a eu un silence, puis on a sonné à la porte.

– Oh ! Ça doit être la pizza ! Viens vite !

Je l'ai suivie dans le salon, l'ai regardée donner un pourboire au livreur, le remercier en l'appelant par son prénom puis porter les deux pizzas dans la cuisine.

Elle a ouvert les boîtes, humé avec délice les odeurs de fromage et d'épices, comme j'aimais le faire moi aussi.

– Il nous faut des assiettes !

Elle s'est levée, en a sorti deux, posé une devant moi puis s'est servie en me faisant signe de m'asseoir et de manger aussi.

– Désolée, je ne suis pas très polie. Je meurs de faim !

J'ai regardé les pizzas. La première était moitié fromage, moitié chorizo, la seconde, moitié poulet, moitié saucisse.

– Je ne savais pas ce que tu aimais, a-t-elle expliqué en mâchant. Alors j'ai demandé un échantillon varié.

J'ai pris une part de chaque, les ai posées sur mon assiette.

– Super. Bon appétit, Catherine !

La première bouchée m'a bouleversé les papilles. On ne commandait plus de pizzas depuis des années, à la maison. J'ai fermé les yeux, j'ai senti que mon corps tout entier se détendait.

Becca s'en est aperçue et a rigolé. Puis elle a pris une deuxième part.

Mais le plaisir a été de courte durée. Quand j'ai pensé à maman qui mangeait seule – si elle mangeait –, la pizza a soudain eu un goût de culpabilité.

– Ce n'est rien, Catherine. Tu as le droit de ressentir ce que tu ressens. C'est normal.

J'ai baissé les yeux.

– Est-ce que c'est normal de se sentir prise au piège même si on est libre ?

Elle s'est essuyé la bouche avec une serviette en papier.

– Ça fait partie du processus. Il faut des années pour arriver à se sortir d'une chose pareille. Il y a la culpabilité, l'incertitude, le remords… la perte. Mais c'est normal. Essaie de vivre le moment présent, et de prendre les choses comme elles viennent. En cette seconde, là, tu as le droit de te régaler de pizza et de te sentir détendue. Être heureuse loin de la Villa Juniper ne veut pas dire que tu n'aimes plus ta mère.

J'ai mangé une autre bouchée en réfléchissant à ce qu'elle venait de me dire.

– J'ai du mal à me détendre. Je continue à me repasser la liste de tout ce qui doit être fait avant demain matin.

– Ça aussi, c'est normal. Sois patiente avec toi-même. Sois patiente en général.

J'ai regardé le sapin de Noël qui brillait dans le salon.

– Il est beau.

– Vous faisiez un sapin, chez toi ?

– Plus depuis la mort de papa. C'était lui qui se chargeait de tout ça. Il installait le sapin, les guirlandes. Elles étaient toujours de travers, mais bon… J'aimais bien regarder celui des voisins par ma fenêtre.

Mme Mason a consulté sa montre.

– Ah, tu vas avoir droit à une petite surprise.

Elle a compté à rebours les cinq dernières secondes, puis a montré la fenêtre. Dehors, les lumières se sont allumées, et deux formes se sont dépliées. Quelques secondes plus tard, un bonhomme de neige et un Père Noël géants étaient debout dans le jardin et se balançaient dans le vent.

– Waouh…

Je ne savais pas quoi dire.

Becca a tapé dans ses mains, hilare.

– Je sais, c'est complètement ridicule, hein ?

Je n'ai pas pu m'empêcher de sourire.

– C'est drôlement chouette.

On a sonné à la porte et Mme Mason a fait un effort pour garder une expression de joie.

– Attends-moi ici.

Chapitre 32

Catherine

Mme Mason s'est lentement approchée de la porte et a jeté un coup d'œil dehors avant de déverrouiller et ouvrir.

– Bonsoir.

– Bonsoir, a dit Elliott tandis qu'elle s'effaçait pour le laisser entrer.

Je me suis levée et les ai rejoints dans l'entrée. Elliott a retiré son manteau pendant que Becca refermait la porte. Il avait encore une lettre à la main, mais ce n'était pas celle qu'il avait reçue de Mme Mason lui annonçant l'annulation de son renvoi.

– Je voulais que vous soyez les premières à l'apprendre. La lettre officielle est arrivée aujourd'hui.

– Qu'est-ce que c'est ?

J'ai regardé le papier. Il portait l'en-tête de Baylor University.

– T'as été accepté ?!

– Ils me proposent une bourse pour athlète de haut niveau. Tout est pris en charge. Ils attendent un accord verbal, si j'accepte.

Il était loin d'être aussi enthousiaste qu'il aurait dû.

– Comment ça, *si* tu acceptes ?

Il a eu un sourire un peu triste.

– Qu'est-ce que tu as fait ? m'a-t-il demandé, le visage tendu par le remords.

J'ai posé la tête contre son torse, et j'ai inspiré. J'aimais tant son odeur. Mais il m'a repoussée, m'a tenue à distance pour que je le regarde.

– Catherine, qu'est-ce que tu as fait ?

– Elle a conclu un accord afin que ce qui s'est passé avec Owen n'apparaisse pas dans ton dossier, a expliqué Mme Mason. Tu as de la chance que la proviseure n'ait pas été au lycée aujourd'hui.

– Donc je ne suis pas exclu ?

– Tu n'as pas lu la lettre ? Heures de colle, suivi des cours dans mon bureau et suivi psychologique pour le contrôle des pulsions. C'est à prendre ou à laisser.

Il s'est tourné vers moi.

– Et tu as fait quoi, en échange ?

– Je lui ai parlé de ma vie à la Villa Juniper. De la maladie de maman, du fait que je fais tout toute seule. J'espère que ça n'aura pas d'incidence sur ta bourse.

Elliott m'a regardée, puis a regardé Mme Mason.

– Tes séances avec le psychologue commenceront la semaine prochaine et se poursuivront pendant les vacances. Tu as faim ?

– Toujours, a dit Elliott en s'asseyant.

Mme Mason a sorti une troisième assiette et l'a posée devant lui.

– Je suis désolé de me pointer comme ça, sans prévenir. Je voulais juste m'assurer qu'elle allait bien.

Mme Mason s'est assise en face de nous.

– C'est compréhensible. Et très attentionné. Tu n'as pas à t'excuser. Pour tout te dire, je me sens mieux avec toi ici. J'avais oublié combien la présence d'un homme dans une maison faisait du bien.

– Si je peux rendre service… a répondu Elliott entre deux bouchées de pizza.

Mme Mason s'est tournée vers moi.

– On a une alarme, aussi. Je te donnerai le code tout à l'heure.

– On ?

Elle a souri.

– Toi et moi. Tu habites ici, maintenant.

J'ai souri. Elle faisait tellement d'efforts pour que je me sente à l'aise.

– Elle doit être récente.

On l'a fait installer après…

Elle n'a pas fini sa phrase, a baissé la tête.

Le souvenir de cette nuit m'est revenu à l'esprit avec une telle clarté que je me suis mise à trembler. L'humiliation et la peur… J'ai fermé les yeux, essayé d'oublier pour la millième fois.

– Après quoi ? a demandé Elliott.

– Après que les Mason ont trouvé ma mère chez eux, un soir tard.

– Quoi ?!

– C'était la première fois que j'alertais les services sociaux, six mois environ après le décès de M. Calhoun.

– Et… elle se baladait chez vous, comme ça ?

Mme Mason a pâli.

– Elle se cachait… sous notre lit.

– Votre lit ?

Il m'a regardée, pour que je confirme. J'ai hoché la tête.

– C'est complètement dingue !

– Elle ne voulait pas nous faire de mal. Elle était perdue, c'est tout.

– Elle était recroquevillée sur elle-même et elle gémissait. Ne la défendez pas. S'il vous plaît, ne la défendez pas.

– Elle a été arrêtée ? a demandé Elliott.

– Ils n'ont pas porté plainte.

– Et je ne sais toujours pas si tu m'as pardonné, a lâché Mme Mason, visiblement ébranlée elle aussi par cette évocation.

– Je ne vous en veux pas. Je n'en veux à personne.

Mme Mason s'est reprise et s'est tournée vers Elliott.

– Bon. Si tu nous racontais, maintenant ?

– Si je vous racontais quoi ?

– Ce qu'Owen t'a dit.

– Je… je croyais qu'il l'avait déjà fait.

– Non. Owen a passé l'après-midi aux urgences.

– Oh… Comment va-t-il ?

– D'après ce que je sais, les différents œdèmes ont diminué de volume. L'orbital droit est fracturé. Tu as de la chance que ton oncle et ta tante soient allés le voir à l'hôpital et aient réussi à convaincre ses parents de ne pas porter plainte. Le lieutenant Thompson était contre.

– Il a eu de la chance, a lâché Elliott. J'ai retenu mes coups.

Mme Mason a haussé un sourcil.

– Qu'est-ce qu'il t'a dit, Elliott ? Pour que tu le tabasses de la sorte ?

J'avais besoin qu'il y ait une raison. Une bonne. J'avais besoin de l'entendre dire qu'il avait été provoqué, qu'il n'était pas lui aussi anéanti par tout ce qui se passait autour de nous. Elliott me rattachait à la réalité. Sans lui, j'avais peur de partir pour l'endroit où vivait maman depuis la mort de papa.

Il a détourné le regard.

– Ça n'a pas d'importance.

– Un peu, si, a dit Mme Mason.

Elliott a inspiré un grand coup.

– Il a dit… Il m'a traité de bouffeur de tripes, puis il a dit que Catherine était une pute, sans doute enceinte de mon papoose.

Mme Mason en est restée bouche bée.

– Pardon, a murmuré Elliott, qui n'arrivait pas à me regarder.

– Tu demandes pardon ? Alors qu'il t'a traité de… de…

Je n'ai pas pu finir ma phrase. Le prendre pour cible était déjà injuste, mais lui dire quelque chose d'aussi méchant, à lui, la personne la plus attentionnée qui soit… J'en ai eu la nausée.

– Je… je ne trouve pas les mots, Elliott, a murmuré Mme Mason. Je suis désolée, vraiment, de ce qui t'arrive, et je vais faire en sorte que ce genre de chose ne se reproduise plus jamais au lycée.

– Comment Owen a-t-il pu dire des horreurs pareilles ? Je n'arrive pas à croire que…

– Tu peux demander aux élèves qui étaient présents, parce qu'il les a hurlées, ces horreurs.

– Je ne voulais pas dire que je ne te croyais pas. Je te crois. Mais de tous les gens que je connais, Owen est le dernier que j'aurais cru capable de dire ça à un autre être humain.

– Je me demande pourquoi M. Peckham ne m'a pas fait part de cela, a murmuré Mme Mason. Il faudra que je lui en parle.

– Ce n'est pas tout, a dit Elliott.

– Ce n'est pas tout ?

– Tu dois savoir toute l'histoire. Minka était parmi les élèves.

– Oh non…

– Elle m'a accusé de m'en être pris à Presley. M'a demandé devant tout le monde si je l'avais violée. Elle a dit que j'avais sans doute jeté son corps dans un fossé à White Eagle. Alors… je lui ai dit de la fermer, sinon, c'était elle qui serait bientôt portée disparue.

J'ai plaqué une main sur ma bouche. Mme Mason a poussé un petit cri.

– Je sais que c'était idiot ! Je le sais. Je ne le pensais pas, évidemment. Mais ça faisait des semaines que j'en prenais plein la gueule, et j'en ai eu assez !

Elliott s'était levé, je voyais bien qu'il était pétri de honte.

– C'est peut-être le moment de me dire en détail ce que tu appelles « en prendre plein la gueule », a suggéré Mme Mason.

Je me suis levée à mon tour, pour défendre Elliott, comme il m'avait défendue.

– Il y a eu les accusations, les insultes racistes. Les bousculades délibérées dans les couloirs. Certains lui jetaient des trucs à la figure. Mais ce que tu as dit, Elliott, ils l'ont pris pour un aveu. C'est pour ça qu'Owen t'a insulté. Il vénère Minka et tu l'as menacée.

– Devant toute une classe, a ajouté Mme Mason, songeuse. Ce n'est pas très bon, ça…

– C'est sorti tout seul, a gémi Elliott.

Les deux mains sur la tête, il s'est mis à faire les cent pas dans le salon.

– Pourquoi vous n'êtes pas venus me voir plus tôt, ni l'un ni l'autre ? Quand Catherine m'a enfin dit ce qui se passait, c'était trop tard.

– Je pensais que j'arriverais à gérer, a dit Elliott. Je me disais que s'ils retrouvaient Presley, ou que s'ils trouvaient le véritable coupable, ça passerait. Mais c'est devenu pire.

Quelqu'un a toqué à la porte, on s'est figés tous les trois.

– Ne bougez pas, a intimé Mme Mason en se levant pour aller voir.

Elle a ouvert la porte et a aussitôt fait un pas en arrière.

– Milo.

M. Mason est entré, a regardé Elliott, puis sa femme.

– Qu'est-ce qu'il fait ici ?

– Il est venu voir Catherine. Elle va habiter ici quelque temps.

– T'es complètement folle ?

Il essayait de parler à voix basse, mais sans succès.

– On vous entend, vous savez, a dit Elliott.

– Après le départ des Youngblood, les Brubaker sont allés à l'hôpital. Ils essaient de convaincre les parents d'Owen de porter plainte. S'ils y arrivent, ils chercheront Elliott.

– Qui le cherchera ? a demandé Mme Mason.

Je me suis levée, j'ai pris la main d'Elliott. Il a serré la mienne, et j'ai senti la moiteur dans sa paume. Lui aussi avait peur.

M. Mason nous a regardés d'un air bienveillant.

– La police. Ils en profiteront pour lui poser d'autres questions sur la disparition de Presley. Ils n'ont aucune autre piste, alors ils ne vont pas le lâcher. Et il se peut qu'ils s'en prennent à Catherine.

Elliott s'est mis devant moi, comme si M. Mason était venu me chercher.

– Non ! On n'a rien fait ! Combien de fois est-ce qu'il va falloir vous le dire ?

Mme Mason s'est assise à la table, a posé ses mains à plat sur le bois sombre. Elle a fermé les yeux, inspiré profondément, soufflé lentement.

– Bien. Pour le moment, rien de tout cela n'est arrivé. Je propose qu'on ne s'inquiète qu'à partir du moment où il se sera passé quelque chose.

– Becca, il n'a rien à faire ici, a répliqué M. Mason.

Elle a regardé son mari.

– Toi non plus.

Il a vacillé, visiblement blessé par cette réponse. Il avait perdu du poids, depuis le début de l'année. Ses biceps tendaient les manches de ses vêtements, et son ventre avait presque disparu. Il s'habillait de façon un peu plus décontractée, l'éternelle combinaison chemise-cravate se faisait plus rare.

Il s'est dirigé vers la porte, mais s'est arrêté devant le sapin et a baissé les yeux sur les paquets. Ils étaient tous emballés dans du papier métallisé rouge ou vert, à part un, petit, rectangulaire, qui était du même ton de mauve que les murs de ma chambre.

– Becca…

– Tu ferais mieux d'y aller, Milo.

– Et lui, il reste ? a-t-il demandé en montrant Elliott. C'est un suspect, Becca. Il doit être surveillé.

– Alors je vais le raccompagner jusque chez lui. Je le suivrai en voiture.

M. Mason a soupiré.

– Non. Moi, je vais le suivre. Je ne veux pas vous savoir dehors dans la nuit, toutes les deux. Pas tant qu'on ne saura pas ce qui est arrivé à Presley. Et pas après ce que tu as fait à Mme Calhoun. Elle doit être furieuse contre toi. Ne le prends pas mal, Catherine.

Elliott s'est tourné vers moi.

– Il a raison. Si les flics m'arrêtent, M. Mason pourra leur dire d'où je viens, au moins.

Mme Mason s'est relevée.

– Tu la verras demain matin au lycée. Huit heures, dans mon bureau.

Elliott a hoché la tête, m'a embrassée sur le front, ses lèvres se sont attardées un instant.

– À demain, alors.

Puis il a pris son blouson, ses clés, et il est passé devant M. Mason.

– La porte du jardin est verrouillée ? Les fenêtres sont fermées ? a demandé ce dernier. C'était très imprudent de ta part, de faire ça, Becca. J'aurais préféré que tu m'en parles avant.

On voyait dans son regard qu'il hésitait entre la colère et la compassion.

Elle a croisé les bras en soupirant.

– Je l'aurais fait de toute façon.

Il a eu un petit rire.

– Je sais. Ferme bien derrière nous. Et branche l'alarme.

Elle a fait ce qu'il avait recommandé, verrouillé la porte d'entrée, appuyé sur les touches d'un petit boîtier blanc avant de se retourner.

– J'ai besoin d'un code à quatre chiffres. Quelque chose qui te soit familier.

J'ai réfléchi un moment.

Elle a composé le code, puis appuyé sur un dernier bouton. L'alarme a bipé deux fois.

– Il suffit de composer le code puis d'appuyer sur ce bouton pour brancher et débrancher l'alarme, quand tu entres ou tu sors. Une fois à l'intérieur, tu appuies sur celui-là. Prends l'habitude de la mettre quand tu es dans la maison. Je ne serai pas toujours avec toi.

– D'accord, madame Mason.

– Becca.

Elle a eu un sourire fatigué, s'est étirée, massé la nuque. Puis elle a posé les yeux sur les boîtes de pizzas vides.

– Je m'en occupe.

J'ai débarrassé la table, tout emporté dans la cuisine, rincé les assiettes et mis les cartons à la poubelle.

Elle m'a regardée faire, adossée contre le mur. Elle avait les yeux rougis par la fatigue, mais sous son regard je me sentais un peu comme sous celui d'Elliott. Et tellement plus apaisée que sous les regards qui pesaient sur moi en permanence à la maison.

– Merci, a-t-elle dit quand j'en ai eu fini.

Elle a éteint dans le salon, mais laissé le sapin allumé. Sa lumière blanche et douce a paru plus intense.

– C'est drôle comme les lumières sont toujours plus belles dans l'obscurité, non ?

– C'est comme les étoiles. Quand j'étais petite, par la fenêtre de ma chambre, je regardais les lumières qui éclairaient notre rue. Et puis la ville a peu à peu cessé de remplacer les ampoules grillées, et ça m'a énervée. Jusqu'au jour où j'ai réalisé que, grâce à ça, je voyais mieux les étoiles.

– Il faut toujours voir le bon côté des choses. Bonne nuit, Catherine.

– Bonne nuit.

Je l'ai regardée entrer dans sa chambre, refermer la porte, et je me suis retrouvée seule dans le couloir, à attendre que la maison respire, ouvre les yeux et m'espionne, comme le faisait la Villa Juniper chaque nuit. Mais il n'y avait que l'odeur délicate du parfum d'intérieur – pomme-cannelle – et la lueur du sapin de Noël.

Dans ma chambre, j'ai sorti mes affaires et les ai rangées. Au fond du dernier sac, j'ai trouvé ma boîte à musique.

J'ai posé le cube rose et blanc sur la commode toute neuve. Il avait l'air un peu minable, vieux et poussiéreux. Toutes mes affaires semblaient minables et usées dans cette adorable maison. Même moi, j'avais l'impression de faire tache. J'ai pris une douche, pour essayer de me laver de tous ces secrets. Mais maman, seule et terrorisée, s'est frayée un chemin jusqu'à mon esprit, et la situation d'Elliott me pesait sur le cœur. Six mois plus tôt, la seule chose qui m'importait était soutenir ma mère et faire tourner la Villa Juniper. Comment avais-je pu changer aussi rapidement, aussi radicalement de position ?

J'ai laissé couler l'eau sur mon visage et sur mon corps. La douche était d'une propreté absolue, pas une tache de moisissure ne noircissait les joints du carrelage, le calcaire n'obstruait pas le pommeau de la douche et la fenêtre de la salle de bains ne laissait passer aucun courant d'air.

Maman était restée prise au piège de la maison, avec les autres, avec son désespoir, et moi je prenais une longue douche dans une maison immaculée, qui sentait la tarte aux pommes et où il faisait bon.

Mon pyjama était propre, mais il avait l'odeur du confiné et de l'humidité. Je suis allée prendre ma boîte à musique et je l'ai ouverte. La danseuse a tremblé quand j'ai effleuré son petit chignon brun. Quelques notes ont résonné, et m'ont rappelé l'époque où c'était papa qui tenait maman à bout de bras. Aurait-il été fâché d'apprendre ce que je venais de faire ? J'entendais presque sa voix grave m'expliquer qu'abandonner quelqu'un pouvait être douloureux, puis me dire que j'avais pris la bonne décision. Mais j'avais du mal à le croire. Papa n'aurait jamais quitté maman. Malgré les crises, malgré la vie en dents de scie…

Althea, Poppy, Willow… et même Duke devaient essayer d'aider maman à faire face. Ils resteraient. Les paumés, les vagabonds et tous les laissés-pour-compte étaient toujours prêts à se sacrifier pour l'aider. Plus que moi.

J'ai refermé la boîte à musique avant la fin de l'air.

– Maintenant, c'est moi la pensionnaire, ai-je murmuré.

On a toqué tout doucement à ma porte, et j'ai entendu la voix de Mme Mason.

– Catherine ? Tu dors ?

J'ai ouvert.

– Qu'y a-t-il ?

Mme Mason sortait visiblement de sa douche. Elle était pieds nus, en robe de chambre, les cheveux encore mouillés, et tenait une lampe de poche.

– J'ai entendu quelque chose sous ma fenêtre. Je vais voir.

– Vous voulez que je vienne ?

– Non, reste dans ta chambre.

Mais j'avais décelé la peur dans son regard.

– Je viens avec vous.

On a mis nos manteaux, des chaussures, et on est sorties sur le porche.

– Est-ce qu'on se sépare ? Vous à droite, moi à gauche ?

– Certainement pas ! Non, non, non. Tu restes avec moi.

On est descendues dans le jardin. Nos pas crissaient sur l'herbe givrée, le vent balayait les cheveux mouillés de Becca.

– Y a quelqu'un ? a-t-elle demandé d'une voix tremblante. Qui est là ?

J'ai regardé autour de nous. Toutes les maisons voisines étaient plongées dans le noir. La rue était déserte.

Quelque chose a bougé derrière la maison. Mme Mason a sursauté, puis m'a fait signe d'écouter.

– Tu entends ? Les chuchotements ?

J'ai tendu l'oreille. Plusieurs personnes parlaient à voix basse, sur le ton de la panique. J'ai pris Becca contre moi.

– On ferait mieux de rentrer.

Le ressort du portillon qui donnait accès au jardin a grincé, puis le portillon a claqué. Mme Mason s'est dégagée et a braqué sa lampe sur la barrière. Le portillon tournait sur ses gonds, le loquet n'avait pas été tiré.

Elle s'est ruée dans cette direction, a disparu de l'autre côté de la barrière, dans la rue.

– Becca !

Le temps que j'atteigne la barrière, elle était revenue, refermait le portillon.

– Vous avez vu quelqu'un ?

Elle a secoué la tête.

– Vous avez pris un risque.

– Pardonne-moi. Je ne voulais pas te faire peur.

– Une lycéenne a disparu, on entend des gens dans votre jardin et vous les poursuivez seule, dans la nuit ? Et s'ils vous avaient fait du mal ? J'aurais fait quoi, moi ?

– Tu as raison. Je suis désolée.

Elle s'est arrêtée net, a braqué sa lampe sur une plate-bande. Elle avait été piétinée.

Je l'ai tirée par la manche.

– Rentrons. Vite !

Dans la maison, elle a verrouillé la porte, remis l'alarme.

– Je vais appeler la police, pour plus de sûreté. Tu devrais aller te coucher. Moi, je vais rester debout.

– Becca…

– Va te coucher. Ça va aller.

– C'était peut-être juste des gamins du quartier.

– Sans doute. Bonne nuit.

Elle a sorti son téléphone, je l'ai laissée tranquille.

Même avec la peur de Mme Mason flottant dans la maison, je me sentais plus en sécurité qu'à la Villa Juniper. Une fois au lit, j'ai ramené les couvertures sous mon nez. Mme Mason essayait de chuchoter, mais je l'ai entendue parler à la police.

Quelqu'un viendrait sûrement nous interroger. La police saurait qu'Elliott et M. Mason étaient passés, et j'avais peur que cela aggrave le cas d'Elliott.

Mes paupières étaient lourdes, je me suis laissé gagner par le sommeil. J'ai entendu des murmures, dans le jardin, des voix qui m'étaient familières, que j'entendais parfois depuis ma chambre, à la maison. Des voix qui complotaient, élaboraient des stratégies pour monter un projet, le mener à bien. Les pensionnaires m'évoquaient une nuée d'étourneaux volant dans la même direction, virant, atterrissant, faisant peur en même temps. Ils ne faisaient qu'un, travaillaient au même objectif. Ce soir, ils étaient dehors et attendaient, comme ils l'avaient toujours fait à la maison. Jamais je ne serai libre. Maman ne me laissera pas partir.

Chapitre 33

Catherine

– Catherine ?

Mme Mason a toqué tout doucement à ma porte. Je me suis redressée en me frottant les yeux, un peu perdue.

– Heu… oui ?

– C'est le premier jour des vacances, alors j'ai fait des gaufres.

– Des gaufres ?

J'ai humé l'air, senti l'odeur de vanille et de sirop d'érable chaud se mêler à l'odeur de neuf, dans ma chambre.

Je suis allée ouvrir la porte. J'étais en T-shirt blanc informe et en jogging gris. Becca portait une robe de chambre bleu pâle, un pyjama rose et des chaussons en peluche qui avaient l'air très doux. Elle avait remonté ses cheveux en un chignon pas très stable, et tenait une spatule à la main.

– Oui, des gaufres ! a-t-elle dit avec un grand sourire. Allez, viens !

On est descendues dans la cuisine. Elle a ouvert le gaufrier, en a sorti une gaufre parfaitement cuite, dorée à point.

– Beurre ou beurre de cacahuète ? a-t-elle demandé en la posant sur une assiette.

J'ai grimacé.

– Beurre de cacahuète ?

– Nooon, ne me dis pas que tu n'as jamais essayé ?

– On n'a plus de gaufrier, à la maison. Il est tombé en panne l'an dernier. Eh non, je n'ai jamais essayé les gaufres au beurre de cacahuète.

Elle a repoussé sur son nez ses lunettes à large monture noire.

– Tu n'es pas allergique, au moins ?

– Non.

– Alors tiens.

Elle a étalé du beurre sur la première moitié, du beurre de cacahuète sur la seconde, puis elle a généreusement arrosé le tout de sirop d'érable.

– Tu me diras ce que tu préfères.

Elle m'a tendu l'assiette, des couverts, et a versé une louche de pâte sur le gaufrier. Elle a attendu un instant, l'a retourné et m'a accompagnée jusqu'à la table.

Un verre de jus d'orange était déjà servi et m'attendait. Je me suis assise et j'ai coupé un morceau de gaufre côté beurre de cacahuète.

Le mélange des goûts et des consistances explosant sur mes papilles m'a tiré un soupir de bien-être.

– Waouh !

Mme Mason a souri.

– Pas mal, hein ?

– C'est super bon, ai-je répondu, la bouche pleine.

– Ah, qu'est-ce que je disais ! Plus jamais tu ne pourras les manger autrement.

Elle est retournée s'occuper de la gaufre suivante. Le soleil baignait la pièce de lumière, entrant par toutes les fenêtres, lui donnant un aspect plus chaleureux encore. Déjà très accueillante la nuit, cette maison était carrément réjouissante le jour. Je n'arrivais pas à imaginer les époux Mason se disputant dans un décor pareil, pas au point de se séparer, en tout cas.

– Vous avez bien dormi ? ai-je demandé entre deux bouchées.

– Plutôt bien, oui.

Le gaufrier a bipé, elle l'a retourné, ouvert, puis a sorti la gaufre pour la poser sur son assiette. Une louche de beurre de cacahuète et un verre de sirop d'érable plus tard, elle s'est assise en face de moi.

Elle a gémi de plaisir en mâchant la première bouchée.

– C'est super d'avoir une excuse pour refaire des gaufres. C'est Milo qui m'a fait découvrir les gaufres au beurre de cacahuète, quand on était à l'université.

– Vous vous êtes rencontrés à l'université ?

Elle a coupé un deuxième morceau de sa gaufre avec sa fourchette.

– Au lycée. On est tombés amoureux ici, à Oak Creek. On s'est séparés ici aussi, a-t-elle ajouté, plus sombre.

– Je trouve que c'est dur, ici. Il n'y a pas de quoi distraire les adultes de leur travail et des difficultés du quotidien. On n'a pas de plages, pas de montagnes, juste un vent chaud qui nous assèche en été et un vent froid qui nous glace en hiver.

Elle a rigolé.

– Tu oublies les couchers de soleil. Et les lacs. Et le foot.

– Je ne suis jamais allée au bord des lacs.

– Milo a un bateau. On y remédiera dès qu'il fera un peu plus chaud.

J'ai hoché la tête, dubitative.

– Je ne sais pas où je serai.

– Tu seras ici. Jusqu'à ton départ pour l'université. Tu ne m'as pas beaucoup parlé de tes dossiers de candidature, d'ailleurs.

– Je n'ai pas les moyens d'aller à la fac pour le moment.

– Tu peux demander une bourse sur critères sociaux, ou académiques. Tu es une excellente élève, Catherine. À quelques points près, tu étais deuxième de ta promotion.

J'ai étouffé un rire et baissé les yeux sur mon assiette vide.

– Quoi ? a demandé Becca.

– Ça me fait tellement bizarre, d'être assise là, dans cette maison, avec vous, de petit-déjeuner en parlant de choses normales alors que tout est complètement… pas normal.

– Il va te falloir un peu de temps pour t'y faire.

– Je ne suis pas sûre de vouloir m'y faire.

– Que veux-tu dire ?

– M'habituer à la vie sans maman… Je trouve ça… pas normal.

– L'idée n'est pas de la faire sortir de ta vie, mais d'établir des limites et de passer ta dernière année de lycée dans un environnement stable et rassurant. Pardonne-moi si je te parais un peu trop clinique, mais…

– Non, ça va. Je comprends ce que vous voulez dire, mais j'accepte l'idée qu'elle ait besoin de moi. Mon statut de soignante ne changera pas parce que j'ai fini le lycée, et c'est pour cela que la question de l'université est sans objet.

– Ne dis pas ça.

– Ce n'est pas l'idéal, mais…

– Ce n'est pas une vie.

– Et ce n'est pas sa faute.

Becca a soupiré.

– Ce qui m'énerve, c'est que tu baisses les bras. Tu renonces. Tu as la vie devant toi. Venir au monde ne devrait pas être une peine de prison.

– Ce n'est pas comme ça que je vois les choses.

– Es-tu heureuse, là-bas ? Est-ce que c'est la vie que tu choisirais ?

– Bien sûr que non, mais… qui choisit sa vie ? C'est cette vie que vous avez choisie, vous ?

Mme Mason a failli en recracher son jus d'orange.

– Vous savez… Vous savez que sa femme l'a quitté parce qu'il couchait avec Emily Stoddard, n'est-ce pas ?

Elle s'est essuyé le menton.

– Je l'ai entendu dire, oui.

– Elle a deux ans de plus que moi. Jamais elle n'a voulu l'admettre auprès de ses parents ou de l'administration, mais elle en a parlé à tous ses amis.

– C'est ce que Milo m'a dit.

– Et vous ne l'avez pas cru. Vous ne me croyez pas non plus.

– À vrai dire, je suis presque sûre que Brad couchait avec Presley avant qu'elle disparaisse.

– Quoi ?!

– J'ai vu des textos, sur son téléphone. Des trucs assez explicites. Après ça, j'ai rompu.

J'ai ouvert des yeux comme des soucoupes.

– Et vous n'en avez pas parlé à la police ?

– Je…

– Ils nous harcèlent, Elliott et moi, et vous aviez des raisons de croire que l'entraîneur de foot avait une relation déplacée avec une élève qui a disparu ?

– Il…

– Pourquoi vous ne l'avez pas signalé ?

J'avais haussé le ton, malgré moi.

– Catherine…

– Elliott peut être arrêté d'un moment à l'autre si les parents d'Owen portent plainte, et vous…

– Catherine, je l'ai dit. J'en ai parlé à la police. Brad a été interrogé, passé au détecteur de mensonges. Il a un alibi. Il a passé la nuit ici.

– Quoi ? Mais vous avez dit que…

– Que j'ai rompu après avoir découvert les textos. C'est ce que j'ai fait. Il est venu ici pour essayer de me faire changer d'avis, et quand il a compris qu'il n'y arriverait pas il m'a suppliée de ne pas aller voir la proviseure. Il avait bu. Je l'ai laissé passer la nuit sur mon canapé. Il était pitoyable.

– Je… je vous demande pardon. Je vous ai crié dessus.

Je m'en voulais terriblement.

Elle s'est approchée, a posé une main sur mon bras et m'a souri.

– Ne t'en fais pas. Tu vis des moments extrêmement difficiles, le stress et la peur sont responsables de ta réaction. Pas toi.

On a frappé à la porte, elle s'est redressée et s'est levée pour aller ouvrir, non sans vérifier qui venait nous rendre visite.

– Tu t'es levé à l'aube, dis donc !

M. Mason est entré, chargé d'un grand sac en papier.

– Est-ce que Noah et Simone viennent ouvrir leurs cadeaux, ce soir ?

– Comme chaque année, oui.

Il a montré le sac.

– J'ai deux-trois petites choses pour eux.

– Milo, tu… tu n'étais pas obligé.

M. Mason a eu l'air blessé.

– Ce sont aussi mon neveu et ma nièce.

– Je sais. Je voulais juste dire que… Je ne sais pas ce que je voulais dire, a-t-elle lâché en soupirant.

Il est allé s'agenouiller au pied du sapin et y a disposé ses cadeaux. Ils n'étaient pas aussi bien emballés que les autres, et il lui avait fallu deux fois plus de ruban adhésif, mais à en croire l'expression de sa femme, il venait de gagner des points importants.

– Il y en a quelques-uns pour Catherine, aussi.
– Oh, Milo…

Il a pris soin de mettre le paquet mauve bien en évidence au milieu des autres, puis s'est relevé. Son regard a croisé celui de Becca.

– Tu as quelque chose de prévu ?
– Je…

Il a voulu lui prendre la main, elle s'est dégagée, et l'a aussitôt regretté, mais c'était trop tard. Le regard de M. Mason s'est assombri.

– C'est sans doute pas une bonne idée de toute façon. Les enfants n'y comprendraient rien, a-t-il lâché en se dirigeant vers la porte.

– Je ne veux pas que tu sois tout seul, a dit Becca, mal à l'aise.

Il l'a regardée par-dessus son épaule, sans rien dire, et il est sorti en claquant la porte.

Mme Mason est restée immobile, les yeux sur le paquet mauve, puis elle s'est accroupie, a caché son visage derrière ses mains. Quand elle les a retirées, elle pleurait.

– Je suis tellement navrée que tu aies dû voir ça, Catherine.
– Pourquoi ? C'était beau.
– La douleur est belle ?

Elle s'est penchée pour redresser le paquet mauve.

– La douleur, l'amour. On peut rarement avoir l'un sans l'autre, non ?

Elle a eu un petit rire silencieux.

– Tu me surprendras toujours.

– Il est pour qui, le paquet mauve ?

– Il est pour… pour Violet. Notre fille, à Milo et moi. C'était un bébé de Noël.

– Vous avez eu un bébé ?

J'étais stupéfaite. Je ne me souvenais pas avoir vu Mme Mason enceinte.

– Elle est née au septième mois de grossesse, et n'a vécu que quelques heures. Elle aurait eu cinq ans cette année.

– Alors c'était avant que j'arrive au lycée.

– C'est ça, a dit Becca en se relevant. Noël est toujours une période difficile pour Milo. Il ne s'en est jamais vraiment remis.

– Mais vous, si ?

Elle est revenue s'asseoir à table, en face de moi.

– J'ai choisi de guérir. Milo s'est senti seul avec son chagrin, même si je l'avais partagé avec lui pendant quatre ans. La tristesse est devenue ressentiment, et ça a été terminé.

– Et aujourd'hui, vous êtes heureuse ?

– J'aimais Milo depuis tellement longtemps. Il me regardait comme Elliott te regarde aujourd'hui. J'aurais aimé qu'on se sorte de ce malheur ensemble. Quand je lui ai annoncé que c'était fini, j'ai eu l'impression de retirer un énorme manteau de fourrure en plein mois d'août. J'étais enfin libre de guérir, et c'est ce que j'ai fait. Mais le voir malheureux me fait beaucoup de peine.

– Vous l'aimez encore ?

Elle a souri.

– Je l'aimerai toujours. On ne se remet jamais de son premier amour.

J'ai souri à mon tour.

– Elliott m'a dit ça, une fois.

Elle a posé un coude sur la table, et posé la tête sur sa main.

– Tu es son premier amour ?

– C'est ce qu'il dit.

– Je le crois.

Je me suis sentie rougir.

– Il veut que je parte avec lui à l'université. Si on n'est pas arrêtés avant.

Mme Mason a hésité puis, prudemment, m'a demandé :

– Si tu devais essayer de deviner, tu crois qu'il lui est arrivé quoi ? Il n'y avait aucun signe de bagarre, pas d'effraction, pas d'empreintes en dehors de celles de Presley.

– J'espère qu'elle a fugué. Et j'espère qu'elle va rentrer.

– Moi aussi.

On est restées un moment sans rien dire, puis Becca s'est levée.

– Bon, j'ai quelques courses à faire, aujourd'hui. Et je dois acheter de quoi préparer le réveillon de Noël. Tu as des préférences ?

– Moi ? Je pensais aller à la maison, ce soir. Voir comment va maman.

– Ce n'est pas possible, Catherine. Je suis désolée.

– Je ne peux pas aller voir si elle va bien ?

– Je peux demander à l'officier Culpepper d'aller prendre de ses nouvelles, si tu veux. Mais je pense que c'est trop tôt, pour toi. Que se passera-t-il si elle refuse de te laisser repartir ? Non, ce n'est pas une bonne idée, je suis désolée.

– Oh…

– Je sais que c'est dur. Surtout en cette période de fêtes, mais je t'assure que c'est mieux comme ça.

On a sonné. Becca a froncé les sourcils.

– On est drôlement populaires, aujourd'hui.

Elle est allée ouvrir la porte et s'est écartée en souriant.

– Cette fois c'est pour toi.

Elliott est entré. Je me suis lovée dans ses bras. Il avait son appareil photo en bandoulière.

– Qu'est-ce que c'est ? a demandé Mme Mason.

– Un hobby.

– C'est plus qu'un hobby, ai-je précisé. Il fait des photos magnifiques. Vous devriez lui demander de vous en montrer.

– J'adorerais ! s'est exclamée Becca.

– C'est vrai ?

Il semblait étonné.

– Oui, vraiment ! Tu en fais depuis combien de temps ?

– Depuis que je suis gamin. Catherine a été ma première muse. La seule.

Mme Mason a commencé à débarrasser la table et m'a fait signe qu'elle s'en occupait quand j'ai voulu l'aider.

– Fais-lui plutôt visiter la maison.

Je l'ai pris par la main et je l'ai entraîné dans la chambre mauve. Malgré moi, j'ai fait la grimace en sentant l'odeur de la Villa Juniper dégagée par mes affaires.

– Beuh… pourquoi tu ne m'as jamais dit que je sentais comme ça ?

J'ai pris tous mes vêtements et les ai fourrés dans un panier en osier, près de la porte.

– Comme quoi ? Qu'est-ce que tu fais ?

– La lessive.

J'ai attrapé les anses du panier. À côté des toilettes, dans le couloir, j'avais repéré une autre porte. C'était sans doute celle de la buanderie.

Je ne m'étais pas trompée. Mon linge fourré dans la machine, j'ai cherché de la lessive dans les placards.

– Tout va bien ? a demandé Mme Mason depuis la cuisine.

– Je crois qu'elle cherche de la lessive, a répondu Elliott.

– Oh !

Quelques instants plus tard, elle nous avait rejoints.

– J'utilise des doses. On les met directement dans la machine. En général je choisis le programme « Normal » pour tout, sauf pour les choses fragiles. Les lingettes pour le séchage sont dans le placard du dessus.

J'ai fait comme elle disait, un bruit d'eau a indiqué le démarrage du programme, puis mes vêtements se sont mis à tourner derrière le hublot.

Mme Mason a regardé les vêtements qui restaient dans le panier.

– Mais c'est propre, ça, non ?

– Oui, mais ils sentent la Villa Juniper.

– Ah ! Je ne m'en étais pas aperçue. Bon, je sors. Tu as besoin de quelque chose ?

– Non, non.

Elliott a attendu que la porte d'entrée se soit refermée pour se tourner vers moi.

Les mains sur les hanches, j'ai soufflé sur la mèche de cheveux qui me barrait le visage.

Il a souri.

– Qu'est-ce que t'es belle !

J'ai essayé de ne pas avoir l'air aussi flattée que je l'étais en réalité.

– T'es bête.

– Ma tante voudrait savoir si ça te dit de venir déjeuner.

– Oh… Je crois que Mme Mason a des projets.

– Ah… Tant pis.

Sa déception était flagrante.

– La famille de sa sœur doit venir… ils devraient pouvoir se passer de moi.

– Vraiment ?

– Viens, je ne t'ai pas bien fait visiter la chambre.

– Ta chambre ?

– Techniquement, non.

La pièce était tellement plus lumineuse que ma chambre à la maison. Tout, chez Mme Mason, était plus lumineux.

– C'est super, dis donc, a dit Elliott en prenant quelques photos de moi avant de s'asseoir sur le lit. Tu as bien dormi, cette nuit ?

Il a pointé son objectif un peu partout, photographiant des choses apparemment anodines, mais qu'il allait rendre intéressantes et belles, je le savais.

– Bof…

Un sourire a éclairé son visage.

– Ouf ! Ça m'aurait vraiment déplu que tu dormes mieux sans moi.

– Eh bien ce n'est pas le cas !

Je me suis assise à côté de lui en me frottant les mains.

– Tu as froid ?

Elliott a retiré son sweat. Il était bien trop grand pour moi, mais ça ne l'a pas empêché de me prendre en photo avec. J'ai baissé la tête, mes cheveux ont glissé en rideau devant mes yeux.

– S'il te plaît ? a-t-il demandé en les écartant d'un doigt.

– Attends que j'aie fini de rougir.

– Je peux rectifier ça à l'écran, tu sais. Mais d'accord. J'attends.

Quand je me suis sentie prête, j'ai hoché la tête. Elliott a porté l'appareil à son œil et fait le point. Après les premiers clics, je me suis détendue, j'ai même osé regarder l'objectif comme si je le regardais *lui*.

Il s'est levé, m'a prise sous différents angles. De temps à autre, il photographiait des objets, dans la chambre. La boîte à musique, par exemple. Et puis, à un moment, j'ai souri, il a capturé cet instant et a vérifié le cliché sur l'écran.

– Celle-là, c'est la bonne.

Il a tourné l'appareil vers moi.

– Depuis quand est-ce que tu as un appareil numérique ?

– C'est un cadeau de ma mère. Elle sera là ce soir.

– Ah…

Il s'est assis à côté de moi en riant.

– Elle n'est pas si terrible que ça, quand même.

– Mais elle me déteste, j'en suis pratiquement sûre. Et avec tous tes ennuis…

– Tu n'y es pour rien.

– Mais le sait-elle ?

– Je suis sûr que ma tante le lui a expliqué plusieurs fois.

Dans la buanderie, la machine a sonné.

– J'y vais, a dit Elliott en se levant.

Il a disparu quelques instants, puis est revenu s'asseoir.

– Les couleurs foncées sèchent. Les couleurs claires tournent.

– Merci. C'est gentil de ta part.

Il m'a fait un clin d'œil.

– C'est sympa de pouvoir enfin traîner à la maison avec toi. Je vais tout faire pour que tu me réinvites.

Lentement, il s'est penché vers moi et a posé ses lèvres douces et tendres sur les miennes.

Sa façon de me tenir dans ses bras a fait naître en moi l'envie d'être serrée plus fort encore. J'ai plaqué mes mains sur son dos, il a réagi en prenant mon visage entre les siennes. Malgré sa taille et sa carrure, il était d'une grande délicatesse. Elliott n'aurait jamais pu faire de mal à Presley.

Sa langue s'est glissée entre mes lèvres, à la rencontre de la mienne, l'a caressée, explorée. Un gémissement de satisfaction est monté de ma gorge, je me suis allongée et je l'ai entraîné avec moi. Il s'est calé entre mes jambes, s'est mis à bouger contre moi, son jean était rêche et dur sur ma peau, et j'ai senti une onde de chaleur naître au creux de mon ventre.

D'un pied, puis de l'autre, il a retiré ses chaussures, avant de se mettre torse nu. La peau de son dos était lisse et veloutée, je n'ai pas pu m'empêcher de la parcourir, des épaules jusqu'aux deux fossettes qui marquaient le creux de ses reins.

Il a glissé une main sous le sweat, a trouvé la peau nue de ma taille, et laissé courir son pouce le long de l'élastique de ma culotte.

On s'est embrassés comme ça longtemps, mes lèvres étaient de plus en plus sensibles, presque à vif. Son jean frottait contre mes cuisses, mais Elliott attendait que je lui fasse comprendre jusqu'où je voulais aller.

Il a posé son front contre le mien.

– J'ai des… enfin, tu vois… a-t-il murmuré, le souffle court.

Des préservatifs. Quand j'ai compris qu'il abordait la question des rapports protégés, je suis aussitôt revenue à la réalité.

– Oh ! Je vois.

– Mais ce n'est pas pour ça que je suis venu. Je les ai achetés après la fois où… Tu avais dit qu'on devait en avoir, et c'est vrai. Alors j'en ai acheté. Au cas où. Mais on n'est pas obligés…

Le voir bredouiller de la sorte était douloureux. Cette maladresse avec les mots, quand ses mains avaient été si sûres d'elles, quelques instants auparavant…

J'ai posé un index sur ses lèvres, puis je l'ai embrassé. J'ai senti ses épaules s'arrondir. Il savait déjà ce que j'allais dire.

– Merci d'y avoir pensé. Mais pas encore.

Il s'est redressé.

– C'est pas grave. Il ne faut pas que t'aies l'impression d'aller trop vite.

Je me suis redressée à mon tour, en tirant le sweat vers le bas.

– De toute façon, on ne peut pas faire ça ici.

Il m'a embrassée en se levant.

– Je vais t'attendre dans le salon pendant que tu te prépares. On déjeune dans une heure.

– J'ai vu Mme Mason ranger la télécommande dans un tiroir de la table basse, ai-je lancé avant qu'il referme la porte de la chambre derrière lui.

– Merci, bébé.

Je suis restée assise, un sourire jusqu'aux oreilles. C'était la première fois qu'il m'appelait ainsi. Ce genre de petit nom, ce n'était pas du tout mon style, mais entendre Elliott m'aimer aussi simplement m'a emplie d'une joie indescriptible. J'en étais toute retournée. Ces deux simples mots me rendaient euphorique.

Et puis j'ai réalisé que tous mes vêtements étaient dans la buanderie.

– Mince…

Elliott a toqué doucement à la porte.

– Catherine ? Tes fringues sont sèches.

Il a poussé un panier à linge dans la chambre.

– Mais tu peux continuer à porter mon sweat. Il te va super bien.

– Merci, bébé.

Qu'il m'appelle ainsi m'avait donné le courage de faire pareil. J'ai tendu le bras pour attraper le panier. Il m'a pris la main, l'a embrassée.

– Je t'aime, Catherine Calhoun. Quoi qu'il arrive, je veux que tu le saches.

Ses paroles étaient comme un lever de soleil, un coucher de soleil, un rêve magnifique après un cauchemar. C'étaient tous ces moments merveilleux réunis en un seul.

– Moi aussi, je t'aime.

– Je sais. C'est pour ça que tout va bien se passer, j'en suis sûr.

– Je m'habille, je laisse un mot à Mme Mason, et on y va.

J'ai remis son sweat par-dessus un T-shirt propre qui sentait maintenant comme cette maison chaleureuse et lumineuse, et plus comme la Villa Juniper, sombre, humide et froide.

– OK. Je t'attends.

Chapitre 34

Catherine

Leigh a posé le plat d'enchilada au poulet sur la table, et s'est assise à côté de John.

– Mmmh… ça a l'air drôlement bon.

Elliott a pris la cuillère et m'a servie, puis il a fait de même pour son oncle, sa tante, sa mère et enfin, lui.

– Si tu aimes, fais-moi penser à demander la recette à ma tante avant qu'on quitte Oak Creek.

– On ? a demandé Kay.

Il a enfourné une énorme bouchée.

– Pour voyager ou aller à l'université. Huuuumm… oui, c'est bon.

Leigh a souri.

– Tu avais du courrier, aujourd'hui, Elliott.

– Pour voyager ou aller à l'université, a répété Kay. Et… vous avez pris une décision ?

Elle m'a regardée, je me suis arrêtée de mâcher.

– Je ne vais nulle part, moi. Je dois aider ma mère à gérer la Villa Juniper.

Elliott s'est essuyé la bouche et m'a regardée avec un sourire tendu.

– Catherine, je croyais qu'on s'était mis d'accord.

– Non.

– Tu vas rester ici ?

J'ai fait un signe de tête pour qu'il comprenne que je n'avais pas envie d'en discuter devant tout le monde, mais Elliott n'a pas voulu renoncer.

– Arrête. Tu ne veux pas rester ici. Dis-moi que je me trompe.

– Mais je n'ai pas le choix, je te l'ai dit.

– Bien sûr que si, tu as le choix !

Mal à l'aise, j'ai regardé les autres convives qui me fixaient, attendant la suite.

– Je ne peux pas la laisser seule.

Kay a eu un sourire victorieux, et a enfourné une bouchée d'enchilada.

Leigh a posé une main sur le bras d'Elliott.

– Attends une seconde. Il y avait quelque chose pour toi dans le courrier, aujourd'hui, et je veux que tu le voies avant que cette conversation n'aille plus loin.

Elle s'est levée, est allée dans le salon puis est revenue avec une enveloppe, qu'elle lui a tendue.

– Ça vient de Baylor, a-t-il dit.

– Ouvre, a dit Kay.

C'était la première fois que je la voyais sourire naturellement.

Elliott a décacheté l'enveloppe avec des gestes gauches, en a sorti une lettre.

– « Cher Monsieur Youngblood… »

Puis il l'a parcourue en silence. J'ai vu ses yeux courir sur les mots, revenir sur certains paragraphes. Pour finir, il a replié le papier et l'a posé à côté de sa serviette.

– Alors ? a demandé Kay. Qu'est-ce qu'ils disent ?

– C'est à propos de la bourse. Ils veulent un engagement verbal dans sept jours.

– C'est un peu tôt, non ? a dit Leigh.

– Je ne sais pas.

– Ils font ça de plus en plus tôt, a expliqué John. C'est une bonne nouvelle. Baylor était ton premier choix, n'est-ce pas ?

Elliott s'est tourné vers moi.

– Catherine…

– Ne la regarde pas, l'a interrompu Kay. Ce sont tes études, c'est toi qui décides. Tu as dit que Baylor était ton premier choix.

– Maman…

En présence de sa mère, il était plus sûr de lui qu'avant. Il n'avait plus peur de la faire souffrir. Elle n'était plus la seule femme dans sa vie, et Kay l'avait compris.

Il me fixait toujours, il attendait une réponse.

– Un engagement verbal, ce n'est pas une garantie, a dit John.

– Tu te conduis comme si tu partais pour toujours, a poursuivi Kay. Mais tu reviendrais la voir, non ?

– Là n'est pas la question, a rétorqué Elliott.

– La question est de savoir si je viens avec toi, c'est ça ? j'ai demandé d'une petite voix.

– Je ne peux pas te laisser seule ici.

La fourchette de Kay a rebondi dans son assiette en même temps que sa paume claquait sur la table.

– Je le savais. Bon sang, Elliott, c'est pas comme si elle était seule et sans défense.

John a essayé de calmer le jeu.

– Kay…

Elle a pointé un doigt vers moi.

– Je t'interdis de l'empêcher de partir à l'université, tu entends ?

Cette violence, si soudaine, m'a paralysée. Kay n'avait jamais caché qu'elle ne m'aimait pas, mais elle ne s'était jamais montrée aussi agressive.

– Non. Il doit y aller. Je veux qu'il y aille.

Kay s'est rassise correctement, satisfaite.

– Bon. Je veux qu'il ait au moins une chance de se sortir du pétrin dans lequel tu l'as mis.

– Maman, ça suffit ! a grogné Elliott.

Leigh a secoué la tête avec une grimace de dégoût.

– Dire qu'il devait s'agir d'un repas de célébration. Tu es incapable de penser à quelqu'un d'autre plus de deux secondes. Même pas à ton fils.

– Quoi ? s'est exclamée Kay. C'est ma faute, maintenant ? Je voulais qu'il revienne vivre avec moi à Yukon. S'il m'avait obéi, il ne serait pas suspecté d'enlèvement aujourd'hui !

– Il ne voulait pas vivre à Yukon, Kay !

– Si vous aviez été de mon côté, peut-être qu'il aurait changé d'avis. Il est resté ici, comme vous le vouliez, et maintenant regardez ! Il risque la prison ! Je vous avais dit que cette ville, c'était problèmes et compagnie !

– Tu vas vraiment me mettre tout ça sur le dos ? Me reprocher de lui avoir offert un foyer ? D'avoir pris soin de lui quand tu ne voulais même pas te lever ?

– Comment oses-tu ? J'étais en dépression ! Je n'y pouvais rien ! a hurlé Kay.

– Je l'aime comme mon fils, Kay !

Kay s'est levée, les deux mains à plat sur la table.

– Peut-être, mais c'est *mon* fils, pas le tien !

Sans rien dire, Elliott s'est mis debout et s'est rendu calmement jusqu'à la cuisine. On a entendu un tiroir s'ouvrir, se fermer, et il est revenu avec un rouleau de papier d'aluminium. Il en a découpé un morceau, en a couvert mon assiette, a fait la même chose pour la sienne. Puis il les a empilées, a pris nos fourchettes et a attendu que je me lève.

– Elliott, pardon, a dit Leigh. Je suis désolée, vraiment.

– On va manger dans ma chambre.

Il m'a fait signe de le suivre, j'ai obtempéré.

En bas, on a mangé côte à côte, assis sur son lit, en silence. On entendait des éclats de voix étouffés. La dispute continuait dans la salle à manger. Ce bruit m'a fait penser à quelque chose.

– Pourquoi tu souris ? m'a demandé Elliott.

– Ça me rappelle quand mes parents se disputaient. C'est la première fois que j'entends ce genre de bruit depuis longtemps.

Il a écouté un moment, puis a souri à son tour.

– Moi, ça me rappelle la première soirée où on s'est parlé.

J'ai hoché la tête et avalé une bouchée. En haut, les voix avaient grimpé d'une octave, les choses s'envenimaient entre Leigh et Kay. Mais dans la chambre d'Elliott l'atmosphère me semblait plus légère. J'ai fait comme s'il s'agissait de mes parents : tout le monde criait, personne n'écoutait.

Dans un coin de sa chambre, accrochées à un fil tendu entre un mur et le haut d'une étagère, il y avait des photos de moi, de nous deux, d'une balançoire de Beatle Park et du champ dans lequel on partait en exploration. D'autres photos de nous deux étaient encadrées et posées sur sa table de nuit, ou fixées pêle-mêle sur un mur.

– Il n'y en a pas beaucoup qui ne soient pas de moi.

– On photographie ce qu'on aime le plus.

J'ai pris son appareil, l'ai pointé sur lui et appuyé sur le déclencheur. Un sourire radieux a illuminé son visage.

– Est-ce que ton père te manque ? ai-je demandé en regardant les photos sur l'écran LCD.

– Il m'appelle de temps en temps. En général quand il ne supporte plus de se sentir nul. Et le tien ? Il te manque ?

J'ai soupiré, baissé les yeux.

– En permanence. Et ce que j'ai dit, je le pense. Je veux que tu ailles à Baylor.

– Et moi je le pensais aussi quand j'ai dit que je ne te laisserais pas seule ici.

– Je ne suis pas seule.

– Tu sais très bien ce que je veux dire.

J'ai reposé son appareil photo.

– Je te rappelle que j'ai été seule à la Villa Juniper pendant deux ans, avant que tu redébarques dans ma vie.

– Mais là, tu vis avec Mme Mason.

– Jusqu'à la fin de l'année scolaire. Jusqu'à ton départ.

– Alors c'est tout ? Tu gagnes du temps, en fait, pour que je puisse aller à la fac ? Et ensuite, tu y retournes ?

– Tu recommences à parler au mode interrogatif.

– Oui. Je fais toujours ça quand je suis énervé, mais ne change pas de sujet ! Tu te désintéresses complètement de ta propre sécurité. Comment veux-tu que je parte dans ces conditions ?

– Arrête de faire l'hypocrite.

– Quoi ?! *Moi ?* Hypocrite ?

– Tu dis que je ne devrais pas me mettre dans une situation que tu trouves dangereuse, alors que toi tu envisages de renoncer à aller à l'université pour moi.

– Que je trouve dangereuse ? Je n'ai pas la moindre idée de ce qui se passe chez toi, mais je sais que tu n'y es pas en sécurité !

– Ce n'est pas chez moi.

– Tu vois ! Ça, ce n'est pas normal. Tu ne peux pas retourner vivre dans un endroit que tu ne considères pas comme ta maison.

– Je ne me suis jamais sentie chez moi en Oklahoma.

Il s'est mis à genoux, a posé les mains sur mes jambes.

– Alors viens au Texas avec moi.

J'ai pris son visage entre mes mains.

– Je n'en ai pas les moyens.

– Fais un emprunt.

– Je n'ai pas les moyens d'emprunter. Je vais devoir trouver un deuxième boulot pour pouvoir garder la Villa Juniper.

Il s'est relevé, a fait les cent pas devant moi.

– Pourquoi tiens-tu à ce point à la garder ?

– Mais je m'en fous de cette Villa ! Je ne veux pas la garder ! Je ne veux pas garder ses secrets ! J'y suis obligée.

– Tu ne comprends donc pas, Catherine ?

– Quoi ?

– La beauté d'un secret, c'est la confiance. Fais-moi confiance. Confie-moi ton secret. Laisse-moi t'aider.

– Tu veux dire que je devrais te laisser me sauver.

– On pourrait se sauver l'un l'autre.

Il m'énerve. À cause de lui, ma détermination vacille.

– Je suis déjà partie m'installer ailleurs. Je l'ai déjà abandonnée pour que tu puisses obtenir ta bourse. Tu ne peux pas me demander ça en plus.

– Tu n'es pas en sécurité ici. Tu ne le seras jamais. Et je ne peux pas m'en aller en le sachant. S'il t'arrivait quelque chose, je serais à six heures de route !

J'ai posé mon assiette à côté de la sienne et j'ai souri.

– Tu… tu trouves ça drôle ?

– On dirait mes parents.

– Catherine… je t'aime. Je ne partirai pas sans toi.

J'ai détourné le regard, je me sentais acculée.

– On n'est pas obligés de prendre cette décision ce soir.

– Non, mais je te connais. Tu vas repousser ça jusqu'au moment où j'aurai chargé la voiture et fait le plein. Et tu m'annonceras que tu ne viens pas. Mais tu sais quoi ? Je déchargerai la voiture. Je trouverai du boulot et je prendrai une chambre à la Villa Juniper.

J'ai secoué la tête.

– Tu ne... Ce n'est pas possible.

Il a écarté les mains, puis les a laissées tomber.

– Donc plus personne n'a le choix. On reste ici tous les deux.

Je me suis massé les tempes.

– J'ai mal à la tête. Je ferais mieux de rentrer chez moi.

Comme il ne répondait pas, je l'ai regardé.

– Quoi ?

– C'est la première fois que je t'entends appeler un endroit « chez moi » depuis qu'on se connaît.

Il s'est rassis à côté de moi sur le lit, l'air épuisé, a passé un bras autour de mes épaules et m'a serrée contre lui. J'avais parfois l'impression qu'il faisait deux fois ma taille – mon géant à moi. Il avait tellement changé depuis la mort de mon père et son départ. S'il s'en allait encore une fois, nous deviendrions des étrangers l'un pour l'autre. Je ne voulais pas qu'Elliott devienne un étranger. Pas plus que je ne voulais retourner à la Villa Juniper.

– Je peux aller te chercher quelque chose, pour ton mal de tête.

– Non, c'est pas la peine.

Il s'est allongé, la tête sur l'oreiller, m'a prise contre lui. J'ai laissé sa chaleur m'envahir, aider chaque muscle de mon corps à se détendre. Il a passé une main dans mes cheveux, m'a caressé la nuque. Toutes ces disputes m'épuisaient. J'ai regardé les minuscules ampoules de la guirlande qui cheminait le long de son plafond et j'ai fermé les yeux en imaginant qu'il s'agissait d'étoiles.

*

* *

– Elliott ?

C'était la voix de Kay, qui chuchotait.

Je me suis frotté les yeux et je l'ai regardée. La dureté et la haine avaient disparu de son expression. Elle était assise sur le lit, à côté de son fils encore endormi. Elliott formait comme un rempart entre nous.

– Ça va, Catherine ?

Je me suis redressée, appuyée sur un coude.

– Ça va.

La lampe de chevet diffusait une lumière douce, chaude. En dehors du ronronnement de la chaudière, la maison n'émettait pas un bruit.

Kay est restée silencieuse un long moment, les yeux rivés au sol. Quand elle s'est mise à parler, elle était un peu agitée. Elliott faisait souvent cela, lui aussi.

– Tu le rends heureux. Je sais qu'il t'aime. Je ne comprends juste pas pourquoi. Ne le prends pas mal.

– C'est pas grave. Moi non plus, je ne comprends pas pourquoi.

Elle a eu un petit rire et a secoué la tête.

– On s'est disputés tellement souvent à propos d'Oak Creek… et je me rends compte aujourd'hui qu'en fait c'était à propos de toi.

– Je suis désolée…

Je n'avais pas trouvé quoi dire d'autre. Kay ressemblait tellement à Elliott que j'avais du mal à ne pas l'aimer elle aussi.

– Il a essayé de te joindre tant de fois… Et plus je me battais pour qu'il reste, plus il voulait partir. J'ai d'abord cru que c'était une amourette d'adolescent, mais il est devenu angoissé, irritable. J'avais parfois l'impression qu'il n'arrivait plus à respirer.

J'ai regardé Elliott qui dormait face à moi, tournant le dos à sa mère, un bras sur ma taille. Il semblait si paisible et différent du garçon qu'elle venait de décrire.

– Il avait quinze ans. Aujourd'hui, il en a dix-huit, et j'ai passé l'essentiel des trois dernières années à me disputer avec lui ou avec son père. Quel gâchis. Autrefois, il me regardait comme il te regarde aujourd'hui. Différemment, bien sûr, mais avec le même amour sincère, indestructible dans ses grands yeux marron. Je sais ce que c'est que d'être la personne qu'il préfère au monde. Je t'envie.

– Quand il parle de vous, je me dis souvent que je ne serai pas à la hauteur.

– Comment ça ?

– Il vous a écoutée. Il vous cite, parfois. Il pense que vous êtes pleine de sagesse.

– De *sagesse* ? Ce n'est pas le mot auquel je m'attendais.

Sa lèvre a tremblé, elle a détourné le regard.

– Catherine, si tu l'aimes – et je sais que c'est le cas –, trouve un moyen de partir avec lui à l'université. C'est la chance de sa vie.

J'ai hoché la tête.

– Il te suivrait jusqu'au bout du monde, tu sais. Peut-être que, pour cette fois, tu peux lui rendre la pareille. Ou alors, rends-lui sa liberté. C'est ce que j'ai dû faire quand j'ai compris que ma présence n'était plus ce qui lui faisait du bien. Et si c'est ce que tu décides de faire… C'est un choix que je ne t'envie pas.

Les yeux brillants, elle s'est levée et elle est remontée. J'ai entendu ses pas dans l'escalier, puis la porte s'ouvrir et se refermer.

Elliott a roulé sur le dos, les yeux ouverts. Il m'a regardée, comme s'il attendait que j'émette un jugement.

– Tu ne dormais pas ?

– C'est un truc que m'a appris mon père. Maman déteste nous réveiller.

Il s'est redressé, s'est assis au bord du lit, a posé les coudes sur ses genoux.

Je lui ai passé une main dans le dos.

– Ça va ?

– J'ai un mauvais pressentiment.

À genoux derrière lui, je l'ai pris par la taille et j'ai embrassé son épaule.

– Il nous reste plus de sept mois avant ton départ.

– Même si tu romps, je ne partirai pas. Ma mère est pleine de bonnes intentions, mais elle n'a pas idée de ce que je suis prêt à faire pour toi.

– Ne dis pas ça. La moitié de la ville croit déjà que tu as assassiné Presley pour moi.

Il s'est assombri.

– Ben comme ça ils ont une petite idée de la chose.

Je me suis redressée.

– Ne dis pas ça. Ce n'est pas drôle.

– Rien de tout cela n'est drôle.

Il s'est levé, est allé ouvrir le tiroir d'un meuble. Quand il s'est retourné, il avait dans la main un petit paquet de la taille d'un carnet, enveloppé dans du papier blanc, avec un ruban rouge et vert.

– Joyeux Noël, a-t-il dit en me le tendant.

– Mais c'est demain, Noël.

– Je sais. Ouvre-le quand même.

J'ai tiré sur la ficelle, déchiré le papier. C'était une photo en noir et blanc de papa et moi, quelques jours avant sa mort. On était sur le porche, on se souriait. Un moment de sérénité rare, que j'avais oublié. Le cadre était un assemblage d'autres photos de mon père, et de mon père et moi. L'émotion m'a coupé le souffle et les larmes ont roulé sur mes joues, instantanément.

Chapitre 35

Catherine

Elliott a garé la Chrysler dans l'allée de Mme Mason. Par les petites fenêtres carrées du garage on voyait sa voiture, et même si toutes les lumières étaient éteintes, savoir qu'elle m'attendait à l'intérieur était rassurant.

Il m'a pris la main et l'a portée à ses lèvres.

– Merci. Pour cette journée, et pour ça.

J'ai posé mon autre main sur la boîte qui contenait la photo encadrée.

– Ça te plaît ?

– Bien sûr. Tu n'auras le tien que demain.

– Pas de souci.

– Ce n'est pas grand-chose.

– Tu n'étais pas obligée de me faire un cadeau. À quelle heure je peux passer te chercher ?

– Vers midi ? Mince…

– Quoi ?

– Je n'ai pas de cadeau pour Mme Mason.

– C'est pas grave, Catherine.

– Mais ils ont prévu quelque chose pour moi.

– Ils ?

– M. Mason est passé. Je suis trop nulle… j'aurais dû m'en occuper aujourd'hui.

– Pas de panique ! Si tu veux, on essayera de trouver quelque chose demain.

– Mais quoi ?

– Je ne sais pas. On trouvera. La nuit porte conseil.

Je me suis penchée pour l'embrasser, mais il m'a attrapé le bras.

– Qu'est-ce qu'il y a ?

Il ne souriait plus.

– J'ai toujours ce mauvais pressentiment. Je vais t'accompagner jusqu'à la porte. Je peux, non ?

– Oui, tu peux.

Elliott a laissé tourner le moteur. Main dans la main, on est allés jusqu'à la porte. Je l'ai ouverte, l'alarme a bipé, j'ai tapé le code et appuyé sur la touche « Off ».

– Tu vois ? Tout va bien, ai-je murmuré.

– Mon mauvais pressentiment doit être une façon de dire que je n'ai pas envie de te quitter.

– Joyeux Noël.

Je me suis hissée sur la pointe des pieds pour l'embrasser, puis je l'ai regardé regagner sa voiture. Le sapin de Noël était allumé, sa lumière douce m'a éclairée jusqu'à la cuisine. Je me suis arrêtée un instant sur le seuil, sentant quelque chose de collant sous mes pieds. Dehors, j'ai entendu la Chrysler reculer et s'éloigner. J'ai traversé la cuisine pour atteindre l'interrupteur et j'ai allumé la lumière.

Ma bouche s'est ouverte sur un cri muet, la nausée m'a saisie instantanément. Des éclaboussures rouge vif maculaient le plan de travail, la porte du frigo, le sol. Quelqu'un avait été traîné à travers la cuisine, avait vainement tenté de s'agripper au carrelage, laissant des traces de doigts qui allaient vers la buanderie puis le garage.

J'ai ravalé la bile qui montait dans ma gorge, plaqué une main tremblante sur ma bouche. La quantité de sang répandue indiquait un affrontement violent, et celui qui l'avait perdu n'en avait plus beaucoup en réserve.

– Becca ? ai-je appelé d'une toute petite voix. Becca ?

Du sang, encore, sur la porte du garage. La poignée glissante, difficile à manœuvrer. J'ai actionné l'interrupteur, les néons ont clignoté, allumant un tube après l'autre. Mon estomac s'est noué. Des empreintes de pas sanguinolentes étaient visibles sur le sol. Sur les murs, des doigts trempés dans le sang avaient tracé des mots incompréhensibles. Les larmes ont roulé sur mes joues.

– B-Becca ?

J'ai rebroussé chemin. Dans le couloir, sur la gauche, la porte de ma chambre était ouverte. Sur la droite, les traces ensanglantées venaient de la chambre de Mme Mason.

Je tremblais de tout mon être quand je me suis forcée à faire un pas dans cette direction. Il fallait que je sache si Becca était là.

– Madame Mason ? ai-je appelé depuis le seuil.

Ma voix refusait de s'élever au-delà du murmure.

La lumière a révélé d'autres traces ensanglantées. J'ai couru vers la salle de bains.

– Becca ?

Personne.

Son sac était sur la commode, je l'ai attrapé, vidé sur le lit. Petite monnaie, portefeuille, eye-liner. Et son téléphone. J'ai composé le premier numéro de la liste des appels récents.

– Allô ? a répondu M. Mason, interloqué.

– C'est… c'est Catherine.

– Catherine ? Tout va bien ? Que se passe-t-il ?

– Je… je viens de rentrer. Je… je suis dans la maison.

Tout en parlant, je m'étais enfermée dans la chambre de Becca.

– Bien. Catherine, passe-moi Becca, s'il te plaît.

– Elle n'est pas là… Il y a du sang. Il y a du sang partout !

Je sanglotais, ma voix tremblait, j'avais le visage baigné de larmes.

– Du sang ? Catherine, passe-moi Becca immédiatement !

– Elle n'est pas ici ! Elle n'est pas ici, et il y a des traces de sang depuis sa chambre jusqu'au garage !

– Je raccroche, Catherine. Je vais appeler la police. Toi, tu ne bouges pas, d'accord ?

– Non ! Ne raccrochez pas ! J'ai peur !

– J'appelle la police et je te rappelle tout de suite après. J'arrive. Je serai là dans cinq minutes.

Il a raccroché, j'ai gardé le téléphone contre ma joue. J'avais les yeux fermés, pour ne pas voir l'horrible scène.

Je ne savais pas quoi faire, alors je me suis mise à compter. Jusqu'à dix, puis vingt, puis cent, puis cinq cents. À cinq cent six, la porte d'entrée s'est ouverte brusquement.

– Catherine ! a hurlé M. Mason.

Au loin, j'ai entendu les sirènes.

Je me suis levée, je suis sortie de la chambre et j'ai couru me jeter dans ses bras en sanglotant.

– Tu n'as rien ? a-t-il demandé en me regardant. Et Becca ?

J'ai secoué la tête, incapable de prononcer un mot.

Alors il s'est rué dans la cuisine, puis dans le garage et dans le jardin, en appelant sa femme. En rentrant il a glissé, est tombé, a regardé le sang sur ses mains.

– Mais que s'est-il passé ? Où est-elle ?

– Je ne… Je…

Parler était au-dessus de mes forces.

Deux voitures de police se sont arrêtées devant la maison. Les gyrophares projetaient leur lumière bleue et blanche dans le salon, neutralisant celle du sapin.

Un officier s'est agenouillé près de moi.

– Ça va, mademoiselle ?

J'ai fait oui de la tête.

– Nous allons devoir fouiller la maison. Il faudrait que vous sortiez, tous les deux.

M. Mason s'est relevé, m'a attrapée par le bras et m'a tirée dehors. Une ambulance est arrivée, deux infirmiers sont descendus. Le premier nous a apporté des couvertures, tandis que le second courait à l'intérieur.

– Qu'est-ce que tu as vu ? m'a demandé M. Mason en m'enveloppant dans une couverture.

– Je… rien. Je viens de rentrer.

– Où étais-tu ?

– Elliott m'a ramenée de…

– Elliott était ici ?

– Il m'a déposée. Il m'a raccompagnée jusqu'à la porte mais il n'est pas entré.

– Où est-il, maintenant ?

– Il est parti. Il est parti avant que j'allume la lumière et que je voie… Vous croyez… vous croyez que c'est son sang ?

Il m'a serrée contre lui.

– Seigneur, j'espère que non.

On est restés tous les deux près des voitures de police, blottis l'un contre l'autre et tremblants. Peu à peu, les voisins sont sortis pour voir de quoi il retournait. D'autres voitures de police sont arrivées. Puis le lieutenant Thompson.

Il m'a fixée du regard, mais ne s'est pas arrêté.

– Vous devriez vous installer dans l'ambulance, vous auriez plus chaud, est venu nous dire un des infirmiers.

– Est-ce que vous l'avez trouvée ? a demandé M. Mason.

L'homme a secoué la tête.

– À première vue, il n'y a personne.

M. Mason a poussé un long soupir. Je l'ai suivi dans l'ambulance.

– Si elle n'est pas ici, c'est qu'ils l'ont emmenée. Donc elle est peut-être vivante.

– Les marques de doigts, par terre… C'était comme si elle essayait de s'accrocher à quelque chose.

– Elle a résisté. Lutté. Bien sûr qu'elle ne s'est pas laissé faire.

Sa lèvre inférieure s'est mise à trembler, il s'est pincé la base du nez, a étouffé un sanglot.

– Ils vont la trouver, ai-je dit en posant une main sur son épaule. Ça va aller.

Il a hoché la tête et m'a tendu son portable.

– Est-ce que tu veux… appeler Elliott ?

J'ai haussé les épaules, je tremblais toujours.

– Je ne connais pas son numéro.

M. Mason a essuyé ses larmes sur la manche de son manteau.

– Tu as passé toute la journée avec lui ?

– Sa mère est ici. Il a passé toute la journée chez lui, je vous le jure.

– Je te crois. C'est un bon gars. Je… je dois appeler Lauren, mais…

– Lauren, c'est la sœur de Becca ?

– Oui.

La porte de l'ambulance s'est ouverte, le lieutenant Thompson est monté et s'est assis à côté de moi. Il a sorti un carnet et un crayon.

– Catherine, peux-tu me dire ce qui s'est passé ce soir ?

– J'ai passé la journée chez Elliott. Quand je suis rentrée, la voiture de Becca était là, alors j'ai pensé qu'elle était à la maison. Elliott m'a raccompagnée à la porte, j'ai traversé le salon, la salle à manger, et j'ai allumé la lumière. C'est là que j'ai vu le… tout le…

Le lieutenant prenait des notes, concentré.

– On dirait que toute la police de la ville est là, a dit M. Mason.

– Pratiquement, oui, a répondu Thompson sans cesser de noter.

– Qui s'occupe de la chercher, alors ?

Thompson a levé la tête.

– Je vous demande pardon ?

– Les infirmiers m'ont dit qu'elle n'était pas dans la maison, alors qui s'occupe de retrouver ma femme ?

Thompson a froncé les sourcils.

– Personne. Personne ne s'en occupe pour le moment.

– Et pourquoi, bon Dieu ? Si elle n'est pas là, c'est qu'elle est quelque part. Pourquoi vous ne la cherchez pas ?

C'était la première fois que j'entendais de la colère dans la voix de M. Mason. Il aimait encore sa femme.

– Nous devons d'abord réunir des informations, monsieur Mason. Ensuite, nous pourrons lancer les recherches. Catherine, à quelle heure es-tu partie d'ici pour aller chez les Youngblood ?

– Je ne suis pas sûre. Dix heures et demie, peut-être ?

– Ce matin ?

– Oui.

– Et tu as passé toute la journée chez les Youngblood ? Jusqu'à quelle heure ?

– Jusqu'à ce soir. Il y a une heure, environ.

– Et où était Elliott, aujourd'hui ?

– Avec moi.

– Toute la journée ?

– Oui. Il est venu me chercher ce matin. Mme Mason est sortie faire des courses, je lui ai laissé un mot et on est partis.

– Tu as laissé un mot ? Où ?

– Dans la cuisine, sur le plan de travail.

– Elliott s'est-il absenté à un moment ou un autre ?

– Mais non ! Pourquoi vous ne cherchez pas Mme Mason au lieu de tout mettre sur le dos d'Elliott ? Ce n'est pas lui ! ai-je hurlé.

M. Mason a montré la rue.

– Kirk, posez votre carnet et allez chercher ma femme, bon sang !

Thompson était plus concentré que jamais.

– Des enfants sont-ils passés ici dans la journée ?

– Quoi ?

– Oui, les enfants de Lauren. Ils viennent tous les ans pour le réveillon de Noël, a répondu M. Mason.

– Qui est Lauren ?

– La sœur de Becca. Pourquoi ?

– Il y a des dessins, dans le garage. Des dessins d'enfants. Faits avec du sang.

M. Mason a sorti son portable et composé un numéro d'une main tremblante.

– Lauren ? Vous êtes rentrés ? Je suis désolé, je te réveille. Est-ce que les enfants sont avec toi ? Oui, je sais, mais peux-tu vérifier pour moi ? Fais-le, s'il te plaît !

Il a attendu. Son genou n'arrêtait pas de bouger.

– Quoi ?

Il a posé le téléphone contre son torse et fermé les yeux, soulagé.

– Ils sont chez eux. Au lit.

Thompson a hoché la tête.

– Je suis désolé, Lauren. Non, non. C'est… Becca. Je ne sais pas. C'est assez moche. La police est ici, Becca est introuvable. Est-ce qu'elle t'a dit quelque chose ? Non, ils passeront s'ils ont besoin. Je ne sais pas, Lauren, je suis désolé.

Pendant que M. Mason parlait avec sa belle-sœur, Thompson m'a fait signe de le suivre dehors.

– Que peux-tu me dire d'autre ?

– Rien. Je vous ai dit tout ce que je savais.

– Tu es sûre ?

J'ai serré la couverture autour de moi.

– Oui.

Il a regardé la maison.

– Heureusement qu'Elliott était avec toi toute la journée. La scène est la même que chez Presley.

– Quoi ? Qu'est-ce que vous voulez dire ?

– Les dessins d'enfants. Il y avait les mêmes sur les murs de la chambre de Presley. C'est un détail dont on n'a pas parlé, pour les besoins de l'enquête. Nous avions demandé à ses parents de ne pas en parler non plus.

– Avec du sang ?

– Oui.

J'ai fermé les yeux, plaqué une main sur ma bouche.

Thompson est retourné dans la maison. J'entendais M. Mason essayer de calmer Lauren au téléphone. Et je n'ai pas pu faire autrement. J'ai lâché la couverture et j'ai couru, couru à perdre haleine. Rue après rue, j'ai traversé toute la ville sans cesser de courir. Mes doigts étaient gelés et mes poumons menaçaient d'exploser. Je ne me suis arrêtée qu'en arrivant devant la Villa Juniper. Il faisait très sombre, les lampadaires n'avaient pas été réparés et d'épais nuages masquaient les étoiles.

Le portillon a grincé quand je l'ai poussé. Je suis allée jusqu'au porche et me suis arrêtée devant la porte d'entrée.

– Vas-y, Catherine. Tu es une guerrière, pas une princesse, ai-je lancé haut et fort.

J'ai posé une main sur la poignée et ouvert la porte. La pénombre régnait dans la maison, qui craquait et respirait, comme à son habitude.

– Maman ? ai-je appelé, encore essoufflée.

J'ai refermé la porte derrière moi. Il ne faisait pas beaucoup plus chaud à l'intérieur, mais au moins le vent ne soufflait pas.

Des voix ont filtré depuis la cave. Des voix qui se disputaient, criaient, geignaient, pleuraient. Un gémissement étouffé s'élevait par-dessus le brouhaha. Je me suis avancée dans le couloir, jusqu'à la porte du sous-sol et j'ai posé l'oreille contre le bois. Encore des gémissements. Puis une voix grave, qui réprimandait quelqu'un.

Duke.

J'ai ouvert la porte le plus discrètement possible et je suis descendue, marche après marche. La voix de Duke me parvenait distinctement, cette fois.

– Je te l'avais dit, grognait-il. Je t'avais prévenue, non ?

– Papa, arrête ! Tu lui fais peur ! a hurlé Poppy.

J'étais en bas de l'escalier. Lentement, je me suis penchée pour voir ce qui se passait.

Duke, la vieille batte de base-ball de papa dans une main, un rouleau de ficelle dans l'autre, se tenait debout devant Mme Mason assise sur une chaise, pieds nus, en chemise de nuit, les mains attachées dans le dos, une chaussette roulée enfoncée dans la bouche et maintenue par un bâillon. Son œil droit était violet, tuméfié. Juste au-dessus de sa tempe droite, une large plaie saignait encore un peu. Le haut de sa chemise de nuit était imbibé de sang. Son visage était sale, les larmes y laissaient des traces.

Elle m'a vue, son œil gauche s'est écarquillé. Elle a secoué la tête.

Comme Duke faisait mine de se retourner, elle s'est mise à taper des pieds par terre, à sauter avec sa chaise tout en hurlant malgré son bâillon, causant un fracas de tous les diables.

– Tu vas la fermer, oui ? a grogné Duke. C'était plus fort que toi, hein ? Il a fallu que tu fourres ton nez dans les affaires des autres ! On t'avait dit de la laisser tranquille, pourtant !

Le visage de Mme Mason s'est décomposé, elle s'est remise à pleurer en gémissant.

En haut, une porte a claqué et la voix d'Elliott a résonné dans toute la maison.

– Catherine ! Catherine, réponds ! Où es-tu ?

Mme Mason s'est figée puis, la surprise passée, s'est mise à remuer de nouveau dans tous les sens, tapant les pieds de sa chaise sur le sol en hurlant quelque chose qui ressemblait fortement à *à l'aide !* et *je suis en bas !*.

Duke a fixé le plafond, a regardé Mme Mason et a levé sa batte.

J'ai inspiré un grand coup en fermant les yeux, et je suis sortie de l'ombre pour me placer juste derrière lui.

– Ça suffit ! ai-je lancé d'une voix qui se voulait le plus assurée possible.

– C… Catherine ? a bredouillé Duke, surpris.

Il était trempé de sueur, sa chemise était tachée de sang. À en croire sa joue griffée, Mme Mason ne s'était pas laissé faire.

– Qu'est-ce que tu fais ici ?

– Le lieutenant Thompson a parlé d'un dessin d'enfant fait avec du sang. J'ai tout de suite pensé à Poppy.

– C'est pas ma faute, a gémi Poppy. Je veux aller me coucher.

Je lui ai tendu les bras.

– Tu peux, ma chérie.

Duke a poussé un grognement en montrant les dents.

– Tu n'as rien à faire ici ! Va-t'en et emmène ce garçon avec toi !

Mon regard s'est posé sur Mme Mason, sale, grelottante et terrifiée.

– Je l'emmène aussi.

– Non ! Elle a tout détruit ! As-tu idée de ce que ta mère a vécu ?

– Où est maman ? Je veux lui parler !

Duke a secoué la tête.

– Non ! Pas question !

– Je sais que je lui manque. Elle est ici ?

– Non ! a hurlé Duke.

Entendant Elliott se ruer dans l'escalier, j'ai pointé un doigt sur Duke.

– Plus un mot, c'est compris ? Si je t'entends dire un seul mot, je ne reviendrai *jamais* !

En nous voyant, Elliott s'est figé. Ses yeux allaient de Mme Mason à Duke, puis à moi.

– Bordel de… Ça va ?

Il a fait un pas en avant. Duke a armé la batte. J'ai levé les deux bras pour l'arrêter puis, sans bouger, j'ai regardé Elliott.

– Il faut que tu partes. Emmène Mme Mason. Elle a besoin d'une ambulance. Elliott ?

Il n'arrivait pas à quitter Duke des yeux.

– Oui ?

– Appelle les secours.

Je me suis approchée de Mme Mason, sans jamais tourner le dos à Duke, maintenant de la distance entre nous. Il était en nage, dégoulinait de sueur, avait le souffle court et semblait épuisé. À voir les cernes sous ses yeux, j'en ai déduit qu'il n'avait pas dormi. Il serait facile d'embrouiller ses pensées et de prendre le dessus si besoin.

J'ai détaché les poignets ensanglantés de Mme Mason, puis défait les liens qui retenaient ses chevilles. Elle grelottait, avait perdu beaucoup de sang, il ne fallait pas traîner.

Elliott était en ligne.

– La Villa Juniper, oui. Je ne suis pas sûr du numéro. Chez les Calhoun. Faites vite !

Duke a fait un pas en avant, Elliott aussi.

– Reste où tu es, ai-je lancé à Duke. Elle doit voir un médecin.

Ses chevilles enfin libérées, Mme Mason est tombée de la chaise et a rampé vers Elliott, qui l'a aidée à se relever.

– Emmène-la, Elliott.

– Tu viens avec nous.

Sa voix s'était brisée.

Mme Mason l'a poussé sur le côté et s'est plantée face à Duke avec un air de défiance.

– Viens avec nous, Catherine. Je t'en prie.

J'ai retiré le sweat d'Elliott et mes bottes.

– Qu'est-ce que tu fais ? a aboyé Duke.

Il a avancé d'un pas, je me suis interposée et ai demandé le silence avec un doigt sur mes lèvres.

– Pas question.

J'avais parlé fermement, comme papa lorsqu'il s'adressait à notre chien.

J'ai lancé les bottes et le sweat à Elliott, qui les a tendus à Mme Mason puis s'est baissé pour l'aider à y glisser ses pieds nus et ensanglantés, la soutenant.

– Catherine… s'il te plaît, a-t-elle supplié.

– Mettez le sweat aussi.

Elle s'est exécutée, puis est revenue à la charge.

– Catherine, je t'en prie…

– La ferme ! a crié Duke.

– Je t'ai dit de te taire ! ai-je hurlé en frémissant de rage.

Duke a lâché la bobine de ficelle, fait deux pas vers moi et levé la batte. J'ai fermé les yeux, attendu le coup.

Quand je les ai rouverts, Elliott tenait Duke par les poignets et le fixait d'un regard noir.

D'une voix grave et menaçante, il a murmuré :

– Je t'interdis de la toucher.

Chapitre 36

Elliott

Le regard de Mavis s'est adouci en se posant sur ma main qui serrait fermement son poignet un peu mou. Elle a essayé de me frapper, mais j'ai attrapé la batte et la lui ai arrachée sans difficulté. Quelques secondes plus tôt, pourtant, sa force m'avait semblé proche de celle de mon oncle John.

– Ça suffit, ai-je ordonné.

Elle s'est dégagée, tenant contre sa poitrine le poignet que j'avais serré.

– Comment oses-tu ? Sors d'ici ! Sors de chez moi ! a-t-elle lâché en reculant.

Catherine avait les mains tendues devant elle, comme si elle essayait de calmer un animal sauvage.

– Maman ? Tout va bien, tout va bien.

Mavis s'est accroupie dans un coin de la pièce, les genoux serrés contre sa poitrine, et s'est mise à se balancer en geignant. Agenouillée devant sa mère, Catherine lui a caressé le visage, écartant les boucles de son front.

– Ça va aller, ne t'en fais pas. Ça va aller.

– Je veux aller me coucher, a hoqueté Mavis d'une voix d'enfant.

– Chuuuut, l'a rassurée Catherine. Tout va bien, je vais t'accompagner dans ta chambre et tu vas faire dodo.

– Mon Dieu… a murmuré Mme Mason, juste derrière moi. Mais combien sont-ils ?

– Combien de quoi ?

Je n'y comprenais plus rien.

– Sept, a dit Catherine en aidant Mavis à se lever. Madame Mason, je vous présente… je vous présente Poppy. C'est la fille de Duke et elle a cinq ans.

– Il voulait pas, a dit Mavis en essuyant ses larmes. Il voulait pas mais il s'énerve, des fois, c'est pas sa faute.

– Bonjour Poppy, a dit Mme Mason en essayant de sourire.

Elle tremblait de tout son être, malgré le sweat et les bottes. Son visage était livide.

– Oooh… je… j'ai la tête qui tourne, je crois que je vais vomir. Ça… ça doit être le choc.

Elle s'est appuyée sur moi.

Mavis s'est mise à frotter sa chemise maculée de taches et à parler d'une autre voix encore.

– Bonté divine ! J'ai passé ma journée à faire des lessives, et regardez-moi ça… Une vraie souillon, c'est à faire peur.

Elle a levé sur nous un sourire gêné, puis s'est tournée vers Catherine.

– J'avais dit à cet homme qu'il ne fallait pas. Je l'ai supplié. Duke n'écoute jamais. Il n'écoute pas.

– Tout va bien, Althea.

J'étais complètement perdu, tout était absurde, plus rien n'avait de sens. On aurait dit que Catherine et sa mère nous faisaient une farce, Mavis jouant différents personnages et Catherine réagissant comme si c'était normal.

– Catherine ?

J'ai fait un pas en avant, et Mavis s'est laissée tomber par terre pour venir ramper à mes pieds. Ses mouvements étaient raides, saccadés. Alors que je reculais, j'ai senti les ongles de Mme Mason s'enfoncer dans mon épaule.

– Putain mais c'est quoi ça ?

Catherine est venue se placer entre sa mère et moi.

– Maman ! Maman ! a-t-elle crié, désespérée. J'ai besoin de toi ! Maintenant !

Mavis s'est immobilisée aux pieds de sa fille, s'est recroquevillée et s'est balancée de nouveau en fredonnant l'air de la boîte à musique de Catherine. Puis elle a éclaté de rire.

– Elliott, a murmuré Mme Mason, je crois que nous devrions y aller.

Elle m'a tiré vers l'escalier, mais je n'arrivais pas à quitter Catherine des yeux. Elle s'occupait de sa mère, attendait que celle-ci parle pour savoir à qui elle avait affaire.

– Il n'y a pas de clients, c'est ça ?

Catherine a levé vers moi des yeux brillants de larmes et a secoué la tête.

– C'est ça, le secret de la Villa Juniper.

– Catherine, viens avec nous, a dit Mme Mason en lui tendant une main.

Elle s'est arrêtée pour écouter les sirènes, au loin.

Mavis a bondi, s'est agrippée à son bras et l'a mordue.

Becca a hurlé.

– Arrête ! Arrête ! s'est écriée Catherine.

J'ai attrapé la mâchoire de Mavis par en dessous et j'ai serré. Elle a poussé des grognements, s'est débattue, puis a gémi et a lâché prise pour s'asseoir, avant de se mettre à rire à gorge déployée.

Mme Mason a remonté la manche du sweat. Sur son avant-bras, un filet de sang rouge vif s'écoulait de six petites marques en demi-lune.

Catherine s'est penchée vers sa mère, horrifiée.

– Est-ce que c'est toi… Est-ce que c'est toi qui as enlevé Presley ?

L'expression de Mavis a changé aussitôt.

– On l'a vue dormir dans sa chambre. Elle était si paisible, comme si elle n'avait pas essayé de te faire du mal en cassant les phares. Alors Duke l'a attrapée par les cheveux et on l'a emmenée par la fenêtre. Personne ne ferme ses fenêtres, dans cette ville.

– Chicago, ai-je dit en reconnaissant la voix qui s'était arrêtée devant la chambre de Catherine et avait essayé d'entrer. Ça, c'est Willow.

– Où est-elle ? a demandé Catherine.

– Personne n'est venue la chercher, a répondu Willow avec un sourire en coin. Je ne sais pas ce qui s'est passé. Mais je sais que Duke l'a enterrée dans le terrain vague, à côté, avec les autres.

– Le terrain des Fenton ?

Catherine était en larmes.

– C'est ça, a répondu Willow en se tournant vers la chaise sur laquelle Mme Mason avait été attachée. Cette petite salope est restée dans sa merde pendant des jours. Ici même.

– Maman… a hoqueté Catherine. Je ne peux pas te suivre, là.

– Va-t'en, ma puce, a dit Mavis avec la voix d'Althea. File vite.

Catherine m'a poussé.

– Partez tous les deux, a-t-elle murmuré, les dents serrées.

– Pas sans toi, ai-je répondu, essayant de rester calme.

– Je m'en vais aussi ! Allez !

J'ai pris Mme Mason par la taille et je l'ai aidée à monter l'escalier, tout en m'assurant que Catherine nous suivait.

En bas, une voix d'homme s'est mise à gronder. Des pas lourds ont fait trembler l'escalier. Catherine a monté les dernières marches en courant.

– Vite ! Vite !

Elle a fermé la porte, tiré le verrou d'un coup sec. Puis elle a posé son front contre le battant en bois et tenté de se ressaisir avant de tourner vers Mme Mason un regard rougi par la fatigue.

– Ce n'est pas elle, là en bas.

– Qui ? ai-je demandé.

– Maman. Comment je vais leur expliquer que ce n'était pas elle ? Que ce n'est pas sa faute s'ils ont tué Presley ?

– Catherine ? a appelé la petite voix de Poppy. Catherine, j'ai peur !

Catherine a caressé la porte, secouée de sanglots.

– Je suis là, Poppy. Je suis là, ne t'inquiète pas.

– Ne la laisse pas sortir, a murmuré Mme Mason.

Un coup à la porte nous a fait sursauter tous les trois. Puis un autre.

– Catherine ! Laisse-nous sortir !

On s'est adossés à la porte pour qu'elle ne cède pas. J'ai calé mes pieds contre le mur d'en face. Mavis était à nouveau un homme, avec la force d'un homme. Aussi dingue que cela puisse paraître, Mavis était plus forte quand elle était Duke.

– C'est lui qui a tué Presley, me suis-je entendu murmurer. C'est Duke.

– Ils l'ont tous tuée, a dit Mme Mason. Elle est morte. Presley est morte.

D'une main, elle a essayé de contenir ses gémissements.

Un nouveau coup, à la porte.

– Laisse-nous sortir !

Il était difficile de savoir qui parlait, cette fois. Comme s'ils parlaient tous en même temps.

– Arrête ! a hurlé Catherine en cognant à son tour sur la porte. Arrête !

Je lui ai caressé les cheveux.

– Ça va aller. Ça va aller.

Elle a secoué la tête, anéantie.

– Non. Ils vont l'emmener. Je l'ai enfermée dans cette cave comme un animal.

– Elle a besoin d'aide, a dit Mme Mason d'une voix douce. Tu ne peux pas la protéger. Son état empire. Elle…

– Je sais.

Les coups ont cessé, Catherine s'est redressée, a essuyé ses larmes et jeté un œil dans l'entrée.

– Elliott, peux-tu apporter la table, là ? On va la caler contre la porte.

J'ai fait ce qu'elle me demandait. Les sirènes approchaient. Catherine est allée chercher un téléphone fixe derrière le comptoir de l'entrée et l'a tendu à Mme Mason qui a aussitôt composé un numéro.

– Milo ?

Elle pleurait et riait à la fois.

– Oui. Ça va. Je suis à la Villa Juniper. La maison d'hôtes, oui. La police va arriver. Je voudrais… s'il te plaît, viens me chercher. Je t'aime aussi !

J'ai pris Catherine par la main et l'ai entraînée un peu à l'écart. Elle fixait un point loin devant elle, semblait dans un état second.

– Regarde-moi, ai-je murmuré en dégageant son visage, ramenant les mèches folles derrière ses oreilles. Catherine ?

Ses grands yeux verts m'ont fixé.

– Qui existe vraiment ?

– Personne.

– Althea ?

Elle a secoué la tête.

– Tu as dit sept.

– Althea. Duke. Poppy. Willow. Oncle Toad. Imogen.

– Ça fait six.

Elle a hésité.

– Catherine…

– Maman, a-t-elle finalement lâché. C'est maman la septième.

Elle a fondu en larmes, je l'ai prise dans mes bras et l'ai serrée contre moi.

Les sirènes se sont arrêtées devant la maison, remplacées par les lumières rouges et bleues. Une portière a claqué, quelqu'un a appelé Becca.

Mme Mason a poussé la porte d'entrée et a couru se jeter dans les bras de son mari. Les policiers ont avancé prudemment, arme au poing. J'ai levé les bras mais, dès qu'il m'a vu, le premier officier m'a attrapé et m'a mis les mains dans le dos.

– On lui met les menottes ! a ordonné le lieutenant Thompson.

– Non ! a hurlé Catherine en s'interposant. Ce n'est pas lui ! Elle est en bas. La personne qui a enlevé Mme Mason et Presley Brubaker est dans la cave.

Thompson a haussé un sourcil.

– Qui est-ce ?

Le cœur de Catherine a explosé sous mes yeux.

– Maman. On l'a enfermée en bas. Elle est malade. Soyez gentils avec elle. Ne lui faites pas de mal.

Thompson a envoyé deux hommes, puis m'a fusillé du regard.

– Toi, tu ne bouges pas.

Mavis a crié, puis grogné. Des cris de panique sont montés de la cave. Les lumières ont vacillé, de la fumée s'est échappée de l'escalier.

Les deux officiers ont enfin reparu, portant Mavis. Elle était menottée, hagarde, le regard vide.

– Qu'est-ce qu'il se passe ? Qu'est-ce qu'il se passe ? a demandé Catherine en regardant en direction de l'escalier qui descendait à la cave.

– Libérez-le, a ordonné Thompson, avant d'appeler les pompiers avec sa radio.

– Il y a le feu ?

– Un de mes gars a renversé un truc, là en bas. Je ne sais pas quoi. Où est l'extincteur ? Dans la cuisine ?

Il a fait demi-tour pour aller le chercher, mais Catherine s'est ruée derrière lui.

– Non ! *Non !* Laissez-la brûler !

Thompson a fait la grimace.

– Elle est aussi folle que sa mère, celle-là. Sortez-la d'ici !

D'autres policiers sont remontés de la cave en toussant, une main sur le visage. Quelques secondes plus tard, on nous a poussés dehors. Déjà, d'épais tourbillons de fumée s'échappaient par les fenêtres. On aurait dit des fantômes libérés de leur prison.

Mme Mason, aidée par son mari, nous a rejoints. Elle a passé un bras autour des épaules de Catherine. Ensemble, on a regardé la vieille demeure s'embraser.

Quand les policiers ont emmené Mavis, Catherine a couru jusqu'à la voiture. Je l'ai suivie, l'ai regardée poser une main contre la vitre et murmurer des paroles réconfortantes à sa mère, à Poppy, à Althea. Alors que la voiture s'éloignait elle s'est redressée, a essuyé ses larmes et s'est retournée. Les yeux fermés, elle a marché vers la maison, tel un insecte attiré par la lumière, jusqu'à ce que je l'arrête. Puis elle a contemplé l'incendie comme s'il s'agissait d'un feu d'artifice.

En passant devant nous, Thompson a pointé un doigt sur moi.

– Toi, tu ne vas nulle part.

– Laissez-les tranquilles, est intervenu M. Mason. Ils n'ont rien à voir avec tout ça.

Thompson n'était pas convaincu.

– Mavis Calhoun est responsable de tout ? Cette foldingue a tout fait sans l'aide de ces deux-là ? Vous êtes sûr ?

– Vous vous êtes trompé, vous auriez pu sauver Presley si vous aviez su surmonter vos préjugés, a lâché Mme Mason avec mépris. J'espère que cela vous empêchera de dormir un moment.

– Becca va devoir passer la nuit à l'hôpital, mais elle voulait savoir si tu avais un endroit où dormir, s'est enquis M. Mason.

Catherine regardait toujours la Villa Juniper. Elle n'avait rien entendu de ce qu'on venait de lui dire.

J'ai posé une main sur son bras.

– Catherine ?

Elle s'est écartée.

– Je veux regarder. Je veux voir cette maison brûler jusqu'à ce qu'il n'en reste rien.

La Villa Juniper était en flammes et la maison des Mason était une scène de crime. Elle ne pouvait pas y retourner.

J'ai répondu à sa place :

– Oui. Je vais la ramener chez moi. Ma tante sera d'accord.

– Merci, a dit M. Mason.

Les pompiers sont arrivés, les sirènes étaient assourdissantes. Les hommes du feu ont déroulé des lances à incendie dans le jardin, discutant de la marche à suivre.

– Non, non ! a hurlé Catherine. Laissez-la brûler !

– Je vais vous demander de reculer, lui a intimé un pompier en s'approchant.

Catherine l'a repoussé.

– Il faut que je la voie brûler !

– Bougez de là, c'est un ordre !

Il l'a attrapée par le bras, elle s'est débattue.

– Laissez-la brûler !

Comme je voulais repousser le pompier, il m'a saisi par le poignet.

– J'ai dit reculez !

– Calmez-vous, calmez-vous, s'est interposé M. Mason. Catherine…

Mais elle était presque en transe, ne quittait pas les flammes des yeux.

– Catherine ? a essayé Mme Mason.

Comme elle ne réagissait pas, le pompier l'a attrapée par la taille et l'a éloignée de la maison.

– Nooooon ! a-t-elle hurlé en se débattant.

– Lâchez-la !

J'ai essayé de lui faire lâcher prise. Un autre pompier m'a immobilisé.

– Laissez-les tranquilles ! a crié M. Mason.

– Laisse-nous faire notre boulot, a grogné celui qui me retenait. Elle risque d'être blessée, et ce sera ta faute. Alors calme-toi, et laisse-nous l'éloigner de cette fournaise.

J'ai cessé de lutter. Catherine, elle, n'avait pas renoncé et se débattait comme un diable.

– Ne… Laisse-le faire, Catherine, ai-je supplié. S'il te plaît !

J'ai marché avec eux jusqu'à l'ambulance. Elle ne capitulait pas, cherchait à tout prix à se repaître du spectacle. Réussissant à se dégager, elle est retournée vers l'incendie, complètement fascinée.

– Je ne veux plus la voir, m'a dit Thompson. Emmène-la avant que je vous arrête tous les deux.

Mme Mason a pris Catherine par le menton, lui a doucement fait tourner la tête pour la forcer à la regarder.

– Tu dois t'en aller. La Villa Juniper n'existe plus.

Une larme, une seule, a roulé sur la joue de Catherine. Elle a hoché la tête et a enfoui son visage entre ses mains.

Je l'ai soulevée et l'ai portée jusqu'à ma voiture. Une dernière fois, elle s'est tournée vers la maison.

– Prends des photos, a-t-elle murmuré.

J'ai sorti mon appareil et mitraillé. J'ai fait vite, pour que Thompson ne nous voie pas. Puis j'ai remis mon appareil dans son sac, fermé la portière de Catherine et j'ai pris le volant.

John et Leigh étaient sur le porche quand je me suis garé dans l'allée.

– Elliott ! a hurlé ma tante en courant à ma rencontre. Que s'est-il passé ? Et Catherine ?

En la voyant côté passager, elle a défailli.

– Mon Dieu ! Mais qu'est-il arrivé ?

– La Villa Juniper est en flammes, ai-je réussi à articuler.

Leigh a plaqué une main sur sa bouche.

– Est-ce que Mavis… ?

– C'est elle qui a enlevé et assassiné Presley Brubaker. Elle a aussi enlevé Mme Mason. Ils l'ont arrêtée. Je ne sais pas où ils l'ont emmenée.

Les yeux brillants de larmes, Leigh a contourné la voiture, a ouvert la portière et s'est agenouillée devant Catherine.

– Ma puce… Viens.

Catherine l'a regardée puis, lentement, s'est laissée tomber contre elle. Leigh l'a prise dans ses bras, l'a bercée doucement.

John avait posé une main sur mon épaule.

– Elle va avoir besoin d'un endroit où se reposer pendant quelque temps.

– La chambre d'amis est prête. On passera chercher ses affaires demain.

Il y a eu un silence, puis il m'a serré dans ses bras lui aussi.

– Ça va aller, toi ?

J'ai fait oui de la tête.

Leigh a soutenu Catherine jusqu'à la maison, puis elles ont disparu dans la chambre d'amis. John et moi nous sommes installés dans le salon.

– On va prendre soin d'elle, m'a assuré mon oncle.

J'ai acquiescé. Il était temps que quelqu'un s'occupe de Catherine, pour changer.

Chapitre 37

Catherine

J'étais seule, assise dans la chambre d'amis des Youngblood. Un mur lambrissé accueillait les portraits, encadrés de blanc, qu'avait peints Leigh de toute la famille. Une courtepointe en patchwork recouvrait le lit, une belle commode ancienne avec un miroir était posée contre un autre mur, blanc celui-là.

Je sentais le feu de bois. Leigh m'avait proposé de prendre une douche, mais j'avais refusé. Regarder brûler la Villa Juniper avait été une façon inattendue de tourner la page, et une étrange sensation de calme m'envahissait chaque fois qu'en inspirant je humais cette odeur. Maman ne pourrait jamais y retourner. Je n'aurais pas à y retourner. Nous étions libres.

Un petit coup à la porte m'a ramenée au présent. J'ai cligné des yeux.

– C'est moi, a dit Elliott en entrant, les cheveux encore mouillés.

Il était pieds nus, en T-shirt et short.

– Coucou.

– Ça va ?

– Non, mais ça ira.

– M. Mason vient d'appeler ma tante. Mme Mason a eu vingt-cinq points de suture. Elle souffre d'une commotion cérébrale, mais devrait s'en remettre assez vite. Sa sœur Lauren va venir aider à nettoyer la maison, tu devrais pouvoir y retourner dès sa sortie de l'hôpital, si cela te convient. Est-ce que… cela te convient ?

J'ai hoché la tête.

– Je ne pense pas que demander à ton oncle et ta tante de m'héberger soit une bonne idée.

– Ils n'ont rien contre. Absolument rien.

– Becca va avoir besoin de moi. Il vaut mieux que je retourne chez elle.

Elliott s'est assis à mon côté sur le lit.

– Dommage. Je pense que je m'y serais fait assez vite.

Il a sorti son téléphone et me l'a tendu. Une conversation de groupe avait été créée avec Sam et Madison.

– Ils n'arrêtent pas d'envoyer des messages, ils étaient super inquiets. J'ai dit à Maddy que tu l'appellerais demain matin.

– Comment as-tu deviné ? ai-je demandé. Qu'est-ce qui t'a soufflé d'aller à la Villa Juniper ?

– Après t'avoir déposée, plus je m'éloignais de chez les Mason, plus j'étais mal. Toujours ce mauvais pressentiment qui m'avait taraudé toute la soirée. Arrivé chez mon oncle et ma tante, j'ai fait demi-tour et je suis retourné chez les Mason. J'ai vu les gyrophares. J'ai laissé ma voiture et je me suis rué à l'intérieur. Quand j'ai vu le sang… Jamais je n'ai eu aussi peur de ma vie,

Catherine. J'ai essayé de forcer le passage. J'ai hurlé, je t'ai appelée. C'est là que M. Mason m'a dit que tu allais bien mais que tu étais partie. Je suis allé direct à la Villa Juniper. Je savais que c'était là que tu irais.

Je l'ai serré contre moi, le visage blotti dans son cou.

– Tu es revenu…

– Je t'avais dit que je reviendrais. Et maintenant que je sais…

– Maintenant que tu sais… ai-je répété en le regardant.

Il a soupiré. J'avais essayé de le repousser pendant si longtemps ! Maintenant qu'il avait une raison de prendre de la distance, j'avais plus de mal à l'accepter que je ne le pensais. Mais si telle était sa décision, je ne lui en voudrais pas. Ce qui s'était produit dans la cave de la Villa Juniper était presque impossible à croire pour moi, alors comment imaginer ce qui se passait dans l'esprit d'Elliott ?

– Vas-y, ai-je murmuré. Dis-le.

– Tu aurais pu me le dire. Tu aurais dû me le dire plus tôt.

– C'était un secret.

– Et tu sais garder un secret, c'est indéniable.

Je l'ai lâché, pour me recroqueviller sur moi-même.

– Ce n'était pas à moi de le révéler.

– Je ne sais même pas quoi penser de ce qui est arrivé… Presley est morte. Ta mère…

– Ce n'était pas elle.

Elliott a hoché la tête, mais je voyais dans son regard qu'il avait du mal à faire la différence.

– Cela fait longtemps que maman n'est plus tout à fait saine d'esprit. Quand j'y repense, je ne suis même pas sûre qu'elle l'ait été un jour. Quand les choses devenaient trop dures, on avait l'impression que son cerveau court-circuitait, la plongeant dans une profonde dépression. Elle demeurait des journées entières au lit. Papa essayait de la protéger contre ça et de me protéger, moi. Quand il n'était pas à la maison, je voyais ce qui se passait, par bribes, mais sans vraiment comprendre. Ils étaient déjà là. La mort de papa les a rendus plus forts, et la Villa Juniper était le lieu idéal où les laisser s'épanouir. Quand Duke et Poppy ont fait leur apparition, avec des noms et des personnalités si différentes de maman, j'ai eu peur. J'étais perdue, et plus j'essayais d'en parler à maman quand elle était Duke ou Poppy, plus son état empirait. J'ai assez vite compris que, quand je jouais le jeu, ces personnalités l'habitaient certes plus longtemps mais son comportement devenait plus prévisible. D'abord, j'ai laissé faire parce que je ne voulais pas qu'on emmène maman, et puis, avec le temps… J'aimais beaucoup Althea et Poppy. J'ai gardé le secret de maman pour qu'elles ne s'en aillent pas. Aujourd'hui, Presley est morte, et je les ai toutes perdues.

– Ce n'est pas ta faute, Catherine.

– C'est la faute de qui, alors ?

– Faut-il vraiment que ce soit la faute de quelqu'un ?

– Si j'avais fait soigner maman, Presley serait encore en vie. Mais j'ai cru pouvoir m'en sortir seule. J'ai cru que je pourrais avoir les deux, que je pourrais être avec toi et protéger la Villa Juniper pour maman. Elle est coupable de meurtre parce que j'ai été égoïste.

Un sanglot m'a secouée. Elliott m'a prise dans ses bras, m'a installée sur ses genoux et m'a serrée contre lui.

– Tu es la personne la moins égoïste que je connaisse. Et tu es encore plus courageuse que je ne le pensais.

– Au bout du compte, ça n'a servi à rien. Je ne pouvais pas les sauver. Et je ne leur ai même pas dit adieu.

– On peut aller la voir, tu sais. Elle a un droit de visite.

– Il n'y aura que maman.

– Mais… c'est plutôt une bonne chose, non ?

J'ai secoué la tête.

– Tu ne comprends pas.

– Non, mais j'essaie.

– Il y a une chose qu'il faut que tu réalises : tous les êtres auxquels je tiens meurent ou souffrent.

– Pas moi.

– Pas encore.

Il a soupiré.

– Il faut que tu te reposes, Catherine.

Il s'est frotté les yeux, épuisé. J'entendais le désespoir, dans sa voix, le besoin de m'aider, de tout réparer. Mais j'allais devoir m'extraire des cendres de la Villa Juniper et cela prendrait du temps.

– Que voulais-tu faire ? Si tu avais parlé à quelqu'un, tu aurais perdu ta maison et ta mère. Si tu n'avais pas parlé, tu aurais continué à vivre cet enfer et ta mère n'aurait pas eu accès aux soins dont elle a besoin. Tu avais raison, Catherine. Tu le disais depuis le début. Ce n'était pas un choix. Alors ne fais pas comme si tu en avais eu un.

– Et regarde où cela nous a menés.

– Ici, en sécurité, avec moi.

Il avait dit cela d'un ton un peu impatient, comme si je ne saisissais pas l'évidence.

– Tu sais, pendant deux ans, tout le monde m'a répété qu'il valait mieux que je t'oublie, mais je me suis battu pour toi quand même. Quand je suis revenu ici, tu m'as détesté, mais je me suis battu pour toi quand même. Tu as gardé tes secrets, tu m'as repoussé, tu as répété qu'après le lycée tout serait fini entre nous, mais j'ai continué à me battre. Quand j'ai ouvert la porte de la cave, ce soir, je n'avais aucune idée de ce qui m'attendait, mais j'ai quand même descendu les marches. Je n'ai pas peur de grand-chose, mais là j'étais terrifié à l'idée de ce que j'allais trouver en bas, presque aussi terrifié qu'à l'idée de quitter Oak Creek sans toi. Je connais ton secret, et je suis toujours là. Je suis là depuis un moment, et si cela signifie être là avec toi, alors je suis prêt à tout pour rester.

J'ai serré les lèvres, et puis j'ai juste dit :

– D'accord.

– D'accord ? a-t-il répété, sans y croire.

– Oui.

– Qu'est-ce que tu veux dire par là, exactement ?

– Baylor, tu te souviens ?

Il a ri.

– Bien sûr que je me souviens. Mais… tu viendras avec moi ?

J'ai haussé les épaules.

– D'après Mme Mason, je devrais obtenir une bourse sur critères académiques. Je prendrai un emprunt pour payer le reste… Et je peux trouver un boulot, aussi. Travailler dur, ça me connaît. Je…

Elliott a refermé ses bras autour de moi et m'a serrée fort, juste un tout petit peu trop fort. Il tremblait, et il a émis un drôle de hoquet quand il a soupiré en posant son front contre ma tempe.

– Ça va ? ai-je murmuré.

– Maintenant, ça va.

Il m'a lâchée, a essuyé ses joues d'un rapide revers de main, puis a inspiré un grand coup et a ri.

– J'étais tellement sûr que j'allais te perdre, cette fois !

Un sourire timide s'est dessiné sur mes lèvres.

– Mais tu t'es battu pour moi quand même.

Épilogue

Catherine

Maman fixait Elliott, assis à côté de moi. Elle portait une combinaison kaki avec une série de chiffres imprimés en noir sur la poche poitrine. La pièce était octogonale, percée de grandes fenêtres. Une quarantaine de chaises en plastique orange étaient installées autour de sept tables réparties un peu partout, inoccupées pour la plupart. Une autre femme était assise en compagnie d'un couple, et semblait très agitée.

– Vous partez pour combien de temps ? a demandé maman.

– On n'est qu'à sept heures de route, ai-je expliqué. On viendra pour les vacances.

Par-dessus son épaule, elle a jeté un coup d'œil en direction de Carla, la surveillante, qui se tenait entre la porte et le distributeur.

– Vous voulez manger un truc ? a proposé Elliott en se levant. Je vais chercher de quoi grignoter.

Sa chaise a raclé le sol carrelé. Il a traversé la pièce, salué la surveillante et examiné ce que lui proposait la machine. Il se tenait un peu de côté, de manière à toujours m'avoir dans son champ de vision, prêt à réagir en cas de besoin.

– Entre moi qui suis coincée ici et toi qui pars à l'université, qui va s'occuper de la Villa Juniper ? a demandé maman en se tortillant sur sa chaise.

– Il n'y a plus de Villa Juniper, maman. Tu te souviens ?

– Ah oui, c'est vrai.

Elle s'est adossée à sa chaise. Au moins deux fois par visite, elle essayait de replonger dans le monde que nous avions créé à la Villa Juniper, espérant que j'entre dans son jeu, comme avant. Mais le médecin m'avait conseillé de ne pas céder.

– Tout est réglé, avec l'assurance ?

– Oui. Ils ont envoyé le chèque la semaine dernière. Ça va couvrir les frais de scolarité, l'hébergement, et un peu plus. Merci d'avoir signé les papiers.

Maman a essayé de sourire, mais cela manquait de naturel.

– C'est ton père qu'il faut remercier. C'est lui qui a insisté pour que…

Remarquant ma réaction, elle s'est tue.

– Non, rien.

– Je trouve que c'est bien que tu lui parles encore.

Elle a regardé autour de nous, puis s'est penchée en avant.

– Ne t'inquiète pas. On ne le dira à personne.

– De quoi parles-tu ?

Voyant Elliott revenir, elle s'est redressée.

– Rien, rien.

– Tortillas, chips et bretzels. Y a pas beaucoup de choix, a-t-il déploré en posant trois petits paquets sur la table.

Maman a pris le rouge, l'a déchiré et s'est mise à manger bruyamment. J'ai entrevu des expressions de Poppy dans cette façon de faire, et je me suis demandé si mon amie était encore en elle, quelque part. Maman était suivie à l'hôpital Vinita d'Oklahoma City. Les médecins s'attachaient avant tout à la débarrasser d'Althea, Poppy, Willow, Imogen, d'oncle Toad, et surtout de Duke. Essayer de leur parler était strictement interdit. J'ai levé un œil sur les caméras de surveillance. Elliott m'a pris la main.

– C'est l'heure, a dit la surveillante.

– Tu es obligée de partir ? a demandé maman.

– Elliott va bientôt commencer les entraînements. Il faut qu'on s'organise. On prend la route tout à l'heure.

Elle l'a regardé d'un air méchant.

– Sois gentille, maman.

– Je vais bien m'occuper d'elle, Mavis, a dit Elliott en se levant.

Il n'avait pas l'habitude, ne connaissait pas les signes de dédoublement de sa personnalité. Maman n'était plus là.

– Carla ? ai-je appelé.

Duke m'a lancé un regard noir, les narines frémissantes.

Carla s'est chargée de maman et on est partis. Je m'étais habituée à ne pas lui dire au revoir. Duke se manifestait en général à la fin des visites. J'avais souvent espéré qu'Althea viendrait à sa place, mais Duke était le seul à refaire surface malgré le traitement médicamenteux.

On a récupéré nos affaires dans le casier où on les avait laissées puis on s'est dirigés vers la sortie. Elliott était un peu fébrile. Il a poussé la double porte, a cligné des yeux face au soleil. Cela m'a rappelé le jour de notre rencontre, sauf que là il me tenait la main au lieu de cogner sur un tronc d'arbre. Nos pas ont crissé sur le gravier de l'allée qui menait au parking. Il a ouvert la portière de la Chrysler et m'a souri.

Le coffre et la banquette arrière étaient bourrés de cartons – ceux d'Elliott pour la plupart. En dehors des vêtements apportés chez les Mason et de ma boîte à musique, tout ce que je possédais avait brûlé et tenait désormais dans quatre grandes boîtes. L'un d'eux abritait les photos qu'Elliott avait prises de papa et moi, les seules qui me restaient désormais de mon enfance.

La voiture était garée au soleil, aussi, immédiatement après avoir démarré, Elliott a mis la clim à fond. En moins d'une minute un air glacé a soufflé dans l'habitacle. La tête sur son dossier, Elliott a poussé un long soupir de soulagement. Le velours des sièges était doux sur mes jambes nues, bronzées à force de temps passé au bord de la piscine des Youngblood, mais pas aussi cuivrées que celles d'Elliott. J'ai caressé son bras.

– Quoi ?

– On y va. Et comme tes parents n'ont pas bridé le moteur pour te punir, le trajet ne devrait pas nous prendre une semaine.

Il a glissé ses doigts entre les miens.

– On y sera pour le dîner. Regarde sous ton siège, je t'ai pris de la lecture.

J'ai souri, me demandant ce qu'il manigançait. J'ai tâtonné, trouvé une boîte à chaussures.

– Qu'est-ce que c'est ? ai-je demandé en la posant sur mes genoux.

Elle contenait une pile d'enveloppes adressées à Leigh, la tante d'Elliott. Toutes étaient timbrées et non décachetées.

– Des lettres écrites à ta tante ?

– Ouvre la première de la pile. Elles sont dans l'ordre.

Elle était épaisse. J'ai déchiré l'enveloppe, en ai tiré quatre feuilles de cahier à spirale couvertes de l'écriture d'Elliott. En haut, j'ai lu mon nom, la date du jour de la mort de mon père, et les premiers mots – des excuses.

– Ce sont…

– Les lettres que je t'ai écrites quand on nous a séparés. Tous les jours, d'abord, puis deux ou trois fois par semaine jusqu'à la veille de mon retour.

Je l'ai regardé, les yeux brillants de larmes.

– Elliott…

– Je pensais que tu les avais reçues.

– Ta tante ne me les a jamais données.

– Parce qu'elle ne les a jamais reçues. Ma mère ne les a pas envoyées. Elle me les a données hier soir. Un cadeau de départ, en complément d'excuses qui ont duré une bonne heure.

J'ai baissé les yeux sur les pages couvertes de son écriture d'adolescent.

– Donc ça s'est bien passé.

– J'étais super en colère. Mais au moins, elle les avait gardées. Comme ça, tu sauras.

– Je saurai quoi ?

– Que j'ai essayé de tenir ma promesse.

J'ai retenu un sourire. Elliott a fait marche arrière et quitté le parking. Après un stop, il s'est engagé sur la route.

– Lis-les à voix haute, s'il te plaît. Ça fera comme si je relisais mon journal.

J'ai acquiescé.

Le 30 juillet

Chère Catherine,

Je suis tellement désolé. Je ne voulais pas partir. Ma mère m'a dit qu'elle ne me laisserait pas revenir si je ne partais pas tout de suite avec elle. Je n'aurais pas dû l'écouter. Je m'en veux tellement de m'être fait avoir. J'ai la RAGE. Contre elle, contre moi, contre tout ça. Je ne sais pas ce qui s'est passé, ni si tu vas bien, et ça me tue. J'espère que tu vas bien. S'il te plaît, pardonne-moi.

Je sais que quand tu ne t'inquiètes pas pour ton père, tu passes ton temps à me détester. Je devrais être là avec toi, pour toi. Ça me tue. Tu ne sais pas où je suis allé, et tu te demandes pourquoi je ne t'ai pas dit au revoir. Tu es la dernière personne à qui je voudrais faire du mal, je suis à presque trois heures de route et je ne peux pas te contacter. Je me sens impuissant. S'il te plaît, ne me déteste pas.

Mes parents se sont disputés dès notre retour, jusqu'à ce que je fasse semblant d'aller me coucher. Ma mère a la trouille que je reste à Oak Creek si je m'attache trop à toi. Elle n'a pas tout à fait tort. Je veux rester. J'avais pensé demander à mon oncle et ma tante, parce que te laisser seule me rendait malade. Et maintenant je suis là. Tout s'est passé si vite, tu dois me détester.

Si c'est le cas, je vais tout faire pour qu'un jour tu arrêtes. Je t'expliquerai autant de fois que tu me laisseras faire. Tu pourras me détester pendant un moment. Je comprendrai. Mais je continuerai d'essayer. Je m'excuserai jusqu'à ce que tu me croies. Tu pourras être méchante, me dire des choses méchantes, ça arrivera sans doute, mais je te laisserai faire parce que je sais que le jour où tu comprendras, tout ira bien. D'accord ? S'il te plaît, je voudrais que tout aille bien.

Tu sais que jamais je ne t'aurais laissé tomber comme ça. Tu vas m'en vouloir, d'abord, mais tu finiras par me croire, parce que tu me connais. Tu me pardonneras et je reviendrai à Oak Creek et on ira au bal du lycée tous les deux et tu me regarderas être nul au foot et on ira à la rivière, faire de la balançoire au parc et manger des sandwichs sur la balancelle de ton porche. Parce que tu vas me pardonner. Je te connais, et je sais que tout ira bien. C'est ce que je vais me répéter jusqu'à ce qu'on se revoie.

– D'accoooord… a dit Elliott en faisant la grimace. Ça me revient, maintenant. Mes lettres ne sont pas aussi romantiques que je le pensais.

– Non ! J'adore ! C'est… c'est incroyable, Elliott. Ça me brise le cœur de lire à quel point tu étais inquiet, mais tu avais raison. Sur toute la ligne.

Il a souri, un peu gêné.

– C'est pas faux.

Et il a embrassé ma main.

– Je continue ? ai-je proposé.

– T'es pas obligée de les lire à voix haute. En tout cas jusqu'à celle où j'ai été rattrapé sur l'autoroute en train d'essayer de partir pour Oak Creek. Après, elles sont un peu moins répétitives et désespérées. Je devrais pouvoir les écouter, celles-là.

J'ai examiné la pile et je l'ai regardé, impressionnée.

– Il y en a au moins cent, là-dedans.

– Et ce n'est que la première boîte. J'arrive pas à croire que ma mère ne les ait jamais envoyées, mais je suis encore plus étonné qu'elle les ait conservées.

– Moi je suis étonnée qu'elle te les ait rendues. Elle prenait le risque de te mettre vraiment en colère, juste avant ton départ.

– C'était une façon de s'excuser pour tout, je crois. Un dernier geste.

– Tu ne vas pas penser que je t'ignore, si je les lis toutes ?

Il a rigolé.

– Je t'en prie. La route est longue.

Je me suis calée dans mon siège, j'ai remonté les genoux. J'étais impatiente.

– Tu m'as l'air bien réjouie à l'idée de lire l'enfer qui a été le mien, m'a taquinée Elliott.

J'ai repensé à mon désespoir quand il avait disparu, puis à ma colère de ne pas savoir où il était parti. Aux longues nuits avec maman et aux journées encore plus longues au lycée. Je réalisais aujourd'hui qu'Elliott avait vécu les mêmes affres, et j'en tirais un certain sentiment de réconfort. Je n'avais pas été seule dans mon malheur. Était-ce bien ou mal ? Je l'ignorais.

– C'est parce que je connais la fin.

Il a souri, heureux.

– Ce n'est pas la fin. Loin de là.

La Chrysler s'est engagée sur l'autoroute et on a piqué vers le sud, direction le Texas. Un appartement, une colocataire et une nouvelle vie m'attendaient à Baylor. La cité des athlètes n'était pas très loin de la résidence Brooks, où j'allais vivre désormais. L'argent de l'assurance couvrirait mes quatre années d'études, et Elliott avait décroché une bourse. Le pire était derrière nous.

J'ai posé la boîte à chaussures sur le côté, puis je suis allée pêcher ma boîte à musique dans un carton, derrière. Je l'ai remontée et je l'ai posée sur mes genoux. La ballerine a tourné lentement, sur l'air familier qui m'aidait à me détendre. J'étais prête à lire les mots d'Elliott.

– Ça va ? a-t-il demandé en me serrant la main.

Je lui ai souri. Je sentais la caresse du soleil sur ma peau à travers la vitre.

– Je suis impatiente. Et peut-être un peu fatiguée, aussi.

– Tu n'es pas obligée de les lire maintenant. Repose-toi. On a tout le temps.

J'ai posé la tête sur le siège, mes paupières étaient lourdes.

– Promis ?

– Promis.

Il a embrassé ma main, puis il s'est concentré sur la route, en fredonnant doucement la mélodie de ma boîte à musique pour m'aider à m'endormir.

Remerciements

Merci à Elizabeth Deerinwater, qui a pris le temps de m'expliquer son enfance, ses combats et la reconnaissance à laquelle elle a pu prétendre depuis. Son histoire et son point de vue m'ont ouvert les yeux sur des aspects qui n'ont pas seulement amélioré mon roman, mais ont fait de moi quelqu'un de meilleur.

Merci à Misty Horn pour tout ce qui a trait aux foyers d'accueil et au placement d'enfants. Merci à elle d'en faire tant pour les enfants placés et de m'avoir fait connaître CASA, l'association pour la protection de l'enfance qui, en collaboration avec des programmes fédéraux et locaux, œuvre à la promotion et au développement de l'aide aux enfants maltraités aux États-Unis.

Comme toujours, merci à mon mari, Jeff, dont j'apprécie le soutien indéfectible et l'amour à leur juste valeur. Merci de croire en moi et d'être patient. Merci à mes enfants pour leur compréhension. Sans vous tous, je ne serais rien !

Merci au Macpak :

Abbi Smith, Abby Long, Abby Maddox, Abby O'Shea, Abby Reed Johnson, Abby Schumacher, Abi Rojas, Abigail Riley, Abrianna Marchesotti, Adrein Sherie Woodard, Adrian Kawai Perez, Adriana Maria Diaz, Adriana Reyna, Adrienne Sisler, Agustina Zanelli Arpesella, Ailyn Sablan Benjamin, Aimée Shaw, Aimee Shaye, Aisha Kelley, Alamea Lee, Alana Daniels, Alba Vasquez, Albino Luiz Caldas Prof, Aleah Colline, Alejandra Brambila, Alejandrina Curiel, Alesha Guynes, Alessandra Anderson, Alessia Barcaro, Alex Beadon, Alex Espinosa, Alex Phillips, Alex Santana, Alexa Ayana, Alexandra Adamovich, Alexandrea Concus, Alexandria, Louisiana, Alexandria, Virginia, Alexia Miranda, Alexis Whitney, Aleya Michelle, Ali Brown, Ali Jones, Ali Steel, Alice Gathers Puzarowski, Alice Pietrucha, Alicia Birrell McLean, Alicia Butterfield, Alicia DesRoches, Alicia Lamb, Alicia Mac, Alicia Marler Drayton, Alicia Meza, Aline Servilha, Alisa Warren Porter, Alisha Hebert, Alisha Miller Bryson, Alisha Weant, Alison Bradley Treacy, Alison Flores, Alison Mannering, Alison Massell Porterfield, Alissa Nayer, Alissa Riker, Allee Holyoke, Alley Mendoza, Allie Siebers, Allison Bower Patrick, Allison Elizabeth Anderson, Allison Harris, Ally Figueroa, Ally Swanson, Allyn, Washington, Allyson Laughery, Allyson Nicole Zebre, Alyona Valis, Alyson Matias, Alyson Tellier, Alyssa Cihak, Alyssa Susann Williamson, Alyx Girty, Amanda Abrams, Amanda Alexander, Amanda Antonia, Amanda Barrios, Amanda Billy Lindahl, Amanda Booksalot, Amanda Cain, Amanda Carender, Amanda Catherine Lavoie, Amanda Coil,

Amanda Collins, Amanda Eskola, Amanda Fitzpatrick, Amanda Foster Wells, Amanda Goza, Amanda Gruber, Amanda Hanley, Amanda Harrison, Amanda Hopson Berisford, Amanda Hosey-Medlock, Amanda Huggins, Amanda Jayne, Amanda Joy Kepic, Amanda Kasiska, Amanda Kelley, Amanda King Lamb, Amanda Lee Duce, Amanda Leonard, Amanda Marie, Amanda Marie, Amanda Marie Ridenour, Amanda Marin, Amanda Marshall, Amanda Mc Carron, Amanda McWaters Brackett, Amanda Mitchell, Amanda Modschiedler, Amanda Moore McDowell, Amanda N Cory Giles, Amanda Nilo, Amanda Perkins, Amanda Pimenta, Amanda Prigge, Amanda Ray Leake, Amanda Rounsaville, Amanda Schaefer, Amanda Sloan, Amanda Slough, Amanda Stewart, Amanda Sweep, Amanda Voisard, Amanda Wayne, Amanzimtoti, KwaZulu-Natal, Amber Ashley, Amber Atkinson, Amber Bates, Amber Caley Wells, Amber Cheeks, Amber Conley Gilliland, Amber Cory, Amber Drew, Amber Duncan, Amber Higbie, Amber Hillegass Brumbaugh, Amber Johnson, Amber Kibe, Amber M Smith, Amber Marie Irvin, Amber McCammon, Amber Nabors, Amber Nichols, Amber Presley Boyd, Amber Russell, Amber Smith, Amber Strickland, Amber Trottier, Amber Walker, Amber Wharton Mann, Amber Willett Vaughn, Amberley Johnson, Amberly Maria, Amelia Richardson, Amoj Quinta, Amy Burnett, Amy Daniel, Amy Dunne, Amy Forcum, Amy Hausman Thomure, Amy Hiatt, Amy Lee Wheeler, Amy Lepley Auker, Amy Li Hatcher, Amy Louise, Amy March, Amy Meagher, Amy Preston

Rogers, Amy Rapp, Amy Roberts, Amy Smith, Amy Spatz Dissinger, Amy Sumrall Manning, Amy Tannenbaum, Amy Watts Taylor, Amy Wiater, Ana Cláudia Luna, Ana Duarte, Ana Isabel Rivera, Ana Jordan, Ana Neves, Ana Werner, Ana Winegar, Anastasia Austin, Anastasia Ted Triantos, Ancilla College, Andie Followell, Andrea Baca White, Andrea Black McCoy, Andrea DelGrosso-Silverson, Andrea Elisa Dillon, Andrea Fay Rhode, Andrea Griffiths, Andrea Kelleher, Andrea Lauster Record, Andrea Neill Bush, Andrea Rodriguez, Andrea Trotter, Andrekia Branch, Andsh Ibuna, Ang Ela D'Oherty, Ang Reads, Angel Hovatter, Angel Mchallen, Angel Tate, Angela Baker, Angela Blubaugh, Angela Brinkman Gramlick, Angela Butler Schirlls, Angela Dudley, Angela Freiberger Garcia, Angela Palamara, Angela Pinckley Blankenship, Angela Renee Sanders, Angela Ro, Angela Rose Kinney, Angela Williams Wood, Angelee Uy, Angelica Alaniz, Angelica Cabanas, Angelica Gomez, Angelica Maria Quintero, Angelica Sanchez, Angelina Ocampo, Angeline Cusick, Angelita Lou, Angera Allen, Angie King, Angie Mae, Angie Stephenson, Angie White, Ania Bellon, Anisha Pineda, Anita Pytynia, Anjie Gamnje Gordon, Ann Bramlette, Ann Chandler Massey, Ann Harben Carr, Ann Waters, Ann Zimmer, Anna Hancock Watson, Anna Hixon, Anna Lisa R, Anna Nicole Ureta, Anna Rhodes, Anna Roselli, Anna Watson, Anna Wyatt Lewis, Anne Ber, Anne de Kruijf, Anne Marie, Anneliese Murine, Anne-Marie Pépin, Annette Martinez, Annette Wiley, Annie Annie Annie, Annie Love Mayeux, Annie

Reada, Annie Wilson, Antoinette Escobar-Mora, April McCowan Beatty, April Newman, April Pracht, April Pratt, April Redford Mitchell, April Roodbeen, April St Clair Ashby, April Upton, Aquinas, Arabella Brai, Arely Betancourt, Arely Gonzalez, Arequipa, Ariella Holstein, Arin Royer, Arleen Marie Rivera, Arlene Stewart, Artemis Giote, Arwen E. Shoemaker, Ashlea Hunt, Ashlee Heffron, Ashleigh Bryan, Ashleigh Wilson, Ashley Baker, Ashley Bankston, Ashley Blake Christensen, Ashley Brinkman, Ashley Cabana, Ashley Campbell, Ashley Carmona, Ashley Chapman, Ashley Doyen, Ashley E Bucher, Ashley Elmore, Ashley Esse, Ashley Gibbons, Ashley Gill, Ashley Gill, Ashley Graham, Ashley Hale, Ashley Hughes, Ashley Hughes, Ashley Jasper, Ashley Kell, Ashley Mansfield Seymour, Ashley Marie, Ashley Marie Fowler, Ashley Marie Heitmeyer, Ashley Martin, Ashley Mclaughlin, Ashley Novak, Ashley Owens-Nunziato, Ashley Rayburn, Ashley Reyes, Ashley Ruiz, Ashley Scales, Ashley Schott, Ashley Steffes, Ashley Watkins McAnly, Ashley Willhite, Ashlie Hutchins Brooks, Ashly McCoy, Ashly Nunamaker, Ashlyn Powell, Ashna Goerdat, Asma Boulhout, Astrid Lemus, Atessa Naujok, Audra Adkins, Audra-Paul Johnson, Autom Meadors, Autumn Phelps, Autumn Slider, Autumn Taylor Henion, Ava de Rossi, Aye Lopez, Ayla May Hill, Ayla Vincent, Aymeh Cruz, Azkah Viqar, Barbara Bucher, Barbara Lee, Barbara Murray, Barbara Myers Davis, Barbara Sterner Howard, Barbie Mullins, Barra do Piraí, Beatriz Emidio, Beatriz Gómez Medina, Bec Butterfield, Becca Cottingham,

Becca Grissett, Becca Winter, Beckie Ashton, Beckley, West Virginia, Becky Baldwin, Becky Eisenbraun, Becky Emshwiller Grover, Becky Poindexter, Becky Rendon, Becky Schwalm, Becky Sharrard, Becky Starr, Becky Strahl, Becky Takach Wise, Becky Willert, Bekah Smith, Belinda Visser, Bella DaSilva, Bernadett Vidra, Bernadette Basile, Bessie S. Shepherd, Beth Bolin Medcalf, Beth Burkle-Logue, Beth Emery Houk, Beth Hudspeth, Beth LeMilliere, Beth Marie, Beth Mowry, Beth Oestreich-Baumbach, Beth Roberts, Beth Teachworth Hyche, Bethany Elaine Macielag, Bethany Waters, Betty Ioannidis, Beverly Camarena, Beverly Cordova, Beverly Lawrence Barrett, Bex Williams, Bianca Cristina, Bianca Villa, Biller at Lewiston Village Pediatrics, Biller at Pugi of Chicagoland, Billi Dolbear, Billie Jean Hedrick, Bishop Grimes, Blia Hoopes, Blushing Barbara Bookbabe, Bo Lindh, Bo Yzolde, Bobbi Hamilton Kegler, Bobbi Jo Bentz, Bobbie Shanks, Bobbie-Jo Graff-Bobst, Bonnie Ada Pierce, Bonny Buchanan, Bowsher, Brandeis, Brandi Barfield Austin, Brandi Clark, Brandi Clark, Brandi Coble, Brandi Kilchesky Ebensteiner, Brandi Martin Strickland, Brandi McGuire Peel, Brandi Mercer, Brandi Mofford Grosser, Brandi Murrell, Brandi Schattle, Brandi Slater Schoenheit, Brandi White, Brandi Zelenka, Brandon Teti, Brandy Diane Lucero, Brandy Harrison, Brandy Roberson, Breanna Mae Tresnan, Breanna McClearn, BreeAnn Manning, Brenda Connolly, Brenda Hans, Brenda Marin, Brenda Slochowsky, Brenda Thompson, Brenda Walt, Brenna Leigh, Brenna Link, Brenna

O'Sullivan, Bri Haile, Bri Vitlo, Bria Starr, Briana Gaitan, Briana Glover, Briana Leyva, Briana Monroe, Brianna Courtney, Brianna Imbergamo, Brianne Loves-Books, Bridget Gallagher, Bridget Jones, Bridgette Keech Hopkins, Britney Wyatt, Brittainy McCane, Brittanie Rose, Brittany Brasseaux, Brittany Grimes, Brittany L. Sorg, Brittany Lynn, Brittany Martins, Brittany Ozmore, Brittany S Ledbetter, Brittany Scott, Brittany Swan, Brittany Topping, Brittney Curtis, Brittney Houston, Brittney York, Brittny Smith, Brook Jones-Juett, Brooke Ratliff, Brooke Rich, Brooke Simon, Brooke Wade, Brooke Wilkerson Smith, Brooklyn Stoutenburg, Brynn Jordahl, Busto Arsizio, Butler CC, CA Pate, Caitie Janke, Caitlin Ell, Caitlin McCue, Caitlyn Davis Medlin, Caleb Jacob, Calli Pirrong, Callie Sedlacek, Camelle Rogando, Cami Nucitelli, Camielle Whyte Domon, Camii Maddox, Camila Cireli, Camila Díaz Arenas, Camila Silva, Camila Soares Carter, Candace Riffle, Candice Bragg, Candice Holmes Martini, Candy Alcantara-Hernandez, Candy Miller, Candy Young Harris, Cara Knight, Cara Louise Archer, Career Step, Carer at Carer, Cari Robbins-Koehly, Carisa Benedict, Carissa Kelly, Carla Atchison, Carla Lovesbooks Atchison, Carla Robertson, Carlyn Greulich-Garnett, Carmen Messing, Carol Dees Workman, Carol Geserick Seymour, Carol Lancaster, Carol Ordonha, Carol Sonnet, Carol Winney Elkins, Carolina Aguirre, Carolina Menacho, Caroline Manzo, Caroline Stainburn, Carolyn Watson Martell, Carrie Garner, Carrie Haley, Carrie L. Barrientes, Carrie L. Vestal, Carrie McDowell,

Carrie Reed Cooper, Carrie Smith, Carrie Southard, Carrie Taylor, Carrie Thomason, Carrie Wilson Buttram, Cary Green Irvine, Cary Mattmiller, Casandra Navarrete, Casey Decock, Casey Phillips, Casey Scorzato Jewell, Cassandra Loiudice, Cassandra Rodriguez Vance, Cassandra Sue, Cassey Groves, Cassia Brightmore, Cassidy Wallace, Cassie Calbert, Cassie Graham, Cassie Ray, Cassie Webb, Caszy Bartlett, Catalina Prieto, Catherine Carlson, Catherine Corcoran, Catherine Gentry, Catherine Ketner Bates, Cathy Coleman, Cathy Floberg Sprague, Cathy Grande, Catrina Reed, Cecile Anne, Cecily Wolfe, Ceeje Beats, Celina Colleen, Celina Suntay Dionisio, Chandrea Alexander, Chanpreet Singh, Chantal Brady, Chantal Gemperle, Chantal Harris, Chantel Sharp, Chantel Tonkinson, Charilene Lucas, Charity Bennett Knighten, Charity Chimni, Charity DeBack, Charity Hazelwood, Charlene Swartz, Charleston Southern, Charley Moore, Charli Jo Vance, Charlotte Spence, Chasity Heitmeyer, Chasity Metz, Chastity Sparks, Chauntel Long, Chele' Pitts-Walker, Chelly Massey, Chelsea Carol Jones, Chelsea Darroch, Chelsea DuLaney, Chelsea Gerbers, Chelsea Gonzales, Chelsea Stout, Chelsi Pawson, Chenoa Addison, Cherry Shephard, Cheryl Blackburn, Cheryl Jarvis, Cheryl Vaughn, Cheryl Wooten, Chey Iris Guevara, Chey Mercado, Cheyenne Davis, Chiara Arrigoni, Chinassa Phillips, Chitra Olivia Kusuma, Chloé de Mortier, Chrissy Smiley, Chrissy Wilson, Christa Windsor, Christalie Anor, Christi Bissett, Christi White Lofton, Christie Kersnick, Christie Thompson Corbin, Christin

Ostheimer, Christina Concus, Christina D Gomez, Christina Emery, Christina Hunkins, Christina Kowalski Gustavson, Christina Lanners, Christina Lawrence, Christina Maffiola, Christina McClure, Christina Michelle Perdew, Christina Sachanowicz, Christina Santos, Christina Savala, Christina Valvano Moser, Christine Austin Dingman, Christine Baham Pappas, Christine Cartwright, Christine DiSanto, Christine Gallagher Brady, Christine Girardin, Christine Hoopes, Christine Maree, Christine Marie, Christine Puppe Baker, Christine Raroha-Blood, Christine Russo Schoenau, Christine Stanford Smith, Christine Williams Dunham, Christley Rae, Christy Fitzgerald, Christy M. Baldwin, Cielo Gtz, Cincinnati, Cindi Settle, Cindl Norrell Straughn, Cindy Cooper Turpening, Cindy Franklin, Cindy Orosco, Cindy Salazar, Cindy Wyatt, Cinthia Paola, Cinthya Alburez, Claire Aillaud, Claire Andrews, Claire Holmes, Claire Jenni Alexander, Claire Todd, Claire Willis, Claire Wright, Clara Chavez, Clare Fanizzi, Clare Sidgwick, Clarion, Claudia Barrera Fidhel, Clayton, Cody Wayne Amburn, Colegio de Santa Ana, Colégio QI, Colleen Byrnes Park, Colleen Cervenak, Colleen Ess Wilson, Colleen Friel, Colleen Oney, Comsats Islamabad, Connie Bugeja, Copiah-Lincoln, Coral Duran, Corey Beth, Corey Denison, Corey Reed, Corey Simpson, Cori Best Michaelson, Cori Willis Gilileo, Corina Gonzalez, Corinne Woolcock, Courtney Duff Dorcz, Courtney Findle Barbour, Courtney Jensen Junka, Courtney Kench, Courtney Luton Henderson, Courtney Marble, Courtney Marie, Courtney

Montgomery Nicoll, Courtney Schwartz, Courtney Tomah, Courtney Wallsten, Courtney Wooten, Courtney Wray, Cristi Riquelme, Cristie Alleman, Cristie Jo, Cristie Rafter-Amato, Cristin Perry, Cristina Bon Villalobos, Cristina Wells, Crystal Attuso, Crystal Boudreaux Hebert, Crystal Garay, Crystal Gillock-Dorman, Crystal Gontarz, Crystal Griego, Crystal Hollow, Crystal Manchester McGowan, Crystal Marcotte Novinger, Crystal Perkins, Crystal Powell, Crystal Redick, Crystal Reeves, Crystal Rose, Crystal Segura, Crystal Stegall, Crystal Tripp-Fitzgerald, Crystal Wilke, Csenge Szabó, Cynthia Barber, Cynthia Canchola, Cynthia Estrada Gonzales, Cynthia Izzo Crocco, Cynthia Lynn Barnes-Myers, Cynthia Miller, Cynthia Pioch, Dacia Hawkley, Daina Smith, Daisy Avalos, Daisy Kennedy, Daisy Mai, Dale Mujah Mac Gardiner, Dale Valerie Mcfarlane, Dalton State, Damaris Zoe, Dana Bookwhore Gallie, Dana Bourque Atkins, Dana Cakes, Dana Dickinson Naylor, Dana Gartzman, Dana Jones Whorl, Daneke E. Kanarian, Dani Fernandes, Danica Sharrock, Danielle Alexander White, Danielle Allman, Danielle Behler, Danielle Childs Nelson, Danielle Girvan, Danielle Hon Kuczka, Danielle Hoover, Danielle Howard Hall, Danielle M. McCrerey, Danielle Marie, Danielle Marsh, Danielle Middleton, Danielle Parker, Danielle Reid, Danielle Rothschild, Danielle Tubergen, Danielle Woods, Danielle Wright, Danielle Yellie Reilly, Daphne Reads, Daphney Reyes, Darcey Duncan, Darcey Springer, Darcy Stonger, Darcy Whiteley Fifield, Dariel Calero Quiroz, Darija Navoj

Mihalina, Darlene Richardson, Darlene Ward Avery, Dawn Fulton, Dawn Gorwell, Dawn King, Dawn Nagle, Dawn Pratt, Dawn Reed Petersma, Dayna Nichole, Dean, Deana Ward, Deanna Blaney, Deanna Bosco, DeAnna Hill, Deanna Rangel, Deanne C Reese, Deanne Grant, Debbie Goff, Debbie Hawkley, Debbie Herron, Debbie Hopkins Smart, Debbie Jones, Debbie Laeyt, Debbie Winchester, Debi Nagle, Debi Quick, Deborah Aupied Charrier, Debra Elsner, Debra Guyette, Debra Nicole Vaughn, Debra Wharry Taylor, Dedee Delk Hayes, Delia Chavez, Delia Nuño, Delilah Caro, Dena Derby, Denae Hegefeld, Deni Torres, Denise Coy, Denise Dianne, Denise Holena, Denise Mendoza, Denise Sousa Drumheller, Denise Torres, Denise Zuniga, Desi Colon-Rodriguez, Desiree Baker Huskey, Desiree Rose, Dessa Delos Santos Geminiano, Destiny Ball, Destiny Marie Hand, Devan Wedge, Devin McCain, Devon Elmore Mican, Devonport TAFE, Diana Doan, Diana Gardner Skvorak, Diana Grimsley, Diana Hoenou-Smith, Diana Or, Diana Ramirez, Diana Rhodes, Diana Sauer-Hill, Diana Valdez, Diane Puckett Jones, Diane Simboli, Diane Zilinek, Dianna Hixson Malone, Dianne Rae Trinidad, Dominique David, Donna Benway, Donna Dugan, Donna Lottmann, Donna Marie, Donna Norman, Donna Sheret Roberts, Donna Vitale Montville, Dora Balfour-Lyda, Doris Freeman, Dorti Zambello Calil Professora, Dottie Flynt-Rankin, Dowling, Drea Perez, Dreama Johnson, Duetta N Merritt, Dusti Jeri, Dusty Shipp, E.B. Erwin, E.s. Mayo, Ebbie Lippelman Moresco, Eboni Showers, Eden

Maddox, Edie Rodriguez-Martinez, Eileen Martin, Ela Zawlocka Brenycz, Elaine Pilkington, Elaine Turner, Elena Darken Nadih, Elena Hinojosa, Elisa Gioia, Elisabeth Szilasi, Elise Taylor, Elisha Renee, Eliza Castillo Rincón, Elizabeth Aguilar, Elizabeth Ann Flores, Elizabeth Ann Smith, Elizabeth Bennett, Elizabeth Bishop, Elizabeth Booth Bennett, Elizabeth Cipriano Burton, Elizabeth Faria, Elizabeth Farrar, Elizabeth Harrell, Elizabeth Hyatt, Elizabeth Ingle Clark, Elizabeth McClees, Elizabeth McCoy-Boudreau, Elizabeth Morris, Elizabeth Pendleton, Elizabeth Prescott Lewis, Elizabeth Rialdi, Elizabeth Staniford, Ella ZR, Elle Teeter Hill, Elle Wilson, Ellen Greenwood, Ellery Phillips, Ellie Aspill, Ellie Guzman, Ellie Marks, Ellie Sterling, Ellyn Zis Adkisson, Elon, Elsa Noriega McDonald, Elyssa Calkin-Gaps, Emilie Coleman, Emilie Joanne Belisle, Emily A Mayeux, Emily Burzynski, Emily DiCarne Gaugler, Emily Milligan, Emily Pressler, Emily Reading, Emily Summers, Emily-Jane Wright, Emma Fenton, Emma Gladwin, Emma Sara, Emma Simpson, EN Hudgins, Erecia Chapman, Erica Boyd, Erica Feazel, Erica Hudgins, Erica Jane Craft, Erica Kowtko, Erica Samantha, Erica Stranahan, Erica Thibodaux, Erica Vining, Erica Wyrick, Erica Zamora, Erika Mendoza, Erin Chelsea Dugat, Erin Daley Gomes, Erin Daniels, Erin Dennis, Erin Elizabeth Johnston, Erin Jobe, Erin Kathleen, Erin Lee, Erin Lewis, Erin Marie Hale-Wood, Erin Morton, Erin Patterson, Erin Priemer, Erin Westlund, Esther Maza Phillips, Eva Hermann, Eva Willard Kreps, Evanescita Rosa, Evangeline Richards,

Evelyn Garcia, Evie Creek, Eyeseride Ocegueda, Ezra Tiegan Leigh, Fabrício Farias Barros, Fairlena Hoffmann, Faith Bannister, Fanny Kristiansson, Fany Santiago Ortiz, Father Gabriel Richard, Fatima Trahan, Faye Hudson Pereira, Febie Ann Tancontian Cantutay, Federica Murgia, Felicia Grover, Felicia Holency, Felicity Barrow, Fern Curry, Fernanda Campolina, Fernanda Rubio, Florencia Barbero, Fran Smith, Françoise Giang, Fred LeBaron, G.D. Worthington, Gaba Guzmán Proboste, Gabriela Alvarez, Gabriela Perez, Gabriella Bortolaso, Gaby Paniagua, Gail Gregson, Gayle Ashman, Gemma Curran, Gemma Eade, Gemma Foot, Gemma Hirst Phillips, Georgana Anderson Brown, George Mason, George Mason, Geraldine Major, Giedre Sliumba, Giezel Irwin, Gina Alwine, Gina Cazares Abitabile, Gina Chacon Porras, Gina Griffin Blanton, Gina LJ Barrett, Gina Marcantonio, Giovanna Giannino, Gislaine Honório, Gloria Spring Singleton, Gloria Vaigneur Green, Gmc Amritsar, Grace Aurora, Grace Pituka Rondon, Greta Holliday Hegeman, Guiomar Castro Berumen, Gwen Maya, Gwen Midgyett, Gwen Raivel Amos, Gwen Stover, Haidoulina Maurogiorgou, Hailey Seguin, Hair stylist at Capellicrew, Haley Lukachyk, Haley Rathbone, Han Han, Hanna Lewallen Bates, Hannah Dunn, Hannah Ennis, Hannah Evans, Hannah Grierson, Hannah Jay, Harper, Hassie Daron, Hawkeye Community College, Hayley Jane Kearns, Hayley Ross, Hayley Tatton, Hazel Sison, Heather Ansaldo, Heather Ates, Heather Axley Lanham, Heather Bailey Wilkerson, Heather Blauth Ambrosino, Heather

Cannon Bowers, Heather Coster Hamilton, Heather Cox Willis, Heather Curtis, Heather D, Heather Davenport, Heather Davis, Heather Devoll, Heather Dugal Pierce, Heather Hallberg, Heather Kirk, Heather Lilo Graff, Heather Lindsey, Heather Lynn Merie Huffmon, Heather Marie, Heather Martin Ogden, Heather McCain, Heather McGuire, Heather McIntosh, Heather McNeese, Heather Meeking, Heather Moss, Heather Mullins, Heather Nelson, Heather Peiffer, Heather Peralta, Heather Pittman, Heather Plants, Heather Ross Cicio, Heather Saleeba, Heather Schneider, Heather Sexton, Heather Skelton Todd, Heather Suber Erwin, Heather Summers, Heather Taylor Chrispen, Heather Tuck, Heather Walker, Hedworth comp, Heide Torock, Heidi Daniel, Heidi Davis, Heidi Goding, Heidi Martinez, Heidi Pharo, Heidi Romero, Helen Bates, Helen Neale, Helen Ramsay, Henle Villanueva, Hereford High, Hershy Faña, Holland Jean Glass, Hollie Clark, Holly Carrell Ubrig, Holly Freed, Holly Likens, Holly Malgieri, Holly McElroy, Holly Michelle Morales, Holly Neihaus, Hope Mckinney, Hope White, Hope Wile Sheesley, Ian Schrauth, Ida Villanueva Waddell, Iftesham Iqbal, Ilene Glance, Indiana Kokomo, Inee Olivas, Irina Rebolo, Irma Gonnaread, Irma Jurejevčič, Isabel Marie Occiano, Itzel Rdz, Ive Snow, Ivona Hrastić, Ivy Stone, Jacey Becker, Jaci Cochran, Jackie Annis, Jackie Grice, Jackie Jackson, Jackie MacKinnon, Jackie Moore, Jackie Ortiz, Jackie Stowell, Jackie Ugalde, Jackie Watson, Jackie Wright, Jacqueline Marshall, Jacqueline Sanders, Jacqueline Starr, Jacqui

McCulloch, Jade Emma Morton, Jade Mead, Jaime Gorman-Rosenberg, Jaime Lynne Seal, Jaime Martens Long, Jaime Scarfuto, Jaimee De Jong, Jaimilee Counts, Jaleesa Latta, Jamee Lynn, Jamee Thumm, Jami Glover, Jami Nichols, Jami Zabel, Jamie Alaniz, Jamie Baker, Jamie Beltran, Jamie Benoit, Jamie Ferguson, Jamie Grapes, Jamie Jones, Jamie Kaaihue, Jamie Lindblom, Jamie Lynn Trentz, Jamie M. Wohler, Jamie Mackedanz, Jamie McGuire, Jamie McKinnon, Jamie Mercieca, Jamie Phillips Little, Jamie Robinson, Jamie Sager Hall, Jamie Sewall Robinson, Jamie Sharkey, Jamie Shaw, Jamie Smith, Jamie Sykora Oskvarek, Jamie Taliaferro, Jamie Wittekind, Jana Mortagua, Jana Worthington, Jane Elizabeth, Jane Wharton, Janeen Manlapaz, Janelle May, Janet Alvarado Duran, Janice Mitchell, Janice Shirah, Janie Beck, Janie Porter, Janine Bürger de Assis, Janira Díaz, Jasmin Häner, Jasmin Liza, Jaxi Martin, Jayme Lee Latorella, Jaymie E Rogers, Jaymie Grimmett Lau, Jaz Cabrera, Jazmine Ayala, Jazmine Cabrera, JC Kane, Jean Jenkins, Jean Wright, Jeanine Grothus Stevens, Jeanine Levy, Jeanna Marie, Jeddidiah Namiah Parico, Jemma Brown, Jen Beams, Jen Kleckner, Jen Kolodziej, Jen Lucero, Jen Lynch Jata, Jen Pagan, Jen Phelps, Jen Pirroni, Jen Rogue, Jen Timmons Frederick, Jen Warner, Jena Hill, Jene Parker, Jeni Surma, Jenifer Huskey, Jenifer Wambsganss Wainscott, Jenn Benando, Jenn Cron, Jenn Donald, Jenn Gaffney, Jenn Hanson, Jenn Hedge, Jenn Lacher, Jenn Marr, Jenn McBroom, Jenn McElroy, Jenn Poole, Jenn SA, Jenn Tukuafu, Jenna Gentzler Strickhouser, Jenna N Josh, Jennell

Cardin, Jenney Findlay, Jenni Farley Eisenhardt, Jennie Bloom, Jennie Rubacha Simpson, Jennifer Amato Moates, Jennifer Barchuk Coulter, Jennifer Bauss, Jennifer Besley, Jennifer Bishop, Jennifer Bracken Santa Ana, Jennifer Brandt, Jennifer Carr-Amonett, Jennifer Castiglia, Jennifer Clement, Jennifer Craig, Jennifer Danielle, Jennifer Eckels-Alston, Jennifer Franse Meharg, Jennifer Frazee-Whitcomb, Jennifer Froh, Jennifer Garza, Jennifer Garza, Jennifer Ghiroli, Jennifer Gonsiorowski, Jennifer Hamby, Jennifer Harper, Jennifer Harston Larsen, Jennifer Hennessy Talley, Jennifer Jeambey-Spencer, Jennifer Jeffries-Lesner, Jennifer Jockers, Jennifer Kalman, Jennifer Kennard Duralja, Jennifer King Ortiz, Jennifer Ledgerwood Lake, Jennifer Lewis Grant, Jennifer Lutz, Jennifer Lynn, Jennifer Lynn Tate, Jennifer MacDonald, Jennifer Maria, Jennifer Marie, Jennifer Marie Witherspoon, Jennifer Martin, Jennifer McCarthy, Jennifer Monaco, Jennifer Mooney, Jennifer O'Dell, Jennifer O'Neill, Jennifer Premoe Chambers, Jennifer Ramsey, Jennifer Reilley, Jennifer Reyes, Jennifer Santos Nanna, Jennifer Scheible, Jennifer Sharp, Jennifer Swafford, Jennifer Thomas Norris, Jennifer Thompson Bray, Jennifer Wagner, Jennifer Walker Lashbrook, Jennifer Walters, Jennifer Weeks, Jennifer Wilson-Chandler, Jennifer Wineman, Jenny Beres-Rumowski, Jenny Dauksa Schaber, Jenny Kells, Jenny Luu Woller, Jenny Lynn Leon Guerrero, Jenny Olson, Jenny Payne, Jenny Rose, Jenny Stringer-Brusseau, Jenny Weed Vasquez, Jeraca Fite, Jerilyn Martinez, Jess Bigelow, Jess Pan, Jess

Pfingst, Jess Pringle, Jess Stellar, Jess Thambidurai, Jessica Adair, Jessica Aguilar, Jessica Alderette, Jessica Bennett, Jessica Brown Hawkins, Jessica Buenbell, Jessica Bukowski, Jessica Burr, Jessica Caldwell, Jessica Camp, Jessica Chico, Jessica Childress, Watson, Jessica Contreras, Jessica Corrine Darling, Jessica Cruz, Jessica Deviney, Jessica Di Leo, Jessica Etches, Jessica Franzi, Jessica Hall, Jessica Hicks, Jessica King, Jessica Landers, Jessica Leigh Perez, Jessica Leneau, Jessica Lynn, Jessica Mackin, Jessica Marecle, Jessica Maree Swinerd, Jessica Marie Turner, Jessica Marques, Jessica Martin Townsend, Jessica Mobbs, Jessica Murdock, Jessica O'Rourke, Jessica Pastell, Jessica Pearson, Jessica Plater, Jessica Pryor, Jessica Roundy, Jessica Sanchez, Jessica Sheppard, Jessica Slomp, Jessica Soutar, Jessica Stopera, Jessica Swanson Steele, Jessica Thomas, Jessica Warren, Jessie Ferraccio, Jessie Steppe Weimer, Jhem de Sena, Jill Bradley, Jill Dyer, Jill Neff, Jill Povich, Jill Roberts Byrne, Jillian Brooks, Jo Cooper, Jo Matthews, Jo Reads, Jo Webb, Joan Gallo-Olsowsky, Joann Kalley, JoAnn Taylor, JoAnna Alsup, Joanna Hoffman Dursi, Joanna Holland, Joanna Ibarra, JoAnna Koller, JoAnna Mimi Haskins, Joanna Syme, Jo-anne Moor, Joanne Noble, Joanne Ruth Hebden, João Pessoa, Brazil, Jodee Canning Taylor, Jodi Ciorciari-Marinich, Jodi Smith McNeil, Jodie Hinnen, Jodie Rae Bradford, Jodie Woods, Jody Marie, Jody Zalabak, Joelle Schnorr, JoelyDebbie Santos, Jolanda Love, Jolean Kinnison Moore, Jolene Miller Dinsmore, Jolene Ward, Jonell Espinoza, Jordan Hukill, Jordan McCoy, Jordy Bartlett, Jorie Burnette Sus,

Josefina Sanchez de Bath, Joselyn Pina, Joseph Case High, Josephine Zeidan, Josi Beck, Josie Haney Hink, Joy Nichols, Joy Palmer, Jude Ouvrard, Judy Gray, Jules Gomes, Julia Hillis, Julia Zamora, Juliana Martins, Juliana Teixeira Melchior, Julianna Cardoso Santiago, Julie Ahern, Julie Ann Ximenez, Julie Camp, Julie Cole, Julie Foster, Julie Heibult Kulesza, Julie Holcomb Hidalgo, Julie Joyness, Julie Lincoln, Julie Lynn Patrizi, Julie Malone Lewis, Julie Michelle, Julie Montmarquet, Julie Moss, Julie Purcell, Julie Trinh, Justin Katie Lee, Justin, Texas, Justine Malleron, K.k. Allen, Kacey Buckles, Kaci Capizzi-Meehan, Kaci Ellerbee, Kahealani Uehara, Kaitlyn Angel Taylor, Kaitlyn Chevalier, Kaitlyn Foster, Kalli Barnett, Kamran Bethaney Harkins, Kandi Steiner, Kandice Mobley, Kan-kan Peroramas, Kara Bailey, Kara Robinson, Karen Anderson, Karen Ayleen, Karen Cundy, Karen Doolittle, Karen Fitzgerald Creeley, Karen Hanson Beard, Karen Ivet Garcia, Karen Jarrell, Karen Jones, Karen JuVette, Karen Lambden, Karen LaRue, Karen Lawhorne, Karen Louviere Hom, Karen Mcfarlane, Karen McVino, Karen Monnin Setser, Karen O'Day Allen, Karen Palmer Arrowood, Karen Sosa, Karen Szakelyhidi, Karena Schroeder, Kari Graf, Kari Sharp, Kari Williams, Kari Zelenka, Karin Enders, Karina Garcia, Karla Banda, Karlianna, Mann, Karmen Snoeberger, Karola Pacherová, Karolína Debelková, Karoline Veloso, Kasey Elizabeth Metzger, Kasey Jones, Kasey Schnurr, Kasey Trimble, Kassi Jacob, Kassidy Carter, Kat Lenehan-Cuthbertson, Kat Trujillo, Katarina Savoie, Kate Mendoza Briso, Kate Perz, Katelond

Mathews-York, Katelyn Cantrell, Katelyn Peters, Kate-Lynn W., Kateřina Fojtů, Katherine Hurrelbrinck, Katherine Nuñez Araya, Kathleen Gauci, Kathryn Eppler Golding, Kathryn Jacoby, Kathryn M. Crane, Kathy Dillemuth-Lausche, Kathy Fuller-Northen, Kathy J. Klarich, Kathy Jeffries-Smith, Kathy Moore, Kathy Osborn, Kathy Otero, Kathya Ruiz, Katie Davis, Katie Duran, Katie Grammer, Katie Hacha, Katie Harper-Bentley, Katie Jo Heuer, Katie Kampen, Katie Kostechka, Katie Little O'Neill, Katie Maes Smith, Katie Marie Hague, Katie Monson, Katie Nickl, Katie O'Brien, Katie O'Brien, Katie Pickett Del Re, Katie Pruitt Miller, Katie Rudd, Katie Smith, Katie Smith, Katie Stone, Katie Swisher, Katlynn Denise Jones, Katrina Brakeman Leatherman, Katrina Jay, Katrina Mari Swift, Katy Brousseau, Katy Keeton, Katy Phillips, Kay Richards, Kaycie Little, Kayla Collier Morris, Kayla Day, Kayla Eklund, Kayla Engman, Kayla Hines, Kayla Layton, Kayla Leonardo, Kayla Teeples, Kayla Vargas, Kayla Wethington, Kaylee Christine, Kayleigh Alexander, Kayleigh Barden, Keely Colletti Farquhar, Keisha Johnson, Keith N Tammy Graf, Kelcey Gonnerman-Rienhardt, Kelley Anne Johnson-Waggy, Kelley George Trumbull, Kelley Zeigler, Kelli Breen, Kelli Hollowell, Kelli Mahon, Kelli Pendergrass, Kelli Shroyer, Kellie King, Kellie Richardson, Kellie Weygandt, Kelly Armstrong Cagle, Kelly Blair, Kelly Craft, Kelly Dawn, Kelly Freeman, Kelly Fullwood, Kelly Hadden, Kelly Halcon, Kelly Henry Rivera, Kelly Hodder Earick, Kelly Johnson Homan, Kelly Lake, Kelly Land, Kelly Loucks

Risley, Kelly Miller, Kelly Nagy, Kelly Ramos, Kelly Ray Spaulding, Kelly Tannacore, Kelly Vaughn Morin, Kelly Wittmer, Kelly Woolerton, Kelly Yorke, KellyMae Helfrich, Kelsey McFee, Kendra Horton, Kenia Hinojosa, Kenjie Abuga-a, Kennedy Young, Kent State, Keri Greear, Keri Lynn Riley, Keri Quinn, Kerli Kern Smirth (Kelli), Kerri Elizabeth, Kerri Farrell, Kerry Garmon, Kerry Marriott, Kerry Melton, Kerry Sutherland, Kerry Westerlund, Kersten Smith, Keshia Schmelz Beard, Ketty McLean Beale, Kezza Lightbody, Kiera-Lee Crowfoot, Kiersten Hill, Kiki Chatfield, Kiley Kinzer Henry, Kilmarnock, Kilmarnock Academy, Kim A Johnson, Kim Ann, Kim Blaze, Kim Brown, Kim Carr, Kim David Hingada, Kim Doe, Kim Irving, Kim Lilledahl, Kim Mikalauskas, Kim Olivares, Kim Perry, Kim Slaybaugh Probst, Kim Trotter, Kim Vargo, Kimberlee Betner, Kimberley Costar, Kimberley Pinnow, Kimberly Ann Dodd, Kimberly Barnes Ferguson, Kimberly Caldwell, Kimberly Coglianese, Kimberly Diaz, Kimberly Foist, Kimberly Gonzales, Kimberly Hammett, Kimberly Henry, Kimberly Hundley Pierce, Kimberly Large, Kimberly Lenae Stewart, Kimberly Puma, Kimberly Ramsey, Kimberly Rivas-Adames, Kimberly Scarbin, Kimberly Turner Nesbit, Kimberly Uehlin, Kimberly Wilson, Kimmilyn Betner, Kimmy Johnson, Kirstie Hicks, Kirsty Black, Kirsty Wilson McCabe, Kjerstin Hughes, Kolleen Sittner Hinds, Kraków, Kringkring Nuyles, Kris Duplantier, Kris Melissa Young, Kris Shade Riley, KrisKay Pattie, Krissy Belden, Krissy Milless, Krista Dove, Krista Holly, Krista

Ricchi, Krista Savage Jones, Krista Webster, Krista Yockey Fisher, Kristan Hernandez, Kristen Cecil, Kristen Chambers Erdman, Kristen Danielle Waldman, Kristen Frioux, Kristen Griffin Reinke, Kristen Herek, Kristen Mata, Kristen Merryman Fuentes, Kristen Sullivan Prokop, Kristen Teshoney, Kristen Torres, Kristen Woska, Kristen-Dean Solis, Kristi Granger, Kristi Guillotte Quilliams, Kristi Hombs Kopydlowski, Kristi Hyden, Kristi Kelley-Martin, Kristi Lee, Kristiane Alonzo Ruiz, Kristie Leitch Rucker, Kristie Metz, Kristin Alford Reuter, Kristin Brown, Kristin Camella Widing, Kristin Engel, Kristin Leslie, Kristin Masbaum, Kristin Phillips Delcambre, Kristin Riggs Vaira, Kristin Roberta Wann, Kristin Shreffler, Kristin Sumrall Mann, Kristina Ackerler, Kristina Grosdidier Ludwig, Kristina Murray, Kristina Snyder, Kristine Barakat, Kristy Endicott, Kristy Feigum Aune, Kristy Johnson, Kristy Klim-Palm, Kristy Menke, Kristy Petree, Kristy Weiberg, Krys Johnson, Krystal Hollon, Krystal Starr Hawkley, Krystal Tiner Summers, Krystal Tripodi, Krystelle Annette, Kylee Doman, Kylee Owings, Kylee Wise, Kylie Barber Sharp, Kylie Cogzell, Kylie Hillman, Kylie McMillan, Kylie Sharp, LA Spiez, Lacey Dixon, Lacey Ogden Buchert, Laconia High, Lacy Daniel, Lacy Dempsey Lucks, LaGrange, Laina Lynae Martin, LaKeisha Martin, Lana Cargullo, Lansing, Lara Hightower, Larissa Weatherall, LaTrese Kinney, Laura Ann Ferguson, Laura Button, Laura Cotton Wood, Laura Edwards Davidson, Laura Fry, Laura G. Hitchcock, Laura Grogan, Laura Jamieson, Laura Jones, Laura Marie Erlandson, Laura Nelson,

Laura Pierson, Laura Poe, Laura Renna, Laura Rodriguez, Laura Rouston, Laura Schweizer, Laura Singer, Laura Trott, Laura Vaught Gibala, Laura Wachowski, Laura Weaver Sullivan, Lauren Barrows, Lauren Black, Lauren Brake, Lauren Bush, Lauren DiFiore, Lauren Dootson, Lauren Heather, Lauren Hopkins, Lauren Lascola-Lesczynski, Lauren Mitchell, Lauren Mules, Lauren Renay, Lauren Stryker, Lauren Wyant, Laurie Ann Kindle, Lea Cabalar, Lea Jerancic, Lea Rivera, Leah Coghill, Leah Stevens, Leah-Kate Howells, Leandra Allison Bright, LeAnn Storm, LeAnne Lopez, Leanne Michele, Leanne Ragland, Leanne Stacy Duty, Lee Dyson, Lee Hernan, Leene Scott, Lehh Santos, Leigh Alexandra, Leigh Morgan, Leipsic, Lela Lescallette, Len Webster Author, Lena Lange Menning, LeNee' DeMotte, Lenoir-Rhyne, Leona Fuchs Nagy, Leona Taylor, Lesley Hoose, Lesley Martin Weiler, Lesley Peck, Leslie Cook-Bevels, Leslie Waters, Lesterville R-4, Letica O'Hare, Letícia Kartalian, Letitia Vasconcelos, Lexi Bissen, Lexi Tyler, Lexie Kantanavicius, Liana Sue Parsons, Lianne Clarke, Libby Terrell Adams, Licha Sanchez, Liis McKinstry, Lilian Rega, Lilibeth Bella-Marie, Lilly Vizcaino, Lily Garcia, Lin Tahel Cohen, Linda Cotter, Linda DiSpena Maganzini, Linda Hales, Linda Houk, Linda Kay Williams, Linda Skrabak Hart, Linds Osten, Lindsay Garner, Lindsay Roberts, Lindsay-Meg Walker, Lindsey Bousfield, Lindsey Britt, Lindsey Hobbs, Lindsey M Jacobs, Lindsey Massey, Lindsey Rodner, Lindsey Snyder, Lindsey Weger, Lindy Waltman, Linh Lam, Lisa Anderson, Lisa Burwell, Lisa D. Scapicchio,

Lisa Dodd, Lisa Edwards, Lisa Hadley, Lisa Kennedy, Lisa Kittleson, Lisa Lawrence, Lisa Marie, Lisa Marie Lima Pescoran, Lisa McCrey, Lisa McCrone, Lisa Moretti Chakford, Lisa Nott, Lisa Punter, Lisa Raven, Lisa Reeves, Lisa Ruiz, Lisa Sharley Serpa, Lisa Skonecki Jaskie, Lisa Skotcher, Lisa Sloan Nendza, Lisa Tanja, Lisa Trommeshauser, Lisa Turner, Lisa Warner, Lisa Wild, Lisa Wilhelm, Lisa Willemsen Szewczyk, Lisette Santiago, Lissa Hawley, Livonia, Michigan, Liz Dubuque-Briggs, Liz Jacobo Mata, Liz Lambert, Liz Mcneil, Liz Nordloh, Liza Tice, Lizz Gower, Lizzie Rummings Graves, Lola Winifred, Londa Beam, Lonestar Cy-Fair, Lora Kanupp Leathco, Lora Murphy, Lora Musikantow, Lora Tackett, Loren Meogrossi-Miller, Lorena Vicente Calvo, Lorencz Ingrid Ștefania, Lori Coleman, Lori Crowell Barrios, Lori Mctaylor, Lori Rothenberger, Lori Turner, Lorianne Warmbold Ferry, Lorie-n Richard Berger, Lorraine Harvey, Lorraine Tonks, Louise Chalmers-Wilson, Louise Roach, Lu Lima, LuAnne Cole, Luce Ramirez, Lucero Duran, Lucía Sandoval, Luckey, Ohio, Lucy Davey, Lucy Dillard, Luisa Ventura, Lynda Lohmann, Lynda Throsby, Lyndsay Matteo, Lyndsay Muir, Lyndsey Aaron, Lyndsey Wallace, Lyndsie Cartney, Lynnae Idzi, Lynne Ligocki Gauthier, M Elise Herto, Mabel Masangkay, Macbeth Macbeth, Mackillop College Werribee, Madeleine Constance, Magaly Aponte, Magdalena, Maggie Becker, Maggie Jennabell Smith, Magie Cruz, Makati, Malak Rania, Malcolynn Angle Marshall, Malia Hardin Logan, Malin Ross Algotsson,

Mallory Montgomery, Mallory Whitley, Manda Maddox, Mandee Migliaccio, Mandi Laughlin Cottle, Mandi Wood, Mandy Cote, Mandy Garza Castañeda, Mandy Green, Mandy Squier, Mandy Staack-Heidemann, Mandy Thornton Hancock, Maqi Panczuk, Mara Evitts Warren, Marcea Lewis, Marcela Perriolo, Marcella Celina, Marcella King, Marci Faircloth, Marci Jenkins Gilbert, Marci Wickham Pawson, Maree Draper, Maree Skellern, Margie Wilson Sheridan, Mari Tilson, Maria Alejandra Gutierrez, Maria Aparecida Dos Santos, Maria Blalock, Maria Cattleya Vanessa Querubin, Maria Ervin, Maria Macdonald-Author, Maria Sanchez, Maria Theresa Santos, Mariah Garcia, Mariah Rice, Mariah Stamper, Mariana Ravanales, Marianela Lema, Marianne Jeffery, Marianne Walter, Maridyth Barnett Nardone, Marie Cline, Marie Daigle, Marie Davila-Torres, Marie Findlay, Marie Murphy, Marie Reed Carlisle, Marie Vera, Marife Samonte, Marija Joshevska, Marija Peršić, Marika Nespoli, Marine Jemjemian, Mariola Izydor-Fik, Marisa Algarin, Marisa S Betchan, Marisol Avalos, Marissa Edwards, Marissa Newby, Marissa White, Maritza Torres, Marjorie Starks, Marnie Moran, Marta Ambrosi, Marta Wendy Pereira, Martha Cavazos, Martha Lissette Aykut, Martha Martinez, Martha Morales, Martha Stew McLendon, Martina Koleva, Martina Zeger, Marty Borum, Mary Aldridge-Ball, Mary Ann Bailey, Mary Ann Jelacic Anderson, Mary Armstrong, Mary Beth Johnson, Mary E Snow, Mary Jo Hawks, Mary Jo Toth, Mary Lowery, Mary Manfield, Mary Mccormack-Ward, Mary Washington, Maryann

Buchanan, Marybeth Risley Eggleston, Marygail Mello, Maryhel Andrade Ocoy, MaryLisa Commisso, Marymichele Bailey, Matt Dellisola, Mattoon, Illinois, Maui Nazario Dumuk, Maureen Mayer, May Martínez, Maya Duran, Maybelis Lopez, MaySue Lee, McNeese, Meagan Brewer, Meagan Dux, Meagan Wolpert, Meagen Rosa, Meaghan Royce, Measie Thibodeaux, Mecalia Bowen, Meera AlSuwaidi, Meg Hoefle Faulkner, Meg Rhea, Meg Velazquez, Megan B Eclectic, Megan Baxley, Megan Chandler, Megan Davis, Megan Donohue, Megan Handley, Megan Hansen, Megan Higginson, Megan Hughes, Megan Kara, Megan King, Megan Lee, Megan Lyons, Megan Mitchell, Megan Ono-Legener, Megan Tedeschi, Meggan Leigh Brewer, Meghan Green, Meghan McFerran, Meghan Meyers, Melanie Bünn, Melanie Carrie, Melanie KE, Melanie Lowery, Melanie Mauldin Keith, Melanie Menoscal, Melanie Unangst, Melany Gamboa Blanco, Melinda Cantley, Melinda Jane, Melinda Lazar, Melinda Lo, Melissa Arthur, Melissa Beacher, Melissa Bodeker, Melissa Brooks, Melissa Carrier, Melissa Crump, Melissa Emmons, Melissa Figini, Melissa Fraser, Melissa Gibson, Melissa Kelter, Melissa Landreth, Melissa Lazzara, Melissa Maffiola, Melissa Matles, Melissa May, Melissa Mayer, Melissa Metz, Melissa Moore, MeLissa N Keven Randol, Melissa Norwood, Melissa O'Brien, Melissa Ornelas France, Melissa Orozco, Melissa Passantino, Melissa Peterson Gage, Melissa Peterson Hoffmann, Melissa Ramirez, Melissa Rewbury, Melissa Ringrose, Melissa Romanelli, Melissa Savoy, Melissa Shank,

Melissa Taegel Parnell, Melissa Tilton Guffey, Melissa Van Doren Vaughn, Melissa Wilder, Melissa Willson, Melissa Witt, Melissa Worrel, Mellies Beauty College, Melodi Mance, Melody Fancher Grabeel, Melonie Fust Sullivan, Memphis, Tennessee, Menifee, California, Mercedes Adame, Meredith Hickey, Meryll Therese Elmido, Mia Grace, Micah Livingston Duke, Michaela Krumlová, Michaele Burris, Micheala Philpitt, Michele Cunningham, Michele Lister, Michele Mancuso Allen, Michele Nichols Henneman, Michele Wood McCamley, Michell Hall Casper, Michelle Abascal-Monroy, Michelle Allen, Michelle Bardin Ballard, Michelle Berger, Michelle Blauth, Michelle Bourey, Michelle Brown, Michelle Castillo Widarto, Michelle Chambers, Michelle Chen, Michelle Chu, Michelle Dagle St Cyr, Michelle Elizabeth Hollowell, Michelle Gray, Michelle Howard, Michelle Jenkins, Michelle Kizer, Michelle Kubik Follis, Michelle Lyn Forrester, Michelle Madden, Michelle Magnone Robinson, Michelle Mayer, Michelle McKinley, Michelle Moody, Michelle Muir Roper, Michelle Munar, Michelle Nowak Crane, Michelle Parke Doty, Michelle Powers Jenkins, Michelle Rijo, Michelle Rintoul, Michelle Ritchea, Michelle Roberts Howell, Michelle Rose, Michelle Simmons, Michelle Sinn, Michelle Sizemore Hall, Michelle Surtees, Michelle Tikal, Michelle Urso Raschilla, Michelle Wallace Maples, Michelle Whicker, Michelle Wilson Kropaczewski, Mick Murphy, Mickie Casper, Micole Lee Hopke, Migdalia Inés Mojica, Mikaela Snopko, Mikayla Orlosky, Mikey Earl, Mikki Leek Daniel, Mila Grayson, Milane Knutsen Price,

Mililani Town, Hawaii, Mindi Gardner Stacey, Mindy Seal, Miranda Arnold, Miranda Blazekovich, Miranda Patterson, Miranda Roark, Mirela Motta, Missy Lockhart Henry, Missy Madison, Missy Meyer, Missy Zeiher, Misti Shay Carrell, Misty Beck, Misty Brahatcek, Misty G Mine, Misty Hicks Webb, Misty Horn, Misty Nichols, Misty Riojas Denis, Misty Warner, Mitchell Amy Buist, MJ Daniels, MJ Symmonds, MOISES SAENZ, Molly Jaber, Molly Sturgeon Lyon, Monash, Monica Ca, Monica Coburn, Monica Garcia, Monica Rodriguez, Monica Sagabaen-Caporali, Monica Sofia, Monica Whitlock Thomas, Monserrat Moran, Montclair, Morgan Clements, Morgan Lange, Morgan Martinez, Morgan Rae, Morgan Thomas, Morisa Kessler Merhar, Mylene Ancel, MyMy Nguyen, Nadia Bouzalmat, Najah Shakir Parker, Nancy Ann Lashley, Nancy Avalos, Nancy DeVault, Nancy Edwards Greene, Nancy Ford Minot, Nancy Franco, Nancy Gennes Metsch, Nancy MacLeod, Nancy McNally, Nancy Ouellette, Nancy Rodriguez, Naomi Hop, Nardia Barnes, Natalie Boulton, Natalie Lopez-Hdez, Natalie Valdez Shelly, Natasha Crouch, Natasha Rowlin, Nathalia Bim, Nattie Collins, Navojoa, Sonora, Nazita Andrade, Negeen S Hogan, Neila Regina, Nelly Martinez Aguilar, Nels Wadycki, Nena Garcia, Neumann, Newton Aycliffe, Nicci Bly Freund, Nichol Perry Harris, Nichole Abutaa, Nichole Harper, Nichole Siesel, Nichole Wharton, Nichole Yates, Nicki Gould, Nicola Jane Tremere, Nicola Kate, Nicola Meredith Gough, Nicole Baumgartner, Nicole Besnoska, Nicole Copeland, Nicole Emison, Nicole

Fernandes, Nicole Fiore-Jeffery, Nicole Geier, Nicole Grinaski, Nicole Hennerfeind, Nicole Howard, Nicole McArdle, Nicole Mottola, Nicole Murphy, Nicole Persinko, Nicole Peterson, Nicole Reads, Nicole Reiss, Nicole Sanchez, Nicole Smelcer, Nicole Steph, Nicole Tompkins DiPasquale, Nicole Weaver Price, Nicole Wojczynski, Nicole Zlamal Nigh, Nicolette Guajardo, Nicolle Horan Brashears, Nika Marie, Nikee McFann, Niki Bouffard, Niki Rios Pitcavage, Niki Robinson Haugh, Nikki Baker, Nikki Ballard, Nikki Barzaga, Nikki Dawkins, Nikki Hardesty, Nikki Johnson, Nikki Lee Sullivan, Nikki Phillips, Nikki Reeves, Nikki Weygandt Bunch, Nikki Whaley, Nikkie Eastall, Niky Moliviatis, Nildene Spagnuolo, Nina Moore, Nina Newman, Nina Sanchez, Noel Thompson, Noelle Napolitano, Noëlle Reads, Nohemi Perea, Nyssa Bryant, Ole Miss, Olga Oracz, Olivia Fox, Olivia Schmoyer, Olivia Warren, Omayra Enid, Ophelia Alexandrov, Pachy Love, Page Wood, Paig Rose, Paige Holcomb, Paige Lee, Paige Nicole Pickering, Paige Smith, Paige Thompson, Paloma Carrillo, Pam Nelson, Pam Rosensteel, Pamela Dunne, Pamela Morgan, Pamela Rae, Pamela Scully, Panayiota Triantos, Patrice Simon, Patricia Fiumara Mavrich, Patricia Lynn Jenkins, Patricia Maia, Patti Mengel, Patty Bryant, Patty Jacobs, Paula Byrd, Paula Jimenez, Paula Urzua, Pauline Hughes, Penny Rudge, Pepsy Herrera Antenorcruz Bolton, Peter-Karen Race, Petina Dilworth, Petra van Gool, Peyton Farrell, Peyton Harris, Phuong Richardson, Pia Hansson, Poliana Oliveira, Pooja Bk, Priscilla Stecz, Priscilla

Vidal, Quincy, Rach Fran, Rachael Berkebile, Rachael Humphries, Rachael Leissner, Rachael Tortorella, Rachael Vrbanac, Racheal Wilson, Rachel Ann, Rachel Arroyo, Rachel Brookes, Rachel Elliott, Rachel Grace Micallef, Rachel Johnson, Rachel Kallio, Rachel Martinetti, Rachel Morehead Martinez, Rachel Reads, Rachel Rockers, Rachel Schanna, Rachel Spencer, Rachel Sullivan, Rachel Veronica, Rachel Watkins Rozelle, Rachel Wilson, Rachelle Arias, Raegan Michelle, Raelene Barns, Raj Billa, Ramie Kerschen, Rania Gomes, Raquel Pauwels, Raquel Wood, Rebecca Ann, Rebecca DelGrosso Kennedy, Rebecca Gates, Rebecca Hatchew, Rebecca Hogg, Rebecca Hope De Anda, Rebecca LeVier Knight, Rebecca Mew Lewis, Rebecca Price, Rebecca Ross, Rebecka Brown, Rebekah Liserio, Reeve Austinne, Regina Brooks, Ren Abella, Renee Appleby, Renee Chauffe, Renee Iheight-Meelife, Renee Tymofy, Renny Reilly, Rhye-Lilly Chambers, Rhyzza Alair, Rita Verdial, Robert Morris, Roberta Bristol, Robin Davis Feerick, Robin Parker, Robin Schatz Van Houten, Robin Stranahan, Roby Gold, Robyn BookGeek, Rochdale, Rochelle Spaccamonti, Rochelle Timmons, Rolanda Stafford Legg, Rolene Naidu, Romi Sol, Romulus, Michigan, Ronda Brimeyer, Roni Friday, Ronnie Grove, Rony Pinedo Apaza, Rosa María Fernández, Rosa Saucedo, Rosalia LoPiccolo, Rosario N Alfredo Blanco, Rose Hills, Rose Maniscalco, Rosemary Smith, Rosie Gomesky, Rosiefer Baca, Rowena Dorrington, Rowley Regis, Roxana Yoss, Roxanne Tuller, Ruby Henderson, Rusti Reno Seaton, Ruth Corley, Ruth Ibbotson, Ryan

Jessica Lisk, Ryan Lombard, Sabana Hoyos, Puerto Rico, Sabina van Nijnatten-Bestulic, Sabine Wagner, Sabrina Ford, Sabrina Ogle, Sabrina Owensby, Sadie Madrid, Sage, Salli Reads Singleton, Sally Battersby-Wright, Sally McGregor, Sam Shemeld, Samaiyah Corbin, Samantha Allen, Samantha Davis, Samantha Eyster, Samantha Jo Anable, Samantha Jones, Samantha Kelly, Samantha Kozlowski, Samantha Lucky, Samantha Mackay, Samantha Maren Carpenter, Samantha Mckiernan, Samantha Mikus-Fisher, Samantha Modi, Samantha Newnham, Samantha Nicole Sarmiento, Samantha O'Brien, Samantha Ordway, Samantha Race, Samantha Reynolds, Samantha Reynolds, Samantha Short, Samantha Simon Ide, Samantha Smith, Samantha Wolford, Samay Alvarez Lopez, Samira Clemente, Sammy J Wilson, Sandi Hopkins-Thompson, Sandie Curney, Sandra Aguilar, Sandra Barrientos, Sandra Cave Macemore, Sandra Ruiz, Sanne Heremans, Santoesha Somai, Sara Astros Rojas, Sara Boyzo, Sara Bunoan, Sara Cantu, Sara Collins, Sara E. Tepale, Sara Gibson, Sara Hawkins Glynn, Sara Jean Breaux, Sara Liz, Sara Lohan Bintz, Sara Maria Borsani, Sara Pasetes, Sara Wiebe, Sarah Ann, Sarah Barber, Sarah Blackburn PA, Sarah Cardullo Henderson, Sarah Chitty, Sarah Conlon Nett, Sarah Costello, Sarah Cothren, Sarah Dosher, Sarah Dunsmore, Sarah Elder, Sarah Everson Scholz, Sarah Fabiano, Sarah Ferguson, Sarah Ferguson, Sarah Fitzgerald, Sarah Forbrook, Sarah Gould, Sarah Green, Sarah J. Nickles, Sarah James Hall, Sarah Kaman, Sarah Keath, Sarah Larson, Sarah Louise Harper, Sarah

Machuca, Sarah Martin, Sarah Martins, Sarah Motyl, Sarah Nichole Smith, Sarah Pirie, Sarah Porter Souders, Sarah Powers Radford, Sarah Priebe, Sarah Priscilla, Sarah Ratliff, Sarah Reimerink, Sarah Ringsdorf, Sarah Roberts-Lello, Sarah Rose Sweet, Sarah Ruffino-Black, Sarah Ryrie, Sarah Saunders, Sarah Schwanke, Sarah Smith, Sarah Tobin, Sarah Todd, Sarah Vert, Sarah Waisanen, Sarrah Shafer, Sasha Waddle, Saudy Ly, Savannah Laurence, Savannah, Georgia, Say Yida Lynn, Selina Cinanina Melendez, Sera Evans, Seth Bookjunkie, Shadee Morgan, Shae Wilk, Shameca Smith, Shana Breann Brumble, Shana Cochran, Shana Moss, Shani Poole Brown, Shanna Grannis, Shannon Anderson, Shannon Avangeline, Shannon Brooke, Shannon Cencerik Stevens, Shannon Coldewey, Shannon Donahue Mess, Shannon Eveland Ellis, Shannon Helms, Shannon Maeser, Shannon Mc, Shannon Nicki Heatley-Williams, Shannon O'Neill, Shannon Panzer, Shannon Provost, Shannon Richardson, Shannon Thacker Weeks, Shari Bramble, Shari Elson, Shari Simmons, Shari Smith-Ziegler, Sharmin Parks, Sharolyn Parks Penneau, Sharon Callaway, Sharon Hiers McCarter, Sharon Hurd, Sharon Massaglia, Sharon Renee Goodman, Sharon Smith, Sharon Utech, Sharrice Aleshire, Shauna Marie, Shaunna Walewski, Shawna Broadstock, Shawna Cramer, Shealynne Velasco, Sheena Marie Abshire, Sheffield, Sheila Francke, Sheila Karr, Shelbi Smith Vaughn, Shelby Bauer, Shelby Bowers, Shelby Leah, Shelby Lynne Reeves, Shelby Nicole Wilson, Shelby Valley High School, Shelby Woods, Shell Giallo, Shell

Williams, Shelley Jarin, Shelley McDonald, Shelley Morgenstern, Shelli Hyatt, Shelly Hammett, Shelly Lazar, Shelly Lippert Moore, Shelly Ryan, Shelly Tooley, Shepherd, Shera Layn, Sheri Parker, Sherilyn Braam Becker, Sherita Eaton Landers, Sherrie Moore, Sherry Peevyhouse, Sheryl Huet, Shiran Kaarur, Shirley Hall Morrow, Shyla Renea, Sierra Leslie, Simina Maria, Simone McPhail, Skye Phillips, Skye White, Sofia Zavaleta Oliden, Somiyeh Zalekian, Sonia Montes, Sonya Byrd, Sonya Martin Andrews, Sonya Paul, Sophia Amell, Sophie Mcloughlin, Stace Louise, Stacey Bibliophile Edmonds, Stacey Broadbent, Stacey Clark, Stacey Evans, Stacey Evanshine, Stacey Kelly, Stacey Lynn, Stacey Sullivan Arthur, Stacey Weller Markel, Stacey Wentworth-Lake, Stacie Fortune Donner, Stacie Redinger, Stacie Snyder Danks, Stacy Benson, Stacy Cutshaw Moore, Stacy Davies, Stacy Franklin, Stacy Hawkins, Stacy Layton, Stacy Treadway West, Stacy Wilkerson, Starla Young, Stefanie de Heus, Stefanie Gabrysiak, Stefanie Nicole Lewis, Stefany Lopez, Steph Hoban, Stephanie Anne Hall, Stephanie Boting, Stephanie Britton, Stephanie Butler, Stephanie Duno, Stephanie Edlen Bolinger, Stephanie Elliott, Stephanie Gerber Wilson, Stephanie Gibson, Stephanie Graham, Stephanie Herron Smith, Stephanie Hume, Stephanie Husson Diehl, Stephanie J Lambrecht, Stephanie Jacoba McCorkle, Stephanie Jacobs, Stephanie Jones, Stephanie Kaphengst, Stephanie Lynn, Stephanie Lynn B, Stephanie M Rosch, Stephanie Mcnamara Hancock, Stephanie Middleton, Stephanie Miller, Stephanie Nedrow,

Stephanie Persing Otis, Stephanie Romig, Stephanie Rose Smith, Stephanie Sab, Stephanie Seeman Wright, Stephanie Smith Hunn, Stephanie Watson, Stephanie Zalekian, Stevie Creek, Stevie Goldsbury, Storm Winchester, Stormie Minor, Střední odborná škola veterinární Hradec Králové, Su Ah Lee, Sue Champion Tintorer, Sue Maturo, Sue Olson Andersen, Sue Raymond, Sue Shaw, Sue Stiff, Sue Tarczon, Sugar Tsismosa, Sulphur Springs, Texas, Sulvia Alsaigh, Summa-luven Donnelly, Summer Brown Bieker, Summer Hall, Summer Jennings, Summer Jo Brooks, Sundas Malik, Suniko Morales, SUNY Delhi, SUNY New Paltz, Şura Yılmaz, Surrey, British Columbia, Susan Bramer Pearson, Susan Bromberg, Susan Dunnagan, Susan Fulop Decker, Susan Jetter, Susan Rowland Oldfather, Susan Storm, Susan Thornton Dunnagan, Susi Marcone, Susie Carlile, Susie Griffith, Susie Hedgelon Hachemeister, Susie Raymond, Sussan Marie Fuduric, Suzanne Caroline, Suzy Do, Sydney Haack, Sylvia Chavarin, Sylvia McCormick DiBlasi, Tabby Coots, Tabitha Elliott, Tabitha Frala Hoyt, Tabitha Willbanks, Tachatou Kate, Tal Rejwan, Talon Smith, Tamara Hampton Meadows, Tamara Lindenberg, Tamara Soleymani, Tamara Welker, Tamara Yaklıcı, Tami Ainsworth-Calcote, Tami Clem, Tami McCown, Tami Sharp Overly, Tammy Bachman, Tammy Dreste-Remsen, Tammy Hughes, Tammy Lem, Tammy Manwell Craigie, Tammy Paterson, Tammy Ramey-Matkin, Tampa, Florida, Tania Cooper, Tania Estrada Reyes, Tania Lancia, Tania Sweeney, Tanisha Elder,

Tanja BookPage White, Tanya Conaway, Tara Broadwater, Tara Jones Howell, Tara Kight Ritter, Tara Romanelli, Tarsh Smerdon, Taryn Leigh, Taryn Rice Stonelake, Taryn Rivard, Tasha Gladieux, Tasha Lamb, Tasha Walker, Tasha Wiley Eirich, Tatiana Iman, Tatii Ávila Quirós, Tatum Lyne, Taylor Ellenburg, Taylor Grannis, Tea Usai, Temple, Texas, Tennille Brown, Teresa Cromes Edwards, Teresa Wright, Teressa Kloss, Teri Adams Erickson, Teri Beth Cameron, Terri Hamlin, Terri Hunter Stone, Terri Malek Lesniowski, Terri Moreland-Walker, Terrilynn McGraw, Terry Duryea, Tess Halim, Tessa Smith Fautherree, Tessa Tarr, Tessie Gaffney, Texas Tyler, Thatty Cruz, Theresa Clark, Theresa Sollecito Natole, Tia Borich, Tia Bruce, Tia Ramsey Canizalez, Tiffani Morrin King, Tiffani Towery, Tiffany Danielle, Tiffany Irons Siders, Tiffany Keough DiMiceli, Tiffany Kirby, Tiffany Landers, Tiffany Lebel, Tiffany Macklin, Tiffany Matt Davis-Dawson, Tiffany McCain Pruden, Tiffany Swindoll Bobalik, Tiffany Turley, Tiffany Ward Gordon, Tiffany Welch, Tiffany Whitworth, Tiffany Williams, Tila Anderson, Timmi-Jo Pashuta-Huber, Tina Buczek Wojtowicz, Tina G., Tina Hargis, Tina Jester, Tina Karich, Tina Lynne, Tina Mason, Tina Smith, Tiphani Marie, Tisha Lee, Tobi Hamilton, Toinette Morales, Toni Fiore Buccino, Toni Kessler, Toni L Crouse, Toni Petralia-Woodcock, Tonya Bailey-Tioran, Tonya Beard Wyant, Tonya Bunch, Tonya Coleman, Tonya Holland, Toree Pruett, Torrie Frisina-Robles, Tosha Woods, Tracey Bailey-Bunse, Tracey Marie, Traci Napolitano, Traci Smith, Tracie

Aron Lockie, Tracie Collins Warburton, Tracie Weathers Fields, Tracy Abel, Tracy Anderson, Tracy Ballantine-Bianchi, Tracy Devillier Venable, Tracy Gonzalez, Tracy Hull Hulke, Tracy Kirby, Tracy Miller Hurn, Tracy Ray Allen, Tracy Slone, Tracy Swifney Taylor, Tracy Wilkin, Tracy, California, Tricia Bartley, Tricia Daniels, Tricia Skiba Caron, Trini Suarez Valladares, Trisa Johnson, Trish Cox-Body, Trish Kitty Taylor, Trish Lutz, Trisha Baylor, Trisha Lavy, Tristin Blacksill, Troy, Trudy Lynn Spraker, Tyler De Jong, Tyra Kendal Olmstead, UC Davis, Ursula Vitolo, Vale González, Valencia, Valeria De la Cruz, Valerie Calabria, Valerie Killius, Valerie Roeseler, Valerie Vess, Valerie Wilson Cooper, Vane Villegas, Vanessa Andrade Cavazos, Vanessa Bearden-Willett, Vanessa Castellon, Vanessa Diaz, Vanessa Foxford, Vanessa McFarland, Vanessa Renee Place, Vanity Mae Doroteo, Vei Gatchalian, Venus Windmiller, Vera Machado, Verna Mcqueen, Veronica Ashley, Veronica DeStasio Bryan, Veronica Escobar M, Veronica Guajardo Almand, Veronica L. Bergeron, Veronica Maldonado, Veronica Sanchez, Veronika Ujhelyi-Poór, Vicci Kaighan, Vicki Burns Thompson, Vicki Joerg, Vicki Owens Bentley, Vicki Thrailkill Pheil, Vickie Embury, Vicky Macdonald, Vicky Machado, Victoria González, Victoria Iglesias Calzadilla, Victoria Joy Stolte, Victoria Kraus, Victoria Lopez, Victoria Rivera, Victoria Suárez Santana, Victoria Whinery, Vikarie inom barnomsorgen, Vikki Turner Bailey, Violeta Montañez-Martinez, Vitória Gomes, Vivian Grey, Vivian Lineth Ruiz, Wanda Rodriguez,

Wendy Brock Young, Wendy Broman, Wendy Bury, Wendy Garnica, Wendy Gibbs, Wendy Giles, Wendy Kupinewicz, Wendy Leonard-Richardson, Wendy Linares Mata, Wendy Livingstone, Wendy Louise, Wendy Manry Donley, Wendy Mcclintock, Wendy Pinner, Wendy Shatwell, Wendye Chesher, Wesleyan, Whit N Lacy Brumley, Whitehall High School, Whitley Chance-Grija, Whitney Cannon, Whitney KayLyn Taylor, Whitney Kralicek, Whitney Lahita, Whitney Moss, Whitney Reddington, Whitney White, Whynter Raven, X.s. Susan Stenback, Yadira Alonzo, Yael Elsner, Yamina Kirky, Yaremi Rodriguez-Garcia, Yellow status Independant Younique Presenter at Younique, Yellville – Summit High School, Yesenia Nunez, Yi Le Wang, Yolanda Bevan, Yolanda Harrison McGee, Yolanda Scanlon, Yolanda Smith Barber, Yona Garlit, York University, Yukon, Oklahoma, Yuliiana Sánchez, Yuma, Arizona, Yvette Lynch, Zagreb, Croatia, Zandalee Marie, Zee Hayat, Zelda Chacon, TEI Αθήνας, Злата Трещева, | בני הנפילים | קסנדרה קלייר, ممرضة at מנהלת עיר של עצמות at Nurse

Composition et mise en pages
Nord Compo à Villeneuve-d'Ascq

Imprimé en Espagne
N° d'impression : 01
Dépôt légal : novembre 2021
ISBN : 979-10-224-0503-4
POC 0337